Daphne Du M[...]
geboren, stam[...]
Französischer [...]
und Paris auf u[...]
geschichten u[...]
historische Biographien, Novellen und Romane, die zum [...]
in viele Sprachen übersetzt wurden und in Millionenauflagen in der
ganzen Welt verbreitet sind. Weltruhm erlangte sie vor allem mit dem
Roman »Rebecca«, der mit Laurence Olivier verfilmt wurde.
Für ihre Verdienste als Schriftstellerin verlieh ihr die englische Königin
1969 den Titel *Dame*. Heute lebt Daphne Du Maurier auf einem Landsitz
in Cornwall.

Von Daphne Du Maurier sind außerdem
als Knaur-Taschenbücher erschienen:

»*Plötzlich an jenem Abend*« (Band 539)
»*Gasthaus Jamaica*« (Band 781)
»*Nächstes Jahr um diese Zeit*« (Band 824)
»*Rebecca*« (Band 1006)
»*Das Geleitschiff*« (Band 1022)
»*Träum erst, wenn es dunkel wird*« (Band 1070)
»*Die standhafte Lady*« (Band 1150)
»*Panik*« (Band 1172)

Vollständige Taschenbuchausgabe
Droemersche Verlagsanstalt Th. Knaur Nachf., München
Lizenzausgabe mit freundlicher Genehmigung
des Scherz Verlages, Bern und München
Copyright © by Daphne Du Maurier
Alle Rechte vorbehalten durch Scherz Verlag, Bern und München
Titel der Originalausgabe »The Parasites«
Aus dem Englischen von N. O. Scarpi
Umschlaggestaltung und Umschlagfoto Wolfgang Lauter
Gesamtherstellung Ebner Ulm
Printed in Germany · 4 · 5 · 984
ISBN 3-426-01035-6

Gesamtauflage dieser Ausgabe: 37 000

Daphne Du Maurier:
Die Parasiten

Roman

Knaur

ISBN 3-426-01035-6   780

Parasitentiere sind wirbellose Tiere, die ihren Wohnsitz in oder auf lebendigen Körpern anderer Tiere genommen haben.

In weiterer biologischer Perspektive ist das Parasitentum eine negative Anpassung an den Kampf um das Dasein und bedingt immer eine Lebensform, die sich der Linie des geringsten Widerstandes nähert.

Gelegentliche Parasiten müssen von ständigen Parasiten unterschieden werden. Zu den einen gehören die Bettwanze und der Blutegel, die ihren Wirt gewöhnlich verlassen, sobald sie ihr Ziel erreicht haben. Im Embryonalstadium sind sie nicht seßhaft, sondern wandern von Wirt zu Wirt oder führen ein ungebundenes Leben, bis sie zu voller Reife gelangt sind...

Zu den andern gehören die sogenannten Fischläuse, die mit durchdringenden Freßwerkzeugen und kunstvollen Haftorganen ständig bei demselben Wirt bleiben und unter den bekannten Parasiten zu den entartetsten gehören.

Parasiten schädigen ihre Wirte dadurch, daß sie sich von deren lebenden Geweben oder Zellen nähren, und die Wirkung dieser Schädigung der Wirte erstreckt sich von leichten örtlichen Wunden bis zur völligen Vernichtung.

Encyclopaedia Britannica

1. KAPITEL

Es war Charles, der uns Parasiten nannte. Wie er es sagte, kam überraschend und plötzlich; er war einer jener stillen, zurückhaltenden Menschen, denen es nicht gegeben ist, viel zu reden oder ihre Meinung zu äußern, wenn es sich nicht gerade um die alleralltäglichsten Dinge handelt, und darum hatte sein Ausbruch – als es gegen Ende eines langen, verregneten Sonntagnachmittags dazu kam, während keiner von uns sich irgendwie beschäftigte, sondern wir nur Zeitung lasen und gähnten und uns vor dem Kamin rekelten – die Gewalt einer Explosion. Wir alle saßen in dem langen, niedrigen Raum in Farthing, der bei Regenwetter noch dunkler war als sonst. Die Glastüren gaben nur sehr wenig Licht, denn ihre Scheiben waren in kleine Quadrate geteilt, was von außen her die Schönheit des Hauses erhöhte. Von innen aber wirkte es, als lebte man hinter Gefängnisgittern, und das war seltsam bedrückend.

Die Großvateruhr in der Ecke tickte langsam und unstet; manchmal ließ sie ein leises Hüsteln hören, zögerte sekundenlang wie ein alter asthmatischer Mann, und dann bahnte sie sich ihren Weg wieder mit stiller Hartnäckigkeit. Das Feuer im Kamin war tief herabgebrannt; die Mischung von Koks und Kohle war zu einem festen Klumpen zusammengebacken, ohne Wärme zu geben; und die Scheite, die am frühen Nachmittag darübergeworfen worden waren, schwelten grämlich und hätten des Blasebalgs bedurft, um zu neuem Leben erweckt zu werden. Die Zeitungen lagen auf dem Boden verstreut, leere Hüllen von Grammophonplatten waren darunter und schließlich auch ein Kissen, das vom Sofa gefallen war. Diese Dinge mögen zu Charles' Gereiztheit beigetragen haben. Er war ein ordnungsliebender Mensch mit einem methodischen Denken, und wenn man jetzt, rückblickend, begreift, daß sein Geist zu jener Zeit unter schweren Spannungen arbeiten mußte, daß er tatsächlich einen Punkt erreicht hatte, wo er unbedingt einen Entschluß, die Zukunft betreffend, fassen mußte, so ist es verständlich, daß diese kleinen Dinge – die Unordnung in diesem Zimmer, die lässige, liederliche, fahrige Atmosphäre, die sich wuchernd über das ganze Haus verbreitete, wenn Maria zum Wochenende kam, und die er jetzt seit vielen Monaten und Jahren erduldet hatte – als erster Funke wirkten, der den glimmenden Groll zur Flamme auflodern ließ.

Maria lag, wie gewöhnlich, längelang auf dem Sofa. Ihre Augen waren geschlossen, ihre gewohnte Abwehr gegen Angriffe, woher sie auch kommen mochten, und so hätten Leute, die sie nicht kannten, glauben können, sie schlafe, sie sei nach einer langen Woche in London erschöpft und brauche Entspannung.

Ihre rechte Hand mit Nialls Ring am dritten Finger fiel müde vom Sofa herab, und die Fingerspitzen berührten den Boden. Charles mußte diese Hand von seinem Platz aus in dem tiefen Lehnstuhl, dem Sofa gegenüber, gesehen haben; und obgleich er den Ring ebenso lange kannte, wie er Maria kannte, und sich damit abfand, daß dieser Ring eine erste Stelle einnahm, so wie er sich mit irgendwelchen anderen ihrer persönlichen Besitztümer abgefunden hätte, die möglicherweise aus der Kindheit stammten, wie etwa ein Kamm, ein Armband, das aus Gewohnheit und ohne innere Beziehung getragen wurde, so mochte doch der Anblick des blassen Aquamarins, der so fest an ihrem dritten Finger haftete und, im Vergleich mit dem saphirgeschmückten Verlobungsring, den er selbst ihr geschenkt hatte, so unansehnlich und wertlos war, als weiterer Zündstoff wirken. Verlobungsring und Ehering legte sie stets auf das Lavabo und vergaß sie dort.

Auch er wußte, daß Maria nicht schlief. Das Theaterstück, das sie gelesen hatte, war beiseite geworfen worden – die Seiten waren schon zerknittert und eine von ihnen zerrissen, denn der kleine Hund durfte damit spielen –, und dort hatte eines der Kinder ein klebriges Bonbon auf dem Umschlag verschmiert. Im Laufe der nächsten Woche etwa würde das Stück seinem Eigentümer zurückgesandt werden, begleitet von den üblichen Zeilen, die Maria in ihrer lässigen Schrift hinkritzelte oder auf der wertlosen Maschine tippte, die sie vor Jahren bei einem Ramschverkauf erstanden hatte: »Sosehr mir auch Ihr Stück gefällt, das ich außerordentlich interessant fand und das, meiner Überzeugung nach, großen Erfolg haben wird, habe ich doch irgendwie das Empfinden, daß ich nicht ganz das wäre, was Sie von der Rolle der Rita erwarten...« Und der Autor würde enttäuscht und dennoch geschmeichelt zu seinen Freunden sagen: »Es hat ihr riesig gefallen, ja, ja, wirklich«, und nachher mit Respekt, beinahe mit Zärtlichkeit an sie denken.

Derzeit aber lag das Stück auf dem Boden, zerfetzt und vergessen, unter den Sonntagszeitungen, und ob auch nur ein leiser Gedanke daran Marias Hirn durchflog, als sie jetzt mit geschlossenen Augen auf dem Sofa lag, das sollte Charles nie erfahren. Auf diese Frage wie auf irgendeinen ihrer Gedanken hatte er nie eine Antwort, und das Lächeln, das einen Augenblick ihre Mundwinkel umspielte und ebenso rasch verschwand – das begab sich jetzt, während sie tat, als ob sie schliefe –, hatte keine Beziehung zu ihm oder zu seinen Gefühlen oder zu ihrem gemeinsamen Leben. Es war in die Ferne gerückt, das Lächeln eines Menschen, den er nie gekannt hatte. Niall aber kannte es. Niall saß auf der Fensterbank gekauert, die Knie hochgezogen, und starrte ins Leere; und selbst von dort aus hatte er ihr Lächeln aufgefangen und ahnte den Grund.

»Das schwarze Abendkleid«, sagte er, scheinbar ohne Ursache, »eng anliegend, jede Biegung enthüllend! Zeigt das nicht schon, was für ein Mensch er sein muß? Bist du über die fünfte Seite hinausgekommen? Ich nicht.«

»Seite vier«, sagte Maria; noch immer waren ihre Augen geschlossen, und ihre Stimme kam von einer fernen Welt. »Nachher verschiebt sich das Kleid und enthüllt eine weiße Schulter. Ich habe ein paar Seiten übersprungen, um nachzuschauen. Ich stelle mir vor, daß er ein kleiner Mann mit einem Zwicker sein muß, die Haare sind schon ziemlich dünn, und er hat viel zu viele Goldplomben.«

»Er ist nett zu Kindern«, sagte Niall.

»Er verkleidet sich als Knecht Ruprecht«, fuhr Maria fort, »aber sie lassen sich niemals foppen, weil er nicht daran denkt, die Hosen hochzukrempeln, und sie unter dem roten Mantel herausschauen.«

»Vorigen Sommer hat er seine Ferien in Frankreich verbracht.«

»Dort ist es ihm auch eingefallen; er hat im Speisesaal des Hotels eine Frau beobachtet. Natürlich ist es zu nichts gekommen. Aber er hat die Blicke nicht von ihrem Busen abzuwenden vermocht.«

»Jetzt hat er sich es vom Magen geschrieben und fühlt sich wieder wohler.«

»Der Hund nicht. Vorhin ist ihm auf dem Rasen unter der Zeder schlecht geworden. Er hat Seite neun aufgefressen.«

Die Bewegung im Lehnstuhl, wo Charles seine Haltung veränderte und die Sportseite der »Sunday Times« glättete, hätte ihnen verraten können, daß seine Gereiztheit wuchs, aber sie nahmen keine Notiz davon.

Nur Celia, die, wie immer, das Nahen eines Sturmes spürte, hob den

Kopf von ihrem Arbeitskorb, und in ihrem Blick war eine Warnung, die aber unbeachtet blieb. Wären wir drei bei uns daheim gewesen, so hätte sie sich gewohnheitsmäßig dem Spiel angeschlossen; denn so hatten wir es immer gehalten; in der Kinderzeit, von allem Anfang an. Aber sie war ein Gast, ein Besuch, und dies war Charles' Haus. Instinktiv fühlte sie, daß Charles den spöttischen Ton nicht liebte, der Niall und Maria verband und an dem er selber keinen Anteil hatte; und die läppische Verhöhnung des Autors, dessen Stück zerknittert, vom Hund zerrissen auf dem Boden lag, fand er auch billig und nicht besonders scherzhaft.

Im nächsten Augenblick, dachte Celia, die Niall beobachtete, der aufstand und die Arme reckte, wird Niall ans Klavier gehen und gähnen und die Stirne kraus ziehen und die Klaviatur mit jenem konzentrierten Blick betrachten, der in Wirklichkeit bedeutet, daß er an gar nichts denkt oder lediglich daran, was es zum Abendessen geben wird, oder ob in seinem Schlafzimmer oben noch ein Päckchen Zigaretten liegen mochte; und dann wird er anfangen zu spielen, zuerst leise, mit kaum hörbarem Pfeifen, wie er das immer seit seinem zwölften Jahr auf jenen steifen, hohen französischen Klavieren getan hatte; und auch Maria würde sich recken, ohne die Augen zu öffnen, die Arme unter den Kopf legen und Nialls Melodie leise mitsummen. Erst würde er führen und sie folgen, und dann würde Maria in ein ganz anderes Lied, eine ganz andere Melodie abschweifen, und es wäre Niall, der die Melodie übernehmen und ihr schattenhaft folgen würde.

Und Celia meinte, sie müßte irgendwie, wenn auch noch so plump, Niall davon zurückhalten, ans Klavier zu gehen. Nicht weil Charles die Musik mißfallen würde, aber weil dies noch ein unnötiger Hinweis mehr auf die Tatsache wäre, unter der er jahrein, jahraus leiden mußte, daß nämlich Niall allein es war, der vor Gatten, Schwester, Kindern wußte, was in der verschlossenen Schale vorging, die Marias Seele war.

Celia setzte den Arbeitskorb nieder – das Wochenende in Farthing wurde im allgemeinen damit verbracht, die Socken der Kinder zu stopfen, denn die arme Polly kam nicht mit, und von Maria hätte es natürlich kein Mensch verlangt –, und rasch, bevor Niall sich am Klavier niederlassen konnte – denn schon rückte er den Stuhl zurecht und öffnete den Deckel –, sagte sie zu Charles:

»Wir haben heute noch keinen Blick auf das Akrostichon geworfen. Früher hatten wir alle die Köpfe in Wörterbüchern und im Lexikon vergraben. Wie lautet denn die erste Zeile, Charles?«

Es gab eine ganz kurze Pause, und dann sagte Charles:

»Ich habe das Akrostichon nicht angeschaut. Ich habe ein Wort mit sieben Buchstaben für ein Kreuzworträtsel gesucht.«

»Was war das?«

»Ein wirbelloses Tier, das sich an den Leib eines anderen Tieres klammert und sich davon nährt.«

Niall schlug den ersten Akkord an.

»Ein Parasit«, sagte er.

Und nun erfolgte die Explosion. Charles warf seine Zeitung auf den Boden und stand auf. Wir sahen, daß sein Gesicht kreideweiß, seine Züge gespannt waren, und um seinen Mund erschien eine schmale, harte Linie. So hatte er noch nie ausgesehen.

»Richtig«, sagte er. »Ein Parasit. Und das seid ihr; ihr drei! Parasiten! Alle miteinander. Ihr seid es immer gewesen und werdet es immer sein. Nichts kann euch verändern. Ihr seid zweifach, dreifach Parasiten; erstens, weil ihr seit eurer Kindheit mit jenem Keim von Talent Schacher treibt, den ihr zu eurem Glück von euren phantastischen Eltern geerbt habt; zweitens, weil keines von euch je in seinem Leben den Finger zu anständiger, ehrlicher Arbeit gehoben hat, sondern weil ihr euch von uns, dem törichten Publikum, mästet, das euch erlaubt, zu existieren, und drittens, weil ihr aneinander zehrt, ihr drei, in einer Phantasiewelt lebt, die ihr euch erschaffen habt und die keine Beziehung mit irgend etwas im Himmel oder auf Erden besitzt.«

Da stand er und schaute uns an, und einen Augenblick sagte keiner von uns ein Wort. Es war peinlich, beklemmend, kein Anlaß zum Spott. Dazu war der Angriff allzu persönlich. Jetzt schlug Maria die Augen auf, lag auf ihrem Kissen und beobachtete Charles; auf ihrem Gesicht erschien ein eigentümlicher, verlegener Ausdruck wie bei einem Kind, das bei einem Vergehen erwischt wurde und nun nicht weiß, ob es bestraft wird. Niall stand vor dem Klavier wie angewurzelt, schaute auf nichts und niemanden. Celia faltete die Hände im Schoß und wartete untätig und gespannt auf den nächsten Schlag. Sie wünschte, sie hätte die Brille nicht abgenommen, als sie den Arbeitskorb beiseite gestellt hatte – sie fühlte sich jetzt ohne die Brille nackt. Die Brille diente ihr als Schutz.

»Was meinst du damit?« fragte Maria. »Was heißt das, daß wir in einer Phantasiewelt leben?«

Sie sagte das mit jener Stimme, die bei ihr Bestürzung ausdrückte und zu der weitaufgerissene unschuldige Augen paßten – Niall und Celia erkannten den Ton sogleich, und vielleicht erkannte ihn auch Charles, der sich möglicherweise nicht länger täuschen ließ, nicht nach etlichen Ehejahren.

Er schnappte glücklich nach dem Köder wie ein gieriger Fisch.

»Du hast nie anderswo gelebt«, sagte er, »und du bist überhaupt kein Individuum, du bist nichts als ein Mischmasch aus allen Rollen, die du je gespielt hast. Deine Stimmung und deine Persönlichkeit wechseln mit jeder neuen Rolle, die dir in die Hände kommt. Eine Maria gibt es nicht, hat es nie gegeben. Selbst deine Kinder wissen das. Und darum lassen sie sich auch nur zwei Tage lang von dir betören und laufen dann hinauf ins Kinderzimmer zu Polly, weil Polly wirklich und echt und lebendig ist.«

Es gibt Dinge, dachte Celia, die Männer und Frauen einander im Schlafzimmer sagen. Nicht in Wohnzimmern, nicht am Sonntagnachmittag, und, bitte, Maria, antworte ihm nicht, reize ihn nicht noch mehr! Es ist doch ganz offenbar, daß er sich schon seit langem unglücklich fühlt, und keiner von uns wußte es, hat es begriffen, es mag Monate in ihm gekocht haben, Jahre... Sie warf sich in den Kampf, um Maria zuvorzukommen. Sie mußte beide, Niall und Maria, vor dem Angriff schützen, wie sie es immer getan hatte.

»Ich verstehe, was du meinst, Charles«, sagte sie. »Gewiß wandelt sich Maria mit ihren verschiedenen Rollen, aber das hat sie schon getan, als wir Kinder waren; sie hat sich unablässig verändert. Doch es ist nicht gerecht, zu behaupten, daß sie nicht arbeitet. Du weißt, wie sie arbeitet, du bist ja bei Proben gewesen, wenigstens früher – es ist ihr Leben, es ist ihr Beruf, alles geht darin auf, das mußt du doch zugeben.«

Charles lachte, und Maria merkte am Klang dieses Lachens, daß Celia die Sache nicht besser, sondern nur noch schlimmer gemacht hatte.

Früher hätte Maria auf dieses Lachen eine Erwiderung gewußt, sie wäre vom Sofa aufgestanden, hätte den Arm um Charles gelegt und gesagt: »Ach, sei doch nicht so töricht! Was hat dich denn heute gebissen, Liebling?« Und sie hätte ihn zu den Nebengebäuden der Farm geführt, hätte Interesse an einem dummen Traktor geheuchelt oder an einem Kornbehälter oder an Ziegeln, die vom Dach gefallen waren – irgend etwas, um die Ruhe ihres Zusammenlebens zu wahren; jetzt aber war es anders; diese Dinge hatten ihre Wirkung eingebüßt, und gerade jetzt, zu dieser späten Stunde, dachte Maria, wird er doch nicht anfangen, auf Niall eifersüchtig zu werden; das wäre zu albern, zu sinnlos; er muß doch wissen, daß Niall ein Stück von mir ist und immer war. Ich habe mich davon nie in meiner Ehe, in meiner Arbeit, in sonst was stören lassen, es hat keine Kränkung für Charles bedeutet, es hat niemandem etwas zuleide getan, es ist eben nur so, daß Niall und ich, Niall und ich..., und dann verloren sich ihre Gedanken in einem verschlungenen Gewebe, und plötzlich überkam sie die Furcht wie ein Kind in einem dunklen Zimmer.

»Arbeit?« sagte Charles. »Du magst es Arbeit nennen, wenn du Lust hast. Ein Zirkushund, als Welpe dressiert, springt nach einem Stück Zukker, und dann springt er automatisch sein Leben lang, wenn die Lichter im Zelt angezündet werden und das Publikum applaudiert.«

Wie schade, dachte Niall, daß Charles nie zuvor so gesprochen hat! Wir hätten Freunde sein können. Ich begreife seinen Standpunkt vollkommen. Das sind Gespräche, die ich liebe, wenn alle anderen schon ein Glas zuviel haben und ich völlig nüchtern bin und es halb fünf morgens ist; jetzt aber, in Charles' eigenem Hause, ist das alles irgendwie falsch und ziemlich schlimm; etwa wie wenn ein Priester, vor dem man großen Respekt hat, plötzlich in der Kirche die Hosen auszieht.

»Aber den Leuten macht es doch Spaß, dem Hund zuzusehen«, sagte er schnell, im Versuch, Charles abzulenken. »Deswegen gehen sie ja in den Zirkus, um sich zu zerstreuen. Dasselbe Betäubungsmittel verabreicht Maria im Theater, und ich gebe es in großen Dosen all den Laufburschen, die meine Lieder pfeifen. Ich glaube, daß du das falsche Wort erwischt hast. Wir sind Hausierer – keine Parasiten.«

Charles sah durch den Raum zu Niall hinüber, der am Klavier saß. Jetzt kommt's, Buben und Mädel, dachte Niall; darauf habe ich mein ganzes Leben lang gewartet, ein richtiger, vernichtender Schlag unter den Gürtel; wie traurig, daß er ausgerechnet vom lieben, guten Charles kommen muß!

»Du...?« In seiner Stimme war eine Welt von Geringschätzung, von Verachtung, von bitterer, aufgespeicherter Eifersucht.

»Was ist's mit mir?« sagte Niall, und wie ein Haus von außen gesehen allen Reiz verliert, wenn die Läden geschlossen sind, so entwich das Licht aus seinem eindrucksvollen Gesicht und ließ es leer und unpersönlich zurück.

»Du bist ein Hanswurst«, sagte Charles, »und du bist klug genug, das selber zu erkennen; das muß dir doch außerordentlich peinlich sein.«

O nein... nein..., dachte Celia, dies ist das Schlimmste, und warum mußte es sich heute nachmittag ereignen? Und ich allein bin daran schuld, weil ich nach dem Akrostichon gefragt habe. Ich hätte vor dem Tee einen tüchtigen Spaziergang durch den Park und den Wald vorschlagen sollen.

Maria erhob sich vom Sofa, warf ein Scheit in das Feuer und fragte sich, was wohl jetzt das Richtige wäre; sollte sie das Ganze als großartigen Spaß behandeln oder aber durch das Zimmer rasen, schreien, einen Tränenausbruch mimen, um die Luft zu säubern, so daß die Aufmerksamkeit von Niall auf sie abgelenkt würde, ein alter Trick aus der Kinderzeit, wenn Niall Unannehmlichkeiten von Pappi, Mama oder der alten Truda zu befürchten hatte? Oder wäre es nicht am besten, das Haus zu verlassen, mit dem Auto nach London zu fahren und zu vergessen, daß es diesen unglückseligen Sonntag jemals gegeben hatte? Sie würde es bald vergessen, sie vergaß ja alles, nichts hatte in ihrem Geist lange Bestand. Niall selber war es, der die Situation rettete. Er schloß den Deckel des Klaviers, ging ans Fenster und betrachtete die Bäume am äußeren Rande des Rasens.

Es war jener ruhige, friedliche Augenblick, bevor am Ende eines kurzen Wintertages das Dunkel einbricht. Der Regen hatte aufgehört; doch zu spät, als daß das noch von Belang gewesen wäre. Die Bäume standen in hilflosem Liebreiz da, drängten sich aneinander, wo der Wald begann, und der tote, alte, nackte Ast einer Föhre krümmte einen grotesken Arm gegen den Himmel. Ein durchnäßter Star suchte im feuchten Gras nach Würmern. Das waren die Dinge, die Niall kannte, liebte und, wenn er allein war, beobachtete; das waren die Dinge, die er gezeichnet hätte, wenn er etwas vom Zeichnen verstanden hätte, die Dinge, die er gemalt hätte, wenn er fähig gewesen wäre, zu malen, die Dinge, die er in Musik verwoben hätte, wenn die Klänge, die ihm tagein, tagaus in den Kopf kamen, als Symphonien aus seinem Kopf gekommen wären. Doch das geschah nie. Die Klänge kamen als Gassenhauer, als Schlager aus seinem Kopf, die von Laufburschen an Straßenecken gepfiffen, von kichernden Ladenmädchen vierzehn Tage lang geträllert und dann vergessen wurden, jener klägliche, wohlfeile Unsinn, der seinen einzigen Anspruch auf Berühmtheit bedeutete. Kein Genie, keine wirkliche Kraft war in ihm; nur ein kleiner Keim einer ererbten Begabung, die ihn befähigte, eine Melodie nach der anderen mühelos, lustlos auszuspinnen und damit ein Vermögen zusammenzuraffen, das ihm nichts bedeutete.

»Du hast ja so recht«, sagte er zu Charles, »so unbedingt und vollkommen recht. Ich bin ein Hanswurst.« Und sekundenlang schaute er gequält drein, wie er vor vielen Jahren als kleiner Junge dreingeschaut hatte, wenn seine Mutter nichts mit ihm zu tun haben wollte und er, um zu zeigen, daß ihm das gleichgültig war, an das Hotelfenster lief, das auf die Pariser Straße ging, und auf die Köpfe der Passanten spuckte; dann war er das peinliche Gefühl los, fuhr mit den Fingern durch sein Haar und lächelte.

»Du siegst, Charles«, sagte er. »Die Parasiten sind geschlagen. Wenn meine biologischen Kenntnisse mich aber nicht im Stich lassen, so sterben die Wirtstiere, von denen die Parasiten sich nähren, auf die Dauer auch.« Er ging wieder ans Klavier und setzte sich. »Tut nichts«, sagte er, »du hast mir immerhin eine Idee für einen neuen Gassenhauer gegeben.« Er schlug die Lieblingsakkorde seiner Lieblingstonart an und lächelte Charles zu.

*»Laßt uns voneinander zehren,
Fressen wir einander auf!«*

sang er halblaut, und der sinnliche Tanzrhythmus einer albernen Schlagermelodie brach in die gespannte, unheilgeladene Atmosphäre des dunklen Wohnzimmers ein wie das plötzliche Auflachen eines Kindes.

Charles wandte sich ab und verließ den Raum.

Und wir drei blieben allein.

2. KAPITEL

Immer klatschten die Leute über uns; selbst als wir noch Kinder waren. Wir schufen eine seltsame Art Feindseligkeit, wohin wir auch kamen. In jenen Tagen während des ersten Weltkrieges und kurz nachher, als andere Kinder sich wohlerzogen und herkömmlich benahmen, waren wir ungezogen und wild. Diese schrecklichen Delaneys ... Maria war unbeliebt, weil sie jeden nachahmte, und nicht immer nur hinter dem Rücken der Leute. Sie besaß jene unheimliche Fertigkeit, kleine Fehler oder Eigenheiten von Menschen zu übertreiben, eine Kopfhaltung, ein Achselzucken, einen Tonfall, und ihr unglückliches Opfer wurde sich dessen bewußt, wurde sich Marias blauer Augen bewußt, die so unschuldig, so verträumt dreinschauten und hinter denen in Wirklichkeit eine so höllische Bosheit lauerte.

Niall war nicht sosehr der Dinge wegen unbeliebt, die er sagte, sondern mehr noch um dessentwillen, was er nicht sagte. Ein scheues, schweigsames Kind mit einem mürrischen, slawischen Ausdruck, und doch war sein Schweigen bedeutungsvoll. Der Erwachsene, der ihn kennenlernte, hatte das Gefühl, durchschaut, verurteilt und endgültig verworfen zu sein. Zwischen Niall und Maria wurden Blicke ausgetauscht, die das bestätigten, und später, wenn man noch in Hörweite war, wurden Spott und Gelächter laut.

Celia wurde geduldet, weil sie, zu ihrem Glück, den Charme beider Eltern geerbt hatte, nicht aber ihre Fehler. Sie hatte Pappis Großherzigkeit, ohne die Überspanntheit seiner Gefühle, und Mamas anmutiges Wesen, ohne ihre Zerstörungskraft. Selbst ihr Zeichentalent, das sich erst später entwickelte, war freundlicher Art. Ihre Skizzen waren niemals Karikaturen, wie es Marias Skizzen gewesen wären; noch hätten sie sich bis zu jener Bitterkeit verzerrt, die Niall ihnen verliehen hätte. Ihr Fehler, als sie noch ein Kind war, unterschied sie nicht von den meisten Kindern; sie weinte leicht, klammerte sich an die Knie der Leute und bettelte um Nachsicht. Und weil sie weder die Anmut noch die Schönheit Marias besaß, sondern ein gedrungenes, schwerfälliges kleines Mädchen war mit roten Wangen und blondem Haar, langweilte sie die Erwachsenen, die sie gern von sich geschoben hätten wie einen allzu zutunlichen Hund, woraufhin Celias Augen sich mit Tränen füllten und der Erwachsene sich schämte.

Wir wurden zu sehr verwöhnt, und das war aufreizend. Wir durften üppige Speisen essen, Wein trinken, aufbleiben, so lange wir wollten, auf eigene Faust in London und Paris umherbummeln, oder in welcher Stadt wir sonst gerade lebten. Und so wirkten wir von früher Jugend an kosmopolitisch, gehörten zu keinem bestimmten Land, plapperten in mehreren Sprachen, ohne daß wir doch eine von ihnen fließend zu sprechen gelernt hatten.

Unsere Beziehung untereinander war so verwickelt, daß es kaum erstaunlich ist, wenn niemand sie klar erkannte. Wir seien illegitim, sagte man; wir seien Adoptivkinder, wir seien kleine Skelette in Pappis und Mamas Schränken, und vielleicht war daran auch etwas Wahres; wir seien ausgesetzte Kinder, die im Rinnstein gefunden worden waren, wir seien Waisenkinder, wir seien das Ergebnis königlicher Fehltritte. Warum aber hatte Maria Pappis irische blaue Augen und Pappis blondes Haar und bewegte sich doch mit der geschmeidigen Anmut eines andern Menschen? Und warum war Niall dunkel, biegsam, klein, hatte Mamas weiße Haut und doch die hochgesetzten Backenknochen eines Fremden? Und warum konnte Celia manchmal schmollen wie Maria und übellaunig sein wie Niall, wenn keinerlei Beziehung zwischen uns dreien bestand?

Als wir noch klein waren, beschäftigte das alles uns sehr, und wir stellten Fragen, und dann vergaßen wir es wieder, und schließlich, meinten wir, war es nicht gar so wichtig, denn von Urbeginn an erinnerten wir uns an keinen andern Menschen. Pappi war unser Vater, und Mama war unsere Mutter, und wir drei gehörten eben den beiden.

Einmal gehört und begriffen, war die Wahrheit einfach.

Als Pappi vor dem ersten Krieg in Wien sang, verliebte er sich in eine kleine Wiener Schauspielerin, die keine Stimme hatte, aber im zweiten Akt einer gleichgültigen Operette einen Satz sprechen durfte, weil sie doch so schelmisch und reizend war und jedermann sie anbetete. Vielleicht hatte Pappi sie geheiratet; keiner von uns wußte das genau oder kümmerte sich darum. Als sie aber ein Jahr zusammen gelebt hatten, kam Maria auf die Welt, und die kleine Wiener Schauspielerin starb.

Während dieser Zeit tanzte Mama in London und Paris, trennte sich bereits von dem Ballett, in dem sie ausgebildet worden war, und wuchs zu jener einzigartigen, unvergeßlichen Persönlichkeit, die das Theater einer jeden Stadt füllte, darin sie gerade auftrat. Mama, deren jede einzelne Bewegung Poesie, deren jede Geste Musik war und die auf der halbdunklen Bühne niemals einen Partner gehabt, sondern immer allein getanzt hatte! Irgendwer war Medalls Vater. Ein Klavierspieler, pflegte die alte Truda zu sagen, dem sie einmal erlaubt hatte, sie einige Wochen insgeheim zu lieben, und den sie wegschickte, weil jemand ihr sagte, er habe Tuberkulose, und das sei ansteckend.

»Und sie hat nie Tuberkulose gekriegt«, sagte Truda auf ihre trockene Art und schnupfte mißbilligend. »Statt dessen hat sie meinen Jungen gekriegt, und das hat sie ihm nie verziehen.«

»Mein Junge« war natürlich Niall, dessen sich Truda, als Mamas Kammerzofe, sogleich bemächtigte. Sie wusch ihn und zog ihn an, sie band ihm die Serviette um und gab ihm seine Flasche; sie tat alles für ihn, was Mama hätte tun sollen, während Mama ganz allein tanzte und ihr geheimnisvolles, sehr persönliches Lächeln lächelte und völlig den Klavierspieler vergaß, der aus ihrem Leben verschwunden war; ob er an Tuberkulose gestorben war oder nicht, wußte sie nicht, noch kümmerte sie sich darum.

Und dann lernten sie einander in London kennen, Pappi und Mama, als Pappi in der Albert Hall sang und Mama im Covent Garden tanzte. Ihre Begegnung war jener Blitzschlag, der nur diese zwei Menschen treffen konnte und niemals andere. Das berichtete Truda mit einer Welt von Verständnis, die plötzlich aus ihrer schwerfälligen Stimme aufleuchtete. Sie verliebten sich auf der Stelle ineinander und heirateten, und diese Heirat brachte ihnen beiden ekstatische Beglückung, möglicherweise hin und wieder auch Verzweiflung – danach forschte niemand –, und sie brachte ihnen Celia, den ersten legitimen Sproß der beiden.

Da waren wir denn nun, wir drei, verwandt und nicht verwandt, ein Kind eine Stiefschwester und ein Kind ein Stiefbruder und das dritte Kind eine Halbschwester der beiden andern; einen größeren Wirrwarr hätte man auch mit bester Absicht nicht anzurichten vermocht. Und zwischen uns war immer nur etwa ein Jahr Altersunterschied, so daß es niemals für einen von uns ein Sonderleben gegeben hatte, dessen er sich hätte entsinnen können, sondern immer nur das Leben, das wir miteinander kennenlernten.

»Daraus kann nichts Gutes entstehen«, sagte Truda entweder in einem der zahlreichen düsteren Hotelsalons, die uns zeitweilig als Kinderzimmer und Schulzimmer dienten, oder im Dachzimmer eines möblierten Hauses, das Mama und Pappi für die Dauer einer Saison oder eines Auftretens gemietet hatten. »Nichts Gutes kann aus dieser Mischung von Rasse und Blut entstehen. Ihr taugt nicht füreinander, und so wird das bleiben, und irgendwie werdet ihr einander umbringen«, pflegte sie zu sagen, wenn eines von uns besonders wild und ungezogen gewesen war, und sie flüchtete sich dann zu Sprichwörtern und Maximen, die gar nichts zu bedeuten hatten, aber recht unheimlich klangen, wie etwa »Wer mit Pech umgeht, besudelt sich« und »Gleich und gleich gesellt sich gern, aber den letzten fressen die Hunde«. Mit Maria wußte sie nichts anzufangen. Maria war immer trotzig. »Du bist die Älteste«, sagte Truda, »warum gibst du nicht ein gutes Beispiel?« Und sogleich verhöhnte Maria sie, verzog ihren Mund in die dünnen Linien von Trudas Mund, streckte das Kinn vor, schob die rechte Schulter ein wenig vor der linken vorwärts, um Trudas wackligen Gang zu unterstreichen.

»Ich werde es Pappi sagen«, erklärte Truda, und dann gab es den ganzen Tag Murren und Knurren, aber wenn Pappi dann zu uns kam, geschah gar nichts, sondern es gab lediglich einen hellen Aufruhr und einen Mordsspaß, und dann wurden wir alle drei in den Salon gebracht, wurden den Leuten vorgeführt, durften springen und auf dem Boden wilde Bären spielen – ganz gewiß nicht gerade zur Freude der Gäste, die gekommen waren, um Mama zu bewundern.

Noch Schlimmeres folgte, nicht für uns natürlich, sondern für die Gäste, wenn wir in einem Hotel wohnten, denn dann erlaubte Pappi uns, durch die Korridore zu rennen, an den Türen zu klopfen, die Schuhe vor den

Türen zu vertauschen, die Glocken zu läuten, durch das Treppengeländer zu schauen und Grimassen zu schneiden. Klagen waren zwecklos. Kein Hoteldiener legte Wert darauf, sich die Gunst von Pappi und Mama zu verscherzen, die durch ihre bloße Anwesenheit den Ruf jeder Wohnung und jedes Hotels erhöhten, in welcher Stadt, in welchem Land es auch sein mochte. Da jetzt natürlich ihre beiden Namen nebeneinander standen, hatten sie auch ein gemeinsames Programm, die Vorstellungen, die sie gaben, waren eine gemeinsame Angelegenheit, und sie mieteten ein Theater für eine Saison oder vielleicht auch nur für zwei oder drei Monate.

»Haben Sie ihn singen gehört?« »Haben Sie sie tanzen gesehen?« Und in jeder Stadt wurde die Frage erörtert, wer von den beiden der größere Künstler sei, wer der Überlegene, wer der Klügere, wer die Führung hatte, wer sich führen ließ und wie ihr Auftreten vorbereitet wurde.

André, der Pappis Kammerdiener war, erklärte, Pappi sei der Entscheidende. Pappi sei es, der alles tue; Pappi regle jede Einzelheit bis zum letzten Fallen des Vorhangs, bestimme, wohin Mama sich stellen, wie sie aussehen, was sie anziehen solle. Truda, die stets zu Mama hielt und mit André im Kampf lag, sagte, Pappi habe überhaupt nichts zu sagen, er tue nur, was Mama ihn heiße, Mama sei ein Genie und Pappi nichts als ein hervorragender Amateur. Wie es sich in Wahrheit verhielt, das entdeckten wir drei Kinder nie, noch war es uns wichtig. Wir wußten nur, daß Pappi der herrlichste Mensch war, der je gelebt hatte, und, für unsere voreingenommenen Ohren, der größte Sänger, und daß seit Anbeginn der Zeiten niemand so getanzt, sich so bewegt hatte wie Mama.

All das steigerte nur unsere Anmaßung, als wir noch Kinder waren. In den Windeln sozusagen hörten wir schon das Donnern des Beifalls. Wir fuhren von Land zu Land wie kleine Pagen im Zug von Herrschern, die Luft war von Schmeichelworten erfüllt, vor uns und in uns war die beständige Aufregung des Erfolges.

Nie lernten wir die ruhige Gewohnheit eines Kinderlebens kennen, das dauernde Heim, das Geräusch des Alltags. Denn wenn wir gestern in London waren, so kam morgen Paris an die Reihe, und übermorgen mochte es Rom sein.

Immer neue Geräusche gab es, neue Gesichter, Lärm und Wirrwarr; und in jeder Stadt gab es die Hauptquelle unseres Daseins – das Theater. Manchmal ein goldstrotzendes, üppiges Opernhaus, manchmal eine graue, schäbige Baracke, doch wo es auch stand, es gehörte uns für den kurzen Zeitraum, da wir es uns ausliehen, immer anders und doch unabänderlich vertraut. Jener staubige, dumpfige Theatergeruch, wie hält er uns noch immer im Bann, und Maria, zum mindesten, wird sich nie davon befreien. Jene Schwingtür, der kalte Gang, die hohlklingenden Treppen und der Abstieg in die Tiefe. Die Maueranschläge, die kein Mensch je gelesen hat, die streunende Katze, die den Schweif hebt, miaut und verschwindet, der rostige Feuereimer, in den irgendwer einen Zigarettenstummel wirft – all das gleicht sich auf den ersten Blick, in welcher Stadt, in welchem Land man es auch sehen mag. Die Anschlagsäulen, die, manchmal schwarz, manchmal rot, die Namen von Pappi und Mama trugen, und vor dem Eingang hingen die Bilder von Mama, niemals Pappis Bilder, darin waren sie beide abergläubisch.

Wir kamen in Familie in zwei Wagen an. Pappi und Mama und wir drei, dazu Truda und André und der Hund, die Katze, der Vogel, in die wir gerade vernarrt waren, ferner irgendein Freund oder Mitläufer, der in Gunst stehen mochte. Und dann begann der Trubel.

Die Delaneys waren angekommen. Schluß mit der Ordnung!

Wir kletterten aus den gemieteten Wagen und erfüllten die Luft mit dem Triumphgeheul eines Indianerstamms. Der fremde Impresario verbeugte sich lächelnd, beflissen, hieß uns willkommen, doch nicht, ohne einen besorgten Blick auf Katzen, Hunde, Vögel und vor allem auf die tobenden Kinder zu werfen.

»Willkommen, Monsieur Delaney, willkommen, Madame«, begann er, erschrak vor dem Käfig mit dem Papagei oder vor einem Knallbonbon, der vor seiner Nase zerrissen wurde, und wenn er dann mit seiner herkömmlichen Rede anfing, schmolz seine dürftige Gestalt, verschwand beinahe unter Pappis donnerndem Klaps auf die Schulter.

»Da sind wir, mein Lieber, da sind wir«, sagte Pappi, den Hut schief auf dem Kopf, den Überrock über die Schulter gehängt wie einen Mantelkragen. »Sie sehen uns vor Gesundheit und Kraft strotzend wie alte Griechen. Vorsicht mit diesem Etui! Ein Gurkhamesser steckt darin. Haben Sie irgendeinen kleinen Hof, wo wir die Kaninchen unterbringen könnten? Die Kinder wollen sich absolut nicht von ihnen trennen.«

Und der Impresario, überwältigt von Pappis Lachen und dem Strom seiner Worte, vielleicht auch von Pappis Gestalt eingeschüchtert – er maß sechs Fuß vier Zoll –, schleppte sich wie ein Lasttier in die dunklen Bezirke des Theaters, einen Kaninchenkäfig unter dem einen Arm, ein Bündel Spazierstöcke, Golfstöcke und asiatische Messer unter dem andern.

»Überlassen Sie nur alles mir, mein Lieber«, sagte Pappi strahlend, »Sie werden gar keine Mühe haben. Überlassen Sie nur alles mir. Zunächst und das Wichtigste, welche Garderobe können Sie Madame anbieten?«

»Die beste, Monsieur Delaney, natürlich die beste«, erwiderte der Impresario und trat einem jungen Hund auf den Schwanz, und nachdem er sich aus dem Wirrwarr herausgearbeitet, verschiedene Anordnungen für die Unterbringung von totem und lebendem Gepäck gegeben hatte, das in den Gängen verstaut werden sollte, bis man ein endgültiges Quartier gefunden hatte, führte er uns in die Garderobe, die der Bühne zunächst lag.

Aber Mama und Truda hatten schon davon Besitz ergriffen. Sie stellten Spiegel in den Gang, rückten Toilettetische vor die Türe und rissen Vorhänge von den Stangen.

»Das alles kann ich nicht brauchen. Das muß weg«, erklärte Mama.

»Aber natürlich, Liebling. Ganz wie du willst. Unser Freund wird sich schon darum kümmern«, sagte Pappi, wandte sich zum Impresario und klopfte ihm wieder auf die Schulter. »Daß du es behaglich haben sollst, Liebling, ist unsere erste Sorge.«

Der Impresario stammelte, brachte Entschuldigungen vor, log, versprach Mama den ganzen Erdball, und sie sah ihn mit ihren kalten, dunklen Augen an und sagte:

»Sie verstehen wohl, daß ich das alles bis morgen früh haben muß? Ich kann nicht probieren, wenn ich in meiner Garderobe keine blauen Vorhänge habe. Keine Emailkrüge. Alles muß aus Ton sein.«

»Gewiß, gewiß, Madame.«

Mit sinkendem Mut lauschte er der Aufzählung unbedingter Notwendigkeiten, und dann, als sie fertig war, schenkte sie ihm zum Lohn ein Lächeln; jenes Lächeln, das sich so selten zeigte, wenn sie es aber einmal sehen ließ, alle Schätze des Paradieses verhieß.

Doch dann wandten wir drei, die der Unterhaltung mit leuchtenden Augen gelauscht hatten, uns mit Triumphgeheul in den Korridor neben der Bühne. »Fang mich, Niall! Du kriegst mich nicht!« schrie Maria, eilte durch die Bühnentür und den Gang dahinter, lief zwischen die dunklen Sitzreihen. Sie sprang über einen Fauteuil und riß ein Loch in das Kissen, Niall war immer hinter ihr her, sie lief von einer Reihe in die andere, zog die Überzüge weg und schleppte sie über den Boden. Der Vorhang hob sich, und der Impresario, ein Auge auf Pappi, das andere auf uns gerichtet, stand stumm und hilflos da.

»Wartet auf mich, wartet auf mich!« schrie Celia, und von ihrem plumpen Körper und ihren kurzen Beinen gehemmt, fiel sie unweigerlich auf den Boden. Und dem Sturz folgte ein Gejammer, das bis in die Garderobe drang.

»Sieh doch nach, was mit dem Kind los ist, Truda«, mußte Mama kühl und gefaßt gesagt haben, denn wenn das Kind unter dem Kronleuchter zerschmettert läge, würde das nur bedeuten, daß man eines weniger herumzuschleppen hätte; dann warf Mama den Inhalt eines weiteren Koffers auf den Boden und überließ es Truda, Ordnung zu schaffen, nachdem sie Celia lebend oder tot aufgefunden hatte. Und nun erschien Mama auf der Bühne, um zu erklären, dergleichen sei kein passender Schauplatz für irgendein menschliches Wesen, so wie sie das schon von der Garderobe behauptet hatte.

»Pappi, Mama, schaut mich doch an!« brüllte Maria, die jetzt in der ersten Reihe der Galerie war und, auf einem Bein stehend, auf der Brüstung balancierte; und Pappi und Mama, in erhitzter Diskussion mit Schreinern, Elektrikern, Mitarbeitern des Impresarios oder vielleicht auch alle Funktionen gleichzeitig ausübend, nahmen keine Notiz von dem drohenden Sturz in die Tiefe. »Ich sehe dich, Liebling, ich sehe dich«, sagte Pappi, setzte seine Besprechungen fort und warf keinen Blick nach der Galerie.

So verlief der erste Zusammenprall. Die Schreiner waren verdrossen, die Elektriker erschöpft, ihre Hilfskräfte verzweifelt, die Putzfrauen fluchten. Nicht so die Delaneys. Erhitzt, strahlend, ein gutes Abendessen reklamierend, fuhren wir im Triumph davon. Und diese Vorstellung wiederholte sich in jedem Hotel, in jedem Appartement, das wir bezogen.

Um zehn Uhr an jenem Abend, erledigt von einem Abendessen von vier Gängen mit Pappi und Mama im Restaurant, bedient von erschauernden Kellnern, die uns nicht ausstehen konnten, aber unsere Eltern, insbesondere Pappi, vergötterten, sprangen wir immer noch umher und schlugen Purzelbäume auf unsern Betten. Wasserkrüge wurden über den Boden geschüttet, Kuchenreste, die wir aus dem Restaurant heraufgeschmuggelt hatten, zerkrümelt und über die Leintücher gestreut, und Maria, die Anführerin bei jedem Streich, schlug Niall eine Inspektion der Schlüssellöcher auf dem Korridor vor, um zuzusehen, wie die andern Hotelgäste sich auszogen.

Wir schlichen in unsern Nachtkleidern hinaus. Maria, das blonde Haar kurz und gekräuselt wie Bubenhaar, hatte ihr Nachthemd in eine von Nialls gestreiften Pyjamahosen gestopft, Niall schlurfte in Trudas Pantoffeln dahinter her, weil er seine eigenen nicht gefunden hatte. Celia, mit einem ausgestopften Affen, bildete die Nachhut.

»Erst darf ich gucken«, sagte Maria. »Ich habe die Idee gehabt.« Sie schob Niall von der geschlossenen Tür weg, kniete nieder, drückte ein Auge ans Schlüsselloch, während Niall und Celia gebannt danebenstanden.

»Es ist ein alter Mann«, flüsterte sie, »er zieht den Rock aus.« Aber bevor sie in ihrer Schilderung fortfahren konnte, wurde sie von Truda fortgerissen, die uns heimlich gefolgt war.

»Nein, so was!« sagte Truda. »Eines Tages kannst du solche Wege einschlagen, aber nicht, solange du unter meiner Obhut bist.« Und die schwere Hand sauste auf Marias reizendes Hinterteil herab, und Marias Faust stieß in Trudas pickelbesätes, mißbilligendes Gesicht vor. Trotz Kampf und Gegenwehr wurden wir in unsere Betten geschleppt, streckten uns, erschöpft von den Mühen des Tages, und schliefen wie junge Hunde. Nur am Morgen mußten wir den Wert der Stille begreifen lernen. Pappi und Mama durften nie gestört werden. Ob in einem Appartement, in einem Hotel, in einem möblierten Hause, unterhielten wir uns in den frühen Morgenstunden nur im Flüsterton und gingen auf Fußspitzen umher. Bis zum heutigen Tage ist keiner von uns ein Frühaufsteher geworden. Wir bleiben im Bett, bis die Sonne hoch am Himmel scheint. Diese Gewohnheit ist bei uns eingewurzelt. Dies war damals eine strenge Regel für uns, und es gab eine noch strengere. Das Schweigegebot im Theater während der Proben. Da durften wir nicht durch die Gänge laufen, nicht über die Sitzreihen springen. Wir saßen steif und stumm in einer fernen Ecke, im ersten Rang etwa oder, wenn wir in Paris waren, in einer der Logen hinter den Parkettsitzen.

Celia, die einzige von uns, die ein Interesse für Puppen und Spielzeug hatte, nahm zwei oder drei mit sich, stellte sie auf den Boden und setzte sie, mit einem Blick auf die Bühne, in Bewegung.

Der Bär war Pappi, mit mächtigem Brustkorb, hochgewachsen, die Hand auf dem Herzen; die japanische Geisha, das schwarze Haar zum Knoten gebunden, wie Mamas Haar bei der Probe, verbeugte sich und knickste und stand auf einem Bein. Wenn Celia das satt hatte, dann spielte sie »Haus«; die Stühle in der Loge waren Läden oder Wohnungen, und so leise flüsternd, daß nichts davon bis zur Bühne dringen konnte, hielt Celia Zwiesprache mit ihrem Spielzeug.

Schon in jenen Tagen nahm Maria an den Proben mit der gleichen

Glut Anteil wie Pappi, ja, sogar wie Mama. Hinter den Parkettsitzen oder im ersten Rang spielte sie die ganze Vorstellung stumm mit, ahmte jede Haltung nach — wenn irgend möglich vor einem Spiegel.

Auf diese Art konnte sie sich selber beobachten, wie sie Pappi und Mama auf der Szene beobachtete, und das bedeutete doppelte Sensation; sie war ein Sänger, sie war eine Tänzerin, sie war ein Schatten, der sich zwischen andern Schatten bewegte, die Sitzreihen unter den Staubschützern waren ihr Publikum, und das tiefe Dunkel des leeren Zuschauerraums schützte sie, schmeichelte ihr, fand an ihren Darbietungen nichts auszusetzen. In schweigender Ekstase verloren, streckte sie die Arme nach dem Spiegel wie Narzissus nach seinem Weiher, und ihr eigenes Bild lächelte und weinte ihr zu, aber unablässig wachte kritisch ein Bruchteil ihres Verstandes, merkte sehr genau, wie Pappi seine Stimme zu behandeln wußte, so daß noch das letzte Flüstern seines Liedes sie dort erreichte, wo sie stand.

Dieser letzte hohe Ton kam zweifellos ohne Mühe, mit der größten Leichtigkeit, und dann blieb Pappi bei der Eröffnungsvorstellung einen Augenblick stehen, ein halbes Lächeln auf den Lippen, und dann machte er eine Geste, als wollte er sagen: »Da nehmt es — es ist euer.« Und nachher schritt er mit seinem lässigen, selbstverständlichen Gang in die Kulisse, und Schulter und Rücken drückten klar aus: Mehr kann man heute abend wirklich nicht von mir verlangen. Und während er verschwand, setzte bereits der Applaus ein, ein betäubender Beifall, der ihn wieder auf die Bühne lockte, bis er mit einem Achselzucken und einem unterdrückten Gähnen abermals zu singen begann. Die Leute schrien: »Delaney! Delaney!«, lachten, waren begeistert, konnten sich gar nicht fassen, wenn sie sahen, daß ein Mensch, den sie für seine Leistung bezahlten, sie offenbar mit solcher Verachtung behandeln, sich so wenig aus ihrem Beifall machen durfte. Und niemals wußten sie, wie Maria es wußte, wie Niall und Celia es wußten, daß dieses Lächeln, dieser Abgang, diese Geste genau berechnet und studiert waren und einen wesentlichen Teil seines Auftretens bedeuteten.

»Noch einmal«, sagte er während der Probe, und der alte Sullivan, der Kapellmeister, der uns stets begleitete, wohin wir auch fuhren, wartete einen Augenblick, den Stab erhoben, das Orchester fest in der Hand — und dann setzten sie wieder ein, die letzte Strophe wurde wiederholt, es gab haargenau die gleichen Schwingungen, die gleichen Gesten, während hinten im ersten Rang, in der Dunkelheit, Maria auf den Fußspitzen stand, ein flackernder Schatten, der über den Spiegel glitt.

»Das genügt – vielen Dank«, und der alte Sullivan zog sein Taschentuch hervor, wischte sich die Stirn, putzte seine Brille, während Pappi über die Bühne ging, um mit Mama zu sprechen, die beim Coiffeur, bei ihrem Schneider oder bei einer Masseuse gewesen war. Mama probierte niemals am Morgen, und sie trug ein neues Pelzcape über den Schultern oder einen neuen kleinen Federhut, und sobald sie auftauchte, war sogleich eine andere Stimmung im Haus, aufreizend und irgendwie zersetzend; das war die Aura, die Mama immer mit sich brachte, wohin sie auch kam.

Sullivan setzte die Brille wieder auf, straffte sich auf seinem Sitz, und Niall, der sich neben die erste Geige geschlichen hatte und versuchte, die Noten zu lesen, weil ihn diese unleserlichen Zeichen in Bann schlugen, die ihm weniger als nichts bedeuteten, sah jetzt auf, das letzte Schwirren der Saiten noch im Ohr, bemerkte sogleich Mama, und ein Schuldgefühl überkam ihn, für das er keinen andern Grund wußte, als daß er sehr wohl empfand, daß seine Mutter ihn nicht gern im Orchester sitzen sah. Er hörte, wie sie zu Pappi etwas über die unerträgliche Zugluft auf der Bühne sagte; irgend etwas müsse da getan werden, bevor sie nachmittags zur Probe käme, und ein Hauch von ihrem Duft stahl sich sachte zu ihm hinunter, der neben dem Primgeiger saß, und plötzlich verlangte es ihn, mit einem bestürzenden Schmerz im Herzen, die Theaterkatze zu sein, die ihren Weg auf die Bühne gefunden hatte und jetzt neben Mama stand, den Buckel krumm machte, schnurrte und den glatten Kopf an ihren Füßen rieb.

»Hello, Minet, Minet«, sagte Mama, bückte sich, nahm die Katze auf, und jetzt schmiegte sich der Kopf schmeichelnd in den weiten, dunklen Kragen ihres Pelzcapes, und Mama streichelte sie, flüsterte ihr zu, und Katze und Pelzcape wurden eins, sie schmiegten sich aneinander, und Niall beugte sich, einem plötzlichen Drang folgend, über das Klavier im Orchester und schlug mit beiden Händen auf die Tasten ein, daß es in einem wilden, lauten, abscheulichen Mißklang erdröhnte.

»Niall?« Sie trat an die Rampe und schaute zu ihm hinunter, aber ihre Stimme war nicht länger sanft, sondern hart und kalt. »Was unterstehst du dich!? Komm sofort herauf!« Und der alte Sullivan hob ihn gutmütig über den Kopf des Primgeigers und setzte ihn vor Mama auf die Bühne.

Sie tat ihm nichts; die Ohrfeige, die ihm willkommen gewesen wäre, kam nicht. Sie wandte sich ab, übersah ihn; und nun sprach sie wieder mit Pappi, erörterte irgendeine Einzelheit der Nachmittagsprobe, und

Truda war plötzlich neben Niall, putzte ihm den Rock, der staubig und zerknüllt geworden war, während durch die Bühnentür Maria und Celia in die Kulissen tanzten, Merkmale schmutziger Finger auf dem Gesicht und Spinnweb im Haar.

3. KAPITEL

Niall hörte auf zu spielen, als Charles das Zimmer verließ.

»Ich habe jenes merkwürdige Gefühl«, sagte er, »das ich gewöhnlich als Kind empfand und das ich seit Jahren nicht mehr gehabt habe. Das Gefühl, daß das alles sich schon früher zugetragen hat.«

»Ich habe es häufig«, sagte Maria. »Es kommt ganz plötzlich, wie ein Gespenst, das einen anrührt, und dann geht es wieder, und man bleibt recht elend zurück.«

»Ich glaube, daß es dafür eine Erklärung gibt«, sagte Celia. »Das Unterbewußte ist dem Bewußten um den Bruchteil einer Sekunde voraus oder umgekehrt oder etwas dergleichen. Darauf kommt es schließlich nicht an.«

Sie griff abermals nach dem Arbeitskorb, nahm die durchlöcherte Socke in die Hand und betrachtete sie.

»Als Charles uns Parasiten genannt hat, dachte er an mich«, sagte sie. »Er dachte daran, wie ich zu jedem Wochenende hierher komme und ihn nie mit Maria allein lasse. Wenn er ins Schulzimmer kommt, spiele ich dort mit den Kindern, breche in Pollys Alltagsbereich ein, gehe mit ihnen spazieren, wenn sie sich ausruhen sollten, oder erzähle ihnen Geschichten, wenn sie ihre Aufgaben machen müßten. Letzten Samstag fand er mich in der Küche; da zeigte ich Mrs. Banks, wie sie ein Soufflé machen soll, und gestern früh war ich mit der Schere bei den Brombeerbüschen. Er kann mich nicht loswerden, er kann sich nicht von mir befreien. So ist es mein ganzes Leben lang gegangen, daß ich mich an Leute klammere, daß ich sie zu liebgewinne.«

Sie zog den Faden durch die Nadel und begann die Socke zu stopfen. Die Socke war verschlissen und hatte noch leicht den Geruch vom Fuß des kleinen Knaben an sich, und sie dachte daran, wie oft sie das getan hatte, und immer nur für Marias Kinder, nie für ein eigenes Kind, und wie ihr das bis jetzt nicht so wichtig gewesen war. Doch heute nachmittag war die gesamte Ordnung der Dinge verwandelt. Sie konnte nie wieder mit der gleichen ehrlichen Unbefangenheit nach Farthing kommen, weil Charles sie eine Parasitin genannt hatte.

»Es hat nicht dir gegolten«, sagte Maria. »Nur mir! Charles hat dich sehr gern. Es ist ihm sehr lieb, wenn du im Hause bist. Ich habe dir immer gesagt, daß er die Falsche gewählt hat.«

Sie legte sich wieder auf das Sofa, diesmal auf die Seite, so daß sie ins Feuer schauen konnte, und die heiße, weiße Asche des schwelenden Holzes kräuselte sich und fiel durch den Rost zu der toten Schlacke darunter.

»Er hätte mich nie heiraten sollen«, sagte sie. »Er hätte eine Frau heiraten sollen, die dieselben Dinge liebt wie er, das Land im Winter, zu reiten, zu Rennen zu gehen, Ehepaare zum Abendessen zu laden und nachher Bridge zu spielen. Ihm hat es nie gutgetan, dieses unruhige Leben, wenn ich in London arbeite und nur zum Wochenende herkomme. Ich habe getan, als wären wir glücklich, aber wir sind schon seit langem nicht mehr glücklich.«

Niall schloß das Klavier und stand auf.

»Das ist Unsinn«, sagte er brüsk. »Du betest ihn an. Das weißt du ganz genau. Und er betet dich an. Ihr hättet euch schon vor Jahren getrennt, wenn es nicht so wäre.«

Maria schüttelte den Kopf.

»Er liebt mich nicht wirklich«, sagte sie. »Er liebt nur die Vorstellung, die er sich einmal von mir gemacht hat. Das versucht er zu bewahren wie die Erinnerung an einen toten Menschen. Und ich halte es mit ihm ebenso. Als er sich in mich verliebte, hatte ich die Neueinstudierung von ›Mary Rose‹ gespielt. Ich habe schon vergessen, wie lange das gegangen ist – zwei oder drei Monate, nicht? –, aber die ganze Zeit habe ich ihn in der Rolle des Simon vor mir gesehen. Für mich war er Simon; und als wir uns verlobten, blieb ich Mary Rose. Mit ihren Augen und mit ihrem Verständnis sah ich ihn an, und er dachte, das sei mein wirkliches Ich, und darum liebte er mich, und darum heiratete er mich. Das Ganze war eine Illusion.«

Und selbst jetzt, dachte sie, in das Feuer starrend, während ich diese Dinge zu Niall und Celia sage, die sie begreifen, spiele ich noch immer Theater. Ich sehe mir selber zu, ich sehe eine Frau, die Maria heißt, auf dem Sofa liegt und die Liebe ihres Mannes verliert, und die arme, einsame Seele tut mir leid, ich möchte um sie weinen; aber ich, mein wirkliches Ich schneidet im Winkel Grimassen.

»Hier gibt es nur einen einzigen Parasiten«, sagte Niall. »Schmeichelt euch nicht mit dem Gedanken, daß er eine von euch gemeint hat.«

Er trat zum Fenster.

»Charles ist ein Tatmensch«, sagte Niall, »ein zielbewußter Mann. Er hat Autorität, er hat Kinder gezeugt, er hat Kriege mitgemacht. Ich achte ihn höher als irgendwen, den ich je gekannt habe. Manchmal wäre ich gern gewesen wie er. Gott weiß, daß ich ihn beneidet habe ... um viele Dinge. Eben erst hat er mich einen Hanswurst genannt, und er hatte recht. Aber ich bin noch mehr ein Parasit als ein Hanswurst. Mein ganzes Leben lang bin ich vor den Dingen davongelaufen, vor dem Zorn, vor der Gefahr, insbesondere aber vor der Einsamkeit. Darum schreibe ich Gassenhauer, gewissermaßen um die Welt zu bluffen. Und darum klammere ich mich an euch.«

Er warf seine Zigarette weg und sah zu Maria hinüber.

»Wir alle werden mit der Zeit morbide Geschöpfe«, sagte Celia unruhig. »Diese ewige Selbstbeobachtung ist für keinen von uns gut. Und es ist ein Unsinn, wenn du sagst, daß du davor Angst hast, einsam zu sein. Du bist sehr gern allein. Denk doch daran, wo du dich von Zeit zu Zeit vergräbst. Das lecke Boot...«

Sie hörte, wie gereizt ihre Stimme klang, es war die Stimme des Kindes Celia, das rief: »Laßt mich doch nicht allein. Wartet auf mich, Niall, Maria, wartet auf mich...«

»Alleinsein hat nichts mit Einsamkeit zu tun«, sagte Niall. »Das dürftest du doch schon gemerkt haben.«

Aus dem Eßzimmer hörten wir das Geräusch des Rolltisches, der gedeckt wurde. Mrs. Banks war allein. Sie hatte einen schweren Gang, und da sie unbeholfen war, klapperten und klirrten die Tassen. Celia fragte sich, ob sie ihr helfen sollte, und erhob sich bereits, sank aber wieder in ihren Stuhl zurück, als sie die frische, freundliche Stimme Pollys sagen hörte: »Erlauben Sie, daß ich Ihnen helfe, Mrs. Banks. Nein, Kinder, rührt die Kuchen nicht an!«

Zum erstenmal hatte Celia Angst vor dem gemeinsamen Tee. Die Kinder, die vom Spaziergang und von ihren Spielen schwatzten, Miss Pollard – Polly – lächelnd hinter der Teekanne, das gesunde, anziehende Gesicht für diesen Anlaß – den Sonntagstee – frisch bepudert, obgleich der Puder für ihren Teint zu hell war, und ihr Gespräch: »Jetzt, Kinder, erzählt doch Tante Celia, was ihr aus dem Fenster gesehen habt, so einen riesigen Vogel, wir wußten gar nicht, was für ein Vogel das war – nicht zu schnell trinken! Noch eine Tasse Tee, Onkel Niall?« Sie war immer ein wenig nervös, wenn Niall da war, errötete, wußte nicht, wie sie mit Niall stand. Und heute, ausgerechnet heute würde Niall schwierig sein und Maria stiller und abgespannter als gewöhnlich, und Charles, wenn er sich überhaupt zeigte, würde grimmig und schweigsam hinter der Riesenschale sitzen, die Maria ihm einst zu Weihnachten geschenkt hatte. Nein, heute, wenn überhaupt jemals, mußte der gemeinsame Tee vermieden werden. Und Maria hatte offenbar den gleichen Gedanken gehabt.

»Sag Polly, daß wir nicht zum Tee kommen«, sagte sie. »Hol ein Tablett, und wir drei trinken den Tee hier. Ich kann den Lärm nicht ertragen.«

»Und wie ist's mit Charles?« sagte Celia.

»Er wird überhaupt keinen Tee trinken. Ich habe ihn durch die Gartentür weggehen gehört. Er ist spazierengegangen.«

Der Regen hatte neuerdings eingesetzt, ein melancholischer Rieselregen, der leicht gegen die Gefängnisfenster schlug.

»Mir waren sie immer zuwider«, sagte Maria. »Sie nehmen alles Licht weg. Abscheuliche, kleine Quadrate!«

»Lutyens«, sagte Niall. »Er hat sie immer gemacht.«

»Zu diesem Haustypus passen sie«, sagte Celia. »Man sieht sie dutzendemal in ›Country Life‹; vor allem in Hampshire. Bei Mrs. Ronald Harringway, der Frau des bekannten Parlamentariers.«

»Zwei Betten«, sagte Maria, »die sie aneinanderschieben, damit es wie ein Doppelbett aussieht. Und das elektrische Licht kommt indirekt von der Wand darüber.«

»Rosa Handtücher für die Gäste«, sagte Niall, »und wunderbar sauber, aber das Gastzimmer liegt gegen Norden und ist immer kalt. Dafür gibt es ein außerordentlich tüchtiges Dienstmädchen, das schon seit Jahren bei Mrs. Ronald Harringway ist.«

»Aber sie steckt die Wärmflaschen zu früh unter die Decke, und wenn man schlafen geht, sind sie schon lau«, sagte Maria.

»Alle Jahre einmal kommt Miss Compton Collier und photographiert die Beete«, sagte Celia. »Eine Unmenge Lupinen, sehr steif sieht es aus.«

Der Türgriff drehte sich, und Polly steckte den Kopf herein.

»Alle im Dunkeln?« sagte sie strahlend. »Das ist aber nicht sehr heiter!«

Schon drehte sie den Schalter und überflutete den Raum mit Licht. Keiner sagte ein Wort. Nach dem Spaziergang mit den Kindern im Regen war ihr Gesicht frisch und rot, und wir drei waren im Vergleich bleich und verfallen.

»Der Tee ist bereit«, sagte sie. »Ich habe Mrs. Banks ein wenig geholfen. Die Kinder haben nach dem Spaziergang solch einen Appetit. Mummi sieht aber müde aus!«

Sie musterte Maria kritisch, ihr Benehmen war eine seltsame Mischung von Besorgtheit und Mißbilligung. Die Kinder standen neben ihr und sagten nichts.

»Mummi hätte mit uns gehen sollen, nicht wahr?« sagte Polly. »Dann hätte sie ihr Londoner Aussehen verloren. Macht nichts, Mummi soll doch ein großes Stück vom guten Kuchen kriegen. Kommt, Kinder!«

Sie nickte und lächelte und ging wieder ins Eßzimmer zurück.

»Ich mag keinen Kuchen«, flüsterte Maria. »Wenn es der gleiche ist wie das letztemal, werde ich krank davon. Ich kann ihn nicht ausstehen.«

»Darf ich dein Stück haben? Ich werde nichts sagen«, meinte der Junge.

»Ja«, erwiderte Maria.

Die Kinder liefen aus dem Zimmer.

»Onkel Niall wäre ein Glas Brandy ohne Tee lieber«, sagte Niall.

Er ging mit Celia ins Eßzimmer, und zusammen holten sie ein Tablett mit dem Tee und ein zweites mit Schnäpsen; dann kamen sie wieder ins Wohnzimmer, schlossen die Tür hinter sich und verdrängten so das vertraute Tassenklappern und Schwatzen von Polly und den Kindern.

Niall drehte den Schalter; abermals umhüllte uns beruhigendes Dunkel. Wir waren allein, still, ungestört.

»So haben wir's nicht gehabt«, sagte Niall. »Alles hell und sauber und hygienisch und herkömmlich. Spielsachen aus Werkstoffen. Sachen, die ineinander passen.«

»Vielleicht war es doch so«, sagte Maria. »Vielleicht erinnern wir uns nicht mehr.«

»Ich erinnere mich«, sagte Niall. »Ich erinnere mich an alles. Das ist gerade das Schlimme. Ich erinnere mich an viel zuviel.«

Maria goß einen Löffel Brandy in ihren Tee und einen zweiten in Nialls Schale.

»Ich kann das Schulzimmer hier nicht leiden«, sagte sie. »Darum gehe ich auch nie hin. Es ist auch ein Gefängnis; wie die Fenster hier in diesem Zimmer.«

»Das kannst du doch nicht sagen«, entgegnete Celia. »Es ist das beste Zimmer im Hause. Nach Süden gerichtet. Es hat am meisten Sonne.«

»Das meine ich nicht«, sagte Maria. »Es ist so selbstbewußt, so zufrieden mit sich selber. Es sagt: ›Bin ich nicht ein hübsches Zimmer, Kinder? Kommt, spielt, seid glücklich!‹ Und die armen kleinen Geschöpfe kauern sich auf dem schimmernden blauen Linoleum nieder, mit Riesenklumpen Plastilin. Truda hat uns nie Plastilin gegeben.«

»Wir haben es nicht gebraucht«, sagte Celia. »Wir haben uns immer verkleidet.«

»Die Kinder könnten sich mit meinen Sachen verkleiden, wenn sie Lust hätten«, sagte Maria.

»Du hast keine Hüte«, warf Niall ein. »Wenn man keine Hüte hat, dann macht das ganze Verkleiden keinen Spaß. Dutzende und Dutzende davon, alle im obersten Fach des Schranks aufgestapelt, just außer Reichweite, so daß man auf einen Stuhl steigen muß.« Er goß noch einen Löffel Brandy in seine Schale.

»Mama hatte ein rotes Samtcape«, sagte Celia. »Ich sehe es noch vor mir. Es legte sich ihr um die Hüften, und am Ende hatte es einen breiten Pelzrand. Wenn ich mich verkleidete, hat es bis zum Boden gereicht.«

»Du wolltest die Fee Morgana sein«, sagte Maria. »Es war so töricht von dir, als die Fee Morgana das rote Cape umzunehmen. Ich habe dir damals erklärt, daß es falsch war. Aber du warst verstockt, du wolltest nicht hören. Du hast angefangen zu weinen. Ich habe dich verprügelt.«

»Du hast sie nicht deswegen verprügelt«, sagte Niall. »Du hast sie verprügelt, weil du selber das rote Cape als Ginevra tragen wolltest. Erinnerst du dich nicht? Wir hatten doch das Buch auf dem Boden neben uns und wollten die Illustrationen von Dulac kopieren. Ginevra hatte ein langes rotes Kleid und blonde Flechten. Ich habe als Lancelot meinen grauen Pullover verkehrt angezogen und dazu lange graue Socken von Pappi über die Arme, damit es wie ein Panzerhemd aussehen sollte.«

»Das Bett war sehr groß«, sagte Maria. »Riesig. Größer als irgendein Bett, das ich jemals gesehen habe.«

»Wovon redet ihr?« fragte Celia.

»Von Mamas Bett«, sagte Maria, »im Zimmer, wo wir uns verkleideten. Es war in der Wohnung, die wir in Paris hatten. Rundum an den Wänden hat es Bilder von Chinesen gegeben. Ich habe immer ein Bett gesucht, das so groß ist, aber ich habe es nie gefunden. Das ist doch merkwürdig!«

»Warum denkst du auf einmal daran?« fragte Celia.

»Ich weiß nicht«, erwiderte Maria. »Ist nicht eben die Seitentür gegangen? Vielleicht ist es Charles.« Wir alle lauschten. Wir hörten nichts.

»Ja, es war ein großes Bett«, sagte Celia. »Ich habe einmal darin geschlafen. Damals, als ich mir den Finger im Lift gequetscht hatte. Ich schlief in der Mitte, und links und rechts von mir Pappi und Mama.«

»Wirklich?« fragte Maria neugierig. »So etwas hast du getan? War es dir nicht peinlich?«

»Nein. Warum hätte es mir peinlich sein sollen? Es war warm und gemütlich. Du vergißt, daß diese Dinge für mich selbstverständlich waren. Ich habe ja beiden gehört.«

Niall stellte seine Schale auf das Tablett.

»Was das für albernes Zeug ist«, sagte er, stand auf und zündete sich eine frische Zigarette an.

»Aber es ist doch wahr«, sagte Celia erstaunt. »Wie töricht du bist!«

Maria trank langsam ihren Tee. Sie hielt die Schale mit beiden Händen.

»Ich frage mich, ob wir sie mit den gleichen Augen betrachten«, sagte sie nachdenklich. »Pappi und Mama, meine ich. Und die Vergangenheit und unsere Kinderzeit und wie wir aufwuchsen und alles, was wir getan haben.«

»Nein«, sagte Niall, »wir haben jeder einen anderen Gesichtspunkt.«

»Wenn wir unsere Gedanken zusammentäten, würde es ein Bild geben«, sagte Celia, »aber es wäre verzerrt. Wie heute, zum Beispiel. Wenn's vorbei ist, wird jeder von uns es anders sehen.«

Das Zimmer war völlig dunkel geworden, aber draußen die einbrechende Nacht wirkte im Kontrast grau. Noch konnten wir die Schattengestalten der aneinandergedrängten Bäume sehen, die unter dem unablässigen Regen erschauerten. Ein gebeugter Ast des Jasmins, der an der Mauer wuchs, kratzte an der Bleifassung der Glastür. Längere Zeit sagte keiner von uns ein Wort.

»Ich wüßte gern«, sagte Maria schließlich, »was Charles wirklich meinte, als er uns Parasiten nannte.«

Das Wohnzimmer wirkte plötzlich kalt, die Vorhänge waren nicht zugezogen, das Feuer war tief heruntergebrannt. Die Kinder, die mit Polly rund um den Tisch im hellerleuchteten Eßzimmer jenseits der Halle saßen, gehörten zu einer andern Welt.

»Irgendwie war es«, sagte Maria, »als ob er uns beneiden würde.«

»Es war nicht Neid«, sagte Celia. »Es war Mitleid.«

Niall öffnete das Fenster und schaute über den Rasen. Fern in der Ecke, in der Nähe der Schaukel der Kinder, stand eine Trauerweide; im Sommer war sie ein kühler, belaubter Baum mit reichem, vielverschlungenem Blattwerk, das vor dem harten Glast der Sonne schützte. Jetzt stand sie weiß und hinfällig in der düsteren Finsternis des Dezembers, und die Zweige waren dünn wie gebleichte Knochen eines Skeletts. Während Niall hinausschaute, kam mit dem Sprühregen eine Brise auf und schüttelte die Zweige der Trauerweide, bis sie sich beugten und schwankten und über den Boden fegten. Und es war nicht länger ein einsamer Baum, der dort draußen stand und sich gegen das Immergrün abhob, sondern die gespenstische Erscheinung einer Frau, die einen kurzen Augenblick vor einem gemalten Hintergrund stand und dann quer über eine beschattete Bühne auf ihn zugetanzt kam.

4. KAPITEL

Am letzten Abend der Saison veranstalteten Pappi und Mama eine Gesellschaft auf der Bühne. Wir wurden zu diesem Anlaß angekleidet. Maria und Celia in Chiffonkleidchen mit Kordeln um die Taille und Niall in einen Matrosenanzug, dessen Bluse immer zu groß war und schlaff herunterhing.

»Steh doch still, Kind«, schalt Truda. »Wie willst du jemals rechtzeitig fertig sein, wenn du nicht stillstehst?« Und sie zog und zerrte an den Schleifen in Marias Haar, und dann bürstete sie das Haar selbst mit einer harten Bürste, bis es sich um Marias Kopf wie ein goldener Heiligenschein erhob.

»Wenn einer dich nicht kennt, muß er dich für einen Engel halten«, brummte sie, »aber ich weiß es besser. Ich könnte den Leuten Geschichten erzählen! Zapple doch nicht! Mußt du irgendwohin gehen?« Maria betrachtete sich im Spiegel der Schranktür. Die Tür war halb geöffnet und bewegte sich ein wenig, so daß Marias Spiegelbild sich ebenfalls bewegte. Ihre Wangen waren gerötet, ihre Augen funkelten, und die Welle von Erregung, die den ganzen Tag über angestiegen war, schlug ihr jetzt in den Hals und schien sie ersticken zu wollen. Aber sie war in der letzten Zeit gewachsen, und das Kleid, das ihr vor wenigen Monaten noch so gut gepaßt hatte, war jetzt an den Schultern zu knapp und überdies zu kurz.

»Ich kann das nicht tragen«, sagte sie, »das ist ein Babykleid.«
»Du wirst das tragen, was deine Mutter dir gibt, sonst kannst du ins Bett gehen«, sagte Truda. »Und wo steckt jetzt mein Junge?«
»Mein Junge« stand in Jacke und Hose frierend neben dem Waschbecken. Truda packte ihn, tauchte den Waschlappen in das heiße, von Seife schäumende Wasser und rieb Nialls Hals und Ohren.

»Wo nur all der Schmutz herkommt, das weiß ich nicht«, sagte sie. »Was ist denn mit dir los? Frierst du?«

Niall schüttelte den Kopf, aber er zitterte noch immer, und seine Zähne klapperten.

»Aufregung ist es, sonst nichts«, sagte Truda. »Die meisten Kinder deines Alters wären jetzt schon im Bett und würden schlafen. Reiner Wahnsinn ist es, euch ins Theater zu schleppen, und eines Tages wird es ihnen auch leid tun! Tummle dich, Celia; wenn du noch länger so dasitzt, wirst du die ganze Nacht sitzen bleiben. Seid ihr noch nicht fertig? Wir kommen, Madam, wir kommen...« Und gereizt warf sie den Waschlappen in das Waschbecken und ließ Niall stehen, dem das seifige Wasser am Hals hinunterrieselte.

»Wir gehen, Truda«, rief Mama. »Wenn du die Kinder in der Pause bringst, so ist es früh genug.«

Einen Augenblick stand sie in der Tür, kühl und distanziert, und zog lange weiße Handschuhe über die Hände. Ihr glattes dunkles Haar war in der Mitte gescheitelt, wie immer, und am Nackenansatz zu einem Knoten zusammengefaßt. Heute abend trug sie die Perlenschnur um den Hals, weil es doch nachher eine Gesellschaft gab.

»Was für ein schönes Kleid«, sagte Maria. »Es ist neu, nicht wahr?«

Und sie lief auf Mama zu, um das Kleid zu betasten, und vergaß ihr eigenes Mißvergnügen; und Mama lächelte und öffnete den Mantel, um die schweren Falten sehen zu lassen.

»Ja, es ist neu«, sagte sie und machte eine Wendung, und das Kleid schwang sich unter dem schwarzsamtenen Mantel um sie, und ihr Duft überströmte uns, als sie sich wandte.

»Ich möchte dir einen Kuß geben«, sagte Maria, »ich möchte dir einen Kuß geben und tun, als ob du eine Königin wärst.«

Mama bückte sich, aber nur für eine Sekunde, und Maria erwischte nur eine Samtfalte.

»Was ist denn mit Niall?« fragte Mama. »Warum ist er so blaß?«

»Ich glaube, er fühlt sich nicht wohl«, sagte Maria. »So ist er immer vor einer Gesellschaft.«

»Wenn er sich nicht wohl fühlt, kann er nicht ins Theater kommen«, sagte Mama und sah Niall an; dann hörte sie, wie Pappi sie vom Gang draußen rief, wandte sich ab, schlug den Mantel um sich und verließ das Zimmer, und uns blieb ihr Duft, der schmeichelnd die Luft durchzog.

Wir lauschten den Geräuschen der Abfahrt, den Stimmen und dem Flüstern der erwachsenen Leute, und das klang so ganz anders als unser eigenes Schwatzen und Lachen. Mama erklärte Pappi irgend etwas, und Pappi sprach mit dem Chauffeur, und André lief mit einem Mantel in die Halle hinunter, den Pappi vergessen hatte, jetzt stiegen sie in den Wagen, wir konnten den Motor hören und dann das Zuschlagen der Tür.

»Sie sind fort«, sagte Maria, und dann erstarb völlig grundlos die Erregung in ihr. Plötzlich fühlte sie sich einsam und traurig, und darum ging sie zu Niall, der noch immer schaudernd vor dem Waschbecken stand, und zog ihn an den Haaren.

»Jetzt aber, ihr zwei!« schalt Truda, die wiedergekommen war, sich über Niall beugte und in seinen Ohren bohrte. Niall stand gebückt, was er verabscheute, und er war nur froh, daß Pappi nicht mit Mama gekommen war, um sich von den Kindern zu verabschieden. Pappi, der in seinem Frack mit der Nelke im Knopfloch so prächtig aussah!

»Und nun haltet still, ihr drei«, sagte Truda, »damit ich mich auch anziehen kann.« Und sie ging zum Schrank im Gang, wo sie ihre Kleider hatte, und nahm ihr steifes schwarzes Kleid heraus.

Schon schwebte das Gefühl endgültigen Abschieds durch diese Wohnung; morgen sollten wir sie verlassen, und sie würde nicht länger uns gehören. Andere Leute würden kommen und hier wohnen, oder aber sie würde leerstehen – für einige Wochen vielleicht. André packte Pappis Anzüge in den langen Koffer, die Kommode und der Schrank standen weit offen und auf dem Boden Reihen von Schuhen und Knopfstiefeln.

Er sprach französisch mit dem kleinen dunklen Mädchen, das mit der Wohnung übernommen worden war und jetzt Mamas Sachen in Seidenpapier packte. Überall im Zimmer war Seidenpapier verstreut. Er lachte und sprach in flinkem Französisch zum kleinen Mädchen, das lächelte und spröde tat.

»Das ist das Schlimme an ihm«, sagte Truda. »Er kann die Mädchen nicht in Frieden lassen.« Sie hatte immer eine Bemerkung über André zu machen.

Jetzt gingen die beiden über den Gang in die Küche zum Abendessen, und Truda gesellte sich zu ihnen. Es roch angenehm nach Käse und Knoblauch, und ihre Stimmen summten unablässig durch die halboffene Küchentür zu uns herüber.

Celia setzte sich in den leeren Salon und sah sich um. Die Bücher, die Photographien und alle persönlichen Besitztümer waren eingepackt. Nichts blieb als die Möbel, die den Eigentümern der Wohnung gehörten. Das steife Sofa, die vergoldeten Stühle, der polierte Tisch. An der Wand war das Bild einer Frau auf einer Schaukel, die Unterröcke wurden sichtbar, ein Schuh war ihr vom Fuß gefallen, und ein junger Mann ließ die Schaukel schwingen. Seltsam war es, sich vorzustellen, daß die Frau hier auf der Schaukel saß und der junge Mann die Schaukel schwingen ließ, und das tagein, tagaus, einen Monat nach dem andern, ein Jahr nach dem andern, seit das Bild gemalt worden war, und daß, nach dieser Nacht, kein Mensch da sein würde, um sie zu betrachten, und sie würden im leeren Raum weiterschaukeln müssen.

»Wir fahren weg«, sagte Celia laut. »Wie wird euch das gefallen? Ich glaube nicht, daß wir je wieder hierherkommen werden.« Und die Frau lächelte nach wie vor ihr einfältiges Lächeln und warf den Schuh in die Luft.

Hinten, im Schlafzimmer, zog Maria sich mit fiebernder Hast um. Sie hatte ihr Kleid abgelegt und im Korb mit der Schmutzwäsche versteckt, und nun zog sie den schwarzen Samtanzug an, den sie zu Neujahr als Kostüm getragen hatte. Es war ein Pagenanzug, für teures Geld ausgeliehen, und Truda hatte ihn in einen Karton verpackt, der verschnürt und adressiert dalag, bereit, in den Laden zurückgesandt zu werden. Es waren ein gestreiftes Wams und kurze bauschige Hosen, dazu lange seidene Strümpfe und, das Schönste von allem, ein Cape, das von den Schultern herabfiel. Um die Taille schlang sie einen Gürtel, in den sie einen bemalten Dolch steckte.

Der Anzug saß ausgezeichnet, und als Maria sich im Spiegel beschaute, war auch die Erregung wieder da. Sie war glücklich, nur darauf kam es an, sie war nicht länger Maria, ein albernes kleines Mädchen in einem dummen Paradekleid. Sie war ein Page und hieß Edouard. Sie ging im Zimmer auf und ab, redete mit sich selber und stieß mit dem Dolch in die Luft.

Im Badezimmer versuchte Niall zu erbrechen. Er würgte und spuckte, aber nichts geschah, und dennoch wollte der Schmerz in der Magengrube nicht weichen. Kläglich stellte er sich die Frage, warum das immer so kommen mußte, daß er sich bei großen Anlässen elend fühlte. Sein Geburtstagsmorgen, Weihnachten, Premieren, letzte Aufführungen, Seefahrten, alles wurde dadurch verdorben, daß ihm schlecht war.

So war es seit jeher.

An einem gewöhnlichen Tag, wenn es ganz gleichgültig gewesen wäre, wurde ihm niemals übel. Er raffte sich zusammen und seufzte, und als er aus dem Badezimmer trat, blieb er eine Weile im Gang stehen und wußte nicht recht, was er tun sollte. Er machte kehrt und ging in Mamas Schlafzimmer. André hatte alle Lichter abgedreht bis auf eines am Spiegel des

Toilettetisches. Niall trat vor den Toilettetisch. Die kleinen Fläschchen und Töpfchen waren noch da, das Mädchen hatte sie nicht eingepackt, und dort, auf der Schildpattschale, war ein wenig Gesichtspuder verstreut. Mamas Schal lag auf dem Stuhl, wie sie ihn hingeworfen hatte. Niall hob ihn auf, roch daran, und dann legte er ihn sich um die Schultern. Er setzte sich auf den Stuhl und begann die Dinge auf der Schale zu betasten. Dann bemerkte er, daß Mama vergessen hatte, einen von ihren Ohrringen anzulegen. Da lag er, eine runde weiße Perle, mitten im Puder. Er war überzeugt, daß sie ihn getragen hatte, als sie in das Schlafzimmer der Kinder gekommen war, um sich von ihnen zu verabschieden. Vielleicht war er hinuntergefallen, als Pappi sie rief, und sie hatte es nicht bemerkt, und André oder das Mädchen hatten ihn auf dem Boden liegen gesehen und auf die Schale gelegt.

Niall beschloß, den Ohrring zu nehmen und ihr zu geben, und sie würde sich bestimmt freuen und sagen: »Wie aufmerksam von dir!« und lächeln. Er hatte die Perle auf der Handfläche und spürte mit einemmal ein seltsames, unbezwingliches Verlangen, sie in den Mund zu stecken. Er tat es. Er ließ sie über seine Zunge rollen; die Perle war kühl und glatt und angenehm. Wie friedlich war es doch in dem stillen Schlafzimmer. Ihm war gar nicht mehr übel. Und dann hörte er plötzlich Truda im Gang rufen: »Niall ... Niall ... wo steckt denn der Junge?« Und der Ruf erschreckte ihn derart, daß er aufsprang, und im Aufspringen bissen seine Zähne in die Perle; es knirschte schrecklich. In panischer Angst spuckte er die Splitter in seine Hand, starrte sie eine Sekunde an und warf sie hinter den schützenden Rand der Spitzendecke. Er kroch neben das Bett, sein Herz pochte, als Truda in das Zimmer trat und Licht machte.

»Niall«, rief sie. »Niall!«

Er antwortete nicht. Sie ging wieder und rief die andern. Er kroch hervor, schlich auf Fußspitzen durch den Gang in das Badezimmer und sperrte die Tür hinter sich ab.

Truda war sehr schlecht gelaunt, als sie mit uns im Wagen ins Theater fuhr.

»Man muß zuviel im Kopf haben, das ist die Geschichte«, sagte sie. »Wo soll ich noch überall hinschauen?! Erst das Einpacken und dann euch Kinder anziehen und jetzt noch als Gipfel dieser Streich – das Mädchen hat den Ohrring nie im Leben auf den Toilettetisch gelegt, darauf kann ich schwören. Sie wird ihn irgendwo versteckt haben, um ihn nachher zu verkaufen; sie weiß ja, daß eure Mama und wir alle morgen nicht mehr da sind – laß doch das Fenster ein Stückchen herunter, Maria, man erstickt ja im Wagen. Du sitzt ja so still in deinem Mantel gewickelt da. Sag nicht, daß dir am Ende auch übel ist! Und du, Niall, alles in Ordnung jetzt?«

So sprach sie unablässig weiter, halb zu uns, halb zu sich selber. Maria, mit heißen Backen und feuchten Händen, fragte sich, was Truda sagen würde, wenn sie entdeckte, daß sie, Maria, unter dem Mantel nicht ihr Paradekleid trug, sondern das Pagenkostüm. Ihr selber war es gleichgültig, jetzt würde sie sich doch nicht mehr umziehen müssen, dazu war es zu spät; und wenn man sie auch bestrafte – was lag daran? Sie hüpfte auf auf dem schmalen Sitz auf und nieder, den Mund eigensinnig zusammengepreßt.

Niall suchte die Tröstung von Trudas Hand unter der Wagendecke.

»Geht's gut, mein Junge?« fragte sie.

»Ja, danke«, erwiderte Niall.

Niemals würde man die zersplitterte Perle unter dem Bett finden, und wenn man sie fand, würde man meinen, das Mädchen sei darauf getreten. Morgen wären sie schon abgereist, und alles würde vergessen werden.

Nur wenige Minuten war es jetzt noch bis zum Theater über die breiten Boulevards, mitten durch die tutenden Taxis und die glitzernden Lichter, wo die Leute sich schwatzend drängten. Und so ging es in das Foyer, wo noch mehr Leute waren, ein Wirrwarr von Geräuschen, alle sprachen erregt durcheinander, begrüßten Freunde, denn es war gerade Pause. Dann, als Truda der Logenschließerin etwas zuflüsterte, uns in die Loge schob und wir uns umschauten, läutete draußen im Foyer die Glocke, die Menschen strömten zu ihren Plätzen, der Lärm erstarb zu einem Flüstern, während Sullivan im Orchester, den Stab erhoben, wartete.

Der Vorhang teilte sich, von beiden Seiten wie durch Zauberhände gerafft, und wir blickten in einen tiefen Wald, wo die Bäume sich aneinanderdrängten; doch inmitten des Waldes war eine Lichtung und inmitten der Lichtung ein Weiher.

Obgleich Celia die Bäume schon oft berührt hatte und wußte, daß sie gemalt waren, obgleich sie oft in den Weiher geschaut und gesehen hatte, daß er aus Stoff war und nicht einmal schimmerte, ließ sie sich doch immer von neuem täuschen.

Auch in ihr fand das »Ah!« des Publikums einen Widerhall, als sich langsam neben dem Weiher eine Gestalt erhob, die Haare lose über den Schultern, die Hände gefaltet, und mochte ihre Vernunft ihr auch sagen, daß diese Gestalt ihre Mama war – es war nur Mama in einer Rolle, und ihre wirklichen Sachen lagen natürlich in der Garderobe hinter der Bühne –, überkam sie doch, und nicht zum erstenmal, die Angst, sie könnte sich irren, es gäbe keine Garderobe hinter der Bühne, keinen Trost vertrauter Dinge, keinen Pappi, der wartete, bis er an der Reihe war, aufzutreten und zu singen, sondern nur diese Gestalt, diese Frau, die Mama war und doch nicht Mama. Sie sah, Beruhigung suchend, zu Maria hinüber; und Maria bewegte sich, genau wie Mama sich bewegte, der Kopf neigte sich ein wenig zur Seite, die Hände entfalteten sich, und Truda gab Maria einen Schubs in den Rücken und flüsterte:

»Pssst! Halt doch still!«

Maria fuhr zusammen; es war ihr gar nicht zum Bewußtsein gekommen, daß sie Mama nachahmte.

Sie dachte an die Kreidestriche auf der Bühne, die Striche auf den nackten Brettern, bevor die Bespannung aufgelegt wurde. Wenn Mama probierte, hatte sie Kreidevierecke über der ganzen Bühne, und sie wiederholte ihre Schritte von einem Viereck zum andern immer und immer wieder. Oft hatte Maria ihr zugeschaut.

Es war das zweite Viereck, in das sie jetzt den Fuß setzte, und im nächsten Augenblick würde sie in das dritte, das vierte, das fünfte gleiten, und dann kämen die Wendung und der Blick rückwärts und die Bewegung ihrer Hände, die dem Blick folgten. Maria kannte jeden Schritt. Sie wünschte, sie könnte ein Schatten sein, dort unten auf der Bühne, neben Mama.

Einmal gab es ein Blatt, das vom Winde weggeweht wurde, dachte Niall. Das erste Blatt, das im Herbst von einem Baume fiel. Und dann wurde es ergriffen und weggeworfen und mit dem Staub davongetragen, und man sah es nie wieder, es verschwand und war verloren. Es gab ein Kräuseln auf dem Meer, und es verging und kam nie wieder. Es gab eine Seerose auf einem Weiher, geschlossen und grün, und dann entfaltete sie sich wächsern und weiß, und die Seerose waren Mamas Hände, die sich öffneten, und die Musik hob und senkte sich und verlor sich im Echo der Wälder. Wenn sie nur nie aufhören wollte, die Musik, niemals verstummen, sondern weiterklingen in alle Zeit, das Blatt flattern, das Kräuseln nie enden. Jetzt war sie wieder neben dem Weiher, beugte sich zu ihm hinab, ihre Hände falteten, schlossen sich, die Bäume senkten sich über sie, es wurde dunkel – und plötzlich war es zu Ende, war es vorbei. Die Vorhänge fielen rauschend vor der Szene zusammen, zerrissen die Stille, und aller Friede verwehte in einem sinnlosen Beifallssturm.

Hand auf Hand, wie töricht klappernde Fächer, alle applaudierten gleichzeitig, und Köpfe nickten, und Lippen lächelten. Truda und Celia und Maria applaudierten mit allen andern, rot und glücklich.

»Vorwärts, willst du nicht deiner Mama applaudieren?« sagte Truda, aber er schüttelte den Kopf und sah zu Boden auf die schwarzen Schuhe mit den Bändern unterhalb der weißen Matrosenhosen. Ein alter Herr mit Spitzbart beugte sich aus der Nebenloge herüber, lachte und sagte: »Qu'est-ce qu'il a, le petit?« Und ausnahmsweise kam Truda ihm nicht zu Hilfe. Sie erwiderte das Lachen des alten Herrn.

»Er ist schüchtern, das ist es«, sagte sie.

Es war heiß und stickig in der Loge, unsere Kehlen waren ausgetrocknet vor Durst und Erregung. Wir wollten uns *sucettes* an Stäbchen kaufen und daran lutschen, aber das erlaubte Truda nicht.

»Ihr habt keine Ahnung, woraus sie gemacht sind«, sagte sie.

Und noch hatte Maria ihren Mantel um, behauptete, ihr sei kalt, und als Truda sich abwandte, streckte Maria einer dicken, schmuckbedeckten Frau, die sie durch eine Lorgnette musterte, die Zunge heraus.

»Oui, les petits Delaneys«, sagte die Frau zu ihrem Nachbarn, der sich umwandte, um uns anzusehen, und wir starrten durch die beiden hindurch, als hätten wir nichts gehört.

Es war spaßig, dachte Niall, daß er nie daran dachte, Pappi Beifall zu klatschen; es war ihm ganz anders zumute, wenn Pappi auf der Szene erschien und sang. Er wirkte so groß und zuversichtlich, und von ihm ging eine gewisse Macht aus; er erinnerte Niall an die Löwen im *Jardin d'acclimatation*. Eine gelbe Mähne hätte zu ihm gepaßt.

Pappi begann natürlich mit ernsten Liedern, und genauso, wie Maria sich an die Kreidestriche auf der Bühne erinnert hatte, als Mama tanzte, so entsann Niall sich der Probe, erinnerte sich daran, wie Pappi Ton für Ton, Phrase für Phrase studiert hatte.

Manchmal wünschte er, Pappi würde dies oder jenes Lied schneller singen, oder vielleicht war die Musik schuld, die zu langsam war. Beeilt euch doch, dachte er ungeduldig, beeilt euch doch.

Die wohlbekannten Lieder, die beliebtesten, bewahrte Pappi stets für das Ende des Programms und als Zugaben auf.

Celia mochte diese Lieder nicht, weil sie oft traurig waren.

> *Im Sommer auf dem Bredon*
> *Tönen die Glocken so klar.*

Das begann so voller Hoffnung, voller Vertrauen, und dann kam jene schreckliche letzte Strophe, der Friedhof, sie konnte den Schnee unter ihren Füßen spüren und die Glocke läuten hören. Sie wußte, daß sie weinen würde. Es war solch eine Erleichterung für sie, wenn er es nicht sang, sondern statt dessen mit »O Mary, sei am Fenster dort!« schloß.

Sie sah sich selber am Fenster, wie sie hinausschaute, und Pappi ritt vorüber, winkte mit der Hand und lächelte.

All diese Lieder hatten eine persönliche Beziehung zu ihr, und niemals vermochte sie, sich von ihnen zu lösen.

>*Sieh, der Berg, er küßt den Himmel,
Woge in der Woge vergeht,
Und Verdammnis droht der Blume,
Wenn sie ihren Bruder verschmäht.*«

Das waren sie und Niall. Wenn sie Niall verschmäte, würde ihr Verdammnis drohen. Sie wußte nicht, was »verschmähen« zu bedeuten hatte, aber es mußte etwas Schreckliches sein.

>*Du holder Mond, der nie verbleicht,
Entzücken meines Lebens.*«

Celia fühlte, wie ihre Mundwinkel zitterten. Warum mußte Pappi das tun? Warum mußte er in seiner Stimme so viel Unglück mitklingen lassen?

>*Wie oft durch diesen Garten schau'n
Wird sie nach mir vergebens!*«

Und Celia war es, die überall nach Pappi ausschaute und ihn niemals fand. Sie konnte den Garten sehen, der voll mit toten Blättern war wie der Bois im Herbst.

Und jetzt war alles vorüber, der Applaus dauerte an, die Leute brüllten, und Pappi und Mama standen vor dem Vorhang, der sich teilte, verbeugten sich vor dem Publikum, machten einander eine Verbeugung, und Pappi trat vor, um einige Worte zu sagen, doch da brachte Truda uns schon durch die Bühnentür hinter die Kulissen, bevor die Menge sich in den Gängen drängte.

Als wir in den Kulissen standen, war Pappi eben mit seinen Abschiedsworten fertig, und Mama begrub ihr Gesicht in dem Blumenstrauß, den Sullivan ihr aus dem Orchester heraufreichte – es gab viel Blumen, darunter einen großen Korb mit Bändern, etwas ganz Dummes, da wir doch morgen früh Paris verließen. Mama konnte ihn ja nicht mitnehmen.

Jetzt schloß sich der Vorhang zum letztenmal. Der Applaus und das Geschrei ebbten ab. Pappi und Mama lächelten nicht mehr, machten einander auch keine Verbeugung, und Pappi wandte sich wütend zum Bühnenmeister um.

»Die Lichter – die Lichter – Herrgott im Himmel, was ist denn mit der Beleuchtung geschehen?!« brüllte er ihn an, und Mama rauschte an uns vorbei, kreideweiß, ohne Lächeln, die Schultern erbittert gehoben.

Wir waren zu gut geschult, um ihr eine Frage zu stellen. Wir spürten eine Krise, wenn sie da war..., wir schlüpften nach der Hinterbühne, und Truda ließ uns wortlos gehen.

Bald hatten wir in dem Getümmel, das uns umgab, alles vergessen.

In Paris haben die Bühnenarbeiter ihre eigenen Gesetze, wie die Träger in Calais. Flink wie Affen, geschickt wie Jongleure, schoben sie die Versatzstücke nach der Hinterbühne und riefen einander »Hop-là« zu. Ein kleiner Mann mit Baskenmütze, das Gesicht von Schweiß überströmt, leitete sie, fluchte aus Leibeskräften und erfüllte die Luft mit Knoblauchgeruch.

Die Kellner von »Meurice« schlängelten sich zwischen ihnen hindurch, trugen Tabletts mit Gläsern und Schüsseln mit *Poulet à la crème*, André war irgendwoher aufgetaucht, holte eine Flasche Champagner nach der andern aus einer zerborstenen Kiste hervor, und allzufrüh erschien auch der erste Gast in der Bühnentür; aber das war nicht so wichtig, es war nur Mrs. Sullivan, die Frau des Kapellmeisters, in einem abscheulichen violetten Cape. Sie kam auf uns zu, lächelte, versuchte, unbefangen zu wirken. Wir liefen vor ihr davon, ließen sie mitten unter den Kellnern allein auf der Bühne, denn beim Anblick ihres violetten Umhangs wurden wir alle drei ganz verrückt, und wir gingen zu Pappi in die Garderobe. Er winkte uns zu, lachte, als er uns sah, die Wut über die Beleuchtung war verraucht, und im nächsten Augenblick hatte er Celia hoch über seinen Kopf gehoben, so daß sie mit ausgestreckten Händen die Decke berühren konnte. So trug er sie die Stiege hinunter und durch den Gang, während Maria und Niall an seinen Frackschößen klebten; es war aufregend, es war lustig, und wir waren glücklich. Wir kamen zur Tür von Mamas Garderobe und hörten sie zu Truda sagen: »Wenn sie sie in die Schale auf meinem Toilettentisch gelegt hat, so muß sie doch dort sein«. und Truda erwiderte: »Sie ist nicht dort, Madam. Ich habe selber nachgeschaut. Ich habe überall gesucht.«

Mama stand vor dem langen Spiegel und trug jetzt wieder das neue Kleid, das sie zu Beginn des Abends getragen hatte. Die Perlenschnur umschloß ihren Hals, aber sie trug keine Ohrringe.

»Was ist denn nicht in Ordnung, Liebling? Was ist los? Bist du noch nicht fertig? Die Leute kommen schon«, sagte Pappi.

»Einer meiner Ohrringe ist nicht da«, sagte Mama. »Truda meint, daß das Mädchen ihn gestohlen haben muß. Ich habe ihn in der Wohnung fallen lassen. Du mußt etwas tun. Du mußt die Polizei anrufen.«

Sie hatte das kalte, wütende Gesicht, das Sturm voraussagte, das Gesicht, vor dem Dienstleute davonliefen, Impresarios ihr Heil in der Flucht suchten und wir uns in dem fernsten Raum versteckten.

Nur Pappi ließ sich sichtlich nicht aus der Fassung bringen.

»Schon gut, schon gut«, sagte er. »Du siehst viel besser aus ohne Ohrringe. Sie waren ohnehin zu groß; sie haben die Wirkung der Perlenschnur beeinträchtigt.« Er lächelte ihr zu, und wir konnten sehen, daß sie sein Lächeln erwiderte und sekundenlang schwankend wurde. Dann fiel ihr Blick auf Niall, der blaß und stumm hinter Pappi auf der Schwelle stand.

»Hast du die Perle genommen?« fragte sie plötzlich mit sicherem Instinkt. Es gab eine winzige Pause, ein Pause, die auf uns dreien ein halbes Leben lang zu lasten schien.

»Nein, Mama«, sagte Niall.

Celia spürte, wie ihr Herz unter dem Kleid zu pochen begann. Gib, daß irgend etwas geschieht, betete sie, laß alles in Ordnung sein! Mach, daß keiner mehr wütend ist, mach, daß alle einander liebhaben!

»Sprichst du die Wahrheit, Niall?« fragte Mama.

»Ja, Mama«, sagte Niall.

Maria warf ihm einen schnellen Blick zu. Natürlich log er. Niall war es, der den Ohrring genommen und wahrscheinlich verloren oder weggeworfen hatte. Und wie er so kläglich und einsam in seinem Matrosenanzug dastand, mit ausdruckslosem Gesicht, das nichts verriet, fühlte Maria ein wildes, verzweifeltes Begehren in sich aufsteigen, ein Verlangen, zu schreien und all die Erwachsenen wegzudrängen. Was lag denn daran, wenn der Ohrring verloren war? Niemand durfte Niall kränken, niemand durfte Niall anrühren. Keiner – außer ihr.

Sie trat vor ihn hin und warf ihren Mantel ab.

»Seht mich an«, sagte sie, »seht doch, was ich anhabe!« Und sie stand da, als Page gekleidet. Sie fing an zu lachen und in die Hände zu klatschen und durch die Garderobe zu tänzeln, und, noch immer lachend, lief sie durch die Tür hinaus und zwischen den Kulissen auf die Bühne, wo sich schon die Gäste versammelten.

»Na, beim Leibhaftigen«, sagte Pappi, »was das für ein Affe ist«, und er begann zu lachen, und sein Lachen war ansteckend. Wenn Pappi lachte, konnte kein Mensch ärgerlich bleiben.

Er streckte Mama die Hand hin.

»Komm, Liebling«, sagte er, »du siehst reizend aus. Komm und hilf mir, mit diesen Teufelsbraten von Kindern fertig zu werden.« Und lachend zog er sie hinter sich auf die Bühne, und wir wurden vom Strom der Gäste überflutet.

Wir aßen *Poulet à la crème*, wir aßen *Meringues*, wir aßen *Eclairs*, und wir tranken Champagner. Alle zeigten auf Maria und sagten, wie entzückend sie sei und wie begabt. Man sagte es ihr ins Gesicht, als sie ihren Pagenmantel flattern ließ. Und Celia war auch reizend, war süß, war *ravissante*, und Niall, das war ein ganz Gerissener, ein tiefes Wasser, *un numéro*.

Wir alle waren reizend, wir waren klug, solche Kinder hatte es noch nie gegeben. Pappi lächelte wohlgefällig zu uns hinunter, ein Glas Champagner in der Hand, und Mama, schöner als je, streichelte unsere Köpfe, wenn wir an ihr vorbeiliefen, und lachte.

Es gab kein Gestern und kein Morgen; alle Furcht war verdrängt, alle Scham vergessen. Wir waren alle beieinander – Pappi und Mama, Maria und Niall und Celia –, wir waren alle glücklich, als all die Menschen uns anschauten, wir hatten Freude an uns selber. Es war ein Spiel, das wir spielten, ein Spiel, das wir gut kannten.

Wir waren die Delaneys. Und wir gaben ein Fest.

5. KAPITEL

»Ich wüßte gern, ob ihre Ehe glücklich war«, sagte Maria.
»Wessen Ehe?«
»Pappis und Mamas Ehe.«
Niall stand auf und begann die Vorhänge zuzuziehen. Das Mysterium war aus dem Garten gewichen, und an der Dunkelheit war jetzt nichts Seltsames mehr. Alles war in seine Ordnung zurückgekehrt, und es regnete heftig.

»Sie sind alle beide tot und gewesen. Wir wollen nicht mehr an sie denken«, sagte er.

Er ging quer durch das Zimmer und zündete die Lampe neben dem Klavier an.

»Wie kannst gerade du das sagen?« fragte Celia und schob die Brille auf die Stirn. »Du denkst mehr an die Vergangenheit als Maria oder ich.«

»Desto mehr Veranlassung, sie zu vergessen«, sagte Niall, und er ließ die Finger auf die Tasten schlagen. Keine Melodie, kein Lied mit Anfang und Ende. Ohne Unterbrechung ging es weiter, als ob jemand im oberen Stockwerk summen würde.

»Natürlich war ihre Ehe glücklich«, sagte Celia. »Pappi hat Mama vergöttert; das wissen wir alle drei.«

»Wenn man jemanden vergöttert, bedeutet das nicht unbedingt, daß man glücklich ist«, sagte Maria.

»Im allgemeinen bedeutet es, daß man sich sehr elend fühlt«, sagte Niall.

Celia zuckte die Achseln und beugte sich wieder über ihre Arbeit.

»Immerhin, nach Mamas Tod ist Pappi nicht mehr derselbe gewesen«, sagte sie.

»Wir auch nicht«, sagte Niall. »Sprechen wir von etwas anderem.«

Maria saß mit gekreuzten Beinen auf dem Sofa und starrte ins Feuer.

»Warum sollen wir von etwas anderem sprechen?« sagte sie. »Ich weiß, daß es für dich schrecklich war, aber es war für Celia und für mich ebenso schrecklich. Auch wenn sie nicht meine Mutter war, so war sie doch die einzige, die ich gekannt hatte, und ich liebte sie. Zudem ist es gut für uns, in der Vergangenheit zu schürfen. Es setzt die Dinge ins richtige Licht.«

Sie sah plötzlich ganz verloren aus, wie sie so allein auf dem Sofa saß, die Beine unter sich gekreuzt und das Haar zerrauft. Niall lachte.

»Was setzt es ins richtige Licht?« fragte er.

»Ich verstehe Marias Gesichtspunkt«, unterbrach Celia. »Es wirft ein Licht auf unser eigenes Leben, und der Himmel weiß, daß es höchste Zeit dafür ist! Nach dem, was Charles eben erst über uns gesagt hat.«

»Unsinn«, sagte Niall. »Die Frage, ob Pappis und Mamas Ehe glücklich war, klärt uns nicht darüber auf, warum Marias Ehe ein Fehlschlag ist.«

»Wer sagt, daß sie ein Fehlschlag ist?« fragte Maria.

»Du hast das eine Stunde lang angedeutet«, sagte Niall.

»Ach, fangt doch nicht mit solchen Geschichten an«, sagte Celia müde. »Ich kann mir nie klar darüber werden, was aufreizender ist; wenn ihr zwei einig seid oder nicht. Und wenn du schon Klavier spielen mußt, Niall, so spiel etwas Richtiges, ich kann dieses Klimpern nicht leiden. Ich habe es nie leiden können.«

»Ich muß auch gar nicht spielen, wenn es dich stört«, sagte Niall.

»Ach, spiel nur weiter«, sagte Maria; »kümmere dich nicht um sie! Du weißt, daß ich es gern habe. Es hilft mir beim Nachdenken.«

Sie legte sich wieder auf das Sofa, die Hände hinter dem Kopf.

»Wie steht es denn mit euren Erinnerungen an die Sommerferien in der Bretagne?« fragte sie.

Niall antwortete nicht, aber in sein Spiel mischten sich Dissonanzen, es wurde hart, unerfreulich.

»Es war sehr gewittrig«, sagte Celia, »einer der gewitterreichsten Sommer, die wir je erlebt haben. Und ich lernte schwimmen. Pappi hat es mich mit unendlicher Geduld gelehrt. Im Badeanzug hat er nicht gerade vorteilhaft ausgesehen, der Arme, er war viel zu groß.«

»Aber«, so meinte sie, »das einzige, woran wir uns wirklich erinnern, war das Ende. Überschattete es nicht alles übrige?«

»Ich habe auf dem Strand mit diesen gräßlichen Burschen aus dem Hotel Kricket gespielt«, sagte Niall überraschend. »Sie benutzten gewöhnlich einen harten Ball, und das war mir zuwider. Aber ich hielt es doch für das beste, mich zu üben, weil ich ja im September in die Schule gehen sollte. Im Springen war ich viel besser. Da habe ich sie glatt geschlagen.«

Worauf, um Himmels willen, wollte Maria hinaus, wenn sie jetzt die Vergangenheit aufrührte? Was sollte das nützen, wem konnte damit gedient sein?

»Wir haben vorhin darüber gesprochen, daß wir jeder die Dinge von einem anderen Gesichtspunkt aus ansehen«, fuhr Maria fort. »Niall sagt, daß es so ist, und ich glaube, daß er recht hat. Du sagst, daß jener Sommer gewittrig gewesen ist, Celia. Ich entsinne mich keines einzigen Sturms. Es war heiß und schön; einen Tag nach dem anderen. Kein Wunder, daß niemand die Wahrheit über das Leben Christi weiß. Die Männer, die die Evangelien geschrieben haben, erzählen jeder eine andere Geschichte.« Sie gähnte und zog ein Kissen hinter ihren Rücken. »Ich frage mich, wann ich die Kinder über die Tatsachen des Lebens aufklären soll«, sagte sie sprunghaft.

»Du bist der letzte Mensch, der das tun kann«, sagte Niall. »Bei dir würde das viel zu aufregend herauskommen. Überlaß es Polly. Sie wird kleine Figuren aus Plastilin modellieren und es an ihnen demonstrieren.«

»Und wie steht's mit Caroline?« sagte Maria. »Sie ist längst über die Plastilinjahre hinaus. Die Schulleiterin wird es ihr wohl sagen müssen.«

»Ich glaube, daß man das heutzutage in der Schule sehr gut fertigbringt«, sagte Celia ernsthaft. »Es wird alles sauber und klar und ganz aufregungslos dargestellt.«

»Wie? Mit Zeichnungen auf der Wandtafel?« fragte Maria.

»Ja, ich glaube. Genau weiß ich's nicht.«

»Ist das nicht ziemlich grob? Wie diese schrecklichen Kreidezeichnungen auf der Promenade in Brighton, unter denen gekritzelt stand: ›Tom geht mit Molly‹?«

»Ach, nun..., vielleicht wird es auch nicht auf der Tafel gezeigt. Vielleicht haben sie Präparate in Flaschen. Embryos etwa«, sagte Celia.

»Das ist noch schlimmer«, sagte Niall. »Ich könnte es nicht ertragen, einen Embryo zu sehen. Das Geschlechtsleben ist auch ohne Embryos verzwickt genug.«

»Ich wußte gar nicht, daß du dieser Ansicht bist«, sagte Celia, »oder auch Maria. Aber wir kommen von der Sache ab. Ich weiß nicht, was das Geschlechtsleben mit den Sommerferien in der Bretagne zu tun hat.«

»Nein«, sagte Maria, »das weißt du nicht.«

Celia wickelte die Stopfwolle auf und legte sie samt den Socken wieder in den Nähkorb.

»Es wäre weit wichtiger, Maria«, sagte sie streng, »wenn du dir weniger Sorgen darüber machen würdest, wie man den Kindern die Tatsachen des Lebens beibringen soll, und lieber lernen wolltest, wie man ihre Socken stopft.«

»Gib ihr etwas zu trinken, Niall«, sagte Maria müde. »Sie legt sonst die Platte ›Predigende alte Jungfer‹ auf. Und das ist so langweilig!«

Niall schenkte Maria und dann auch sich und Celia ein Glas ein. Leise pfiff er etwas vor sich hin.

Nun ging er wieder ans Klavier. Er stellte das Glas neben die Tasten.

»Wie waren doch die Worte?« fragte er. »Ich kann mich an die Worte nicht mehr erinnern.«

Er begann sehr leise zu spielen, und mit der Melodie fanden wir alle drei den Weg in die Vergangenheit zurück.

> *»Au clair de la lune*
> *Mon ami Pierrot,*
> *Prête-moi ta plume,*
> *Pour écrire un mot.*
>
> *Ma chandelle est morte,*
> *Je n'ai plus de feu,*
> *Ouvre-moi ta porte*
> *Pour l'amour de Dieu.«*

Maria sang halblaut mit ihrer klaren Kinderstimme; sie war die einzige, die sich noch der Worte entsann.

»Du hast es doch immer gespielt, Niall«, sagte sie. »In dem komischen, steifen kleinen Salon der Villa, während wir anderen draußen auf der Veranda saßen. Immer wieder hast du es gespielt. Wie bist du nur darauf gekommen?«

»Das weiß ich nicht«, sagte Niall. »Ich kann mich nicht erinnern.«

»Pappi hat es gesungen«, sagte Celia, »nachdem wir zu Bett gegangen waren. Der Moskitos wegen hatten wir Netze. Mama lag gewöhnlich in einem Liegestuhl. Sie hatte ihr weißes Kleid an; in der Hand hatte sie die Fliegenklappe, die sie als Fächer benutzte.«

»Es gewitterte, ja, jetzt erinnere ich mich«, sagte Maria. »Binnen fünf Minuten war der ganze Rasen überschwemmt. Wir sind vom Strand nach Hause gelaufen, die Röcke über den Köpfen. Es gab auch Nebel über dem Meer. Und einen Leuchtturm.«

»Der Mann, der ein Ballett für Mama schreiben wollte und nie begriff, daß ihr Ballette verhaßt waren, daß sie nur ihre eigene individuelle Tanzform behalten wollte – wie hieß er nur?« fragte Celia.

»Michel Laforge hieß er«, sagte Niall. »Er hatte immer nur Augen für Mama.«

Zu klar, zu gut erinnerten wir uns an das Haus. Es stand ein wenig hinter dem Rand der Klippen, die steil und gefährlich waren. Ein Pfad wand sich durch die Gärten zum Meer hinunter. Es gab Felsen und kleine Teiche und merkwürdige, dunkle, kalte Grotten, darein die Sonne langsam einfilterte wie die Strahlen einer Fackel. Wilde Blumen wuchsen auf den Klippen. Grasnelken und Schöllkraut ...

6. KAPITEL

Wenn das Wetter unsichtig war, dann dröhnten die Nebelhörner bei Tag und Nacht. Etwa drei Meilen von der Küste entfernt lag eine kleine Inselgruppe; die Inseln waren unbewohnt, klippenreich und gefährlich. Ihnen vorgebaut stand der Leuchtturm, und vor dort aus dröhnte das Nebelhorn. Tagsüber war das nur eine geringfügige Störung, an die wir uns schnell gewöhnten. Bei Nacht aber war es anders. Der gedämpfte Ton war wie eine Drohung, die sich mit unheimlicher Regelmäßigkeit wiederholte. Nach einem Tag, der klar und warm gewesen war, ohne das leiseste

Anzeichen von Nebel, erwachten wir in den frühen Morgenstunden, und plötzlich dröhnte in der stillen Sommernacht abermals das Ding, das uns geweckt hatte, klagend und beharrlich. Wir versuchten, es uns als etwas Freundliches vorzustellen, ein mechanisches Spielzeug, das der Leuchtturmwärter erfunden hatte, irgendein Motor oder eine Maschine, die mit der Hand betrieben wurde. Doch es war vergeblich. Der Leuchtturm war unerreichbar, das Meer war zu rauh, und die Felseninseln waren uns verboten. Und die Stimme des Nebelhorns blieb die Stimme der Verdammung.

Pappi und Mama übersiedelten in das Gastzimmer an der Hinterfront des Hauses, weil Mama es nicht ertragen konnte, in der Nacht aufzuwachen und das Nebelhorn zu hören. Das Gastzimmer hatte keine Aussicht auf das Meer. Es schaute nach einem kleinen Küchengarten und nach der Straße, die ins Dorf führte. In jenem Sommer war Mama erschöpfter als gewöhnlich. Die Saison war ungewöhnlich lang gewesen. Wir hatten den ganzen Winter in London verbracht, waren zu Ostern nach Rom gefahren und dann für Mai, Juni und Juli nach Paris. Schon wurden Pläne für eine lange Herbsttournee durch die Vereinigten Staaten und Kanada geschmiedet. Es wurde davon geredet, daß Niall in die Schule geschickt werden sollte und Maria möglicherweise auch. Wir alle wuchsen zu schnell. Maria war ebenso groß wie Mama, was vielleicht nicht viel besagen will, denn Mama war klein, wenn Maria aber unten am Strand von Felsen zu Felsen sprang oder sekundenlang am Klippenrand stehenblieb, bevor sie tauchte, dann sagte Pappi, sie sei über Nacht zur Frau geworden, und keiner von uns hätte es bemerkt. Wir alle waren sehr bedrückt, als er das sagte. Maria vor allem. Sie legte gar keinen Wert darauf, eine Frau zu sein. Es war jedenfalls ein Wort, das sie verabscheute. Es klang, als wäre man alt wie Truda; es klang, als wäre man eine sehr langweilige Person, etwa wie Mrs. Sullivan, die in der Oxford Street Einkäufe machte und Päckchen trug.

Wir saßen rund um den Tisch auf der Veranda, schlürften Cider durch Strohhalme und sprachen darüber.

»Wir sollten etwas einnehmen, um klein zu bleiben«, sagte Maria.

»Jetzt ist es zu spät«, sagte Niall. »Selbst wenn wir André bestechen würden, damit er uns aus dem Dorf Gin brächte, würde es nichts mehr nützen. Sieh nur deine Beine an.«

Maria streckte die Beine unter dem Tisch aus. Sie waren braun und glatt, und goldene, seidige Härchen wuchsen daran. Sie begann plötzlich zu lachen.

»Was ist denn los?« fragte Niall.

»Weißt du, wie wir neulich nach dem Essen Einundwanzig gespielt haben«, sagte sie, »und Pappi uns damit amüsiert hat, daß er von seiner Jugend in Wien erzählte, und Mama sehr früh mit Kopfschmerzen zu Bett gegangen war, und Michel aus dem Hotel zu uns herüberkam ...«

»Ja«, sagte Celia, »er hatte großes Pech beim Einundzwanzig. Er hat gegen mich und Pappi jede Runde verloren.«

»Nun«, sagte Maria, »ratet einmal, was er getan hat. Er hat beständig meine Beine unter dem Tisch gestreichelt. Ich habe so kichern müssen, ich hatte Angst, ihr würdet es merken.«

»Eigentlich unverschämt«, meinte Niall, »aber er sieht wie ein Mann aus, der gern streichelt. Er macht auch schrecklich viel mit den Katzen her; habt ihr das nicht bemerkt?«

»Ja«, sagte Celia, »das ist wahr. Ich finde, daß er sehr geziert ist, und Pappi findet das gewiß auch. Ich glaube nicht, daß Pappi ihn gern hat.«

»Er ist aber wirklich Mamas Freund«, sagte Niall. »Sie reden immerfort von diesem Ballett, das er für sie schreiben will. Für die Herbsttournee. Gestern nachmittag haben sie überhaupt nicht aufgehört. Und was hast du denn getan, als er dir die Beine gestreichelt hat? Hast du ihm einen Tritt versetzt?«

Maria schüttelte den Kopf und schlürfte behaglich ihren Cider.

»Nein«, sagte sie. »Es hat mir ganz gut gefallen. Es war ein ziemlich angenehmes Gefühl.«

Celia sah sie verblüfft an und schaute dann auf ihre eigenen plumpen Beine hinunter. Sie wurde nie so braun wie Maria.

»Wirklich?« sagte sie. »Ich hätte es für albern gehalten.« Sie beugte sich vor, streichelte ihre Beine und dann Marias Beine.

»Wenn du es tust, ist es nicht dasselbe«, sagte Maria. »Das ist langweilig. Wichtig ist, daß es einer tut, den man nicht näher kennt. Wie Michel.«

»Aha«, sagte Celia. Aber sie war ganz verwirrt.

Niall holte eine *sucette* aus der Tasche. Es war ein klebriges Zeug und schmeckte sehr bitter. Nachdenklich lutschte er daran. Es war ein eigenartiger Sommer. Keiner von uns spielte die Spiele, die wir sonst zu spielen pflegten. Katholiken und Protestanten, Engländer und Iren, Forschungsreisende am Amazonas. Immer gab es etwas anderes zu tun. Maria ging allein spazieren, freundete sich mit den erwachsenen Leuten im Hotel an wie mit diesem langweiligen Michel, der doch schon dreißig sein mußte, und Celia hatte neuerdings den aufreizenden Ehrgeiz, eine besonders gute

Schwimmerin zu werden. Sie war immer gleich so begeistert, konzentrierte sich auf die Schwimmtempi, zählte laut, hob sich dann aus dem Wasser und rief:

»Wieviel Tempi waren es diesmal? War es besser? Einer soll doch achtgeben!«

Aber keiner wollte achtgeben, nur Pappi sah mit nachsichtigem Lächeln auf: »Sehr gut. Nur so weiter. Ich werde es dir noch zeigen.«

Einmal, dachte Niall, spielten wir zusammen. Maria bestimmte, was wir spielen sollten, wer jeder sein sollte, wie wir heißen sollten, und wer den Feind spielen müßte. Und jetzt war es aus, dieses Spiel, zu tun, als ob man ein anderer wäre. Das war es wohl, was Pappi meinte, wenn er sagte, daß wir erwachsen seien, daß Maria eine Frau würde. Bald würden wir keine Kinder mehr sein. Wir werden sein wie die Großen.

Dieses Gerede über die Amerikatournee bot ihm keine Sicherheit. Nur Celia sollte mitgenommen werden, ihn aber und Maria würde man in die Schule schicken. Niall warf das bittere Ende einer *sucette* weg und ging in das Wohnzimmer. Drin war es kühl und still, die Läden waren alle geschlossen. Er trat an das Klavier und hob sachte den Deckel. Erst in diesem Sommer hatte er entdeckt, wie einfach es war, eine Verbindung von Tönen zu finden, sie zu Akkorden zu vereinen und ihnen einen Sinn zu geben. Wenn die anderen unten am Strand waren, badeten oder sich in der Sonne streckten, dann ging er in das leere Haus und setzte sich ans Klavier. Warum mühten denn die Leute sich ab, richtig Klavierspielen zu lernen, Noten zu lesen, das Hirn mit Dingen zu belasten, die Kreuze hießen und Achtelnoten und Sechzehntelnoten, wenn es doch das einfachste Ding auf der Welt war, den richtigen Klang von etwas zu finden, was man einmal gehört hatte, und es auf dem Klavier zu spielen?

Schon kannte er Papas ganzes Repertoire. Man konnte den Sinn der Lieder verändern, wenn man einige Töne veränderte; man konnte ein lustiges Lied zu etwas Traurigem machen, wenn man einen einzigen Akkord einfügte oder wegließ oder wenn man die Melodie gewissermaßen bergab rieseln ließ. Anders vermochte er es nicht auszudrücken. Wenn er in die Schule ging, würde ihm vielleicht jemand richtig Unterricht geben, würde es ihn lehren. Unterdessen aber übte seine private Forschungsmethode einen unendlichen Zauber auf ihn aus. Es war, auf seine Art, ebenso spaßig wie die alten Spiele mit Maria und Celia, wenn jeder sich für etwas anderes ausgab, vielleicht sogar noch spaßiger, denn er konnte doch die Klänge wählen, wie er wollte, während er bei den anderen Spielen tun mußte, was Maria vorschrieb.

> *Au clair de la lune*
> *Mon ami Pierrot,*
> *Prête-moi ta plume,*
> *Pour écrire un mot.*
>
> *Ma chandelle est morte,*
> *Je n'ai plus de feu,*
> *Ouvre-moi ta porte*
> *Pour l'amour de Dieu.«*

Das sang Pappi sehr oft als Abschluß. Je einfacher ein Lied, desto mehr tobte das Publikum. Die Leute brüllten, winkten mit den Taschentüchern, stampften mit den Füßen – nur weil er nichts tat, sondern nur ganz still auf der Bühne stand und ein einfaches Liedchen sang, das jeder von ihnen schon in der Wiege gelernt hatte. Das Leiserwerden der Stimme tat diese Wirkung – es war, wie wenn man den Dämpfer auf die Saiten der Geige setzte. Und noch aufregender war es, daß man die gleiche Traurigkeit aus »*Mon ami Pierrot*« herausholen konnte, indem man die Begleitung veränderte. Die Melodie blieb die gleiche und ihr Sinn im wesentlichen auch, doch dadurch, daß man die Akkorde änderte, verstärkte sich der Ausdruck von Verzweiflung. Noch aufregender war es, die Melodie in einem anderen Takt zu spielen.

Pappi pflegte jedem Wort seinen richtigen Tonwert zu geben, darum tönte es auch so leicht und anmutig –

Au clair de la lune . . .

wenn man das aber abänderte, wenn man mit der Betonung des »*Au*« begann und dann erst wieder »*lune*« betonte und die »*lune*« entzweiriß, dann wurde ein Tanzrhythmus daraus, und es klang ganz anders. Es war nicht länger rührend; kein Mensch brauchte mehr traurig zu sein. Celia würde nicht weinen müssen. Niall würde nicht jenes schreckliche Gefühl haben, das ihn zuzeiten überkam, wenn er sich, ohne rechten Grund, so furchtbar unglücklich fühlte.

Au clair eins . . . zwei . . . *de la lu-* eins . . . zwei . . . *ne*
Mon ami eins . . . zwei . . . *Pierrot*
Trallalala, trallalala.

Ja, natürlich, das war die Antwort. Es war heiter, es war ein Spaß. Auf diese Art sollte Pappi es singen! Niall wiederholte das Lied immer wieder, setzte die neuen Pausen an die überraschendsten Stellen, und er begann das Lied in ganz anderem Rhythmus zu pfeifen. Plötzlich, er wußte nicht, wie es kam, aber er spürte, daß er nicht mehr allein im Zimmer war. Irgend jemand war durch die Tür aus der Halle eingetreten. Mit einem Male hatte er ein Gefühl der Scham, der Schuld. Er hörte auf zu spielen, er drehte sich auf dem Stuhl um. Mama stand auf der Schwelle und beobachtete ihn. Einen Augenblick sahen sie einander an. Mama zauderte. Dann schloß sie die Tür und trat an das Klavier

»Wie bist du darauf gekommen, so zu spielen?« fragte sie.

Niall beobachtete ihre Augen. Sie war nicht ärgerlich, das merkte er, und das bedeutete eine Erleichterung. Aber sie lächelte auch nicht. Sie sah eher müde, verändert aus.

»Ich weiß nicht«, sagte er. »Ich habe gefühlt, daß ich es tun mußte. Es ist – einfach so gekommen.«

Sie stand da und schaute auf ihn hinunter, und er, der auf dem Stuhl saß, erkannte, daß Truda schließlich recht hatte. Er hatte es bisher nie bemerkt, aber sie war gar nicht groß, sie war kleiner als Maria. Sie trug den losen Schlafrock, den sie meist beim Frühstück oder in ihrem Zimmer trug, und dazu Strohsandalen ohne Absätze.

»Ich hatte Kopfschmerzen«, sagte sie. »Ich habe in meinem Zimmer oben gelegen, und da habe ich dich gehört.«

Seltsam war es, dachte Niall, daß sie nicht geläutet, daß sie ihm nicht durch Truda oder sonst wen befohlen hatte, aufzuhören. Oder wenigstens auf den Boden geklopft hatte! Das pflegte sie zu tun, wenn die Kinder zuviel Lärm machten und sie gerade Ruhe haben wollte.

»Das tut mir schrecklich leid«, sagte er. »Ich wußte es nicht. Ich dachte, daß ihr alle draußen seid. Vor einer Weile waren die anderen noch auf der Veranda, aber dann sind sie an den Strand gegangen, glaube ich.«

Mama schien ihm nicht zuzuhören. Es war, als dächte sie an etwas anderes.

»Vorwärts«, sagte sie. »Spiel es noch einmal!«

»Nein, nein«, sagte Niall schnell, »ich kann es nicht ordentlich!«

»Doch, doch, du kannst es«, sagte sie.

Niall starrte sie an. Hatte ihr Kopfschmerz sie verdreht gemacht? War sie denn bei Sinnen? Und jetzt lächelte sie; aber gar nicht spöttisch, sondern gütig!

Er schluckte, dann wandte er sich wieder zum Klavier und begann zu spielen. Jetzt aber stolperten seine Finger, glitten ab, und es klang alles falsch.

»Es hat keinen Zweck«, sagte er. »Ich kann nicht.«

Und nun tat sie etwas Erstaunliches. Sie setzte sich auf den Stuhl neben ihn, legte den linken Arm um seine Schulter und die rechte Hand auf die Tasten neben seine beiden Hände.

»Vorwärts«, sagte sie. »Wir werden es miteinander spielen.«

Und sie nahm Melodie und Rhythmus des Liedes dort auf, wo er innegehalten hatte, sie machte aus dem schwermütigen Lied ein heiteres Tanzliedchen, ganz wie er es getan hatte. Er war so überrascht, so verblüfft, daß er keinen klaren Gedanken fassen konnte. Vielleicht war Mama eine Nachtwandlerin, oder sie hatte gegen ihre Kopfschmerzen eine Pille genommen, die sie verrückt gemacht hatte wie Ophelia in »Hamlet«. Das konnte doch nicht wahr sein! Mama, die neben ihm am Klavier saß, den Arm im Schlafrock um seine Schulter gelegt!

Sie hielt ein und sah ihn an.

»Was ist denn los?« fragte sie. »Willst du denn nicht mehr spielen?«

Es mußte wahr sein, daß sie sich ausgeruht hatte, denn sie hatte keinen Puder auf dem Gesicht wie sonst, noch Rot auf den Lippen. Ihr Gesicht war nicht »hergerichtet«, wie Maria sagte. Es war einfach ihr Gesicht. Die Haut war weich und glatt, und an den Augenwinkeln gab es kleine Furchen, die sonst nicht zu sehen waren; und ebenso an ihren Mundwinkeln. Wie kam es aber, daß sie viel hübscher zu sein schien, wenn sie so war? Und viel gütiger? Man brauchte sich gar nicht vor ihr zu fürchten. Plötzlich war sie gar nicht wie ein Erwachsener. Sie war jung wie er selber, wie Maria . . .

»Willst du denn nicht spielen?« fragte sie nochmals.

»Doch«, sagte er. »O doch . . .« Und jetzt war er gar nicht mehr nervös. Das Gefühl der Unsicherheit verschwand; er war endlich glücklich, glücklicher, als er es je gewesen war, und seine Finger stolperten nicht mehr, waren nicht mehr plump.

Ma chandelle est morte,
Je n'ai plus de feu.

Und Mama spielte mit ihm und sang mit ihm – Mama, die niemals mit Pappi sang!

Draußen, durch die geschlossenen Fensterläden tönte jetzt zum ersten Male an diesem Nachmittag das Nebelhorn; tief dröhnte es. Einmal, zweimal und dann immer wieder.

Niall spielte weiter, während Mama neben ihm saß; er spielte schneller und lauter als vorher.

Ouvre-moi ta porte
Pour l'amour de Dieu . . .

Unten, auf den Klippen, neben dem tiefsten Wasserloch, lag Maria auf dem Bauch und beobachtete ihr eigenes Bild. Sie konnte ohne die geringste Anstrengung Tränen in den Augen haben. Sie brauchte sich dazu nicht einmal zu zwicken oder die Augen zu reiben. Sie tat nur, als ob sie traurig wäre, und schon waren die Tränen da. Sie sagte Worte zu sich, die traurig klangen, und das genügte.

»Nimmermehr ... nimmermehr ...«, flüsterte sie, und das Gesicht, das ihr aus dem Wasser entgegenblickte, war von Gram verzerrt und von Tränen überströmt. Auch in der Bibel gab es Stellen, die sich gut aufsagen ließen. Nicht um zu weinen, nur weil sie so schön klangen.

»Wie prächtig ist dein Gang in den Schuhen, du Fürstentochter!«

War das aus der Bibel? Nun, irgendwoher war es jedenfalls. Es gab solch eine Menge schöner Dinge, die man sagen konnte. Sie hätte am liebsten alle in einem hoffnungslosen Wirrwarr miteinander verbunden.

»Mehr Gnad' zu sterben scheint es heut als je,
Um Mitternacht erlöschen ohne Pein ...«

Sie legte sich auf die andere Seite, schloß die Augen und lauschte ihrer eigenen Stimme:

»Und morgen und morgen und morgen ...«

Es war warm und angenehm, hier neben dem Wasser zu liegen. Es sollte immer Sommer sein. Nie etwas anderes als Sommer und Sonne und das ruhige, träge Plätschern der Wellen.

»Hello, Wassernymphe«, sagte eine Stimme.

Sie sah auf und blinzelte. Es war Michel. Wie mochte er sie nur aufgespürt haben? Sie war doch hinter dem überhängenden Felsen so gut verborgen!

»Hello«, sagte sie.

Er kam hinunter und setzte sich neben sie. Er trug Badehosen und ein Handtuch um die Hüften gewickelt. Maria fragte sich lässig, warum die Männer mit bloßem Oberkörper gehen durften und Frauen nicht. Wahrscheinlich, weil die Frauen oben dick waren. Gott sei Dank, sie war noch nicht dick, aber aus irgendeinem dummen Grund bestand Truda darauf, daß sie in diesem Sommer auch schon den Oberkörper bedeckt haben mußte. Sie sei zu groß, um so herumzulaufen, sagte Truda.

»Ich habe dich überall gesucht«, sagte Michel, und in seiner Stimme war ein vorwurfsvoller Ton.

»Ja?« sagte Maria. »Das tut mir leid. Ich meinte, Sie seien mit Pappi oder mit Mama beisammen.«

Michel lachte.

»Glaubst du denn, daß ich mit ihnen beisammen wäre, wenn ich auch nur die leiseste Möglichkeit hätte, mit dir beisammen zu sein?« fragte er.

Maria starrte ihn groß an. Ja, aber ... Er war doch ein Erwachsener, er war doch Pappis und Mamas Freund! Erwachsene Leute sind doch im allgemeinen lieber miteinander beisammen! Sie sagte gar nichts. Da war nichts zu sagen.

»Weißt du, Maria«, fuhr er fort. »Du wirst mir schrecklich fehlen, wenn ich wieder nach Paris zurückfahre.«

»Fahren Sie schon?« fragte Maria. Sie lag an den Felsen gelehnt und schloß die Augen. Wie heiß es war! Zu heiß, um zu baden. Zu heiß, um irgend etwas anderes zu tun, als an den Felsen gelehnt zu liegen.

»Ja«, sagte er. »Werde ich dir auch fehlen?«

Maria dachte einen Augenblick nach. Wenn sie »Nein« sagte, so wäre er gekränkt. Vielleicht würde er ihr wirklich ein bißchen fehlen. Er war groß und nett und sah gut aus. Und es war sehr freundlich von ihm gewesen, daß er mit ihr Tennis gespielt und Seesterne gefangen hatte.

»Wahrscheinlich«, sagte sie höflich. »Ja, ich glaube schon, daß Sie mir sehr fehlen werden.«

Er beugte sich vor und begann ihre Beine zu streicheln, wie er es beim Einundzwanzigspiel getan hatte. Komisch, dachte sie. Warum war er so versessen darauf, die Beine zu streicheln? Beim Einundzwanzig war es nett gewesen, seltsam erregend, hauptsächlich, weil alle andern im Zimmer waren und keiner es bemerkt hatte und sie instinktiv wußte, Pappi würde sich ärgern, und das war spaßig. Jetzt, da sie und Michel allein waren, fand sie es nicht mehr so angenehm. Es war eher albern, wie Celia sagte. Aber wenn sie die Beine wegzog, würde er wieder gekränkt sein. Plötzlich kam ihr ein Vorwand in den Sinn.

»Ach, ist das heiß!« sagte sie. »Ich muß ins Wasser, um mich abzukühlen.«

Sie stand auf und sprang ins tiefe Wasser. Er saß auf der Klippe und sah ihr zu. Er schien verärgert zu sein. Maria tat, als merkte sie es nicht.

»Kommen Sie doch auch; es ist wunderbar«, sagte sie und schüttelte das Wasser aus dem Haar.

»Nein, danke«, sagte er. »Ich bin schon geschwommen.«

Er lehnte sich an den Felsen und zündete eine Zigarette an.

Maria schwamm und beobachtete ihn vom Wasser her. Wie er dort oben saß und seine Zigarette anzündete, sah er nett aus. Der gebeugte Kopf war blond und der Hals dunkelbraun. Doch wenn er lachte, zeigte er zu große Zähne, und das verdarb alles. Waren Männer alles in allem hübsch – Haare, Augen, Nase, Mund, Beine, Arme –, oder gab es immer irgend etwas, das einen störte und abstieß? Sie strampelte mit den Beinen und spritzte, und dann tauchte sie wieder recht eindrucksvoll, denn sie wußte, daß sie das sehr gut machte. Michel rauchte weiter. Nun kletterte Maria aus dem Wasser, griff nach ihrem Handtuch und trocknete sich in der Sonne. Nach dem Schwimmen fühlte sie sich frisch und kühl.

»Wo mögen nur die andern sein?« sagte sie.

»Was liegt an den andern? Komm und setz dich hierher«, erwiderte er.

Die Art, wie er das sagte, überraschte Maria; es war beinahe wie ein Befehl, und dazu wies er auf den Felsen neben sich. Wenn im allgemeinen jemand ihr befahl, etwas zu tun, so weigerte sie sich instinktiv. Ihrem Wesen entsprach es, grundsätzlich keiner Regel zu gehorchen. Doch als Michel so sprach, merkte sie, daß es ihr gefiel. Es war viel besser als die sanfte Stimme, mit der er sie fragte, ob er ihr fehlen werde. Dann sah er zu töricht aus. Aber jetzt wirkte er gar nicht töricht. Sie breitete ihr nasses Handtuch zum Trocknen auf den Felsen und setzte sich neben ihn. Sie schloß die Augen und lehnte sich an den Felsen. Diesmal sagte er nichts, noch streichelte er ihre Beine. Er griff nach ihrer Hand und hielt sie fest.

Es war ihr angenehm, die Hand in der seinen zu haben, friedlich und seltsam beruhigend. Und das Gefühl, daß seine Schulter ihre Schulter berührte, war auch angenehm. Aber, dachte Maria, wenn jetzt Pappi käme und uns hier sitzen sehen und vom Felsen herunterschauen würde, wäre es mir sehr peinlich. Ich würde rasch meine Hand wegziehen und tun, als hätte Michel sie überhaupt nicht berührt. Ist es vielleicht gerade darum so angenehm? Gefällt es mir darum, weil Pappi es mir nicht erlauben würde?

In der Ferne dröhnte das Nebelhorn von den Felseninseln über die Bucht herüber.

*

Celia hörte es, verzog die Stirne und wandte den Kopf nach dem Meer, doch der Nebel senkte sich schnell, und schon waren die Inseln darin verborgen. Sie konnte sie nicht mehr sehen.

Tuut . . ., da war es wieder; klagend und beharrlich. Wenn es einmal begonnen hatte, konnte sie es nicht mehr überhören. Sie trat zurück und betrachtete das Haus, das sie gebaut hatte. Es war sehr gut gelungen, hatte

Muschelschalen als Fenster, und die Pfade von der Haustür zum Gartentor waren mit Algen belegt. Die Türen und das Tor waren schwer zu finden gewesen, weil sie sich nicht mit jedem beliebigen Stein begnügte. Auch gab es eine Brücke und einen Tunnel. Der Tunnel lief unterhalb des Gartens nach dem Haus. Es war betrüblich, wenn sie daran dachte, daß das Meer kommen und das Haus zerstören würde, mit dem sie sich solche Mühe gegeben hatte. Das Wasser würde einsickern und Stück für Stück vernichten. Das zeigte nur, wie unnütz es war, etwas zu machen, das keine Dauer besaß. Mit dem Zeichnen war es anders. Wenn man eine Zeichnung fertig hatte, konnte man sie in eine Lade tun und gelegentlich betrachten, und sie würde immer da sein, wenn man sie sehen wollte.

Nett wäre es, ein Modell von dem Sandhaus zu haben und es mitzunehmen, und wenn man wieder daheim war, wo es auch sein mochte, in Paris oder London oder irgendeiner anderen Stadt, wäre das Sandhaus ein richtiger Besitz, etwas, das man mit allen anderen Schätzen aufbewahren konnte, die sie sorgsam hütete; warum, das wußte sie nie genau, aber für den Fall, daß . . . »Für welchen Fall?« fragte Truda. »Nun, eben für den Fall, daß . . .«, erwiderte Celia. Da gab es Muscheln und glatte, grüne Steine und gepreßte Blumen und Stummel von Bleistiften, sogar kleine Holzstückchen, die sie im Bois oder im Hyde Park gesammelt und ins Hotel oder in die Wohnung mitgenommen hatte.

»Nein, nein, das darf man nicht wegwerfen«, sagte sie dann.

Denn wenn sie einmal ein Ding auserwählt hatte, mußte es ihr für alle Zeiten bleiben; es war ein Schatz, es war etwas, daran ihr Herz hing.

Tuuut . . ., das verfluchte Nebelhorn dröhnte abermals.

»Sieh doch, Pappi«, rief sie. »Komm und schau das süße kleine Haus an, das ich gebaut habe; nur für dich und mich!«

Er antwortete nicht. Sie wandte sich um und lief zu der Stelle, wo er gesessen war. Aber er war nicht mehr da. Sein Rock, sein Buch, sein Feldstecher, alles war weg. Er mußte aufgestanden sein, während sie das Sandhaus gebaut hatte, und war wahrscheinlich nach Hause gegangen. Sie war seit Ewigkeiten allein auf dem Strand gewesen, und sie hatte es nicht gewußt. Das Nebelhorn dröhnte wieder, und der Nebel schloß sich um sie.

Plötzlich packte sie eine panische Angst. Sie hob die Schaufel auf und lief.

»Pappi!« rief sie. »Pappi, wo bist du?«

Keine Antwort. Sie konnte die Klippen nicht sehen. Sie konnte das Haus nicht sehen. Alles war verschwunden, alles hatte sie im Stich gelassen. Sie war allein, sie hatte nichts als ihre hölzerne Schaufel.

Sie lief weiter, vergaß, daß sie kein kleines Mädchen mehr war, sondern bald elf Jahre alt wurde, und beim Laufen keuchte sie: »Pappi... Pappi... Truda... Niall... Verlaßt mich nicht... Niemand darf mich verlassen!« Und ununterbrochen, während sie floh, dröhnte ihr das Nebelhorn in den Ohren.

Er trat ganz plötzlich aus dem Nebel hervor, stand neben dem Gartentor, durch das man zum Haus ging; Pappi in seinem alten blauen Rock und dem weißen Sonnenhut, und er bückte sich und hob sie auf.

»Hello, du dummes kleines Mädchen«, sagte er. »Was ist denn geschehen?«

Aber es war nichts geschehen. Sie hatte ihn gefunden. Sie war geborgen.

7. KAPITEL

Die letzten Tage des August waren gekommen und vergangen, und nun waren wir im September. Bald, in einer Woche oder in zehn Tagen, mußte das unvermeidliche Einpacken wieder beginnen, und wir würden der Villa Lebewohl sagen müssen. Dann kam die Wehmut der letzten Spaziergänge, der letzten Bäder, der letzten Nächte in den Betten, die uns vertraut geworden waren. Wir würden der Köchin und dem Zimmermädchen, das tagsüber kam, allerlei Versprechungen machen, würden sagen: »Nächstes Jahr sind wir wieder da«, aber im Herzen würden wir wissen, daß es nicht so war. Wir mieteten niemals die gleiche Villa zweimal. Im nächsten Jahr mochte die Riviera an der Reihe sein oder Italien, und die Klippen und das Meer der Bretagne würden nichts mehr sein als eine Erinnerung.

Maria und Celia hatten ein Zimmer gemeinsam, und Niall schlief in dem anstoßenden kleinen Garderobenraum; die Tür blieb ständig offen, so daß wir immer miteinander schwatzen konnten. Aber in diesem Sommer spielten wir – merkwürdig genug – nicht mehr die lärmenden Spiele der Vorjahre. Wir jagten einander nicht mehr im Pyjama durch das Zimmer und sprangen auch nicht mehr über die Betten.

Maria war morgens verträumt und gähnte. »Redet kein Wort«, sagte sie. »Ich lege mir einen Traum zurecht.« Und sie band sich ein Taschentuch vor die Augen, damit die Sonne sie nicht stören könnte.

Niall war morgens nicht verschlafen, aber er saß am Ende des Bettes, das unterhalb des Fensters stand, und schaute über den Garten nach dem Meer und den Felseninseln hinüber. Selbst an den ruhigsten Tagen war das Meer rund um den Leuchtturm bewegt. Immer gab es eine weiße Brandung, die sich an den Felsen brach, und eine lange, schmale Linie weißen Schaums. Truda brachte ihm sein Frühstück, Kaffee, *croissants* und goldenen Honig.

»Wovon träumt denn mein Junge jetzt?« pflegte sie zu sagen, um unweigerlich die Antwort zu erhalten: »Von gar nichts!«

»Du wächst zu schnell, das ist es«, erwiderte sie dann, als ob das Wachsen eine Krankheit wäre, die uns überfallen hätte und die überdies in gewissem Sinn peinlich war und Mißbilligung weckte.

»Vorwärts, vorwärts! Schluß mit der Schlaferei! Ich weiß ja, daß du nur Komödie spielst«, sagte sie zu Maria, zog mit einem Ruck die Vorhänge weg und ließ das Zimmer vom Sonnenschein überfluten.

»Ich mag kein Frühstück. Geh weg, Truda!«

»Das ist der Gipfel! Du willst kein Frühstück? Du wirst noch froh sein, wenn du überhaupt ein Frühstück kriegst, sobald du einmal in die Schule gehst, mein Kind. Da gibt es kein Im-Bett-Lümmeln! Und kein Tanzen am Abend und solchen Unfug!«

Und Niall, der sich an seinem Frühstück mit dem warmen, schmelzenden *croissant* freute, war sich nicht klar darüber, warum Truda, die er doch so liebhatte, ein so ausgeprägtes Talent besaß, die anderen Leute zu reizen.

Laß doch Maria liegen und träumen, wenn sie Lust hat; laß doch Niall am offenen Fenster kauern! Damit tun wir ja niemandem etwas Böses! Wir hatten ja die Welt der Erwachsenen nicht belästigt!

Die Erwachsenen... Wie plötzlich würde es dazu kommen; zu dem endgültigen Sprung in ihre Welt! Kam es wirklich über Nacht, wie Pappi sagte? Zwischen Schlaf und Wachen? Ein Tag würde kommen, ein Tag wie ein anderer, und wenn du über die Schulter blicken wirst, dann wirst du den Schatten des Kindes sehen, der zurückweicht; und dann wird es keinen Rückweg geben, keine Möglichkeit, sich des Schattens wieder zu bemächtigen. Du wirst weitergehen müssen; du mußt vorwärts in die Zukunft wandern, wie verhaßt dir auch der Gedanke sein mag, wie sehr du dich auch davor fürchten magst.

»*Laß deine Erde rückwärts drehn,*
O Gott, gib mir das Gestern wieder!«

Pappi zitierte das scherzend beim Mittagessen, und Niall, der sich umsah, dachte daran, daß auch dieser Augenblick bereits der Vergangenheit angehörte, für immer vorbei war. In einer Minute werden wir die Stühle zurückschieben, auf die Veranda hinaustreten, und der Augenblick kann niemals, niemals wiederkommen. Pappi saß am Kopfende, die Hemdärmel über den Ellbogen hochgerollt, seine alte, gelbe, zerrissene Wollweste stand offen, seine blauen Augen, die so sehr Marias Augen glichen, lachten zu Mama hinüber.

Mama trank ihren Kaffee und erwiderte das Lächeln kühl und distanziert. Sie war immer kühl, wenn die anderen Leute sich aufregten. Sie trug ein lilafarbenes Kleid und einen langen Chiffonschal um die Schultern. Niemals wird Mama ganz genauso ausschauen wie eben jetzt, denn bald wird sie den Kaffee ausgetrunken haben und die Schale niedersetzen und zu Pappi sagen: »Bist du fertig? Gehen wir jetzt?« So sagte sie immer, tastete nach ihrem Schal, wickelte ihn um ihren Hals, und wenn sie aus dem Eßzimmer auf die Veranda geht, so bewegt sie sich aus der Vergangenheit in die Zukunft; so dachte Niall. Sie tritt in ein anderes Leben ein.

Maria trug einen blauen Sweater über ihrem Schwimmkostüm, der zu ihren Augen paßte, und ihr blondes Haar war noch feucht vom Morgenbad. Sie hatte es mit der Nagelschere kürzer geschnitten.

Celias Haar war in zwei dicke Zöpfe gelegt, die ihr Gesicht noch runder und plumper erscheinen ließen, und während sie gerade in ein Stückchen Schokolade biß, änderte sich plötzlich der Ausdruck ihres Gesichts und wurde nachdenklich; sie hatte zu stark auf eine Plombe gebissen, und die Plombe fiel heraus.

Davon wird es nie eine Fotografie geben, dachte Niall; nie eine Fotografie von uns fünf beisammen, rund um den Tisch, die den Augenblick festhält, da wir lächeln und glücklich sind.

»Nun, gehen wir?« Mama stand auf; der Zauber war gebrochen. Aber ich kann ihn festhalten, sagte Niall zu sich selber, ich kann ihn festhalten, wenn ich zu keinem Menschen spreche, wenn kein Mensch zu mir spricht, und er folgte Mama schweigend auf die Veranda, sah ihr zu, wie sie die Kissen auf dem Liegestuhl zurechtklopfte, während Pappi den Sonnenschirm öffnete und ihr die Decke um die Beine legte, als Schutz gegen die Mücken. Maria war bereits nach dem Strand geschlendert, und Celia war irgendwo hinter dem Hause und berichtete Truda die Geschichte von der Plombe.

»Ich weiß nicht, wer rascher heranwächst, dieser Bursche da oder

Maria«, sagte Pappi und legte seine Hand auf Nialls Schulter. Dann lächelte er, stieg die Stufen in den Garten hinunter und legte sich, die Hände unter dem Kopf, einen alten Panamahut über dem Gesicht, der Länge nach hin.

»Du wirst nachher mit mir spazierengehen«, sagte Mama zu Niall, und der Augenblick bei Tisch, den er den ganzen Nachmittag lang festzuhalten gewünscht hatte, war im Nu dahin, war wesenlos geworden, und Niall fragte sich, warum er ihm nur wenige Minuten vorher so große Wichtigkeit beigemessen hatte.

»Jetzt laß ich dich in Ruhe«, sagte er, und dann, statt in das Wohnzimmer zu gehen und Klavier zu spielen, wie ihm das zur Gewohnheit geworden war, lief er um das Haus nach dem Küchengarten, wo der Gärtnerbursche sein Fahrrad hatte, sprang in den Sattel und fuhr auf die Straße hinaus. Er hielt die heiße, schimmernde Lenkstange fest, und seine nackten Füße in den Strandschuhen fühlten sich stark und frei, als sie die Pedale berührten. Er fuhr schnell über die gewundene, sandige Straße, und der Staub wehte ihm ins Gesicht, aber das spürte er nicht.

Celia zeigte Truda das klaffende Loch in ihrem Zahn, und Truda stopfte ein wenig Zahnpasta hinein.

»Du wirst dich gedulden müssen, bis wir wieder in London sind«, sagte sie. »Diese französischen Zahnärzte taugen nichts. Aber du mußt daran denken und auf der linken Seite kauen. Wo ist denn Maria?«

»Ich weiß nicht«, sagte Celia, »wahrscheinlich spazierengegangen.«

»Warum sie bei dieser Hitze spazierengeht, ist mir unerfindlich«, sagte Truda, »aber ich kann mir sehr gut vorstellen, daß sie nicht allein spazierengeht. Zieh nicht an dem Zahn, Celia! Laß ihn in Ruhe!«

»Es ist so ein komisches Gefühl.«

»Natürlich ist es ein komisches Gefühl. Noch komischer wird es sein, wenn du die Zahnpasta heraussaugst und auf den Nerv beißt. Du und Niall, ihr solltet lieber Maria nachlaufen und achtgeben, daß ihr nichts zustößt. Es ist schon ganz gut, daß wir nächste Woche nach England zurückfahren.«

»Warum ist es gut?«

»Das geht dich nichts an.«

Wie das Truda ähnlich sah! Andeutungen zu machen und dann abzubrechen! Celia betastete das Plätteisen, das Truda erwärmte.

»Maria ist alt genug, um selber auf sich achtzugeben«, sagte sie. »Es kann uns doch jetzt nichts mehr passieren, wir können ja schwimmen! Und weit hinaus schwimmen wir nicht.«

»Mir ist es gleich, was Maria im Wasser tut«, sagte Truda. »Was sie außerhalb des Wassers tut, macht mir Sorgen. Es ist nicht gut für ein Mädchen in ihrem Alter, so frei und zwanglos mit einem Herrn wie diesem Mr. Laforge herumzulaufen. Ich staune nur, daß euer Pappi es erlaubt.«

Das Plätteisen war sehr heiß. Celia hatte sich beinahe die Finger verbrannt.

»Ich habe immer gesagt, daß wir mit Maria noch Ärger haben werden«, erklärte Truda.

Sie zog Mamas Nachthemd aus dem Haufen gewaschener Wäsche hervor und begann es zu plätten. Der Geruch des heißen Eisens und des dampfenden Plättbretts erfüllte den kleinen Raum. Obgleich das Fenster offen stand, war doch kein Lufthauch zu spüren.

»Du bist heute schlecht aufgelegt, Truda«, sagte Celia.

»Ich bin nicht schlecht aufgelegt«, erwiderte Truda, »aber ich werde es sehr bald sein, wenn du alles betastest.«

»Warum werden wir mit Maria Ärger haben?« fragte Celia.

»Weil keiner von uns weiß, was sie für ein Blut in sich hat«, sagte Truda. »Wenn es aber das ist, was ich vermute, dann wird sie uns was Schönes einbrocken.«

Celia dachte über Marias Blut nach. Ja, es war heller als ihr eigenes oder Nialls. Als Maria sich unlängst beim Baden in den Fuß schnitt, tropfte das Blut ganz scharlachfarben.

»Sie wird hinter ihnen herlaufen, und sie werden hinter ihr herlaufen«, sagte Truda.

»Wer?« fragte Celia.

»Die Männer«, erwiderte Truda.

Auf dem Plättbrett, dort, wo das Eisen das Tuch versengt hat, gab es einen braunen Fleck. Celia schaute aus dem Fenster, als erwartete sie, Maria, von zahlreichen Männern verfolgt, über die Klippen tanzen zu sehen.

»Gegen das Blut kannst du nicht ankämpfen«, fuhr Truda fort. »Es will heraus, und wenn man noch sosehr darauf achtgibt. Maria kann die Tochter deines Pappis sein und Pappis Talent haben, wenn es zum Theaterspielen kommt, aber sie ist auch die Tochter ihrer Mutter, und was ich von der gehört habe, darüber wollen wir lieber nicht reden.«

Das Plätteisen glitt über das Nachthemd hin und her.

Celia fragte sich, ob auch Marias Mutter so scharlachfarbenes Blut gehabt haben mochte.

»Ihr drei seid miteinander aufgezogen worden«, sagte Truda, »und doch seid ihr so verschieden voneinander wie Kreide und Käse. Und warum? Weil ihr verschiedenes Blut habt.«

Wie schrecklich war doch Truda, dachte Celia. Warum konnte sie bloß nicht von dem Blut loskommen?!

»Da ist einmal Niall«, sagte Truda. »Da ist mein Junge. Er ist ganz und gar sein Vater, das gleiche blasse Gesicht, die gleichen dünnen Knochen, und jetzt, da er herausgekriegt hat, was er an einem Klavier fertigbringt, wird er es nie wieder aufgeben. Was eure Mutter davon denkt, das möchte ich doch gern wissen; was mag nur in diesen Wochen in ihrem Kopf herumgegangen sein, wenn sie ihn spielen gehört hat? Wenn es mich über all die Jahre hinüber in die Vergangenheit versetzt, wie mag es erst mit ihr bestellt sein?«

Nachdenklich betrachtete Celia das häßliche, durchfurchte Gesicht Trudas, das dünne Haar, das über die Schläfen zurückgestrichen war.

»Bist du schon sehr alt, Truda?« fragte sie. »Bist du neunzig Jahre alt?«

»Ach, du meine Güte«, sagte Truda. »Was wirst du noch alles erfinden?!«

Sie hob das Nachthemd von dem Plättbrett, und das Wäschestück, das eben noch schlaff und zerdrückt gewesen war, schimmerte jetzt glatt und schön, bereit, seinen Zwecken zu dienen.

»Ich habe manche merkwürdigen Dinge in meinem Leben gesehen«, sagte sie, »aber neunzig Jahre bin ich noch nicht.«

»Wen von uns hast du am liebsten?« fragte Celia. Aber die Antwort lautete wie immer: »Ich habe euch alle gleich lieb, aber dich mag ich gar nicht, wenn du die Finger auf meinem Plättbrett hast.«

Wie sie einen wegschoben mit ihren Antworten, die Erwachsenen! Wie sie sich unbequemen Fragen entzogen!

»Wenn die anderen in die Schule gehen, dann werde ich allein sein«, sagte Celia. »Und dann wirst du mich am liebsten haben müssen; und Pappi und Mama auch.«

Plötzlich sah sie sich als Mittelpunkt dreifacher Aufmerksamkeit, und das war ein neuer Gedanke für sie. Daran hatte sie bisher nie gedacht. Sie schlich hinter Truda, und um sie zu ärgern, knüpfte sie das Schürzenband zu einem dreifachen Knoten.

»Zuviel Liebe taugt nichts«, sagte Truda. »Das ist genauso schlimm wie zuwenig Liebe. Und wenn du durchs Leben gehst und verlangst zuviel, dann wirst du nur Enttäuschungen erfahren. Was machst du denn mit meiner Schürze?«

Doch schon war Celia lachend davon.

»Ihr seid alle drei gierig nach Liebe«, sagte Truda. »Das habt ihr mit euren anderen Gaben geerbt. Und wohin es euch führen wird, weiß ich nicht, aber manchmal frage ich es mich.«

Sie betastete prüfend die Unterseite des Plätteisens mit ihren hornigen Nägeln.

»Nun, mein Junge hat doch in diesen letzten Wochen die verlorene Zeit wieder aufgeholt«, sagte sie. »Wenn einer hungrig gewesen ist, dann war er es. Von Maria kann ich nur hoffen, daß sie durchhalten wird. Aber sie muß! Und vielleicht tut sie es auch. Vielleicht ist es gerade zur rechten Zeit über sie gekommen; jetzt, da sie in den schwierigen Jahren ist.«

»Wann war Niall hungrig«, fragte Celia. »Und was sind die schwierigen Jahre?«

»Frag mich nicht so viel, und dann werde ich dir keine Lügen vormachen«, sagte Truda plötzlich ungeduldig. »Und jetzt schau, daß du weiterkommst. Geh an die frische Luft!«

Sie wickelte Celias Zöpfe um den Kopf und schob den kurzen Baumwollrock in die Leinenhosen.

»Fort mit dir!« sagte sie und gab ihr einen Klaps auf die rundliche Kehrseite. Celia aber wollte gar nicht an die frische Luft. Die Luft war überhaupt nicht frisch. Sie war viel zu heiß. Nein, Celia wollte lieber daheim bleiben und zeichnen.

Sie lief durch den Gang in ihr Zimmer, um Papier zu holen. Hinten im Büfett war ein Block versteckt, den sie aus Paris mitgebracht hatte, und daneben ihre Lieblingsbleistifte, die gelben Kohinoore. Sie nahm auch ihr Messer und spitzte einen Bleistift zum Fenster hinaus; in gleichmäßigen Streifchen flatterte das Holz davon und enthüllte die scharfe Spitze; wie gut das roch! Das Gemurmel von Stimmen drang von der Veranda darunter zu ihr herauf; Pappi mußte gerade von seinem Schlaf erwacht sein. Jetzt saß er auf einem der Korbstühle und redete mit Mama.

». . . meiner Ansicht nach kann man nicht damit anfangen, wenn sie noch zu jung sind«, sagte er. »Und diese Theaterschulen taugen nichts. Ich gebe keinen roten Heller dafür. Wenn es einmal soweit ist, sollen sie lernen, wie ich es getan habe und du auch. Sie wird schon nicht zu Schaden kommen.«

Darauf mußte Mama etwas erwidert haben, aber ihre Stimme war so leise, daß sie nicht bis zum Fenster trug wie Pappis Stimme.

»Wer sagt das? Truda?« fragte Pappi. »Unsinn. Sag Truda, daß sie sich um ihre eigenen Angelegenheiten kümmern soll. Sie ist ein albernes altes Frauenzimmer mit einer schmutzigen Phantasie. Maria wird nicht auf Abwege geraten, dazu ist sie viel zu vernünftig. Wenn es jetzt Celia wäre ...«

»Seine Stimme wurde leiser, schwer verständlich, übertönt davon, daß er seinen Stuhl über die Veranda schob. Celia hielt ein und beschaute ihren Bleistift.

»Wenn es jetzt Celia wäre ...« Was hatte Pappi sagen wollen?

Sie lauschte angestrengt, aber sie konnte nur Bruchstücke der Unterhaltung aufschnappen, kurze, undeutliche Wörter und Sätze, die keinen Sinn gaben.

»Das gilt für alle drei«, tönte jetzt Pappis Stimme lauter. »Der Name allein wird ihnen den Weg bahnen, wenn es sonst nichts anderes gibt. Sie haben den Funken, alle drei, aber vielleicht nichts als den Funken. Jedenfalls – wir werden es nicht mehr erleben ... Nein, wahrscheinlich nicht erstklassig. Er wird nie das Selbstvertrauen haben, wenn du es ihm nicht geben kannst. Für ihn trägst du die Verantwortung, mein Liebling. Was hast du gesagt? ... Ach, die Zeit allein wird es uns lehren, wenn es dazu kommt ..., für uns ist es ja gleichgültig, nicht wahr? Wo wärst du ohne mich oder ich ohne dich, Liebling? Natürlich, er muß sich an etwas anklammern, das tun auch die anderen, das tust du, das tue auch ich ... Es gibt nur zwei Dinge, auf die es in der Welt ankommt, das hast du mich gelehrt, oder vielleicht haben wir es einander gelehrt ..., wenn alles andere fehlschlägt, bleibt die Arbeit. Das können wir den dreien einprägen, sonst nichts ...«

Celia ging vom Fenster fort. Das war das Schlimmste an den Erwachsenen. Sie fingen irgend etwas an, und dann glaubte man schon, sie würden etwas Bestimmtes sagen, wie etwa »Celia ist die netteste von den dreien« oder »Celia wird sehr hübsch sein, wenn sie sich einmal ausgewachsen hat«, aber das taten sie nie. Sie verloren sich auf Seitenwegen und kamen auf ganz andere Dinge zu sprechen. Celia setzte sich auf den Boden, den Block auf den Knien, und begann zu zeichnen.

Niemals etwas Großes. Immer nur kleine Dinge. Immer kleine Männchen und Weibchen in winzigen Häuschen, wo sie sich nie verlieren konnten und wo nichts geschehen konnte, wie etwa eine Feuersbrunst oder ein Erdbeben; und während sie zeichnete, sprach sie mit sich selber. Der Nachmittag verging, und noch immer zeichnete sie, die Beine unter sich gezogen, die Zunge zwischen den Zähnen, und als das geschah, dessen sie sich ihr ganzes Leben lang erinnern sollte – als es erscholl, das Geschrei und Gekreisch, da dröhnte der furchtbare Laut in ihren Ohren wie ein Ruf aus einer anderen Welt.

*

Als Maria vor dem Gartentor stand, sah sie nach rechts und nach links und wußte nicht recht, welchen Weg sie einschlagen sollte. Der Weg zur Rechten führte nach dem Strand und zu den Felsen; der Weg zur Linken war der Pfad zu den Klippen und zum Hotel.
Es war sehr heiß, der heißeste Tag des Jahres. Die Sonne brannte auf ihren unbedeckten Kopf herab, aber das störte sie nicht. Sie mußte nie, wie Celia, einen Hut tragen, um sich gegen einen Sonnenstich zu schützen, und selbst wenn sie splitternackt gewesen wäre, hätte die Sonne ihr nichts getan. Sie war braun und fest, sie war sogar noch brauner als Niall mit seinem dunklen Haar. Sie schloß die Augen und streckte die Arme, und es war, als stiege eine mächtige Hitzewelle aus der Erde auf und berührte sie; es war ein Duft von Erde und Moos und heißen Geranien, der aus dem Garten der Villa hinter ihr herüberdrang, und vor ihr war der Duft des Meeres, das unter dem Himmel tanzte und glitzerte.
Sie verspürte ihr gewohntes Glücksgefühl. Jenes Glücksgefühl, das plötzlich kam und sie völlig grundlos durchflutete. Es stieg von der Magengrube in die Kehle auf, würgte sie beinahe, und sie wußte nie, warum es kam, wodurch es ausgelöst wurde, oder wohin es ging, denn es entschwand ebenso plötzlich, wie es gekommen war, und sie blieb atemlos, fragend, immer noch glücklich, doch ohne den Überschwang zurück. Es kam, es ging; und sie schlug den Pfad zur Rechten ein, der zum Strand hinunterführte, der heiße Sand sengte ihre nackten Füße, und während sie ging, summte sie vor sich hin, und ihre Schritte richteten sich nach dem Takt des Liedes.

> *»Wer ist wunderbar, wer ist herrlich,*
> *Miss Annabelle Lee,*
> *Wen will man herzen, wen will man küssen,*
> *Warte nur und sieh ...«*

Das spielten sie jeden Samstagabend im Hotel, wenn getanzt wurde; und sie hatten es auch gestern abend gespielt. Die kleine Tanzkapelle, die aus einem Klavierspieler und einem Trommler bestand, kam für den Abend aus Quimper herüber; sie spielte zu rasch und in dem unvermeidlichen schnellen französischen Rhythmus, aber, bei all ihren Untugenden, besaß sie doch einen gewissen Zauber. Die Hotelfenster waren weit offen, und wenn man zwischen den Dorfleuten draußen stand und zuhörte, so konnte man die dummen, steifen Gestalten der englischen Badegäste sehen, die in ihren Abendanzügen vorüberkreisten.

Einmal war Maria hingegangen. Pappi hatte sie mitgenommen. Sie hatte das blaue Kleid angehabt, das sie jeden Abend bei Tisch trug, dazu die gewöhnlichen Schuhe und ein Korallenhalsband. Und Niall und Celia hatten durch die Fenster gespäht und Grimassen geschnitten. Es war nicht sehr lustig gewesen. Pappi tanzte zu langsam, drehte sie immer nach der gleichen Seite, bis sie schwindlig wurde. Und diese idiotischen englischen Burschen waren ganz nichtsnutzig, traten ihr auf die Füße, packten sie um die Taille und hoben ihr hinten das Kleid so hoch, daß die Hosen zum Vorschein kamen. Nur Michel allein war zu gebrauchen, und er kam immer erst, wenn der Abend zur Hälfte vorüber war, denn er ging vorher mit anderen Leuten in ein Café im Dorf.

Wenn er tanzte, hielt er einen richtig, und sein Körper paßte sich den Bewegungen ihres Körpers an, wackelte nicht hin und her, bückte sich nicht so albern, sondern bewegte sich entgegen dem Rhythmus. Niall machte es am Klavier ebenso, er spielte die Melodien gegen den Rhythmus. So wenige Menschen begriffen diese Art, zu spielen, zu tanzen.

Es war tatsächlich besser, allein zu tanzen. Besser, einen Augenblick lang von draußen zuzuhören und die Musik an sich herankommen zu lassen und sich mit den Dorfleuten zu amüsieren und den scharfen französischen Tabak und den Knoblauch zu riechen und dann in die Dunkelheit zu schlüpfen und sich nach dem eigenen Takt zu regen.

»*Wen will man herzen, wen will man küssen,
Miss Annabelle Lee.*«

Besser, allein zu tanzen, wie sie es jetzt tat, unter der heißen Sonne, zum Takt ihres Summens, die Hände nach unsichtbaren Saiten in die Luft greifend, die Zehen in den weichen Sand gebohrt. Es war gerade Ebbe. Dort, in der Ferne, nahm eine alte Bäuerin, einen Korb auf dem Rücken, den Seetang von den Felsen, eine seltsame, bucklige Gestalt, die sich gegen den Himmel abhob.

Die Sardinenboote kehrten in den Hafen zurück. Sie fuhren eins nach dem anderen wie Kriegsschiffe, mit allen Farben bemalt, die blauen Netze in der Sonne trocknend. Maria wünschte, sie könnte bei ihnen sein. Plötzlich und leidenschaftlich wünschte sie, sie könnte ein Fischer sein, braungebrannt von Wind und Meer, in roten Segeltuchhosen und Holzschuhen.

Einmal hatte sie sie mit Pappi beobachtet. Sie waren zu dem kleinen

Hafen gegangen und standen am Ende des Kais, und die Männer lachten und scherzten und standen bis zum Gürtel inmitten ihrer Beute an Fischen. Die Fische glitten aus ihren bronzefarbenen, rauhen Händen auf das nasse Verdeck der Boote, die Fische waren schleimig und dick, die Schuppen glitzerten. Die Männer sprachen miteinander bretonisch, und einer von ihnen schaute immer wieder auf und lachte Maria zu, und sie hatte sein Lachen erwidert.

Ja, das wäre es, das wäre das richtige! Ein Fischer zu sein, nach dem Meer zu riechen, die Lippen hart von Salz, die Hände nach den schleimigen Fischen stinkend, und dann, die Füße in Holzpantinen, über den rauh gepflasterten Kai gehn, sich in ein kleines Café setzen, den sauren, würzigen Cider trinken, der dunkelbraun war, ein ätzendes Getränk, starken Tabak rauchen und spucken und dem keuchenden, rasselnden Grammophon hinter dem Schanktisch zuhören:

»*Parlez-moi d'amour, et dites-moi des choses bien tendres,*
Parlez-moi toujours, mon coeur n'est pas las de l'entendre.«

Die Platte war alt und verkratzt, die Sängerin kreischte, was sie nur konnte, aber das war gleichgültig.

Maria war ein Fischer, die Mütze schief über ein Auge gezogen, lachte mit den Kameraden, schlurfte über die Katzenköpfe des Kais, und als sie über den tiefen Felsenspalt zu der kleinen Bucht hinuntersprang, erinnerte sie sich, daß sie jetzt aufhören mußte, ein Fischer zu sein, und wieder Maria wurde, Maria, die zu dem Stelldichein ging, die Michel Lebewohl sagen wollte, Michel, dem Mann, der sie liebte.

Er wartete bereits, saß an den gewohnten Felsen gelehnt und rauchte eine Zigarette. Sein Gesicht war verstört und blaß, und er sah unglücklich drein. Ach, mein Gott, am nächsten Tage sollte es sein ...

»Du kommst spät«, sagte er vorwurfsvoll.

»Tut mir leid«, erwiderte Maria, »wir sind erst spät mit dem Mittagessen fertig gewesen.«

Das war nicht wahr, aber darauf kam es nicht an. Um ihn zu beruhigen, setzte sie sich neben ihn, nahm seinen Arm und lehnte ihren Kopf an seine Schulter.

»Ich habe dich singen gehört«, sagte er noch immer anklagend, »als ob du glücklich wärst. Begreifst du denn nicht, daß ich morgen wegfahre und wir einander vielleicht nie wiedersehen werden?«

»Ich konnte nicht anders, ich mußte singen«, sagte sie. »Es ist so ein schöner Tag. Aber ich bin wirklich traurig. Ich schwöre es dir.«

Sie wandte das Gesicht ab, so daß er ihr Lächeln nicht sehen konnte. Es wäre doch zu schrecklich, seine Gefühle zu kränken, aber, wahrhaftig, wenn sein Gesicht so lang und ernst war wie jetzt und seine Augen wäßrig, dann sah er so dumm aus; wie ein bekümmertes Schaf.

Als er die Arme um sie legte und sie küßte, war es besser, weil sie ihn dann nicht ansehen mußte. Sie konnte die Augen schließen und sich auf das Küssen konzentrieren, das warm, angenehm und sehr belebend war. Doch selbst das schien ihm heute keinen Spaß zu machen. Er seufzte und stöhnte und hörte nicht auf, darüber zu klagen, daß sie einander nie wiedersehen würden.

»Wir werden dich in Paris wiedersehen oder in London«, sagte sie. »Natürlich werden wir einander wiedersehen, besonders wenn du etwas für Mama arbeitest.«

»Ach, das«, sagte er achselzuckend, »daraus wird nie etwas. Deine Mama ist noch schwieriger als du. Sie nickt, sie lächelt, sie sagt: ›Ja, wie interessant, wie gescheit, darüber müssen wir sprechen‹, aber das ist alles. Niemals mehr. Mit ihr kommt man zu keinem Ziel. Auch diese Amerikatournee, von der sie und Herr Delaney sprechen – wird etwas daraus werden? Ich zweifle; ich zweifle sehr daran.«

An dem Felsen neben Maria klebte eine Schnecke. Maria riß sie vom Stein und betastete sie mit dem Nagel. Sogleich verkroch sich die Schnecke tief in ihre Schale. Sie nahm eine andere und wiederholte ihr Spiel. Es war sehr amüsant, zu sehen, wie die Tiere sich ins Dunkel verkrochen. Jetzt stand Michel auf und sah sich um. Das Rauschen des Meeres klang näher, die Flut begann zu steigen.

»Weit und breit kein Mensch zu sehen«, sagte er. »Der Strand ist ganz verlassen.«

Maria gähnte und streckte sich. Eigentlich wäre es an der Zeit, zu baden, aber vielleicht würde Michel sie für herzlos halten, wenn sie das vorschlug. Müßig schaute sie über die Felsen nach der offenen Grotte unter der Klippe. Sie hatte sie einmal mit Niall erforscht. Es war eine ziemlich tiefe Grotte, und dann senkte sich die Decke mit einem Male jäh zu ihren Köpfen, und das Wasser tröpfelte ihnen kalt auf die Schulter.

Sie sah auf und bemerkte, daß Michel sie beobachtete.

»Ich sehe, daß du auch nach der Grotte schaust«, sagte er. »Hast du die gleichen Gedanken wie ich?«

»Ich weiß nicht, woran du denkst«, sagte Maria. »Ich habe mich gerade daran erinnert, wie dunkel es da drinnen ist. Einmal bin ich mit Niall dort gewesen.«

»Komm«, sagte Michel, »gehen wir auch miteinander hinein.«
»Wozu?« fragte Maria. »Es ist gar nichts los drin. Es ist sehr langweilig.«
»Komm mit mir«, sagte Michel. »Wir sind heute zum letzten Male beisammen. Ich möchte dir Lebewohl sagen.«

Maria stand auf, kratzte sich den Knöchel. Irgendwas mußte sie gebissen haben, es war ein kleiner roter Fleck zu sehen. Über die Schulter sah sie zu der anflutenden See hinüber. Das Wasser hatte immerhin noch ein Stück Weg zurückzulegen. Es brach sich rauschend an dem Felsensaum, und irgendwo drang es durch einen Spalt und warf eine Wolke von Schaum in die Luft.

»Warum in die Grotte?« sagte Maria. »Warum sollen wir uns nicht hier draußen Lebewohl sagen? Hier ist es warm und angenehm; in der Grotte wird es unheimlich sein.«

»Nein«, sagte er, »in der Grotte wird es ganz still und heimlich sein.«

Sie sah ihn neben sich am Rand des Felsens stehen und dachte, wie groß er plötzlich aussah; so groß wie Pappi. Und jetzt hatte er auch gar nicht mehr das Schafsgesicht. Er sah zuversichtlich und stark aus. Und doch flüsterte etwas in ihr: »Ich möchte nicht in die Grotte gehn. Lieber im Freien bleiben. Viel besser ist es, im Freien zu bleiben.«

Sie sah über die Schulter zurück nach den Felsen, die sie kannte, nach dem ungestümen Meer, das in der Sonne funkelte, und dann hinunter nach der Grotte jenseits des schmalen Strandstreifens. Plötzlich wirkte die Öffnung der Grotte geheimnisvoll, einladend. Vielleicht war es wirklich nicht unheimlich drin, sondern still und heimlich, wie Michel verhieß, und vielleicht endete sie nicht, wie Maria es in Erinnerung hatte, mit einer jäh abfallenden Decke, sondern mit etwas anderem, einer anderen Grotte, einer anderen unerforschten Höhle.

Michel streckte ihr die Hand entgegen und lächelte, und sie nahm seine Hand, hielt sie fest und folgte ihm in die Höhle.

Als sie wieder herauskamen und über die Felsen zu klettern begannen, war es Michel, der als erster die Leute sah, die sich am Klippenrand drängten; er hob den Finger und sagte: »Sieh, dort drüben, da muß irgend etwas geschehen sein.« Und Maria sah in die Richtung, nach der sein Finger wies, und sie sah Pappi, sie sah Truda, sie sah Niall, und ein Schuldgefühl überkam sie, eine Panik, und zutiefst betroffen vor einer neuen, unbekannten Furcht, begann sie, ohne einen Blick auf Michel zu werfen, auf die Klippe zuzulaufen; ihr Herz pochte heftig an ihre Rippen ...

*

Niall schob das Rad durch die Seitentür in den Küchengarten und ließ es an die Hecke gelehnt stehen. Der Gärtnerbursche, dem es gehörte, beugte sich am anderen Ende des Gartens über das Gemüse. Niall konnte sehen, wie die Mütze des Burschen sich auf und ab bewegte, konnte den stetigen Schlag der Hacke hören. Der Bursche hatte wahrscheinlich gar nicht gemerkt, daß Niall das Rad genommen hatte. Jetzt ging Niall durch das Haus auf die Veranda. Obgleich die Sonne nun die andere Seite des Hauses bestrahlte, herrschte doch noch immer die schwere, verschlafene Atmosphäre der Stunden nach dem Mittagessen.

André hatte die Kaffeetassen noch nicht weggeräumt. Noch standen sie auf dem runden Tisch, auf den die Asche von Pappis Zigarre gefallen war. Pappi mußte auf der Veranda gesessen und mit Mama gesprochen haben, sein Panamahut lag auf einem der Stühle neben einer Fliegenklappe und dem gestrigen *Echo de Paris*.

Nun war er fortgegangen, und Mama lag noch immer auf dem Liegestuhl. Niall trat neben sie. Sie schlief.

Früher hätte es ihn eingeschüchtert, wenn er sie so plötzlich schlafend angetroffen hätte. Er wäre auf Fußspitzen davongeschlichen, hätte Angst gehabt, sie könnte erwachen, ihn ansehen, die Stirn kraus ziehen und sagen: »Was machst du da?« Jetzt aber war er gar nicht mehr eingeschüchtert. Er fühlte, daß er nie mehr Angst vor ihr haben würde. Seit jenem Nachmittag – nur wenige Wochen war das her –, als sie ins Wohnzimmer gekommen war und ihn am Klavier überrascht hatte, schien irgend etwas geschehen zu sein. Er wußte nicht, was es war, noch dachte er viel darüber nach. Er wußte nur, daß jene seltsame Angst verschwunden war, die zu seinem Wesen gehörte, seit er denken konnte. Sonst war sie immer in irgendeiner Form in ihm gewesen. Schon morgens das Erwachen, das Aufstehen, der Gedanke an den Tag, der vor ihm lag, brachte ihm Angst und Beklemmung. Und als Gegenwehr hatte er irgendwelche abergläubischen Riten erfinden müssen. »Wenn ich mein rechtes Schuhband fester binde als das linke, dann wird nichts passieren«, pflegte er zu sich selber zu sagen; oder er mußte irgendeinen Gegenstand auf dem Kaminsims berühren und anders stellen, denn damit war auch irgend etwas vermieden, was sonst geschehen wäre. Er wußte nicht, was dieses Irgendetwas war, aber auf seltsame Art stand es mit Mama im Zusammenhang. Sie mochte sich über ihn ärgern oder plötzlich krank sein oder ihm irgendein Vergehen vorwerfen. Und darum war es tatsächlich besser, wenn sie außer Haus und im Theater war, denn dann erst hatte er ein Gefühl der Freiheit.

Jetzt aber war alles umgewandelt. Seit jenem Nachmittag am Klavier. Spannung und Angst waren von ihm gewichen. Das mußte wohl bedeuten, daß Pappi recht hatte, auch er wurde erwachsen; ebenso wie Maria.

Er sah auf Mama hinunter, die in ihrem Liegestuhl schlief, und bemerkte, wie weiß ihre Hand war, die an ihrem Gesicht lag. Der Stein des Ringes, den Pappi ihr geschenkt hatte, war genauso blau wie die Adern, die über den Handrücken verliefen. Unter den Augen waren Schatten wie Flecke, die Wangen waren eingefallen, und zum ersten Male sah er, daß in das dunkle Haar, das von der Stirn zurückgestrichen war, weiße Strähnen sich mischten.

Es mußte angenehm sein, hier zu liegen und in dem Liegestuhl zu schlafen. Keine Sorgen um das Theater, keine Zukunftspläne, kein Streit und kein Gerede über die amerikanische Tournee. Nur Friede und Vergessen und ein stilles Abgleiten in das Nichts. Er setzte sich auf die Verandastufe und beobachtete Mama in ihrem Schlaf, beobachtete die Hand, die das Gesicht berührte, und den Schal um ihre Schultern; und er dachte: »Daran werde ich mich immer erinnern. Wenn ich ein alter Mann von neunundachtzig sein werde und auf Krücken daherhinke, werde ich mich an dieses Bild erinnern.«

Im Wohnzimmer schlug die steife, kleine, goldene französische Uhr schnurrend vier Schläge und zerbrach die Stille.

Das Geräusch weckte Mama. Sie öffnete die Augen, sah Niall an und lächelte.

»Hello«, sagte sie.

»Hello«, erwiderte er.

»Du siehst aus wie ein kleiner Wachthund«, sagte sie.

Sie hob die Hände zum Haar, glättete es und lockerte den Schal. Sie griff nach dem Täschchen, das auf dem Tisch neben ihr lag, holte einen Spiegel und eine Puderquaste hervor und puderte sich die Nase. Eine Flaumflocke blieb an ihrem Kinn hängen, ohne daß sie es bemerkte.

»Ach, wie müde ich bin«, sagte sie.

»Warum schläfst du nicht weiter?« sagte Niall. »So wichtig ist doch das Spazierengehen nicht. Wir können immer auch an einem anderen Tag ausgehn.«

»Nein«, sagte sie. »Ich würde gern spazierengehn. Es wird mir guttun.«

Sie streckte die Hand nach ihm aus, um sich von ihm beim Aufstehn helfen zu lassen. Er ergriff ihre Hand und zog, und daß er das tat, bewirkte, daß er sich älter vorkam als je, als ob er ein Erwachsener wäre, ein Mann wie Pappi.

»Wir wollen die Klippen entlanggehn«, sagte sie. »Wir werden wilde Blumen pflücken.«

»Soll ich dir nicht einen Mantel mitnehmen?« sagte er.

»Ich brauche gar nichts. Ich nehme nur meinen Schal«, sagte sie und schlang ihn um Haar und Hals, wie sie es tat, wenn sie bei windigem Wetter Auto fuhren. Sie traten aus dem Haus und gingen zu den Klippen. Die Gezeiten hatten gewechselt, es war jetzt Flut, und die Wellen hoben und brachen sich an den Felsen dort unten. Sie waren ganz allein auf den Klippen. Und Niall freute sich darüber. Manchmal, wenn sie spazierengingen, waren auch die englischen Sommergäste aus dem Hotel da, drehten sich um, starrten sie an und tuschelten miteinander.

»Das ist sie..., sieh sie nur an, rasch, bevor sie dich bemerkt«, so hörte Niall sie sagen, und er und Mama mußten vorübergehen und tun, als hätten sie nichts gehört. Mama ging immer geradeaus, wie zu einer anderen Welt gehörend, und nie wagte ein Mensch, sie anzusprechen. Pappi war anders, er war eine leichte Beute. Wenn er flüstern hörte »Delaney«, so schaute er auf und lächelte, und dann näherten sich die Sommergäste und baten ihn um sein Autogramm. Heute war kein Mensch zu sehen, und es war sehr heiß und still.

Sie waren noch nicht weit gegangen, als Mama sagte: »Es hat keinen Zweck. Ich muß mich setzen. Geh du nur weiter. Du brauchst dich nicht um mich zu kümmern.«

Sie sah blaß und müde aus. Sie setzte sich in eine Höhlung der Klippe, wo das Gras in Büscheln wuchs.

»Ich bleibe bei dir«, sagte Niall. »Das ist mir lieber.«

Eine Weile lang sagte sie gar nichts. Sie blickte über das Meer zu den kleinen Inseln hinüber, wo der Leuchtturm stand. Dann streckte sie die Hand nach ihm aus, aber sie wandte sich nicht um, noch lächelte sie. Immer noch blickte sie nach dem Leuchtturm.

»Ich fühle mich nicht sehr wohl«, sagte sie. »Ich habe mich schon seit einiger Zeit nicht sehr wohl gefühlt. Ich habe dauernd so einen seltsamen Schmerz.«

Niall wußte nicht, was er sagen sollte. Er hielt ihre Hand fest.

»Darum muß ich auch so viel liegen und ruhen«, sagte sie. »Es ist eigentlich kein Kopfschmerz.«

Eine Libelle glitt heran und setzte sich auf Mamas Knie. Niall verscheuchte sie.

»Warum läßt Pappi nicht den Doktor kommen?« fragte er.
»Pappi weiß es nicht«, sagte sie. »Ich habe ihm nichts davon gesagt.«
Wie seltsam war das, dachte Niall. Er hatte sich immer vorgestellt, daß sie Pappi alles sagte.

»Du mußt verstehen«, sagte sie; »ich weiß, was es ist. Irgendwas im Innern ist nicht in Ordnung. Davon kommt der Schmerz. Wenn ich Pappi etwas sage, dann führt er mich zum Doktor, und der Doktor würde sagen, daß ich mich operieren lassen muß.«

»Aber es wäre doch gut für dich«, sagte Niall. »Du würdest die Schmerzen loswerden.«

»Vielleicht«, sagte sie. »Ich weiß es nicht. Ich weiß nur, daß es etwas für mich zu bedeuten hätte. Ich würde nie wieder tanzen können.«

Nie wieder tanzen! Er konnte sich das Theater nicht ohne Mama vorstellen. Er konnte sich nicht vorstellen, daß Pappi jeden Abend hingehen und seine Lieder allein singen würde, und sie wäre nicht dabei. Ach, sie war doch die Seele, der Mittelpunkt, die Eingebung von allem! Manchmal hatte Pappi nicht singen können; er hatte sich erkältet oder einen Kehlkopfkatarrh gehabt. Stimmen sind nun einmal empfindlich. Aber das war weiter nicht schlimm gewesen. Mama war immer auf der Bühne gewesen. Sie hatte nie versagt. Es bedeutete nur, daß sie das Programm ein wenig abändern und die Tänze dieser Veränderung anpassen mußte. Die Leute kamen trotzdem. Sie liebten Pappi, gewiß; sie liebten seine Persönlichkeit, sie liebten seine Lieder, aber in Wirklichkeit kamen sie doch, um Mama zu sehen.

»Nie wieder tanzen?« sagte Niall. »Ja, was würde da geschehen? Was würden die Leute tun?«

»Nichts würde geschehen«, sagte sie. »Das Theater ist eine eigentümliche Welt, verstehst du? Man vergißt einen sehr bald.«

Noch immer hielt er ihre Hand fest, drehte den Ring mit dem blauen Stein, und es war ihm, als könnte er sie dadurch, auf geheimnisvolle Art, stärken und ihr die Kraft zum Sprechen verleihen.

»Ich bin es«, sagte sie. »Es ist mein ganzes Leben. Auf nichts anderes kommt es an. Und das war immer so.«

»Ich weiß«, sagte er, »ich verstehe.«

Er wußte, daß sie vom Tanzen sprach und daß sie versuchte, ihm begreiflich zu machen, daß dies der Grund dafür war, wenn so vieles an ihr anders war als an anderen Frauen, anderen Müttern. Dies war es, warum sie in der Vergangenheit kalt, verärgert und ungütig gewesen war. Doch nein, sie war niemals kalt, niemals verärgert, niemals ungütig

gewesen. Das war es nicht, was er gemeint hatte. Nur – als kleiner Junge hatte er zu viel erwartet und auf Dinge gehofft, die nicht kamen. Jetzt war das alles zu Ende und erledigt. Jetzt war er älter. Jetzt verstand er.
»Es ist ganz seltsam, wie es mit den Frauen beschaffen ist«, sagte sie. »Irgend etwas sitzt tief drinnen, und das kann man nicht erklären. Doktoren glauben, daß sie sich darin auskennen, aber es ist nicht so. Es geht um das, was uns das Leben selbst bedeutet – ob es nun Tanzen, Lieben oder Kinder sind –, es ist dasselbe wie die schöpferische Kraft im Mann, aber die Männer besitzen sie ständig; sie kann nicht vernichtet werden. Mit uns ist es anders. Es dauert nur eine kurze Weile, und dann ist es vorüber. Es flackert und stirbt, und dagegen läßt sich nichts machen. Man kann nur zusehen, wie es sich verliert. Und ist es einmal fort, so bleibt nichts übrig. Nichts, nichts...«
Niall drehte noch immer an ihrem Ring. Der blaue Stein glitzerte und glänzte in der Sonne. Es kam Niall nichts in den Sinn, was er ihr hätte sagen können.
»Für eine Menge Frauen hat das keine Bedeutung«, sagte sie. »Aber für mich ist es entscheidend.«
Das letzte Fischerboot war in den Hafen eingefahren, und zum erstenmal wehte eine leichte Brise von kalter Luft übers Land. Der Wind wechselte mit dem Wechsel der Gezeiten. Die Brise spielte mit dem Schal, den sie trug, ließ ihn leise flattern. Er strich über Nialls Haar.
»Männer verstehen das nicht«, sagte Mama. »Jedenfalls nicht Männer wie Pappi. Sie sind lieb und aufmerksam und wickeln die Frauen in Decken und holen, was man braucht, aber sie sind doch nicht im klaren darüber. Sie meinen, eine Frau sei eben nervös. Sie haben ihren Mut und ihre Lebenskraft, und für uns haben sie keine Antwort.«
»Pappi ist nicht sehr mutig«, sagte Niall. »Er macht schrecklich viel Geschichten, wenn er sich weh tut. Wegen des kleinsten Schnitts läuft er zu Truda und läßt sich ein Pflaster aufkleben.«
»Das ist etwas anderes«, sagte sie. »An diese Art Mut habe ich nicht gedacht.« Sie lächelte und tätschelte sein Knie. »Ich habe wohl viel Unsinn geredet, nicht wahr?«
»Nein«, sagte Niall, »nein.«
Er fürchtete, sie würde jetzt innehalten oder ihm sagen, es sei nun Zeit zu gehen und die anderen zu suchen.
»Ich habe es gern«, sagte er, »wenn du zu mir sprichst. Ich habe es sehr gern.«
»Wirklich?« fragte sie. »Und warum eigentlich?«

Abermals blickte sie über das Meer nach den Inseln hinüber.

»Wie alt bist du?« fragte sie. »Ich vergesse es immer.«

»Beinahe dreizehn«, sagte er.

»Du bist so ein merkwürdiger kleiner Junge gewesen«, sagte sie. »Nie so überschwenglich wie Maria und Celia. Ich hätte nie geglaubt, daß dir an mir oder an sonst jemandem auch nur das Geringste gelegen ist.«

Niall antwortete nicht. Er pflückte eine Marguerite und drehte sie zwischen den Fingern.

»Du bist in diesem Sommer so viel netter«, sagte sie, »so viel leichter zu verstehen.«

Er drehte noch immer die Marguerite zwischen den Fingern und pflückte die Blättchen ab; eins nach dem andern.

»Vielleicht wirst du eines Tages die richtige Musik für mich schreiben«, sagte sie. »Vielleicht wirst du etwas schreiben, das ich zu einem Tanz verwandeln kann. Wir werden zusammen daran arbeiten, und dann wirst du mit mir ins Theater gehen und an Stelle von Sullivan dirigieren. Das wäre doch ein Spaß, nicht? Würde dir das gefallen, wenn du einmal ein Mann bist?«

Er sah sie eine Sekunde lang an, und dann wandte er den Kopf.

»Es ist das einzige auf der Welt, was ich gern tun möchte«, sagte er.

Sie lachte und klopfte ihm wieder aufs Knie.

»Komm jetzt«, sagte sie. »Es wird kühl. Es ist Zeit, daß wir heimgehen und eine Tasse Tee trinken.«

Sie stand auf. Sie zog den Schal fester um Haar und Hals.

»Sieh doch diese Federnelken«, sagte sie. »Wie sie da gerade unterhalb des Klippenrandes wachsen! Wir wollen sie pflücken. Ich werde sie in Wasser tun und in eine kleine Vase neben mein Bett stellen.«

Sie bückte sich und begann die Blumen zu pflücken.

»Sieh nur! Dort gibt's noch mehr«, sagte sie. »Dort, höher oben, links. Kannst du sie erreichen?«

Er kletterte an der Klippe hinauf, streckte die Hand aus und hielt sich an den losen Grasbüscheln fest. Es war recht rutschig, aber seine Strandschuhe gaben ihm einen guten Halt. Er hatte etwa sechs Nelken in der Hand, als es geschah . . .

Er hörte sie plötzlich rufen: »Oh, Niall, schnell . . .!« Und als er sich umwandte, sah er sie unter den Rand der Klippe gleiten, über den sie sich gebückt hatte, um Nelken zu pflücken. Sie streckte die Hand aus, um sich festzuhalten, aber Steine und Gras lösten sich unter ihrem Griff und rutschten mit ihr. Sie glitt über die lockere Erde und die Steine abwärts. Niall versuchte, ihr nachzuklettern, aber sein Fuß stieß an ein Felsstück, das sich löste und polternd auf den Strand tief unten hinunterrollte. Dann sah er, daß auch sie, wie das Felsstück, auf die Felsen stürzen würde, fünfzig, sechzig Fuß tief, wenn die Erde an der Oberfläche der Klippe nachgab.

»Bleib, wo du bist«, rief er. »Rühr dich nicht. Halt dich an dem kleinen Vorsprung neben dir! Ich werde Hilfe holen.«

Sie sah zu ihm auf. Sie versuchte den Kopf zu drehen.

»Verlaß mich nicht«, rief sie. »Bitte, verlaß mich nicht!«

»Ich muß«, sagte er. »Ich muß Hilfe holen.«

Er sah über die Schulter zurück. Dort drüben, mit dem Rücken zu ihm, gingen zwei Gestalten, ein Mann und eine Frau. Er schrie. Sie hörten nicht. Er schrie noch einmal. Diesmal hörten sie. Sie drehten sich um und blieben stehen. Er winkte und schrie aus Leibeskräften. Jetzt begannen sie zu laufen.

Plötzlich sagte sie: »Niall ... die Steine rutschen ... ich werde fallen ...«

Er kniete an dem Klippenrand nieder und streckte die Hände aus. Er konnte sie nicht erreichen. Er sah, wie neben ihr die Erde zerbröckelte und sich löste, aber sie fiel nicht, weil ihr Schal sich an einem großen, gezackten Felsstück über ihr verfangen hatte. Der Schal riß nicht. Er schlang sich um Mamas Hals und hielt sie am Felsen fest.

»Es ist schon gut«, sagte Niall. »Die Leute kommen. Es ist alles schon gut.«

Sie konnte nicht antworten, weil der Schal um ihren Hals geschlungen war. Sie konnte nicht antworten, weil der Schal sich immer fester und fester um ihren Hals schlang und der gezackte Fels nicht locker ließ.

*

Und so war es geschehen. Und darum werden wir drei uns immer an die vielen Menschen erinnern, die damals zu den Klippen kamen, und an die Französin, die aufkreischte, sich umdrehte und davonlief. Immer bleibt uns dieses Kreischen und immer das Geräusch der eilenden Füße im Ohr.

8. KAPITEL

Es war ein Fehler, uns zu trennen. Wir hätten beisammenbleiben sollen. Zerbricht und zersplittert einmal eine Familie, so findet sie nie mehr zusammen. Nicht so, wie es früher gewesen war. Hätte es ein richtiges Heim gegeben, dahin wir hätten zurückkehren können, so wäre es anders gewesen. Kinder brauchen ein richtiges Heim, einen Ort, der vertraut duftet. Ein Leben, das seine Stetigkeit bewahrt, mit denselben Spielsachen, denselben Spaziergängen, denselben Gesichtern Tag für Tag. Wo das Dasein, ob schön, ob Regen, in bestimmten Formen verläuft. Wir besaßen diese Formen nicht. Nicht, nachdem Mama gestorben war.
»Für Maria war es ganz gut so«, sagte Celia. »Maria durfte zum Theater gehen. Sie durfte das tun, was sie zu tun gewünscht hatte.«
»Ich wollte nicht die Julia spielen«, sagte Maria. »Die Julia war mir verhaßt. Und man wollte mich nicht mit meinem eigenen Haar spielen lassen, weil es zu kurz war. Ich mußte eine greuliche flachsblonde Perücke tragen.«
»Ja, aber es hat dir doch großen Spaß gemacht«, sagte Celia. »Du hast mir damals geschrieben – was waren das für lustige Briefe. Ich habe sie noch – unlängst habe ich sie wiedergefunden. In dem einen erzählst du von Niall, wie er von der Schule weggelaufen war und dich in Liverpool besucht hat.«
»Wenn wir ein richtiges Heim gehabt hätten, wäre ich noch häufiger davongelaufen, als ich es ohnehin tat«, sagte Niall. »Viermal bin ich davongelaufen. Aber wohin hätte ich gehen sollen? Von Liverpool schickte man mich zurück. Und da Pappi in Australien war, blieb die Geschichte hoffnungslos.«
»Celia war es, die das beste Leben hatte«, sagte Maria. »Keinen richtigen Unterricht, immer auf Reisen, immer mit Pappi beisammen.«
»Ich weiß nicht«, sagte Celia. »Es ist nicht immer leicht gewesen. Wenn ich heute an Australien denke, erinnere ich mich nur an die Toilette in Melbourne, wo ich mich eingesperrt und geweint habe.«
»Warum hast du geweint?« fragte Maria.
»Wegen Pappi«, sagte Celia. »Weil ich an Pappis Gesicht dachte, als er eines Abends im Wohnzimmer mit Truda sprach. Sie wußten nicht, daß ich an der Tür lauschte. Er sagte, ich sei das einzige, was ihm noch auf der Welt geblieben sei, und Truda sagte, das würde mir das ganze Leben ruinieren. Ihr erinnert euch daran, wie sie reden konnte; so säuerlich und schal. ›Sie werden ihr Leben zugrunde richten‹, sagte sie. Ich höre das noch heute.«

»Warum hast du uns das nie geschrieben oder erzählt?« sagte Niall. »Die Briefe, die du aus Australien geschrieben hast, waren affektiert und albern und berichteten nur von irgendwelchen Gesellschaften, bei denen du mit dem oder jenem Gouverneur gewesen warst. Und dann gab es einen mit einem gouvernantenhaften Postscriptum: ›Hoffentlich machst du mit deiner Musik Fortschritte.‹ Meine Musik ... Täusch dich doch nicht. Du warst nicht die einzige, die sich auf der Toilette eingesperrt hat. Ich habe immerhin nicht geweint. Das war der Unterschied.«

»Wir haben damals alle geweint«, sagte Maria. »Jeder von uns auf seine besondere Art. Auf der Fähre nach Birkenhead. Hin und zurück auf der Fähre von Liverpool nach Birkenhead.«

»Wovon redest du?« sagte Niall.

»Von mir selber«, sagte Maria. »Es herrschte solch ein Cliquenwesen beim Theater. Ich war bei allen unbeliebt. Die Kollegen meinten, man hätte mich nur Pappis wegen engagiert.«

»So war es doch wahrscheinlich auch«, sagte Niall.

»Ich weiß«, sagte Maria. »Vielleicht war auch das der Grund, weshalb ich geweint habe. Ich erinnere mich, wie der Rauch der Fähre mir ins Gesicht wehte.«

»Darum war dein Gesicht auch so schmutzig, als ich zu dir kam«, sagte Niall. »Aber du hast mir nie erzählt, daß du geweint hattest.«

»Als ich dich sah, hatte ich es vergessen«, sagte Maria. »Dein komisches blasses Gesicht, und den Regenmantel, der dir viel zu lang war.«

Sie lächelte ihm zu, und er erwiderte ihr Lächeln, und damals mußte es wohl gewesen sein, dachte Celia, daß das Band zwischen ihnen sich unzerreißbar verstärkt hatte. Damals mußte es gewesen sein, als Niall von der Schule davonlief, die ihm verhaßt war, und Maria allein in Liverpool war und tat, als wäre sie glücklich.

Es war ein harter Schlag gewesen, dachte Maria, als sie entdecken mußte, daß das Theaterspielen am Ende doch nicht gar so einfach war. Mit so viel Selbstvertrauen hatte sie sich der reisenden Truppe angeschlossen, und nach und nach war ihr Selbstvertrauen zerbröckelt. Im Grunde machte sie auf keinen Menschen einen Eindruck. Kein Mensch interessierte sich auch nur für sie. Das Gesicht, das sich vor dem Spiegel selber die Tränen entlocken konnte, entlockte dem Publikum keine Träne. Jene Maria, die allein vor dem Spiegelglas stand, die Arme ausgestreckt, und »Romeo – Romeo« in die leere Luft sagte, fand es schwierig, die gleichen Worte vor den Kollegen zu sagen, als sie es zum erstenmal tun sollte. Eine Tür zu öffnen und quer über die Szene zu gehen, bedeutete eine gewaltige Konzentration. Eine seltsame Angst saß in der Magengrube, sie fürchtete, die Leute könnten sie auslachen, und diese Angst hatte sie im ganzen Leben noch nie empfunden. Das bedingte eine neue Form der Verstellung. Von diesem Augenblick an mußte sie ihr ganzes Leben lang tun, als sei ihr völlig gleichgültig, was irgendwer zu ihr oder über sie sagte. Alles andere mußte verdrängt werden. Sie durften nichts davon wissen. Und unter »Sie« verstand sie das ganze Ensemble, den Regisseur, den Direktor, die Kritiker, das Publikum. All die Menschen in jener neuen Welt, darin sie ihre Verstellung aufrechterhalten mußte.

»Für eine Anfängerin bist du reichlich abgebrüht«, sagte einer. »Dir ist wohl alles Wurst?«

Und Maria lachte und schüttelte den Kopf.

»Natürlich. Warum auch nicht?« Und sie verzog sich trällernd durch den Gang und hörte, wie der Inspizient sagte:

»Was die Kleine vor allem braucht, ist, daß einer ihr den Hintern voll haut.«

Und das war alles. Sie arbeitete hart, sie tat, was sie instinktiv für richtig hielt, eine Art Erregung überkam sie, ein Machtgefühl, als sie ihre Stimme bestimmte Verse sagen hörte, und als die Probe zu Ende war, schwankte sie ein wenig, steckte die Hände in die Taschen ihrer Jacke und dachte: »Jetzt werden sie zu mir kommen und sagen ›Das war großartig, Maria!‹«

Sie wartete am Rand der Bühne, kämmte ihr Haar, warf einen Blick in den kleinen gesprungenen Handspiegel in der Tasche, die Truda ihr vor dem Antritt der Tournee gegeben hatte, und so wartete sie, und kein Mensch sagte ein Wort zu ihr. Die anderen standen in einer Gruppe beisammen und flüsterten. Redeten sie über Maria? Einer warf den Kopf zurück und brüllte vor Lachen. Es hatte überhaupt nichts mit ihr zu tun. Sie sprachen von irgendeinem anderen Stück, darin sie miteinander gespielt hatten. Und dann kam der Direktor aus dem Parkett und sagte:

»Schön; jetzt machen wir eine Mittagspause. Und um zwei Uhr geht's weiter.«

Maria wartete einen Augenblick. Jetzt würde er sich bestimmt zu ihr wenden und irgend etwas sagen. Bestimmt würde er sagen: »Maria, das war brillant!«

Er sprach über die Schulter hinüber mit dem Regisseur; er zündete sich eine Zigarette an. Dann erblickte er sie. Er kam zu ihr hinüber.

»Es war nicht so gut wie gestern, Maria. Sie forcieren. Sind Sie nicht in Stimmung?«

»Doch, doch!«

»Aber – ich meinte, Sie sähen so mißgestimmt aus. Na, gehen Sie jetzt zum Mittagessen!«

Mißgestimmt! Sie war durchaus nicht mißgestimmt gewesen. Sie war glücklich und erregt gewesen, hatte nur an ihre Rolle gedacht. Jetzt aber war sie mißgestimmt. Das Glücksgefühl war verschwunden. All ihr Selbstvertrauen war versickert. Sie spürte förmlich, wie es ihr in die Schuhe rieselte, sie legte den Schal um den Hals und knöpfte den Mantel zu. Sie wollte beim Mittagessen mit niemandem beisammen sein. Gestern hatte irgendwer davon gesprochen, daß alle miteinander in »Katze und Fiedel« essen würden. Aber daraus schien nichts geworden zu sein. Jeder war seines Weges gegangen. Sie konnte entweder in die langweilige Pension zurückgehen oder irgendwo eine Wurst kaufen und dazu eine Tasse Kaffee trinken.

Sie ging allein durch den Gang und die Stiege zur Bühnentür hinauf, und im Gehen hörte sie Schritte vor sich. Es waren zwei Kolleginnen, die vorhin auf der Bühne gelacht hatten.

»Natürlich«, sagte die eine Stimme, »die ganze Geschichte ist nichts als schmutzige Protektionswirtschaft. Sie ist nur des Namens wegen engagiert worden. Delaney hat die Sache gedeichselt, bevor er nach Australien gefahren ist.«

»Da sieht man nur, was der richtige Einfluß fertigbringt«, sagte die andere Stimme. »Wir schwitzen und schinden uns jahraus, jahrein, und sie schlüpft über eine Hintertreppe herein.«

Maria blieb stehen und wartete. Einen Augenblick später hörte sie die Tür nach der Straße zuschlagen. Sie wartete, bis die beiden die Straße überquert haben mochten und um die Ecke bogen. Sie ließ ihnen einen Vorsprung, und dann ging sie selber durch die Schwingtür. Aber da standen sie noch und schwatzten. Als sie Maria sahen, unterbrachen sie ihre Unterhaltung und sahen verlegen drein. Vielleicht ahnten sie, daß Maria ihr Gespräch gehört haben konnte.

»Hello«, sagte die eine. »Kommst du mit zum Mittagessen?«

»Ich kann heute nicht«, sagte Maria. »Ich esse mit einem Freund meines Vaters; er ist eigens hergekommen, um sich die Aufführung anzusehen. Ich bin mit ihm im Adelphi verabredet.«

Sie winkte ihnen zu, ging trällernd weiter und trällerte auf dem ganzen Weg zum Adelphi, denn auch die anderen Menschen mußten getäuscht werden, jener Mann dort, der einen Wagen zog, diese Frau hier, die eben die Straße überquerte.

Und um die Welt zu betrügen, um sich selber zu betrügen, ging sie durch die Tür des Adelphi in die Damengarderobe, so daß sie nachmittags mit voller Bestimmtheit sagen konnte, sie sei im Adelphi gewesen. Wenn man lügt, sagte sie zu sich, dann muß immer ein Korn Wahrheit in der Lüge sein. Sie richtete sich her, benützte den Puder, der dort stand, füllte damit ihre Puderdose, während die Garderobenfrau das Waschbecken putzte, und dann legte sie sechs Pence in die kleine Glasschale.

»Warum ziehen Sie Ihren Mantel nicht aus? Es ist warm im Restaurant«, sagte die Frau.

»Nein, danke«, erwiderte Maria lächelnd, »ich will nur rasch einen Bissen essen«, und dann schwebte sie davon und durch die Schwingtüren hinaus und dankte dem Himmel, daß kein Mensch sie gesehen hatte. Und wenn ein Portier gesagt hätte: »Was treiben Sie denn hier? Das Adelphi ist doch kein Bahnhofsklosett!«

Sie ging durch eine Seitenstraße und trat in eine Teestube, aß fünf Kuchen, die altbacken waren, trank dazu eine Tasse Tee und dachte beständig daran, was sie gegessen hätte, wenn tatsächlich ein Freund von Pappi im Adelphi gewesen wäre. Oder wenn sie mit Pappi selber im Savoy gegessen hätte! Die Kellner würden sie umwimmeln und lächeln, und Leute würden auf sie zutreten und mit ihnen sprechen, und Pappi würde sagen: »Das ist meine Tochter. Sie hat gerade ihr erstes Engagement angetreten.«

Aber Pappi war mit Celia in Australien, und Maria war in Liverpool in einer Teestube, aß altbackene Kuchen, und sie war nur hier, weil Pappi das so eingerichtet hatte. Sie war nur hier, weil sie Delaneys Tochter war.

»Ich hasse sie«, dachte Maria, »ach, wie ich sie hasse...!« Und ihr Haß war siedende Wut gegen die ganze Welt, weil diese Welt plötzlich so verschieden war von jener anderen Welt, die sie ersehnte, wo jedermann freundlich und froh war und die Arme nach ihr ausstreckte... Maria! Sie ging mit voller Absicht spät ins Theater, hoffte, der Regisseur werde etwas zu bemerken haben, würde sie tadeln, aber er selber kam sehr spät, alle kamen spät, und darum begannen sie die Probe mit einer Szene, in der sie nicht beschäftigt war.

Um vier Uhr wandte der Regisseur sich zufällig um. Er sah sie im Parkett sitzen und sagte: »Maria, Sie brauchen wirklich nicht zu warten. Ich werde Sie nicht mehr brauchen. Gehen Sie nur, ruhen Sie sich vor der Vorstellung aus!«

Kicherte da einer? Machte jemand dort drüben einen Scherz über sie?

»Vielen Dank«, sagte sie. »Dann gehe ich. Ich muß ohnehin noch etwas einkaufen.«

Und sie ging wieder auf die Straße hinaus und ließ alle anderen im Theater. Damals geschah es, daß sie den Bus nahm, der zur Fähre ging. Und daß sie auf der Fähre hin- und zurückfuhr. Jetzt kam es irgendwie nicht mehr darauf an, wie sie aussah oder wer sie beobachtete. Der Wind blies, es war kalt und sie versuchte, sich erst auf die eine Seite des Verdecks zu stellen und dann auf die andere Seite, aber der Wind blies da wie dort, und sie weinte. Hin und zurück, zwischen Birkenhead und Liverpool, und die ganze Zeit dröhnte ihr die harte, klare Stimme jener Frau ins Ohr: »Sie ist nur des Namens wegen engagiert worden.«

Jetzt wurde es dunkel, und am Ufer des Mersey flammten die Lichter auf. Es war trübe und dunstig.

»Und wenn ich für den Rest meines Lebens mit dieser Fähre hin- und herfahren würde, dort drüben im Theater würde man mich nicht vermissen« dachte Maria. »Man würde einer anderen meine Rolle geben, und es wäre vollkommen gleichgültig.«

Sie ging über den Steg an den Kai, nahm abermals einen Bus, fuhr in ihre Pension und merkte jetzt, daß sie müde und sehr hungrig war; sie hoffte mit einer gewissen Leidenschaft, es möge doch Fleisch geben, heißes Fleisch, und am Feuer sollte es hell und freundlich sein. Sie trat in das Haus, und die Wirtin kam, eine Lampe in der Hand, die Treppe herunter und sagte:

»Ein junger Herr ist angekommen, mein Kind. Er ist im Wohnzimmer. Er sagt, daß er bleiben will. Sie haben mir ja nie gesagt, daß Sie zu zweit sind!«

Maria starrte sie an. Sie begriff gar nichts.

»Ein Herr? Ich kenne doch keinen Menschen! Wie heißt er denn?«

Und sie öffnete die Tür des Wohnzimmers, und da stand er in dem Regenmantel, der ihm viel zu groß war, sein Gesicht war sehr blaß, sein Haar fiel ihm schlaff und ungekämmt in die Stirn.

»Hello«, sagte er ängstlich mit halbem Lächeln und ungewiß. »Ich bin davongelaufen. Ich bin einfach in den Zug gestiegen. Ich bin davongelaufen.«

»Niall ...« sagte sie. »Oh, Niall ...« Und dann lief sie auf ihn zu, schlang die Arme um ihn, und sie standen umschlungen und lachten. Jetzt war alles gleichgültig. Die dumme Fähre war vergessen, auch der lange, erschöpfende Tag und die Stimme der Frau im Theater.

»Du hast mich auf der Bühne sehen wollen?« fragte sie. »Du bist aus der Schule davongelaufen und hierhergekommen, um mich spielen zu sehen! Ach, Niall, das ist ja so ein Spaß ... Ach, Niall, ich bin ja so glücklich!«

Sie wandte sich zu der Wirtin.

»Das ist mein Stiefbruder«, sagte sie. »Er kann das Zimmer neben mir kriegen. Er ist sehr ruhig. Er wird keinen Menschen stören. Und er ist gewiß hungrig, sehr, sehr hungrig. Ach, Niall!«

Sie lachte wieder, packte ihn bei den Schultern, zog ihn zu dem wärmenden Feuer.

»Ist alles in Ordnung?« fragte Niall. »Kann ich bleiben?«

Wie merkwürdig, dachte Maria, seine Stimme verändert sich. Sie ist gar nicht mehr so weich. Sie ist brüchig und komisch, und in seiner Socke ist ein Loch.

»Schön, schön«, sagte die Wirtin. »Wenn Sie Geld für Ihr Zimmer haben, können Sie bleiben.«

Niall wandte sich zu Maria.

»Das ist gerade das Schlimme«, sagte er. »Ich habe gar kein Geld. Die Fahrkarte hat soviel gekostet.«

»Ich werde bezahlen«, sagte Maria. »Mach dir keine Sorgen. Ich werde bezahlen.«

Die Wirtin schaute zweifelnd drein.

»Von der Schule davongelaufen?« sagte sie. »Das ist doch gegen die Vorschrift, nicht? Wir werden bald die Polizei im Hause haben.«

»Sie können mich nicht finden«, sagte Niall schnell. »Ich habe meine Schulmütze weggeworfen. Ich habe dieses schreckliche Ding da gekauft.«

Er holte eine Tweedmütze aus der Tasche seines Mantels. Er zog sie über den Kopf. Sie war viel zu groß. Sie sank ihm bis auf die Ohren. Maria schüttelte sich vor Lachen.

»Ach, sie ist doch wunderschön«, sagte sie. »Du siehst so komisch drin aus.«

Er stand da und grinste, ein kleines, blasses Gesicht unter einer riesigen, sehr ordinären Mütze. Um den Mund der Wirtin zuckte es krampfhaft.

»Na schön«, sagte sie. »Sie können wohl bleiben. Eier mit Speck für zwei Personen also! Und ich habe auch noch einen Reispudding im Rohr.«

Sie verließ den Raum, und die beiden waren allein. Sie begannen abermals zu lachen. Sie lachten so herzlich, daß sie es kaum aushalten konnten.

»Warum lachen wir eigentlich?« fragte Niall.

»Ich weiß es nicht«, erwiderte Maria. »Ich weiß es nicht.«
Er sah sie an. Sie lachte so sehr, daß ihr die Tränen kamen.
»Erzähl mir von der Schule«, sagte sie. »Ist die neue noch schlimmer als die frühere? Sind die Jungen sehr roh?«
»Es ist nicht schlimmer«, sagte er. »Sie sind genauso wie die anderen.«
»Warum also?« fragte sie. »Was ist denn geschehen? Das mußt du mir erzählen.«
»Da gibt's nichts zu erzählen«, sagte er. »Gar nichts.«
Wo blieb nur die Wirtin mit den Eiern und dem Speck? Er war sehr hungrig. Er hatte schon seit längerer Zeit nichts mehr gegessen. Es hatte keinen Zweck, daß Maria ihm Fragen stellte. Jetzt, da der Tag vorüber war, fühlte er sich auch sehr müde. Und die Uhr auf dem Kaminsims mahnte ihn an das Metronom auf dem Klavier im Musikzimmer der Schule.
Abermals saß er an dem Klavier, und das Metronom schwang hin und her. Mr. Wilson schob die Brille auf die Stirn und zuckte die Achseln.
»Wissen Sie, Delaney, Sie müßten wirklich erheblich mehr leisten.«
Niall hatte nicht geantwortet. Er saß da, steif wie ein Ladestock.
»Ihr Stiefvater hat mir geschrieben. Und an den Direktor auch«, sagte Mr. Wilson. »In jedem Brief legt er großen Wert darauf, daß Sie ›individuellen‹ Musikunterricht erhalten sollen, wie er das nennt. Er sagt, Sie seien begabt. Und von mir erwartet man, daß ich Ihre Begabung fördere. Bis jetzt vermag ich keinerlei Zeichen von Begabung zu erkennen.«
Niall saß wortlos da. Wenn Mr. Wilson weitersprach, würde die Stunde verstreichen. Und dann wäre es vorüber bis zum nächsten Mal. Niall würde nicht so spielen müssen, wie Mr. Wilson es von ihm verlangte.
»Wenn Sie nichts Besseres leisten als bisher, muß ich Ihrem Stiefvater schreiben, daß es hinausgeworfenes Geld ist, Sie Musikstunden nehmen zu lassen«, sagte Mr. Wilson. »Sie scheinen nicht einmal die Anfangsgründe zu begreifen. Und so wird nicht nur das Geld Ihres Stiefvaters vergeudet, sondern auch meine Zeit.«
Das Metronom schwang hin und her. Mr. Wilson schien das gar nicht zu bemerken. Jetzt schuf es bereits eine selbständige Melodie, dachte Niall. Wenn man einmal die Akkorde zurechtlegte und das Ticken des Metronoms zwischen den Akkorden einfangen konnte, so gäbe das einen Tanzrhythmus, vielleicht aufreizend und monoton, aber es mochte dennoch ein gewisser Zauber davon ausgehen, wenn man nur dieses unvermeidliche Tick-tack, Tick-tack durchhalten konnte ...
»Haben Sie gar nichts zu erwidern?« sagte Mr. Wilson.

»Meine Hände sind schuld, Sir«, sagte Niall. »Ich kann meine Hände nicht dazu kriegen, daß sie tun, was ich will. Sie gleiten nur über die Tasten.«

»Sie üben nicht«, erklärte Mr. Wilson. »Sie machen die Fingerübungen nicht, die ich Ihnen gegeben habe. Sehen Sie dies! Und das! Seite nach Seite von leichten Übungen mit den fünf Fingern! Jedes Kind könnte das fertigbringen!«

Er wies mit dem Bleistift auf die Notenblätter.

»Es ist ungenügend, Delaney«, sagte er. »Sie sind einfach stinkfaul. Ich werde das Ihrem Stiefvater schreiben müssen.«

»Er ist in Australien.«

»Um so nötiger ist es, ihm zu schreiben. Ihn davon abzuhalten, daß er sein Geld zum Fenster hinauswirft. Individueller Unterricht! Es gibt keinen individuellen Unterricht, mit dem man es je zustande brächte, daß Sie Klavierspielen lernen. Sie haben ja überhaupt keine Beziehung zur Musik!«

Jetzt wird es bald vorüber sein, dachte Niall. Bald wird es vorüber sein, es wird vier schlagen; er wird das Metronom abstellen, weil er seinen Tee trinken will. Dieser lange, hängende, idiotische Schnurrbart wird an den Enden naß von Tee sein. Er trinkt den Tee süß, und eine Menge Milch darin.

»Ich hörte«, sagte Mr. Wilson, »daß Ihre Mutter eine Musikfreundin war. Sie setzte große Hoffnungen auf Sie. Kurz bevor sie starb, sprach sie mit Ihrem Stiefvater von Ihrer Zukunft. Das war auch der Grund, weshalb Ihr Stiefvater so viel Wesens von diesem individuellen Unterricht gemacht hat.«

Wenn man Mr. Wilsons Stimme in Kontrast zu dem Ticken des Metronoms setzte, seine dürre, eintönige Stimme gegen das unablässige Ticktack, dann konnte man etwas damit anfangen. Man könnte auch die Akkorde zusammensetzen, wenn niemand zuhörte. Die Akkorde würden einbrechen und den Rhythmus aufsplittern, und es wäre, als zersplittere man Mr. Wilsons Schädel mit einer Axt.

»Nun, dann nehmen Sie sich noch einmal zusammen, Delaney, bitte! Versuchen Sie es mit der Haydnsonate.«

Er wollte es nicht mit der Haydnsonate versuchen; er wollte dieses verdammte Pianino nicht mehr anrühren. Er wollte nur eines – fort aus diesem Musikzimmer sein, fort aus der Schule, wieder zurück ins Theater zu Mama, Pappi, Maria und Celia. Im Dunkeln sitzen, wenn der Vorhang sich hob und der alte Sullivan sich vorwärtsbeugte und den Taktstock hob. Mama war tot. Pappi und Celia waren in Australien. Maria blieb. Er dachte an die Ansichtskarte, die in seinerTasche steckte, und an Marias sorgloses Gekritzel. Maria blieb. Darum ging er jetzt aus dem Schulgebäude, siebzehn Schilling und sechs Pence in der Tasche, nahm einen Zug und fuhr nach Liverpool. Maria blieb.

DieWirtin erschien mit Eiern und Speck. Es gab auch einen mächtigen Reispudding mit angebrannter Kruste. Sie hielten den Atem an, um nicht wieder herauszuplatzen. Dann verließ die Wirtin mit schleppenden Schritten das Zimmer.

»Ich kann das nicht essen«, flüsterte Niall, »nicht, wenn ich verhungern müßte.«

»Ich weiß«, sagte Maria. »Ich auch nicht. Wir wollen es ins Feuer werfen.«

Sie verschmierten ihre Teller, damit es aussehen sollte, als hätten sie von dem Reispudding gegessen, und dann kratzten sie das Übrige aus der Schüssel und warfen es ins Feuer. Es wurde schwarz. Es brannte nicht. Es blieb einfach im Feuer – eine schwarze, klebrige, durchweichte Masse auf der Kohle.

»Was sollen wir tun?« sagte Niall. »Sie wird später Kohle nachlegen, und da wird sie es entdecken.«

Er versuchte mit einem Schürhaken den Reis von der Kohle abzukratzen. Aber der Schürhaken wurde auch klebrig, und Reis haftete daran.

»Wir werden es in die Tasche stecken«, sagte Maria. »Dort ist ein Stück Papier. Wir werden es mit dem Papier von der Kohle abkratzen und in die Tasche stecken. Dann, auf dem Weg ins Theater, werden wir es in einen Rinnstein werfen.«

Fieberhaft arbeiteten sie, denn es wurde spät, und sie füllten ihre Taschen mit dem qualmenden, durchweichten Reis.

»Du wirst es mir sagen, wenn ich schlecht bin, nicht wahr?« sagte Maria plötzlich.

»Was meinst du damit?« fragte Niall.

»Im Theater – wenn ich in meiner Rolle schlecht bin«, sagte Maria.

»Natürlich«, sagte Niall. »Aber du wirst schon nicht schlecht sein. Du kannst niemals in irgend etwas schlecht sein.«

Er verstaute die Überbleibsel des Puddings in seiner Mütze, die ihm zu groß war.

»Wirklich nicht?« sagte Maria. »Weißt du das so gewiß?«

Sie sah ihn an; schmächtig und bleich stand er da, und der Reispudding schwellte Taschen und Mütze.

»Ach, Niall«, sagte sie. »Wie froh bin ich, daß du gekommen bist! Nichts auf Erden hätte mir so eine Freude bereiten können.«

Sie gingen auf die Straße hinaus. Es regnete, und sie hatten sich von der Wirtin einen Schirm ausgeliehen. Sie hielten ihn über ihre Köpfe und der Wind blies in Böen wie ein Metronom. Niall erzählte Maria von Mr. Wilson. Mr. Wilson hatte jetzt seine ganze Wichtigkeit eingebüßt. Er war nichts als ein rührender alter Mann mit einem hängenden Schnurrbart.

»Was ich noch sagen wollte«, erwiderte Maria. »Unsere Wirtin heißt Florrie Rogers.«

»Und was weiter?« fragte Niall.

»Nun, das klingt doch furchtbar komisch«, sagte Maria.

Sie warfen den Reispudding in den Rinnstein vor dem Theater.

»Da hast du Geld für einen Platz«, sagte Maria. »Es ist noch sehr früh. Du wirst eine Ewigkeit warten müssen.«

»Das macht nichts«, meinte Niall. »Ich werde im Foyer stehen und achtgeben, ob die Leute, die hereinkommen, Reispudding an den Schuhen haben. Auch werde ich mich gewiß nicht einsam fühlen. Es ist, als ob ich heim käme.«

»Was ist, als ob du heim kämst?« fragte Maria.

»Im Theater zu sein«, sagte er, »mit dir beisammen zu sein. Zu wissen, daß eins von uns da ist, wenn der Vorhang sich hebt.«

»Gib mir lieber den Schirm«, sagte sie. »Es würde dumm ausschauen, wenn du im Foyer mit einem Regenschirm herumstehst.«

Sie nahm den Schirm und lächelte.

»Schrecklich!« sagte sie. »Du bist ja schon so groß wie ich!«

»Ich glaube nicht, daß ich gewachsen bin«, meinte Niall. »Ich glaube eher, daß du irgendwie kleiner geworden bist.«

»Nein. Du bist gewachsen. Und deine Stimme ist so brüchig und komisch, aber das ist netter. Mir gefällt's.«

Sie zeigte mit dem Ende des nassen Schirms auf die Bühnentür.

»Hier kannst du mich nachher erwarten«, sagte sie. »Der Portier ist sehr streng. Er läßt keinen Menschen ein. Wenn dich jemand fragt, wer du bist, so sag, daß du auf Miss Delaney wartest.«

»Ich könnte tun, als ob ich ein Autogramm von dir haben wollte«, schlug Niall vor.

»Ja«, meinte Maria. »Das könntest du immerhin!«

Merkwürdig, dachte sie, als sie durch die Tür trat, heute früh war ich unglücklich und nervös, und das Theater war mir verhaßt. Und jetzt bin ich glücklich. Jetzt bin ich gar nicht mehr nervös. Und ich liebe das Theater. Ich liebe es mehr als irgend etwas anderes. Singend trappelte sie die Stiege hinunter, und den nassen Schirm zog sie hinter sich her. Und Niall saß auf einem Ecksitz auf der Galerie, sprach mit keinem Menschen, fühlte, wie eine seltsame Wärme sich seiner bemächtigte und ihn nicht mehr locker ließ, als er jetzt sah, wie die Musiker ins Orchester traten und ihre Plätze einnahmen.

Denn wenn man ihm auch in der Schule gesagt hatte, er habe gar keine Beziehung zur Musik und könne nicht Klavier spielen, wisperte bereits etwas in seinem Kopf, ein Fetzen einer Melodie, kaum gehört und halb vergessen; und sie vermischte sich mit den Tönen der ersten Geige, die gerade gestimmt wurde, und mit der heißen, dumpfigen, zugigen Theateratmosphäre und mit dem Wissen, daß jemand, den er kannte und liebte, wie einst Mama, und wie jetzt Maria, in einer Garderobe hinter der Bühne vor einem Spiegel saß und das Gesicht schminkte.

9. KAPITEL

»Und dann hat man dich abgeholt, nicht wahr?« fragte Celia. »Ihr seid nicht lange beisammengeblieben.«

»Zwei Tage hatten wir«, sagte Maria.

Zwei Tage ... Und so war es immer, immer und ewig, all die Jahre hindurch. Niall tauchte irgendwo, irgendwie auf und war bei ihr. Aber niemals auf lange. Nur für kurze Augenblicke. Sie konnte sich nie daran erinnern, wohin sie gingen, oder was sie taten, oder was sich begab; sie wußte nur, daß sie immer glücklich waren.

Daß sie reizbar war, erschöpft war, endlose Sorgen mit allerlei Plänen und Problemen hatte, das alles wurde unwichtig, wenn er bei ihr war. Er brachte immer einen merkwürdigen Frieden mit sich, und mit dem Frieden wiederum einen seltsamen Ansporn. Und so fühlte sie sich in Nialls Gesellschaft gleichzeitig beruhigt und angespornt.

Kein Tag verging, ohne daß sie zu irgendeiner Stunde an ihn gedacht hätte. Das muß ich Niall erzählen, er wird lachen, er wird es verstehen. Und Wochen vergingen, ohne daß sie ihn sah. Dann, mit einem Male, grundlos und ohne Warnung erschien er. Sie kam, vielleicht todmüde, von einer langen Probe heim oder hatte sich mit jemandem gestritten, oder der Tag war ohne besondere Veranlassung bedrückend gewesen, und da saß Niall tief im Lehnstuhl, sagte gar nichts, schaute auf und lächelte. Ihr Haar bedurfte der Pflege, ihr Gesicht des Puders, und sie mochte ein Kleid tragen, das ihr verhaßt war und das sie verschenken wollte, aber all das war im Nu vergessen, denn Niall war da, und Niall war ein Teil von ihr, und es war, als ob man allein wäre.

»Pappi war daran schuld«, sagte Celia. »Der Direktor kabelte an Pappi, daß Niall durchgebrannt sei, und Pappi kabelte zurück: ›Sucht Theatre Royal, Liverpool.‹ Truda vermutete, daß du bei Maria sein würdest.«

»Das war die einzige unnette Handlung, die Pappi, meines Wissens, in seinem ganzen Leben vollbracht hat«, sagte Niall.

»Er tat es mit größtem Widerwillen«, sagte Celia. »Er rief Truda in den Salon – wir waren damals gerade in Melbourne, und es herrschte eine entsetzliche Hitze –, und er sagte zu Truda: ›Der Junge ist durchgebrannt. Was, zum Teufel, soll ich anfangen?‹«

Celia erinnerte sich, wie sie die ganze Zeit alle Ventilatoren in Gang halten mußten. Einer war oberhalb der Tür angebracht, und ein anderer am Ende des Zimmers, um Zugluft zu erzeugen. Man meinte, wenn man die Fenster schloß und die Vorhänge zuzog, die Ventilatoren aber in voller Tätigkeit erhielt, würde das Zimmer kühl bleiben. Doch das war nicht richtig. Es machte den Raum nur noch heißer. Pappi saß den ganzen Tag im Pyjama da und trank Ingwerbier.

»Liebling«, sagte er zu Celia. »Ich werde es aufgeben müssen. Ich halte es nicht länger aus. Ich hasse diese Menschen, und ich hasse das Land. Und meine Stimme geht zum Teufel. Ich werde es aufgeben müssen.«

Das sagte er immer. Es hatte gar nichts zu bedeuten. Es gehörte zu dem Ritual einer Abschiedstournee. Nur wenige Monate vorher waren sie bei einem Schneesturm in New York gewesen, und er hatte genau dasselbe über Amerika und die Amerikaner gesagt. Immer ging seine Stimme zum Teufel. Er würde nie wieder singen. Und vor allem an diesem Abend würde er absagen.

»Ruf das Theater an, Liebling«, erklärte er dann. »Sag den Leuten, daß ich heute abend nicht auftrete. Ich bin sehr krank. Ich stehe vor einem Nervenzusammenbruch.«

»Ja, Pappi«, sagte sie, aber sie tat natürlich nichts dergleichen. Sie fuhr fort, Menschen ihrer Phantasie in ihr Skizzenbuch zu zeichnen, und Pappi fuhr fort, sein Ingwerbier zu trinken.

Das Kabel kam, dessen entsann sie sich, mitten am Nachmittag, und Pappi brach zunächst in ein schallendes Gelächter aus und warf Celia das Blatt über den Tisch zu.

»Gutes Zeichen für Niall«, sagte er. »Ich hätte nie geglaubt, daß er so viel Courage im Leib hat.«

Aber sie war sogleich in Sorge gewesen. Sie sah Niall in irgendeinem Graben liegen, ermordet vielleicht, oder er war geprügelt worden, ungerechterweise von einem sadistischen Lehrer verprügelt oder von den anderen Jungen mit Steinen beworfen worden.

»Wir müssen es sogleich Truda sagen«, erklärte sie. »Truda wird wissen, was zu tun ist.«

Und Pappi hatte nur gelacht. Er trank sein Ingwerbier und schüttelte sich vor Lachen.

»Was willst du wetten? In sechs Wochen taucht er hier auf«, sagte er. »Ein gutes Zeichen für Niall! Ich habe nie eine hohe Meinung von dieser verdammten Schule gehabt.«

Aber Truda wußte auf der Stelle, daß Niall zu Maria gefahren war.

»Er ist in Liverpool«, sagte sie fest und preßte den Mund zu jenen schmalen, scharfen Linien zusammen, die Celia und Pappi nur zu gut kannten. »Sie müssen an die Schule kabeln, daß man ihn im Theater in Liverpool finden wird. Dort ist Maria in dieser Woche. Ich habe die Daten ihrer Tournee bei mir im Zimmer.«

»Warum sollte er nach Liverpool gefahren sein?« sagte Pappi. »Mein Gott, wenn ich ein Junge wäre und aus der Schule durchbrennen würde, so wäre ich nicht so verrückt, in eine Stadt wie Liverpool zu fahren.«

»Marias wegen«, sagte Truda. »Jetzt, seit seine Mutter nicht mehr da ist, wird er immer zu Maria gehen. Ich kenne ihn. Ich kenne ihn besser als irgendein anderer Mensch.«

Celia warf Pappi einen Blick zu. Wenn Mama erwähnt wurde, so hatte das immer eine Wirkung auf ihn. Er hörte auf zu lachen und Bier zu trinken. Er richtete einen müden Blick auf Truda, und sein Körper schien plötzlich einzusacken. Er sah mit einem Male alt und erschöpft aus.

»Nun, ich weiß nicht«, sagte er. »Es geht über mein Fassungsvermögen hinaus. Was soll ich denn hier auf der anderen Seite dieser Erdkugel anfangen?«

Und er rief André, denn auch André mußte von dem Vorfall in Kenntnis gesetzt werden, und nicht nur André, sondern auch der Kellner, wenn er auftauchte, und das Zimmermädchen und natürlich jeder Mensch im Theater. Er würde eine köstliche Geschichte daraus machen, mit einigen Übertreibungen, aber eine richtige Geschichte, wie sein aufgeweckter Stiefsohn von der Schule durchgebrannt war.

»Es hat keinen Zweck, André zu rufen«, sagte Truda mit schmalen Lippen. »Was Sie zu tun haben, ist, einfach der Schule zu kabeln, daß sie sich mit dem Theater in Liverpool in Verbindung setzen soll. Man muß ihn dort abholen. Dort ist er ganz bestimmt. In Liverpool!«

»Dann soll er dort bleiben«, sagte Pappi. »Wenn er sich wohl fühlt. Vielleicht könnte er eine Beschäftigung im Orchester finden. Als Pianist.«

»Seine Mutter wollte, daß er in die Schule geschickt werden sollte«, sagte Truda. »Das Theater ist kein Platz für einen jungen Menschen in seinem Alter. Er muß eine richtige Schulbildung erhalten. Das wissen Sie.«

Pappi warf einen Blick zu Celia und verzog das Gesicht.

»Wir werden wohl tun müssen, was sie haben will«, sagte er. »Lauf hinunter, Liebling, und hol mir ein Telegrammformular.«

Und Celia ging an das Pult in der Halle des Hotels und dachte ununterbrochen daran, daß Niall zu Maria nach Liverpool durchgebrannt war. Niall war ihr Bruder, nicht Marias Bruder. Warum mußte Niall zu Maria laufen? Und, schließlich, warum konnten sie nicht alle hier beisammen sein? Warum war alles so verwandelt, so unsicher geworden, was doch früher so fest und stetig war? Sie fuhr mit dem Formular wieder hinauf und hörte durch die halboffene Tür Truda zu Pappi sprechen.

»Ich wollte schon seit einiger Zeit einmal frei von der Leber reden«, sagte sie. »Jetzt, nachdem ich über den Jungen gesprochen habe, kann ich auch über Celia sprechen. Es ist nicht vernünftig, sie so von einem Ort nach dem anderen zu schleppen, Mr. Delaney. Sie sollte eine richtige Erziehung erhalten und mit anderen Kindern zusammenkommen. Solange sie noch ein kleines Mädchen war und ihre Mutter lebte und die drei beisammen sein konnten, war das etwas anderes. Aber jetzt wächst sie heran. Sie braucht den Umgang mit anderen Mädchen ihres Alters.«

Pappi hatte sich umgewandt und schaute Truda an. Celia, die durch die halboffene Tür spähte, sah den verlorenen, verschreckten Ausdruck in seinen Augen.

»Ich weiß wohl«, sagte er, »aber was soll ich tun? Sie ist alles, was mir noch bleibt. Ich kann sie nicht gehen lassen. Wenn ich sie je von mir lassen muß, dann ist's aus mit mir. Wenn sie mich je verläßt, bin ich erledigt.«

»Aber es richtet ihr Leben zugrunde«, sagte Truda, »ich warne Sie. Es richtet ihr Leben zugrunde. Sie überlassen ihr eine viel zu große Verantwortung. Sie versuchen, einen alten Kopf auf junge Schultern zu setzen. Sie wird darunter zu leiden haben. Nicht Sie, Mr. Delaney. Celia wird darunter leiden.«

»Habe ich denn nicht gelitten?« sagte Pappi. Und noch immer sah er Truda mit dem schrecklichen, verlorenen Ausdruck in den Augen an. Dann riß er sich zusammen; er goß sich ein frisches Ingwerbier ein.

»Sie lernt die Welt kennen«, sagte er. »Das Kind sieht die Welt, und das ist an sich schon eine Form der Ausbildung. Besser als alles, was sie in der Schule lernen könnte. Ich werde Ihnen sagen, was wir tun wollen, Truda. Wir wollen eine Gouvernante suchen. Das ist die Lösung. Eine gute, allseitig gebildete Gouvernante. Und wir wollen uns darum kümmern, daß andere Mädchen zu uns zum Tee kommen. Das ist es. Wir werden ein paar Mädchen zum Tee laden.«

Er lächelte und klopfte Truda auf die Schulter.

»Machen Sie sich keine Sorgen, Truda. Ich werde die Sache schon richten. Und ich werde der Schule kabeln. Ich werde dem Direktor sagen, daß er den Jungen in Liverpool suchen lassen soll. Sie haben natürlich recht. Er darf nicht am Theater kleben. Das ist gut für Maria, die ein Engagement hat. Aber für den Buben ist das nichts. Schon gut, schon gut! Machen Sie sich keine Sorgen, Truda!«

Celia wartete sekundenlang, und dann trat sie ein.

»Da ist das Formular«, sagte sie. Die beiden wandten sich um und sahen sie an, und keines sagte ein Wort, und kein Laut war vernehmbar bis auf das Schwirren der Ventilatoren.

Celia ging durch den Korridor und sperrte sich in der Toilette ein. Statt das Buch zu lesen, das sie dort aufbewahrte, setzte sie sich auf den Sitz und begann zu weinen. Sie sah Pappi vor sich, wie er mit seinem verlorenen Blick zu Truda gesagt hatte: »Ich kann sie nicht gehen lassen. Wenn ich sie je von mir lassen muß, dann ist's aus mit mir.«

Und sie würde ihn auch nie verlassen, niemals! Auf welche Art aber richtete er ihr Leben zugrunde? Was meinte Truda nur damit? Fehlte ihr denn irgend etwas? Wirklich? Das, was die anderen Mädchen in der Schule taten, wie Hockey spielen, Zettel schreiben und verstecken, lachen, einander schubsen? Nichts von alledem lockte sie. Sie wollte bei Pappi bleiben; sonst nichts. Aber wenn nur die anderen auch dabeisein könnten, wenn nur Niall oder Maria da wären, damit sie doch einen jungen Menschen zur Gesellschaft hätte ...

»Wie ist Niall zurückgebracht worden?« fragte Celia. »Ist einer der Lehrer gekommen und hat ihn geholt? Das habe ich vergessen.«

»Der Geistliche wurde mir nachgeschickt«, sagte Niall. »Der brave Mann, der immer den Gottesdienst in der Kapelle abhielt. Er hatte sandfarbenes Haar und brachte uns immer zum Lachen. Er hatte eine Leidenschaft für das Theater. Deshalb hatte der Direktor auch gerade ihn geschickt. Er war nicht dumm; er wußte, was er tat.«

»Er lud uns zum Tee ein, bevor ihr weggefahren seid«, sagte Maria. »Und er erzählte uns so viele lustige Geschichten, daß wir gar nicht zum Nachdenken kamen.«

Viele Jahre später, in London, hatte er sie im Theater aufgesucht. Er war im Parkett gewesen und hatte sie fragen lassen, ob er ihr seine Aufwartung machen dürfe; und sie hatte »ja« gesagt, obgleich sie verärgert war; wer konnte das nur sein? Sie war müde und wäre gern bald weggegangen. Doch sobald er in der Tür erschien, erkannte sie ihn wieder, den Geistlichen mit dem runden Gesicht und dem sandfarbenen Haar, das aber nicht mehr sandfarben war, sondern weiß. Niall war nicht in London. Und da hatten sie dann in Marias Garderobe gesessen, hatten über Niall gesprochen, und sie hatte vergessen, daß sie müde war.

»Er kaufte uns in der Teestube Schokoladenbonbons«, sagte Niall. »Eine riesige Schachtel mit einer scharlachfarbenen Schleife darauf. Du hast die Schleife sofort heruntergenommen und dir ins Haar gesteckt. Es hat großartig ausgesehen.«

»Du hast mit ihm kokettieren wollen«, sagte Celia. »Darauf könnte ich wetten. Sie hat gehofft, der Geistliche würde sich in sie verlieben und Niall in Liverpool lassen.«

»Du bist eifersüchtig«, sagte Maria. »Du bist nach all den Jahren noch immer eifersüchtig. Dir wäre es am liebsten, wenn du damals mit uns in Liverpool gewesen wärst.«

Niall war abends hungrig. Er war immer einer von den Jungen gewesen, die zur Unzeit hungrig sind. Ein gutes Frühstück oder ein ausgiebiges Mittagessen waren reinste Verschwendung. Er rührte keinen Bissen an. Und dann plötzlich, um drei Uhr nachmittags oder um drei Uhr früh wollte er einen Hering haben oder ein großes Stück Wurst. Er konnte so hungrig sein, daß er auch die Türklinken gegessen hätte.

»Wir sind die Treppe hinunter in die Speisekammer geschlichen, erinnerst du dich noch?« sagte Maria. »Die Küche roch nach Katzen und nach Mrs. Rogers. Ihre Schuhe standen vor dem Kamin.«

»Und wie verschlissen sie waren«, sagte Niall. »Ganz zerplatzt in allen Nähten. Und sie haben gestunken.«

»Ein Stück Käse war da«, sagte Maria, »und ein halber Laib Brot und ein Topf mit einer Pastete. Wir schleppten das alles in mein Schlafzimmer hinauf, und dann kamst du und hast dich in Jacke und Unterhose auf mein Bett gelegt, weil du kein Pyjama mitgebracht hattest.«

Niall hatte gefroren. Er war immer verfroren gewesen. Immer zitterte er vor Kälte, und seine Füße waren Eisblöcke. Oft hatte er seither neben ihr gelegen, kalt und schaudernd, und sie hatte Tücher und Decken auf ihr Bett gelegt und einmal sogar einen schweren Teppich, weil Niall fror. Den Teppich hatten sie miteinander geschleppt und hatten sich vor Lachen geschüttelt, als sie ihn auf das Bett warfen.

»Auf dem Tisch neben dem Bett war eine Bibel«, sagte Niall. »Wir zündeten zwei Kerzen an und lasen miteinander. Wir öffneten sie aufs Geratewohl, und was wir aufschlugen, das sollte ein Symbol für die Zukunft sein.«

»Ich mache das noch immer«, sagte Maria. »Ich mache es ständig. Vor einer Premiere tue ich es. Aber es funktioniert nie. Das letzte Mal hieß es: ›Und derselbe, der die Asche der Kuh aufgerafft hat, soll seine Kleider waschen.‹ Das hatte überhaupt nichts zu bedeuten.«

»Du kannst ein wenig mogeln«, sagte Niall. »Wenn du die zweite Hälfte der Bibel aufschlägst, so bist du im Neuen Testament. Das Neue Testament ist besser. Da findet man Stellen wie ›Es wird keine Furcht mehr geben‹.«

»Was hast du an jenem Abend in Liverpool gefunden?« fragte Celia. »Daran erinnert ihr euch wohl beide nicht mehr.«

Maria schüttelte den Kopf.

»Ich weiß nicht«, sagte sie. »Es ist schon zu lange her.«

Niall sagte nichts. Er erinnerte sich noch daran. Er vermochte die flackernde, fettige Kerze in dem grünen Porzellanhalter vor sich zu sehen. Eine der Kerzen war viel kürzer als die andere, und neben dem Docht lag ein ganzer Klumpen Talg. Und Maria legte ihm ein Tuch um die Schultern, weil er fror, und band es ihm um die Hüften zusammen. Ihr selber war warm und behaglich in dem geblümten Pyjama, einem Mädchenpyjama, das sich seitlich öffnete. Und sie mußten ganz leise sprechen, weil Mrs. Rogers im Nebenzimmer schlief. Und er aß Brot und Pastete, die er mit Käse bestreute, und dann öffneten sie die Bibel, just beim Hohenlied, und der Vers lautete: Mein Freund ist mein, und ich bin sein, der unter Rosen weidet.

»Das bist du«, sagte Maria, »aber du weidest nicht unter Rosen. Du sitzt hier neben mir im Bett und ißt Brot und Käse.«

Sie begann zu lachen und mußte sich das Taschentuch in den Mund stopfen, um Mrs. Rogers nicht zu wecken. Niall tat, als lachte er mit ihr, aber in Wirklichkeit überschlug sich sein Geist und eilte der Zeit voraus. Er sah Maria durch die Jahre tanzen, für den Augenblick leben, ohne sich um irgend jemanden oder irgend etwas viel zu scheren, Unannehmlichkeiten glitten von ihren Schultern ab und waren bald vergessen; und er selber zog hinter ihr her wie ein ferner Schatten, immer einen oder zwei Schritte dahinter, immer ein wenig im Dunkeln. Mitternacht war es, und sie war warm, und morgen war wieder ein anderer Tag. Morgen aber, dachte Niall, wird etwas geschehen. Die Leute von der Schule werden mich aufspüren, und ich werde wieder zurück müssen.

Und er hatte recht. Der Geistliche kam. Es hatte keinen Zweck, sich zu wehren. Er hatte kein Geld. Maria konnte nicht für ihn sorgen. So fuhr er denn zurück; der Geistliche lehnte sich in einen Winkel des Raucherabteils und zündete seine Pfeife an, und Niall beugte sich aus dem Fenster, winkte, schaute nach Maria aus, die am fernen Ende des Bahnsteigs stand, die scharlachrote Schleife der Bonbonschachtel im Haar.

In ihren Augen blitzten Tränen, als sie ihn beim Abschied küßte, aber sie wischte sie rasch fort, zu rasch, sogleich als sie den Bahnsteig verließ.

»Es muß doch sehr lustig gewesen sein«, sagte Celia. »Schade, daß ich das alles nicht miterleben konnte! Und, Maria, auch wenn die anderen sich den Mund zerrissen haben – du mußt doch gut gewesen sein. Sonst wärst du ja nicht, wo du heute bist.«

»Das ist es eben«, sagte Maria. »Wo bin ich heute?«

Niall begriff, was sie meinte, aber Celia war verdutzt.

»Ja, wahrhaftig«, sagte sie, »was kannst du noch mehr wünschen? Du bist ganz obenauf. Du bist allgemein beliebt, und die Leute laufen zu jedem Stück, wenn du nur darin spielst.«

»Ja, das weiß ich«, sagte Maria. »Aber bin ich darum wirklich gut?«

Celia starrte sie völlig verständnislos an.

»Natürlich«, sagte sie, »du mußt doch gut sein. Ich habe dich noch nie schlecht gesehen. Das eine gelingt dir besser als das andere, aber das ist ja unvermeidlich. Natürlich bist du gut. Sei doch nicht so töricht!«

»Na ja«, sagte Maria. »Ich kann das nicht erklären. Du verstehst es nicht.«

Sie vergaß die meisten Dinge im Leben, aber nicht alle. Das leise Flüstern, die gelegentlich fallen gelassenen Anspielungen, das alles haftete. Sie konnte es nicht wegwischen. Protektion, sie erreicht es durch Protektion. Irgendwer hatte das später gesagt. Sie rührt keinen Finger. Sie ist über eine Hintertreppe hineingeschlüpft. Der Name war es. Der Name war es, der alles vermocht hat. Es war nichts als Glück. Vom ersten bis zum letzten Tag nichts als Glück. Die erste große Rolle in London bekam sie, weil sie es auf Mr. Sie-wissen-schon-wer abgesehen hatte und er völlig vernarrt in sie war ... das dauerte ziemlich lange, aber natürlich ... Was sie macht, ist klug, aber es ist ein Nachäffen. Kein Mensch kann das wirklich Spielen nennen. Sie hat Delaneys Charme geerbt, sie hat ein Gedächtnis wie ein fotografischer Apparat und eine Kiste voll mit Tricks aller Art. Und sonst nichts – heißt es ... heißt es ... heißt es.

»Begreifst du«, sagte Maria langsam, »mit einem Menschen wie mir ist kein Mensch aufrichtig. Kein einziger sagt mir die Wahrheit.«

»Ich bin aufrichtig«, sagte Niall, »ich sage dir die Wahrheit.«

»Ach, du«, sagte Maria, »du bist anders.«

Sie sah zu ihm hinüber, betrachtete seine seltsam ausdruckslosen dunklen Augen, sein schlichtes Haar, den schmalen Mund mit der vorspringenden Unterlippe. Es gab nichts an ihm, das sie nicht kannte, nichts an ihm, das sie nicht liebte; was aber hatte das mit ihrem Theaterspielen zu tun? Oder hatte es alles damit zu tun? Waren diese beiden Dinge hoffnungslos miteinander vermengt? Niall war das Bild im Spiegel, vor dem sie tanzte und gestikulierte wie ein Kind. Niall war der Sündenbock, der alle ihre Sünden trug.

»Was du im Grunde meinst«, sagte Niall, »ist, daß wir alle nicht erstklassig sind. Nicht so wie Pappi oder Mama es waren. Und das ist eines der Dinge, auf die Charles abzielte, als er uns Schmarotzer nannte. Wir haben die meisten Menschen mit unseren individuellen Fratzen zum Narren gehalten, aber tief in unserem Innern kennen wir die Wahrheit, wir drei.«

Und er stand in dem Laden in der Bond Street, Keith Prowse, und suchte eine Platte. Eine Platte von Pappi, der ein altes französisches Lied sang. An den Titel konnte er sich nicht erinnern, aber es kam der Vers mit *le cor* darin vor:

»*J'aime le son du cor, le soir au fond des bois.*«

So ungefähr hieß es. Er kannte die Platte gut. Auf der anderen Seite war »*Plaisir d'amour*«. Kein Mensch hatte diese Lieder je zu singen vermocht, wie Pappi sie gesungen hatte. Aber die dumme Verkäuferin suchte in den Verzeichnissen und starrte ihn blöd an.

»Wir haben es nicht im Katalog. Es muß eine sehr alte Platte sein. Ich glaube nicht, daß sie noch vorhanden ist.«

Während sie sprach, öffnete sich die Tür eines der kleinen Zimmer, darin die Leute sich Platten vorspielen ließen, und Niall hörte den abgerissenen Rhythmus von einem seiner Schlager, den eine zweitklassige Kapelle recht gleichgültig herunterspielte. In diesem Augenblick ging ein Mann vorüber, erkannte Niall, lächelte und wies mit dem Kopf nach dem kleinen Zimmer.

»Guten Tag, Mr. Delaney. Sie müssen das doch schon satt haben. Mir selber ist es beinahe zu viel.«

Das Mädchen hinter dem Ladentisch sah ihn neugierig an, und Nialls Schlager schien immer lauter und lauter zu werden und den ganzen Laden mit Lärm zu erfüllen. Er hatte rasch eine Entschuldigung hervorgestottert, den Laden in aller Hast verlassen und war weitergegangen.

»Ihr wißt beide den Erfolg nicht zu schätzen, das ist es«, sagte Celia. »Ihr seid zu jung dazu gelangt. Zu dir kam er, Maria, als du kaum zwanzig warst. Damals der Riesenerfolg im Haymarket. Und ich saß in jenem Haus in St. Johns Wood und habe mich um Pappi kümmern müssen.«

»Das hast du liebend gern getan«, sagte Maria, »das weißt du selber am besten.«

»Er trank zuviel«, sagte Celia. »Das habt ihr niemals bemerkt, oder, wenn ihr es bemerkt habt, so hat es euch keine weiteren Sorgen gemacht. Ich mußte in Verzweiflung zusehen, wie er ans Büfett ging. Und Truda war nicht bei uns. Truda war damals mit ihren geschwollenen Beinen im Spital.«

»Du hast das reichlich übertrieben«, sagte Niall. »Pappi war niemals vollständig betrunken. Er ist nie hingefallen, es ist nie ausgeartet. Er war dann eher heiter. Er rezitierte immer. Endlose Gedichte. Kein Mensch hat etwas dabei gefunden. Und er sang besser als je.«

»Ich habe etwas dabei gefunden«, sagte Celia, »wenn man einen Menschen sein ganzes Leben lang geliebt hat und sich um ihn gesorgt hat und sieht, wie er einem nach und nach entgleitet und wie das Beste in ihm sich verliert und vergeudet, dann findet man etwas dabei.«

»Es kam daher, weil er nicht singen konnte«, sagte Maria. »Er wußte, daß das der Anfang vom Ende war, und das hat ihn so getroffen. Wenn ich einmal anfange, alt zu werden, dann werde ich wahrscheinlich auch trinken.«

»Nein, das wirst du nicht«, sagte Niall. »Du bist zu selbstgefällig. Dazu sind dir deine Gestalt und dein Gesicht viel zu wichtig.«

»Ich kümmere mich nicht darum«, sagte Maria. »Gott sei Dank habe ich das auch nicht nötig.«

»Eines Tages wirst du es schon nötig haben«, sagte Niall.

Maria sah ihn verdrossen an.

»Schön, schön«, erwiderte sie. »Nur weiter! Weißt du sonst nichts Unangenehmes zu sagen? Und übrigens wissen wir alle, was du damals in jenem Winter im Kopf gehabt hast.«

»Ja«, sagte Celia, »das war etwas anderes. Der arme Pappi, er hatte sich große Sorgen um dich gemacht, Niall. Es war auch wirklich aufreizend.«

»Unsinn«, sagte Niall.

»Du warst doch erst achtzehn Jahre alt«, sagte Celia. »Es wurde sehr viel darüber geredet.«

»Du meinst, daß Pappi darüber geredet hat«, sagte Niall. »Er hat immer geredet. Er konnte ohne ja nicht leben.«

»Ja, er hatte sich sehr aufgeregt«, sagte Celia. »Er hat es diesem Frauenzimmer nie verziehen.«

»Die Leute sagen immer ›dieses Frauenzimmer‹, wenn sie jemanden nicht ausstehen können«, sagte Maria. »Welchen Grund hattest du, die arme Freada zu hassen? Sie war eine ganz brave Frau. Und sie war sehr gut zu Niall. Sie hat ihm gar nichts Böses getan, ganz im Gegenteil. Und schließlich war sie doch eine alte Freundin von Pappi und Mama.«

»Vielleicht war Pappi gerade darum so wütend«, sagte Niall.

»Hast du Freada je gefragt?« sagte Maria.

»Natürlich nicht«, erwiderte Niall.

»Wie komisch Männer sind! Ich hätte es getan«, sagte Maria.

»Es begann alles mit jener greulichen Gesellschaft«, sagte Celia. »Es war ein schrecklicher Abend. Ich werde ihn nie vergessen. Die Gesellschaft im Green Park oder wie das Hotel geheißen hat. Pappi wollte nach der Premiere im Haymarket eine Gesellschaft zu Ehren Marias geben.«

»Es war gar nicht greulich«, sagte Maria, »es war ein wundervoller Abend.«

»Du hast ihn natürlich wundervoll gefunden«, sagte Celia. »Du hattest eben deinen großen Erfolg errungen. Für mich war es gar nicht wundervoll. Pappi hatte zuviel getrunken und konnte den Wagen nachher nicht in Gang bringen. Und alles war voll mit Schnee.«

»Überall Schnee«, sagte Niall. »Ich war ganz verblüfft darüber, daß überhaupt jemand zu der Gesellschaft kam, vom Stück gar nicht zu reden. Rund um das Haymarket lag der Schnee zolldick. Ich weiß es, denn ich verbrachte den größten Teil des Abends damit, auf und ab zu gehen. Ich war nicht imstande, ins Theater zu gehen und zuzuschauen. Ich hatte zu großes Lampenfieber für Maria.«

»Lampenfieber! Sprich mir nicht von Lampenfieber«, sagte Maria. »Meine Hände, meine Füße, mein Magen wurden den ganzen Tag über kälter und kälter. Ich ging in die St.-Martins-Kirche und sagte ein Gebet.«

»Sobald du einmal auf der Szene warst, ist alles gutgegangen«, sagte Celia.

»Mit mir aber nicht«, sagte Niall. »Vor dem Haymarket mit klappernden Zähnen auf und ab zu marschieren! Ich hätte eine Lungenentzündung kriegen können!«

Maria schaute zu ihm hinüber. Noch immer war sie verdrossen, grollte ihm ein wenig.

»Nun, auch für dich hat der Abend doch noch ganz gut geendet, nicht?« sagte sie.

»Wenn er so geendet hat, war es deine Schuld«, sagte Niall.

»Ach, laß mich in Ruhe«, sagte Maria. »Schieb nur alles auf mich!«

Celia hatte nicht zugehört. Sie dachte noch an den Motor, der nicht anspringen wollte, und an Pappi, der sich bückte und die Kurbel drehte.

»Wenn ihr schon dabei seid«, sagte sie, »– es war für uns alle drei ein seltsamer Abend.«

10. KAPITEL

Als Maria an jenem Morgen erwachte, konnte sie die Schneeflocken vor dem Fenster fallen sehen. Die Vorhänge waren zur Seite gezogen – sie schlief nie mit geschlossenen Vorhängen –, und der Schnee fiel schräg, immer nach links treibend, und als sie lange zugeschaut hatte, wurde ihr schwindlig. Sie schloß die Augen wieder, aber sie wußte, daß sie nicht mehr schlafen würde. Der Tag war angebrochen. Der gefürchtete Tag.

Wenn es jetzt noch einige Stunden schneite, würde abends vielleicht der Verkehr unterbrochen werden, und kein Mensch könnte irgendwohin gelangen, und die Theater müßten schließen. Man würde den Darstellern sagen lassen, daß infolge schlechten Wetters die Premiere verschoben sei.

Sie lag auf der Seite im Bett, die Knie bis ans Kinn gezogen. Sie konnte natürlich auch tun, als ob sie krank wäre. Sie konnte den ganzen Tag im Bett bleiben, und die Leute würden kommen, und sie würde reglos daliegen. Das Schlimmste ist geschehen. Maria Delaney, die im Haymarket die jugendliche Hauptrolle spielen sollte, ist plötzlich über Nacht gelähmt. Sie kann nicht hören, sie kann nicht sprechen, sie kann keinen Finger rühren. Es ist eine furchtbare Tragödie. Denn sie war tatsächlich glänzend. Wir alle hatten die größten Hoffnungen auf sie gesetzt. Sie hätte Großartiges leisten können, und nun wird sie nie wieder auftreten! Sie wird ihr ganzes Leben liegen müssen, den wehmütigen, süßen, verlorenen Blick in den Augen, und wir werden uns auf Fußspitzen ihrem Bett nähern und ihr Blumen bringen . . .

Arme, reizende, hochbegabte Maria Delaney!

An der Tür wurde geklopft, und das schwerfällige Zimmermädchen Edith erschien geräuschvoll mit dem Frühstück.

»Schönes Wetter«, sagte sie und stellte das Tablett neben das Bett. »Bis zu den Knöcheln ist mir der Schnee gegangen, als ich die Hintertür aufgemacht habe.«

Maria antwortete nicht. Sie hatte die Augen geschlossen. Sie konnte Edith nicht ausstehen.

»Heut werden nicht viel Leute ins Theater gehen«, sagte Edith. »Es wird dreiviertel leer sein. In der Zeitung steht was über Sie, und ein Bild ist auch dabei. Sieht Ihnen aber gar nicht ähnlich.«

Sie stapfte aus dem Zimmer und schlug die Tür zu. Ein abscheuliches Geschöpf! Was wußte sie davon, ob das Theater leer sein würde oder voll? Kein Mensch, der nicht seit Wochen vorgemerkt war, hatte einen Platz kriegen können; das wußte jeder. Das Wetter würde die glücklichen Kartenbesitzer nicht abschrecken. Und wo stand was über sie? Sie schlug die Zeitung auf und suchte.

Ach, das war alles . . . ? Drei kleine Zeilen, ganz am Ende, wo kein Mensch sie las! »Miss Maria Delaney, die heute abend in der Premiere im Haymarket auftritt, ist die älteste Tochter von . . .« und dann eine lange Geschichte über Pappi. Ebensogut hätte man Pappis Fotografie in die Zeitung setzen können statt der ihren. Edith hatte recht, das Bild sah ihr gar nicht ähnlich. Warum konnten die Esel nicht eines von den neuen Bildern verwenden, die sie zu diesem Zweck hatte aufnehmen lassen? Aber nein! Es mußte diese idiotische Aufnahme sein, auf der sie über die Schulter grinste!

»Miss Maria Delaney, die heute abend in dem neuen Stück im Haymarket auftritt . . .« Heute abend! Es gab kein Entrinnen. Es war da. Es hatte sie gepackt. Sie wandte sich zu dem Frühstückstablett und sah angewidert die Grapefruit an. Es war nicht genug Zucker da, und der Konfitürenbehälter war verschmiert. Das kam daher, weil Truda nicht da war.

Just wenn man sie brauchte, lag Truda mit einem vereiterten Bein im Spital.

Nur zwei Briefe lagen auf dem Tablett. Einer war eine Rechnung von einem Schuhgeschäft; die hatte sie doch bezahlt! Sie war dessen ganz sicher. Und die Schwindler schickten sie noch einmal! Der andere Brief war von jenem langweiligen Mädchen, das im letzten Sommer die Tournee mitgemacht hatte. »Ich werde an Sie denken, wenn der große Tag da ist. Manchen Menschen fällt auch alles Glück in den Schoß. Wie ist er denn? Ist er wirklich so bezaubernd, wie er aussieht? Und ist es wahr, daß er nicht weit von den Fünfzig ist? In ›Who's Who‹ ist sein Alter nicht angegeben . . .«

Nicht viele Leute kannten die Adresse in St. John's Wood. Pappi und Celia hatten nicht lange dort gewohnt. Die meisten Bekannten schickten Briefe und Telegramme ins Haymarket. Die Blumen auch. Wenn man es sich recht überlegte, glich die ganze Geschichte schrecklich einer Operation. Die Telegramme, die Blumen. Und die langen Stunden des Wartens. Sie aß ein wenig von der Grapefruit, die aber sehr bitter war und voller Kerne. Maria spuckte aus, was sie im Mund hatte.

Sie hörte schlurfende Schritte vor der Tür, und drei Finger klopften auf vertraute Art.

»Herein«, sagte Maria.

Es war Pappi. Er trug den alten blauen Schlafrock und die Pantoffel, die Truda ihm wieder geflickt hatte. Pappi kaufte sich nie etwas Neues. Er hing an den Dingen, die ihm vertraut waren, bis sie tatsächlich gesundheitsgefährlich wurden. Da gab es eine alte Wollweste, die mit Schnüren zusammengehalten wurde.

»Nun, Liebling«, sagte er.

Er trat ein, setzte sich auf das Bett, ergriff ihre Hand und küßte sie. Er war seit der Tournee in Südafrika schwerer und dicker geworden, und sein Haar war jetzt ganz weiß. Aber es war so dicht wie eh und je. Es hob sich von seinem mächtigen Kopf aufwärts, und so glich er mehr den je einem Löwen. Einem alternden Löwen.

Er hielt ihre Hand, während er auf ihrem Bett saß, nahm ein Stück Zucker von dem Tablett und kaute es.

»Wie fühlst du dich, Liebling?« sagte er.

»Scheußlich«, erwiderte Maria.

»Ich kenne das«, sagte er.

Er lächelte und steckte ein zweites Stück Zucker in den Mund.

»Du hast's in dir, oder du hast es nicht«, sagte er. »Entweder es ist da hinten in deinem komischen kleinen Schädel, und du wirst instinktiv tun, was du zu tun hast, oder aber du wirst dich durchwursteln wie sechzig Prozent es tun, gerade nur mitmachen und nie was Rechtes erreichen.«

»Woher soll ich das wissen?« sagte Maria. »Die Leute sagen einem nie die Wahrheit, die volle Wahrheit. Heute abend mag's ganz gut klappen, und die Kritiker sind vielleicht freundlich, und jeder ist nett mit mir – aber ich werde es nicht wirklich wissen.«

»Doch; du wirst es wissen«, sagte er. »Hier drinnen.« Und er klopfte sich auf die Brust. »Im Innern«, sagte er.

»Ich spüre, daß es falsch ist, nervös zu sein«, sagte Maria. »Ich spüre, daß es ein Mangel an Selbstvertrauen ist. Man sollte geradeaus vorwärtsgehen und sich um nichts kümmern.«

»Manche Leute tun das«, sagte er, »aber das sind die Nullen. Das sind jene, die in der Schule alle Preise gewinnen, und später hört man nie wieder was von ihnen. Nur los! Sei nervös! Sei krank! Übergib dich draußen auf der Toilette! Von jetzt an gehört das zu deinem Leben. Das mußt du durchmachen. Nichts hat einen Wert, wenn du nicht zuerst darum kämpfen mußt, wenn du nicht vorher Bauchschmerzen hast.«

Er stand auf und schlenderte zum Fenster.

»Als ich zuerst in Dublin sang«, sagte er, »da gab es ein höllisches Gedränge. Eine furchtbar gemischte Gesellschaft. Und mit den Karten hatte irgend etwas nicht geklappt. Die unrichtigen Leute hatten die unrichtigen Plätze gekriegt. Ich war so verdammt nervös – als ich versuchte, den Mund zu öffnen, blieb er nachher offen, fünf Minuten lang konnte ich ihn nicht zubekommen.«

Er lachte. Er trat an das Waschbecken und fingerte an der Tube mit der Zahnpasta.

»Dann wurde ich wütend«, sagte er. »Ich wurde wütend über mich selber. Wovor, zur Hölle, habe ich denn Angst, sagte ich zu mir, da draußen sitzt doch nur eine nichtsnutzige Bande, und wenn ich ihnen nicht gefalle, schön, so gefallen sie mir auch nicht, und dann haben wir eben alle Pech gehabt. So bin ich denn auf die Bühne hinausgegangen und habe gesungen.«

»Und hast du gut gesungen?« fragte Maria.

Er legte die Tube hin. Er sah Maria an und lächelte.

»Wenn's anders gekommen wäre, so wären wir jetzt nicht hier«, sagte er. »Und du könntest heute abend nicht im Haymarket auf die Bühne hinausspazieren. Und jetzt steh auf, nimm ein Bad und vergiß nicht, daß du eine Delaney bist. Zeig's ihnen nur!«

Und er öffnete die Tür, schlurfte den Gang hinunter zu seinem Zimmer und rief André zu, er solle ihm das Frühstück bringen.

»Heute abend wird er mich küssen und mir Blumen in die Garderobe schicken«, dachte Maria. »Aber eines ist so unwichtig wie das andere. Was er mir eben jetzt gesagt hat – darauf allein kommt es an.«

Sie stand auf, ging ins Badezimmer, ließ das heiße Wasser ein und warf das gesamte Badesalz hinein, das Celia ihr zu Weihnachten geschenkt hatte.

»Es ist, wie wenn man eine Leiche salbt, bevor man sie verbrennt«, sagte sie zu sich.

Den ganzen Vormittag hindurch schneite es. Der kleine Garten vor dem Hause war mit Schnee bedeckt. Er sah tot und eintönig aus. Und alles war so still, jene seltsame, erstickte Stille, die der Schnee mit sich bringt. Vom Verkehr in der Finchley Road konnte man nichts hören.

Maria wünschte ununterbrochen, Niall sollte doch kommen, aber sein Zug konnte erst nachmittags da sein. Zu Ostern verließ er die Schule. Dies war sein letztes Semester. Pappi hatte ihm, der Premiere wegen, einen Sonderurlaub herausgeschlagen. Warum aber konnte er nicht schon am Morgen kommen? Warum mußte er bis zum Nachmittag warten? Wie sehnte sie sich doch danach, daß Niall jetzt bei ihr sein könnte!

Der Achselträger ihres Hemdes riß, als sie es über den Kopf zog. Sie wollte ein anderes Hemd aus der Lade nehmen, fand aber keins. Sie ging zur Tür und rief Celia.

»Meine gesamte Wäsche ist verschwunden«, tobte sie, »ich kann nichts finden. Du mußt alles genommen haben.«

Celia war längst aufgestanden und angezogen. Sie war immer vor Maria auf, für den Fall, daß Pappi sie brauchen sollte, um einen telefonischen Anruf zu beantworten oder einen Brief zu schreiben.

»Es ist noch nichts von der Wäscherei zurückgekommen«, sagte sie. »Das kommt daher, weil Truda nicht da ist. Dann gibt's immer Unordnung. Du kannst mein bestes Hemd und meine Hosen haben, die mir Pappi zu Weihnachten geschenkt hat.«

»Du bist viel dicker als ich, sie werden mir nicht passen«, murrte Maria.

»Sie werden schon passen; mir sind sie zu klein. Ich hätte sie dir ohnehin geschenkt.«

Ihre Stimme klang besänftigend. Das tut sie absichtlich, dachte Maria. Sie will besonders nett sein, weil heute Premiere ist, und weil sie weiß, daß ich nervös bin. Aus irgendeinem Grund wirkte die Erkenntnis dieser Tatsache aufreizend. Sie riß Celia Hemd und Hosen aus der Hand. Celia sah schweigend zu, wie Maria sich anzog. Wie reizend war Maria darin! Es paßte alles ausgezeichnet. Was es doch bedeutete, schlank und straff zu sein!

»Und was wirst du heute abend anziehen?« fragte Maria.

Ihre Stimme klang mürrisch. Sie würdigte Celia keines Blicks.

»Mein weißes Kleid«, sagte Celia. »Es ist von der Wäscherei zurückgekommen und sieht ganz nett aus. Dumm ist nur, daß es ein wenig eingegangen ist, und wenn ich tanze, wird es vielleicht platzen. Hättest du keine Lust, deine Rolle noch einmal durchzugehen? Ich bin gern bereit, dich abzuhören.«

»Nein«, sagte Maria. »Wir haben das gestern getan. Jetzt will ich nicht mehr hineinschauen.«

»Ist heute keine Probe mehr?«

»Nein, nichts. Ach, er wird vermutlich dort sein und die Beleuchtung ausprobieren. Wir anderen werden nicht mehr gebraucht.«

»Solltest du ihm nicht ein Telegramm schicken?«

»Wahrscheinlich. Er wird ungefähr fünfhundert bekommen. Aber er macht sie ohnehin nicht auf. Das besorgt die Sekretärin.«

Sie betrachtete sich im Spiegel. Ihr Haar war in schrecklichem Zustand, aber sie würde es nach dem Mittagessen waschen und vor dem Kamin im Eßzimmer trocknen. Nein, sie würde ihm kein Telegramm schicken. Sie würde ihm ein paar Blumen schicken, aber sie wollte nicht, daß Celia oder Pappi etwas davon erfuhren. Sie wußte genau, was sie ihm schicken wollte. Rote und blaue Anemonen in einer weißen Schale. Einmal, bei einer Probe, hatte er von Blumen gesprochen und gesagt, Anemonen seien seine Lieblingsblumen. In der Blumenhandlung an der Ecke der Marylebone Street gab es welche; das hatte sie gestern bemerkt. Die Schale bedeutete eine Mehrausgabe, aber dieses eine Mal fiel das nicht ins Gewicht. Es würde auch noch etwas kosten, Schale und Blumen ins Haymarket zu schicken.

»Pappi hat ihn für nachher eingeladen«, sagte Celia. »Wird er dieses schreckliche Frauenzimmer mitbringen?«

»Sie ist fort. Sie ist in Amerika.«

»Wie schön«, sagte Celia.

War Maria jetzt, in diesem Augenblick, schon sehr nervös, und würde es tagsüber schlimmer oder besser werden? Da stand ihre Schwester, eine Schauspielerin, im Begriff, die erste bedeutende Rolle in London zu spielen, und Celia hätte gerne mit ihr darüber gesprochen und brachte es doch nicht fertig; eine seltsame Scheu hemmte sie.

Maria ging zum Schrank und nahm einen Mantel heraus.

»Du wirst doch nicht ausgehen«, sagte Celia. »Es schneit stark.«

»Ich ersticke, wenn ich hierbleibe«, sagte Maria. »Ich muß gehen, ich muß Bewegung haben.«

»Wir werden beim Mittagessen allein sein«, sagte Celia. »Pappi geht in den ›Garrick‹.«

»Ich werde nicht viel essen«, sagte Maria, »ich bin nicht hungrig.«

Sie trat aus dem Hause, bog um die Ecke in die Finchley Road ein und fuhr mit dem Bus zu der Blumenhandlung, wo sie die Anemonen gesehen hatte. Der Titel des Stücks war mit großen schwarzen Lettern auf der Seite des Autobusses zu lesen, und sein Name stand darüber in roten Buchstaben. Das war ein gutes Omen. Sie durfte nicht vergessen, es Niall zu erzählen.

Nachdem sie mit großer Sorgfalt die Anemonen ausgesucht hatte, trat sie an den Tisch in der Ecke des Ladens, um ein Wort auf eine Karte zu schreiben. Sie wußte nicht recht, was sie schreiben sollte. Es durfte nicht zu vertraut klingen. Es durfte nicht witzig sein. Das Einfachste war immer das Beste. Sie schrieb nur seinen Namen hin und dann »Mit Grüßen von Maria«. Sie steckte die Karte zwischen die Blumen und verließ den Laden. Sie warf einen Blick auf ihre Uhr. Zwölf. Noch acht Stunden!

Zum Mittagessen gab es Irish Stew und Apfelkuchen. Sie waren früher mit dem Essen fertig als gewöhnlich, weil Pappi nicht mit ihnen aß. Gleich nach Tisch wusch Maria ihr Haar, steckte es auf und legte sich vor das Kaminfeuer im Eßzimmer.

»Vielleicht«, sagte sie leichthin zu Celia und gähnte, »vielleicht könntest du mich doch abhören – die eine Stelle in der Mitte des dritten Aktes. Nur des Textes wegen.«

Celia las die Stichworte mit gleichmäßiger, ausdrucksloser Stimme. Maria antwortete, die Hände vor den Augen. Es saß alles ganz gut. Ihre Rolle konnte sie jedenfalls.

»Noch etwas?« fragte Celia.

»Nein, nichts mehr.«

Celia wendete die zerknitterten Blätter um. Überall waren Bleistiftnotizen. Sie sah zu Maria hinunter, die noch immer die Hände vor die Augen hielt. Was für ein Gefühl mußte es für Maria sein, diesen Mann zu küssen und seine Arme um sich zu haben und all die Dinge zu sagen, die sie zu sagen hatte? Darüber sprach Maria nie. Sie war in solchen Sachen komisch zurückhaltend. Sie sagte etwa, der und der sei schlecht gelaunt gewesen oder habe einen Katzenjammer gehabt, oder er sei sehr lustig und aufgekratzt gewesen; versuchte man aber, das Gespräch auf persönlichere Fragen zu bringen, so wich sie aus. Sie schien daran kein Interesse zu haben. Vielleicht fragte auch Niall sie. Vielleicht war sie Niall gegenüber gesprächiger.

Es wurde früh dunkel, schon um halb vier ungefähr. Es hatte aufgehört zu schneien, aber draußen war es öde und kalt. Edith kam ins Zimmer, um die Vorhänge zuzuziehen.

»Es schneit nicht mehr«, sagte sie und zog die Vorhänge mit einem Ruck zu. »Aber es wird bald wieder anfangen. Und das Pflaster ist so schlammig. Ich bin gerade bei der Post gewesen und hab' ganz nasse Füße gekriegt.«

Sie stapfte wieder aus dem Zimmer und hinterließ einen muffigen Geruch.

»Wäscht diese Person sich denn nie?« sagte Maria wild.

Sie setzte sich auf und begann die Klammern aus ihrem Haar zu nehmen. Kurz und goldfarben umgab es ihren Kopf wie ein Heiligenschein. Celia legte das Manuskript beiseite. Sie hatte es wieder einmal von Anfang bis zu Ende gelesen. Sie kannte es beinahe ebensogut wie Maria.

Plötzlich stellte sie eine Frage. Sie konnte nicht anders.

»Hast du ihn gern?« fragte sie.

»Wen?« sagte Maria.

Celia schwenkte das Manuskript vor ihrem Gesicht.

»Ja, er ist schrecklich nett; das habe ich dir ja gesagt«, erwiderte Maria. Sie stand auf und strich ihr Kleid glatt.

»Wie ist es aber, wenn du ihn auf der Probe küßt? Ist dir das peinlich?«

»Peinlich ist es mir, wenn ich ihn am Morgen küssen muß«, sagte Maria. »Ich habe immer Angst, ich könnte einen Mundgeruch haben, wie das manchmal vorkommt, wenn man Hunger hat. Und darum ist es immer besser nach dem Mittagessen.«

»Ja?« sagte Celia.

Aber es war nicht das, was sie wissen wollte.

»Dein Haar sieht reizend aus«, sagte sie statt dessen.

Maria drehte sich um und schaute in den Spiegel.

»Es ist eigentümlich«, sagte sie, »aber ich habe nicht das Gefühl, daß ich es bin, der all dies passiert. Das ist irgendein anderer Mensch, der meinen Tag erlebt. Es ist ein greuliches Gefühl. Ich kann es nicht erklären.«

Sie hörten, daß ein Taxi vor dem Haus hielt.

»Das ist Niall«, sagte Maria. »Das ist Niall. Endlich!«

Sie lief zum Fenster und schob den Vorhang zur Seite. Sie klopfte ans Fenster. Er wandte sich um, lächelte, winkte. Jetzt zahlte er den Chauffeur.

»Geh, mach ihm auf«, sagte Maria.

Celia ging an die Haustür und öffnete, Niall kam mit seinem Koffer die Stiege herauf.

»Hello, Affenmäulchen«, sagte er und gab ihr einen Kuß.

Er war natürlich ganz verfroren. Seine Hände waren wie Eis, und sein Haar fiel ihm ins Gesicht und hätte dringend geschnitten werden müssen. Sie gingen miteinander ins Eßzimmer.

»Wo, zum Teufel, hast du denn gesteckt«, sagte Maria ärgerlich. »Warum bist du nicht früher gekommen?« Sie lächelte ihm nicht zu und gab ihm auch keinen Kuß.

»Ich habe Truda besucht«, sagte er. »Das Spital ist am andern Ende der Welt, das weißt du ja, und bei diesem Schnee hat es eine Ewigkeit gedauert.«

»Ach, wie nett von dir«, sagte Celia. »Die arme Truda! Wie muß sie sich gefreut haben. Wie geht es ihr denn?«

»Besser«, sagte Niall. »Aber sie ist schrecklich schlecht gelaunt. Hat an allem was zu mäkeln. An den Pflegerinnen, an dem Essen, an den Ärzten, an den anderen Patienten. Ich bin eine Weile bei ihr geblieben und habe etwas für die Verbesserung ihrer Stimmung getan.«

»Ich finde das sehr egoistisch von dir«, sagte Maria. »Du weißt, daß heute mein großer Tag ist und daß ich Hilfe brauche, und du fährst ans andere Ende der Stadt, um Truda zu besuchen! Für Truda wäre jeder andere Tag ebensogut gewesen. Jetzt habe ich nur noch zwei Stunden, und dann muß ich ins Theater gehen.«

Niall antwortete nicht. Er ging einfach ans Feuer, kniete davor nieder und hielt die Hände an die Flammen.

»Truda schickt dir ein Geschenk«, sagte er. »Sie hat eine der Pflegerinnen gebeten, es in ihrer freien Zeit zu kaufen. Sie hat mir gesagt, was es ist. Ein Hufeisen aus weißem Heidekraut. Es wird dir ins Theater geschickt. Sie hat sich so gefreut. Sag Maria, daß ich den ganzen Abend an sie denken werde, hat sie mir aufgetragen.«

Maria sagte nichts. Sie schob die Unterlippe vor und sah mürrisch drein.

»Ich will nach dem Tee sehen«, sagte Celia nach einer Weile.

Es war besser, die beiden allein zu lassen. Sie wußten schon, wie sie miteinander fertig wurden. Celia ging und blieb in ihrem Zimmer, bis es wirklich an der Zeit war, sich um den Tee zu kümmern.

Maria kniete neben Niall vor dem Kamin. Sie rieb die Wange an seiner Schulter.

»Mir ist schrecklich zumute«, sagte sie. »Es hat im Bauch begonnen, und jetzt sitzt es schon in der Kehle.«

»Ich weiß«, sagte er. »Ich spüre es auch. Im ganzen Leib. Von den Sohlen bis ins Genick.«

»Und mit jeder Minute«, sagte Maria, »rückt die Zeit näher und näher, und da läßt sich gar nichts machen.«

»Als ich heute früh den Schnee sah«, sagte Niall, »hoffte ich, es würde eine Lawine herabstürzen und das Haymarket begraben. Dann hätte man nicht spielen können.«

»Hast du das gedacht?« sagte Maria. »Ich auch. Ach, Niall, wenn ich je heirate und ein Baby kriegen soll, möchtest du es nicht an meiner Stelle kriegen?«

»Das wäre jedenfalls eine Möglichkeit, berühmt zu werden«, sagte Niall.

Er tastete in seine Tasche.

»Ich war nicht die ganze Zeit bei Truda«, sagte er. »Ich bin in die Stadt gefahren und habe dir etwas gekauft.«

»Oh, Niall, rasch, zeig es mir!«

»Es ist nichts Besonderes«, sagte er. »Es hat auch keinen besonderen Wert. Ich habe es mit dem Geld gekauft, das Pappi mir zu Weihnachten gegeben hat. Aber hoffentlich gefällt es dir.«

Er reichte ihr ein kleines Päckchen. Sie löste die Schnur und riß das Papier auf. Es war ein kleines rotes Lederetui. Und in dem Etui lag ein Ring. Der Stein war blau. Er glitzerte, als sie ihn in der Hand drehte.

»Niall, lieber, lieber Niall ...«, sagte sie. Der Ring paßte an den dritten Finger ihrer rechten Hand.

»Es ist wirklich nichts Besonderes«, sagte er. »Es hat gar keinen Wert.«

»Für mich ist er unschätzbar«, sagte sie. »Ich werde ihn immer tragen. Ich werde ihn nie vom Finger lassen.«

Sie streckte die Hand aus und beobachtete, wie das Blau des Steins funkelte, als sie den Ring drehte. Er erinnerte sie an irgend etwas. Irgendwo einmal hatte sie solch einen Ring gesehen. Und dann wußte sie es. Mama pflegte an der linken Hand einen Ring mit einem blauen Stein zu tragen. Er war ganz wie Mamas Ring, nur, natürlich, ein billigeres Stück.

»Ich freue mich, daß er dir gefällt«, sagte Niall. »Als ich ihn im Geschäft sah, wußte ich, daß ich ihn haben mußte. Ich wußte, daß er das Richtige für dich war.«

»Ich möchte, daß du mit mir mit dem Taxi ins Theater fährst«, sagte Maria. »Und dort, an der Bühnentür, trennen wir uns. Pappi und Celia kommen später mit dem Wagen nach. Willst du das tun?«

»Ja, natürlich«, sagte er. »Das hatte ich ohnehin vor.«

Die Stunden verstrichen zu schnell. Der Tee wurde aufgetragen, der Tee wurde getrunken, und Niall ging ins obere Stockwerk und zog sich um. Pappi kam gegen sechs Uhr heim. Er war sehr gut gelaunt, sehr heiter. Er mußte wohl im »Garrick« etliche Glas getrunken haben.

»Die ganze Welt wird heute abend da sein«, erklärte er. »Und nachher ins Green Park werden noch etwa zehn Personen mehr kommen. Celia, du wirst gut tun, das Green Park anzurufen. Ich will verdammt sein, wenn ich weiß, wer kommt und wer nicht kommt. Niall, du solltest eine Blume ins Knopfloch stecken. André, wo ist eine Blume für Niall?«

Er stapfte laut lachend die Treppe hinauf, rief Maria, rief alle Leute im Hause. Maria kam mit einer Handtasche aus ihrem Schlafzimmer. Sie hatte ihr Abendkleid darin, um sich nachher umzuziehen. Celia wußte nicht, wer blasser war, Maria oder Niall.

»Wir sollten lieber gehen«, sagte Maria, und ihre Stimme klang belegt und angestrengt. »Ich werde mich wohler fühlen, wenn ich im Theater bin. Gehen wir! Hat jemand ein Taxi bestellt?«

Nun gab es keinen Weg zurück. Keine Umkehr. Man mußte sich damit abfinden. Es war genau wie eine Operation. Eine schreckliche, lebensgefährliche Operation. Und Celia stand hier in der zugigen Halle und hatte das aufmunternde Lächeln einer Krankenschwester auf den Lippen.

»Lebewohl, Liebling..., alles Gute«, sagte Celia.

Das Taxi war der Leichenwagen. Das Taxi, das sie zum Theater brachte, war der Wagen, der die Leichen führte...

»Oh, Niall«, sagte sie. »Oh, Niall...«

Er legte den Arm um sie, und das Taxi holperte durch verschlammte Straßen.

»Du darfst mich nie verlassen«, sagte sie. »Nie, nie darfst du mich verlassen.«

Er drängte sich an sie und sagte nichts.

»Warum ich das tue, weiß ich mit dem besten Willen nicht«, sagte sie. »Es macht weder mir noch sonst wem ein Vergnügen. Es ist sinnlos, das zu tun. Es ist mir zuwider.«

»Es ist dir nicht zuwider, du tust es sehr gern«, sagte er.

»Das ist nicht wahr«, sagte sie. »Es ist mir verhaßt.«

Sie schaute aus dem Fenster, die verschneiten Straßen boten ein unvertrautes Bild.

»Wohin fährt er?« sagte sie. »Er fährt ja falsch. Ich werde zu spät kommen.«

»Du wirst nicht zu spät kommen«, sagte Niall. »Du hast noch eine Menge Zeit.«

»Ich muß noch beten gehen«, sagte Maria. »Sag ihm, daß er zu einer Kirche fahren soll. Ich muß beten. Wenn ich nicht bete, wird etwas Schreckliches geschehen.«

Niall steckte den Kopf durch das Fenster.

»Halten Sie bei einer Kirche«, sagte er. »Bei irgendeiner Kirche, gleichgültig, bei welcher. Die junge Dame hier möchte aussteigen und beten gehen.«

Der Chauffeur drehte sich, das Gesicht rund vor Staunen.

»Irgendwas nicht in Ordnung?« fragte er.

»Nein, nein«, sagte Niall, »aber sie soll in einer Stunde auftreten. Fahren Sie, bitte, zu einer Kirche.«

Der Chauffeur zuckte die Achseln und schaltete.

Vor der Martinskirche machte er halt.

»Das ist vielleicht das Beste für sie. Hier finden immer die Gedenkfeiern statt, wenn Theaterleute sterben.«

»Das ist ein Omen«, sagte Niall, »und ein gutes dazu. Du mußt hier hineingehen. Ich warte im Taxi.« Seine Zähne klapperten vor Kälte.

Maria stieg aus dem Taxi und ging die Stufen zur Kirche hinauf. Sie drängte sich durch die Tür, trat ein und kniete in einer Bank zur linken Hand.

»Laß alles gut ausgehen«, betete sie, »laß alles gut ausgehen!«

Und das wiederholte sie immer wieder, denn sonst war ja nichts zu sagen.

Dann stand sie auf, bückte sich vor dem Altar, denn sie wußte nicht, was sie zu tun hatte, und in der Bank hinter ihr war eine Frau, die sie beobachtete; und dann stieg sie die schlüpfrigen Stufen zum Taxi hinunter.

»Geht's besser?« fragte Niall. Er war blasser als je und sehr besorgt.

»Viel«, sagte sie. Aber das war nicht wahr. Es war ihr genauso zumute wie vorher. Und doch war es das Richtige. So wie Holz klopfen. Schaden konnte es nicht ... In wenigen Minuten waren sie vor dem Haymarket.

»Da sind wir«, sagte Niall.
»Ja«, erwiderte sie.
Er nahm die Handtasche und zahlte den Chauffeur. Pappi hatte ihm das nötige Geld gegeben. Maria besaß gar nichts. An das Geld für das Taxi hatte sie nicht gedacht.
»Leb wohl«, sagte Maria. Sie sah ihn an, sie versuchte zu lächeln. Plötzlich riß sie den Handschuh herunter und zeigte ihm ihren Ring. »Du bist bei mir«, sagte sie. »Ich bin geborgen. Du bist bei mir.«
Und sie trat durch die Tür und war schon im Theater. Ihr Herz pochte noch rasch, und ihre Hände brannten, aber sie fühlte sich doch plötzlich ruhiger, die panische Angst war gewichen. Das kam daher, weil sie im Theater war. Sie war in Gemeinschaft mit den anderen. Eine Kollegin steckte den Kopf durch die Tür. Das Gesicht war mit Goldcreme bedeckt, und um den Kopf hatte sie ein Tuch gebunden.
»Ich habe Durchfall gekriegt«, sagte sie. »Ich habe alles hergegeben, was in mir drin war. Du siehst großartig aus.«
Maria wußte, daß alles gut ablaufen würde. Das war es, worum sie in der Martinskirche gebetet hatte. Sie waren alle beisammen, die ganze Truppe. Sie war nicht allein. Sie war ein Teil von ihnen, und sie waren alle beisammen.
Plötzlich sah sie ihn im Gang stehen. Er stand neben der Tür, sah sie an und pfiff leise.
»Hello«, sagte er.
»Hello«, sagte Maria.
»Komm und sieh dir meine Blumen an«, sagte er. »Es ist wie im Krematorium.«
Sie trat durch die Tür seines Zimmers. Der Garderobier packte abermals eine Sendung aus. Es war eine Alabastervase, gefüllt mit einem gigantischen Gewächs.
»Die Leute müssen das im Botanischen Garten, in Kew, geholt haben«, sagte er. »Sie haben irgend etwas entwurzelt. Es riecht überhaupt nicht. Komisch. Man möchte doch meinen, ein solches Riesending sollte auch riechen.«
Sie sah sich im Zimmer um. Überall waren Blumen. Und Telegramme. In großen Haufen. Einige waren geöffnet.
Dann sah sie ihre Schale mit den Anemonen. Sie standen auf seinem Toilettentisch. Just neben dem Spiegel. Keine anderen Blumen waren dort. Nur ihre Anemonen. Er sah, wie ihre Blicke sich darauf richteten, aber er sagte nichts.

»Ich muß gehen«, sagte Maria.

Er sah sie sekundenlang an, und sie erwiderte seinen Blick; dann wandte sie sich ab und verließ den Raum.

Sie ging in ihre eigene Garderobe und fand dort die Blumen vor, die ihre Familie ihr geschickt hatte. Die Telegramme, das Hufeisen aus Heidekraut von Truda. Sie hängte ihren Mantel an die Tür und griff nach ihrem Schlafrock. Dann sah sie das Päckchen. Es war lang und flach. Sie war ganz ruhig und gelassen und gar nicht mehr aufgeregt. Sie öffnete das Päckchen; es barg einen Behälter aus rotem Leder. Darin war ein goldenes Zigarettenetui. Auf der Innenseite des Deckels war »Maria« eingraviert, dann sein Name und das Datum. Sie betrachtete es eine Weile, und dann hörte sie, wie ihre Garderobiere durch den Gang kam.

Hastig, verstohlen versorgte sie das Etui in ihrem Abendtäschchen und schob das Täschchen in die Lade des Tischs. Als die Garderobiere eintrat, beugte Maria sich über Pappis Rosen und las seine Karte: »Viel Glück, mein Liebling!«

»Nun«, sagte die Garderobiere, »wie fühlt man sich, mein Kind?«

Maria tat, als ob sie auffahren würde. Sie sah sich um, als hätte das Eintreten der Garderobiere sie überrascht.

»Wer? Ich?« sagte sie. »Vorzüglich. Alles wird gut gehen.«

Sie beugte sich vor und begann ihr Gesicht einzufetten.

Ja, alles würde gut ablaufen.

11. KAPITEL

Niall ging rund um das Theater und trat in das Foyer. Er war natürlich zu früh gekommen. Noch eine Stunde würde vergehen, bevor der Vorhang sich hob. Der Kontrolleur fragte ihn, was er hier zu suchen habe, und wollte seine Karte sehen. Er hatte die Karte nicht bei sich. Pappi hatte die Karten. Dadurch wurde er in eine Diskussion verwickelt, und er konnte dem Kontrolleur nicht verschweigen, daß er Delaney hieß. Das war ihm höchst zuwider, weil es aussah, als wollte er damit großtun. Doch kaum hatte Niall den Namen genannt, als das Verhalten des Kontrolleurs wie mit einem Schlage verändert war. Er begann, von Pappi zu reden, er war seit Jahren ein Verehrer von Pappi. Und auch von Mama sprach er.

»So etwas hat's nie gegeben«, sagte er, »so leichtfüßig war sie – man merkte gar nicht, daß sie sich bewegte. Da redet man vom Russischen Ballett..., gar nicht zu vergleichen! Ein Klassenunterschied, verstehen Sie? Ein Klassenunterschied!«

Von Pappi und Mama ging er auf die Hofvorstellungen über. Niall sagte nichts, sondern ließ ihn schwatzen. Dort an der Wand war ein Bild von Maria. Es glich nicht im mindesten jenem Menschen, der in der Martinskirche gebetet und sich im Taxi an ihn geklammert hatte. Das Mädchen auf dem Bild hatte den Kopf zurückgeworfen, lächelte verführerisch, und ihre Wimpern waren viel zu lang.

»Sie sind natürlich gekommen, um Ihre Schwester zu sehen«, sagte der Kontrolleur. »Stolz auf sie, was?«

»Sie ist nicht meine Schwester. Sie ist gar nicht verwandt mit mir«, sagte Niall plötzlich.

Der Mann starrte ihn verdutzt an.

»Nun, meine Stiefschwester, wenn Sie wollen«, sagte Niall. »Unsere Beziehungen untereinander sind ziemlich kompliziert. Schwierig zu erklären.«

Wenn der Mann nur weggehen wollte! Niall hatte gar keine Lust mehr, mit ihm zu sprechen. Ein Taxi fuhr vor und hielt. Eine sehr alte Dame mit einem Federnfächer stieg aus. Der Kontrolleur war ihr behilflich. Langsam kamen die Leute...

Während er zusah, wie die Zeiger um das Zifferblatt wanderten und das Foyer sich nach und nach mit erregt plaudernden Leuten füllte, überkam Niall ein Gefühl der Platzangst, und es war ihm, als säße er in einer Falle. Rund um ihn wimmelte es, und er drückte sich an die Wand. Zum Glück wußte niemand, wer er war, und so mußte er nicht sprechen, aber er fühlte sich darum doch nicht minder eingeengt. Es wurde ihm klar bewußt, daß all diese unbekannten Männer und Frauen, die sich an ihm vorüber zu den Plätzen drängten, ihm zuwider, beinahe verhaßt waren. Sie alle haben gut gespeist, und jetzt waren sie gekommen, um zuzusehen, wie Maria von Löwen zerfleischt wurde. Ihre Augen glänzten von Gier, ihre Hände waren Klauen. Sie wollten nichts als Blut sehen...

Im Foyer wurde es immer heißer, und sein steifer Kragen bohrte sich in den Hals, aber Hände und Füße blieben eisig. An den unrechten Stellen empfand er Frost und Hitze.

Wie entsetzlich, wenn er ohnmächtig werden sollte! Wie furchtbar, wenn seine Beine unter ihm nachgeben würden, und schon glaubte er, das Mädchen, das die Programme verkaufte, sagen zu hören: »Da ist einem jungen Mann schlecht geworden – vielleicht könnte ihm jemand helfen!«

Zehn Minuten vor acht ... Um acht Uhr fünfzehn hob sich der Vorhang, und sie trat um acht Uhr fünfunddreißig auf. Er zog das Taschentuch und wischte sich die Stirn. Herrgott! Die zwei dort drüben starrten ihn an. Kannte er sie? Waren es Freunde von Pappi? Oder meinten sie nur, der Bursche mit dem blassen Gesicht dort an der Wand werde gleich tot zu Boden sinken?

Am Eingang stand ein Fotograf mit seinem Apparat. Jedesmal, wenn er knipste, erhielt das Summen der Gespräche einen neuen Auftrieb, und es wurde gelacht.

Plötzlich erblickte Niall Pappi und Celia in ihrem weißen Pelzmantel, wie sie sich durch die Menge zu ihm drängten. Eine Stimme sagte: »Das ist Delaney«, und die Leute wandten sich um und schauten Pappi an, wie sie es immer taten, und Pappi lächelte und nickte und winkte. Er war sichtlich nie verlegen, nahm das Angestarrtwerden nicht übel. Er sah prächtig aus und überragte alle anderen. Celia hielt Nialls Hand fest. Die Augen angstvoll geweitet, sah sie ihn an.

»Bist du auch ganz wohl«, sagte sie. »Du siehst aus, als ob dir übel werden sollte.«

Pappi kam und packte ihn bei der Schulter.

»Komm«, sagte er. »Wir wollen hineingehen. Was für eine Fülle! Hello, wie geht's?« Und er wandte sich wieder zu einem Freund um, der ihn angesprochen hatte, und dann zu jemand anderem, und beständig knipste der Fotograf im Hintergrund.

»Du mußt mit Pappi allein gehen«, sagte Niall zu Celia. »Es hat keinen Zweck. Ich kann es nicht ertragen.«

Celia sah ihn verständnislos an.

»Du mußt kommen«, sagte sie. »Denk doch an Maria! Du mußt kommen!«

»Nein«, sagte Niall. »Ich gehe auf die Straße hinaus.«

Und er drängte sich durch die Menge auf die Straße hinaus und ging vom Haymarket nach Piccadilly. Seine Schuhe waren dünn, und die Feuchtigkeit drang ein, aber das war ihm gleichgültig. Er wollte den ganzen Abend auf und ab gehen und durch eine Straße nach der anderen, denn er könnte es nicht ertragen, Marias Todeskampf mit anzusehen.

»Ich bin feige«, sagte er zu sich selber. »Daran werde ich immer zu leiden haben. Ich bin absolut und zutiefst feige.«

Er blieb eine Weile stehen, sah die blitzenden Lichter und das dunkle Himmelszelt über seinem Kopf und den schmutzigen Schnee, denn nun fielen die Flocken wieder bleich und weich auf den nassen Boden. Ich erinnere mich daran, dachte er. Das alles hat sich schon vorher begeben. Und er war ein Kind, stand auf der Place de la Concorde, hielt Trudas Hand, und der Schnee war gefallen wie eben jetzt, und die Taxis flitzten vorbei und tuteten, flitzten zur Linken und zur Rechten, manche fuhren nach der Brücke, die über die Seine führt, andere bogen in die Rue Royale ein. Gefrorenes Wasser brach aus den Münden der Frauen auf dem Springbrunnen.

»Komm zurück«, sagte Truda zu Maria. »Komm zurück!« Und Maria versuchte, die Place de la Concorde zu überqueren. Sie schaute sich lachend um, sie trug keinen Hut, und der Schnee fiel auf ihr Haar.

Doch hier war Piccadilly, und die Lichter am London Pavilion liefen hinauf und hinunter. Eros trug eine Haube von Schnee. Der Schnee fiel und fiel. Und dann setzte sie ein, die Melodie in Nialls Kopf. Es hatte nichts mit Paris oder mit London zu tun. Es hatte nichts mit den Lichtern, nichts mit der Place de la Concorde, nichts mit Piccadilly zu tun. Es kam, aus dem Nichts geboren und von niemandem, ein Widerhall des Unbewußten.

»Ich könnte es festhalten, wenn hier ein Klavier wäre«, dachte er. »Aber es gibt keins. Alles ist geschlossen. Ich kann nicht in das Piccadilly-Hotel hineinplatzen und fragen, ob ich mich ans Klavier setzen darf.«

Er ging auf und ab, ging durch die Straßen, fror immer mehr und mehr, und die Melodie in seinem Kopf wurde immer stärker. Sie sprengte seinen Kopf. Er hatte Maria vollkommen vergessen. Er dachte überhaupt nicht mehr an Maria. Erst als er wieder in Haymarket, dem Theater gegenüber, war, dachte er an das Stück. Er sah auf seine Uhr. Es war ein Viertel nach zehn. Nun dauerte das Stück schon zwei Stunden. Die Leute standen dort im Foyer und rauchten Zigaretten; es war wohl der zweite Zwischenakt. Wieder überkam ihn das heftige Unbehagen. Wenn er jetzt eintrat und zwischen den anderen Leuten wartete, würde er vielleicht etwas Schreckliches über Maria zu hören bekommen. Unwiderstehlich fühlte er sich zu dem Theater hingezogen. Widerwillig trugen seine Füße ihn zu der Tür. Er sah den Kontrolleur dort beim Eingang stehen. Niall drehte sich um, er wollte nicht gesehen werden. Doch es war zu spät. Der Kontrolleur hatte ihn erkannt und kam auf ihn zu.

»Ihr Vater sucht Sie«, sagte er. »Überall hat er Sie gesucht. Jetzt ist er wieder hineingegangen. Gleich wird der dritte Akt anfangen.«

»Wie ist es denn gegangen?« fragte Niall, und seine Zähne klapperten.
»Glänzend«, sagte der Kontrolleur. »Die Leute schlucken es wie Honig. Warum gehen Sie denn nicht hinein zu Ihrem Vater?«
»Nein, nein«, sagte Niall, »es ist schon gut. Ich bleibe lieber draußen.«
Er trat wieder auf die Straße. Er spürte, wie der Kontrolleur ihm nachstarrte. Bis fünf Minuten vor elf ging er straßauf, straßab, und dann mochte die Vorstellung wohl zu Ende sein. Nun stellte er sich zur Tür, die aus dem Theater auf die Straße führte. Jetzt wurde sie geöffnet, und er konnte in der Ferne den Applaus hören. Er vermochte keinen Unterschied im Klang zu erkennen. Er hatte den Eindruck, daß aus jedem Theater das gleiche Geräusch hervordrang. Es war wie eine unablässige Brandung. Eine Art Gebrüll. So hatte es ihm geklungen, seit er sich überhaupt erinnern konnte. Einmal hatte es Pappi und Mama gegolten. Jetzt galt es hoffentlich Maria. Würde ein Teil von ihm sein ganzes Leben lang immer irgendwo sein und dem Beifall lauschen, und würde er selbst ein Teil dieses Beifalls sein, dazugehören und doch – wie heute – draußen auf der Straße stehen?
Der Beifall ebbte ab. Es mußte jemand vorgetreten sein und etwas sagen, und dann begann das Klatschen von neuem, und dann setzte das Orchester mit »God save the King« ein. Er wartete noch einen Augenblick. Dann wurde das Trappeln von Schuhen auf den Seitentreppen laut, und Stimmen und Gelächter, und die dunkle Masse des Publikums drängte sich auf die Straße hinaus.
»Mein Gott – jetzt schneit es wieder. Wir werden nie ein Taxi finden«, sagte jemand, und ein Mann stieß gegen Niall, und eine Frau tauchte hinter seiner Schulter auf, und die Wagen begannen in unablässigem Strom vorbeizufahren, und die Leute sprangen auf die Trittbretter, und von keinem Menschen hörte er ein Wort über Maria.
»Ja, ich weiß«, sagte eine Stimme, »das hatte ich mir auch so vorgestellt..«, und immer noch mehr Stimmen und mehr Gelächter. Niall ging auf den Haupteingang zu. Dort stand das Publikum in dichten Massen und wartete auf die Wagen. Zwei Männer und eine Frau standen am Rand des Pflasters.
»Es geht ein seltsamer Zauber von ihr aus«, sagte die Frau, »aber eigentlich hübsch würde ich sie nicht nennen. Sieh, ist das nicht unser Wagen? Warte, bis er vorfährt. Ich möchte mir nicht die Schuhe ruinieren.«
»Dumme Gans«, dachte Niall. »Spricht sie von Maria? Sie könnte froh sein, wenn sie nur den zwanzigsten Teil von Marias Schönheit besäße!«

118

Sie stiegen in den Wagen. Sie fuhren davon. Wenn es auf diese Menschen ankam, konnte Maria sterbend in ihrer Garderobe liegen.

Zwei Männer kletterten in das nächste Taxi. Sie waren in mittleren Jahren, sahen müde und gelangweilt aus. Sie sagten überhaupt nichts. Das waren wahrscheinlich Kritiker.

»Er ist nicht jünger geworden, was?« sagte jemand. Niall fragte sich, um wen es sich handeln mochte. Doch darauf kam es nicht an. Maria war es nicht, von der die Rede war.

Immer noch kamen die Leute aus dem Theater wie Ratten aus einem sinkenden Schiff. Und plötzlich hatte Celia ihn erwischt.

»Endlich«, sagte sie. »Wo hast du denn gesteckt? Wir meinten, du hättest ein Taxi genommen und wärst heimgefahren. Komm schnell. Pappi ist vorausgegangen.«

»Wohin? Wozu?«

»Zu Maria natürlich! In die Garderobe!«

»Was ist denn geschehen? War sie gut?«

»Was geschehen ist? Hast du denn überhaupt nichts gesehen?«

»Nein.«

»Ach, es ist herrlich! Sie hat einen Riesenerfolg gehabt! Ich wußte es ja im voraus. Pappi ist in großer Form. Komm nur!«

Celia war ganz rot vor Glück. Sie zog Niall am Ärmel. Er folgte ihr durch die Gänge zu Marias Garderobe. Doch da waren zu viele Menschen. Es war immer dasselbe. Viel zu viele Menschen.

»Ich möchte doch lieber nicht zu ihr gehen«, sagte Niall. »Ich werde im Wagen warten.«

»Sei doch nicht so ein Waschlappen«, sagte Celia. »Jetzt braucht man sich ja keine Sorgen mehr zu machen. Alles ist in schönster Ordnung, und Maria wird ja so glücklich sein.«

Maria stand auf der Schwelle, und Pappi war da und lachte, und verschiedene andere Leute waren auch da. Niall kannte keinen Menschen, noch wollte er jemanden kennenlernen oder mit den Leuten reden. Er wollte sich nur vergewissern, wie es um Maria stand. Sie hatte ein seltsam zerfetztes Kleid an – natürlich, er erinnerte sich, das gehörte zu ihrer Rolle –, und sie lächelte dem Mann zu, der mit Pappi sprach. Niall erkannte ihn. Er lachte auch. Alle lachten. Alle waren froh und glücklich. Dann wandte Pappi sich zu einem anderen, und der Mann und Maria sahen einander an und lachten. Es war das Lachen zweier Menschen, die ein Geheimnis miteinander haben. Das Lachen zweier Menschen, die am Rande eines Abenteuers stehen. Das Abenteuer hatte eben erst begonnen. Niall verstand den Ausdruck in Marias Gesicht, er verstand den Ausdruck in ihren Augen. Obgleich er noch nie miterlebt hatte, daß sie einen Menschen so anschaute, wußte er doch, warum sie es tat und was es bedeutete, und warum sie glücklich war.

»Sie wird immer so sein«, dachte er. »Ich kann sie nicht hindern. Das alles gehört untrennbar zu ihrem Theaterspielen. Ich kann nichts tun, als es geschehen lassen.«

Er sah auf ihre Hand hinunter und merkte, daß sie seinen Ring am Finger trug. Sie hatte ihn nicht abgenommen. Sie drehte ihn am Finger, während sie sprach. Sie würde ihn nie mehr ablegen, das wußte er. Sie wollte ihn bewahren und behalten, genau wie sie Niall bewahren und behalten wollte. Wir zwei sind jung, dachte Niall, wir mögen Jahre und Jahre vor uns haben, aber sie wird jederzeit diesen Ring tragen, und wir werden immer vereint sein. Dieser Mann da wird tot und verschwunden und vergessen sein, aber wir beide bleiben beisammen. Dies ist nichts als ein Abend, der überstanden und ertragen werden muß. Und es wird andere Tage und andere Abende geben . . . Wenn er nur irgendwo ein Klavier finden und die Melodie spielen könnte, dann wäre es schon leichter. Aber nun gab es doch noch die Gesellschaft im Green Park und noch mehr Menschen, denen man gegenübertreten und mit denen man höflich sein und tanzen mußte. Die Gesellschaft würde aus den Fugen geraten, wie das bei Pappis Gesellschaften immer so ging, und Pappi würde anfangen zu singen, und vor vier Uhr morgens würde kein Mensch zu Bett gehen. Und um neun Uhr mußte er, Niall, den Zug nehmen, der ihn in die Schule zurückbrachte, und noch immer würde er keine Zeit gefunden haben, seine Melodie auf irgendeinem Klavier zu spielen.

Plötzlich stand Maria neben ihm und ergriff seine Hand.

»Es ist vorbei«, sagte sie. »Ach, Niall, es ist vorbei.«

Der Mann war fort, aber den Ring drehte sie noch immer an ihrem Finger.

»Ein Teil ist vorüber«, sagte Niall, »und ein anderer Teil beginnt gerade.«

Sie wußte sogleich, was er meinte. Ihre Blicke schweiften ab.

»Sprich nicht davon«, sagte sie.

Dann kamen noch mehr Leute durch den Gang, und sie war sogleich umringt und lachte und schwatzte, und Niall blieb mit dem Rücken gegen die Wand gelehnt stehen und wünschte nur, er könnte weg und ein Klavier finden und alles vergessen bis auf die Melodie.

Ungefähr fünfundzwanzig Personen mußten es sein, die sich im Green

Park zum Souper setzten. Alle waren froh und heiter, und das Essen war gut, und die Kellner öffneten eine Flasche Champagner nach der anderen.

»Es ist wie bei einer Hochzeit«, dachte Niall. »Bald wird Pappi aufstehen und auf die Gesundheit der Braut trinken. Und die Braut wird Maria sein.«

Maria saß weit entfernt am anderen Ende des Tisches. Ein- oder zweimal sah sie zu ihm hinüber und winkte ihm zu, aber sie dachte nicht an ihn. Er tanzte ein- oder zweimal mit Celia, aber sonst mit niemandem. Maria forderte er nicht auf. Die Musik war lärmend, und der Kerl, der das Saxophon blies, hielt sich für komisch, war es aber durchaus nicht. Den Mann am Flügel konnte man überhaupt nicht hören. Das Saxophon überdröhnte ihn beständig. Der bloße Anblick eines Klaviers war für Niall eine Qual mehr. Er hätte am liebsten alle Leute aus dem Saal gejagt und sich ans Klavier gesetzt.

»Sie sehen schrecklich unglücklich aus. Was ist denn los?«

Da saß eine Frau zu seiner Rechten, die vorher nicht dagewesen war. Diese Frau war es, die gesprochen hatte. Ihr Gesicht war vertraut, die freundlichen braunen Augen, der ziemlich breite Mund und das Haar mit den Ponyfransen in der Stirn.

»Pappi hat mich hergeschickt«, sagte sie. »Ich soll mit Ihnen sprechen. Sie erinnern sich nicht an mich? Ich bin Freada.«

»Ja, ja«, sagte er. »Natürlich!«

Sie lebte gewöhnlich in Paris, sie war eine Freundin von Pappi und Mama gewesen, sie war nett und lustig und gütig und hatte sie alle vor vielen Jahren zum Concours Hippique geführt. Jetzt erinnerte er sich. Sie sah genauso aus wie damals. Das war ein merkwürdiges Erlebnis, das einem begegnete, wenn man älter wurde. Pappis Freunde, die einst so alt und erwachsen und distanziert gewirkt hatten, waren schließlich, wie sich herausstellte, Menschen, wie man selber einer war.

»Ich habe Sie seit etwa zehn Jahren nicht mehr gesehen«, sagte sie. »Sie waren ein drolliger kleiner Junge und sehr schüchtern. Ich war heute abend im Theater. Maria war so gut. Welch ein bezauberndes Geschöpf ist doch aus ihr geworden. Aber so seid ihr alle. Ich fühle mich daneben sehr alt.«

Sie zerdrückte ihre Zigarette und zündete eine andere an. Auch daran erinnerte sich Niall. Sie gehörte zu den Leuten, die unablässig rauchten, und sie hatte eine lange Bernsteinspitze. Sie war nett und gütig und viel zu groß.

»Sie haben sich nie etwas aus Gesellschaften gemacht, nicht wahr?«

sagte sie. »Das soll kein Vorwurf sein. Aber ich bin gern mit meinen Freunden beisammen. Sie sehen jetzt Ihrer Mutter sehr ähnlich; hat Ihnen das schon jemand gesagt?«

»Nein«, sagte Niall. »Meiner Mutter ..., wie merkwürdig ...«

»Pappi sagt mir, daß Sie nur noch ein Semester auf der Schule vor sich haben«, sagte sie. »Was wollen Sie nachher anfangen? Klavier spielen?«

»Nein«, sagte er. »Ich spiele sehr schlecht. Ich tauge nicht dazu.«

»Wirklich?« meinte sie. »Das überrascht mich.«

Maria war aufgestanden und tanzte mit dem Mann. Sie war weg und außer Sicht, mitten unter den anderen Tänzern. Plötzlich empfand Niall, daß Freada, die vor Jahren bei dem Concours Hippique so nett gewesen war, jetzt eine Verbündete, eine Freundin bedeutete. Er erinnerte sich, wie sie ihm damals eine Tüte Makronen gekauft, und wie er davon gegessen hatte, und als er hinaus mußte, hatte er sich gar nicht gescheut, es ihr zu sagen. Und sie hatte das als ganz natürlich angesehen. Seltsam, wie man sich nach Jahren mancher Dinge entsinnt.

»Ich liebe die Musik mehr als irgend etwas anderes auf der Welt, aber ich kann nicht spielen«, sagte er. »Nicht ordentlich, nicht, wie ich gern spielen möchte. Ich kann nur das Zeug spielen, das auch hier gespielt wird. Nur solche Melodien fallen mir ein. Und das ist verdammt. Das ist ein richtiger Fluch.«

»Warum ist das ein Fluch?« fragte sie.

»Weil es nicht das ist, was ich will«, sagte er. »In meinem Kopf sind unendlich viele Klänge, aber sie wollen nicht heraus. Und wenn sie schließlich herauskommen, ist es nichts als eine verdammte, alberne Tanzmelodie.«

»Ich weiß nicht recht, warum das so schlimm sein soll«, meinte Freada, »nicht, wenn die Melodie gut ist.«

»Ach, das ist doch solch ein Mist«, sagte er. »Welchem Menschen kann es ein Vergnügen machen, Tanzmelodien zu schreiben?«

»Eine ganze Menge Menschen würden ihre Augäpfel dafür hergeben, wenn sie könnten.«

»Dann sollen sie's doch tun«, sagte Niall. »Sie können meine haben.«

Sie rauchte durch ihre lange Bernsteinspitze, und ihre Augen blickten gütig. Niall spürte, daß sie ihn verstand.

»Tatsächlich bin ich den ganzen Abend lang wegen einer Melodie, die ich im Kopf habe, ganz verrückt gewesen. Ich brauche ein Klavier, und ich kann keines kriegen, weil diese Gesellschaft noch die halbe Nacht dauern wird. Ich kann nicht hingehn und den Mann am Klavier wegschieben.«

Er lachte. Das war eine lächerliche Vorstellung. Freada aber schien das gar nicht lächerlich zu finden. Sie nahm es als etwas ganz Natürliches hin, ebenso wie er damals, als kleiner Junge, auf die Toilette mußte, oder wie er vorher die ganze Tüte mit Makronen aufgegessen hatte.
»Wann ist Ihnen die Melodie eingefallen?« fragte sie.
»Ich bin rund um Piccadilly Circus gegangen«, sagte er. »Ich war zu nervös, um mir das Stück anzuschauen. Marias wegen. Und plötzlich fiel sie mir ein, die Melodie, verstehen Sie? Es kam vom Schnee und von den elektrischen Signalen her. Ich mußte an Paris und an den Brunnen auf der Place de la Concorde denken. Nicht daß die Melodie irgend etwas damit zu tun hätte ..., ich weiß es nicht, ich kann es nicht erklären.«
Eine Weile lang sagte sie gar nichts. Der Kellner stellte eine Schale Eiscreme vor sie hin, aber sie winkte ab. Niall tat es leid. Er hätte die Eiscreme gern gegessen.
»Erinnern Sie sich daran, wie Ihre Mutter getanzt hat?« fragte sie plötzlich.
»Ja, natürlich«, sagte Niall.
»Erinnern Sie sich an den Tanz des bettelnden Mädchens im Schnee? Die Lichter in dem Fenster eines Hauses und ihre Fußspuren im Schnee, und wie ihre Hände sich mit dem Fall der Flocken bewegten?« sagte sie.
Niall starrte vor sich hin. Irgend etwas schien in seinem Hirn einzuschnappen. Das bettelnde Mädchen im Schnee ...
»Sie versuchte, das Licht im Fenster zu erreichen«, sagte er langsam. »Sie versuchte, das Licht zu erreichen, aber sie war zu schwach und müde, und unablässig fiel der Schnee. Ich hatte es vollkommen vergessen. Sie hat diese Szene nicht sehr oft getanzt. Ich glaube, ich habe sie nur ein einziges Mal im Leben darin gesehen.«
Freada zündete eine frische Zigarette an und steckte sie in die Spitze.
»Sie glaubten, Sie hätten es vergessen«, sagte sie. »Aber Sie hatten es nicht vergessen. Ihr Vater hat die Musik zu diesem Tanz geschrieben. Es war die einzige Musik, die er je geschrieben hat.«
»Mein Vater?«
»Ja. Darum dürfte Ihre Mutter es wohl auch nicht oft getanzt haben. Die ganze Geschichte war unklar. Niemand weiß im Grunde, was geschehen ist. Sie hat nie davon gesprochen, auch zu ihren Freunden nicht. Aber darauf kommt es jetzt nicht an. Worauf es ankommt, ist, daß Sie ein Komponist sind und daß Sie es noch nicht erkannt haben; und mir ist es gleichgültig, ob nun eine Polka oder ein Kinderlied aus Ihrem Kopf kommt. Ich würde es gern von Ihnen auf dem Klavier gespielt hören.«

»Was könnte Sie daran interessieren? Was kann Ihnen das bedeuten?«
»Ich war mit Ihrer Mutter eng befreundet, und ich habe Ihren Vater sehr gern. Und schließlich spiele ich selber nicht allzu schlecht.«

Sie wandte sich zu ihm und lachte sehr amüsiert, und Niall wurde es warm unter dem Kragen. Wie schrecklich! Er hatte es völlig vergessen. Natürlich, sie hatte ja im Kabarett gesungen und gespielt; vielleicht tat sie es auch jetzt noch. Daran hätte er denken müssen! Aber das einzige, woran er sich erinnerte, war der Concours Hippique und die Tüte mit Makronen.

»Es tut mir leid«, sagte er. »Es tut mir furchtbar leid.«
»Was denn? Mir tut einzig und allein leid, daß Sie morgen wieder in die Schule müssen und ich die Melodie nicht hören werde. Könnten Sie nicht morgen früh, bevor Sie wegfahren, auf einen Sprung zu mir kommen? Foley Street 17.«
»Mein Zug fährt um neun Uhr.«
»Und in zwei Tagen muß ich nach Paris zurück. Nun, da ist nichts zu machen. Wenn Sie die Schule endgültig hinter sich haben, wollen wir weitersehen. Erzählen Sie mir doch noch mehr von eurem Leben. Ist die gute Truda noch bei euch?«

Man konnte so unbefangen mit ihr sprechen, er kannte keinen Menschen, mit dem es sich leichter sprechen ließ, und es tat ihm aufrichtig leid, als sie aufstand und Abschied nahm.

Am anderen Ende des Tisches herrschte Lärm und Gelächter. Pappi war bereits benebelt. Und wenn Pappi benebelt war, dann wurde es sehr lustig. Das dauerte etwa eine Stunde, und dann kam das heulende Elend. Gerade jetzt hatte seine Heiterkeit ihren Gipfel erreicht. Er begann zu singen, und zwar mit verstellter Stimme, wie er das immer tat, wenn er den typischen balladensingenden Bariton nachahmte. Er stellte sich beim Singen selber die Worte zusammen, und sie paßten ausgezeichnet; es waren just die Worte, die solch ein Balladensänger dröhnen ließ. Es war immer etwas von im Sturme draus bei der Wogen Gebraus und von Heldentot in Kampfesnot und von höchstem Entzücken auf Rosses Rücken. Dann natürlich gingen die Worte mit ihm durch und wurden immer vulgärer, und die Leute, die rund um ihn saßen und hören konnten, was er sang, schüttelten sich vor Lachen. Und er selber lachte immer mit; das wirkte irgendwie rührend und machte die Sache nur noch spaßiger.

Jetzt saß er am Ende des Tisches, lehnte sich in seinem Stuhl zurück und hatte den Arm um die Schulter einer Frau gelegt. Niall hatte keine Ahnung, wer die Frau war, und Pappi sang und schüttelte sich vor Lachen, und der ganze Saal merkte, was vorging. Die Kellner blieben stehen und grinsten, und von den anderen Tischen her beobachtete man ihn. Die Tanzkapelle spielte weiter, die Paare tanzten, aber kein Mensch achtete auf sie.

Jetzt hörte Pappi mit einem Male auf, sinnlose, ordinäre Worte zu singen, und sang mit seiner richtigen Stimme. Und zwar sang er »*Otschi tschornija*« in russischer Sprache. Er begann sehr leise, sehr langsam, die Töne kamen aus der Tiefe her, irgendwer an einem anderen Tisch machte »Psst!«, die Kapelle hörte auf zu spielen, und die Paare unterbrachen ihren Tanz. Alle anderen Geräusche erstarben, der Dirigent hob die Hand und gab dem Pianisten ein Zeichen. Der Pianist nahm leise die Begleitung auf und paßte sich Pappis Gesang an. Pappi saß ganz still, den massiven Kopf zurückgelehnt, den Arm noch immer um die Schultern der Dame neben ihm, weil es ihm behaglich war, sich an irgend etwas anlehnen zu können. Und von seinen Lippen tönte jener süße, herzzerreißende Klang, der seine wirkliche Stimme war, tief und zärtlich, tiefer als irgend etwas auf der Welt, und so zärtlich und echt, daß es einen im Herzen packte, wenn man ihm zuhörte, und es griff einem nach der Kehle, und man wollte nur noch eines – sich abwenden und weinen.

»*Otschi tschornija*«, von sämtlichen Sängern überall schmalzig gegrölt, von tausend Tanzkapellen und drittklassigen Orchestern heruntergehämmert! Aber wenn Pappi es sang, hatte man das Gefühl, solch ein Lied habe es noch nie gegeben. Es sei das einzige Lied, das je geschrieben worden war.

Als er einhielt, weinten alle, und Pappi weinte auch – er war jetzt tatsächlich schwer berauscht – und dann spielte die Tanzkapelle das Lied weiter, aber in rascherem Tempo, so daß die Paare danach tanzen konnten, und Pappi tanzte auch, drehte irgendeine Frau rund um den Saal. Er hatte keine Ahnung, wen er im Arm hielt, und es kam ihm auch nicht darauf an, aber er stieß an alle Leute und brüllte vor Lachen. Und Niall hörte, wie jemand sagte: »Delaney ist völlig besoffen!«

Celia hatte beständig den Blick auf ihn gerichtet. Sie sah besorgt drein. Niall wußte, daß ihr gar nicht heiter zumute war. Und Maria war nirgends zu erblicken. Niall sah sich überall um, aber er konnte sie nicht sehen. Er ging in die Halle des Hotels hinaus, aber auch dort fand er sie nicht.

Von ihrer Gesellschaft waren schon viele Leute gegangen. Vielleicht hatte sie sich ihnen angeschlossen. Auch der Mann war weg. Vielleicht hatte er sie nach Hause gebracht ... Plötzlich spürte Niall, daß auch er keine Lust hatte, länger zu bleiben. Dieses Fest war ihm zuwider, er fand es entsetzlich. Es langweilte ihn tödlich. Irgendwer würde schon dafür sorgen, daß Celia und Pappi richtig heimkamen. Er hatte keine Lust, zu bleiben. Das konnte noch stundenlang dauern, und Pappi wurde immer betrunkener. Niall ging in die Garderobe, nahm seinen Mantel, verließ das Hotel und schlenderte auf die Straße hinaus. Autobusse und Untergrundbahn gab es nicht mehr. Vielleicht konnte er ein Taxi erwischen. Er hatte noch genau zwei Schilling in der Tasche. Das Taxi konnte ihn wenigstens ein Stück näher zur Wohnung bringen. Die Straßen waren leer, weiß und still. Frischer Schnee lag auf dem Pflaster. Es war spät, ein Viertel vor zwei vielleicht. Am Ende der Bond Street fand er ein Taxi, und als der Chauffeur ihn nach der Adresse fragte, gab er nicht den Namen des Hauses in St. John's Wood an. Er sagte: »Siebzehn Foley Street.«

Er wußte, daß es in dieser Stunde nur eines gab, worauf es ihm ankam, und das war – diese Gesellschaft gründlich zu vergessen und seine Melodie auf dem Klavier zu spielen, jener gütigen Freada vorzuspielen, die ihm vor Jahren eine Tüte mit Makronen geschenkt hatte.

»Wenn ich Champagner getrunken hätte«, sagte er zu sich, »so könnte ich glauben, ich sei berauscht, berauscht wie Pappi. Aber ich habe keinen Tropfen getrunken, Champagner ist mir zuwider. Ich bin völlig wach, das ist es. Verrückt und überspannt und völlig wach.«

Sein Vermögen reichte nicht bis zur Foley Street, denn er hätte nur ein schäbiges Trinkgeld geben können. So ließ er sich denn unterwegs absetzen und ging dann den Rest des Weges zu Fuß.

»Sie schläft wahrscheinlich«, dachte er. »Sie wird mich nicht läuten hören.«

Er konnte kein Licht sehen, aber vielleicht waren die Läden geschlossen. Viermal läutete er, und nach dem vierten Mal hörte er Schritte die Treppe hinuntergehen, und jemand kam und rasselte mit einer Kette. Die Tür öffnete sich, und Freada stand vor ihm. Sie trug einen Schlafrock, irgend etwas Rotgefärbtes, und um die Schultern eine Flickendecke. Sie rauchte noch immer.

»Hello«, sagte sie. »Ich glaubte, es sei ein Polizist. Sind Sie gekommen, um mir die Melodie vorzuspielen? Eine ausgezeichnete Idee! Nur herein!«

Sie war gar nicht böse oder auch nur überrascht. Das war sehr ungewöhnlich und keine geringe Erleichterung. Selbst Pappi, der doch ein ungewöhnlicher Mensch war, hätte einen Höllenlärm geschlagen, wenn jemand um zwei Uhr morgens die Glocke geläutet hätte.

»Haben Sie Hunger?« fragte sie und ging vor ihm die Treppe hinauf.

»Ja«, sagte Niall. »Das kann ich wohl sagen. Aber woher haben Sie es gewußt?«

»Jungen haben immer Hunger.«

Sie ließ das Licht in einem kahlen, unordentlichen Wohnzimmer aufflammen. Es gab einige schöne Möbel und ein paar gute Bilder, aber alles war in schrecklicher Unordnung. Überall lagen Kleider herum, und auf dem Boden war ein Tablett. Ein großer Flügel stand im Zimmer. Und das war das einzige, worauf es Niall ankam.

»Da, essen Sie etwas«, sagte sie. Sie reichte ihm ein großes Butterbrot, auf das sie zwei oder drei Sardinen gelegt hatte. Noch immer trug sie die Decke um die Schultern. Niall begann zu lachen.

»Was ist denn los?« fragte sie.

»Sie sehen so komisch aus«, sagte Niall.

»Das tu' ich immer«, erwiderte sie. »Los, essen Sie Ihr Brot.«

Das Brot war ausgezeichnet. Als er damit fertig war, bekam er noch eins. Sie machte nicht viel Wesens mit ihm. Sie fuhr fort, im Zimmer zu räumen, bis es unordentlicher war als zuvor.

»Ich packe«, sagte sie. »Wenn ich alles auf dem Boden ausgebreitet habe, dann weiß ich, woran ich bin. Können Sie ein Hemd brauchen?«

Sie warf ihm von einem wirren Haufen ein kariertes Hemd zu.

»Es ist ein Arbeiterhemd, das ich in Sardinien gekauft habe, aber es ist mir zu klein«, sagte sie. »Das ist das Schlimme, wenn man groß ist.«

»Passen Sie auf«, sagte Niall, »Sie stehen auf einem Hut.«

Sie hob den bloßen Fuß und bückte sich. Es war ein riesiger Strohhut im Format eines Karrenrads mit zwei wehenden Federn.

»Gartenfest vor fünf Jahren«, sagte sie. »Ich hatte eine Bude, wo man Ringe warf, und alle Leute warfen ihre Ringe nach meinem Hut. Glauben Sie, daß er Maria gefallen würde?«

»Sie trägt nie Hüte.«

»Ich werde ihn nach Paris mitnehmen. Wenn man ihn umdreht, kann er ganz gut als Obstkorb dienen.« Sie warf den Hut auf ein Gewirr von Kleidern.

»Ich kann Ihnen nichts zu trinken anbieten«, sagte sie. »Höchstens könnte ich Tee machen. Wollen Sie Tee?«

»Nein, danke. Lieber hätte ich ein Glas Wasser.«

»Sie finden Wasser im Krug im Schlafzimmer. Irgendwas am Hahn in der Küche ist nicht in Ordnung.«

Er ging in ihr Schlafzimmer, suchte sich einen Weg sorgsam zwischen den Kleidungsstücken, die auf dem Boden ausgebreitet lagen. Der Wasserkrug auf dem Waschtisch war voll und das Wasser recht kalt. Da es anscheinend kein Glas gab, trank er aus dem Krug.

»Kommen Sie, spielen Sie Ihre Melodie«, rief sie.

Er ging ins Wohnzimmer zurück; sie kniete auf dem Boden, die Flickendecke noch immer um die Schultern, und musterte ein Silberfuchscape.

»Von Motten zerfressen«, sagte sie, »aber wenn man nicht ganz nahe ist, wird man es kaum bemerken. Ich habe es mir von irgendwem ausgeliehen und nie zurückgegeben. Wer mag das nur gewesen sein?«

Sie kauerte auf dem Boden, dachte nach, strich mit der Zigarettenspitze durch das Haar und aß gleichzeitig ein Stück Butterbrot. Niall setzte sich an den Flügel und begann zu spielen. Er war nicht im geringsten nervös, er war viel zu heiter gestimmt.

Das Klavier fügte sich willig. Es tat, was er von ihm verlangte, und selbst wenn er den schrecklichsten Lärm verursachte, so wußte er, daß es nicht darauf ankam und daß Freada es nicht übelnehmen würde. Er dachte an die Melodie, und sie kam richtig heraus. Ja ... das war es, war er gemeint hatte. Natürlich war es das. Ach, wie aufregend, wie amüsant das war! Jetzt war nichts anderes wichtig als dies, dieses verrückte Suchen nach der richtigen Note ... da ist sie! Und jetzt wieder, noch ein Versuch! Schließ die Augen, lausch auf den Klang, aber du mußt es auch in deinen Füßen und in deinen Fingerspitzen und in der Magengrube fühlen. Das war es. Jetzt hatte er das Ganze, und es war ein Tanzrhythmus, es war, wie schon in früherer Zeit, ein Spielen gegen den Takt, aber das Klavier allein genügte nicht. Man brauchte noch einen mit einem Saxophon, man brauchte noch einen mit einer Trommel.

»Sie begreifen, was ich meine«, sagte er und drehte sich auf dem Stuhl um. »Sie begreifen, was ich meine.«

Sie hatte aufgehört zu packen. Sie kniete auf dem Boden.

»Vorwärts«, sagte sie, »nicht aufhören! Noch einmal!«

Er spielte weiter, und es ging immer leichter und flüssiger. Es war ein verdammt guter Flügel, besser als irgendein Klavier, auf dem er bisher gespielt hatte. Freada stand auf und trat neben ihn. Sie summte die Melodie in ihrer tiefen, drolligen Stimme, pfiff sie, und dann summte sie sie wieder.

»Jetzt spielen Sie etwas anderes«, sagte sie. »Was haben Sie sonst noch gemacht? Irgend etwas, ganz gleich, was.«

Er erinnerte sich an Fetzen von Melodien, die ihm von Zeit zu Zeit eingefallen waren, aber nichts war bisher so klar herausgekommen wie die eine Melodie von heute abend.

»Das Dumme ist«, sagte er, »daß ich's nicht niederschreiben kann. Ich weiß nicht, wie man das macht.«

»Schon gut, schon gut«, sagte sie. »Das kann ich schon einrichten.«

Er hörte auf zu spielen. Er sah sie an.

»Können Sie das wirklich?« fragte er. »Aber lohnt es denn die Mühe? Ich meine – für jemand anderen bedeutet das alles doch gar nichts. Ich mache es ja nur, um mich zu amüsieren.«

Sie lächelte, streckte die Hand aus und streichelte seinen Kopf.

»Diese Tage sind jetzt vorüber«, sagte sie. »Denn von nun an werden Sie Ihr Leben damit verbringen, andere Leute zu amüsieren. Wie ist Pappis Telefonnummer?«

»Wozu brauchen Sie sie?«

»Ich möchte einmal mit ihm sprechen; das ist alles.«

»Er wird jetzt noch bei dem Fest sein, oder wenn er daheim ist, dann liegt er im Bett und schläft. Als ich wegging, war er schrecklich betrunken.«

»Am Morgen muß er nüchtern sein. Hören Sie, Sie müssen einen späteren Zug nehmen!«

»Warum?«

»Weil die Melodie aufgeschrieben werden muß, bevor Sie fahren. Wenn wir beide es nicht zusammenbringen, so kenne ich eine Menge Leute, die das treffen. Jetzt ist's zu spät. Es ist ein Viertel nach drei. Hören Sie, Sie werden zu dieser Stunde niemals ein Taxi finden. Sie können hier auf dem Sofa schlafen. Ich werde Sie mit all diesen Kleidern zudecken. Sie können meine Flickendecke haben. Und um acht Uhr früh rufen wir Pappi an.«

»Er wird nicht wach sein. Er wird völlig verkatert sein.«

»Dann um halb neun. Um neun. Um zehn. Los, los, Sie sind ein junger Mensch im Wachsen, und Sie brauchen Schlaf. Wir wollen das Sofa ans Feuer ziehen, dann werden Sie nicht frieren. Wollen Sie noch eine Sardine?«

»Ja, bitte!«

»Essen Sie sie nur alle! Ich mache Ihnen unterdessen das Bett.«

Er aß das Brot, die Butter, die Sardinen bis auf den letzten Rest auf, und Freada richtete auf dem Sofa ein Lager für ihn mit Leintüchern und Steppdecken und einem Haufen von ihren alten Kleidern. Es sah schrecklich unbequem aus, aber das wollte er ihr nicht sagen. Es hätte ihre Gefühle verletzen können, und sie war doch so nett, so lustig, so gütig gewesen.

»Da«, sagte sie, trat zurück, legte den Kopf auf die Seite und bewunderte ihr Werk. »Darauf werden Sie schlafen wie ein neugeborenes Kind in seiner Wiege. Brauchen Sie ein Pyjama? Hier irgendwo muß eins sein. Irgendwer hat es einmal dagelassen.«

Sie ging ins Schlafzimmer und kehrte mit einem vielfach geflickten Pyjama zurück.

»Keine Ahnung, wem es gehört«, sagte sie, »aber es ist schon seit Jahren da ... Ganz sauber! Und jetzt schlafen Sie wohl, mein Liebling, vergessen Sie Ihre Melodie für ein paar Stunden, und zum Frühstück werde ich Ihnen eine Schüssel Haferbrei machen.«

Sie tätschelte ihm die Wange, gab ihm einen Kuß und ging in ihr Zimmer. Durch die Tür konnte er sie seine Melodie summen hören.

Er zog sich aus, nahm das Pyjama und kroch unter den Kleiderberg auf dem Sofa. Seine Füße stießen hart an das Ende des Sofas. Er zog sie an sich, seufzte und drehte die Lampe ab. Die Federn des Sofas waren in der Mitte entzwei, und irgend etwas Hartes drückte gegen sein Rückgrat. Doch das alles war gleichgültig. Nur – er war nicht schläfrig. Er war in seinem ganzen Leben noch nie so wenig schläfrig gewesen. Und die Melodie kreiste noch immer in seinem Kopf, sie wollte nicht verschwinden. Es war lieb von Freada, zu sagen, daß sie sich um die Niederschrift kümmern wollte, aber er wußte noch immer nicht, wie sich das bewerkstelligen ließ, da er doch am Morgen wieder in die Schule zurückkehren mußte. Schule ... O Gott, was für eine Zeitvergeudung. Was für eine Vergeudung an Arbeitskraft! Er lernte nichts. Er war im letzten Semester, und, sofern es das Lernen betraf, hätte er ebensogut im ersten Semester sein können. Kein Mensch war auf der Welt, dem auch nur das geringste daran lag, ob er lebte oder starb. Ob Pappi und Celia unterdessen wohl schon daheim waren? Und Maria? Maria würde sich nicht fragen, wo er jetzt war; selbst wenn die anderen es täten. Maria hatte zu viele andere Dinge im Kopf. So viele Tage und Wochen dehnten sich vor Maria, alle voller Erregung, alle voller Vergnügen. Wochen von Vergnügen und Abenteuer für Maria, Wochen von Langeweile und Eintönigkeit für ihn.

Er drehte sich auf dem Sofa um, zog die Flickendecke um den Hals, sie roch so seltsam; wie Ambra. Freada mußte wohl ein Ambraparfüm benutzen. Gerüche sind doch ungeheuer wichtig. Wenn man den Geruch eines Menschen liebt, so liebt man auch den Menschen selber. Das hatte Pappi einmal gesagt, und Pappi hatte immer recht.

Im Kamin brannte kein Feuer mehr, und trotz all diesen Kleidern war es kalt auf dem Sofa, kalt und ungemütlich. Das einzig Gute war die

Flickendecke, die nach Ambra roch. Wenn doch nur alles im Leben jetzt verdrängt werden könnte bis auf den Geruch von Ambra, so würde er wohl schlafen können. Dann hätte er Frieden gefunden. Dann wäre ihm warm. Jetzt wurde ihm mit jeder Minute kälter, und das Zimmer wurde dunkler, fremder und abschreckender. Es war, als läge man im Grabe. Es war, als wäre man in einer Gruft und über einem schlössen sich die Mauern. Er warf die Kleider beiseite, alle bis auf die Decke, die er gegen das Gesicht hielt, und der Ambraduft war stärker als je, er war tröstlich und gütig.

Er stand auf und tastete sich durch den dunklen Raum zu der Tür. Er öffnete die Tür und stand auf der Schwelle ihres Schlafzimmers. Er hörte, wie sie sich in der Dunkelheit bewegte, sich im Bett umdrehte und sagte:

»Was ist denn los? Kannst du nicht einschlafen?«

Niall wußte nicht, was er sagen sollte. Er wußte nicht, warum er aufgestanden war, hierher gekommen war, die Tür geöffnet hatte. Wenn er ihr jetzt sagte, daß er nicht einschlafen könne, würde sie aufstehen und ihm Aspirin geben. Und Aspirin war ihm widerwärtig. Er hatte gar keine Verwendung für Aspirin.

»Nichts ist los«, sagte er. »Nur – es ist so schrecklich einsam hier.«

Sie sagte zunächst kein Wort. Es war, als läge sie im Dunkeln und dächte nach. Sie zündete auch kein Licht an. Dann sagte sie: »Komm nur herein! Ich werde mich schon um dich kümmern.«

Und ihre Stimme war tief, gütig, verständnisvoll, genau wie damals, vor Jahren, als sie ihm die Tüte mit den Makronen geschenkt hatte.

12. KAPITEL

Pappi war schwer betrunken. Jetzt, da es beinahe drei Uhr morgens geworden und die meisten Gäste heimgegangen waren und nur noch ein paar recht alberne Frauen und todmüde Männer übrigblieben, war Pappi auch gar nicht mehr heiter. Er hatte das Stadium des heulenden Elends erreicht. Er sah nicht wesentlich verändert aus, er verhedderte sich auch nicht beim Sprechen, noch fiel er zu Boden. Er weinte einfach. Den linken Arm hatte er um Celias Schultern gelegt und den rechten Arm um eine fremde Frau, die gern heimgehen wollte.

»Alle sind sie gegangen und haben mich verlassen«, sagte er. »Bis auf dieses Kind hier. Maria ist draußen in der Welt. Niall ist draußen in der Welt, aber dieses Kind bleibt. Sie ist die Wertvollste von allen. Das habe ich schon gesagt, als sie noch ein kleines Kind von drei Jahren war, den Finger im Mund hatte und aussah wie der kleine Samuel. Sie ist die Wertvollste von allen.«

In das Gesicht der Frau hatte die Langeweile harte Furchen gezogen. Sie wollte heimgehen. Aber es gelang ihr nicht, die Aufmerksamkeit ihres Mannes auf sich zu lenken. Wenn es nämlich ihr Mann war. Das wußte Celia nicht. Das wußte man nie.

»Maria hat's geschafft«, sagte Pappi. »Maria wird bis ganz hinauf kommen; sie hat genug von meinem Blut, um bis ganz hinauf zu kommen. Haben Sie gesehen, wie es heute abend gegangen ist? Ja, Maria hat's geschafft. Aber ihr liegt an keinem Menschen was; sie denkt nur an sich selbst.« Die Tränen strömten ihm über die Wangen. Er nahm sich nicht die Mühe, sie abzuwischen. Er genoß die Wollust des Kummers.

»Auf den Burschen gebt acht«, sagte er. »Auf Niall gebt acht. Er ist nicht von meinem Blut, aber ich habe ihn erzogen. Alles, was der Junge in der Zukunft erreicht, wird er mir zu verdanken haben. Er ist mein Sohn durch Adoption. Und ich spüre, daß er mir gehört. Ich kenne jeden Gedanken, der im Kopf dieses Burschen aufkeimt. Gebt acht auf ihn. Gebt acht auf den Jungen! Eines Tages wird er jemanden in Erstaunen setzen. Mich aber nicht. Und wo steckt er jetzt? Er ist gegangen und hat mich verlassen. Gegangen ganz wie Maria. Nur dieses Kind hier ist mir geblieben. Aber sie ist die Beste von der ganzen Schar.«

Er fand sein Taschentuch und schneuzte sich. Celia bemerkte, wie die Frau dem Mann ihr gegenüber verzweifelte Zeichen machte.

Sie schaute weg. Die anderen müßten ahnen, daß sie die Zeichen bemerkte, und das war ihr unerträglich. Die Kellner wurden müde und verärgert. Der Oberkellner erschien und legte die Rechnung, säuberlich gefaltet, auf einen Teller vor Pappis Augen.

»Was ist das?« sagte Pappi. »Will jemand ein Autogramm von mir? Wer hat einen Bleistift? Hat irgendwer einen Bleistift, damit ich ein Autogramm geben kann?«

Der Kellner hüstelte. Er wich Celias Blick aus.

»Es ist die Rechnung, Pappi«, flüsterte Celia. »Der Kellner will, daß du die Rechnung zahlen sollst.«

Ein jüngerer Kellner stand dahinter und begann zu grinsen. Es war entsetzlich.

»Wir müssen jetzt wirklich gehen«, sagte die Frau, stand auf und schob ihren Stuhl zurück. »Es ist ein wunderschöner Abend gewesen. Wir haben uns glänzend unterhalten.«

Der Mann gegenüber begriff. Auch er stand auf. Celia wußte, daß sie fürchteten, man könnte ihnen die Rechnung präsentieren, weil Pappi derart betrunken war. Sie mußten schleunigst verschwinden, bevor etwas dergleichen geschehen konnte.

»Sie verlassen mich alle«, seufzte Pappi. »Keiner will bleiben. Bald wird niemand mehr auf dieser ganzen verdammten Welt übrig sein. Sie sind wohlgelaunt, und sie sind heiter, solange man Geld in der Tasche hat. Wo aber sind sie, wenn man leergebrannt ist? Ich werde das unterzeichnen müssen. Ich kann nicht zahlen. Ich werde es unterzeichnen müssen.«

»Das genügt vollkommen, Sir«, sagte der Oberkellner besänftigend.

»Es ist ein großartiger Abend gewesen«, sagte Pappi, »ein großartiger Abend. Ich danke Ihnen. Ich danke Ihnen allen. Ein hervorragendes Essen. Hervorragende Bedienung. Vielen Dank.«

Er erhob sich von seinem Stuhl und ging langsam und majestätisch zur Tür. »Ein reizender Mensch«, sagte er zu Celia. »Ein ganz reizender Mensch.« Er verneigte sich huldvoll vor einem Paar, das den Saal zur gleichen Zeit verließ. »Ich danke Ihnen dafür, daß Sie gekommen sind«, sagte er. »Wir müssen bald wieder einmal beisammen sein. Es war doch ein wunderbarer Abend.«

Das Paar schaute ihn verdutzt an. Die beiden hatten gar nicht zu Pappis Gästen gehört. Celia ging an ihnen vorbei, ihre Wangen flammten, den Kopf trug sie hoch. Sie brauchte ihren Pelzmantel nicht erst zu holen, sie hatte ihn bei sich behalten. Sie stand jetzt im Eingang und wartete auf Pappi. Er blieb eine Ewigkeit in der Garderobe. Sie dachte bereits, er würde nie wiederkommen. Als er schließlich erschien, hatte er den Mantel wie ein Cape über die Schultern gehängt, der Klapphut saß schief auf dem Kopf.

»Wo gehen wir hin?« fragte er. »Ist irgend etwas verabredet worden? Treffen wir uns alle noch anderswo?«

»Nein, Pappi«, sagte Celia. »Es ist jetzt schrecklich spät geworden. Wir fahren nach Hause.«

»Ganz wie du willst, mein Liebling, ganz wie du willst.«

Sie traten auf die Straße hinaus. Der Wagen stand auf der anderen Seite. Celia hielt Pappis Arm fest und führte ihn zum Wagen. Der Schnee lag hoch. Warum hatte Pappi den Chauffeur heimgeschickt? Er schickte ihn immer nach Hause. Er war darin lächerlich gewissenhaft; der Chauffeur sollte nicht so lange aufbleiben müssen. Er schickte ihn immer früh zu Bett. Pappi tastete nach dem Schlüssel. Er konnte ihn nicht finden.

»Nun muß ich aufstehn und muß gehn, muß gehn nach Innisfree.«, begann er und rezitierte sorgfältig und fehlerlos das ganze Gedicht. Und als er damit fertig war, hatte er auch den Schlüssel gefunden.

»Steig ein, Liebling«, sagte er. »Deine kleinen Füße müssen – ja ganz erfroren sein.« Celia stieg ein, und er kletterte neben sie auf den Führersitz.

»Wie kalt ist dieses Händchen«, sang er leise und drückte auf den Anlasser. Nichts geschah. Eine ganze Weile lang drückte er. »Es ist zu kalt«, sagte Celia. »Das kommt vom Schnee.« Er schien nichts zu hören. Andauernd sang er Bruchstücke aus der »Bohème«. »Du wirst ihn ankurbeln müssen, Pappi«, sagte Celia.

»Mehr Gnad' zu sterben scheint es heut als je,
Um Mitternacht erlöschen ohne Pein . . .«

Sehr langsam, sehr behutsam stieg er wieder aus dem Wagen und stand nun im Schnee. Sein Mantel glitt ihm von den Schultern.

»Zieh deinen Mantel an, Pappi«, rief Celia. »Es ist sehr kalt. Du wirst dich erkälten.«

Er winkte ihr zu. Er trat vor den Wagen und bückte sich. Das Bücken dauerte unendlich lange.

Seltsame, hoffnungslose Laute einer Kurbel wurden vernehmbar, die sich nicht drehen lassen wollte. Nach längerer Zeit kam er wieder und schaute durchs Fenster.

»Wir müssen einen neuen Wagen kaufen, Liebling«, sagte er. »Der da scheint nicht mehr brauchbar zu sein.«

»Steig ein und versuch es noch einmal mit dem Anlasser«, sagte Celia. »Der Motor ist zu kalt, das ist alles.« In einiger Entfernung konnte sie einen Polizisten sehen. Er hatte ihnen den Rücken gewandt, aber er konnte sich jeden Augenblick umdrehen. Er würde auf sie zukommen, er würde merken, daß Pappi betrunken war und keinen Wagen fahren durfte, und vielleicht würde der Polizist dann etwas Schreckliches tun, etwa Pappi zum Kommissariat bringen, und dann würde es morgen in der Zeitung stehen. »Steig doch ein, Pappi«, drängte Celia. »Steig schnell wieder ein.« Abermals kletterte er in den Wagen.

Er drückte auf den Anlasser, aber nichts geschah.

> »Ich hatte Spielgefährten, hatte Kameraden,
> In meiner Kindheit, meinen Schülertagen,
> Doch alles, was vertraut war, ist dahin«

sagte Pappi. Dann machte er es sich auf seinem Platz bequem, drückte den Hut in die Stirn, seufzte tief und richtete sich zum Schlafen ein.

Celia begann zu weinen. Jetzt hörte sie Schritte auf dem Trottoir. Sie öffnete das Fenster und sah einen jungen Mann vorübergehen.

»Ach bitte«, sagte sie, »können Sie nicht einen Augenblick herkommen?«

Der junge Mann blieb stehen. Er wandte sich um und trat an das Wagenfenster. »Ist irgend etwas nicht in Ordnung?«

»Wir können den Wagen nicht in Gang setzen«, sagte Celia, »und meinem Vater ist nicht wohl.«

Der junge Mann warf einen Blick auf Pappi, der zusammengesunken am Volant saß. »Ich verstehe«, sagte er erheitert. »Ich verstehe sehr gut. Und was soll ich tun? Soll ich mich mit Ihrem Wagen beschäftigen oder mit Ihrem Vater?«

Celia biß sich auf die Lippen. Sie spürte, wie ihr abermals die Tränen in die Augen traten. »Ich weiß nicht«, sagte sie. »Was Sie für das Richtigere halten.«

»Erst mal wollen wir uns nach dem Wagen umsehen«, sagte er.

Er trat vor den Wagen und bückte sich, wie Pappi es getan hatte, und sehr rasch hatte er den Motor in Gang gebracht.

Nun kam er zurück und klopfte den Schnee von den Händen.

»Das wäre erledigt«, sagte er. »Und jetzt setzen Sie sich, wenn es Ihnen recht ist, auf den Rücksitz. Ich werde Ihren Vater auf Ihren Sitz schieben und Sie nach Hause fahren. Es wäre ja ein Jammer, Ihren Vater zu wecken. Ein wenig Schlaf wird ihm nur guttun.«

»Sie sind sehr liebenswürdig«, sagte Celia. »Ich weiß gar nicht, wie ich Ihnen danken soll.«

»Schon gut, schon gut«, sagte der junge Mann lustig. »Das gehört zu meinem Tagewerk. Ich bin Mediziner. Ich arbeite am St.-Thomas-Spital.«

Celia starrte aus dem Fenster, während der junge Mann sich mit Pappi beschäftigte. Er tat es etwa so, als ob er es mit einem Huhn zu tun hätte. Von Würde war bei dieser Operation wenig zu merken. Aber da er doch Mediziner war ...

»So, jetzt wären wir alle untergebracht«, sagte der junge Mann. »Und nun – wo wohnen Sie?« Sie sagte es ihm, und er setzte den Wagen in Bewegung. »Kommt das häufig vor?« fragte er.

»Ach nein«, sagte Celia hastig. »Es ist nur, weil wir ein Fest gefeiert haben.«

»Aha«, sagte der junge Mann.

Sie fürchtete, daß er sie nach ihrem Namen fragen würde, denn hätte sie einmal den Namen genannt, so war es unvermeidlich, daß er wußte, wer sie war, und daß Pappi Pappi war, und dann würde der Vorfall sich herumsprechen, er würde seinen Freunden im Spital erzählen, daß er etwas sehr Lustiges erlebt habe; er habe Delaney, der besoffen war wie ein König, um halb vier Uhr früh in dessen Haus nach St. John's Wood schaffen müssen. Aber er stellte keine weiteren Fragen. Er war sehr zurückhaltend. Als sie zu dem Haus kamen, hielt der junge Mann den Wagen an, und Pappi erwachte. Er setzte sich auf und sah sich um.

»Schon sind die nächt'gen Kerzen ausgebrannt«, sagte er, »und heiter steigt der Tag auf Zehenspitzen über die dunstigen Hügel.«

»Ganz meine Ansicht, Sir«, sagte der junge Mann, »aber wie werden Sie die Stufen hinaufgehen?«

Pappi musterte ihn mit zusammengezogenen Augen.

»Ihr Gesicht ist sympathisch, mir aber unbekannt«, sagte er. »Haben wir uns bereits vorher kennengelernt?«

»Nein, Sir«, sagte der junge Mann. »Ich bin Student der Medizin und arbeite am St.-Thomas-Spital.«

»Aha! Ein Metzger!« sagte Pappi. »Ich kenne euch und euresgleichen!«

»Der Herr war so hilfsbereit«, sagte Celia.

»Metzger! Alle miteinander«, erklärte Pappi ungerührt. »Sie denken immer nur an ihr Messer. Ist dies da das Spital?«

»Nein, Sir. Ich habe Sie nach Hause gebracht.«

»Sehr nett von Ihnen«, sagte Pappi. »Ich trage auch gar kein Verlangen, in einem Spital in Stücke geschnitten zu werden. Wollen Sie mir aus dem Wagen helfen?«

Der junge Mann half Pappi auch über die Stufen zum Eingang. Celia folgte mit Mantel und Hut, die in den Schnee gefallen waren. Es gab eine Pause, während Pappi den Schlüssel suchte. »Bleiben Sie bei uns?« fragte er den jungen Mediziner. »Ich habe es ganz vergessen...«

»Nein, Sir, ich muß weitergehen, vielen Dank.«

»Nehmen Sie doch den Wagen, mein lieber junger Freund. Er hat auf Erden keinen Zweck für mich. Ich weiß nicht, wie die verdammte Maschine funktioniert. O nimm ihn, er sei dein!« Langsam trat er in die

Halle und drehte das Licht an. »Wo ist denn Truda? Sag Truda, daß sie mir eine Tasse Tee machen soll.«

»Truda ist im Spital«, sagte Celia. »Ich werde dir Tee machen, Pappi.«

»Im Spital? Natürlich!« Er wandte sich wieder zu dem jungen Mediziner. »Bei Ihrem Metzgerhandwerk mögen Sie vielleicht auf unsere treue Truda stoßen«, sagte er. »Sie ist in einer eurer Leichenkammern. Gutes, zuverlässiges Geschöpf! Jahrelang war sie bei uns. Behandelt sie sanft!«

»Gewiß, Sir.«

»Immer das Messer«, brummte Pappi. »An etwas anderes können sie gar nicht denken als an das Messer. Metzger, alle miteinander!«

Er schlenderte in das Eßzimmer und sah sich abwesend um. Der Student ergriff Celias Hand.

»Hören Sie«, sagte er. »Kann ich sonst nichts für Sie tun? Ich möchte Sie doch nicht mit ihm allein lassen. Erlauben Sie mir, daß ich Ihnen helfe.«

»Jetzt ist schon alles in Ordnung«, sagte Celia. »Mein Bruder wird oben sein. Ich kann ihn wecken. Es ist schon alles in Ordnung. Wirklich.«

»Ich lasse Sie nicht gern allein mit ihm«, sagte er. »Sie sehen so schrecklich jung aus.«

»Ich bin sechzehn Jahre alt«, sagte Celia, »und ich weiß schon mit Pappi umzugehen. Ich bin daran gewöhnt. Machen Sie sich nur keine Sorgen um mich.«

»Es ist nicht recht«, sagte er. »Es ist gar nicht recht. Ich will Ihnen sagen, was ich tun werde. Morgen früh werde ich Sie anrufen. Und Sie müssen mir versprechen, daß Sie mich wissen lassen, wenn ich irgend etwas für Sie tun kann.«

»Herzlichen Dank!«

»Ich werde gegen halb zehn anrufen. Und jetzt werde ich Ihren Wagen in die Garage bringen.«

»Und wie wollen Sie selber heimkommen?«

»Das überlassen Sie nur mir. Ich komme schon nach Hause. Gute Nacht!«

»Gute Nacht!«

Celia schloß die Tür hinter ihm. Sie hörte, wie der Wagen anfuhr, hörte, wie das Garagentor geöffnet wurde, der Wagen hineinrollte und das Tor wieder zuschlug. Dann geschah nichts mehr. Er mußte seines Wegs gegangen sein. Plötzlich fühlte sie sich sehr hilflos und verloren. Sie ging ins Eßzimmer. Noch immer stand Pappi in der Mitte des Raumes.

»Komm hinauf, Pappi, geh zu Bett«, sagte sie.

Er verzog die Stirn. Er schüttelte den Kopf. »Jetzt wendest auch du dich gegen mich«, sagte er. »Jetzt willst auch du mich verlassen. Du willst mit dem Metzger vom St.-Thomas-Spital davonlaufen.«

»Nein, Pappi«, sagte Celia. »Er ist fort. Sei doch nicht so töricht. Komm, komm, es ist sehr spät, und du mußt ins Bett.«

> »Daß es weit schärfer nagt als Natternzahn,
> Ein undankbares Kind zu haben...«

zitierte Pappi. »Du willst mich täuschen, mein Liebling.«

Celia lief hinaus, um Niall zu holen. Doch er war nicht in seinem Zimmer. Sein Zimmer war genauso, wie er es verlassen hatte, als er ins Theater ging. Niall war nicht heimgekommen... Sie war bestürzt und erschrocken und wußte nicht, was sie tun sollte. Sei eilte durch den Gang zu Marias Zimmer. Vielleicht war auch Maria nicht da. Niemand war da. Sie öffnete die Tür von Marias Zimmer und drehte den Schalter. Ja, Maria war da. Sie war im Bett und schlief fest. Und auf dem Toilettentisch lag ein Zettel, darauf »für Celia« stand. Sie nahm ihn und las: »Weck mich nicht, wenn ihr heimkommt«, hieß es. »Ich bin für die Welt tot. Und sag Edith, daß sie mich morgen nicht rufen soll. Und sag allen, sie sollen sich so still verhalten, wie nur möglich.« Ein zweiter Zettel lag da. »Für Niall«, stand darauf. Celia zögerte, dann nahm sie ihn und las. Die Botschaft war weit kürzer. »Ganz überflüssig, so begossen zu sein«, hieß es.

Celia schaute auf die schlafende Maria hinunter. Sie lag, das Gesicht auf den Händen, wie sie das schon als Kind getan hatte, da sie noch ein gemeinsames Zimmer gehabt hatten. »Sie ist die Älteste«, dachte Celia. »Sie ist älter als Niall und älter als ich, aber auf irgendeine seltsame Art scheint sie immer die Jüngste zu sein.« Der Ring, den Niall Maria gegeben hatte, glitzerte an ihrem Finger. Der blaue Stein hatte sich leicht in die Wange eingedrückt. Noch etwas anderes glitzerte, es lugte unter dem Kissen hervor. Celia bückte sich und sah näher hin. Es war ein goldenes Zigarettenetui. Maria seufzte tief und bewegte sich im Schlaf. Auf den Fußspitzen verließ Celia das Zimmer und schloß die Tür geräuschlos hinter sich.

Sie ging wieder die Treppe hinunter zu Pappi.

»Bitte, geh ins Bett«, sagte sie. »Bitte, bitte, Pappi, geh ins Bett.« Sie nahm seinen Arm, und er ließ sich von ihr die Treppe hinaufführen. Einmal in seinem Zimmer angelangt, fiel er schwer auf sein Bett und begann zu weinen.

»Ihr alle werdet mich verlassen«, sagte er. »Eines nach dem anderen. Ihr werdet gehen und mich verlassen.«

»Ich werde dich nie verlassen«, sagte Celia. »Das verspreche ich dir. Bitte, Pappi, zieh dich aus und leg dich ins Bett.«

Er begann an seinen Abendschuhen zu basteln. »Ich bin so unglücklich«, erklärte er, »so furchtbar unglücklich, mein Liebling.«

»Ich weiß«, sagte sie. »Aber morgen früh wird alles wieder gut sein.«

Sie kniete neben ihm hin und half ihm die Schuhe auszuziehen. Sie half ihm auch aus Rock und Weste, nahm ihm Kragen und Krawatte ab und zog ihm das Hemd aus. Weitere Anstrengungen überstiegen seine Kräfte. Er fiel auf das Bett, und sein Kopf rollte von einer Seite zur anderen. Sie zog eine Decke über ihn.

»Erinnerungen sind vergess'ner Gram«, sagte er, »vergess'ner Gram ..., vergess'ner Gram ...«

»Ja, gewiß, Pappi. Schlaf jetzt!«

»Du bist so gut zu mir, mein Liebling, so gut zu mir!«

Noch hielt er ihre Hand fest, und sie wollte sie ihm nicht entziehen, denn sonst fing er wieder an zu weinen. Sie blieb neben dem Bett auf den Knien. Einen Augenblick später schlief er und atmete tief wie Maria. Sie schliefen alle beide. Sie kannten weder Sorgen noch Kummer. Celia versuchte, ihre Hand zu befreien, aber er hielt sie fest. Sie kauerte auf dem Boden nieder, ihre Hand in der seinen, und sie war so müde, daß sie den Kopf gegen die Seite des Bettes lehnte und die Augen schloß. »Ich werde nie wieder loskommen«, dachte sie. »Niemals, niemals wieder ...« Und um sich zu trösten, entwarf sie im Geist ein Bild der Unsterblichkeit. Die Gestalten darin waren Elfen mit beschwingten Füßen und flachsfarbenem Haar; ihr Reich war nicht von dieser Welt, noch auch vom Himmel. Ihre Kleider waren farbiger, glitzernder, goldener, und auf alle Zeiten hinaus wandelten sie in der Sonne. »Eines Tages werde ich das für Kinder zeichnen«, sagte sie zu sich. »Eines Tages werde ich zeichnen, was ich meine, und nur Kinder werden es verstehen ...« Noch immer hielt sie Pappis Hand, während er schlief, und Kälte und Dunkelheit umhüllten sie.

*

Das Telefon weckte sie. Sie war ganz steif und gefühllos. Zunächst konnte sie sich nicht rühren. Das Telefon schrillte hartnäckig, Celia beugte sich vor und griff nach dem Hörer auf dem Nachttisch. Die Uhr zeigte halb neun. So hatte sie schließlich doch geschlafen. Sie hatte drei Stunden lang geschlafen.

»Wer ist dort?« flüsterte sie.
Eine Frauenstimme antwortete: »Kann ich Mr. Delaney sprechen?«
»Er schläft«, flüsterte Celia. »Hier ist seine Tochter.«
»Celia oder Maria?«
»Celia.« Es folgte eine Pause, und am anderen Ende des Drahtes gab es eine leise Unterhaltung. Dann hörte sie, zu ihrer Überraschung, Nialls klare, jungenhafte Stimme.
»Hello«, sagte er. »Hier ist Niall. Pappi hat sich doch hoffentlich keine Sorgen um mich gemacht?«
»Nein«, erwiderte Celia. »Er hat sich um keinen Menschen Sorgen gemacht.«
»Gut«, sagte Niall. »Er ist wohl noch nicht zur Besinnung gekommen?«
»Nein.«
»Schön, dann werden wir eben später noch einmal anrufen.«
»Es ist halb neun, Niall. Wie steht's mit deinem Zug?«
»Ich nehme den Zug nicht. Ich gehe nicht mehr in die Schule zurück. Ich bleibe hier bei Freada.«
»Bei wem?«
»Bei Freada. Erinnerst du dich nicht? Sie war gestern abend auch dabei.«
»Oh . . ., ja, ja; aber was bedeutet das, daß du bei ihr bleibst?«
»Genau das, was ich sage. Ich gehe nicht mehr in die Schule zurück, und ich komme auch nicht nach Hause. In zwei Tagen fahren wir nach Paris. Ich rufe später noch einmal an.« Die Verbindung wurde abgebrochen.

Celia hielt noch immer den Hörer in der Hand. Nach einigen Sekunden fragte das Telefonfräulein: »Welche Nummer, bitte?« Celia legte den Hörer in die Gabel. Was redete Niall bloß? Das mußte doch ein Scherz sein. Natürlich war Freada gestern abend auch dagewesen. Diese hochgewachsene, hübsche, ein wenig verrückt aussehende Frau, die mit Pappi und Mama befreundet gewesen war. Aber warum machte man um halb neun Uhr morgens so grobe Scherze? Pappi schlief fest. Jetzt konnte Celia ihn ruhig allein lassen. Sie war so steif, müde und erfroren, daß sie kaum stehen konnte. Sie hörte, wie Edith unten die Vorhänge zurückzog. Sie ging hinunter und verbot ihr, Maria zu wecken. Dann ging sie wieder hinauf in ihr eigenes Zimmer, um sich umzuziehen. Ihr Gesicht sah im Spiegel gelb und verzerrt aus, und das weiße Abendkleid war vom Kauern auf dem Boden völlig zerdrückt. Wie greulich wirkten doch die Menschen am Morgen, wenn sie noch ihre Abendkleider trugen! Was hatte Niall nur gemeint, als er sagte, er werde nach Paris gehen? Sie war zu müde, um es zu erraten, zu müde, um sich Sorgen darüber zu machen. Wie schön wäre es, einen Tag im Bett zu bleiben! Aber jetzt, ohne Truda, wäre das unmöglich. Pappi würde sie brauchen. Maria würde sie brauchen. Jeder würde sie brauchen. Und überdies..., der junge Student hatte gesagt, er würde anrufen. Sie badete, frühstückte, und nachdem sie angezogen war, ging sie wieder zu Pappi.

Jetzt war er wach. Er saß, in seinen Schlafrock gehüllt, im Bett und aß ein Ei. Er sah gut und frisch aus, als hätte er zwölf Stunden lang geschlafen und nicht bloß fünf.

»Hello, Liebling«, sagte er, »ich hatte eine ganze Reihe der erstaunlichsten Träume. Und in allen kam ein Kerl in einem Spital vor, der versuchte, mir mit einem Tranchiermesser den Bauch aufzuschneiden.«

Celia setzte sich auf den Rand des Bettes.

»Ich muß zuviel Champagner getrunken haben«, sagte Pappi. Das Telefon läutete. »Nimm du es, Liebling«, sagte er.

»Es ist diese Freada«, sagte Celia und reichte ihm den Hörer. »Sie hat schon vorhin angerufen, aber da hast du noch geschlafen. Sie will mit dir reden.« Und aus einem Grund, den sie sich selber nicht erklären konnte, glitt sie vom Bett hinunter und ging auf den Gang hinaus. Sie war beängstigt, verwirrt. Sie überließ Pappi seiner Unterhaltung und ging nachschauen, ob Maria schon wach war. Maria saß, von Zeitungen umgeben, in ihrem Bett auf.

»Endlich«, sagte Maria. »Ich dachte schon, du würdest überhaupt nicht mehr kommen. Sie sind alle gut. Die ›Daily Mail‹ ist verdammt gut. Ein ganzer Absatz nur über mich. Und auch im ›Telegraph‹ steht was Besonderes. Nur eine nörgelt, aber auch das bezieht sich auf das Stück; das macht nichts. Sieh her, du mußt sie lesen. Setz dich doch. Und was sagt Pappi? Hat Pappi sie schon gesehen? Freut sich Pappi?«

»Pappi ist eben erst aufgewacht«, sagte Celia. »Er telefoniert.«

»Mit wem telefoniert er? Hat jemand wegen des Stückes angerufen?«

»Nein; es ist diese Freada. Du weißt doch – sie war in Paris gewesen. Niall scheint bei ihr zu sein. Ich verstehe die Geschichte nicht.«

»Wie kann Niall bei ihr sein? Was heißt das? Niall muß doch schon längst weg sein. Sein Zug ist um neun Uhr gegangen.«

»Nein«, sagte Celia. »Nein, er ist noch in London.« Sie hörte, wie Pappi aus Leibeskräften nach ihr rief.

»Ich muß gehen«, sagte sie. »Pappi ruft mich.« Ihr Herz pochte, als sie den Gang hinunterlief. Noch immer sprach er ins Telefon.

»Verdammt noch mal«, brüllte Pappi. »Er ist erst achtzehn Jahre alt. Ich erlaube nicht, daß der Bursche verführt wird, verstehst du? Das ist die ungeheuerlichste Geschichte, die ich in meinem ganzen Leben gehört habe. Ja, natürlich ist er klug, natürlich ist er glänzend begabt. Das habe ich diesen vertrottelten Schulfüchsen seit Jahren gesagt. Kein Mensch hört auf mich. Aber weil der Bursche begabt ist, will das doch noch nicht heißen, daß ich ihn dir zur Verführung ausliefern werde ... Paris? Nein, zum Teufel, nein! Ein Bursche von achtzehn Jahren! Was heißt das? Er darbt? Meinetwegen hat er nie darben müssen. Er ißt, was ihm schmeckt. Mein Gott, wenn ich daran denke, daß du, eine unserer ältesten Freundinnen, mir derart in den Rücken fallen kannst! Das ist nicht mehr und nicht weniger als Menschenraub, Verführung und ein Dolchstoß ...«

Er redete immer weiter, schäumte vor Wut, während Celia an der Tür wartete. Endlich warf er den Hörer in die Gabel.

»Was habe ich dir gesagt?« rief er. »Nun kommt das Blut seines Vaters zum Durchbruch! Seines Vaters verdorbenes französisches Blut! Ein Bursche von achtzehn Jahren brennt durch und schläft mit einer meiner ältesten Freundinnen!«

Celia beobachtete ihn angstvoll. Sie wußte nichts zu tun noch zu sagen.

»Ich werde dieses Frauenzimmer aus England hinausjagen lassen«, sagte er. »Ich werde das nicht zulassen. Sie muß aus England ausgewiesen werden.«

»Niall sagte, daß sie nach Paris fährt«, sagte Celia, »und daß er mit ihr fahren würde.«

»Es ist das schlechte Blut, das herauskommt«, sagte Pappi. »Ich wußte, daß es dazu kommen würde, ich habe es immer vorausgesehen. Ausgerechnet Freada! Das soll dir eine Lehre sein, mein Liebling! Vertraue nie einem Mann oder einer Frau mit braunen Augen. Sie legen einen immer hinein. Es ist ungeheuerlich, es ist unverzeihlich. Das soll der Garrick-Klub erfahren! Ich werde es jedem Menschen sagen, ich werde der Welt verkünden ...«

Maria stand gähnend in der Tür, die Arme über dem Kopf.

»Was ist denn das für ein Lärm? Was ist los?«

»Was los ist?« schrie Pappi. »Um Niall geht's! Um meinen Adoptivsohn! Verführt von einer meiner ältesten Freundinnen! O Gott, daß ich diesen Tag erleben mußte! Und du –«, er wies mit anklagendem Finger auf Maria, »– wann bist du nach Hause gekommen?«

»Noch vor dir«, sagte Maria. »Um halb eins war ich im Bett und habe fest geschlafen.«

»Wer hat dich nach Hause gebracht?«
»Jemand vom Theater.«
»Hat er dich geküßt?«
»Ich weiß wirklich nicht, Pappi...«
»Ha! Du weißt nicht? Meine Tochter wird mitten in der Nacht zu Hause abgeliefert wie ein Sack Kohle, geküßt und erniedrigt, und mein Adoptivsohn wird verführt! Und dann hat es noch einen anderen Kerl gegeben, der vor der Haustür gelungert hat. Angeblich war er vom St.-Thomas-Spital. Eine schöne Nacht für die Familie Delaney. Habt ihr etwas zu sagen?«

Nein, niemand hatte etwas zu sagen. Alles war bereits gesagt worden...

»Da sind die Zeitungen«, sagte Maria. »Willst du nicht lesen, was über die Aufführung drinsteht?«

Ohne ein Wort zu sagen, nahm er die Zeitungen, verschwand damit im Badezimmer und schlug die Tür zu. Maria zuckte die Achseln.

»Wenn er sich weiterhin so benimmt, dann werde ich ausziehen«, sagte sie. »Es ist zu albern..., du siehst schrecklich müde aus. Was ist denn mit dir los?«

»Ich habe nicht viel schlafen können«, sagte Celia.

»Wie ist die Nummer?« fragte Maria. »Ich werde anrufen müssen und mich erkundigen, was denn eigentlich an der Geschichte dran ist.«

»Wessen Nummer?«

»Freadas natürlich. Ich muß mit Niall reden.«

Sie ging die Treppe hinunter und schloß sich im Frühstückszimmer ein, wo ein zweites Telefon war. Dort blieb sie ziemlich lange. Und als sie wieder zum Vorschein kam, war sie ganz blaß und sah trotzig drein.

»Es ist wahr«, sagte sie, »er fährt nicht in die Schule zurück. Er will nichts von der Schule wissen. Er will mit Freada in Paris leben.«

»Ja, aber – wird sie auch für ihn sorgen?« sagte Celia. »Wird es ihm auch an nichts fehlen?«

»Natürlich wird es ihm an nichts fehlen«, sagte Maria. »Sei doch nicht so dumm! Und er wird seine Musik haben. Das ist das einzige, woran ihm gelegen ist, seine Musik.«

Eine Sekunde lang glaubte Celia, Maria würde in Tränen ausbrechen. Maria, die für Tränen nur Verachtung übrig hatte, die nie eine Träne vergoß! Sie sah jetzt ganz verschreckt, vereinsamt und verloren aus. Dann läutete das Telefon abermals. Celia ging in das Frühstückszimmer. Als sie wiederkam, stand Maria noch immer auf der untersten Stufe.

»Es ist für dich«, sagte Celia, »es ist – du weißt schon, wer.«
»Ist die Sekretärin am Telefon, oder ruft er selber an?«
»Er ist selber am Telefon.«
Maria ging wieder ins Frühstückszimmer und schloß die Tür.
Langsam stieg Celia die Treppe hinauf. Ihr Kopf schmerzte, aber sie wollte sich nicht ins Bett legen. Wenn sie sich ins Bett legte, versäumte sie am Ende den Anruf des jungen Studenten. Als sie in den Gang trat, kam Pappi eben, die Zeitungen in der Hand, aus dem Badezimmer.

»Sie sind wirklich ausgezeichnet, weißt du«, sagte er, »ganz hervorragend. Alle, mit Ausnahme dieses Einfaltspinsels von der ›Daily‹. Wer kann das nur sein? Ich werde seinen Chef anrufen. Der wird ihn schon hinauswerfen. Aber hör einmal, was die ›Mail‹ schreibt. Überschrift: ›Ein neuer Triumph der Delaneys. Die zweite Generation tritt in die Fußtapfen der ersten.‹« Er begann den Artikel laut zu lesen, und ein Lächeln verbreitete sich über sein Gesicht. Niall hatte er bereits ganz vergessen.

Celia ging in ihr Zimmer zurück, setzte sich nieder und wartete. Den ganzen Morgen läutete das Telefon. Aber niemals galt es ihr. Es waren immer Leute, die Maria gratulieren wollten. Als Freada um halb zwölf wieder anrief, war Pappi noch immer grob, aber nicht mehr ganz so grob, wie er es um halb elf gewesen war. Er werde es ihr natürlich nie vergeben, aber es sei vollkommen richtig, daß der Junge in der Schule nur seine Zeit vergeudete, und wenn er wirklich die Begabung dazu habe, Melodien zu erfinden, wie Freada behauptete, dann täte er besser daran, nach Paris zu gehen und dort zu lernen, wie man sie niederschrieb. Aber ein Knabe von achtzehn Jahren ...

»Gestern abend mag er ein Knabe gewesen sein«, erwiderte Freada, »aber heute früh ist er ein Mann, das kann ich dir versichern.«

Ungeheuerlich! Schändlich! Aber – welch eine Geschichte für den »Garrick«! In seliger Entrüstung ging er zum Mittagessen in seinen Klub. Und während Niall in Freadas Wohnzimmer in der Foley Street auf dem Boden saß und mit einer verbogenen Gabel Rühreier aß und Maria an einem Ecktisch im »Savoy«, von dem aus man das Embankment überblickte, Austern à la Baltimore speiste, saß Celia allein im Eßzimmer in St. John's Wood, aß Pflaumen und Eierrahm und wartete, daß das Telefon läuten würde. Aber es läutete niemals. Der junge Student der Medizin hatte Pappi schließlich nicht erkannt. Und er hatte vergessen, sie nach ihrem Namen zu fragen.

13. KAPITEL

Waren wir wirklich glücklich, als wir jung waren? Vielleicht war das alles nur eine Illusion. Vielleicht, wenn wir heute, da wir alle nahe den Vierzig sind, zurückblicken, vergingen die Stunden damals ungefähr ebenso, wie sie heute vergehen, und schienen nur ein wenig länger zu dauern. Am Morgen zu erwachen, war behaglicher, darüber sind wir uns einig. Weil unser Schlaf schwer war. Nicht jener launenhafte Zustand, zu dem der Schlaf geworden ist. Vor fünfzehn Jahren konnte jedes von uns um drei, um vier Uhr morgens zu Bett gehen, was immer wir auch getan haben mochten, und sogleich einschlafen wie ein junger Hund auf seinem Kissen. Der Schlaf kam unverzüglich, der tiefe Schlaf, Vergessen bringend wie der Tod. Wir hatten jedes unsere eigene Art, im Bett zu liegen. Maria halb auf der Seite, das Gesicht auf der Hand, den anderen Arm oberhalb des Kopfes und das rechte Knie hochgezogen. Celia auf dem Rücken, die Arme an den Seiten wie eine Schildwache; aber die Daunendecke tröstlich unter dem Kinn. Niall schlief stets wie ein ungeborenes Kind. Er lag auf der linken Seite, die Hände über der Brust gekreuzt, so daß sie die Schultern berührten. Sein Rücken war gekrümmt, die Knie an den Leib gezogen.

Es heißt, daß im Schlaf unser unterbewußtes Ich sich enthüllt, unsere verborgenen Gedanken und Begierden klar auf unser Gesicht und unseren Körper aufgezeichnet sind wie Flußläufe auf eine Landkarte; und keiner liest sie – nur die Dunkelheit.

Noch heute schlafen wir in den gleichen Stellungen, aber wir wälzen uns häufiger von einer Seite auf die andere, und manchmal vergehen Stunden, bevor wir in den Schlaf hinübergleiten; und wenn wir erwachen, erwachen mit uns gleichzeitig die Vögel in einer langsam daherschleichenden Morgendämmerung, Und der Verkehr in einer Stadtstraße hat ein gieriges Brausen, selbst um sieben Uhr morgens, ja, schon um halb sieben. Einst konnte es zehn werden, sogar elf Uhr, bevor wir uns regten und gähnten und uns rekelten, und der gute Tag öffnete sich vor uns wie die leeren Seiten eines Tagebuches, weiß und einladend, begierig darauf wartend, gefüllt zu werden.

Für Maria war es London im Frühling ...

Wenn die ersten Apriltage nahen, dann schleicht sich etwas insgeheim in die Luft ein, berührt deine Wange, und diese Berührung wandert durch deinen Körper, und dein Körper wird lebendig. Die Fenster werden aufgerissen. Die Spatzen in St. John's Wood schilpen, aber auf dem nackten

Ast des kleinen, verrußten Baumes auf dem Pflaster gegenüber sitzt eine Amsel. Weiter unten in der Straße gibt es ein Haus, in dessen Garten schon die Mandeln blühen. Die Knospen sind üppig und voll und bereit, zu bersten.

An solch einem Tag rinnt das Badewasser frisch und lustig, mit lautem Geplätscher sprudelt es aus den Hähnen, und während es rinnt, singst du, und du singst so laut, daß dein Singen das Sprudeln des Wassers übertönt. Merkwürdig ist es, dachte Maria, während sie sich mit einem Luffaschwamm abrieb, daß der Bauch abends, wenn man badet, rund und ziemlich voll ist, morgens aber flach und hart wie ein Brett.

Es ist hübsch, wenn er flach ist. Es ist hübsch, wenn er hart ist. Es ist hübsch, solch eine Figur zu haben und nicht zu sein wie jene Frauen, bei denen hinten das Fett wackelt, wenn sie gehen, und deren Busen so voll ist, daß man ihn mit irgend etwas hochschnallen muß, damit er so ist, wie er sein sollte. Es ist gut, eine Haut zu haben, die nur Hautcreme und Puder braucht, und Haare, die von selber halten und durch die man nur zweimal am Tag mit dem Kamm fahren muß. Ihr neues Kleid war grün, und dazu gehörte ein Gürtel mit goldener Schließe. Es gab auch einen goldenen Clip, den er ihr geschenkt hatte. Diesen Clip steckte sie erst an, wenn sie das Haus verließ, denn andernfalls konnte Pappi ihn sehen und fragen, woher sie ihn habe. Truda hatte ihn einmal auf dem Toilettentisch liegen gesehen.

»Das hast du nie mit deinen Ersparnissen kaufen können«, sagte sie.
»Keine Angst, ich frage nach gar nichts. Ich stelle nur eine Tatsache fest.«
»Das ist eine Prämie«, sagte Maria. »Das kriegt man, wenn man ein kluges Mädchen gewesen ist.«
»Hm«, machte Truda. »Solltest du dich einmal von der Bühne zurückziehen, so wirst du einen Haufen Prämien haben, wenn du so fortfährst, wie du begonnen hast.«

Ach, Truda war eine mißlaunige, alte Schachtel, der man es niemals recht machen konnte. Sie murrte sogar an einem Apriltag und behauptete, das Frühjahr sei schlecht für ihr Bein. Das Frühjahr war nicht schlecht für ihr Bein, es war schlecht für Trudas Seele, weil Truda alt war ...

Sollte sie einen Hut aufsetzen? Nein, sie wollte keinen Hut nehmen. Selbst wenn sie einen Hut trug, verlangte er, daß sie ihn abnehmen solle.

Welche Lüge mußte sie heute erfinden? Gestern hatte es eine Nachmittagsvorstellung gegeben, da war es nicht nötig gewesen, zu lügen. Aber für Donnerstag mußte man etwas ersinnen. Die Donnerstage waren schwierig. Man konnte immer Besorgungen zu erledigen haben, aber das dauerte ja nicht den ganzen Tag. Ins Kino gehen! Mit einem anderen Mädchen ins Kino gehen. Wenn man dann aber einen Film nannte, den man nicht gesehen hatte, und Pappi kannte ihn und fragte einen aus? Das war das schlimmste an dem gemeinsamen Haushalt. Das abendliche Verhör. Und was hast du um halb vier gemacht, wenn das Mittagessen doch um halb drei vorbei war und das Kino erst um fünf beginnt? Eine eigene Wohnung – das wäre eine Wohltat! Aber sie kostet zuviel Geld – derzeit!

»Nun, du siehst ja aus wie die Antwort auf irgend jemandes Gebet«, sagte Pappi, als sie ihm guten Morgen sagen kam. »Keine Aussicht, daß du deinen Vater zur Abwechslung einmal zum Mittagessen mitnimmst?«

Und nun kam es. »Es tut mir schrecklich leid, Pappi, aber ich habe einen so überfüllten Tag. Den ganzen Morgen Besorgungen und dann zum Mittagessen bei Judy – ich habe es ihr seit Wochen versprochen, und nachher gehen wir vielleicht am Nachmittag in irgendein Kino, ich weiß noch nicht, das hängt davon ab, was Judy tun will; vor halb sieben werde ich kaum daheim sein.«

»Ich kriege dich nur sehr wenig zu Gesicht, mein Liebling«, sagte Pappi. »Wir wohnen hier im gleichen Haus, und du schläfst hier, aber das ist auch so ziemlich alles. Manchmal frage ich mich, ob du noch hier schläfst.«

»Ach, sei doch nicht so töricht!«

»Schön, schön. Geh nur und unterhalte dich gut!«

Und Maria verließ singend das Zimmer, um zu zeigen, daß sie ein gutes Gewissen hatte, und dann lief sie die Treppe hinunter, bevor Pappi ihr noch weitere Fragen stellen konnte. Sie versuchte, aus dem Haus zu schleichen, solange Celia noch nicht im Frühstückszimmer war. Celia hatte eine Feder im Mund und sah wie gewöhnlich besorgt drein. Sie hatte mit Pappis Briefen zu tun.

»Du siehst hübsch aus«, sagte sie. »Das Grün gefällt mir. War es nicht schrecklich teuer?«

»Furchtbar. Aber ich habe es noch nicht bezahlt. Ich werde es erst zahlen, wenn der Brief ankommt: ›Madam, wir möchten Ihre Aufmerksamkeit darauf lenken...‹«

»Vermutlich keine Aussicht, daß du mit Pappi in der Stadt zu Mittag ißt?«

»Nicht die geringste. Warum?«

»Ach, nichts. Er hat nur anscheinend heute nicht viel Lust, in den ›Garrick‹ zu gehen, und so weiß er nicht, was er mit sich anfangen soll. Es ist so ein schöner Tag.«

»Du könntest doch mit ihm gehen.«

»Ja..., aber ich wäre so schrecklich gern mit meiner Zeichnung vom Fleck gekommen. Du weißt, ich habe sie dir gezeigt; das verlorene Kind, das vor dem Tor steht.«
»Es ist besser, wenn du sie noch ein oder zwei Tage liegenläßt. Es ist ein Fehler, eine Zeichnung auf einen Sitz fertigzumachen.«
»Ich weiß nicht. Wenn ich einmal etwas angefangen habe, dann arbeite ich gern weiter, bis es fertig ist.«
»Nun – ich kann jedenfalls nicht mit ihm gehen. Mein Tag ist völlig besetzt.«
Celia sah sie an. Sie wußte einiges davon. Sie stellte weiter keine Fragen.
»Ja, ich verstehe«, sagte sie. »Na – unterhalte dich gut.«
Sie ging mit ihrem besorgten Gesicht ins Frühstückszimmer zurück. Maria öffnete eben die Haustür, als Truda aus der Küche heraufkam.
»Bist du zum Mittagessen da?«
»Nein.«
»Hm. Zum Abendessen?«
»Ja, zum Abendessen bin ich da.«
»Dann sei pünktlich. Eigens deinetwegen essen wir um Viertel vor sieben, damit du rechtzeitig ins Theater kommst. Du kannst also die Güte haben, pünktlich daheim zu sein. Dein Pappi kommt immer pünktlich.«
»Schön, schön, Truda, knurr nicht!«
»Das ist wohl ein neues Kleid, nicht? Hübsch!«
»Ich bin nur froh, daß dir etwas an mir gefällt. Adieu.«
Sie lief die Stufen hinunter und über die Straße; der warme Wind wehte ihr ins Gesicht, und der Austräger auf dem Fahrrad pfiff und grinste. Sie schnitt ihm eine Grimasse und schaute dann über die Schulter zurück. Wie schön war es, aus dem Haus draußen zu sein und fort von der Familie, fort von allem, und im Regent's Park spazierenzugehen, der voll von Krokus war, gelbem, weißem und malvenfarbenem; sein Wagen erwartete sie, und er saß am Volant. Der Wagen stand immer an dem gewohnten Platz zwischen St. Dunstan und dem Zoo. Das Verdeck würde heute, bei diesem Wetter, zurückgeschlagen sein. Ja, das Verdeck würde offen sein, und auf dem Rücksitz würden eine Menge Decken liegen und alles, was man zu einem Picknick brauchte, und wenn sie dann über Land fuhren, würden sie beide aus Leibeskräften singen. Es gab nichts Lustigeres auf der Welt, als wenn man etwas tat, wovon man wußte, daß man es nicht tun sollte, und mit jemandem, der es auch nicht tun sollte, und das an einem Frühlingsmorgen, wenn der Wind einem durch das Haar wehte.

Und es steigerte die Erregung, daß es ein reiferer Mann war, jemand wie Pappi, ein Mann, den die Leute auf der Straße angafften. Anstatt mit ihr aufs Land zu fahren, müßte er bei einer Besprechung sein oder bei einem Mittagessen oder an Studenten Preise verteilen. Und nichts von all dem tat er, er saß neben ihr im Wagen. Dieses Wissen machte sie innerlich glücklich und bewirkte, daß sie sang. Es war wie das alte Indianerspiel, das sie immer mit Niall und Celia gespielt hatte, wenn sie, als Indianerhäuptling, einen Skalp am Gürtel trug. Noch immer spielte sie Indianer ... Er würde mit ihr vom Theater sprechen und von seinen Plänen.
»Wenn dieses Stück abgesetzt wird«, sagte er, »werden wir dies und jenes tun; du wirst die Rolle des Mädchens spielen, die liegt dir ausgezeichnet.« – »Wirklich?« fragte sie. »Werde ich nicht zu jung dafür sein? Ich meine, im letzten Akt, diese Geschichte, wenn sie, stark gealtert, wiederkommt...« – »Nein«, sagte er, »du kannst es schon machen. Du kannst alles, wenn ich dir zeige, wie du es machen sollst.« »Er sagt zu mir, daß ich alles kann«, dachte Maria, »er sagt zu mir, daß ich alles kann, und ich bin doch erst einundzwanzig!«
Der Wagen fuhr schneller, sauste über die harte, gerade Straße ins Land hinein, überholte andere Wagen, und die Aprilwinde waren lind und warm und störten nicht, der Staub störte auch nicht, er hatte den Duft des Ginsters in sich.
Wie gut schmeckten Eierbrötchen unter der Sonne, wie gut ein kaltes Hühnerbein! Und die Trauben von Fortnum hatten solch einen lieblichen Duft! Selbst Gin und Wermut schmeckten besser, wenn man sie vom Rand einer silbernen Flasche trank, und waren weit kräftiger, als aus irgendeinem dummen Glas getrunken. Es rollte durch die Kehle, und man erstickte fast, man mußte sich ein Taschentuch ausborgen. Wie lustig war das! Alles war im Freien amüsanter. Mochte es auch regnen, es gab ja Decken und Schirme.

> *Robert aber dachte: Nein!*
> *Das muß draußen herrlich sein!*

Diese Reime aus dem »Struwelpeter« kamen ihr in den Sinn, als sie im Gras lag und ein leichter Regenschauer fiel. Und sie schüttelte sich vor stillem Lachen, so komisch war es.
»Warum lachst du? Was ist los?« fragte er. Aber das konnte man nicht richtig ausdrücken. Ein Mann war ja so empfindlich und so leicht gekränkt. Er verstand nicht, daß häufig, viel zu häufig, das Lachen in dir keimte. Und daß man plötzlich ganz ohne Veranlassung an die lächer-

lichsten Dinge dachte. Seine Ohren, zum Beispiel, waren abstehend und spitzig wie die Ohren des Porzellankaninchens daheim auf dem Kaminsims, und wie sollte man ernst und aufmerksam sein, wenn man sich daran erinnerte? Oder deine Gedanken schlugen plötzlich einen ganz anderen Weg ein – »Verdammt, ich darf Freitag früh den Zahnarzt nicht vergessen« –, oder man beobachtete lediglich müßig, während er mit irgend etwas ernsthaft beschäftigt war. Man beobachtete den Ast eines Baumes und sah die Knospen sprießen und dachte, wie nett es wäre, den Ast mitzunehmen und daheim in Wasser zu tun und die Knospen sich entfalten zu sehen. Aber auch das nicht immer. Manchmal dachte man einfach an gar nichts in dieser oder in jener Welt, und nur der Augenblick zählte, und wenn ein Erdbeben den Boden aufgerissen und dich verschlungen hätte und du hättest es nicht gewußt, so wäre es dir auch gleichgültig.

Keine köstlichere Erschlaffung konnte es geben als die Stunden eines Frühlingstags unter der Sonne. Die Rückfahrt nach London. Die vorüberrollenden Wagen. Man dachte an gar nichts, fühlte wenig und redete kein Wort. So saß man eingewickelt in eine Decke wie ein Kokon. Dann ein Gähnen, der Sprung in die Wirklichkeit, und das wachsende Brausen des Verkehrs brachte einen der Welt nur allzu nahe.

Eben flammten die Lichter auf, und die Läden in den Vororten waren erleuchtet, die Menschen drängten sich auf dem Trottoir. Frauen mit Körben, Frauen mit Kinderwagen, große, schwankende Autobusse und rasselnde Trams und ein einbeiniger Mann, der Veilchen auf einem Tablett hielt: »Frische Veilchen – ein Strauß frische Veilchen.« Aber sie waren staubig, sie hatten schon den ganzen Tag auf dem Tablett gelegen. Auf der Höhe von Hampstead Heath hielten die Leute sich noch immer beim Teich auf. Knaben mit Stöcken und Mädchen ohne Mantel riefen bellende Hunde. Ein kleines Segelboot schaukelte, von seinem Besitzer verlassen, mit schlaffen Segeln in der Mitte des Teichs.

Den Hügel hinunter drängten sich die Menschen müde und übellaunig zur Untergrundbahn, während London unten lag wie ein weiter Prospekt auf einer leeren Szene.

Der Wagen hielt an der gewohnten Stelle in der Finchley Road. »Bald wieder«, sagte er und berührte ihr Gesicht; und dann fuhr der Wagen schneller und war fort, und sie hörte, wie die Uhr an der Ecke eine halbe Stunde schlug. Ja, sie würde noch pünktlich zum Essen kommen.

»Wie gut war es«, dachte Maria, »daß man es einem nicht ansehen kann. Das Gesicht wurde nicht grün, noch fielen die Haare aus, wenn man

einander umarmt hatte. Schließlich hätte Gott es sehr leicht so einrichten können. Und dann wäre man erledigt gewesen. Keine Hoffnung bliebe übrig. Pappi würde es sofort wissen. Auf seine Art ist der liebe Gott doch bis zu einem gewissen Grade auf meiner Seite ...«
Pappi war schon zurück. Das Garagentor war geschlossen. Wäre er noch aus gewesen, so hätte das Garagentor offen sein müssen. Als sie durch die Haustür trat, sah sie, wie Edith das Tablett mit Gläsern und Besteck ins Eßzimmer trug. Noch fünf Minuten blieben. Rasch ins Badezimmer, rasch ein wenig Puder. Und dann dröhnte das unvermeidliche Bumbum des Gongs.
»Nun, mein Liebling, wie war der Tag?«
Celia war eine Verbündete. Sie kam zu Hilfe, sie setzte sofort mit der Erzählung dessen ein, was sie und Pappi erlebt hatten.
»Ach, Maria, du hättest gelacht! Wir haben einen schrecklich komischen Mann gesehen ... Pappi, erzähl Maria doch von dem kleinen alten Mann.« Und Pappi war glücklich, daß er reden, daß er in dem Erlebnis seines eigenen Tages untertauchen durfte; er vergaß Maria, und das hastig heruntergeschluckte Abendessen, das eine Marter hätte sein können, verlief rasch und glatt, ohne unvermittelte Fragen oder unmittelbare Antworten.
»Herr Gott – es ist halb acht; ich muß rennen.« Ein Kuß auf Pappis Stirn, ein Lächeln, ein Nicken für Celia, ein Ruf nach Edith, um sich zu vergewissern, daß das Taxi vor der Tür stand. Nur Truda wußte einen Dämpfer aufzusetzen; sie warf einen Blick auf Marias Schuhe.
»Auf dem Land draußen gewesen, was? Die Absätze sind ganz schmutzig. Eine Schande, den Mantel so zuzurichten!«
»Die Schuhe kann man putzen, und den Mantel kann man plätten. Und, um Himmels willen, sag nur diesem dummen Mädchen, daß sie mir die Thermosflasche mit Ovomaltine neben mein Bett stellen soll. Aber heiß und nicht lau. Gute Nacht, Truda!«
Rasch ins Theater und zum Bühneneingang. »Guten Abend« zu dem Türhüter. »Guten Abend, Miss!« Und dann durch den Gang in ihre Garderobe und einen Blick unterwegs nach seiner geschlossenen Tür. Ja, er war schon da, sie konnte seine Stimme hören. Die Schlaffheit des Tages war abgeschüttelt. Jetzt war sie frisch und erregt, war sie für den Abend gerüstet. Und wie erregend würde es auch sein, wenn sie dann vor den anderen zu ihm sagen würde: »Hello, ein schöner Tag heute«, als ob sie sich eben erst treffen würden und nicht vor zwei Stunden voneinander Abschied genommen hätten. Wir wollen so tun, als ob ... Immer dieses

Spiel des Tuns als ob ... Und spaßig auch, hin und wieder eine leise Andeutung fallen zu lassen, merken zu lassen, daß sie ihn doch besser kannte als alle anderen. »Richtig, er sagt, daß wir doch noch eine außerordentliche Nachmittagsvorstellung haben werden.« – »Wann, wann hat er das gesagt?« – »Ach, ich weiß nicht mehr genau; gestern oder vorgestern, beim Mittagessen.« Und dann herrschte tiefe Stille. Eine ausdrucksvolle Stille. Eine unverkennbare Feindseligkeit. Doch das war Maria gleichgültig. Was konnte die Feindseligkeit der anderen ihr bedeuten?!

Ein Klopfen an der Tür. Jemand sagte: »Ein großartiges Haus haben wir heute. Die Leute stehen hinter den Reihen. Mein Freund ist auch da.« –»Wirklich?« sagte Maria. »Hoffentlich wird er sich gut unterhalten.« Wer scherte sich um den Freund dieser dummen Gans?

In einer halben Stunde würde sie, Maria, in der Kulisse stehen und auf ihr Stichwort warten; sie würde seine Stimme hören, wie er am offenen Fenster stand – er drehte dem Publikum den Rücken und schnitt ihr immer eine Grimasse; bei den Worten, die er zu sagen hatte, wurde stets gelacht, so daß der warme, freundliche Klang des Lachens zu ihr flutete, während sie auf ihren Auftritt wartete. Diese warme, freundliche Stimmung erfüllte allabendlich das ganze Haus, sie erfüllte die Bühne, und wenn Maria vortrat, schnitt auch sie ihm, der am offenen Fenster stand, eine Grimasse, und einmal mehr führten sie irgendwen hinters Licht. Mochte es nun Pappi oder Truda sein, oder seine trostlose Frau oder seine fade Sekretärin oder das übrige Ensemble oder das Publikum; sie hätten auf die ganze Welt und auf das Leben gepfiffen, denn es war ein Frühlingstag im April gewesen, und Maria war einundzwanzig Jahre alt und völlig unbekümmert.

*

Niall erlebte Paris im Sommer.

Die Wohnung lag in einer mäßig eleganten Gegend, unweit der Avenue de Neuilly, aber die Zimmer waren groß, es gab Balkons, und wenn es heiß wurde, schloß man die Läden. Innerhalb der Einfriedung lag ein kleiner Hof, wo die Concierge wohnte; immer war etwas zum Lüften in diesem Hof, der dunkel und düster war und kein Licht hatte, Katzen streunten hier und rochen schlecht, aber der Geruch von Knoblauch war doch noch stärker als der Geruch der Katzen, und der Mann der Concierge, der bettlägerig war, lag den ganzen Tag in seinen Kissen und rauchte Caporaltabak, der beinahe den Geruch des Knoblauchs erschlug.

Die Wohnung war im fünften Stock und schaute über die Straße und über die Dächer von Paris, während zur Rechten die Baumwipfel des Bois sichtbar wurden, und man konnte auch die Avenue de Neuilly sehen, die in die Richtung des Etoile aufstieg. Das Wohnzimmer war kahl, aber freundlich. Freada hatte die steifen Möbel hinausgetan und selber etliche Stücke gekauft, die ihr von Zeit zu Zeit unter die Hände gekommen waren, wie etwa das alte normannische Büfett in der Ecke und den Tisch mit den geschweiften Beinen und natürlich auch die Bilder, die Teppiche und das Klavier. Das Klavier war ein Steinwaystutzflügel, und soweit Niall in Betracht kam, das einzige wichtige Möbelstück. Die übrige Einrichtung hätte ebensogut aus Bambus sein mögen.

Im Schlafzimmer, dessen Fenster ebenfalls auf die Straße blickten, stand, breit und bequem, Freadas Bett und ein harter, kleiner Diwan, den sie für Niall gekauft hatte, denn sie konnte Niall nicht immer bei sich im Bett haben. Das hindere sie am Schlafen, behauptete sie.

»Aber ich stoße ja nicht«, meinte Niall. »Ich liege ganz still, ich rühre mich nicht.«

»Ich weiß, mein Lämmchen, aber ich merke dich trotzdem. Ich habe mein Bett immer für mich allein gehabt, und ich werde meine Gewohnheiten jetzt nicht ändern.«

Niall taufte seinen harten Diwan Sancho Pansa. Es war ganz wie auf den Illustrationen von Gustave Doré zu Don Quichotte; das kleine weiße Bett neben dem breiten erinnerte an den kleinen weißen Pony neben der langen fahlgelben Mähre. Morgens erwachte er in seinem Sancho Pansa und schaute nach Freadas Bett hinüber, ob sie noch da war; doch niemals rundeten sich träge Formen unter den Decken, die schlaff und zerdrückt waren. Freada war bereits aufgestanden, sie stand sehr früh auf. Dann blieb er noch eine Weile liegen, blinzelte, blickte durch das offene Fenster nach dem blauen Himmel, lauschte den vertrauten Pariser Geräuschen, die er von Kindheit auf kannte, die sich ihm eingeprägt hatten, und die er nie vergessen konnte.

Abermals ein sengender Tag! Es roch schon nach Hitze, nach der glühenden Hitze des August; die Rosen, die Freada gestern gekauft hatte, hingen kraftlos und welk in ihrer Vase. Die Frau in der Wohnung daneben schüttelte eine Matte aus dem Fenster. Niall konnte das regelmäßige Aufschlagen der Matte auf dem Balkongeländer hören. Und dann rief sie mit ihrer scharfen, schrillen Stimme den kleinen Jungen, der unten auf der Straße spielte:

»*Viens vite, Marcel, quand je t'appelle.*«

»*Oui, Maman, je viens*«, erwiderte er, ein netter kleiner Junge in dem unvermeidlichen schwarzen Kittel, die Baskenmütze schief auf dem Kopf. Niall streckte seine Füße bis ans Ende von Sancho Pansa. Er war abermals einen Zoll gewachsen, seine Füße ragten schon aus dem Bett heraus.

»Freada«, rief er. »Freada, ich bin wach.«

Und alsbald erschien sie mit einem Tablett. Obgleich sie schon vor einiger Zeit aufgestanden sein mußte, war sie doch noch nicht angezogen. Sie trug immer noch ihren Schlafrock. Das Frühstück duftete einladend. Da gab es *croissants* und Semmeln, Scheiben einer sehr gelben Butter, einen Topf Honig und eine dampfende Kaffeekanne. Auch eine Tafel Toblerone-schokolade und drei verschiedenfarbige *sucettes* an Stäbchen. Er aß zuerst die *sucettes* und die Hälfte der Schokolade, bevor er sich an sein Frühstück machte. Sie setzte sich an sein Bett, sah ihm zu, während er in Sancho Pansa saß und das Tablett auf seinen Knien balancierte. »Ich weiß nicht, was ich mit dir anfangen soll«, sagte sie. »Nächstens wirst du mir noch die Möbel aufessen.«

»Ich brauche Aufbaustoffe«, erklärte er. »Das hast du selbst einmal gesagt. Ich bin zu mager für mein Alter und für meine Größe.«

»Einmal habe ich das gesagt. Jetzt sage ich es nicht mehr«, erwiderte sie, bückte sich und küßte ihn auf das Haar. »Vorwärts, Faulpelz, nimm dein Frühstück, geh unter die Dusche. Du mußt erst ans Klavier und arbeiten, bevor du wieder etwas zu essen kriegst!«

»Ich mag nicht arbeiten. Es ist zu heiß zum Arbeiten. Ich werde abends arbeiten, wenn es kühler ist.« Das weiche, schmelzende *croissant* mit Honig darauf schmeckte gut.

»Du wirst nichts dergleichen tun«, entgegnete sie. »Du wirst heute früh arbeiten. Und wenn du dich benimmst wie ein braver Junge, dann werden wir irgendwo in Paris zu Abend essen und dann, wenn die Tageshitze vorbei ist, zu Fuß heimgehen.«

Die Tageshitze ... Ganz gewiß ließ keine andere Stadt der Welt einen solchen Schwall von Hitze vom Pflaster zum Himmel zurückfluten. Das Geländer des Balkons brannte, wenn man es berührte. Niall hatte nichts an als einen Overall, aber auch darin schwitzte er, selbst wenn er nur vom Schlafzimmer auf den Balkon trat.

Er hätte den ganzen Morgen auf die Straße hinunterschauen mögen. Der harte Sonnenglast störte ihn nicht, ebensowenig der weiße Dunst, der in der Ferne um den Eiffelturm emporstieg; er stand auf dem Balkon, weil Geräusche und Gerüche von Paris an seine Ohren und seine Nüstern drangen und sich in seinem Kopf verloren und als Melodien wieder hervor-kamen. Der kleine Marcel war wieder aus der Nebenwohnung hinuntergelaufen, peitschte einen Kreisel über das Pflaster und redete mit sich selber; der Kreisel hatte dauernd die Neigung, in den Rinnstein zu fallen. Ein Kohlenwagen ratterte über das schlechte Pflaster – wer, um Himmels willen, brauchte im August Kohle? –, und der Kutscher rief mit seiner knurrigen Stimme »Ho-la, ho-la«, während auf dem Rücken des Pferdes die Glöckchen klingelten. Im Nebenhaus rief beständig jemand »Germaine! Germaine!«, und dann erschien eine Frau und legte einen Haufen Bettzeug auf den Balkon zum Lüften. Ein Kanarienvogel sang. Der Kohlenwagen ratterte nach der Avenue de Neuilly, von wo Verkehrslärm dröhnte; die Glocken der Trams, die tutenden Taxis. Ein alter Lumpensammler wanderte durch die Straße, stocherte mit seinem Stock im Rinnstein, rief mit dünner, hoher Stimme, die am Ende verzitterte, seinen Beruf laut aus. In der Küche konnte Niall Freada mit der Köchin sprechen hören, die tagsüber kam. Eben war sie vom Markt zurückgekehrt, und die Einkäufe wölbten sich im Netz.

Es würde zum Mittagessen frischen Gruyère geben und Radieschen und eine große Schüssel Salat und möglicherweise Kalbsleber in Butter gebraten, mit einer Spur Knoblauch daran. Die Küchentür öffnete sich, und der Duft von Freadas Chesterfieldzigaretten strömte durch den Gang. Sie trat ins Zimmer und stand jetzt neben ihm auf dem Balkon.

»Ich habe noch kein Klavierspiel gehört«, bemerkte sie.

»Du bist eine Sklavenschinderin«, sagte Niall. »Das bist du! Eine rohe, tobende Sklavenschinderin.« Er preßte den Kopf an sie, schnupperte das Ambraparfüm und biß sie ins Ohrläppchen.

»Du bist hier, um zu arbeiten«, sagte sie. »Wenn du nicht arbeitest, schicke ich dich heim. Noch heute nachmittag kaufe ich dir die Fahrkarte.«

Das war ein ständiger Scherz zwischen ihnen. Wenn er träger war als gewöhnlich, dann erklärte sie ihm, sie habe mit Cook telefoniert, und Cook habe ihm einen Platz im Expreßzug nach Calais reserviert.

»Das traust du dich nicht«, sagte Niall, »das traust du dich nicht!« Er drehte sie um, so daß sie ihm ins Gesicht schaute, dann legte er seine Hände auf ihre Schultern und rieb seine Wange gegen ihr Haar.

»Mich kannst du nicht mehr schurigeln«, sagte er. »Bald bin ich so groß wie du. Stell nur deinen Fuß neben meinen!«

»Tritt mir nicht auf die Zehen«, sagte sie. »Auf der kleinen ist ein Hühnerauge, das kommt davon, wenn man bei einer Hitzewelle zu enge Schuhe trägt.« Sie schob ihn beiseite, beugte sich vor und schloß die Läden. »Irgendwie müssen wir schauen, daß das Zimmer kühl bleibt.«

»Diese geschlossenen Läden sind nichts als eine Täuschung«, sagte Niall.

»Als wir Kinder waren, hat man es auch immer gemacht, aber davon wird es nur noch schlimmer.«

»Man kann nur das tun oder sich in die Wanne setzen und den ganzen Tag das kalte Wasser auf den Bauch laufen lassen«, sagte Freada. »Laß mich in Ruhe, Niall, es ist zu heiß.«

»Es ist nie zu heiß«, sagte Niall. Sie schob ihn zu dem Stuhl vor dem Klavier. »Vorwärts, mein Baby, tu, was ich dir gesagt habe!«

Er streckte die Hand nach einem Stück Toblerone aus, das auf dem Klavier lag, und brach es entzwei, so daß er zwei Stücke hatte, in jeder Backe eins, und er lachte und begann zu spielen.

»Sklavenschinderin«, rief er über die Schulter, »verruchte Sklavenschinderin!«

Kaum war sie aus dem Zimmer, so dachte er überhaupt nicht mehr an sie, er dachte nur an das, was er vom Klavier verlangte. Freada schalt ihn immer wegen seiner Trägheit. Er war träge. Er wollte, das Klavier solle für ihn arbeiten, nicht umgekehrt. Freada meinte, nichts, was ohne Anstrengung getan würde, habe einen Wert. Pappi pflegte das auch zu sagen. Jedermann sagte es. Doch wenn die Dinge sich mühelos fügten, welchen Sinn hatte es, Blut zu schwitzen?

»Ja, ich weiß, das erste Lied war ein Treffer«, sagte Freada. »Aber darauf kannst du nicht sitzenbleiben. Und du mußt daran denken, daß ein Schlager kurzlebig ist. Ein paar Monate höchstens. Du mußt an die Arbeit gehen. Du mußt noch Besseres machen!«

»Ich habe gar keinen Ehrgeiz«, sagte er zu ihr. »Ja, wenn es richtige Musik wäre, dann wäre ich auch ehrgeizig. Aber mit diesem Unsinn?!«

Und nach ein, zwei Stunden würde es kommen; irgendwoher aus dem Blauen, ein Lied, das man singen mußte, ob man wollte oder nicht, ein Lied, das einem in Hände und Füße ging. Es war so einfach, so verdammt einfach. Aber eine Arbeit war es nicht. Es war der Ruf des Lumpensammlers, der mit seinem Stock im Rinnstein stocherte, und der knurrige Kohlenmann, der »Ho-la« rief und die schellengeschmückten Zügel des Pferdes anzog, das über das schlechte Pflaster stolperte.

Das Lied stieg zur Decke auf, widerhallte von den Wänden; es war ein Spaß, dergleichen zu tun, es war ein Spiel. Aber er wollte es nicht niederschreiben. Plage und Schweiß des Niederschreibens scheute er. Warum sollte man nicht jemand bezahlen, der diese Aufgabe übernahm? Und dann – wenn ihm einmal ein Lied eingefallen war und er es für sich und für Freada fünfzigmal gesungen und gespielt hatte, dann war es draußen, er war es los, es langweilte ihn, es machte ihn ganz krank, er konnte es nicht mehr hören. Soweit es ihn anging, war das Lied fertig. Es war, wie wenn man eine Pille nahm, und hatte die Pille gewirkt, so war die Sache erledigt. Und was jetzt? Nichts mehr? Nein. Nur sich unter der Sonne über das Geländer des Balkons lehnen. Und an die Kalbsleber denken, die es zum Mittagessen geben würde ...

»Heute kann ich nicht mehr arbeiten«, sagte er um halb zwei, nachdem er das letzte Radieschen gegessen hatte. »Das ist Tierquälerei, und überdies ist es die Stunde der Siesta. Kein Mensch in Paris arbeitet jetzt.«

»Du hast sehr brav gearbeitet«, sagte Freada. »Heute nachmittag sollst du frei haben. Aber spiel mir das Lied noch einmal, nur ein einziges Mal; jetzt bin ich keine alte Gouvernante mehr, die versucht, einen Schüler zu erziehen. Jetzt möchte ich dein Lied nur hören, weil ich es lieb habe und weil ich dich lieb habe.«

Er ging wieder ans Klavier und spielte ihr das Lied vor, und sie saß am Tisch, ließ die Asche ihrer Chesterfieldzigarette auf den Teller fallen, auf dem die Radieschen und die Scheibe Gruyère gewesen waren, und sie schloß die Augen und summte das Lied mit ihrer heiseren Stimme, die nie ganz genau in der Tonart war, aber darauf kam es nicht an. Während er spielte und sie ansah, dachte er plötzlich an Maria und wie Maria das Lied singen würde; sie würde nicht auf einem Stuhl lungern und über den Resten des Mittagessens eine Zigarette rauchen; sie würde mitten im Zimmer stehen und lächeln. Dann würde irgend etwas sich mit Marias Schultern begeben, und ihre Hände würden sich bewegen, und sie würde sagen: »Ich möchte es tanzen. Es hat keinen Zweck, hier herumzustehen und zuzuhören. Ich möchte tanzen!«

Und dazu war das Lied da, darum war es aus seinem Kopf gekommen. Nicht, um gesungen zu werden, nicht, in Freadas heiserer Stimme einen Widerhall zu finden oder sonst bei jemandem; sondern um getanzt zu werden, von zwei Menschen, die zur Einheit wurden, wie er und Maria, in irgendeinem Hinterzimmer im obersten Stockwerk eines Hauses; nicht in einem Restaurant, nicht in einem Theater. Er hörte auf zu spielen und klappte den Deckel des Klaviers zu.

»Genug für heute«, sagte er. »Man hat den Haupthahn abgedreht. Gehen wir schlafen!«

»Du darfst jetzt zwei Stunden schlafen«, sagte Freada. »Dann mußt du dein Hemd anziehen und Hosen, die kein Loch haben. Um fünf Uhr haben wir eine Verabredung mit ein paar Leuten.«

Freada kannte zu viele Leute, das war das Schlimme. Man mußte immer rund um einen Tisch in einem Café sitzen und mit einer Menge

Leute reden. Zumeist waren es Franzosen. Und Niall war faul, wenn er französisch sprechen sollte, ebenso faul, wie wenn es galt, seine Musik aufs Papier zu bringen. Freada war völlig zweisprachig, sie konnte stundenlang schwatzen, über Musik, Lieder, Theater, Bilder reden, über alles, was ihr gerade in den Kopf kam, und ihre Freunde saßen dicht gedrängt, lachten, plauderten, tranken ein Glas nach dem anderen, erzählten endlose, völlig inhaltlose Geschichten. Diese Franzosen redeten zuviel. Sie waren alle witzig, sie waren alle geborene Erzähler. Zu viele Sätze begannen mit »*Je me souviens...*« und »*Ça me fait penser...*«. Und so ging das immer weiter. Niall sagte gar nichts, er schaukelte auf seinem Stuhl, die Augen halb geschlossen, trank eisgekühltes Bier, und hin und wieder verzog er das Gesicht und winkte Freada mit dem Kopf und seufzte schwer, aber sie nahm keinerlei Notiz davon. Sie schwatzte weiter, biß in ihre Zigarettenspitze, ließ die Asche auf den Tisch fallen, und dann sagte jemand etwas, das anscheinend noch komischer war als alles andere, denn nun wurden die Köpfe zurückgeworfen, die Stühle scharrten, und noch lauter scholl das Gelächter, noch breiter strömte der Fluß der Unterhaltung.

Manchmal, wenn er in Freadas Nähe saß, versetzte er ihr unter dem Tisch einen Stoß, und dann sah sie ihn an, lächelte sie, sagte sie zu ihren Freunden: »*Niall s'ennuie*«, und alle sahen ihn an und lächelten, als ob er zwei Jahre alt wäre.

Sie nannten ihn »*L'enfant*« oder auch »*L'enfant gâté*« und gelegentlich – das Schlimmste von allem! – »*Le p'tit Niall*«.

Schließlich standen sie auf und gingen, und wenn der letzte verschwunden war, dann stieß Niall erleichtert und erbittert einen Seufzer aus.

»Warum forderst du sie auf? Warum muß das sein?«

»Aber ich schwatze doch gern, ich habe meine Freunde gern«, sagte Freada. »Zudem hat der Mann, der heute abend mit Raoul kam, großen Einfluß nicht nur in der musikalischen Welt von Paris, sondern auch in Amerika. Er hat überall Verbindungen. Er kann dir sehr behilflich sein.«

»Und wenn er Verbindungen in der Hölle hätte, ist es mir auch Wurst«, sagte Niall. »Er ist zum Sterben langweilig. Und ich mag nicht, daß man mir behilflich ist.«

»Trink noch ein Glas Bier!«

»Ich mag kein Bier mehr.«

»Was willst du sonst?«

Was er sonst wollte? Er sah zu ihr hinüber und fragte es sich selber.

Sie zündete am Stummel ihrer letzten Zigarette eine frische an und steckte sie in die Spitze. Warum mußte sie so viel rauchen? Warum erlaubte sie dem Coiffeur, diese alberne gelbe Strähne mitten durch ihr Haar zu ziehen? Sie wurde jedesmal gelber und trockener und stand ihr schlecht zu Gesicht. Das Haar wirkte wie Heu.

Kaum hatte er das gedacht, da befielen ihn schon die Gewissensbisse. Was für ein abscheulicher Gedanke! Wie konnte er nur so denken? Freada war doch so reizend, so gut, so lieb zu ihm. Er liebte Freada. Er legte seine Hand auf ihre, die er in plötzlichem Impuls küßte.

»Was ich will? Daheim sein, bei uns, natürlich«, sagte er.

Sie schnitt ihm eine Grimasse, brachte ihn zum Lachen, und dann rief sie den Kellner, um zu zahlen.

»Komm«, sagte sie, »wir wollen vor dem Abendessen noch einen kleinen Spaziergang machen.«

Sie nahm seinen Arm, und so schlenderten sie langsam, heiter über die Boulevards, beobachteten die anderen Leute und sprachen kein Wort. Selbst jetzt, da die Sonne im Westen untergegangen war und in den Cafés die ersten Lichter aufblitzten, noch jetzt mußten an dreißig Grad sein. Kein Mensch trug einen Rock. Kein Mensch trug einen Hut. Die besseren Pariser waren in den Ferien. Was man hier sah, waren Kaufleute, die abends ihren Laden verlassen hatten, um eine Luft einzuatmen, die doch weniger erstickend war, als was sie tagsüber eingeatmet hatten; es waren Leute vom Lande, aus dem Süden. Alle schlenderten lässig, träge, lächelnd; alle hatten schweißglänzende Gesichter, und ihre Kleider hingen feucht an ihnen, und die Hitze der Boulevards drang auf sie ein, während sie gingen. Der Himmel wurde bernsteinfarben wie Freadas Parfüm, und ein bernsteinfarbenes Glühen lag über der inneren Stadt, breitete sich vom Westen her aus, berührte Dächer, Brücken und Kirchtürme.

Plötzlich flammten überall die Lichter, auf allen Brücken, und der Himmel war nicht mehr bernsteinfarben, er wurde purpurn wie eine Traube, doch noch immer war die Hitze überwältigend, wenn man ging. Die Taxis rasselten über die Brücken, zum Bersten gefüllt mit erhitzten, schwitzenden Erwachsenen und blassen Kindern, müde vom Ausflug heimkehrend. Die Taxis tuteten und kreischten und schwankten, der Polizist ließ seine Pfeife heftig schrillen und schwenkte seinen Stab. Er erinnerte an Sullivan, der vor Jahren seinen Stab über dem Orchester geschwenkt hatte. Die Lichter flammten. Die Lichter entzündeten sich im Theater, der Vorhang ging auf, jetzt würde Mama beginnen zu tanzen...

»Ich kann nicht weiter, Liebling«, sagte Freada, »meine Füße tun mir weh.« Ihr Gesicht war müde und von Furchen durchzogen, schwer hing sie an seinem Arm.

»Bitte«, sagte er, »nur ein kleines Stück noch. Mit dem Abend ist ein neuer Klang gekommen, und die Lichter haben ihn gebracht. Horch doch, Freada, horch doch.«

Sie standen an der Brücke, die Lichter spiegelten sich in der Seine, zogen goldene Kreise, und in der Ferne wanderte die lange goldene Linie die Champs-Elysées hinauf zum Etoile. Die Taxis fuhren in stetigem Strom an ihnen vorbei, fluteten zur Rechten, zur Linken, in der Mitte, und im Vorüberfahren wirbelten sie die warme Luft auf, die den Menschen sanft wie mit einem Fächer ins Gesicht wehte. Niall konnte etwas vernehmen, das wie ein Pulsschlag war, und es gehörte zu den hupenden Taxis, zu den winkenden Lichtern, zu dem glühenden Pflaster, zu dem dunkelnden Himmel.

»Ich möchte immer weitergehen«, sagte er. »Ich könnte in alle Ewigkeit weitergehen.«

»Du bist jung«, sagte Freada. »Du kannst allein gehen.«

Es hatte keinen Zweck, der Zauber war nicht bei ihnen, der Zauber war fort, war auf den Champs-Elysées, und wenn man den Etoile erreicht hatte, würde der Zauber abermals fort sein, bei den schwer duftenden Bäumen im Herzen des Bois, bei den dunklen Bäumen im weichen Gras. Der Zauber war listig, man konnte seiner nie habhaft werden, immer entzog er sich dir.

»Gut«, sagte Niall, »ich werde ein Taxi nehmen.«

Und jetzt waren sie nicht anders als alle anderen Leute, die von dem rollenden Strom mitgewirbelt wurden. Tuteten, kreischten, ratterten durch die Straßen. Ließen den Zauber hinter sich. Ließen den Zauber entfliehen.

»Woran denkst du?« fragte Freada.

»An gar nichts«, erwiderte Niall.

Er beugte sich vor, steckte den Kopf aus dem Fenster, ließ die Luft über sein Gesicht wehen, die warme, erregende Luft, und er konnte die lange Lichterreihe wie ein gewundenes Band verschwinden und wiederauftauchen sehen.

Freada lehnte sich im Taxi zurück, gähnte und stieß die Schuhe von den Füßen.

»Jetzt wünsche ich mir nur eines«, sagte sie. »Meine Füße in ein laues Bad zu tauchen.«

Niall antwortete nicht. Er kaute an seinen Nägeln und beobachtete die tanzenden Lichter von Paris, die ihm zuwinkten und sich vor ihm neigten.

Ein wenig traurig fragte er sich, ob Freada das als zarte Anspielung darauf gemeint hatte, daß er die ganze verdammte Nacht in Sancho Pansa verbringen müsse.

*

Für Celia gab es weder Frühling noch Sommer. Der Alltag war in jeder Jahreszeit derselbe. Um halb neun Tee. Sie machte ihn selber auf einem kleinen Spirituskocher, denn sie wollte den Dienstleuten keine überflüssige Mühe bereiten. Ihr Wecker weckte sie mit seinem schrillen, unpersönlichen Ruf, und sie streckte die Hand aus und begrub ihn sogleich unter dem Plumeau. Dann leistete sie sich den Luxus, noch fünf Minuten im Bett zu bleiben. Fünf Minuten, nicht länger. Aufstehen, den Tee machen, baden, Pappi die Morgenblätter bringen, seine Stimmung und seine Wünsche für den Tag wittern. Schon die Frage, wie er geschlafen habe, hatte sich zu einem kleinen Ritual entwickelt.

»Eine gute Nacht, Pappi?«

»Leidlich, mein Kind, leidlich.«

Und seinem Ton mußte sie anmerken, ob die Stunden, die sich vor ihnen beiden erstreckten, Frieden oder Qual bringen würden.

»Ich hatte wieder diesen dummen Schmerz unter dem Herzen. Wir sollten doch Pleydon kommen lassen.«

Dann wußte sie, woran sie war. Dann wußte sie, daß er den Tag daheim, wahrscheinlich im Bett verbringen würde, und daß keine Hoffnung blieb, morgens oder nachmittags in die Akademie zu gehen.

»Ist es so schlimm?«

»Um drei Uhr morgens war es so schlimm, daß ich dachte, ich müßte sterben. So schlimm war es, Liebling.«

Sogleich rief sie Pleydon an. Ja, sie dürfe ruhig sein. Pleydon würde kommen, sobald er nur könnte. Er habe einen dringenden Besuch zu machen, aber gegen halb elf würde er ganz bestimmt bei Mr. Delaney sein.

»Alles in Ordnung, Pappi. Er kommt. Und was kann ich jetzt für dich tun?«

»Da ist ein Brief gekommen, Liebling. Den müssen wir beantworten. Vom armen alten Marcus Guest, der in Majorca lebt. Seit Jahren habe ich nichts mehr von ihm gehört.« Pappi griff nach seiner Hornbrille. »Lies doch, was er schreibt, mein Kind, lies doch, was er schreibt.«

Dann nahm Celia den Brief – das Papier war dicht beschrieben, sechs Seiten waren es und sehr schwer zu lesen. Kaum ein Wort konnte sie verstehen, die Anspielungen betrafen Menschen und Orte, von denen sie nie gehört hatte. Aber Pappi war entzückt.

»Armer alter Marcus Guest«, sagte er immer wieder, »wer hätte geglaubt, daß er noch am Leben ist? Und in Majorca! Es soll sehr angenehm in Majorca sein. Wir sollten es auch einmal versuchen. Es wäre gut für meine Stimme. Erkundige dich einmal nach Majorca, Liebling. Ruf irgendwen an, der uns etwas über Majorca sagen kann.«

Sie verbrachten die Zeit bis zur Ankunft des Arztes mit der Erörterung von Reiseplänen. Ja, es mußte Züge geben, die durch Frankreich gingen. Unterwegs könnte man sich in Paris aufhalten. Niall besuchen. Sehen, was Niall für Fortschritte machte. Ihn vielleicht dazu kriegen, daß er mitfuhr. Oder besser noch, nicht mit dem Zug fahren. Ein Schiff nehmen. Es gab doch so viele Schiffsverbindungen durch das Mittelmeer. Ja, gewiß, es war das vernünftigste, ein Schiff zu nehmen. Ah, da war Pleydon.

»Pleydon, wir fahren nach Majorca!«

»Großartig«, sagte Dr. Pleydon, »wird Ihnen ausgezeichnet bekommen. Na, und jetzt wollen wir mal hören, was in Ihrem Brustkasten los ist.«

Und das Stethoskop wurde hervorgeholt, die Pyjamajacke aufgeknöpft, der Doktor horchte und legte das Stethoskop weg.

»Tja«, sagte er, »es mag ein leises Geräusch da sein. Nichts Besonderes. Nichts, weswegen man sich Sorgen machen muß. Aber ein Tag Ruhe wird Ihnen nicht schaden. Haben Sie genug zu lesen?«

Es war nichts mit der Akademie! Und heute war Aktzeichnen! Aber schließlich – es ging eben nicht.

»Celia wird da sein«, sagte Pappi. »Celia wird sich schon um alles kümmern.«

Sie begleitete den Arzt hinaus und blieb einen Augenblick lang mit ihm im Gang stehen.

»Blähungen wahrscheinlich«, sagte Pleydon. »Versetzte Blähungen. Aber er ist groß, und es ist ihm unbehaglich. Lassen Sie ihn im Bett und geben Sie ihm eine leichte Diät.«

In die Küche hinunter. Die Köchin war erst seit sechs Wochen im Dienst und vertrug sich nicht mit Truda.

»Ja, wenn Mr. Delaney nicht ganz wohl ist, wäre vielleicht Fisch das Richtige«, sagte die Köchin. »Gedämpften Fisch und Kartoffeln dazu.«

Truda kam, ein paar Hemden über dem Arm, durch die Küche.

»Mr. Delaney macht sich nichts aus Fisch«, bemerkte sie schnippisch.

Die Köchin zog die Lippen zusammen. Sie antwortete nicht. Sie wartete, bis Truda aus der Küche war, und dann legte sie los.

»Es tut mir sehr leid, Miss Celia«, sagte sie, »aber ich mache wirklich, was ich kann. Ich weiß, daß ich noch nicht lange hier im Hause bin, aber wenn ich auch nur den Mund öffne, beißt Truda mir beinahe den Kopf ab. Ich bin es nicht gewöhnt, daß man so mit mir umgeht.«
»Ich weiß«, sagte Celia begütigend, »aber Sie müssen verstehen, sie ist nicht mehr jung, und sie ist jetzt schon seit so langer Zeit bei uns. Sie spricht so offenherzig, weil sie uns gern hat. Sie kennt alle unsere Gewohnheiten.«
»Es ist ein merkwürdiger Haushalt«, sagte die Köchin. »Ich bin noch nie in einem Hause gewesen, wo man um drei Viertel sieben ein warmes Abendessen verlangt hat. Das gibt es nirgends.«
»Ich weiß, daß es unangenehm sein muß, aber Sie verstehen doch ... weil meine Schwester beim Theater ist ...«
»Ich glaube wirklich, Miss Celia, es wäre das beste, wenn Sie sich nach einer anderen Köchin umschauen würden. Einer, die besser in Ihren Haushalt paßt.«
»Aber ich bitte Sie, sagen Sie das doch nicht...« Und so ging es weiter, die Köchin mußte beruhigt werden, dabei immer ein Blick nach der Tür, denn André hörte alles, und immer machte es ihm die größte Freude, Truda nachher jedes Wort wiederzuerzählen. Pappis Glocke läutete einmal, zweimal, dringend. Celia hastete die Treppe hinauf.
»Liebling, du weißt doch, wo die Fotoalben im Frühstückszimmer aufgestapelt liegen?«
»Ja, Pappi.«
»Ich hätte Lust, sie wieder einmal alle durchzusehen, und die Aufnahmen, die wir in Südafrika gemacht haben und die mit den Aufnahmen aus Australien vermischt sind, einzukleben. Willst du mir helfen, Liebling?«
»Ja, natürlich.«
»Hast du gar nichts anderes zu tun?«
»Nein, nein ...«
Hinunter ins Frühstückzimmer und wieder hinauf mit den schweren Alben und wieder hinunter, um die vergessenen Aufnahmen zu holen. Sie lagen unter einem Berg von Büchern tief in einem Schrank verborgen. Mitten im Ordnen fiel ihr ein, daß sie noch keine endgültigen Weisungen für das Mittagessen gegeben habe. Hinunter in die Küche und diesmal fest bleiben und anordnen, daß ein Huhn gebraten werden solle.
»Es ist kaum noch Zeit, Miss Celia, ein Huhn zu bekommen.«
»Ist sonst etwas da?«

»Das Stück Rindsbraten, das wir gestern zum Mittagessen hatten.«

»Machen Sie ein Haschee daraus und darüber ein pochiertes Ei.«

Sie stieg wieder die Treppe zu Pappi hinauf. Er war auf, er trottete im Schlafrock durch das Zimmer.

»Möchtest du mir nicht eine Tasse Tee machen?« sagte er. »Unten machen sie ein greuliches Gebräu. Sie kennen sich nicht so gut aus wie du.«

Und in ihr Schlafzimmer zurück, um den Tee zu machen, und während sie neben dem Kessel auf dem Boden kniete, trat Truda ein. Ihre Augen waren gerötet. Sie hatte geweint.

»Man merkt's gleich, wenn man nicht mehr gebraucht wird«, sagte sie.

Celia sprang auf und legte die Arme um Truda.

»Was meinst du damit? Sei doch nicht so töricht«, sagte sie.

»Es wird mir das Herz brechen, wenn ich euch verlassen muß«, sagte Truda, »aber wenn es so weitergeht, muß ich wohl. Keinem Menschen kann ich es mehr recht machen. Seit ich wegen meines Beines im Spital war, habe ich im ganzen Haus so eine Kälte gespürt . . ., bei euch allen . . ., und jetzt ist mein Junge auch nicht mehr da . . .« Die Tränen rollten ihr über die Wangen.

»Truda, du darfst nicht so reden; ich würde dich nie fortlassen«, sagte Celia. Und so ging es weiter, bis die alte Frau wieder beruhigt war und sich verzog, um in Marias Nachthemd neue Bänder einzuziehen.

Maria! Wo war denn Maria? Ein Ruf, ein Winken, ein Zuschlagen der Haustür, Maria war fort . . .

»Willst du mit mir zu Mittag essen, Liebling?«

»Ja, Pappi, wenn es dir recht ist.«

»Du wirst mich doch nicht allein hier oben lassen!«

Tablette zu tragen. Etliche Tablette. Merkwürdig – sobald man oben im Zimmer aß, gab es eine Menge Tablette. Und André fand es unter seiner Würde, Tablette zu tragen. Immer wieder die alte Geschichte. Er sei Mr. Delaneys Kammerdiener, sein Garderobier. Aber er habe niemals Tablette zu tragen gehabt.

»Iß doch das Fleisch, Pappi.«

»Es ist kalt, Liebling, es ist kalt wie ein Stein.«

»Das kommt daher, daß von der Küche bis herauf so ein weiter Weg ist. Ich werde es hinunterschicken, man soll es wärmen.«

»Nein, Liebling, bemühe dich nicht. Ich habe keinen Hunger.«

Er schob das Tablett zur Seite. Und bewegte die Beine unter den Decken. Überall lagen alle möglichen Dinge herum. All die schweren Alben!

»Nimm sie weg, Liebling, nimm sie weg.« Die Alben wurden auf dem Boden aufgestapelt, das Bett geglättet. »Ist es nicht sehr heiß hier im Zimmer? Mir ist schrecklich heiß.«

»Nein, es ist nicht besonders heiß. Nur weil du im Bett bist ...«

»Mach das Fenster auf! Ich ersticke! Ich habe keine Luft.«

Sie riß das Fenster auf, und ein Strom kalter Luft wehte herein. Sie erschauerte und trat an den Kamin.

»Ja, so ist es besser. Ich glaube, ich werde jetzt ein kleines Schläfchen machen. Gerade nur fünf Minuten. Eine kleine Siesta. Du bleibst doch da?«

»Ja, Pappi.«

»Wir werden nachher eine Partie Bézigue spielen, Liebling. Und dann mußt du hinuntergehen und dem alten Marcus Guest auf seinen Brief antworten.«

Der stille, kalte Raum. Das stetige, schwere Atmen. Die Alben, die sich auf dem Boden häuften. Und ein weißes Blatt Papier, das zwischen den Seiten eines Albums hervorlugte. Ein Stück weißes Papier, das gar nichts dort zu tun hatte. Celia nahm das Blatt, legte es auf ein Album. Dann suchte sie in ihren Taschen nach einem Bleistift. Es gab heute keine Zeichenstunde für sie, vielleicht auch morgen nicht, aber wenn man ein Blatt Papier und einen Bleistift hatte, war man doch nicht ganz verloren, nicht ganz vereinsamt. Durch das offene Fenster konnte sie die Kinder hören, die auf dem Spielplatz der Gemeindeschule spielten. Immer um diese Zeit kamen sie heraus, schrien einander zu, sprangen über Springseile und hüpften und spielten. Wenn sie nur Pappi nicht weckten! Er schlief weiter. Sein Mund war ein wenig geöffnet. Seine Brille lag auf der Nasenspitze. Die Schulkinder lärmten und schrien ohne Unterlaß, und ihre Stimmen kamen wie aus einer anderen Welt. Aber die Gesichter, die Celia zeichnete, waren Kindergesichter. Und sie war glücklich. Und sie war zufrieden.

14. KAPITEL

Niall wartete am Ende des Bahnsteigs der Gare du Nord auf Maria. Er stand hinter der Sperre. Dort wartete er, als der Zug einfuhr. Sogleich gab es ein Gedränge von Reisenden und Trägern und das übliche Geräusch der Begrüßungen. Und die unrichtigen Leute strömten an ihm vorüber, plappernde Franzosen mit zungenfertigen Frauen, englische Touristen und all die fahlen Gesichter von Leuten unbekannter Nationalität, die ohne Unterlaß in kontinentalen Zügen reisen und Zigarren im Mund haben.

Nialls Herz pochte hinter den Rippen, und er war von unerträglicher Angst gequält. Wenn Maria nicht kam, wenn er allein abziehen mußte ... Doch da war sie. Sie trug einen losen roten Mantel, und den Hut hatte sie in der Hand. Er konnte auf zehn, zwanzig Meter Entfernung ihre Augen sehen, die ihm zulachten. Und obgleich sie nur zwei Handkoffer hatte, war sie dennoch von drei Trägern gefolgt. Jetzt war sie neben ihm. Sie hob das Gesicht, um sich küssen zu lassen.

»Du bist wieder gewachsen«, sagte sie. »Das ist nicht anständig. Jetzt siehst du älter aus als ich und nicht jünger.«

Sie holte das Taschentuch hervor und rieb ihm die Wange, denn die Spuren ihren Lippenstiftes waren sichtbar geblieben.

»Ich habe nur eine Hundertfrancnote«, sagte sie. »Du mußt die Träger bezahlen.«

Er war vorbereitet gewesen. Er wußte, wie es sein würde. Als sie durch die Sperre gingen, drehten die Leute sich nach ihr um, und sie lächelte ihnen zu. Sie winkte auch dem Lokomotivführer zu, der dick und geschwärzt von der Stufe des Führerstandes zu ihr hinunter lachte und sich die Hände mit einem Lappen rieb.

»Ich liebe ihn«, sagte sie. »Ich liebe sie alle!«

»Ja, ja, aber nicht hier«, sagte Niall. »Nicht auf dem Bahnsteig.«

Die Angst war gewichen, aber das Pochen des Herzens blieb, voll, glücklich pochte es, bereit, zu bersten. Er fertigte die Träger ab, gab ihnen von Freadas Geld reichliche Trinkgelder. Er rief ein Taxi, und sie stiegen ein. Der Chauffeur warf einen Blick auf Maria und flüsterte Niall etwas aus dem Mundwinkel zu.

»Ich habe mein ganzes Französisch vergessen. Was hat er gesagt?« fragte Maria.

»Auch wenn du dein Französisch nicht vergessen hättest, würdest du das nicht verstanden haben.«

»War es eine Grobheit?«

»Nein, ein Kompliment.«

»Ein Kompliment für mich oder für dich?«

»Für uns beide. Er ist ein verständnisvoller Mann. Er kennt sich aus.«

Das Taxi fuhr ab, machte eine scharfe Biegung, und Maria fiel in Nialls Arme.

Er hielt sie fest und küßte ihr Haar.
»Du hast noch immer den gleichen Duft. Wie Senf«, sagte er.
»Warum gerade Senf?«
»Das weiß ich nicht. Es ist kein Parfüm. Es ist deine Haut.«
Sie nahm seine Hand und maß sie an der ihren.
»Sie ist auch gewachsen«, sagte sie. »Sie ist sauberer. Und du beißt auch nicht mehr die Nägel. Hat Freada es dir abgewöhnt?«
»Niemand hat es mir abgewöhnt. Ich habe keine Lust mehr gehabt.«
»Dann bist du glücklich. Die Leute beißen nur dann die Nägel, wenn sie unglücklich sind. Bist du glücklich?«
»Jetzt bin ich glücklich.« Er biß in ihre Fingerspitzen. Sie lag in seinen Armen und lachte.
»Wer sind denn deine Freunde?« fragte er.
»Ich habe so viele. Ich kann ihre Namen nicht behalten.«
»Wer ist derzeit Nummer eins?«
»Es gibt keine Nummer eins. Sonst wäre ich ja nicht in Paris.«
»Das dachte ich mir«, sagte Niall.
»Weißt du, was ich jetzt tun werde?« sagte sie.
»Du hast es mir in deinem Brief geschrieben.«
»Ich möchte alle Rollen in Barries Stücken spielen. Ich bin darin sehr gut.«
»Wer sagt das?«
»Barrie.«
Während das Taxi weiterrumpelte und ratterte, machte sie es sich in Nialls Armen bequem und legte ihre Beine über seine Knie.
»Die Leute glauben nämlich immer, ich sei ätherisch«, sagte sie. »Weitäugig und blaß. Warum eigentlich?«
»Vielleicht belügst du sie damit gar nicht so sehr«, sagte Niall.
»Ich belüge sie von Zeit zu Zeit«, sagte sie. »Das Schlimme ist, daß ich jeden so rasch über kriege. Mich langweilt es sehr bald.«
»Was sie sagen? Oder was sie tun?«
»Was sie tun. Was sie sagen, höre ich mir nicht an.«
Niall zündete eine Zigarette an. In seiner verkrampften Lage war das gar nicht einfach.
»Es ist wie mit der Musik«, sagte er. »Schließlich hat die Oktave auch nur acht Töne.«
»Und wie ist es mit all diesen Kreuzen und Be's?«
»Na ja, man kann mit ihnen seinen Spaß haben«, sagte er.

»Denk an Elgar«, sagte sie, »an die Enigmavariationen. Und an Rachmaninoff, der seinen Spaß mit Paganini treibt.«

»Du legst zu hohe Maßstäbe an«, sagte Niall. »Du mußt auf deine Freunde sehr niederdrückend wirken.«

»Bisher sind keine Klagen eingelaufen«, sagte Maria. »Wohin bringt uns das Taxi?«

»In dein Hotel.«

»Ich glaubte, ich könnte mit dir und Freada zusammen wohnen.«

»Nein, das geht nicht. Es ist nur ein Schlafzimmer da.«

»Ach so«, sagte Maria. »Ach, wie unangenehm.«

Sie schob ihn von sich und begann, ihre Nase zu pudern.

»Warum bist du nicht auf die Tournee mitgegangen?« fragte Niall.

»Wegen seiner Frau«, sagte Maria. »Das ist für niemanden heiter. Und überdies mit seinen Zähnen ...«

»Was ist mit seinen Zähnen los?«

»Sie fallen ihm aus. Er muß sich ein Gebiß machen lassen; vorige Woche war er in einem Sanatorium. Ich habe ihm ein paar Lilien geschickt.«

»Warum nicht gleich einen Kranz?«

»Ich hatte an einen Kranz gedacht.«

»Fertig also?«

»Fertig.«

Er hob ihre Hand und schaute auf die Armbanduhr.

»Nun, das ist dir jedenfalls geblieben«, sagte er. »Da ist nichts Ätherisches dran. Hat er sie dir als Abschiedsgeschenk gegeben?«

»Nein«, sagte sie. »Er hat sie mir für ›Enigmavariationen‹ gegeben.«

Als das Taxi in die Champs-Elysées einbog, setzte sie sich schnell auf und beugte sich aus dem Fenster.

»Oh, Niall«, sagte sie, »das sind wir beide, du und ich.«

Zwei Kinder warteten, um die Straße zu überqueren. Der Knabe trug eine Bluse und eine Baskenmütze, und das Mädchen, ein wenig älter als er, zog ihn ungeduldig an der Hand, während ihr das Haar ins Gesicht wehte.

»Du und ich«, sagte Maria, »wie wir vor Truda davonlaufen. Warum habe ich es nicht schon vorher erkannt? London ist keine Heimat für uns. London wird nie eine Heimat sein.«

»Darum bin ich nach Paris gekommen«, sagte Niall.

Maria wandte sich vom Fenster ab und sah ihn an. Ihre Augen wurden dunkel, ausdruckslos, wie die Augen eines Blinden.

»Ja«, sagte sie, »aber du bist mit der Unrechten hierhergekommen.«
Das Taxi bog scharf rechts ab und hielt mit einem Ruck vor Marias Hotel.

*

In der Wohnung bei der Avenue de Neuilly waren Pappi und Celia bei Freada zu Gast. Sie waren auf der Rückreise nach England, nachdem sie Ferien an den italienischen Seen verbracht hatten. Pappi hatte schließlich der Gedanke an Majorca doch gar nicht gelockt. Plötzlich hatte ihn eine Sehnsucht nach durchschimmerndem Wasser und, in einiger Entfernung, nach Bergen ergriffen, die er nicht besteigen müßte. Schwarzmäulige Kühe mit Glocken um den Hals in den Tälern.

»Aber es hat geregnet, Freada, es hat geregnet«, sagte er. »Die Tränen der ganzen Welt rieselten vom Himmel herunter.«

»Und was habt ihr angefangen?« fragte Freada.

»Wir haben Bézique gespielt«, sagte Pappi.

Celia fühlte, wie Freadas Augen sich mitleidig auf sie richteten. Sie wandte den Blick ab. Es war ein peinliches Gefühl für sie, daß sie hier, in Freadas Wohnung, saß. Sie wußte nicht genau, warum, aber sie meinte, es komme daher, daß die Wohnung so klein war. Ein einziges Schlafzimmer, und an seiner Tür hing Nialls Schlafrock!

Sie versuchte, sich in Gedanken Freada gewissermaßen als eine Neuauflage von Truda vorzustellen, die Niall betreute. Doch das wollte nicht recht gehen. »Ich muß sehr engstirnig sein«, sagte sie zu sich. »Ich nehme keinen Anstoß daran, was Maria tut; warum also bei Niall?«

Die Wohnung war in großer Unordnung. Notenblätter lagen umher, offene Bücher, und in einer Ecke standen Schuhe. Wahrscheinlich störten sie die Schuhe ... Pappi, der damals so wütend gewesen war, schien sich jetzt ganz behaglich zu fühlen. Er streckte sich in einen Lehnstuhl, bohrte mit seinem goldenen Zahnstocher in einem hohlen Zahn und erörterte Freadas Pläne.

»Geh ein wenig auf Reisen mit ihm«, sagte er und schwenkte die Hand. »Zeig ihm die Welt. Laß ihn in allen Hauptstädten von Europa spielen, wie seine Mutter es getan hat, und als Abschluß nach Amerika fahren. Ich gebe meinen Segen dazu.«

Celia beobachtete, wie Freada die Asche auf den Boden fallen ließ. Auf dem Tisch stand ein Aschenbecher, den sie aber nicht benutzte. Statt dessen lag ein Bündel Spargel mit abgebissenen Spitzen darin.

»Niall will nicht reisen«, sagte Freada. »Er hat gar keinen Ehrgeiz.«

»Keinen Ehrgeiz?« sagte Pappi. »Will nicht reisen? Was will er denn sonst?«

»Er ißt gern.«

»Das erklärt die Spargelspitzen«, dachte Celia, »und die leeren Schokoladeschachteln.« Das wollte sie Truda erzählen, sobald sie wieder daheim war.

»Und wofür hat er sonst Vorliebe?« fragte Pappi neugierig.

Aber Freada zuckte die Achseln.

»Er liest«, sagte sie, »und schläft. Er schläft stundenlang.«

»Dann ist ihm also sein Erfolg gar nicht zu Kopf gestiegen?« fragte Pappi. »Er ist gar nicht davon verdorben worden?«

»Ich glaube nicht, daß er überhaupt eine Ahnung hat«, sagte Freada.

»Ganz seine Mutter«, sagte Pappi. »Ihr war das immer gleichgültig.«

»Aber sie hat sich doch Mühe gegeben«, sagte Freada. »Sie hat gearbeitet – mein Gott, wie sie gearbeitet hat! Sie besaß Zähigkeit und Initiative. Niall hat weder das eine noch das andere. Ihm ist alles einfach gleichgültig.«

Pappi schüttelte den Kopf und pfiff.

»Das ist schlimm«, sagte er. »Das ist das französische Blut in ihm.«

Celia dachte an die blaue Ader an Nialls Hand und fragte sich, ob diese Ader französisch war. Sie betrachtete ihre eigenen Hände, die breit und viereckig waren wie Pappis Hände. Ihre Adern traten nicht hervor.

»Maria ist eine Arbeiterin«, sagte Pappi, »Maria ist, wie man sein soll. Bei Maria gibt's kein Nachlassen. Nächste Woche fängt sie wieder mit den Proben an. Ein Reis vom guten alten Stamm! An Maria ist, Gott sei Dank, nichts Französisches.«

Celia fragte sich besorgt, ob an Freada etwas Französisches war. Sie war zweisprachig, und sie lebte in Frankreich. Pappi konnte ja so taktlos sein.

»Ob sie wohl angekommen ist?« sagte Celia, um dem Gespräch eine andere Wendung zu geben. »Vor einer Stunde hätte der Zug da sein sollen.«

»Niall sagte, er würde sie direkt ins Hotel bringen«, meinte Freada. »Ich schlage vor, daß ihr hingeht und nachseht, ob sie dort sind. Niall soll dann herkommen und sich umziehen.«

Sie erinnert tatsächlich an Truda, fand Celia. Daß sie sich darum kümmerte, ob Niall sich umzog! Besorgte Freada wohl auch seine Wäsche, zählte sie seine Hemden? Sie wartete jeden Augenblick darauf, daß Freada Niall »mein Junge« nennen würde.

Pappi und Celia fuhren mit einem Taxi ins Hotel.

»Wie mag das nur gehen«, sagte Pappi neugierig, »dieses seltsame Verhältnis zwischen Niall und Freada. Komische, alte Freada! Ich muß sie morgen zum Mittagessen einladen und mich darüber orientieren.«

»O Pappi, das kannst du doch nicht«, sagte Celia entsetzt.

»Warum denn nicht, mein Liebling?«

»Denk doch, wie peinlich für Niall!«

»Ich sehe da gar nichts Peinliches«, sagte Pappi. »Diese Dinge sind sehr wichtig. Das sind gewissermaßen medizinische Fragen. Ich betrachte Freada, wie ich einen Hauslehrer in Oxford, Cambridge oder Heidelberg ansehen würde. Sie versteht ihr Handwerk.«

Und er begann zu berechnen, seit wann er Freada kannte; bis 1912, bis 1909 führte seine Erinnerung ihn zurück.

Als sie im Hotel ankamen, sagte der Mann hinter dem Pult ihnen, daß Miss Delaney angekommen sei, ausgepackt habe und wieder ausgegangen sei, ohne eine Botschaft zu hinterlassen. Sie sei seit einer halben Stunde weg. Der Herr auch. Oben in ihrem Appartement – Pappi reiste nie, wenn er nicht ein Appartement haben konnte – fanden sie die größte Unordnung. Marias Kleider lagen auf allen Betten umher. Die Betten waren zerwühlt, Handtücher benützt, Talkpuder auf den Boden gestreut.

»Widerlich«, sagte Pappi. »Wie ein österreichisches Dienstmädchen!«

Celia begann eifrig, Ordnung zu machen. Maria war kein Reis vom alten Stamm mehr.

»Getrunken haben sie auch«, sagte Pappi, der das Glas im Badezimmer musterte. »Nach dem Geruch zu schließen, Kognak. Ich habe nie gewußt, daß meine Tochter trinkt.«

»Das tut sie auch nicht«, sagte Celia und glättete Pappis Bett. »Sie trinkt immer nur Orangeade. Wenn es nicht gerade eine Premiere gibt und Champagner getrunken wird.«

»Dann muß es Niall sein«, sagte Pappi. »Irgendwer – und wer soll es sonst sein, wenn nicht Niall? – hat in mein Mundwasserglas Kognak geschüttet. Ich werde einmal ein ernstes Wort mit Freada darüber reden. Freada ist verantwortlich.«

Er goß sich selber Kognak in sein Wasserglas.

»Ich werde mich jetzt umziehen, mein Liebling«, sagte er zu Celia. »Wenn Maria es für richtig hält, dieses Appartement in ein Bordell zu verwandeln, so soll sie mir nachher dafür Rede stehen. Ich werde dafür sorgen, daß sie nicht Mary Rose spielt. Noch heute werde ich Barrie telegrafieren.«

Er kramte in seinem Schrank auf der Suche nach seinem Abendanzug und warf die Anzüge, die er nicht benötigte, auf den Boden.

Celia ging in ihr Zimmer, um sich umzuziehen. Auf dem Kissen war mit einer Stecknadel ein Zettel befestigt: »Treffen uns im Kabarett. Wir essen auswärts.« Die Lade von Celias Toilettentisch war offen, und ihre Abendtasche fehlte. Maria mußte vergessen haben, ihre eigene mitzubringen, und hatte Celias Tasche genommen. Auch Celias Ohrringe hatte sie sich angeeignet. Die neuen, die Pappi ihr in Mailand gekauft hatte. Celia begann sich umzuziehen, ihr Herz war verzagt. Sie hatte das Gefühl, daß es heute abend schiefgehen würde...

Niall und Maria saßen Seite an Seite auf einem Dampfer, der nach St. Cloud keuchte. Paris, eine Wolke von Schönheit, lag hinter ihnen. Sie saßen auf dem Verdeck und aßen Kirschen. Sie warfen die Kerne auf die Köpfe der Leute unter ihnen. Maria trug Nialls Kamelhaarmantel über ihrem Abendkleid. Das Kleid war grün. Celias Jadeohrringe paßten ausgezeichnet dazu.

»Das Entscheidende ist«, sagte sie, »daß wir uns nie trennen dürfen.«
»Wir haben es nie getan«, sagte Niall.
»Wir sind jetzt getrennt«, sagte Maria. »Du bist in Paris und ich in London. Es ist greulich. Ich kann das nicht ertragen. Und darum bin ich auch so unglücklich.«
»Bist du unglücklich?«
»Furchtbar«, sagte sie.

Sie spuckte einen Kirschkern auf den Kopf eines kahlen alten Franzosen unter ihr. Er schaute auf, bereit, einen Wutanfall zu kriegen. Doch als er Maria sah, lächelte er und verbeugte sich. Er spähte umher; wo war nur die Treppe, die dort hinaufführte?

»Ich werde so einsam«, sagte sie. »Kein Mensch bringt mich je zum Lachen.«
»In ein paar Wochen wirst du gar keine Lust mehr dazu haben«, sagte Niall. »Du wirst mitten in den Proben sein.«
»Gerade dann habe ich das Lachen am dringendsten nötig«, sagte Maria.

Der Flußdampfer fuhr den gewundenen Fluß abwärts zu den schattigen Bäumen. Zwielicht senkte sich über die Kais, Düfte und Geräusche von Paris umsummten sie in der Luft.

»Fahren wir weg«, sagte Niall. »Lassen wir alles stehen und liegen!«
»Wohin könnten wir fahren?« fragte Maria.
»Wir könnten nach Mexiko fahren«, meinte Niall.

Sie hielten sich bei den Händen und schauten über den Fluß nach den Bäumen hinüber.

»Die Hüte dort«, sagte Maria, »diese spitzen Hüte! Ich glaube nicht, daß mir die Hüte in Mexiko gefallen werden.«

»Du brauchst keinen Hut zu tragen. Nur die Schuhe. Eine besondere Art von Leder; es hat einen gewissen Geruch an sich.«

»Wir können alle beide nicht reiten«, sagte Maria. »Und in Mexiko muß man reiten. Auf Mauleseln. Und die Leute schießen immer.«

Sie zerdrückte die Tüte, darin die Kirschen gewesen waren, und warf sie in den Fluß.

»Du mußt wissen«, sagte Maria, »ich glaube gar nicht, daß ich wegfahren möchte. Ich möchte in London sein. Aber ich möchte, daß du auch dort bist.«

»Du mußt wissen«, sagte Niall, »daß ich lieber in einem Leuchtturm leben möchte.«

»Warum in einem Leuchtturm?«

»Meinetwegen in einer Mühle. Oder in einer Darre. Oder auf einem Flußkahn.«

Maria seufzte und lehnte sich an Nialls Schulter.

»Wir müssen uns damit abfinden, daß wir nie beisammen sein können«, sagte Niall.

»Wir könnten manchmal beisammen sein«, sagte Maria. »Von Zeit zu Zeit. Wie weit ist es noch bis St. Cloud?«

»Ich weiß nicht. Warum?«

»Ich frage nur. Wir dürfen nicht zu spät ins Kabarett kommen und Freada und deine Lieder versäumen.«

Niall lachte und legte beide Arme um sie.

»Siehst du«, sagte er, »das Weglaufen ist bei dir auch nur eine Komödie. St. Cloud ist für dich ein zweites Mexiko.«

»Wir können es als Symbol ansehen«, sagte Maria. »Etwas, nach dem wir immer verlangen und das wir niemals haben. Etwas, das für alle Zeiten außer Reichweite ist. Gibt es nicht ein Gedicht, das beginnt: ›O Gott, o Montreal‹? Wir können sagen: ›O Gott, o St. Cloud!‹«

Der Wind wehte kühl. Sie knöpfte seinen Mantel zu.

»Ich will dir sagen, was wir tun können«, sagte sie. »Wir können das Beste von beiden Welten haben, wenn wir mit einem Taxi durch den Bois nach Paris zurückfahren. Das Taxi kann auch langsam fahren. Und vielleicht wird der Chauffeur taktvoll sein.«

»Französische Chauffeure drehen sich niemals um«, sagte Niall.

»Dennoch«, begann er, als das Taxi durch den schweigenden Bois fuhr, »ich würde lieber nach Mexiko auswandern.«
»Bettler haben keine Wahl«, sagte Maria, »und übrigens...«
»Was – übrigens?«
»Rieche ich noch immer nach Senf?« fragte Maria.

*

In Paris speisten Celia, Pappi und Freada in gespannter Stimmung. Pappi war ganz blaß. Er hatte sich die Mühe genommen, seinen Stiefsohn aufzusuchen, und sein Stiefsohn nahm sich nicht die geringste Mühe, ihn zu sehen. Er hatte die Fahrt seiner Tochter von London hierher bezahlt, er zahlte ihr das Hotel, und sie lief auf die Straßen hinaus wie eine Wiener Hure!
All das wurde während des Essens ganz laut zu Freada gesagt.
»Ich wasche in beiden Fällen meine Hände in Unschuld«, sagte er. »Niall ist ein verzärtelter Zuhälter. Maria ist eine Schlampe. In beiden steckt schlechtes Blut. Beide werden in der Gosse enden. Ich danke Gott für dieses Kind hier. Ich danke Gott für Celia!«
Freada lächelte nur und hörte nicht auf, Chesterfieldzigaretten zu rauchen. »Vielleicht war sie wirklich eine Art Hauslehrer«, dachte Celia, »ein duldsamer, verständnisvoller Hauslehrer.«
»Sie werden sich schon ändern«, sagte sie. »Ich war auch jung in Paris. Einmal!«
Das lange Mahl nahm ein Ende. Das Souper und das Kabarett standen noch bevor. Pappi zahlte schweigend die Rechnung, und sie fuhren, immer noch schweigend, in ein Lokal, das Pappi eine »*boîte de nuit*« nannte.
»Diese Lokale sind alle gleich«, sagte er düster. »Lasterhöhlen. Ganz anders als zu meiner Zeit. Du bist tief gesunken in der Welt, meine liebe Freada. Traurig tief gesunken.« Er zuckte die Achseln und schüttelte den Kopf.
Nach seinen Worten hatte Celia sich unter einer »*boîte de nuit*« eine Art Keller vorgestellt. Trübe und schlecht beleuchtet. Mit fahlgesichtigen, minderwertigen Menschen, die Wange an Wange tanzten. Sie war erstaunt, als sie in ein Restaurant trat, das sich kaum vom Embassy Club in London unterschied. Nur eleganter war es. Die Frauen ausgezeichnet gekleidet. Einige von ihnen kannten Pappi. Er lächelte und verbeugte sich vor ihnen. Freada ging zu einem Tisch in der Ecke voraus. Bald erschien ein junger Mann, den Rock auf Taille geschnitten, verbeugte sich vor Celia

und bat um einen Tanz. Sie errötete und warf Pappi einen Blick zu. Es mußte zum mindesten ein Marquis sein. Oder ein Prinz aus dem Hause Bourbon.

»Schon gut«, flüsterte Freada ihr zu. »Es ist nur der Eintänzer. Sie brauchen nicht mit ihm zu sprechen.«

Celia stand enttäuscht auf. Und dennoch war es gewissermaßen ein Kompliment. Sie wurde in den Armen des jungen Mannes dahingeweht wie Distelwolle. Das Kabarett kam erst später an die Reihe. Es gab zwei Nummern. Einen Franzosen, der Geschichten erzählte, und dann Freada. Der Franzose war sehr klein und sehr dick. Sobald er vortrat, begann Pappi zu lachen und zu applaudieren. Pappi war ein dankbares Publikum. Er unterhielt sich immer gut. Celia verstand kein Wort von dem, was der Franzose sagte. Nicht, weil ihr Französisch eingerostet war, sondern weil er nicht jene französische Sprache sprach, die sie verstand. Aber er mußte schrecklich ordinäres Zeug reden, weil Pappi sich so köstlich unterhielt. Pappi lachte, bis ihm die Tränen über die Wangen rollten und ihm der Atem ausging. Der Franzose war entzückt, nie hatte seine Nummer solchen Erfolg gehabt. Dann stand Freada vom Tisch auf und ging an das Klavier. Celia spürte, wie sie errötete. Es war immer peinlich, wenn jemand, den man kannte, in einem Zimmer und nicht auf einer Bühne eine Vorstellung gab. Man war viel zu nahe. Freada war klug. Zunächst produzierte sie ihre Imitationen, und obgleich Celia die Leute nicht kannte, die imitiert wurden – es waren durchweg Franzosen –, merkte sie doch, daß Freada sie gut imitierte, denn es wurde viel geklatscht.

Dann wurde der Raum in Dämmerlicht getaucht, und sie begann, Nialls Lieder zu singen.

Man hatte einen Text dazu geschrieben; die Musik, natürlich, war Nialls Musik. Manche Lieder sang sie englisch, andere französisch. Sie hatte eine tiefe, ein wenig heisere Stimme, die manchmal nicht in der Tonart blieb, aber das störte nicht weiter. Es war so viel Wärme, so viel Ausdruck in dieser Stimme, daß es nicht darauf ankam. Die Lieder, die für Celia neu waren, waren es nicht für das Publikum, das an den Tischen saß. Die Leute begannen mitzusummen und Freada zu begleiten; erst leise, dann lauter, wenn sie in den Refrain einmündete und ihnen zulächelte. Celia fühlte sich stolz und glücklich, nicht Freadas wegen, die sie kaum kannte, aber weil die Lieder Niall gehörten, ihrem Bruder. Sie waren sein Besitz, wie die Zeichnungen ihr selber gehörten. Plötzlich summte auch sie leise mit, wie die anderen, und als sie Pappi ansah, merkte sie, daß auch er mitsummte. In seinen Augen standen Tränen, aber diesmal war nicht der Champagner daran schuld. Es waren Tränen des Stolzes auf Niall, den Stiefsohn mit dem schlechten französischen Blut...

Draußen im Vestibül wartete Niall auf Maria, die sich in der Garderobe die Nase puderte. Er hatte gehofft, sie würden spät genug kommen, um das Kabarett zu versäumen, aber sie kamen noch zur rechten Zeit. Er konnte Freada und das Klavier hören. Sie zog die letzte Zeile des Liedes ins Komische, was immer ein wenig aufstachelnd wirkte. Aber vielleicht war es besser so; er konnte das nicht beurteilen. Und, schließlich, was lag daran? Maria kam aus der Garderobe.

»Wie sehe ich aus? Gut?« fragte sie.

»Ich habe dich schon schlechter aussehend gekannt«, sagte er. »Müssen wir wirklich hineingehen?«

»Aber selbstverständlich«, sagte sie. »Hör nur, das ist doch dein Lied!«

Sie traten durch die Tür, blieben im Eingang stehen und beobachteten Freada. Jetzt sang das Publikum wieder mit, und manche klopften den Takt auf dem Fußboden. Einige Köpfe wandten sich nach Niall und Maria um, und Maria hörte ein Murmeln, ein leises, beifälliges Flüstern.

Sie lächelte, trat vor, ohne selbst zu wissen, daß sie vortrat; es war ihr zur zweiten Natur geworden, zu lächeln und vorzutreten, wenn sie Beifall vernahm. Dann bemerkte sie, daß die Köpfe sich nicht nach ihr gewandt hatten, sondern nach Niall. Die Leute lächelten und zeigten auf Niall. Freada drehte sich am Flügel um, lachte, hob den Kopf ihm entgegen, und das Flüstern der Leute wurde lauter und nachdrücklicher.

»Le p'tit Niall... Le p'tit Niall...« rief jemand, und Maria, allein, unbeachtet, an die Wand gelehnt, sah, wie Niall gelangweilt und gleichgültig über das Parkett an den Flügel ging, Freada vom Stuhl schob, sich niedersetzte und spielte. Das ganze Publikum lachte und applaudierte, Freada auch, und während Niall spielte, sang sie, auf den Flügel gestützt, sein Lied.

Unbemerkt bahnte Maria sich ihren Weg zwischen den Tischen in die entfernte Ecke, wo Pappi mit Celia saß. Sie begann mit Flüsterstimme ihre Verspätung zu entschuldigen. »Psst«, sagte Pappi ungeduldig, »hör doch Niall zu!« Und Maria saß, die Hände im Schoß gefaltet, drehte Nialls Ring, und sie, als einzige inmitten des Publikums, sang nicht mit.

Später, nachdem die Kabarettnummern vorüber waren und sie alle um den Tisch saßen und aßen, Pappi und Freada tief in technische Erörterungen verwickelt, wandte Maria sich zu Niall und sagte: »Du hast schrecklich ausgeschaut. Ich habe mich wirklich geschämt. Du bist der einzige Mann im ganzen Raum, der keinen Abendanzug anhat.«

»Warum sollte ich einen Abendanzug anziehen?« sagte Niall. »Den Leuten wäre es auch recht, wenn ich in Hemdärmeln und mit genagelten Stiefeln käme.«

»Dir ist dein Erfolg zu Kopf gestiegen«, sagte sie wütend, »das ist es. Ich hätte das nie für möglich gehalten, aber es ist so. In London würde man sich das nicht gefallen lassen. Dort würdest du durchfallen.«

Sie schüttelte den Kopf, als der Kellner Sekt einschenken wollte.

»Eiswasser, bitte«, sagte sie.

»Du kennst meinen Standpunkt. Leuchtturm oder Flußkahn?« fragte Niall.

Maria antwortete ihm nicht. Sie wandte ihm den Rücken.

»Habe ich dir von Lord Wyndhams Sohn geschrieben und erzählt?« fragte sie Celia.

»Ja«, sagte Celia. »Du hast gesagt, daß er ein reizender Mensch sei.«

»Das ist er wirklich. Er hat mich sehr gern. Ist auch noch nicht verheiratet.«

Aus einem Augenwinkel sah Celia, wie der Eintänzer in seinem auf Taille geschnittenen Rock sich wieder dem Tisch näherte. Sie rückte ihren Stuhl und war bereit. Aber der Eintänzer übersah sie diesmal vollständig. Er verbeugte sich vor Maria.

Lächelnd erhob sich Maria. Sie glitt, ein flüssiges Französisch plappernd, mit ihm davon. Zum erstenmal, seit die Kabarettvorstellung zu Ende war, schauten die Leute an den anderen Tischen von Niall weg und bemerkten Maria.

»Die Ohrringe stehen ihr gut zu Gesicht«, dachte Celia traurig. »Sie passen ihr besser als mir. Ob sie wohl verlangen wird, daß ich sie ihr gebe?«

Neben ihr saß Pappi und sprach aufgeregt zu Freada.

»Stolz auf die Kinder? Natürlich bin ich stolz auf sie«, sagte er eben. »Sie entwickeln nur, was ich immer vorausgesagt habe. Sie haben nun einmal das Komödiantische im Blut. Ob es jetzt eine Milchkuh oder ein Hengst ist, darauf kommt es nicht an – gute Rasse setzt sich durch.«

Maria kreiste in den Armen des Eintänzers am Tisch vorbei. Sie wandte den Kopf über die Schulter und streckte Niall die Zunge hinaus.

15. KAPITEL

Die Großvateruhr schlug sieben. Von oben her wurde das Geräusch des rinnenden Badewassers vernehmbar. Charles mußte also am Ende doch im Hause sein und nahm, von seinem Spaziergang durchnäßt, ein Bad. Es verhieß nichts Gutes, daß er unmittelbar hinaufgegangen war und, nach seiner Rückkehr, nicht zuerst einen Blick in das Wohnzimmer geworfen hatte. Das bedeutete, daß seine Stimmung noch nicht umgeschlagen war. Und wir waren noch immer die Parasiten.

»Ich kann nicht sagen, daß ich mich auf das Abendessen freue«, sagte Niall. »Es wird dabei herauskommen, daß man um den Tisch sitzt und kein Mensch ein Wort spricht. Bis auf Polly. Und sie wird wie gewöhnlich loslegen: ›Oh, Mummi, ich muß Ihnen doch erzählen, was die Kinder beim Ausziehen gesagt haben.‹ Und so wird es unaufhörlich weitergehen.«

»Es wird wenigstens das Schweigen brechen«, sagte Celia. »Besser, wenn Polly redet als einer von uns. Und Charles hört ohnehin nie zu. Er ist daran gewöhnt wie an das Ticken einer Uhr.«

»Ich hätte nichts dagegen, wenn die Kinder wirklich etwas Komisches gesagt hätten. Aber das tun sie nie«, meinte Niall. »Vielleicht haben sie ursprünglich etwas Komisches gesagt, aber Polly quetscht dann alle Komik heraus.«

»Du bist sehr hart gegen Polly«, sagte Celia. »Sie ist doch so gutartig. Ich weiß nicht, wie dieser Haushalt ohne sie funktionieren würde.«

»Wenn wir nur nicht mit ihr essen müßten«, sagte Niall. »Das weckt meine schlimmsten Instinkte. Ich hätte Lust, mir in den Zähnen zu stochern und zu rülpsen.«

»Das tust du ohnehin«, sagte Maria. »Und was die gemeinsamen Mahlzeiten angeht, bin ich ganz deiner Meinung. Aber was bleibt Polly sonst übrig? Von einem Tablett essen? Wo? Und wer soll es ihr bringen? Und was soll man darauftun? Ein Bein von unserem kalten Huhn?«

»Im Eßzimmer kriegt sie ja auch nichts anderes«, sagte Niall.

»Ja«, erwiderte Maria, »aber sie kann es sich selber nehmen. Es wäre viel verletzender, wenn ein anderer es abschneiden und ihr auf einem Teller schicken würde wie das Fressen für einen Hund. Und schließlich hat all das im Krieg begonnen, als alle Welt sich damit begnügte, um halb sieben einen ausgiebigen Tee zu nehmen. Die Menschen sind Herdentiere geworden.«

»Ich nie«, meinte Niall.

»Du mußtest auch nicht«, sagte Maria. »Es war sehr typisch für dich, daß du in irgendeinem alten Speicher die Feuerwache übernommen hast, wo nie ein Mensch hinkam.«

»Es war sehr gefährlich«, erklärte Niall. »Ich stand ganz allein auf dem Dach mit der merkwürdigen Form, und rund um mich fielen alle möglichen Dinge herab. Niemand wird je begreifen, wie schrecklich tapfer ich war. Weit tapferer als Charles, der irgend etwas bei der S.H.A.E.F., oder was es sonst war, getan hat.«

»Es war nicht die S.H.A.E.F.«, sagte Maria.

»Eine Bezeichnung klang wie die andere«, sagte Niall. »Wie du und die E.N.S.A. Die Leute hatten sich so an die Uniformen und die Buchstabenreihen gewöhnt, daß sie alles schluckten. Ich entsinne mich, daß ich einer Frau erzählte, ich hätte bei der S.H.I.T. schrecklich viel zu tun, und sie glaubte es mir.«

Celia stand auf, begann die Kissen zu glätten und die Papiere zu ordnen. Wenn sie es nicht tat, dann tat es niemand. Und Charles waren unordentliche Zimmer verhaßt. Maria schien es nicht zu bemerken, wenigstens in Farthings nicht. Ihre Wohnung in London war immer tadellos gehalten, aber das kam vielleicht daher, daß es eben ihre eigene Wohnung war. Und Farthings gehörte Charles.

»Weißt du, Niall«, sagte Celia, »ich glaube, daß es dein Mangel an Respekt vor Traditionen ist, was Charles immer gegen dich einnimmt.«

»Ich verstehe gar nicht, was du meinst«, erwiderte Niall, »ich habe einen riesigen Respekt vor Traditionen.«

»Ja«, sagte Celia, »aber auf andere Art. Wenn du über Traditionen sprichst, so denkst du an Königin Elizabeth hoch zu Roß, die in Greenwich eine Ansprache hält und sich nachher fragt, ob sie Essex oder sonst eine Persönlichkeit ihrer Zeit holen lassen soll. Wenn Charles von Tradition spricht, so meint er die Welt von heute. Er meint damit Bürgerrecht, er meint Pflichterfüllung. Recht gegen Unrecht, kurz, all diese Dinge.«

»Wie langweilig«, sagte Niall.

»Da hast du's«, sagte Celia. »Gerade das ist die Haltung, die Charles verabscheut. Kein Wunder, daß er dich einen Parasiten nennt.«

»Nein, es ist durchaus nicht das«, sagte Maria, stand auf und schaute in den Spiegel über dem Kamin. »Die Sache ist rein persönlicher Art. Es ist ein geheimer Groll, der tief in Charles sitzt. Ich habe es immer gewußt, aber mir selber einreden wollen, daß nichts dergleichen vorhanden ist. Da wir nun heute abend so aufrichtig miteinander sprechen, wollen wir es eingestehen.«

»Eingestehen? Was?« fragte Niall.

»Wollen wir eingestehen, daß Charles immer eifersüchtig auf dich gewesen ist«, sagte Maria. Ein langes Schweigen folgte. Wir drei hatten uns nie zuvor bis zu diesem Eingeständnis durchgerungen. Nicht in so klaren Worten.

»Fangen wir nicht an, das Wahrheitsspiel zu spielen; mir ist es zuwider«, sagte Celia hastig. Maria war sonst so zurückhaltend. Wenn Marias Zurückhaltung einmal zerbrach, dann war alles möglich. Das hieß Öl aufs Feuer gießen. Und als ihr das in den Sinn kam, fragte sie sich, was sie eigentlich damit meinte. Was für Öl und was für Feuer? Das alles war viel zu kompliziert. Der Tag wollte ihrer Kontrolle entgleiten.

»Wann hat es angefangen?« fragte Niall.

»Was?«

»Diese Eifersucht«, sagte Niall.

Maria hatte den Lippenstift genommen, den sie hinter dem Kerzenhalter auf dem Kaminsims versteckt hatte, und strich sich über die Lippen.

»Ach, das weiß ich nicht«, sagte sie. »Sehr früh, glaube ich – wahrscheinlich, als ich nach Carolines Geburt wieder zum Theater zurückging. Er hat dich dafür verantwortlich gemacht. Er meinte, du hättest mich beeinflußt.«

»Kein Mensch hat dich je beeinflußt und ich zuallerletzt.«

»Ich weiß, aber das hat er nicht begriffen.«

»Hat er je ein Wort darüber gesagt?« fragte Celia.

»Nein. Aber ich habe es gespürt. Es gab eine gewisse Spannung.«

»Aber er mußte doch gewußt haben, daß es nicht anders kommen konnte«, sagte Celia. »Daß du zum Theater zurück wolltest, meine ich. Er konnte doch nicht erwarten, daß du dich wie irgendein gewöhnlicher Mensch auf dem Land niederlassen würdest.«

»Doch, das hat er wohl erwartet«, sagte Maria. »Ich glaube, daß er mich von allem Anfang an falsch verstanden hat. Ich habe es euch ja vorher erzählt. Es war meine Rolle als Mary Rose, die daran schuld war. Mary Rose war ein Landmädchen, versteckte sich auf Apfelbäumen und verschwand dann auf der Insel. Sie war ein Geist, und Charles verliebte sich in einen Geist.«

»Und in wen hast du dich verliebt?« fragte Niall.

»Als Mary Rose verliebte ich mich in Simon«, sagte Maria. »Und Charles entsprach meiner Vorstellung von Simon. Ruhig, zuverlässig, ergeben. Überdies war gerade zu jener Zeit kein großes Gedränge. Und die vielen Blumen!«

»Charles war nicht der einzige, der dir Blumen geschickt hat«, sagte Celia. »Das haben die Leute zu allen Zeiten getan. Es gab einen reichen Amerikaner, der dir zweimal wöchentlich Orchideen geschickt hat. Wie hieß er nur?«

»Hiram Dingsda«, sagte Maria. »Einmal mietete er ein Flugzeug, um mich nach Le Touquet zu bringen, und ich wurde seekrank und habe ihm seinen ganzen Mantel schmutzig gemacht. Er hat sich damals schrecklich nett benommen.«

»Hat der Ausflug gelohnt?« fragte Niall.

»Nein. Ich mußte immer an den Mantel denken. Wie schwer es sein würde, ihn zu putzen. Und als wir Sonntag abends zurückflogen, hatte er ihn auch nicht mit.«

»Vielleicht hat er ihn dem Kellner geschenkt«, sagte Niall. »Oder dem Hausdiener. Wahrscheinlich dem Hausdiener. Der konnte den Mantel aus dem Zimmer schmuggeln, ohne daß viel danach gefragt wurde.«

»Ja«, sagte Celia, »und als Hausdiener wird er auch gewußt haben, wie man so einen Mantel putzen kann. Aber ein Wochenende in Le Touquet mit Hiram war gewiß kein Grund für Maria, Charles zu heiraten. Auch die Blumen waren es nicht, noch die Zuverlässigkeit. Und auch nicht die Geschichte von Simon und Mary Rose. Das alles hätte Maria auch haben können, ohne zu heiraten. Es muß doch etwas ganz Besonderes an Charles gewesen sein, was sie veranlaßt hat, das Theater für zwei Jahre aufzugeben und auf dem Lande zu leben.«

»Neck sie nicht«, sagte Niall. »Wir wissen doch ganz genau, warum sie es getan hat. Ich begreife gar nicht, warum ihr beide damit so mysteriös tut.«

Maria versorgte ihre Puderquaste wieder in der Vase, in der sie sie beim letzten Wochenende versteckt hatte.

»Ich bin gar nicht mysteriös gewesen«, sagte sie. »Und wenn du glaubst, daß Caroline schon vor der Hochzeit unterwegs war, so irrst du dich. Charles war viel zu respektabel, um dergleichen zu tun. Caroline ist auf den Tag genau neun Monate nach der Hochzeit auf die Welt gekommen. Ich war nicht anders als irgendeine andere Braut aus der guten Gesellschaft. Es war sehr romantisch, zu heiraten. Es war, als ob man entschleiert würde.«

»Du mußt dich doch gewiß verheuchelt gefühlt haben«, sagte Celia.

»Verheuchelt?« fragte Maria und drehte sich entrüstet um. »Nicht im geringsten! Warum hätte ich mich verheuchelt fühlen sollen? Ich bin ja nie vorher verheiratet gewesen!«

»Nein, aber immerhin...«

»Es war einer der aufregendsten Augenblicke meines Lebens. Das, und dann die Hochzeit in der Margarethenkirche, als ich, von Kopf bis Fuß weiß gekleidet, an Pappis Arm zum Altar ging. Tatsächlich gab es nur einen einzigen peinlichen Moment. Meine Schuhe waren neu, ich hatte sie, warum, weiß ich nicht mehr, in größter Hast bestellen müssen, und auf den Sohlen stand noch der Preis. Als ich zum Gebet niederkniete, fiel mir das plötzlich ein, und ich hörte kein Wort von dem Segen. Ich dachte nur: ›Mein Gott, jetzt wird Charles' Mutter den Preis auf meinen Schuhsohlen sehen!‹«

»Wäre das so schlimm gewesen?« fragte Niall.

»Ja. Sie hätte gewußt, wo ich sie gekauft hatte, und daß sie nur dreißig Schilling gekostet hatten. Das wäre mir unerträglich gewesen.«

»Snob«, sagte Niall.

»Nein«, sagte Celia, »das hat nichts mit Snobismus zu tun. Ich begreife Maria sehr gut. Mädchen sind in diesen Dingen furchtbar empfindlich. Ich bin es noch, und ich bin doch wahrhaftig, weiß Gott, kein junges Mädchen mehr. Wenn ich ein Kleid bei Harvey Nichols oder sonstwo kaufe, dann trenne ich immer den Namen der Firma ab. Dann können die Leute glauben, daß das Kleid von einem ersten Schneider kommt und nicht aus einem Warenhaus.«

»Ja, wem, zum Teufel, liegt etwas daran?«

»Uns liegt etwas daran. Allen Frauen liegt etwas daran. Das ist unser persönlicher, recht törichter Stolz. Und nun hat Maria uns noch immer nicht erzählt, warum sie eigentlich Charles geheiratet hat.«

»Sie wollte die Honourable Mrs. Charles Wyndham sein«, sagte Niall. »Und wenn du glaubst, daß es jemals einen anderen Grund gegeben hat, so kennst du Maria schlecht, obgleich ihr beide Pappis Töchter seid.«

Er zündete eine Zigarette an und warf das Streichholz auf den Kaminsims neben Marias Lippenstift.

»Ist das wahr?« fragte Celia zweifelnd. »War das wirklich der Grund? Aufrichtig, meine ich. Da wir nun einmal alle Schminke wegwischen!«

Marias Augen wurden leer, wie das immer bei jenen wenigen Gelegenheiten geschah, wenn sie in die Enge getrieben wurde.

»Ja«, sagte sie. »Es ist wahr. Aber ich war auch in ihn verliebt.«

Sie sah beschämt, um Entschuldigung bittend, drein, wie ein kleines Mädchen, das bei einer Missetat ertappt worden ist.

»Schließlich«, sagte sie, »war Charles doch ein sehr hübscher Mensch. Er ist es noch immer, wenn er auch ein wenig Fett ansetzt.«

»Komisch«, sagte Celia, »daß man mit jemandem verwandt sein und mit ihm aufwachsen kann und doch nie auf so etwas kommen würde. Daß du die Schwiegertochter eines Lords sein wolltest! Das paßt doch wahrhaftig nicht zu deinem Charakter.«

»Nichts hat jemals zu Marias Charakter gepaßt«, sagte Niall. »Und das hat Charles immer so schwierig gefunden. Sie ist ein Chamäleon. Sie wechselt ihre Persönlichkeit ganz nach ihrer Stimmung. Und darum langweilt sie sich auch nie. Es muß ihr doch riesig viel Spaß machen, jeden Tag ein anderer Mensch zu sein. Du und ich, Celia, wir müssen beständig dieselben Leute sein, und das unser ganzes Leben lang.«

»Aber der Titel ›Honourable‹«, fuhr Celia fort, ohne auf Niall zu hören. »Ich meine, das ist doch nichts so Besonderes. Wenn er noch Graf oder Earl gewesen wäre, dann hätte es einen Reiz gehabt.«

»Es hat auf dem Papier sehr nett ausgesehen«, sagte Maria wehmütig. »The Honourable Mrs. Charles Wyndham. Ich schrieb es probeweise auf die Rückseite meines Notizblocks. Und schließlich habe ich eben weder Earls noch Grafen gekannt.«

»Du hättest warten können«, sagte Celia. »Bei deiner Stellung wären sie früher oder später auch angerückt.«

»Ich wollte aber nicht warten«, sagte Maria. »Ich wollte Charles heiraten.«

Und sie dachte an Charles und erinnerte sich daran, wie er damals ausgesehen hatte. Schlank und straff, ohne die Neigung, den Rücken zu runden, die er jetzt hatte, und ohne jeden Anflug von einem Bauch. Sein Haar blond und lockig. Nicht Pfeffer und Salz. Die Haut des richtigen Engländers. Gerötet, aber jugendlich gerötet. Die Haut, die vom Reiten und Polospielen stammt. Und immer zweimal in der Woche auf dem Platz in der vierten Parkettreihe, vorwärtsgebeugt, die Hand auf dem Knie, das Kinn aufgestützt, und nachher pochte er an die Tür ihrer Garderobe und ging mit ihr zum Abendessen. Fuhr in seinem Wagen. Einem Alvis. Der Wagen hatte rote Ledersitze, und Charles wickelte ihr stets sorgsam eine graue Decke um die Beine für den Fall, daß sie frieren sollte.

Als er sie zum erstenmal zum Essen einlud, erzählte er ihr, sein Lieblingsbuch sei Malorys »Morte d'Arthur«.

»Warum kann man daraus nicht ein Theaterstück machen?« hatte er sie gefragt. »Warum kann nicht ein Schriftsteller die Liebesgeschichte von Lancelot und Elaine schreiben? Sie könnten die Elaine spielen.«

»Ja«, hatte sie gesagt, »ich würde leidenschaftlich gern die Elaine spielen.«

Und während er alle Geschichten aus Malorys »*Morte d'Arthur*« erzählte – das dauerte fast das ganze Abendessen – und sie lauschte und nickte, dachte sie an die Hochzeit, der sie in der Woche zuvor beigewohnt hatte, nicht in der Margarethenkirche, sondern in der Georgskirche, auf dem Hannover Square, und die Chorknaben hatten unter den weißen, gefältelten Übergewändern rote Röcke getragen, und die Kirche war üppig mit Lilien ausgeschmückt gewesen. Und sie hatten »Der Odem, der über dem Paradies gewehet« gesungen und »O vollkommene Liebe«.

»Sie ist allzu lange tot gewesen, die Zeit des Rittertums«, sagte Charles. »Wenn die Blüte meiner Generation nicht im Krieg vernichtet worden wäre, hätte sie sie wiedererweckt. Jetzt ist es zu spät. So wenige von uns sind übriggeblieben.«

Die Braut in der Georgskirche hatte ein weiß-silbernes Kleid getragen. Als sie nachher die Stufen hinabschritt, war der Schleier zurückgeschlagen, und die Leute warfen Konfetti. Bei dem Empfang im Portland Place waren lange Tische mit den Hochzeitsgeschenken beladen gewesen. Mächtige, massive silberne Teekannen. Und Tablette. Und Lampenschirme. Das junge Paar stand am Ende des langgestreckten Wohnzimmers und empfing die Gäste. Als die junge Frau die Hochzeitsreise antrat, hatte sie ein blaues Kleid angezogen und einen Silberfuchs um die Schultern gelegt. »Auch das ist ein Hochzeitsgeschenk«, hatte jemand zu Maria gesagt. Und dann hatte sie aus dem Fenster des Wagens gewinkt. Sie trug ganz neue, lange weiße Stulphandschuhe. Maria sah das Zimmermädchen vor sich, das im Oberstock die Handschuhe geglättet und der jungen Frau samt dem Ledertäschchen gereicht hatte, und sie dachte an all das Seidenpapier auf dem Boden. Und die junge Frau, die lächelte und nur daran dachte, daß sie jetzt mit ihrem Mann im Wagen wegfuhr.

»Das Mißliche ist nur«, hatte Charles gesagt, »daß ich Lancelot immer als ein wenig zweitklassig ansehen muß. Wie hat er sich gegen Ginevra benommen! Gewiß, sie hat ihn angelockt . . . aber der Wertvollste von der ganzen Gesellschaft ist doch Parsifal gewesen. Er war schließlich der Kerl, der den Heiligen Gral gefunden hat.«

Maria Delaney . . . Maria Wyndham . . . The Honourable Mrs. Charles Wyndham . . .

Zwölf Jahre war das her. Zwölf Jahre sind eine lange Zeit. Und das Mißliche war, daß sie, Maria, zweitklassig war wie Ginevra, und Charles war immer noch Parsifal, der nach dem Heiligen Gral Ausschau hielt. Parsifal war oben im Badezimmer und ließ das Wasser in die Wanne fließen.

»Ich kann nicht erkennen«, sagte Maria unglücklich und drehte Nialls

Ring, »was ich anders machen sollte, wenn wir die Jahre wiedererleben könnten. Schließlich bin ich doch Charles gegenüber aufrichtig gewesen. Bis auf einen Punkt.«

»Welchen Punkt?« fragte Niall.

Maria antwortete nicht. Es gab tatsächlich nichts, was sie sagen konnte.

»Du behauptest, daß ich ein Chamäleon bin«, sagte sie nach einer Pause. »Vielleicht hast du recht. Es ist schwer, sich selbst zu beurteilen. Aber ich habe nie getan, als ob ich ein guter Mensch wäre. Ein wirklich guter Mensch wie Charles. Ich habe eine Menge anderer Dinge vorgetäuscht, aber das niemals. Ich bin schlecht, ich bin oberflächlich, ich bin unmoralisch, ich betrüge, ich bin selbstsüchtig, ich bin häufig sehr knickrig und oft auch ungütig. Doch das alles weiß ich. Ich mache mir nicht vor, daß ich auch nur eine einzige Qualität besitze, die einen Penny wert wäre. Spricht das nicht zu meinen Gunsten? Wenn ich morgen sterbe, und es gibt wirklich einen Gott, und wenn ich vor ihn hintrete und sage: ›Sir – oder wie man Gott sonst ansprechen mag –, da bin ich, Maria, und ich bin die niedrigste dieses Lebens‹, dann wäre das doch aufrichtig. Und Aufrichtigkeit muß doch auch angerechnet werden, nicht?«

»Das weiß man nicht«, sagte Niall. »Das ist ja das Schreckliche. Man weiß nicht, was bei Gott angerechnet wird. Er kann Aufrichtigkeit für eine Form der Prahlerei halten.«

»Dann bin ich erledigt«, sagte Maria.

»Ich glaube, daß du auf jeden Fall erledigt bist«, sagte Niall.

»Ich hoffe immer«, sagte Celia, »daß einem die Sünden um irgendeiner guten Tat wegen verziehen werden, die man einmal vor Jahren getan und die man völlig vergessen hat. So wie es in der Bibel heißt: ›Wer einem Kind einen Becher kalten Wassers in meinem Namen reicht, dem soll vergeben werden.‹«

»Ich verstehe, was du meinst«, sagte Maria zweifelnd, »ist das aber nicht bloß allegorisch? Wir alle müssen den Menschen den Gegenwert von einem Becher Wasser gereicht haben. Das ist nichts als die gewöhnlichste Höflichkeit. Wenn das alles wäre, was man zu tun hätte, um erlöst zu werden – wozu sich dann Sorgen machen?«

»Denk an die ungütigen Dinge, die wir vergessen haben«, sagte Niall. »Sie sind es, die man uns zur Last legen wird. Manchmal wache ich früh am Morgen auf, und mir wird ganz kalt bei dem Gedanken an all die Dinge, die ich getan haben muß, und deren ich mich nicht entsinnen kann.«

»Das muß Pappi dich gelehrt haben«, sagte Celia. »Pappi hatte eine greuliche Theorie; nach unserem Tode müßten wir alle in ein Theater gehen und uns in den Zuschauerraum setzen und mit ansehen, wie uns unser ganzer Lebenslauf vorgespielt wird. Und nichts wird gestrichen. Nicht die kleinste, schmutzigste Einzelheit. Und das alles müssen wir über uns ergehen lassen.«

»Wirklich?« sagte Maria. »Aber wie das Pappi ähnlich sieht!«

»Das könnte ganz lustig sein«, sagte Niall. »Es gibt bestimmte Dinge, die ich sehr gern noch einmal sehen würde.«

»Bestimmte Dinge«, sagte Maria, »aber nicht alle. Wie entsetzlich, wenn sich die Handlung einer beschämenden Episode nähert und man weiß, in wenigen Minuten etwa kriegt man etwas vollständig ... na ja ...«

»Das hängt davon ab, mit wem man zusammen ist«, meinte Niall. »Geht man allein in dieses Theater? Oder hat Pappi nichts darüber gesagt?«

»Er hat nichts gesagt«, erklärte Celia. »Allein, möchte ich glauben. Oder vielleicht mit ein paar Heiligen und Engeln. Wenn es nämlich Engel gibt.«

»Trostlos für die Engel«, sagte Maria. »Schlimmer als Kritiker zu sein. Dabeizusitzen und den endlosen Lebenswandel eines anderen ansehen zu müssen!«

»Ich bin dessen gar nicht so sicher«, sagte Niall. »Wahrscheinlich macht es ihnen einigen Spaß. Und es spricht sich wohl herum, wenn etwas Besonderes los ist. ›Ich sage dir, alter Junge, heute abend wird's düster werden! Um acht Uhr fünfzehn ist Maria Delaney.‹«

»Was für ein Unsinn!« sagte Celia. »Als ob Heilige und Engel eine Schar schwitzender alter Herren in einem Klub wären! Sie sitzen völlig gelassen da. Über alles erhaben!«

»Dann kann es einem ja gleichgültig sein, ob sie dabei sind«, sagte Maria. »Sie wären wie eine Reihe Strohmänner.«

Die Tür öffnete sich, und wir drei blickten verlegen drein, wie wir es als Kinder taten, wenn die Erwachsenen ins Zimmer traten.

Es war Polly. Sie steckte den Kopf durch die Tür. Das war eine ihrer Gewohnheiten, die Niall in helle Wut versetzte. Sie trat nie in ein Zimmer wie ein anderer Mensch.

»Die Kinder sind so süß«, sagte sie. »Sie sind im Bett und bekommen gerade ihr Abendessen. Sie wünschen so sehr, daß Sie doch hinaufkommen und ihnen gute Nacht sagen möchten.«

Wir spürten, daß das ein Schwindel war. Die Kinder waren ganz glücklich und zufrieden. Aber Polly wollte, daß wir hinaufgehen und sie besichtigen sollten. Das gut gebürstete, schimmernde Haar, die strahlenden Gesichter, die rotblauen Schlafröcke sehen sollten, die sie bei Daniel Neals gekauft hatte.

»Schön«, sagte Maria, »wir müssen ja ohnehin hinaufgehen, uns umziehen.«

»Ich wollte Ihnen die Mühe abnehmen, Polly, und die Kinder baden«, sagte Celia, »aber wir waren in unsere Unterhaltung vertieft. Ich hatte vergessen, daß es schon so spät ist.«

»Die Kinder hatten gefragt, warum Sie nicht kämen«, sagte Polly, »und ich sagte ihnen, sie dürften nicht beständig erwarten, daß Tante Celia hinter ihnen herlaufen würde. Tante Celia unterhält sich gern mit Mummi und Onkel Niall.«

Der Kopf verschwand. Die Tür schloß sich. Wohlgemut stieg Polly die Treppe hinauf.

»Das war eine richtige Ohrfeige«, sagte Niall. »Eine ganze Welt von Verdammung war in ihrer Stimme. Ich glaube, daß sie an der Tür gehorcht hat.«

»Ich fühle mich schuldig«, sagte Celia. »Ich habe es nun einmal übernommen, am Wochenende die Kinder zu baden. Polly hat so viel zu tun.«

»Ich glaube, Polly wäre das schlimmste Publikum, das man im Zuschauerraum haben könnte«, sagte Maria. »Wenn man einmal tot ist, meine ich. Sie würde alles, was ich je von der Wiege an getan habe, mit tiefster Mißbilligung betrachten. Ich kann sie förmlich keuchen hören: ›Oh, Mummi! Was, um Himmels willen, tut Mummi jetzt!‹«

»Das wäre ein Erziehungsmittel«, sagte Niall. »Es würde neue Perspektiven öffnen.«

»Ich glaube nicht, daß sie auch nur die Hälfte verstehen würde«, sagte Celia. »Es wäre so, wie wenn man einen unmusikalischen Menschen zu Brahms mitnimmt.«

»Unsinn«, sagte Niall, »Polly würde gestielte Augen kriegen.«

»Warum gerade Brahms?« sagte Maria.

Auf der Treppe waren andere Schritte laut geworden. Diesmal schwere. Die Schritte machten vor der Tür des Wohnzimmers halt und schlugen dann den Weg ins Eßzimmer ein. Man hörte, wie eine Flasche geöffnet wurde. Charles goß den Wein in die Karaffe.

»Er ist noch immer schlecht gelaunt«, sagte Maria. »Hätte er seine normale Stimmung wiedergefunden, so wäre er hierhergekommen.«

»Nicht unbedingt«, flüsterte Niall. »Er beschäftigt sich immer mit dem Wein, um ihn richtig zu temperieren. Hoffentlich ist es noch der Château Latour.«

»Flüstere nicht«, sagte Celia. »Das sieht aus, als ob wir schuldbewußt wären. Schließlich hat sich ja gar nichts ereignet. Er ist einfach spazierengegangen.«

Hastig sah sie sich im Zimmer um. Ja, alles war in Ordnung. Niall hatte die Asche auf den Boden fallen gelassen. Sie verrieb sie mit dem Fuß auf dem Teppich.

»Los, los, gehen wir uns umziehen«, sagte sie. »Wir können uns doch nicht hier ducken wie Verbrecher.«

»Mir ist nicht sehr wohl«, sagte Niall. »Eine Erkältung ist unterwegs. Maria, kann ich nicht in meinem Zimmer essen?«

»Nein«, sagte Maria, »wenn einer in seinem Zimmer essen wird, dann bin ich es.«

»Ihr braucht beide nicht in eurem Zimmer zu essen«, sagte Celia. »Ihr benehmt euch alle beide wie Kinder. Maria, du bist doch sicher daran gewöhnt, häusliche Krisen zu lösen, wenn Niall es schon nicht vermag.«

»Ich bin überhaupt nicht gewöhnt, irgend etwas zu lösen«, sagte Maria. »Mein Weg ist immer geglättet worden.«

»Dann ist es an der Zeit, daß du auch einmal auf ein paar Dornen trittst«, sagte Celia. Sie öffnete die Tür und lauschte. Im Eßzimmer herrschte Stille. Dann wurde der leise, gurgelnde Laut einer Flüssigkeit vernehmbar, die aus einer Flasche in eine Karaffe rann.

»Das ist Kapitän Hook, der Pirat aus ›Peter Pan‹«, flüsterte Niall, »der die Medizin vergiftet.«

»Nein, das ist mein Inneres«, flüsterte Maria, »das tut's auch immer bei Proben. Um halb eins ungefähr, wenn ich hungrig werde.«

»Mich erinnert es an die schreckliche Zeit, als wir alle nach Coldhammer fuhren, um dort mit Charles' Eltern beisammen zu sein«, sagte Celia, »just nachdem Maria von ihrer Hochzeitsreise zurückgekommen war. Und Pappi sagte Lord Wyndham, daß der Wein nach Kork schmeckte.«

»Lady Wyndham hielt Freada für meine Mutter«, sagte Niall. »Es war von Anfang bis zu Ende eine Katastrophe. Freada ließ den Hahn im Badezimmer offen. Das Wasser sickerte durch die Decke in das Zimmer darunter.«

»Ja, natürlich erinnere ich mich jetzt«, sagte Maria. »Damals muß es angefangen haben.«

»Was muß damals angefangen haben?« fragte Celia.

»Nun, daß Charles auf Niall eifersüchtig wurde«, sagte Maria.

16. KAPITEL

Wenn Leute das Spiel spielen »Nennt drei oder vier Personen, die ihr euch als Gesellschaft für eine wüste Insel aussuchen würdet«, dann wählen sie nie die Delaneys. Sie wählen nicht einmal einen einzelnen von uns dreien. Wir haben, unserer Ansicht nach zu Unrecht, den Ruf, schwierige Gäste zu sein. Wir sind höchst ungern in anderer Leute Häusern. Uns ist die Anstrengung, sich unbekannten Alltagsgewohnheiten anzupassen, zuwider. Häuser, die nicht uns gehören oder auf die wir keinen Anspruch erheben können, sind wie die Häuser von Ärzten, wie Wartezimmer bei Zahnärzten oder in Bahnhöfen. Wir gehören nicht hinein.

Wir haben auch Pech. Wir nehmen falsche Züge und kommen zu spät zum Essen. Die Soufflés sind verdorben. Oder wir mieten Wagen, und dann müssen wir uns erkundigen, ob der Chauffeur im Dorf untergebracht werden kann. All das stiftet nur Unruhe. Wir bleiben abends viel zu lange auf, zum mindesten Niall tut das, besonders wenn es Brandy gibt, und morgens liegen wir dann bis zwölf im Bett. Die Dienstmädchen – wenn es Dienstmädchen gibt, und in der alten Zeit gab es sie gewöhnlich – können niemals in unsere Zimmer.

Wir tun nur höchst ungern all das, was unsere Gastfreunde von uns erwarten. Ihre Freunde kennenzulernen, ist uns widerwärtig. Gesellschaftsspiele, Kartenspiele sind uns ein Greuel, und am meisten verhaßt ist uns jegliche Konversation. Die einzige Möglichkeit, ein Wochenende bei anderen Leuten zu verbringen, besteht darin, sich krank zu stellen und den ganzen Tag im Bett zu bleiben oder sich im Garten zu verkriechen.

Wir kennen uns nicht mit den Trinkgeldern aus. Und wir ziehen immer die unrichtigen Kleider an. Es ist tatsächlich vorzuziehen, daß man niemals zu anderen Leuten fährt, es sei denn, wenn man heftig verliebt ist. Dann, meint Niall, lohnt es, weil man um drei Uhr morgens durch einen Gang schleichen kann.

Als Maria Charles heiratete, nahm sie ein ganzes Jahr lang an seiner Seite an häuslichen Gesellschaften teil, weil sie noch immer ihre Rolle als The Honourable Mrs. Charles Wyndham spielte. Aber in Wirklichkeit war es für sie nie ein Vergnügen. Nicht, nachdem sie einige Male im Abendkleid die Treppe hinuntergerauscht war. Die Männer blieben immer zu lange im Eßzimmer, und sie mußte sich endlos mit den Frauen beschäftigen, deren gierige Lippen tausend Fragen nach dem Theaterleben stellten. Tagsüber verzogen die Männer sich mit ihren Gewehren oder ihren Hunden und Pferden, und da Maria weder reiten noch schießen noch überhaupt irgend etwas tun konnte, blieb sie abermals mit den Frauen allein. Und das bedeutete für Maria eine wahre Hölle.

Für Celia lag das Problem wesentlich anders. Die Leute fanden sie sympathischer als Niall oder Maria und kramten vor ihr die ganze Geschichte ihrer Existenzen aus. »Sie haben keine Ahnung, was er mir antut«, und schon war sie in die Sorgen eines anderen Menschen verstrickt, schon erbat man ihren Rat, verlangte ihre Hilfe, und es war wie ein Netz, das sich um sie schloß, aus dem es kein Entrinnen gab.

Damals in Coldhammer waren alle redlich bemüht, sich gut zu benehmen. Es war eine jener Einladungen, die anläßlich Marias Empfang hastig und ohne rechte Absicht ausgeschickt wurden. Die ganze Verlobungszeit und die Hochzeit waren in aller Eile erledigt worden, die armen Wyndhams waren völlig verblüfft, sie hatten tatsächlich noch nicht die Zeit gehabt, sich bei den Sprößlingen der Delaneys zurechtzufinden. Alles, was sich in ihren verwirrten Seelen festsetzte, war, daß ihr geliebter Sohn beschlossen hatte, dieses reizende, ätherische Geschöpf zu heiraten, das in der Neueinstudierung von Mary Rose spielte, und überdies war sie die Tochter Delaneys, dessen schöne Stimme Lady Wyndhams Augen stets Tränen entlockte.

»Schließlich ist er unleugbar ein Gentleman«, mußte Lord Wyndham gesagt haben.

»Und sie ist so reizend«, mußte das Echo gewesen sein, das er bei seiner Frau gefunden hatte.

Lady Wyndham war hochgewachsen und würdig wie eine aristokratische Henne, und ihre freundlichen Manieren hatten etwas seltsam Kaltes an sich, als wäre sie von der Geburt an zur Höflichkeit gezwungen worden. Maria erklärte, sie sei durchaus umgänglich und nicht im mindesten hochmütig, aber als Maria das sagte, hatte Lady Wyndham ihr gerade ein Brillantarmband und Pelze geschenkt, und Maria als Mary Rose hatte sie angehimmelt. Celia fand Lady Wyndham widerwärtig und anstrengend. Bei dem Hochzeitsempfang zog sie Celia in eine Ecke und begann über die neununddreißig Artikel zu sprechen, und Celia glaubte in der ersten Verwirrung, es handle sich um die im Grab des Tutanchamon gefundenen Gegenstände. Erst später, als sie sich bei Maria erkundigte, stellte sich heraus, daß Lady Wyndhams Steckenpferd die Reform des Gebetbuchs war. Niall beharrte darauf, daß Lady Wyndham pervers sei und irgendwo in einem Geheimschrank, den nur sie allein kannte, eine Reitpeitsche und Sporen versteckt habe.

Lord Wyndham war ein unablässig geschäftiger kleiner Mann und lag ewig im Kampf mit der Zeit. Er zog beständig eine Uhr mit Futteral und Kette hervor, beschaute das Zifferblatt, verglich den Zeigerstand mit dem der anderen Uhren und brummte etwas vor sich hin. Er setzte sich nie. Er war ununterbrochen in Bewegung. Sein Tag war ein langes Programm, und jede Sekunde war ausgefüllt.

Lady Wyndham nannte ihn »Dobbin«, was ganz unpassend war. Vielleicht war es auch das, was Niall die Vorstellung von Reitpeitsche und Sporen eingegeben hatte.

»Sie müssen sogleich nach Coldhammer kommen, wenn Charles und Maria aus Schottland zurück sind«, sagte Lady Wyndham im Malstrom der Hochzeitsfeierlichkeiten zu Pappi, und Maria, das kleine Gesicht hinter einem riesigen Lilienstrauß verborgen, sagte: »Ja, Pappi, bitte«, ohne daran zu denken, was sie sagte, ohne in der Erregung der Stunde zu erwägen, daß Pappi in Coldhammer zu sehen etwa dasselbe war, als stieße man bei der Wanderung durch den Rosengarten eines Bischofs plötzlich auf einen nackten Jupiter.

Pappi war dynamisch und robust; er wußte sehr gut mit Königen und Königinnen umzugehen – zumal wenn sie im Exil lebten –, mit italienischen Adligen und französischen Gräfinnen und mit den ausgesprocheneren Bohèmetypen innerhalb der sogenannten Londoner Intelligentia; aber bei dem englischen Landadel – und dazu gehörten die Wyndhams ihrem ganzen Wesen nach – schien Pappi fehl am Ort zu sein. Er selber wurde sich dessen nicht bewußt. Aber seine Familie war es, die darunter litt.

»Ja, natürlich kommen wir nach Coldhammer«, sagte Pappi, der die anderen Gäste beim Empfang weit überragte und neben dem die ganze Gesellschaft zwergenhaft wirkte. »Aber ich bestehe darauf, daß ich in einem Bett mit vier Pfosten schlafen muß. Können Sie mir eins beschaffen? Ich muß in einem Bett mit vier Pfosten schlafen.«

Während der Trauung hatte er ununterbrochen geweint. Auf dem Rückweg aus der Sakristei hatte Celia ihn stützen müssen. Es hätte ebensogut Marias Begräbnis sein können. Jetzt aber, beim Empfang, wirkte der Champagner belebend. Pappi war eitel Liebe. Er umarmte völlig fremde Menschen. Die Bemerkung über das Bett mit den vier Pfosten war nichts als ein Scherz gewesen. Lady Wyndham aber nahm sie ernst.

»Das Queen-Anne-Appartement hat ein solches Bett«, sagte sie, »aber es ist gegen Norden gelegen, oberhalb der Anfahrt. Die Aussicht gegen Süden ist viel schöner, besonders, wenn unsere *Prunus floribunda* in Blüte steht.«

Pappi legte den Finger an die Nase. Dann beugte er sich zu Lady Wyndham.

»Bewahren Sie Ihre *Prunus floribunda* für andere«, sagte er in einem überall zu vernehmenden Flüsterton. »Wenn ich nach Coldhammer komme, dann will ich nur die Hausfrau in Blüte sehen.«

Lady Wyndham blieb ungerührt. Keine Spur von Verständnis glitt über ihre Züge.

»Ich fürchte, daß Sie kein Blumenliebhaber sind«, sagte sie.

»Ich kein Blumenliebhaber?« protestierte Pappi. »Blumen sind geradezu meine Leidenschaft. Alles, was in der Natur wächst, begeistert mich. Als wir jung waren, meine Frau und ich, pflegten wir barfuß durch die Wiesen zu gehen und schlürften den Tau von den Lippen der Butterblumen. In Coldhammer werde ich das wieder tun. Celia soll mit mir wandern. Wir alle werden miteinander wandern. Wen von uns wollen Sie einladen? Meinen Stiefsohn Niall? Freada, meine alte Liebe?«

Er schwenkte die Hand in einer großzügigen Geste, die ein Dutzend Köpfe zu umfassen schien.

»Bringen Sie mit, wen Sie wollen«, sagte Lady Wyndham. »Wir können zur Not achtzehn Personen beherbergen...«

Ein leiser Zweifel hatte sich in ihre Stimme geschlichen. Abneigung kämpfte gegen Höflichkeit. Als ihre Augen auf Freada fielen, die einen aufreizenderen Hut trug als gewöhnlich, wußte Niall, daß sie versuchte, den richtigen Verwandtschaftsgrad zwischen ihnen allen festzulegen. War Freada also eine frühere Frau Pappis und Niall ihr Sohn? Oder waren alle illegitime Sprosse? Wenn auch! Lassen wir es darauf ankommen; Höflichkeit vor allem! Und Charles hatte Maria geheiratet, die jedenfalls so ein reizendes Mädchen und so unverdorben war.

»Wir werden entzückt sein«, sagte Lady Wyndham, »Ihre ganze Familie begrüßen zu dürfen. Nicht wahr, Dobbin?«

Lord Wyndham knurrte etwas Unverständliches und zog seine Uhr hervor.

»Was treiben sie nur?« sagte er. »Sie müßten sich jetzt umziehen gehen. Das ist das Schlimmste an all diesen Dingen! So viel Zeit wird vertrödelt! Junge Leute vertrödeln immer ihre Zeit!« Er blickte nach der Wanduhr. »Geht diese Uhr richtig?« Kein Mensch antwortete ihm.

Und so kam es, daß sämtliche Delaneys in Coldhammer erschienen.

Es war eines jener weitläufigen, imposanten Häuser von unbestimmbarem Alter, mit dessen Bau möglicherweise noch vor der Zeit der Tudors begonnen worden war, und das niemals beendet wurde. Von Zeit zu Zeit war ein Flügel angebaut worden. Am Eingangstor gab es Säulen und große Treppen. Das Haus war durch einen breiten Graben von dem Park getrennt, in dem es stand. Die Gartenanlagen waren hinter dem Hause, im Süden, unterhalb einer Terrasse. Nach dem ersten Staunen fragte sich Maria, was man an diesen Anlagen finden mochte. Es gab allzu viele gewundene Pfade, von eifrigen Gärtnern angelegt, und die steifen Buchshecken, die jede Aussicht benahmen, waren in regelmäßigen, kurzen Abständen zu den gequälten Gestalten von Hähnen zurechtgestutzt. Nichts wuchs, wie die Natur es wollte, alles mußte sich nach einem Plan richten. Zwei steinerne Löwen mit aufgerissenen Rachen flankierten die Terrasse. Selbst jener Teil des Gartens, der mit Buschwerk bewachsen war, bei feuchtem Wetter den einzig möglichen Spaziergang bot und von weitem wie von Rackham gezeichnet aussah, wurde durch einen Weiher mit Wasserrosen verdorben, der dort gar nichts zu suchen hatte, und an dessen Rand eine mächtige, aus Blei gegossene Kröte kauerte.

»Das erste, woran ich mich in meinem Leben erinnern kann, ist diese alte Kröte«, sagte Charles, als er Maria nach Coldhammer brachte, und stieß zärtlich mit dem Fuß an das Tier aus Blei. Und Maria tat, als ob sie es bewundern würde, während sie doch, mit plötzlichem Schuldgefühl, entdeckte, das Tier habe eine unselige und recht bösartige Ähnlichkeit mit Lord Wyndham selber. Als Niall kam, bemerkte er das auf der Stelle.

»Alte Kleider für das Land«, sagte Pappi vor dem Besuch. »Alte Kleider sind immer das Beste. Ein Mensch, der in einem Londoner Stadtanzug aufs Land fährt, verdient, daß man ihn aus seinem Klub ausschließt.«

»Aber nicht die Wollweste, die mit meinen Strümpfen geflickt ist«, meinte Celia kritisch. »Und diese Pyjamahosen da haben keine Sitzgelegenheit mehr!«

»Ich werde ja allein in dem großen Bett sein«, erklärte Pappi. »Es sei denn, daß Ihre Lordschaft geruhen sollte, mich zu besuchen. Wie stehen die Aussichten dafür?«

»Hundert zu eins«, sagte Celia, »wenn nicht gerade ein Feuer ausbricht. Und nicht diese Krawatte, Pappi; sie ist viel zu rot!«

»Ich muß Farbe haben«, sagte Pappi. »Farbe ist alles. Eine rote Krawatte zu einer Tweedjacke ist korrekt, mein Kind. Es betont eine gewisse Unbefangenheit. Wir wollen um jeden Preis unbefangen wirken.«

Er hatte zuviel Gepäck. Ein Handkoffer war vollständig mit Medikamenten angefüllt. Enos-Fruchtsalz, Zimt, Vapex, Taxel, Friars Balsam, Injektionsspritzen, Gummischläuche. »Man kann nie wissen, Liebling«, sagte Pappi. »Ich kann krank werden. Vielleicht muß ich monatelang in

Coldhammer bleiben, mit zwei Pflegerinnen für den Tag und für die Nacht.«

»Aber warum, Pappi? Wir fahren ja nur für eine Nacht hin.«

»Wenn ich packe«, sagte Pappi, »dann packe ich für die Ewigkeit.«

Und er befahl André, ihm den Stock aus Malakkarohr zu bringen, den er einst vom Lord Mayor erhalten hatte; und ein hawaiisches Hemd und Strohsandalen für den Fall einer Hitzewelle. Auch einen Band Shakespeare und eine ungekürzte Ausgabe des Dekamerone mit den Illustrationen eines unbekannten Franzosen.

»Dem alten Wyndham gefällt das vielleicht«, sagte Pappi. »Ich müßte ihm doch ein Geschenk mitbringen. Gestern habe ich bei Bumpus fünf Pfund dafür bezahlt.«

Es wurde beschlossen, für diese Gelegenheit ein Auto zu mieten, denn in Pappis Wagen hatten nicht alle Platz. Nicht, wenn er alle seine Koffer mitnahm.

Und Pappi beging den unglückseligen Mißgriff, eine Mütze zu kaufen. Er war überzeugt, daß er zu einem Tweedanzug auch eine Mütze tragen müsse. Die Mütze aber war neu. Und das sah man ihr an. Sie wirkte nicht nur neu, sie wirkte gewöhnlich. Sie verlieh Pappi das Aussehen eines gigantischen Jahrmarkthändlers am Ostermontag.

»Ich habe sie bei Scott gekauft«, sagte Pappi. »Sie kann nicht gewöhnlich aussehen.«

Er stülpte sich die Mütze fest über den Kopf, setzte sich neben den Chauffeur, eine riesige Landkarte auf den Knien, auf der keine der in Betracht kommenden Straßen zu finden war, dagegen jeder Reitpfad in der unmittelbaren Umgebung von Coldhammer. Auf dem ganzen Weg, während der vollen siebzig Meilen der Fahrt, diskutierte er über die einzuschlagende Richtung. Daß seine Karte aus dem achtzehnten Jahrhundert stammte, machte ihm keinen Eindruck.

Wenn Pappi zu viele Koffer mitgenommen hatte, so war Freada in das entgegengesetzte Extrem verfallen und hatte ihrer zu wenige mitgebracht.

Ihr Hab und Gut war in Pakete verpackt, und über die Schulter hatte sie, wie ein Briefträger, einen Sack geworfen, der ein Abendkleid enthielt. Sie und Niall waren zur Hochzeit nach London gekommen, hatten beabsichtigt, zwei Nächte zu bleiben, blieben aber vier Wochen, und keiner von beiden hatte sich die Mühe genommen, Koffer zu besorgen. Erst als sie für die Reise nach Coldhammer gerüstet waren, erwachten in Niall böse Ahnungen.

Freadas Kleidung war übertrieben zu nennen. Ihr langes Seidenkleid war gestreift und unterstrich nur ihre Größe, dazu trug sie einen breiten Hut, wie man ihn auf Porträts sehen kann, und den sie zur Hochzeit gekauft hatte. Weiße Handschuhe, die bis zu den Ellbogen reichten, waren einer Gartengesellschaft bei der königlichen Familie würdig.

»Was ist denn los? Was stimmt nicht?« sagte sie zu Niall.

»Ich weiß nicht«, sagte er. »Es mag der Hut sein.«

Sie nahm ihn ab. Aber der Coiffeur hatte ihr Haar schlecht behandelt; er war allzu unbekümmert mit der Farbe umgegangen, und nun leuchtete es gar zu stark. Niall sagte nichts, aber Freada begriff.

»Ich weiß«, sagte sie, »darum muß ich ja auch den Hut aufsetzen.«

»Und wie soll es abends werden«, sagte Niall, »wenn wir uns zum Abendessen umziehen?«

»Tüll«, meinte Freada kurz, »um den Kopf geschlungen. Ich kann Lady Wyndham erzählen, das sei in Paris die neueste Mode.«

»Was auch geschehen mag«, sagte Niall, »wir dürfen Maria nicht bloßstellen. Wir müssen daran denken, daß es Marias Premiere ist.«

Er begann, seine Nägel zu beißen. Er war nervös. Der Gedanke daran, daß er Maria als jungverheiratete Frau einen Monat nach ihrer Hochzeit wiedersehen sollte, bedrückte ihn. Daß er in Paris lebte, daß er mit Freada lebte, daß er mit seinen Schlagern einen plötzlichen, unverhofften Erfolg kennengelernt hatte, galt ihm nichts.

Die Unbefangenheit, die sich in ihm entwickelt hatte, war verschwunden. Jener Niall Delaney, dem man in Paris nachlief, den man verzog und verhätschelte, war nichts als ein Knabe mit zittrigen Händen.

»Wir müssen daran denken«, wiederholte er, »daß diese ganze Geschichte in Coldhammer uns falsch wie die Hölle vorkommen mag, für Maria aber furchtbar wichtig ist.«

»Wer sagt, daß diese Geschichte falsch ist?« erklärte Freada. »Ich habe den größten Respekt vor dem englischen Landleben. Hör auf, deine Nägel zu beißen!«

Sie ging die Stufen hinunter zu dem wartenden Wagen, schwang ihren Postsack über die Schulter, und die langen, weißen Handschuhe reichten ihr über die Ellbogen.

Die Gäste waren gebeten worden, rechtzeitig zum Mittagessen zu erscheinen. »Luncheon« nannte es Lady Wyndham. »Luncheon um ein Uhr fünfzehn. Aber ich bitte, möglichst schon um zwölf Uhr dreißig zu kommen«, hieß es in einem Brief, »auf diese Art haben Sie Zeit, es sich bequem zu machen.«

Pappis Landkarte aus dem achtzehnten Jahrhundert hatte zur Folge, daß der Wagen hinter dem Hyde Park Corner eine falsche Straße einschlug. Von »sich's bequem machen« konnte gar keine Rede sein. Der Wagen kam erst fünf Minuten nach zwei in Coldhammer an. Celia litt unsäglich.

»Wir müssen so tun, als hätten wir schon zu Mittag gegessen«, sagte sie. »Man wird uns nicht mehr erwartet haben. Wir können unmöglich jetzt noch ein Mittagessen verlangen. Maria muß uns eben im Laufe des Nachmittags ein paar Biskuits bringen.«

»Bin ich ein Hund?« sagte Pappi und drehte sich nach ihr um, die Brille auf der Nasenspitze. »Ich habe diese lange Reise nicht unternommen, um ein paar Biskuits zu essen. Coldhammer ist einer der prächtigsten Landsitze in ganz England. Ich habe vor, zu essen, und gut zu essen, mein Liebling! Ah! Was habe ich Ihnen gesagt...« Er beugte sich vor und stieß den Chauffeur an, als der Wagen jetzt plötzlich in einen schmalen Weg einbog. »Das ist einer der Reitpfade. Er ist klar auf meiner Karte zu erkennen.«

Er schwenkte die Karte hoch in die Luft und war ganz aufgeregt. Freada öffnete die Augen und gähnte.

»Sind wir schon in der Nähe?« fragte sie. »Wie wunderbar es doch auf dem Lande riecht. Wir sollten Lady Wyndham bitten, uns doch auf dem Rasen schlafen zu lassen. Vielleicht können wir Feldbetten beschaffen.«

Niall antwortete nicht. Er fühlte sich schlecht. Auf dem Rücksitz eines Wagens war ihm immer schlecht. Das gehörte zu jenen peinlichen Dingen, die er noch nicht abzustreifen vermocht hatte. Jetzt blieb der Wagen vor einem schmiedeeisernen Gittertor stehen. Zwei Säulen flankierten es, und jede trug einen steinernen Greif.

»Das muß es sein«, sagte Pappi und verfolgte mit dem Finger noch immer auf der Landkarte einen Wagenweg aus dem achtzehnten Jahrhundert. »Sieh nur die Greife, Celia, Liebling. Sie können historische Bedeutung haben. Ich muß doch den alten Wyndham fragen. Hupen Sie einmal!«

Der Chauffeur hupte. Er war auf dieser Fahrt von siebzig Meilen um Jahre gealtert. Eine Frau kam aus dem Pförtnerhaus gelaufen und öffnete das Gittertor weit. Der Wagen rollte hindurch. Pappi beugte sich aus dem Fenster zu ihr hinaus.

»Ein netter Zug, das«, sagte er. »Wahrscheinlich ein alter Dienstbote. Seit Jahren bei den Wyndhams. Hat Charles auf den Knien gewiegt. Ich muß herauskriegen, wie sie heißt. Es ist immer gut, die Namen solcher Leute zu kennen.«

Die Anfahrt wand sich durch den Park zu dem Haus, das weiß und gelassen am fernen Ende stand.

»Typischer Bau von Adams«, sagte Pappi sogleich. »Dorische Säulen.«
»Meinst du nicht Kent?« sagte Freada.
»Kent und Adams«, erklärte Pappi großzügig.

Der Wagen beschrieb einen Halbkreis und fuhr vor der grauen Fassade vor. Maria und Charles warteten Arm in Arm auf den Stufen. Es gab eine Unmenge Hunde der verschiedensten Rassen.

Maria löste sich von Charles und lief die Stufen hinunter. Ihr natürliches Empfinden war schließlich doch zu stark, und sie konnte die Pose, die sie sich, nach dem Vorbild der illustrierten Zeitschriften, zurechtgelegt hatte, nicht beibehalten.

»Wie spät ihr kommt! Was ist denn geschehen?« sagte sie.

Ihre Stimme klang hoch und unnatürlich, und Niall merkte an dem Ausdruck ihres Gesichtes, das er so gut kannte, daß sie ebenso nervös war wie er selbst. Nur Pappi allein blieb unerschütterlich.

»Mein Liebling«, sagte er. »Mein schönes Kind«, und er stieg aus dem Wagen, warf Decken, Kissen, Spazierstöcke und Shakespearebände auf den Boden, während die Hunde wütend bellten.

Charles begann mit der ruhigen, festen Art eines Mannes, der gewöhnt ist, mit disziplinierten Leuten umzugehen, dem Chauffeur, der einem Zusammenbruch nahe war, zu erklären, wie man am besten zur Garage kam.

»Laßt alles im Wagen«, sagte Maria noch immer mit schriller Stimme. »Vaughan wird das schon erledigen. Vaughan weiß, wohin alles gehört.«

Vaughan war der Diener. Er stand in würdiger Haltung hinter Maria.

»Was für eine Enttäuschung«, sagte Freada um eine Spur zu laut, »ich hatte gehofft, die Diener würden weißgepuderte Zöpfe tragen. Aber er ist doch ein prächtiger Kerl.«

Sie stieg aus dem Wagen, dabei verfing sich ihr Absatz im losen Gummi des Trittbretts, und sie fiel der Länge nach vor die Füße des Lakais, die Arme ausgebreitet wie zu einem Sprung vom Trampolin.

»Das war sehr wirkungsvoll«, sagte Pappi. »Mach es doch noch einmal!«

Vaughan und Charles halfen Freada wieder auf die Füße. Breit lächelnd, mit zerschlagener Lippe und geplatzten Strümpfen, versicherte sie beiden, es sei ein gutes Omen für die Besitzer, wenn man beim Eintritt in ein fremdes Haus stürzte.

»Aber deine Lippe blutet ja«, sagte Pappi mit erhöhtem Interesse. »Wo ist denn der Koffer mit den Medikamenten?«

Er wandte sich zum Gepäckraum des Wagens und suchte den Koffer.

»Ich glaube nicht, daß es sehr schlimm ist«, meinte Charles und zog mit der Höflichkeit eines Adligen aus der Zeit Raleighs sein Taschentuch hervor. »Nur ein Kratzer am Mundwinkel.«

»Ja, aber mein Lieber, sie kann einen Starrkrampf bekommen«, sagte Pappi. »Man darf Kratzer nie vernachlässigen. Ich habe von einem Mann in Sydney gehört, der binnen vierundzwanzig Stunden einen Starrkrampf gekriegt hat. Er starb unter den entsetzlichsten Qualen, sein Körper war rückwärts gebogen wie ein Reifen.« Fieberhaft warf er alle Koffer auf den Boden. Die Medikamente lagen natürlich zuunterst. »Ah, da habe ich's!« sagte er. »Jod! Niemals ohne Jod reisen! Aber zuerst muß die Lippe gewaschen werden. Charles, wo kann Freada sich waschen? Es ist dringendst nötig, daß Freada sich wäscht.«

Lord Wyndham trat, die Uhr in der Hand, auf die oberste Stufe.

»Freue mich, Sie zu sehen, freue mich, Sie zu sehen«, brummte er, und sein Gesicht legte sich in grimmige Furchen. »Wir befürchteten schon einen Unglücksfall. Eben wird das Mittagessen aufgetragen. Können wir gleich essen? Es ist jetzt genau achteinhalb Minuten nach zwei.«

»Freada kann sich doch nachher waschen«, flüsterte Celia. »So rasch kann kein Starrkrampf eintreten. Alle müssen unseretwegen warten.«

»Auch ich wünsche mich zu waschen«, erklärte Pappi laut. »Wenn ich mich nicht jetzt waschen kann, so heißt das, daß ich nach dem ersten Gang die Tafel verlassen muß.«

Während die Gesellschaft die Stufen hinaufstieg und an den Säulen vorüber ins Haus trat, warf Niall noch einen Blick über die Schulter nach dem Wagen. Er sah, wie Vaughan den Postsack anstarrte.

Halb drei war vorüber, als schließlich alle sich auf ihren Stühlen in dem geräumigen, quadratischen Speisesaal versammelt hatten. Pappi, zur Rechten Lady Wyndhams, redete ohne Unterlaß. Celia spürte, daß das eine große Erleichterung für Lady Wyndham bedeutete, deren Gesicht den gequälten, abwesenden Ausdruck der Hausfrau sehen ließ, die weiß, daß das Menü, das sie tags zuvor mit aller Zuversicht angeordnet hatte, völlig aus den Fugen geraten war.

Sie saß obenan an der Tafel, beobachtete den Butler und dessen Gehilfen, die die Schüsseln reichten, und die Gäste, die aßen, was ihnen vorgesetzt wurde, und sie schaute etwa ebenso drein, wie ein Theaterdirektor seinem Ensemble bei einer Probe zusieht, die schlecht begonnen hat.

Freada, zu Lord Wyndhams Linken, hatte sich in eine Diskussion über schwedisches Zinn eingelassen, die nicht recht in Fluß kommen wollte. Sie hatte auf einer Konsole in der Ecke einen alten Deckelkrug bemerkt, aber Lord Wyndham verhielt sich durchaus ablehnend.

»Schwedisch?« knurrte er. »Möglich. Ich habe keine Ahnung. Er kann schwedisch sein. Mir ist es ziemlich gleichgültig, ob er schwedisch ist oder japanisch. Der Krug ist dort gestanden, seit ich ein Kind war. Und wahrscheinlich auch schon vorher.«

Niall beobachtete Maria, die jetzt, da die Gesellschaft endlich um den Tisch versammelt war, auch ihren Gleichmut wiedererlangt hatte und die Rolle der Honourable Mrs. Charles Wyndham spielte. Da sie die junge Frau des Haussohns war, saß sie als Ehrengast zu Lord Wyndhams Rechten. Ein Verwandter oder Nachbar der Familie, mit sandfarbigem, buschigem Schnurrbart, saß auf der anderen Seite neben ihr.

»Aber wenn die Rennen in Ascot sind, kommen Sie doch zu uns, nicht wahr?« sagte Maria. »Ach ja, Sie müssen! Wir haben eine Loge. Leila kommt mit und Bobby Lavington auch, und die Hopton-D'Arcys kommen mit ihren Gästen aus Windsor zu uns herüber. Wußten Sie, daß Charles und ich in vierzehn Tagen in unser Haus in Richmond übersiedeln? Es ist ein Bau aus der Zeit der Regence. Wir sind ganz vernarrt in das Haus. Vater und Mutter sind so reizend zu uns gewesen. Wir werden einige von den entzückenden Stücken aus diesem Hause hier bekommen, um uns einzurichten.«

Sie streckte die Hand zärtlich zu Lord Wyndham aus, der leise etwas knurrte. Vater und Mutter. Sie nannte die Wyndhams Vater und Mutter! »Wir finden, daß es just das Richtige ist«, fuhr Maria fort, »am Rande von London zu wohnen. Da können wir alle unsere Freunde bei uns sehen.«

Sie fing Nialls Blick auf, schaute hastig weg und zerkrümelte ein Stück Brot. Sie trug eine neue Frisur. Die Haare waren länger als zuvor und hinter die Ohren gezogen. Und ihr Gesicht war schmäler geworden. Sie sah reizender aus als je, fand Niall, das unbestimmte Blau ihres Kleides klang gut mit der Farbe ihrer Augen zusammen, und da sie wußte, daß Niall sie beobachtete, hob sie ihr Kinn arrogant und halb zur Abwehr und sprach noch lauter als zuvor von ihren Plänen für Ascot. Seine Liebe für sie war so stark, daß es ihn schmerzte und er nicht essen konnte. Und er hatte Lust, sie zu prügeln, sehr, sehr fest zu prügeln.

Als um dreiviertel vier das Mittagessen beendet war, bemächtigte sich der ganzen Gesellschaft eine unüberwindliche Stumpfheit, aber Pappi, durch Portwein und Stiltonkäse gesänftigt, kündigte seine energische Absicht an, jeden Zoll von Coldhammer von den Dachkammern bis zur Küche zu besichtigen. »Nicht zu vergessen die Meierhöfe«, sagte er und streckte die Hand nach der Terrasse aus, »die Wirtschaftsgebäude, den Schweinestall, die Brennerei, die Vorratskammern für das Wildbret. Alles muß ich sehen.«

»Der Meierhof ist gute drei Meilen vom Haus entfernt«, sagte Lady Wyndham, und ihr Blick suchte den Blick ihres Gatten, »und in Coldhammer hat es niemals Wild gegeben. Ich halte es für möglich, daß Sie – wenn wir den Tee bis fünf Uhr verschieben – Zeit zu einem Spaziergang durch die Gartenanlagen bis zum Gehölz haben werden. Wenn nämlich Dobbin nicht etwas anderes vorgesehen haben sollte.«

Ihr Blick glitt von ihrem Gatten zum Butler. Ein Funke des Einvernehmens blitzte in beider Augen auf. Es war wie ein Geheimcode, und Celia wußte, daß dieses Einverständnis »Tee um fünf Uhr« zu bedeuten hatte, obgleich Lady Wyndhams Lippen die Worte nicht formten.

»Jetzt ist es zu spät, um meine Pläne auszuführen«, knurrte Lord Wyndham. »Ich hatte vorgesehen, daß wir die Gartenanlagen um drei Uhr besichtigen sollten. Um dreiviertel vier wären wir dann auf den Beacon Hill gefahren, um den Blick über die drei Grafschaften oberhalb Jägerlust zu genießen.«

»Jägerlust? Das klingt so nach Folklore und Märchen«, sagte Freada. »Könnten wir das nicht nachts bei Mondschein besichtigen? Das wäre vielleicht genau das, was du für den Geistertanz brauchst, Niali, den du komponieren willst.«

»Es ist nichts als ein Stück einer eingefallenen Mauer«, erklärte Lady Wyndham. »Ich glaube nicht, daß es jemanden zum Tanz begeistern kann. Vielleicht am Morgen, wenn Sie die Aussicht interessiert ...«

Lord Wyndham verglich seine Uhr mit der Uhr auf dem Kaminsims, und Lady Wyndham griff nach einem Sonnenschirm. Mit grimmiger Entschlossenheit auf den leidenden Zügen führten sie die ganze Gesellschaft auf die Terrasse hinaus; die Nachhut bildete Pappi, der seine neue Tweedmütze trug und das Malakkarohr schwenkte.

Der Tag ging schleppend in den Abend über. Dem erschöpfenden Spaziergang nach dem Gehölz und der Führung durch das Haus folgte, schwer und unverdaulich, ein ausgiebiger Tee und die Ankunft weiterer Gäste, die nur zu dieser Mahlzeit eingeladen worden waren. Pappi, der niemals Tee trank, begann das Bedürfnis nach stärkeren Reizmitteln zu verspüren. Celia fing seinen Blick auf, der in die Richtung des Eßzimmers abglitt. Die Frage war – wie stand es mit Charles? Würde Charles sich als hilfreich erweisen? Oder würde es eigenartig wirken, wenn der Vater der jungen Frau um dreiviertel sechs ein Glas Whisky verlangte? Oben, im Zimmer, gab es natürlich für den äußersten Fall einen Vorrat, aber es wäre doch ein Jammer, sich schon so früh daran zu vergreifen. Celia wußte, daß alle diese Gedanken Pappis Geist durchquerten. Sie ging zum Fenster hinüber und zupfte Maria am Ärmel.

»Ich weiß, daß Pappi ein Glas brauchte«, flüsterte sie. »Ist das ganz aussichtslos?«

Maria sah besorgt drein.

»Es wird nicht gerade leicht sein«, flüsterte auch sie. »Es wird immer erst knapp vor dem Abendessen etwas zum Trinken gereicht, und dann ist es nur Sherry. Hat er denn seine Flasche nicht mitgebracht?«

»Doch. Aber die möchte er wohl für später aufheben.«

Maria nickte. »Ich will sehen, ob ich Charles erreichen kann«, sagte sie.

Charles war nirgends zu erblicken. Maria mußte ihn suchen gehen. Celias Besorgnis wuchs. Bis zum Abendessen würde Pappi es nie und nimmer aushalten. Er war wie ein Säugling, der seine Flasche haben mußte. Er mußte seinen Whisky zur gewohnten Stunde haben, sonst geriet sein ganzes Nervensystem in Unordnung.

Jetzt tauchte Charles, gefolgt von Maria, wieder auf. Er trat zu Pappi und bückte sich zu hastiger Beratung. Dann verließen die beiden Männer miteinander den Raum. Celia seufzte erleichtert. Zwischen Männern muß es in diesen Dingen wohl eine Art Freimaurerei geben.

»Ihr Vater hat den Tee nicht angerührt«, sagte Lady Wyndham. »Er hat ihn ganz kalt werden lassen. Soll ich ihn weggießen und frischen bestellen? Wohin ist er denn gegangen?«

»Ich glaube, daß Charles ihm die Bilder im Eßzimmer zeigt«, meinte Celia.

»Da ist nichts besonders Lohnendes zu sehen«, sagte Lady Wyndham. »Wenn er die Winterhalter besichtigen will, die hängen oben im Treppenhaus, aber gerade jetzt ist die Beleuchtung sehr ungünstig.«

Die Hausfrauenpflichten am Teetisch hielten sie davon ab, ihrem Gast zu folgen, und bald erschien Pappi wieder im Wohnzimmer, das Antlitz in holder Unschuld strahlend.

Um dreiviertel sieben erscholl der Gong, der daran mahnte, daß die Stunde zum Umziehen gekommen sei, und Gäste wie Gastgeber standen erleichtert auf und suchten Zuflucht in ihren Zimmern. Niall warf sich auf sein Bett und zündete eine Zigarette an. Das Bedürfnis nach einer Zigarette war bei ihm so stark geworden wie der Drang nach Kokain bei einem Rauschgiftsüchtigen. Er hatte wohl auch unten geraucht, aber unten zu rauchen war doch nicht dasselbe, wie wenn man allein in einem leeren Zimmer rauchte.

Kaum hatte er die Augen geschlossen, als auch schon ein behutsames Klopfen an der Tür vernehmbar wurde. Es war Freada.

»Ich kann meine Kleider nicht finden«, sagte sie. »Ich habe ein riesiges Schlafzimmer gekriegt, so was, wie man es in Versailles sieht, aber keinerlei Spur von meinen Paketen und dem Postsack. Glaubst du, daß ich läuten darf?«

»Ja«, sagte Niall, »aber nicht von meinem Zimmer aus. Es wird gewiß nicht vorausgesetzt, daß du in mein Zimmer kommst.«

»Das macht weiter nichts«, sagte Freada, »die Leute halten mich alle für deine Mutter. Ich bin Pappis geschiedene Frau. Es ist ein schreckliches Durcheinander, aber es erfüllt seinen Zweck.«

»Ich finde, daß es sehr unpassend ist«, sagte Niall. »Warum mußt du denn überhaupt etwas sein?«

»Diese Leute wollen für alles eine Etikette haben«, erklärte Freada. »Sei ein Engel und such mir den Postsack. Er muß ja irgendwo sein. Ich möchte ein Bad nehmen. Ich habe ein großartiges Badezimmer mit Stufen in die Wanne. Und überall an den Wänden sind Stiche von Marcus Stone. Richtige Symbole für das Victorianische Zeitalter. Ich liebe solche Häuser.«

Niall hatte nicht den Mut, zu läuten. Noch die Dienstboten zu fragen. Endlich entdeckte er den Postsack in der Garderobe unten, diskret neben den Golfstöcken untergebracht.

Während er ihn hinaufschleppte, trat Lord Wyndham, in vollem Wichs, den Blick auf die Uhr gerichtet, auf den Treppenabsatz.

»In fünfzehn Minuten wird gespeist«, murrte er. »Sie haben genau fünfzehn Minuten zum Umziehen. Was wollen Sie denn mit diesem Sack da?«

»Es ist etwas drin«, sagte Niall, »etwas ziemlich Wertvolles.«

»Frettchen, sagen Sie?« fuhr Lord Wyndham ihn an. »Wir dulden keine Frettchen im Haus. Läuten Sie, bitte! Vaughan wird sie wegschaffen.«

»Nein, Sir«, sagte Niall, »etwas Wertvolles, das meiner – meiner Mutter gehört.« Er setzte seinen Weg durch den Korridor fort. Lord Wyndham starrte ihm nach. »Ein erstaunlicher junger Mensch«, knurrte er. »Komponist ... Paris ... Sind alle gleich!« Er eilte die Treppe hinunter, um den Zeigerstand seiner Uhr mit dem Zeigerstand der Uhr unten zu vergleichen.

Freadas Badezimmer dampfte. Sie stand laut singend in der Wanne und seifte sich ein. Beim Anblick des Postsacks stieß sie ein Triumphgeschrei aus.

»Das ist gescheit«, sagte sie. »Häng ihn nur dort an die Tür, Schatz. Der Dampf wird die Falten glätten. Die Pakete habe ich auch gefunden. Sie waren alle in der untersten Lade eines Schranks.«

»Du sollst dich lieber beeilen«, sagte Niall. »Wir haben nur noch eine Viertelstunde bis zum Abendessen.«

»Ich habe diese Seife hier entdeckt«, erklärte Freada. »Es ist braune Windsorseife. Eine gute, altmodische Marke. Ich werde sie mitnehmen. Das wird kein Mensch bemerken. Reib mir den Rücken, mein Engel. So, zwischen den Schultern!«

Niall rieb sie mit ihrem recht verbrauchten Luffaschwamm, und sie drehte die Hähne für kaltes und warmes Wasser gleichzeitig auf, so daß wahre Springbrunnen hervorsprudelten.

»Wir wollen doch was für unser Geld haben«, sagte Freada »Wenn wir nach Paris zurückkommen, wird unser verdammter Hahn bestimmt nicht funktionieren. Die Concierge kümmert sich nie darum.«

»So; genügt dir das?« sagte Niall und schüttelte seine Ärmel. »Jetzt muß ich mich umziehen. Sonst komme ich viel zu spät.«

Er ging wieder in Freadas Schlafzimmer und rieb sich die Augen, die der Dampf angegriffen hatte. Das Geräusch des fließenden Wassers hatte ein Klopfen an der Tür übertönt. Sie hatten beide nichts gehört. Und nun stand Lady Wyndham, in schwarzem Samt, auf der Schwelle.

»Ich bitte um Verzeihung«, sagte sie, »wenn ich das Zimmermädchen recht verstanden habe, muß ein kleines Mißverständnis mit dem Gepäck Ihrer – Ihrer Mutter vorgefallen sein.«

»Es ist schon alles in Ordnung«, sagte Niall. »Ich habe es gefunden.«

»Hoho!« brüllte Freada aus dem Badezimmer. »Bevor du gehst, Baby, bring mir noch mein Handtuch von dem Stuhl. Ich habe nicht übel Lust, das Handtuch auch mitgehen zu lassen. Die Wyndhams müssen Handtücher in Hülle und Fülle haben!«

Kein Muskel in Lady Wyndhams Gesicht verzog sich. Aber im tiefsten Grund ihrer Augen erschien ein seltsamer, bestürzter Blick.

»Dann hat Ihre Mutter alles, was sie braucht«, sagte Lady Wyndham.

»Ja«, erwiderte Niall.

»Dann werden Sie beide sich jetzt wohl umkleiden wollen«, sagte Lady Wyndham. »Ihr Zimmer ist, wie Sie wohl wissen, auf der anderen Seite des Ganges.«

Majestätisch, unnahbar schritt sie von dannen, just, als Freada, splitternackt und tropfend, mit nassen Füßen in das Schlafzimmer stapfte.

*

Keiner der Delaneys war pünktlich zum Abendessen erschienen. Selbst Maria, die es doch besser verstehen mußte, rauschte erst etwa zehn Minuten, nachdem der Gong ertönt war, die Treppe hinunter. Ihre Ausrede war ein neues Kleid aus ihrem Trousseau, das am Rücken zu schließen war. Und Charles, sagte sie, habe so plumpe Finger, er sei nicht imstande gewesen, es zu schließen. Niall spürte, daß diese Geschichte erfunden war. Wäre er an Charles' Platz gewesen, so hätte Marias Kleid nicht geschlossen werden müssen. Noch wären sie zum Abendessen erschienen ...

Pappis gerötetes Gesicht und leicht zerdrückte schwarze Krawatte verriet seiner nächsten Familie, daß die kleine Labung zwischen Tee und Abendessen sich nicht als zureichend erwiesen hatte und er gezwungen gewesen war, zu seinem Notvorrat Zuflucht zu nehmen. Sein Lächeln war breit und nachsichtig. Celia beobachtete ihn wie eine junge Mutter, die des Benehmens ihres Kindes nicht ganz sicher ist. Daß sie vergessen hatte, ihre Abendschuhe einzupacken, störte sie kaum. Ihre Pantoffel waren leidlich elegant und mußten genügen. Solange Pappi sich anständig aufführte, war alles andere gleichgültig.

Endlich erschien auch Freada. Das geschah nicht aus irgendeiner Erwägung heraus, denn Eitelkeit war ihr fremd, sondern weil es einige Zeit in Anspruch genommen hatte, den Tüll um ihr Haar zu winden. Die Wirkung war ein wenig verblüffend und durchaus nicht beabsichtigt. Es war wie die Flucht nach Ägypten, gemalt von einem gleichgültigen Primitiven. Als sie auftrat, blickte Lord Wyndham auf seine Uhr.

»Dreiundzwanzigeinhalb Minuten nach acht«, knurrte er.

Schweigend schritten Damen und Herren in das Eßzimmer, und Freada, die sonst bei der Suppe immer eine Zigarette rauchte, gebrach es heute, zum erstenmal in ihrem Leben, an Mut. Sie ließ die Zigarette unangezündet.

Pappis warme, bezwingende Stimme, die um diese Abendstunde immer mehr als sonst den irischen Akzent verriet, war es, die das eisige Tröpfeln der Konversation übertönte, nachdem der Fisch aufgetragen und der Champagner eingeschenkt worden war.

»Es tut mir aufrichtig leid, wenn es Sie betrüben sollte, mein lieber Freund«, dröhnte es über den ganzen Tisch zu Lord Wyndham hinüber,

»aber ich muß eine Erklärung abgeben. Ihr Champagner schmeckt nämlich nach Kork.«

Augenblicklich trat tiefe Stille ein.

»Nach dem Kork? Nach dem Kork?« sagte Lord Wyndham. »Das sollte nicht sein! Er hat gar kein Recht, nach dem Kork zu schmecken.« Der Butler eilte bestürzt an seine Seite. »Ich rühre ja das Zeug nicht an«, fuhr Lord Wyndham fort, »mein Doktor würde es mir nicht erlauben. Wer findet sonst noch, daß der Champagner nach dem Kork schmeckt? Charles? Was ist denn mit dem Champagner los? Er darf nicht nach dem Kork schmecken.«

Alle kosteten den Champagner. Keiner wußte, was er sagen sollte. Pappi recht zu geben, war eine Unhöflichkeit gegen Lord Wyndham. Nicht mit Pappi übereinzustimmen, hieß, daß man nichts verstand. Es wurden frische Flaschen gebracht, frische Gläser gereicht. Wir warteten in peinlichster Verlegenheit, während Pappi sein Glas an die Lippen hob.

»Ich möchte meinen, daß der hier auch nach dem Kork schmeckt«, sagte er, den Kopf leicht auf die Seite gelegt. »Das muß ein Betrug sein. Sie müssen gleich Montag früh an Ihren Weinlieferanten telegrafieren. Er darf Sie nicht mit solchem Zeug hineinlegen.«

»Nehmen Sie ihn weg«, fuhr Lord Wyndham den Butler an. »Wir werden eben Rheinwein trinken.« Zum zweiten Male wurden die Gläser weggeräumt.

Celia starrte unverwandt auf ihren Teller. Niall konzentrierte sein Interesse auf die silbernen Kerzenhalter. Und Maria, die junge Frau, vergaß, die Honourable Mrs. Charles Wyndham zu spielen und fiel in die Rolle der Mary Rose zurück. Sie saß still da und lauschte ihren Stimmen ...

»Ich glaube, ein wenig Musik würde beruhigend wirken«, sagte Lady Wyndham nach Tisch, und ihrer Stimme war anzumerken, daß sie es aufrichtig meinte. Niall, durch den Rheinwein aufgepulvert, ging an den Flügel, der im entferntesten Winkel des Salons stand. »Und nun«, dachte er, »ist es wirklich ziemlich gleichgültig, was geschieht. Ich kann machen, was ich will, spielen, was ich will, niemand kümmert sich darum, niemand hat Lust, zuzuhören, sie alle wollen nur den Alptraum des Abendessens vergessen. Und da bin ich wirklich richtig am Platz, denn meine Musik ist wie ein Rauschmittel, das das Bewußtsein einschläfert, und der alte Lord Wyndham mit seiner Uhr kann den Takt schlagen, wenn er gerade will; darüber wird er den Champagner vergessen, der nach dem Kork geschmeckt hat. Lady Wyndham kann die Augen schließen und an das morgige Programm denken. Pappi kann einschlafen, Freada kann ihre Schuhe unter dem Sofa abstreifen. Celia kann sich erholen. Die anderen Leute mögen tanzen oder nicht, wie sie wollen, und Maria kann die Lieder hören, die ich für sie schreibe, und die sie nie singen wird.«

Es war nicht länger der steife Salon in Coldhammer, sondern ein beliebiger Flügel in einem beliebigen Raum, wo er ebensogut allein sein konnte. Er spielte weiter, und es gab keinen anderen Laut, nur sein Spiel, nur Nialls Musik, die Tanzmusik war und doch anders als jede andere. Es war etwas Wildes darin und doch auch etwas Süßes, es war befremdend und traurig, und ob es einem nun gefiel oder nicht, dachte Maria, man hatte doch Lust, zu tanzen. Mehr als alles in der Welt wünschte man sich jetzt, zu tanzen.

Sie beugte sich über das Klavier, beobachtete ihn, und sie war nicht die Honourable Mrs. Charles Wyndham oder Mary Rose oder sonst eine Figur, die sie im Anreiz der Stunde ersonnen hatte, sie war Maria, und Niall wußte das, während er spielte, und er lachte, denn jetzt waren sie vereint, und er war glücklich.

Celia schaute die beiden an, dann blickte sie auf Pappi, der in seinem Lehnstuhl eingeschlafen war, und plötzlich hörte sie neben sich leise und mit unendlichem Respekt eine Stimme sagen:

»Ich gäbe alles in der Welt darum, wenn ich diese Gabe besäße. Wie glücklich er ist! Er wird nie wissen, wie glücklich er ist!«

Es war Charles. Und er schaute durch den langen Salon zu Niall und Maria hinüber.

Gegen Mitternacht war es, als wir alle uns in unsere Zimmer verstreuten. Die Musik hatte bewirkt, was unsere Wirtin verlangt hatte. Alle waren beruhigt bis auf den Musiker selber. Er allein würde nicht tief zufrieden einschlafen.

»Komm, sieh doch mein Zimmer an«, sagte Maria, die im Nachtgewand auf den Gang trat, als er auf dem Weg ins Badezimmer an ihrer Tür vorbeiging. »Es ist getäfelt. Und es hat einen geschnitzten Plafond.« Sie nahm ihn bei der Hand und zog ihn in ihr Zimmer.

»Es ist hübsch, nicht wahr?« sagte sie. »Sieh nur das Gesims oberhalb des Kamins!«

Niall schaute. Ihm lag nichts an Gesimsen.

»Bist du glücklich?« fragte er.

»Wahnsinnig«, sagte Maria. Sie knüpfte ein blaues Band um ihr Haar. »Ich kriege ein Kind«, sagte sie. »Du bist der erste Mensch, der es erfährt. Von Charles abgesehen natürlich.«

»Bist du dessen gewiß?« sagte Niall. »Ist es nicht ein wenig früh? Du hast doch erst vor einem Monat geheiratet.«

»Es muß gleich damals in Schottland geschehen sein«, sagte Maria, »das kommt manchmal vor. Ist es nicht großartig? Wie in einem Königshaus!«

»Warum Königshaus?« fragte Niall. »Warum nicht wie bei einer jungen Katze?«

»Ich finde, daß es wie in einem Königshaus ist«, sagte Maria.

Sie kletterte ins Bett und klopfte die Kissen zurecht.

»Fühlst du dich dadurch verändert?« fragte Niall.

»Nein, eigentlich nicht«, sagte Maria. »Ein wenig seekrank, sonst nichts. Und ich habe so komische kleine Äderchen, das ist alles.«

Sie schüttelte das Nachthemd von den Schultern, und er sah, was sie meinte. Auf ihren kleinen weißen Brüsten waren ganz klar blaßblaue Adern zu sehen.

»Wie merkwürdig«, sagte Niall. »Ob das immer so ist?«

»Ich weiß es nicht«, sagte Maria. »Es beeinträchtigt sie ein wenig, nicht wahr?«

»Ja, das finde ich auch«, sagte Niall.

Just in diesem Augenblick kam Charles aus seinem Ankleidezimmer. Er blieb stehen, während Maria gleichgültig ihr Nachthemd hochzog.

»Niall hat mir gerade gute Nacht gesagt«, erklärte sie.

»Das sehe ich«, sagte Charles.

»Gute Nacht«, sagte Niall. Er ging aus dem Zimmer und schloß die Tür hinter sich.

Er war völlig wach und sehr hungrig, aber es wäre einfacher gewesen, die Möbel in seinem Zimmer zu verspeisen, als die Treppe hinunterzuschleichen und die Geheimnisse der Vorratskammern von Coldhammer zu ergründen. Es war natürlich immer denkbar, daß Freada, die seine Gewohnheiten kannte, ein paar Semmeln vom Abendessen in ihr Täschchen gesteckt und unter ihrem Kissen verborgen hatte. Niall ging durch den Korridor zu Freadas Zimmer, doch am Treppenabsatz sah er den Weg durch Lady Wyndham gesperrt. In einem gesteppten Schlafrock wirkte sie einschüchternder als je; überdies war sie grau vor Müdigkeit. Sie hielt eine Beratung mit zwei Dienstmädchen ab, die mit Eimern und Scheuerlappen bewaffnet waren.

»Ihre Mutter hat die Hähne im Badezimmer offengelassen«, sagte sie zu Niall, »das Wasser ist natürlich übergelaufen und durch den Plafond in die Bibliothek gesickert.«

»Das tut mir furchtbar leid«, sagte Niall. »Wie nachlässig sie ist! Kann ich Ihnen bei irgend etwas behilflich sein?«

»Nein, nein«, sagte Lady Wyndham, »ganz unnötig. Wir haben getan, was sich im Augenblick tun ließ. Morgen früh müssen die Männer den Schaden besichtigen.« Sie verschwand, gefolgt von den Zimmermädchen, in die Richtung ihrer eigenen Gemächer.

»Eines wenigstens steht fest«, dachte Niall, als er zu Freadas Tür schlich, »und das ist, daß keiner von den Delaneys hier wieder in Gnaden aufgenommen wird. Mit Ausnahme von Maria. Maria wird Woche um Woche nach Coldhammer kommen, Monat um Monat, bis sie einst, als alte Witwe, in diesem Bett stirbt.«

Er klopfte nicht an Freadas Tür. Er trat ein und tastete unter das Kissen. Ja, sie hatte daran gedacht. Zwei Semmeln warteten auf ihn und eine Banane. Still begann er die Banane in der Dunkelheit zu schälen.

»Du weißt, was du angerichtet hast?« fragte er Freada.

Aber sie schlief beinahe. Sie gähnte und drehte sich um.

»Zum größten Teil habe ich das Wasser schon mit meinem Abendkleid aufgewischt. Den Tüll habe ich dem Zimmermädchen geschenkt. Sie war entzückt.«

Niall steckte das letzte Stück seiner Banane in den Mund.

»Freada.«

»Was denn?«

»Tut es sehr weh, wenn man ein Baby kriegt?«

»Das hängt vom Bau der Hüften ab«, murmelte sie schlummermüde. »Die Hüften müssen breit sein.«

Niall warf die Bananenschale unter das Bett und legte sich zum Schlafen zurecht. Aber der Schlaf floh ihn. Wie mochte es mit Marias Hüften bestellt sein?

Um drei Uhr morgens lockte ein Krach auf dem Korridor ihn an die Tür. Auch Pappi fand keinen Schlaf. Doch nicht aus dem gleichen Grund. Lord Wyndhams Uhr im Treppenhaus war es, die ihn wach hielt. Er hatte versucht, sie zum Stehen zu bringen, hatte die Zeiger gewaltsam angehalten, und nun lag die Glasscheibe zerschmettert zu seinen Füßen.

17. KAPITEL

Die Kinderschwester hatte alles wohlvorbereitet zurückgelassen. Es gab nichts, was Maria zu tun oder zu suchen gehabt hätte, alles lag in bester Ordnung da. Es gab vier Stöße Windeln, die gefaltet auf dem Ständer vor dem Kamin aufgeschichtet waren. Die Nahrung für das Kind war bereit, richtig gemischt, in die Flaschen eingefüllt, und es blieb, wie die Pflegerin sagte, nichts mehr zu tun übrig, als die Flaschen für einige Minuten in heißes Wasser zu stellen, damit sie die gewünschte Temperatur erhielten. Sollte Caroline während des Nachmittagsschlafs unruhig werden, so durfte sie aus einer anderen kleineren Flasche ein paar Tropfen Wasser bekommen. Aber sie würde nicht unruhig sein. Sie schlief immer. Um fünf Uhr würde sie wach sein und etwa eine halbe Stunde strampeln, das machte ihr Spaß und war gesund für ihre Glieder.

»Und ich werde versuchen, bald nach zehn zurück zu sein«, sagte die Schwester. »Es handelt sich nur darum, den Autobus zu erwischen und daß ich meine Mutter in aller Ruhe in den Zug setzen kann.«

Und damit war sie gegangen. Außer Reichweite, außer Sicht, dieses herzlose, schlechte Frauenzimmer, nur weil sie ihre verfluchte Mutter sehen wollte, die krank gewesen war, und Maria blieb zum erstenmal allein mit Caroline.

Charles war fort. Zufällig war auch Charles fort. Es gab irgendein idiotisches Abendessen in der Nachbarschaft von Coldhammer, bei dem er anwesend sein mußte, obwohl es, Marias Ansicht nach, völlig unwichtig war. Aber Charles hatte feste Grundsätze in diesen Dingen, eine Zusage war eine Zusage, man dürfe Leute nie sitzenlassen. Und so war er ganz früh am Morgen mit dem Wagen weggefahren. Und auch Celia, die doch erreichbar sein mußte, hatte sich entschuldigt.

»Ich kann nicht kommen, Maria«, sagte sie am Telefon. »Ich habe eine Verabredung, die ich einhalten muß. Zudem ist Pappi nicht sehr wohl.«

»Wie kannst du denn eine Verabredung einhalten, wenn Pappi nicht wohl ist?« fragte Maria erbost.

»Weil es ganz in der Nähe ist«, erwiderte Celia. »Ich brauche nur mit dem Taxi nach Bloomsbury zu fahren. Aber zu dir nach Richmond zu kommen, würde mich den ganzen Tag kosten.«

Wütend legte Maria den Hörer in die Gabel. Das war doch wirklich sehr egoistisch von Celia! Wenn die Pflegerin es ihr nur rechtzeitig gesagt hätte! Dann wäre Zeit gewesen, Truda zu telegrafieren. Truda wäre von ihrem kleinen Landhaus in Mill Hill gekommen, in das sie sich zurückgezogen hatte. Allerdings litt Truda derart an Rheumatismus, daß sie auch eine Ausrede gefunden hätte. Jeder wußte eine Ausrede! Niemand wäre bereit, Maria zu helfen! Sie schaute durch das Schlafzimmerfenster und sah erleichtert, daß nichts in dem weißen Kinderwagen sich regte. Der Kinderwagen stand ganz ruhig. Wenn sie nur ein wenig Glück hatte, würde der Kinderwagen bis nach dem Mittagessen so ruhig bleiben.

Maria legte ihre Haare in Klammern und besah die neuen Fotografien. Dorothy Wilding hatte sich wirklich ausgezeichnet. Charles sah ein wenig steif aus, und sein Unterkiefer wirkte massiver, als er es in Wirklichkeit war, aber sie war seit langem nicht mehr so gut getroffen worden, und das Bild, wo sie Caroline in den Armen hielt, die zu ihr aufsah und lächelte, war hervorragend. »The Honourable Mrs. Charles Wyndham in ihrem Heim. Mrs. Wyndham war vor ihrer Heirat im vergangenen Jahr die wohlbekannte Schauspielerin Maria Delaney.« Warum »war«? Warum setzte man sie in die Vergangenheit? Warum betonten sie, daß Maria Delaney nicht mehr vorhanden war? Es traf sie wie ein Schlag, als sie diese Zeilen im »Tatler« las. Sie hatte sie sehr gereizt Charles gezeigt.

»Sieh einmal das hier an«, sagte sie. »Jeder Mensch muß doch glauben, daß ich mich von der Bühne zurückgezogen habe!«

»Und hast du es denn nicht getan?« sagte er nach einer ganz kurzen Pause.

Sie sah ihn verwirrt an.

»Wie? Was meinst du damit?« sagte sie.

Er räumte gerade seinen Schreibtisch auf, legte die Federn und das Papier zurecht.

»Nichts«, sagte er. »Nichts von Belang.« Er fuhr mit seiner Tätigkeit fort und kramte in den Laden.

»Natürlich konnte ich nicht auftreten, als ich das Kind erwartete«, sagte Maria, »aber die Leute schicken mir doch beständig Manuskripte. Immer wieder werde ich angerufen. Du hast doch gewiß nicht geglaubt...«

Sie brach ab, denn mit einem Male wurde ihr klar, daß sie gar nicht wußte, was Charles geglaubt hatte. Sie hatte ihn nie danach gefragt. Es war ihr nicht in den Sinn gekommen. Und sie hatte es wohl auch nicht für wichtig gehalten.

»Der alte Herr ist ziemlich gebrechlich geworden«, sagte Charles. »Von Rechts wegen sollten wir häufiger in Coldhammer sein. Es ist mir nicht ganz wohl dabei zumute, daß wir hier in Richmond wohnen. Es gäbe draußen eine Menge zu tun.«

Eine Menge zu tun ... Das war das Schlimme an Coldhammer. Es gab dort überhaupt nichts zu tun. Nichts – das hieß für Maria. Für Charles lag die Sache anders. Es war sein Heim, es war sein Leben; wenn er dort war, hatte er anscheinend keinen freien Augenblick.

»Ich dachte, dir wäre dieses Haus hier lieb«, sagte Maria.

»Gewiß«, sagte Charles, »es ist mir lieb, weil ich dich lieb habe, es ist unser erstes gemeinsames Heim, und Caroline ist hier auf die Welt gekommen, aber ich meine, wir müßten uns doch darüber klar sein, daß es nur ein zeitweiliges Heim ist. Heute oder morgen wird mir die Aufgabe zufallen, mich um Coldhammer zu kümmern. Und du wirst mir dabei helfen müssen.«

»Du meinst, wenn dein Vater stirbt?« fragte Maria.

»Er kann ja noch viele Jahre leben«, sagte Charles. »Es ist nicht das, was ich meine. Aber ich meine, daß er auf mich angewiesen sein wird, und das von Jahr zu Jahr mehr und mehr. Wie gut es mir auch gefallen mag, mich in London zu amüsieren – und um ganz aufrichtig zu sein, finde ich, daß es eine Zeitvergeudung ist, und ich bin mir selber zuwider, wenn ich es tue –, so weiß ich doch im Herzen, daß ich in Coldhammer sein sollte. Nicht unbedingt im Hause selbst, aber irgendwo in erreichbarer Nähe. Das Haus, das Lutyens entworfen hat – Farthings – und das ganz am Rande des Gutes liegt, wäre für uns sehr geeignet. Ich könnte es zu jeder Stunde haben. Erinnerst du dich nicht daran? Dir hat es unlängst einmal außerordentlich gefallen.«

»Ja«, sagte Maria beiläufig.

Und dann hatte sie sich abgewandt und von etwas anderem zu sprechen begonnen. Das Gespräch schmeckte gar zu sehr nach einer Krise. Und eine Krise mußte immer vermieden werden. Doch als sie heute morgen allein dasaß, entsann sie sich wieder jener Unterredung. Richmond war gerade in der richtigen Entfernung von London. Eine halbe Stunde, und sie konnte in jedem Theater sein. Wenn Charles sie jeden Abend abholte, wären sie bald nach halb zwölf daheim. Das war gar nichts.

Coldhammer war beinahe achtzig Meilen von London entfernt. Eine Hin- und Rückfahrt mit dem Auto kam nicht in Frage. Die Zugverbindung war elend. Charles mußte doch einsehen, daß sie nur in der Nähe von London wohnen konnte, wenn sie wieder begann, Theater zu spielen. Sollte Charles wirklich im geheimsten Herzen hoffen, daß sie nicht mehr zur Bühne zurückkehren wollte? Stellte er sich vor, daß sie in Farthings oder an einem anderen Ort in der Nähe des Gutes sitzen und tun würde, was die anderen Frauen, die Frauen seiner Freunde, taten? Sich damit zufriedengeben, Mahlzeiten anzuordnen, sich im Haushalt zu beschäftigen, mit Caroline spazierenzugehen, wenn die Schwester Ausgang hatte, kleine Abendessen zu geben, über den Anbau des Gartens zu reden? Erwartete er tatsächlich, daß sie seßhaft werden würde? Das war das rechte Wort. Es gab kein anderes. Seßhaft. Charles hoffte, sie nach Coldhammer zu locken, um sie seßhaft zu machen. Das Haus in Richmond war nichts als Bestechung gewesen, ein Trinkgeld, um sie zu beruhigen. Das Haus in Richmond sollte mithelfen, sie gefügig zu machen. Von allem Anfang an hatte Charles keine anderen Absichten mit dem Haus in Richmond verfolgt. Sie erinnerte sich, wie beiläufig all seine Reden waren, wenn es sich um die Zukunft handelte. Auch sie hatte sich nicht klar ausgesprochen. Aber mit voller Absicht. Hatte sie das getan, weil sie Angst gehabt hatte? War sie in ihren Worten unklar geblieben, hatte sie bei ihrer Verlobung nur darum nicht zu Charles gesagt: »Es kann keine Rede davon sein, daß ich deinetwegen mein Leben aufgebe«, weil sie fürchtete, er hätte ihr erwidert: »Ja, dann ...«?

Ach, es war besser, nicht darüber nachzudenken. Besser, es zu verdrängen. Wenn man an diese Dinge nicht rührte, dann regelten sie sich von selber. Charles liebte sie. Sie liebte Charles. Es konnte nichts schiefgehen. Überdies hatte sie ja immer ihren Willen durchgesetzt. Menschen und Ereignisse hatten die Gewohnheit, sich so zu verhalten, wie es ihr paßte. Sie legte die Fotografien Dorothy Wildings zur Seite und griff nach dem Morgenblatt. Da war ein Absatz über Niall: »Dieser hochbegabte junge Mann ...«, und weiter hieß es, daß jedermann die Lieder summen werde, die Niall für die neue Revue komponiert hatte, deren Premiere in vierzehn Tagen stattfinden sollte. In Paris hatte diese Revue einen tollen Erfolg gehabt. »Delaneys Stiefsohn, der ein halber Franzose ist, hat mitgeholfen, die Revue für die englische Bühne einzurichten. Er spricht Französisch wie ein Franzose.« »Ganz falsch«, dachte Maria. Niall konnte fünf Minuten lang mit tadellosem Akzent fließend plappern, und dann verlor er den Faden und vergaß alles. Niall hatte wahrscheinlich sehr wenig an der Revue gearbeitet, wenn überhaupt; Freada dürfte alles getan haben.

Niall hatte wohl die Lieder erdacht, aber ein anderer hatte sie niedergeschrieben. Und gerade jetzt fand höchstwahrscheinlich eine Probe statt. Dreiviertel zwölf. Niall spielte Klavier, machte Witze, behinderte alle bei der Arbeit. Wenn der Regisseur ärgerlich wurde, dann fand Niall die Sache langweilig, überließ sie ihrem Schicksal, stieg zu dem komischen Raum unter dem Dach hinauf und spielte dort für sich ganz allein. Wenn dann der Regisseur ihn telefonisch auf die Bühne berief, dann sagte Niall, er sei ganz uninteressiert, oder er habe viel zuviel zu tun, er müsse einen anderen Schlager für das Finale finden, einen weit besseren.

»Solche Dinge kannst du dir in Paris erlauben«, sagte Maria zu ihm, »aber ich glaube nicht, daß du hier damit durchdringst. Die Leute werden sagen, daß du unerträglich bist. Daß du schrecklich eingebildet bist.«

»Und wenn schon«, meinte Niall. »Mich stört das nicht. Ich mache mir ohnehin verdammt wenig daraus, Lieder aufzuschreiben. Ich kann immer auf und davon gehen und in einer Hütte auf einer Klippe leben.«

Weil sie seine Schlager aber so dringend benötigten, konnte er sich das alles auch hier erlauben. Man hatte ihm das Zimmer unter dem Dach des Theaters gegeben, und dort hauste er. Er tat, was er wollte. Selbst Freada war nicht bei ihm. Freada war in Paris geblieben . . .

»Es ist sehr lustig«, hatte Niall Maria erzählt. »Mir gefällt es. Wenn ich Leute zum Abendessen haben will, lade ich sie ein. Und wenn ich keine Lust dazu habe, dann eben nicht. Ich gehe aus, wann es mir beliebt. Ich komme zurück, wann es mir beliebt. Beneidest du mich nicht?« Und er schaute sie mit seinem seltsamen, durchdringenden Blick an, der zu viel sah, und sie hatte sich abgewandt und getan, als ob sie gähnte.

»Warum sollte ich dich beneiden? Ich lebe schrecklich gern in Richmond.«

»Wirklich?«

»Natürlich! Es ist ja wunderschön, verheiratet zu sein. Du solltest es versuchen.«

Er hatte sie ausgelacht und weitergespielt.

In einem hatte die Zeitung jedenfalls recht. Die Melodien, die er für diese langweilige Revue geschrieben hatte, waren betörend, ließen einen nicht locker, man konnte sie keinen Augenblick vergessen. Hatte man sie einmal gehört, so summte man sie ununterbrochen, den ganzen Tag, bis sie einen fast zum Wahnsinn brachten. Verdrießlich war, dachte Maria, daß sie mit Charles tanzen mußte, wenn einmal danach getanzt wurde. Und Charles war ein langweiliger, zuverlässiger Tänzer, der seine Partnerin steuerte, wie ein Kapitän sein Schiff durch Untiefen steuern würde, immer mit einem besorgten Blick auf die Abirrungen der anderen Tänzer. Niall dagegen . . . Mit Niall zu tanzen war immer so, als tanzte man mit sich selber. Man machte seine Schritte, und er folgte. Oder er führte, und man folgte ihm. Oder war es so, daß beide genau im gleichen Augenblick an die gleichen Schritte dachten? Aber wozu an Niall denken? Maria setzte sich an ihren Schreibtisch und schrieb Briefe. Es gab einige Rechnungen, die sie mit dem Geld bezahlte, das Charles ihr zur Verfügung stellte. Dann ein Pflichtbrief an ihre Schwiegermutter. Ein anderer Pflichtbrief an langweilige Leute, die Charles und Maria zu sich eingeladen hatten, wenn sie je einmal nach Norfolk kommen sollten. Warum sollten sie je nach Norfolk kommen? Ein dritter Brief, um sich bereit zu erklären, im Frühjahr einen Basar in einem Dorf drei Meilen von Coldhammer zu eröffnen.

Sie hatte nichts dagegen, einen Basar zu eröffnen. Es entsprach ihrer Würde als Honourable Mrs. Charles Wyndham, einen Basar zu eröffnen. Nur wäre es lustiger und sie hätte auch amüsantere Leute beiziehen und mehr Geld einnehmen können, wenn sie den Basar als Maria Delaney eröffnen würde; vielleicht war es nicht sehr loyal, solche Gedanken zu haben. Vielleicht wäre es besser, sich überhaupt keine Gedanken zu machen. »Lieber Herr Vikar«, begann sie, »mit dem größten Vergnügen werde ich am 15. April Ihren Basar eröffnen . . .«

Und dann kam es. Das erste Geräusch aus dem Kinderwagen.

Zunächst nahm Maria keine Notiz davon. Vielleicht hörte es auch wieder auf. Vielleicht war es nur eine kleine Blähung. Sie schrieb weiter und tat, als hätte sie nichts gehört. Doch das Weinen wurde lauter. Und es war kein vorübergehendes Weinen, es war das wütende Gebrüll eines Kindes, das vollkommen wach ist. Maria hörte Schritte auf der Treppe, gefolgt von einem Klopfen an der Tür.

»Herein«, sagte sie und setzte eine geschäftige, besorgte Miene auf.

»Bitte, Ma'am«, sagte das junge Zimmermädchen. »Das Baby ist wach geworden.«

»Schon gut, danke«, sagte Maria. »Ich wollte eben hinuntergehen.«

Sie stand auf und ging hinunter. Hoffentlich hörte es das Zimmermädchen und dachte: »Mrs. Wyndham weiß, wie man mit einem Baby umgeht.«

Sie trat an den Wagen und spähte in dessen Tiefe.

»Nun, nun«, sagte sie streng, »was soll denn das heißen?«

Caroline war ganz rot vor Ärger und tat ihr möglichstes, um sich aus den Kissen zu erheben. Sie war ein kräftiges Kind. Die Schwester erklärte stolz, es sei höchst ungewöhnlich, daß ein so kleines Kind schon versuchte, sich auf diese Art im Wagen aufzurichten. Warum sollte man darauf stolz sein, meinte Maria. Es wäre doch ganz gewiß bequemer für die Schwester, wenn Caroline ein stilles kleines Kind gewesen wäre, das sich damit begnügte, friedlich und ruhig auf dem Rücken zu liegen.

»Nun, nun«, sagte Maria, »das kann ich aber gar nicht brauchen, verstehst du?« Sie hob Caroline aus dem Wagen und klopfte sie auf den Rücken. Das übliche Schlucken folgte. Es war also doch wohl eine Blähung. Eine wahre Erleichterung. Maria legte das Kind wieder in den Wagen und zog die Decke zurecht. Dann ging sie ins Haus zurück. Doch schon, als sie die Treppe hinaufstieg, konnte sie hören, daß das Geschrei von neuem begann. Sie beschloß, keine Notiz davon zu nehmen. Sie setzte sich zu ihren Briefen. Doch es war schwierig, sich zu konzentrieren. Das Geschrei wurde immer lauter und lauter und klang so seltsam schrill und heftig.

Das Zimmermädchen klopfte abermals an die Tür. »Baby ist wieder wach, Ma'am«, sagte es.

»Ich weiß«, sagte Maria. »Aber das macht nichts. Es tut der Kleinen ganz gut, zu schreien.« Das Zimmermädchen verschwand, und Maria hörte, daß es etwas zu dem anderen Zimmermädchen sagte.

Was hatte sie wohl gesagt? Höchstwahrscheinlich »Armer kleiner Wurm!« oder »Sie dürfte gar kein Baby haben, wenn sie nicht weiß, wie man damit umgeht.« Und das war sehr ungerecht. Sie wußte ganz gut, wie man mit dem Baby umgehen mußte. Wenn das Zimmermädchen ein Baby hätte, würde es wahrscheinlich stundenlang brüllen, und kein Mensch würde sich darum kümmern. Das Geschrei verstummte plötzlich...

Caroline schlief. Alles war wieder in Ordnung. Oder nicht? War es Caroline am Ende gelungen, sich umzudrehen, und lag sie jetzt erstickt mit dem Gesicht in den Kissen? Schlagzeilen »Kind einer Schauspielerin erstickt« oder »Enkelin eines Oberhausmitglieds im Kinderwagen gestorben«. Es würde eine Untersuchung geben, und der Leichenbeschauer würde Fragen stellen: »Wollen Sie damit sagen, daß Sie das Kind mit voller Absicht schreien gelassen und keine Notiz davon genommen haben?« Charles mit weißen Lippen und gespannten Zügen! Und der rührende kleine Sarg mit all den Narzissen von Coldhammer...

Maria verließ ihren Schreibtisch und ging wieder in den Garten. Die Stille im Kinderwagen war unheilverkündend. Sie schaute in den Wagen.

Caroline lag auf dem Rücken und starrte auf die Wagenkappe. Sobald sie Maria sah, fing sie wieder an zu schreien. Ihr kleines Gesicht verzog sich im Widerwillen. Sie haßte Maria.

»Das ist nun Mutterliebe«, dachte Maria. »Das ist es, worüber Barrie schreibt. Das habe ich mir vorgestellt, als ich in ›Mary Rose‹ Harry auf den Knien hielt, und in Wirklichkeit ist alles ganz anders.« Sie warf einen Blick über die Schulter zurück und sah, daß das Mädchen vom Eßzimmerfenster zu ihr herüberschaute.

»Nun, nun«, sagte Maria, hob das Kind aus dem Wagen und trug es ins Haus.

»Gladys«, sagte sie zu dem Mädchen, »da das Baby unruhig zu sein scheint, wird es wohl besser sein, wenn ich eine Viertelstunde früher zu Mittag esse. Dann kann ich das Kind nehmen und ihm seine Flasche geben.«

»Sehr wohl, Ma'm«, sagte das Mädchen.

Doch Maria wußte, daß Gladys sich nicht täuschen ließ. Keinen Augenblick lang. Maria hatte Caroline aufgenommen und ins Haus gebracht, weil sie nicht wußte, was sie sonst mit ihr anfangen sollte. Maria brachte Caroline ins Kinderzimmer. Sie entfernte die schmutzigen Windeln und legte frische auf den Tisch. Das dauerte eine Ewigkeit. Sobald Caroline auf den Rücken gelegt wurde, begann sie wieder zu brüllen, und immer wenn Maria versuchte, das Kind einzuwickeln, strampelte es und wehrte sich. Maria stieß sich die Spitze der Sicherheitsnadel in den Daumen. Warum konnte sie die Sicherheitsnadel nicht mit einem geschickten Griff schließen, wie die Schwester es tat?

Sie ging, Caroline im Arm, hinunter zum Mittagessen und hatte auch bei Tisch das Kind im linken Arm, während sie selber mit der rechten Hand aß. Caroline hörte überhaupt nicht auf zu brüllen.

»Wie gerieben solche Kinder sind«, sagte Gladys, »sie merken sofort, wenn ein Fremder sich mit ihnen beschäftigt.« Sie stand mitleidsvoll beim Büfett, die Hände auf dem Rücken.

»Sie ist einfach hungrig, das ist alles«, sagte Maria kühl. »Sie wird sich sogleich beruhigen, wenn sie um zwei Uhr ihre Flasche bekommt.«

Aber es war erst ein Viertel nach eins. Die ganze Zeiteinteilung war in Verwirrung geraten. Das machte nichts. Die Flasche würde schon alles in Ordnung bringen. Die gesegnete Flasche im Kinderzimmer, gefüllt mit Säuglingsmilch.

Maria würgte ihr Mittagessen hinunter, trank hastig den Kaffee, trug Caroline abermals ins Kinderzimmer und wärmte die Flasche, die neben den anderen auf dem weißen Rolltisch stand. Ihr war zumute wie einem Barmann, der für einen alten Säufer einen dreifachen Gin vorbereitet.

»Sehen Sie zu, daß sie es langsam nimmt«, hatte die Schwester gesagt. »Sie muß es verarbeiten, sie darf nicht alles auf einmal gierig hinunterschlucken.«

Die Schwester hatte leicht reden. Wie stellte man es an, ein Baby langsam zu füttern. Die Milch spritzte aus dem Gummisauger in Carolines Mund wie ein Springbrunnen, und wenn Maria versuchte, ihr die Flasche zu entziehen, so kreischte Caroline und kämpfte wie ein erwachsener Mann im Delirium tremens. Zwanzig Minuten sollte es dauern, bis die Flasche leer war, und jetzt hatte das Kind sie in fünf Minuten geleert. Und nun lag Caroline in Marias Schoß, gedunsen, übersättigt, die Lippen geöffnet, die Augen geschlossen. Sie erinnerte Maria an die alte Landstreicherin, die nach Mitternacht in dem engen Durchlaß neben dem Theater zu schlafen pflegte. Maria trug die Kleine die Treppe hinunter und legte sie wieder in den Wagen. Dann zog sie Straßenschuhe und Mantel an. »Ich gehe mit dem Kind spazieren«, rief sie in die Küche hinunter. Niemand hörte sie. Die drei Dienstleute schwatzten und lachten, und das Grammophon, das Charles ihnen zu Weihnachten geschenkt hatte, war in Gang. Sie tranken eine Tasse Tee nach der anderen. Sie kümmerten sich überhaupt nicht um Maria. Sie amüsierten sich, während Maria das Kind im Wagen spazierenfahren mußte!

Die Luft war frisch und kalt, aber angenehm. Der Wagen war weiß mit schwarzer Haube. Er war hübscher als die Wagen der anderen Leute. Maria ging mit festen Schritten die Straße nach Richmond Park entlang, und es sei doch schade, meinte sie, daß kein Mensch da war, den das interessierte, kein Freund, kein Fotograf! Es war geradezu eine Vergeudung, daß kein Mensch sie hier sah, wie sie ihr Kind im Wagen schob. Eben hatte sie die Straße überquert und ging durch das Tor des Parkes, als es sich ereignete. Caroline begann abermals zu schreien. Das Klopfen auf den Rücken, das morgendliche Ritual begann von neuem, hatte aber nicht die geringste Wirkung. Maria rollte den Wagen hinter einen Baum und begann die peinliche Prozedur des Wechselns der Windeln. Caroline brüllte lauter als zuvor. Maria wickelte sie fest in die Decken und ging rasch mit ihr spazieren; beim Gehen rüttelte sie den Wagen hin und her. Ersticktes Geschrei drang aus den Decken hervor. Der Nachmittag war sehr schön, und darum waren auch mehr Leute als gewöhnlich im Park. Überall waren Menschen. Und alle konnten Caroline schreien hören. Als Maria an ihnen vorbeiging und den Wagen beinahe im Laufschritt vor sich her schob, drehten die Leute sich nach ihr um, blieben stehen, um zuzuhören, denn das Kind im Wagen machte einen schrecklichen Lärm. Kleine Mädchen, die mit Hunden spielten, lächelten Maria mitleidig zu, und Burschen auf Rädern fuhren hinter ihr her und lachten.

»Sei still«, zischte Maria verzweifelt, »bitte, sei doch still!« Und in ihrer völligen Verlorenheit machte sie mit dem Wagen kehrt, fuhr ihn wieder aus dem Park hinaus, auf die Straße und blieb vor einer Telefonzelle an der Ecke stehen.

Sie nannte die Nummer des Theaters, wo Niall Probe hatte, und nach einiger Zeit hatte der Türhüter ihn auch gefunden.

»Was ist denn los?« fragte Niall.

»Es handelt sich um Caroline«, sagte Maria. »Die verfluchte Schwester hat mich mit ihr allein gelassen, und Charles ist fort, und die Kleine brüllt ununterbrochen. Ich weiß nicht, was ich tun soll. Ich rufe von einer Zelle an.«

»Ich werde dich abholen«, sagte Niall sogleich. »Ich nehme meinen Wagen. Wir fahren irgendwo hinaus. Das Geräusch des Motors wird sie schon zum Schweigen bringen.«

»Hast du denn nicht Probe?«

»Ja, aber das macht nichts. Sag mir, wo du bist. Beschreib mir genau, wo die Telefonzelle ist. Wenn ich gleich fahre, bin ich spätestens in fünfundzwanzig Minuten bei dir.«

»Nein, komm ans Ende der Anfahrt«, sagte Maria. »Erwarte mich dort. Ich werde den Wagen in den Garten schieben müssen. Und ich werde noch eine Flasche für sie holen. Vielleicht hatte die Flasche nach dem Mittagessen nicht die richtige Temperatur.«

»Bring nur alle Flaschen mit, die du findest«, sagte Niall.

Maria verließ die Telefonzelle. Ein Polizist an der Ecke beobachtete sie. Caroline schrie noch immer. Maria wandte den Wagen und schob ihn in die entgegengesetzte Richtung. Man konnte doch nie wissen. Vielleicht war es gesetzlich verboten, ein Kind schreien zu lassen.

Sie kehrte nach Hause zurück und versteckte den Wagen hinter einem Busch im Garten, neben der Garage. Sie ging hinauf und holte zwei weitere Flaschen und einen Stoß Windeln. Ihr war zumute wie einem Räuber, der bei sich selber einbricht. Glücklicherweise begegnete sie niemandem. Die Dienstleute waren noch immer unten. Sogleich, als sie Caroline aus dem Wagen hob, hörte das Kind zu schreien auf. Maria verbarg sich mit Decken, Flaschen und Windeln in der Garage, bis sie einen Wagen hörte, der am Ende der Anfahrt scharf bremste. Das mußte Niall sein. Maria verließ die Garage, trug all ihre Lasten und ging die Anfahrt hinunter bis zu dem Wagen.

Niall war seltsam gekleidet. Er trug die uralten Hosen eines Abendanzuges und dazu einen Polosweater mit Mottenspuren am Hals.

»Ich bin gekommen, wie ich eben war«, sagte er. »Ich habe alles stehen und liegen lassen. Ich habe den Leuten gesagt, ich müsse auf der Stelle jemanden ins Spital bringen.«

»Das ist nicht wahr«, sagte Maria und kletterte in den Wagen.

»Wir könnten immerhin einiges tun, damit es wahr wird«, meinte Niall. »Wir könnten Caroline in ein Spital bringen und für den Nachmittag in der Kinderabteilung lassen.«

»Nein, nein«, sagte Maria unruhig. »Charles könnte davon erfahren. Das dürfen wir nicht tun. Bedenk doch, was das für eine Schande für mich wäre!«

»Was sonst also?«

»Ich weiß nicht. Einfach fahren.«

Mit einem Ruck setzte Niall den Wagen in Gang. Es war ein alter Morris, der Freada gehört hatte. Niall fuhr sehr schlecht, und der Wagen machte wilde Sprünge. Entweder fuhr Niall viel zu rasch und streifte die Verkehrsinseln, oder er kroch in der Mitte der Straße wie eine Schnecke dahin. Niemals verstand er die Zeichen des Polizisten. »Warum winkt der Mensch mir zu?« fragte er. »Was will er denn?«

»Ich glaube, du solltest dich entschuldigen«, sagte Maria, »du bist auf der falschen Straßenseite.«

Im Zickzack rollte der Wagen in den Verkehr hinein. Die Leute schrien. Und Caroline, die aufgehört hatte zu weinen, weil diese neue Bewegungsart so völlig anders war als die ihres Kinderwagens, begann auch von neuem zu brüllen.

»Hast du sie eigentlich gern?« fragte Niall.

»Nicht übertrieben. Aber das kommt später, wenn sie erst einmal sprechen kann.«

»Sie ist wie Lord Wyndham«, sagte Niall, »ich werde ihr zu jedem Geburtstag eine Armbanduhr schenken, so wie andere Paten den Kindern Perlen schenken.«

Caroline brüllte weiter, und Niall fuhr langsamer.

»Das ist das Tempo«, sagte er. »Sie mag diese Geschwindigkeit nicht. Weißt du was? Wir sollten irgendwen um Rat fragen.«

»Wen?«

»Irgendeine nette, einfache Frau. Es muß doch eine nette, einfache Frau geben, die eine Menge Kinder hat und uns einen Rat geben kann«, sagte Niall.

Er spähte eifrig nach rechts und links, und, vom Verkehrsstrom mitgerissen, bog er in eine belebte Straße ein, mit Läden zu beiden Seiten und zahlreichen Menschen auf den Trottoirs.

»Die Frau dort mit dem Korb«, sagte Niall. »Sie sieht freundlich aus. Wie wäre es, wenn wir sie fragen würden?« Er verlangsamte die Fahrt, blieb stehen, öffnete das Fenster und rief die vorübergehende Frau an.

»Entschuldigen Sie«, sagte er. »Könnten Sie nicht einen Augenblick herkommen?«

Die Frau drehte sich erstaunt um. Ihr Gesicht war nicht ganz so freundlich, wie es aus der Entfernung gewirkt hatte. Und eines ihrer Augen schielte.

»Die Dame hier kennt sich nicht mit kleinen Kindern aus«, sagte Niall. »Und das Kind schreit ununterbrochen. Würden Sie vielleicht so gütig sein und uns helfen?«

Die Frau starrte ihn an, dann blickte sie auf Maria und schließlich auf das weinende Kind.

»Wie bitte?« sagte sie.

»Das Kind«, erwiderte Niall. »Es brüllt die ganze Zeit. Es hört nicht auf zu schreien. Und wir wissen beide nicht, was wir anfangen sollen.«

Die Frau lief rot an. Sie hielt das Ganze für einen dummen Scherz.

»Sie sollten die Leute nicht derart zum besten halten«, sagte sie. »Dort drüben ist ein Polizist. Soll ich ihn rufen?«

»Nein«, sagte Niall. »Natürlich nicht. Wir wollten nur . . .«

»Es hat keinen Zweck«, flüsterte Maria ihm zu. »Fahr weiter . . . fahr weiter . . .«

Sie hatte nur ein hochmütiges Nicken für die Frau, die sich abwandte und kein Hehl aus ihrem Ärger machte. Niall schaltete, und der Wagen sprang vorwärts.

»Was für ein widerwärtiges Frauenzimmer«, sagte er. »In Frankreich würde einem so etwas nie passieren. In Frankreich würde man anbieten, sich den ganzen Nachmittag lang des Kindes anzunehmen.«

»Wir sind nicht in Frankreich«, sagte Maria. »Wir sind in England. Das ist geradezu typisch für das Land. So viel Spektakel macht man wegen der grausamen Behandlung von Kindern, und doch findet sich keine Seele, die uns bei Caroline behilflich wäre.«

»Fahren wir doch nach Mill Hill«, sagte Niall, »und lassen wir das Kind bei Truda.«

»Truda würde sich ärgern«, sagte Maria, »und es Celia erzählen, und Celia würde es Pappi erzählen, und im Nu wüßte der ganze Garrick davon. Ach, Niall . . .« Sie lehnte sich an ihn, er legte den Arm um sie und küßte ihr Haar. Der Wagen fuhr kreuz und quer.

»Wir könnten in alle Ewigkeit in westlicher Richtung fahren«, sagte Niall. »Derzeit fahren wir auf der Straße nach Wales. Walisische Frauen sind wahrscheinlich sehr nett zu Kindern. Sollen wir nach Wales fahren?«

»Ich weiß, warum Mütter ihre Kinder in Läden lassen, damit sie von irgendwem adoptiert werden«, sagte Maria. »Sie können es einfach nicht aushalten.«

»Könnten wir Caroline nicht in einem Laden lassen?« sagte Niall. »Ich glaube nicht, daß Charles sich ernstlich etwas daraus machen würde. Nur sein Stolz wäre verletzt. Kein vollsinniger Mensch würde allerdings Caroline zu sich nehmen. Nicht in diesem Stadium. In Jahren vielleicht, wenn sie in die Gesellschaft eingeführt wird.«

»Ich wollte, sie würde schon jetzt in die Gesellschaft eingeführt werden«, sagte Maria.

»All diese wehenden Federn«, sagte Niall. »Ich begreife nicht, was damit gewonnen wird. Sich stundenlang in der Mall drängen müssen!«

»Es ist prunkvoll«, sagte Maria. »Ich liebe es. Es ist, als wäre man die Geliebte eines Königs.«

»Ich kann da nicht die leiseste Ähnlichkeit erkennen«, sagte Niall. »In einem gemieteten Rolls in den Hof einzufahren, wie du es im vorigen Jahr gemacht hast, und Lady Wyndham neben dir.«

»Für mich war jede Minute ein Traum . . ., Niall!«

»Was?«

»Mir ist etwas eingefallen. Wir wollen bei der nächsten Filiale von Woolworth halten und Caroline einen Schnuller kaufen.«

»Was ist das, ein Schnuller?«

»Du weißt doch, diese greulichen Dinger aus Gummi, die gewöhnliche Kinder im Mund haben.«

»Macht man das heutzutage noch?«

»Ich weiß nicht. Wir können ja versuchen.«

Niall setzte die Geschwindigkeit des Morris' herab, so weit er nur konnte, und spähte nach einer Filiale von Woolworth aus. Endlich fand sich eine, Maria sprang aus dem Wagen und verschwand im Laden. Triumph auf den Zügen, kehrte sie zurück.

»Sechs Pence«, sagte sie. »Und sehr guter Gummi. Rot. Das Mädchen sagt, daß ihre kleine Schwester auch einen hat.«

»Wo wohnt sie?«

»Wer?«

»Die kleine Schwester. Wir könnten Caroline hinbringen, und die Mutter könnte sich eben um beide Kinder kümmern.«

»Sei doch nicht so töricht. Gibt jetzt acht . . .« Ganz langsam steckte Maria den Schnuller zwischen Carolines Lippen. Er wirkte wie eine Art Knebel. Caroline saugte geräuschvoll und schloß die Augen. Es war wie ein Zauber. Das Gebrüll hörte auf.

»Das hättest du kaum geglaubt, was?« flüsterte Maria.
»Es ist eigentlich schrecklich«, sagte Niall. »Wie wenn man jemandem Kokain gibt. Und was, wenn es schlimme Wirkungen auf Carolines spätere Entwicklung hat?«
»Das ist mir egal«, sagte Maria. »Wenn es sie nur jetzt zum Schweigen bringt.«
Dieser plötzliche Friede war herrlich. Stilles Wasser nach dem Sturm. Niall setzte den Wagen wieder in Gang, fuhr schneller, und Maria lehnte sich an seine Schulter.
»Wie leicht wäre das Leben«, sagte Niall, »wenn man immer zu Woolworth gehen könnte und einen Schnuller kaufen, sobald man spürt, daß man nicht weiter kann. Es muß etwas Psychologisches daran sein. »Ich glaube, ich sollte auch einen für mich kaufen. Wahrscheinlich ist es das, was ich mir mein Leben lang gewünscht habe.«
»Ich finde, es wäre pervers«, sagte Maria gähnend. »Ein erwachsener Mann, der mit einem Stück Gummi im Mund herumläuft.«
»Warum pervers?«
»Nun, vielleicht nicht gerade pervers. Aber aufreizend..., wohin jetzt?«
»Wohin du willst.«
Maria überlegte. Nach Richmond zurück wollte sie nicht. Sie hatte gar keine Lust, die derzeit so friedfertige Caroline die Treppe hinaufzutragen und den Kreis lästiger Alltäglichkeiten von neuem zu beginnen — den Orangensaft, das Strampeln der Kleinen, die nächste Flasche, das Wechseln der Windeln und all diese Dinge, die man von ihr erwartete. Sie trug gar kein Verlangen danach, die Honourable Mrs. Charles Wyndham zu spielen, die ganz allein in ihrem Haus war. Das Haus in Richmond ohne Charles, darin es nichts gab als Hochzeitsgeschenke und die Möbel, die aus Coldhammer stammten, war plötzlich zu einer Kette geworden, zu einem Mühlstein um den Hals.
Seltsam, und zum erstenmal tauchte in ihr die Erinnerung an das Puppenhaus auf, das Pappi und Mama ihr zum siebenten Geburtstag geschenkt hatten und das vierzehn Tage lang ihr ganzes Entzücken gewesen war. Niemand hatte es anrühren dürfen. Dann aber, nach einem Regentag, nachdem sie einen vollen Nachmittag damit gespielt hatte, war sie seiner mit einemmal überdrüssig geworden, sie wollte es nicht mehr haben und hatte es großzügig Celia geschenkt. Celia besaß es noch immer...
»Wohin fahren wir?« fragte Niall.

»Wie wär's mit dem Theater?« sagte Maria. »Nimm mich doch ins Theater mit. Ich kann dir bei der Probe zuschauen.«

Der Portier an der Bühnentür war ein alter Freund Marias. Sein Gesicht furchte sich zu einem Lächeln, als er sie begrüßte.

»Ah, Miss Delaney«, sagte er. »Sie sollten häufiger zu uns kommen. Sie sind uns ja ganz fremd geworden.«

Ganz fremd..., warum sagte er das? Meinte er damit, daß die Leute sie vergaßen? Daß sie bereits aus der Erinnerung der Leute entschwand? Niall stöberte ein paar Kissen auf, dazu eine Decke aus dem Wagen, und so trugen sie Caroline miteinander zu einer der Logen im oberen Rang und machten ihr dort auf dem Boden ein Lager zurecht. Sie schlief fest, den Schnuller zwischen den Lippen. Dann ging Niall wieder auf die Szene, und Maria setzte sich im ersten Rang ins Dunkel, denn schließlich hatte sie kein Recht, da zu sein, es war eine Unverschämtheit, bei einer Probe zu sitzen, bei der man gar nichts zu suchen hatte. Sie hatte nie zuvor die Probe einer Revue mit angesehen und freute sich, als sie feststellen konnte, daß das Chaos noch größer war, als sie es bisher gekannt hatte. So viel Gezänk! Und so viele Menschen redeten gleichzeitig! So viele einzelne Stücke und Fetzen, die gewiß niemals zu einem Ganzen vereinigt werden konnten, und dann und wann Nialls Musik, die ihr lieb und vertraut war, weil er sie auf dem Klavier gespielt hatte; hier aber war sie zu Orchesterstücken aufgeplustert, und Niall selber stolperte in seinem phantastischen Anzug umher und war allen im Weg.

Und sie sehnte sich danach, mit den anderen auf der Szene zu stehen und nicht hier allein im Dunkel sitzen zu müssen und zu warten, bis Caroline wieder anfangen mochte zu brüllen.

Sie sehnte sich danach, in einem Theater zu sein, das sie kannte, wohin sie gehörte, Stücke zu spielen, die ihr lagen. Und auch nach der dritten Probenwoche, wenn man den Text kannte und mit seiner Rolle verschmolz und den ganzen Tag gearbeitet hatte – aber wirklich den ganzen Tag – und nun ein wenig müde war und übellaunig und den Direktor anfuhr, der ihr vom Parkett her zurief. Doch sogleich bedauerte man es, denn schließlich – man konnte nie wissen, am Ende wurde man noch entlassen. Aber der Direktor war vielleicht selber Regisseur, ein netter Kerl und durchaus menschlich und möglicherweise sogar liebenswert; er würde still vor sich hinlachen und rufen: »Nur noch ein einziges Mal, Maria, Liebling, wenn Sie nichts dagegen haben!« Und sie würde nichts dagegen haben. Sie würde wissen, daß es nicht ganz geklappt hatte. Sie selber würde es wiederholen wollen. Und später, wenn die Probe abgebrochen wurde, ging man miteinander weg, trank ein Glas in der Bar gegenüber, und sie würde zuviel reden, und er würde nichts dagegen haben, und sie würde so müde sein, daß sie nur noch den einzigen Wunsch hätte – zu sterben. Das aber wäre der richtige Tod. Der einzige Tod ...

Plötzlich merkte sie, daß Niall neben ihr kniete.

»Was hast du denn?« flüsterte er. »Du weinst ja.«

»Ich weine nicht«, sagte sie. »Ich weine nie.«

»Es wird sofort fertig sein«, sagte er. »Um halb sieben wird immer Schluß gemacht. Du tätest besser, mit Caroline in mein Zimmer hinaufzugehen, bevor man dich bemerkt.«

Sie holte Caroline aus der Loge, und Niall trug Decken, Windeln und Flaschen und ging voraus hinauf in seine seltsame Wohnung unter dem Dach des Theaters.

»Nun, wie hat es dir gefallen?« fragte er.

»Was?« fragte sie.

»Die Revue«, sagte Niall.

»Ich weiß nicht. Ich habe nicht darauf geachtet.«

Er sah sie an, sagte aber nichts. Er wußte immer alles. Er gab ihr zu trinken, zündete ihr eine Zigarette an, die sie nach ein oder zwei Minuten wegwarf; sie rauchte nie viel. Er brachte sie in einem Lehnstuhl unter, der Sitz war eingesunken, die Federn waren zerbrochen, und er schob noch einen anderen Stuhl heran, auf den sie die Füße legen konnte. Caroline schlief, in die Decken gehüllt, auf seinem Bett. Der Schnuller hing seitwärts aus ihrem Mund.

»Es ist fast sieben Uhr«, sagte Maria. »Sie hat seit Stunden keine Flasche mehr bekommen.« Auch die Windeln waren da. Was sollte sie nur mit den Windeln anfangen? Sie streckte die Arme nach Niall aus, und er kniete neben ihr. Sie dachte an das Wohnzimmer im Regencestil in ihrem Haus in Richmond; es war klein, tadellos und gemütlich. Das Abendblatt lag neben ihrem Stuhl. Das Feuer brannte hell. Das Mädchen hatte die Vorhänge zugezogen. Hier, in Nialls Zimmer, unter dem Dach des Theaters, waren die Vorhänge noch nicht zugezogen. Das Geräusch des Verkehrs in der Shaftesbury Avenue drang zu den unverhüllten Fenstern hinauf, und unten auf dem Trottoir hasteten die Menschen, die einen eilten nach Piccadilly zur Untergrundbahn, die anderen begegneten ihren Freundinnen und fuhren aus der Stadt hinaus. In allen Theatern gingen jetzt die Lichter an. Im Lyric, im Globe, im Queen's, im Apollo, im Palace. In allen Theatern Londons flammten jetzt die Lichter auf.

»Ich hätte nie heiraten sollen«, sagte Maria.

»Das braucht dich doch nicht zu stören«, sagte Niall. »Du kannst immer zwei Dinge gleichzeitig tun. Du hast es immer getan. Oder sogar drei.«

»Vermutlich«, sagte Maria. »Vermutlich kann ich das.«

Carolines wegen redeten sie ganz leise. Wenn sie lauter sprachen, konnte Caroline wach werden.

»Charles will in die Nähe von Coldhammer übersiedeln«, sagte Maria. »Was dann? Ich kann nicht in Coldhammer leben.«

»Du wirst eine Wohnung nehmen müssen und das Wochenende in Coldhammer verbringen. Es ist zu weit, um jeden Abend hin und zurück zu fahren.«

»Daran habe ich auch gedacht«, sagte Maria. »Wird sich das aber durchführen lassen? Würde Charles sich damit abfinden? Würde es nicht unser ganzes Eheleben zerbrechen?«

»Ich weiß nicht«, sagte Niall, »ich habe keine Ahnung davon, wie verheiratete Leute leben.«

Von dem Haus gegenüber blitzten die Lichter zu ihnen, sandten farbige Streifen in den dunkelnden Raum. Die Zeitungsverkäufer an den Ecken schrien: »Die neuesten Nachrichten! Die neuesten Nachrichten!« Der Verkehr brandete unten weiter.

»Ich muß zurück«, sagte Maria. »Ich werde wahnsinnig, wenn ich nicht zurück kann.«

»Charles wird dich von einer Loge aus sehen«, sagte Niall. »Er wird schrecklich stolz auf dich sein. Er wird alle Kritiken ausschneiden und in ein Buch einkleben.«

»Ja«, sagte Maria. »Aber er kann nicht sein Leben damit verbringen, mich von einer Loge aus zu sehen und Kritiken in ein Buch zu kleben.«

Das Telefon läutete. Es war ein sanftes Schnurren, kein schriller Laut. Es würde Caroline nicht aus dem Betäubungsschlaf wecken, den der Schnuller ihr geschenkt hatte.

»Das tut es häufig«, sagte Niall. »Aber ich melde mich nicht. Ich habe immer Angst, es könnte jemand sein, der mich langweilt und zum Abendessen einlädt.«

»Und wenn ich dich anrufe?« fragte Maria.

»Du kannst es heute abend ja nicht sein«, sagte Niall. »Du bist ja hier.«

Das Telefon läutete weiter, und Niall griff nach einer von Carolines Windeln und warf sie darüber. Er hatte ausgezeichnet getroffen, die Windel hing wie ein Leichentuch herab.

»Wir werden jetzt im Café Royal zu Abend essen«, sagte Niall. »Dort kennt man mich; es ist immer nett dort.«
»Und was soll ich mit Caroline machen?«
»Wir nehmen sie mit. Und nachher bringe ich dich heim.«
Das Telefon, das zu läuten aufgehört hatte, begann jetzt von neuem.
»Es ist ein beruhigendes Geräusch«, sagte Niall. »Es stört mich nicht. Ist es dir unangenehm?« Er legte noch ein Kissen hinter Marias Rücken.
»Nein«, sagte Maria und streckte die Arme aus. »Laß es nur läuten!«

18. KAPITEL

Celia kam sich sehr egoistisch vor, als sie nach dem Frühstück den Hörer hinlegte. Es war das erstemal, daß sie sich weigerte, etwas für Maria zu tun. Sie vergötterte das Baby. Nichts wäre ihr lieber, als nach Richmond zu fahren und einen Tag mit der Kleinen zu verbringen. Aber der Verleger, mit dem Pappi vom Garrick Club her befreundet war, hatte so großes Gewicht darauf gelegt, daß sie ihn just an diesem Tag mit den Geschichten und Zeichnungen aufsuchen sollte, und da wäre es doch sehr unhöflich gewesen, ihm abzusagen.

Nicht, daß er es verübelt hätte, nicht, daß es ernstlich von Belang war. Er war ein vielbeschäftigter Mann, und nur aus Gefälligkeit, weil sie eben Pappis Tochter war, hatte er sich mit der Sache befaßt. Aber es wäre ungezogen, nicht zu gehen. Wie schade, daß Maria ausgerechnet an diesem wichtigen Tage ohne die Kinderschwester bleiben mußte! Auch wenn die Verabredung mit dem Verleger nicht gewesen wäre, hätte Celia kaum nach Richmond fahren können. Pappi fühlte sich nicht sehr wohl. Das ging nun schon seit einer Woche so. Er beklagte sich ständig über Schmerzen. Einmal im Kopf, dann wieder hinter dem Knie und im nächsten Augenblick im Kreuz. Der Doktor sagte, jetzt, da Pappi nicht mehr sang, rauche er zuviel. Konnte er aber von zu vielem Rauchen Schmerzen haben? Seit einigen Tagen war Pappi nicht mehr im Klub gewesen. Er strich im Schlafrock durch das Haus, und es war ihm verhaßt, allein gelassen zu werden, mochte es auch für Minuten sein.

»Liebling«, rief er dann, »Liebling, wo steckst du?«

»Im Frühstückszimmer, Pappi«, und sie bedeckte die Geschichte, an der sie schrieb, mit einem Stück Löschpapier, verbarg den Zeichenstift unter einem Buch, denn Schreiben und Zeichnen waren für sie intime, heimliche Dinge. Wenn man plötzlich dabei ertappt wurde, so war das, als würde man beim Beten überrascht oder die Tür zum Badezimmer würde aufgebrochen.

»Arbeitest du, Liebling? Ich möchte dich nicht stören.« Und Pappi machte es sich in dem Lehnstuhl am Kamin mit Büchern, Zeitungen und Briefen bequem, aber seine bloße Anwesenheit hatte eine Wirkung auf den Raum. Sie konnte sich nicht konzentrieren. Statt in einer selbstgeschaffenen Welt allein zu sein, war sie wieder in der Welt der Wirklichkeit zurück. Sie war dann eben nur Pappis Tochter, die Märchen schrieb. Sie hatte ein Gefühl der Verlegenheit, der Verkrampfung. Sie kaute am Ende ihres Bleistifts und versuchte, die verlorene Stimmung wieder einzufangen. Hin und wieder hüstelte Pappi, bewegte sich oder raschelte mit den Seiten der »Times«.

»Ich störe dich doch nicht, Liebling?«

»Nein, nein, Pappi.«

Und sie beugte sich über den Tisch, tat, als ob sie arbeiten würde, stand nach fünf Minuten auf, reckte sich und sagte: »Nun, ich glaube, das genügt zunächst.« Dann räumte sie ihre Sachen zusammen und versorgte sie in einer Lade.

»Fertig?« fragte Pappi erleichtert und ließ die »Times« sinken.

»Ja«, erwiderte sie.

»Was mögen das für Pillen sein, die Pleydon mir da gegeben hat«, sagte Pappi. »Ich glaube nicht, daß sie mir gut tun. Die Kopfschmerzen sind in den letzten zwei Tagen viel schlimmer geworden. Ob ich nicht die Augen untersuchen lassen sollte? Die ganze Geschichte könnte sehr gut von den Augen kommen.«

»Dann gehen wir doch zum Augenarzt.«

»Ja, das dachte ich auch. Wir wollen zu einem guten Augenarzt gehen. Wir werden schon die Adresse eines wirklich erstklassigen Augenarztes finden.«

Seine Blicke folgten ihr, als sie durch das Zimmer ging.

»Was hätte ich angefangen«, sagte er, »wenn du Lust gehabt hättest, Schauspielerin zu werden wie Maria? Manchmal wache ich bei Nacht auf und frage mich, was ich dann angefangen hätte.«

»Wie töricht«, sagte Celia. »Es ist ebenso töricht, wie wenn ich aufwachen würde und mich fragen, was aus mir geworden wäre, wenn du noch einmal geheiratet hättest, und wir zwei wären von einer Fremden unterdrückt worden.«

»Unmöglich, Liebling«, sagte Pappi und schüttelte den Kopf. »Unmöglich. Ich habe unlängst in einer Zeitung einen Artikel über den stummen Schwan gelesen. Der stumme Schwan heiratet fürs Leben. Wenn das Weibchen stirbt, bleibt er ungetröstet zurück; eine andere nimmt er nicht. Als ich das las, sagte ich zu mir: ›Aha, das bin ich – ich bin dieser stumme Schwan.‹«

Er muß Australien völlig vergessen haben, dachte Celia, und Südafrika und die letzte Tournée durch Amerika. Da schwärmten beständig Frauen um ihn wie die Motten, und er war nicht eigentlich stumm geblieben. Und dennoch wußte sie, was er meinte.

»Deine kleinen Geschichten und deine netten Zeichnungen entfernen dich nicht von mir«, sagte Pappi, »wenn du aber Schauspielerin wärest... ich zittere, wenn ich daran denke, was aus mir geworden wäre. Ich wäre in Denville Hall.«

»Nein, das wärst du nicht«, sagte Celia. »Du würdest mit mir in einer prunkvollen Wohnung leben, und ich würde mehr Geld verdienen als Maria.«

»Mammon«, sagte Pappi, »schmutziger Mammon. Was bedeutet Geld für dich und mich. Gott sei Dank, daß ich keinen Penny erspart habe... Mein Liebling, du mußt deine kleinen Geschichten Harrison zeigen; und die Zeichnungen auch. Zu Harrison habe ich Vertrauen. Sein Urteil ist gut, und was er publiziert, ist auch gut. Er ist keiner von diesen Dilettanten. Zudem wird er mir die Wahrheit sagen, er wird damit nicht hinter dem Berge halten. Ich war es ja, der ihn in den Garrick Club eingeführt hat.«

Celia hatte einige ihrer Zeichnungen und Märchen an diesen James Harrison geschickt, nachdem er mit Pappi zu Mittag gegessen hatte, und heute sollte sie ihm noch weiteres Material bringen und um vier Uhr nachmittags in seinem Büro sein. Sie war nichtsdestoweniger besorgt. Was würde Pappi anfangen, während sie außer Haus war?

»Von zwei bis vier kann ich ein wenig schlummern, Liebling«, sagte Pappi, »und dann, wenn ich mich wohl fühle, kann ich auch einen kleinen Spaziergang machen. Pleydon meint, ein Spaziergang würde mir gar nicht schaden.«

»Ich lasse dich nicht gern allein spazierengehen«, sagte Celia, »du bist so zerstreut, du denkst immer an etwas anderes. Und da ist die greuliche Kreuzung, wo die Autobusse so schnell fahren.«

»Wenn es Sommer wäre, könnte ich zu Lord gehen und den Kricketspielern zusehen«, sagte Pappi. »Das macht mir immer Spaß. Ich sitze gern in der gedeckten Loge neben dem Pavillon. Wenn ich heute zurückblicke, so glaube ich, daß es doch ein Fehler war, Niall nicht nach Eton zu schicken. Er wäre Kricketspieler geworden. Es hätte mir viel Vergnügen gemacht, Niall für Eton spielen zu sehen.«

Neuerdings spricht er immer von den Dingen, die er versäumt hat, dachte Celia. Von den Häusern, die sie bewohnt, von den Ländern, die sie besucht haben könnten. Erst heute morgens hatte er geäußert, es sei doch schade, daß er sich nicht mehr mit Schwimmen beschäftigt habe. Mit seiner Statur, sagte er zu Celia, hätte er leicht den Kanal durchschwimmen können. Nach Mamas Tod hätte er das Singen aufgeben und sich als Langstreckenschwimmer ausbilden sollen. Er hätte alle Konkurrenten geschlagen. Er hätte den Kanal von beiden Seiten her zweimal durchschwommen. »Warum aber?« fragte sie. »Was du getan hast, war doch gewiß weit befriedigender!«

Er schüttelte den Kopf.

»Ich bin in so vielen Dingen so völlig ungebildet«, sagte er. »Denk nur einmal an Astronomie. Ich habe keine Ahnung von Astronomie. Wozu sind alle diese Sterne da? Das frage ich mich.« Und auf der Stelle mußte sie Bumpus anrufen und sich erkundigen, ob es ein Buch über die Sterne gebe, ein neues Buch, ein dickes Buch, voll mit Illustrationen, und ob Bumpus es noch vor dem Mittagessen durch einen Ausläufer schicken könne.

»Damit werde ich mich amüsieren, Liebling, während du bei Harrison bist«, sagte Pappi. »Da gibt es einen Planeten, ich kann mich nie erinnern, welcher es ist, Jupiter, glaube ich, und der hat zwei Monde. Tag und Nacht umkreisen sie den Planeten. Ein wunderbarer Gedanke. Jupiter allein in der Dunkelheit mit zwei Monden!«

Ganz glücklich und zufrieden hatte er es sich auf zwei Stühlen im Frühstückszimmer bequem gemacht, wollte sein Nachmittagsschläfchen halten, und neben ihm auf dem Tisch lag das Buch über die Sterne. So hatte sie ihn verlassen. Das Mädchen wurde angewiesen, ein- oder zweimal nach ihm zu sehen, für den Fall, daß er etwas brauchen sollte; und natürlich sofort zur Stelle zu sein, wenn er läutete.

Als Celia den Bus nach der Wellington Road bis Marylebone nahm, wo sie ein Taxi fand, fragte sie sich, ob Maria wohl imstande gewesen sei, mit Caroline fertig zu werden, und sie spürte Gewissensbisse, weil sie Maria in der Not nicht geholfen hatte.

»Ich bin an das Haus gebunden«, hatte Maria gesagt. »Buchstäblich an das Haus gebunden. Den ganzen lieben langen Tag. Und das wegen Caroline.«

»Nur dieses eine Mal«, hatte Celia widersprochen. »Die Schwester ist doch wirklich ausgezeichnet. Sie geht nie aus.«

»Jetzt ist das Eis gebrochen«, sagte Maria. »Hat sie einmal angefangen, so wird sie es immer tun. Es ist eine schwere Verantwortung, Mutter zu sein.« Sie sprach mit der verdrießlichen Stimme eines verwöhnten Kindes. Gar so ernst meinte sie es nicht. Celia kannte diese Stimme so gut. Nach zwei Minuten würde Maria völlig vergessen haben, daß sie Celia zu Hilfe gerufen hatte und irgend etwas anderes planen. Wenn Maria nur ein wenig näher wohnen würde! Dann hätte Celia sich gern mit ihr in die Verantwortung für Caroline geteilt. Es hätte nur bedeutet, sich um zwei Kinder zu kümmern und nicht, wie jetzt, um eines. Denn Pappi war ein Kind. Er mußte bei Laune erhalten und gehätschelt werden, und man mußte um ihn ungefähr ebenso besorgt sein wie um ein Kind.

Sie hatte sogar entdeckt, daß sie seit kurzem für ihn eine besondere Stimme verwendete, ein sanftes, freundliches Necken, so etwa im Stil von »Na, na, ja, was hat er denn?« Und wenn er an dem Essen nörgelte, so tat sie, als würde sie es nicht hören. Es war nichts als der kindliche Trieb, die Aufmerksamkeit auf sich zu lenken. Wenn er aber mit Appetit aß, dann versäumte sie nie, ein Wort darüber zu sagen und aufmunternd zu lächeln. »Ja, bravo, du bist doch richtig mit dem ganzen Hühnerbein fertig geworden. Das gefällt mir! Und wie wäre es noch mit einem kleinen Stückchen?«

Es war eigentümlich, wie das Leben des Menschen sich zum Kreis schließen konnte. Wie ein Mann ein Kind und dann ein Knabe war, dann ein Liebender, ein Vater und jetzt wieder zum Kind wurde. Es war seltsam, daß sie einst ein kleines Mädchen gewesen war, das auf Pappis Knie kletterte, den Kopf schutzsuchend an seiner Schulter barg, und er war jung und stark und ein wahrer Gott für sie gewesen. Und jetzt war der Sinn seines Lebens vorüber. Die Kraft war jetzt verebbt. Der Mann, der gelebt und geliebt, der Millionen die Schönheit seiner Stimme geschenkt hatte, war jetzt müde, mürrisch und reizbar geworden, und seine Blicke hafteten an der Tochter, die er einst beschützt und in seinen Armen getragen hatte. Ja, Pappi hatte den vollen Kreis durchmessen. Er war wieder auf der Straße dort angelangt, wo er begonnen hatte. Doch wozu? Zu welchem Ende? Würde das jemals ein Mensch ergründen?

Das Taxi brachte sie vor das Gebäude in der engen Straße in Bloomsbury, und Celia, plötzlich nervös, unsicher, zahlte, trat in das Haus und ging durch die Tür, auf der »Anmeldung« stand. Ein Mädchen lächelte über ihren Kneifer hinweg und sagte, Mr. Harrison erwarte Miss Delaney. Es war immer überraschend und herzerwärmend, wenn Leute, die man gar nicht kannte, nett waren. Wie dieses Mädchen mit dem Kneifer. Oder Autobuskondukteure. Oder Fischhändler am Telefon. »Der Tag war gleich ganz anders geworden«, dachte Celia.

Und Mr. Harrison stand sofort von seinem Schreibtisch auf, als sie ins Zimmer geführt wurde, und ging ihr mit einem Lächeln entgegen. Sie hatte sich vorgestellt, er könnte kurz angebunden sein, wortkarg und entschieden wie ein Schulmeister. Aber er war väterlich und gütig. Er schob ihr einen Fauteuil zurecht, und sogleich fühlte sie sich wohl, denn er begann, von Maria zu reden.

»Sie hat das Theater doch hoffentlich nicht aufgegeben«, sagte er. »Das wäre ein großer Verlust für alle ihre Verehrer.«

Celia erklärte, wie es mit dem Baby stand, und er nickte; das sei begreiflich, sagte er; er habe einen Neffen, der Charles kannte.

»Ihr Bruder hat doch die Musik für diese neue Revue geschrieben, nicht wahr?« sagte er, und so kamen sie von Maria auf Niall zu sprechen, und von all dem, was Niall in den letzten Jahren in Paris geleistet hatte, und Celia mußte die verwickelte Verwandschaft zwischen den Kindern erklären, daß sie nämlich die Halbschwester der beiden anderen sei und Niall und Maria eigentlich überhaupt nichts miteinander zu tun hätten.

»Sie stehen einander dennoch sehr nahe«, sagte sie. »Sie haben das größte Verständnis füreinander.«

»Ihr seid eine hochbegabte Familie, eine außerordentlich begabte Familie«, sagte Mr. Harrison. Dann machte er eine Pause und streckte die Hand nach einigen Papieren aus, die auf seinem Schreibtisch lagen. Celia sah, daß es ihre eigene Handschrift war, und unter einem anderen Stoß lagen die Zeichnungen.

»Entsinnen Sie sich Ihrer Mutter noch deutlich?« fragte er brüsk und griff nach seiner Brille. Celia spürte grundlos eine Nervosität aufsteigen – jetzt wirkte er plötzlich wie der Schulmeister, vor dem sie sich gefürchtet hatte.

»Ja«, sagte sie. »Ich war zwischen zehn und elf Jahren, als sie starb. Keiner von uns hat sie vergessen. Aber wir sprechen nicht viel von ihr.«

»Ich habe sie häufig tanzen gesehen«, sagte Mr. Harrison. »Sie hatte ein gewisses Etwas an sich, das ganz individuell war, und das, meines

Wissens, noch keiner je völlig zu umschreiben vermocht hat. Ihr Tanz hatte nichts mit dem Ballett zu schaffen. Das war das Außerordentliche. Da gab es keine Gruppierungen noch Figuren. Und doch erzählte sie ein Märchen, wenn sie tanzte, und ihr Tanz war dieses Märchen, und alles Leid der Welt war plötzlich in einer Bewegung, in einem Falten ihrer Hände vorhanden. Sie stützte sich auf nichts und niemanden, nicht einmal auf die Musik; die Musik war der Bewegung untergeordnet. Sie tanzte allein. Das war das Schöne daran. Sie tanzte allein.« Er nahm die Brille ab und putzte sie. Er war sichtlich ganz gerührt. Celia wartete. Sie wußte nicht, was sie sagen sollte.

»Und Sie?« fragte er. »Wollen Sie behaupten, daß Sie nicht tanzen?«

Celia lächelte nervös. Aus irgendeinem Grunde schien er aufgebracht gegen sie zu sein. »O nein«, sagte sie. »Ich kann überhaupt nicht tanzen. Ich bin schrecklich plump, und ich bin auch immer zu dick gewesen. Ich kann natürlich einen gewöhnlichen Foxtrott tanzen, wenn ich aufgefordert werde, aber Niall sagt, daß ich schwerfällig bin und ihm auf die Füße trete. Niall tanzt ausgezeichnet, und Maria auch.«

»Wie ist es dann möglich«, fragte Mr. Harrison, »daß Sie solche Zeichnungen fertigbringen?« Er nahm eine ihrer Zeichnungen von dem Stoß auf seinem Schreibtisch und hielt sie anklagend vor sich hin. Es war kein Blatt, das Celia besonders geschätzt hätte. Es war das, wo das Kind vor den vier Winden davonlief, und es hielt die Hände an die Ohren, um den Ruf der vier Winde nicht zu hören. Sie hatte versucht darzustellen, daß das Kind beim Laufen stolperte, aber sie hatte nie das Gefühl gehabt, daß dieses Stolpern auch wirklich zum Ausdruck kam. Überdies war der Hintergrund zu unbestimmt. Die Bäume waren dunkel, aber nicht dunkel genug. Und schließlich hatte sie das Blatt in aller Hast beenden müssen, weil Pappi sie gerufen hatte, und als sie am nächsten Tag versuchte, etwas an den Bäumen zu ändern, da war die Stimmung verflogen.

»Der kleine Junge tanzt nicht«, sagte Celia. »Ich wollte darstellen, wie er davonläuft. Er ist beängstigt. Das wird in der Geschichte erklärt, die zu dem Bild gehört. Aber unter den anderen Zeichnungen sind bessere Blätter.«

»Ich weiß sehr wohl, daß er nicht tanzt«, sagte Mr. Harrison. »Ich weiß, daß er davonläuft. Seit wann zeichnen Sie schon? Seit zwei Jahren? Seit drei Jahren?«

»O schon viel länger«, sagte Celia. »Eigentlich habe ich immer gezeichnet. Ich habe mein Leben lang gezeichnet. Es ist das einzige, was ich kann.«

»Das einzige?« sagte Mr. Harrison. »Ja, mein liebes Kind, was wollen Sie noch mehr? Sind Sie denn damit nicht zufrieden?«

Er stand auf, trat an den Kamin und schaute zu ihr hinunter.

»Ich habe gerade jetzt von Ihrer Mutter gesprochen«, sagte er, »und von jenem gewissen Etwas, das sie besaß. Bis zu dieser Woche habe ich dieses merkwürdige Etwas in keiner Kunstform mehr gesehen. Und jetzt habe ich es wieder vor Augen gehabt. In Ihren Zeichnungen. Auf die Märchen kommt es nicht an. Mir liegt nichts an den Märchen. Sie sind wirksam und reizend und werden ihren Zweck erfüllen. Aber diese unbeholfenen Zeichnungen sind eine Klasse für sich.«

Celia starrte ihn verdutzt an. Wie merkwürdig. Die Zeichnungen waren gar keine große Arbeit gewesen. Aber sie hatte viele Stunden mit den Märchen verbracht. Wie schade, daß Mr. Harrison den Märchen so wenig Gewicht beilegte!

»Sie meinen«, sagte sie, »daß Ihrer Ansicht nach die Zeichnungen besser sind?«

»Ich habe Ihnen ja soeben gesagt«, erklärte er geduldig, »daß sie eine Klasse für sich darstellen. Ich kenne heute keinen Menschen, der so etwas überhaupt fertigbringt. Ich war ganz aufgeregt, als ich sie sah. Und Sie sollten es auch sein. Sie haben eine große Zukunft vor sich.«

Es war sehr nett und sehr freundlich, dachte Celia, so viel Wesen von den Zeichnungen zu machen. Und sie hatte es gewiß nur dem Umstand zu danken, daß er ein Freund Pappis und Mitglied des Garrick Clubs und ein alter Verehrer Mamas war.

»Ich danke Ihnen«, sagte sie, »ich danke Ihnen herzlich.«

»Sie brauchen mir gar nicht zu danken«, erwiderte er. »Ich habe nichts getan, als Ihre Zeichnungen anzusehen und sie einem Sachverständigen zu zeigen, der völlig meiner Meinung war. Und nun – haben Sie noch welche mitgebracht? Was haben Sie denn da in Ihrer Handtasche?«

»Nun, da sind noch einige Märchen«, sagte Celia, als müßte sie sich entschuldigen. »Dann zwei oder drei Zeichnungen, aber sie sind nicht besonders gut. Diese Märchen dürften aber besser sein als die anderen.«

Er schob die Märchen zur Seite. Die Märchen langweilten ihn sichtlich.

»Wir wollen einmal die anderen Zeichnungen ansehen«, sagte er.

Er prüfte sie sorgfältig, eine nach der anderen. Er legte sie auf seinen Schreibtisch unter die Lampe. Er war wie ein Wissenschaftler mit einem Mikroskop.

»Ja«, sagte er, »diese letzten sind in Hast gezeichnet, nicht wahr? Sie haben sich nicht so viel Mühe damit genommen.«

»Pappi ist nicht ganz wohl gewesen«, sagte Celia. »Ich mußte mich um Pappi kümmern.«

»Es steht nämlich so«, sagte Mr. Harrison, »daß wir noch nicht genügend Zeichnungen für das Buch haben, an das ich denke. Sie müssen noch daran arbeiten. Wie lange brauchen Sie, um eine von diesen hier zu beenden? Drei Tage? Vier Tage?«

»Das hängt davon ab«, sagte Celia. »Ich kann wirklich keine Pläne für meine Arbeit machen. Pappis wegen.«

Doch Mr. Harrison schob Pappi beiseite, wie er die Märchen beiseite geschoben hatte.

»Um Ihren Vater machen Sie sich keine Sorgen«, erklärte er. »Ich werde mit ihm reden. Er weiß, was Arbeit heißt. Er hat es selber durchgemacht.«

Celia sagte nichts. Es war schwierig, Mr. Harrison zu erklären, wie ihr häusliches Leben beschaffen war.

»Sie müssen verstehen«, sagte sie. »Alles lastet auf mir. Ich muß mich um das Essen kümmern und alles anordnen. Und Pappi hat sich gerade dieser Tage nicht sehr kräftig gefühlt. Das müssen Sie wohl bemerkt haben. Viel Zeit bleibt mir nicht übrig.«

»Sie müssen sich die Zeit nehmen«, sagte Mr. Harrison. »Sie dürfen ein Talent wie das Ihre nicht behandeln, als ob das ganz gleichgültig wäre. Das erlaube ich nicht.«

Schließlich war er doch wie ein Schulmeister. Es war ganz das, was sie befürchtet hatte. Nun würde er von ihren Zeichnungen ein schreckliches Aufheben machen und an Pappi schreiben und Pappi behelligen und sagen, sie müsse unbedingt Zeit für ihre Arbeit haben, und alles würde einen Aufwand und ein Ritual bedeuten und schwierig werden. Das Zeichnen wäre eine Bürde und kein Entrinnen mehr.

Es war nett von Mr. Harrison, daß er sich so bemüht hatte, aber jetzt wünschte sie doch, sie wäre nicht gekommen. »Nun«, sagte sie und stand auf, »es war wirklich furchtbar freundlich von Ihnen, sich all die Mühe zu geben, aber ...«

»Wohin gehen Sie? Was machen Sie?« fragte er. »Wir haben doch noch nicht über den Kontrakt gesprochen, wir haben doch das Geschäftliche nicht erledigt.«

Es war halb sechs vorüber, als sie gehen durfte. Sie hatte Tee trinken müssen, zwei andere Herren kennengelernt, und man hatte sie ein schreckliches Formular unterschreiben lassen, etwas wie ein Todesurteil, darin sie versprechen mußte, jede ihrer Arbeiten Mr. Harrison zu überlassen.

Er bestand darauf, und die beiden anderen Herren waren seiner Ansicht, daß die Märchen ohne die Zeichnung nicht gut seien, und sie müßten die anderen Zeichnungen so rasch wie möglich haben, spätestens in vier oder fünf Wochen. Sie wußte, daß sie dazu nie imstande sein würde, sie fühlte sich in einer Falle gefangen. Und was würde geschehen, wenn sie jetzt, nach der Unterzeichnung des Kontraktes, ihre Pflicht versäumte? Würde man sie gerichtlich belangen?

Endlich riß sie sich los, schüttelte zweimal die Hände der Herren und vergaß in der Eile, sich von dem Mädchen mit dem Kneifer zu verabschieden, das ihr zugelächelt hatte. Weit und breit war kein Taxi zu sehen. Sie mußte fast bis Euston laufen, um ein Taxi zu finden, und da war es beinahe sechs Uhr geworden, und es dunkelte. Als sie daheim ankam, bemerkte sie zunächst, daß das Garagentor offen stand. Und der Wagen war nicht da. Pappi war seit einigen Wochen nicht mehr gefahren. Seit seinem Unwohlsein nicht mehr. Entweder hatte sie selber chauffiert oder ein Taxi genommen. Sie sprang die Stufen zum Haustor hinauf, ihr Herz pochte, und sie suchte den Türschlüssel. Sie öffnete die Tür, lief ins Haus und rief das Mädchen.

»Wo ist Mr. Delaney?« fragte sie. »Was ist denn geschehen?«

Das Mädchen sah verängstigt und nervös drein. »Er ist ausgegangen«, sagte sie. »Wir konnten ihn nicht zurückhalten. Und wir wußten auch nicht, wo Sie waren, sonst hätten wir Sie verständigt.«

»Wie hat sich das zugetragen?« fragte Celia.

»Gleich nachdem Sie fortgegangen waren, Miss, muß er wohl eingeschlafen sein. Ich bin zweimal im Zimmer gewesen, und er saß ganz still und friedlich in seinem Stuhl. Und dann, es wird fünf Uhr gewesen sein, hörten wir ihn in die Halle kommen. Ich bin von der Küche hinaufgelaufen, weil ich dachte, er könnte vielleicht etwas brauchen, und er sah sehr merkwürdig aus, Miss, gar nicht wie sonst, das Gesicht ganz rot, und in den Augen so ein eigentümlicher Blick. Ich war ganz erschrocken. ›Ich gehe ins Theater‹, sagte er. ›Ich wußte nicht, daß es schon so spät ist.‹ Ich glaube, er muß noch im Traum gewesen sein, Miss. Er schob mich zur Seite und ging zur Garage hinunter. Ich hörte, wie er den Motor in Gang setzte. Da war gar nichts zu machen. Wir haben gewartet, bis Sie wiederkommen würden. Vielleicht, meinten wir, weiß Miss Celia, wohin er gefahren ist.«

Celia brauchte nichts mehr zu hören. Sie eilte in das Frühstückszimmer. Der Stuhl war vom Kamin weggeschoben, wie Pappi ihn verlassen hatte. Das Buch über die Sterne lag noch auf dem Tisch. Es war nicht einmal geöffnet worden. Keine Spur ließ erraten, wohin er gegangen sein mochte. Nicht die leiseste Spur.

Sie rief den Garrick Club an. »Nein«, sagte der Concierge, »Mr. Delaney ist heute nicht im Club gewesen.« Sie telefonierte zu Dr. Pleydon. Dr. Pleydon war nicht daheim. Er käme nicht vor halb acht nach Hause. Celia ging wieder in die Halle und befragte das Mädchen nochmals.

»Was hat er gesagt?« fragte sie. »Was waren genau seine Worte?«

Das Mädchen wiederholte, was sie zuvor gesagt hatte.

»Mr. Delaney sagte: ›Ich gehe ins Theater. Ich wußte nicht, daß es schon so spät ist.‹«

Das Theater! Welches Theater? In welchem dämmrigen, vernebelten Labyrinth des Geistes wanderte Pappi? Celia ließ ein Taxi kommen und fuhr wieder nach London. Unterwegs versuchte sie dem Chauffeur zu erklären, was sie beabsichtigte. »Der Wagen ist ein Sunbeam«, sagte sie, »und ich glaube, daß mein Vater versucht haben wird, ihn vor der Bühnentür eines Theaters zu parken. Aber ich weiß nicht, um welches Theater es sich handelt. Es könnte fast jedes Theater sein.«

»Etwas verwickelt, was?« sagte der Mann. »Sie sagen, daß es jedes Theater sein kann. West End oder Hammersmith? Ich meine, daß es Theater aller Art gibt, nicht? Music Hall, Varieté, Shaftesbury Avenue, der Strand...«

»Das Adelphi«, sagte Celia, »fahren Sie zum Adelphi...«

War es nicht das Adelphi, wo sie zum letztenmal aufgetreten waren, Pappi und Mama? Ihre letzte Londoner Wintersaison, bevor Mama starb?

Das Taxi wendete und bog in den Verkehrsstrom ein; der Chauffeur nahm nicht den kürzesten Weg, wie er es hätte tun sollen, sondern fuhr den längsten, überfülltesten Weg, mitten durch Piccadilly Circus und das summende Herz von London. Er nahm keine Abkürzungsstraßen, sondern fuhr am Haymarket vorüber rund um den Trafalgar Square in den Strand, und als sie beim Adelphi ankamen, hielt er das Taxi mit einem Ruck an, schaute durch das Fenster nach Celia und sagte: »Da haben wir eine Niete gezogen. Das Theater ist geschlossen.« Er hatte recht, die Türen waren verschlossen und verriegelt, und an den Wänden klebten keine Zettel. »Das stimmt schon«, sagte der Chauffeur, »letzte Woche ist das Stück abgesetzt worden, nicht? Eine Operette.«

»Ich werde trotzdem aussteigen«, sagte Celia. »Ich will zur Bühnentür gehen. Warten Sie vielleicht in der Straße dahinter auf mich.«

»Das wird Sie ein Stück Geld kosten«, sagte der Chauffeur, »wenn Sie alle Theater auf diese Art abklappern wollen. Warum rufen Sie nicht die Polizei an?«

Aber sie hörte nicht auf ihn. Sie rüttelte an den Türen des Theaters, doch sie waren natürlich fest verschlossen. Sie wandte sich ab, ging durch die Seitenstraße und in den dunklen, unheimlichen Durchlaß, wo der Schauspieler Terriss ermordet worden war. Kein Mensch war zu sehen. Nur die Anzeigen des abgesetzten Stücks starrten sie zerfetzt und zerrissen von beiden Seiten des Bühneneingangs an. Aus dem Schatten schlich eine Katze hervor. Sie machte einen Buckel, strich an ihren Beinen vorbei und verzog sich wieder ins Dunkel.

Abermals wandte sie sich aus dem Durchlaß in die Straße. Das Taxi wartete an der Ecke auf sie. Der Chauffeur hatte eine Zigarette angezündet, saß mit gekreuzten Armen da und sah sie an. »Kein Glück gehabt?« fragte er.

»Nein«, sagte Celia. »Warten Sie noch eine Weile.«

Er brummte etwas vor sich hin, und sie machte sich noch einmal auf den Weg, durch eine andere Straße und dann noch durch eine, und alle Gebäude glichen einander, waren dunkel, ausdruckslos und unpersönlich, und jetzt wußte sie, daß es natürlich nicht das Adelphi war, wo sie suchen mußte, sondern Covent Garden.

Neben der Oper stand ein Polizist. Er richtete den Strahl seiner Lampe auf sie, als sie daherkam und die Tür des wartenden Sunbeam öffnen wollte.

»Suchen Sie jemand?« fragte er.

»Ich suche meinen Vater«, sagte Celia. »Er ist nicht ganz wohl, und dies ist sein Wagen. Ich fürchte, es könnte ihm etwas zugestoßen sein.«

»Sind Sie Miss Delaney?« fragte der Polizist.

»Ja«, erwiderte Celia, und plötzlich überkam sie eine Angst.

»Man hat mir aufgetragen, hier auf Sie zu warten, Miss«, sagte der Polizist ruhig und freundlich. »Der Inspektor meinte, es würde jemand von der Familie vorüberkommen. Ihr Vater ist plötzlich erkrankt. Gedächtnisschwund heißt es. Er wurde mit einer Ambulanz in das Charing-Cross-Spital gebracht.«

»Ich danke Ihnen«, sagte Celia, »ich danke Ihnen, ich verstehe.«

Jetzt war sie ruhig und gefaßt; die panische Angst war von ihr gewichen. Pappi war gefunden worden. Pappi wanderte nicht länger durch die Straßen, verloren und einsam, mit der Erinnerung an die Tote. Er war in Sicherheit. Er war im Charing-Cross-Spital.

»Ich werde Sie mit dem Wagen hinbringen, Miss«, sagte der Polizist.

»Er hat den Schlüssel dagelassen. Er hatte den Wagen nur wenige Minuten verlassen, als er zusammengebrochen ist.«

»Er ist zusammengebrochen?« fragte Celia.

»Ja, Miss. Der Türhüter von Covent Garden stand gerade an der offenen Tür und hat ihn fallen gesehen. Er ist sogleich zu ihm hingelaufen. Er erkannte Mr. Delaney. Dann hat er mich gerufen, und ich habe den Inspektor geholt, und wir haben um eine Ambulanz telefoniert. Verlust des Gedächtnisses, dafür halten sie's. Aber das wird man Ihnen im Spital sagen.«

»An der Ecke beim Adelphi habe ich ein Taxi warten lassen«, sagte Celia. »Ich möchte den Chauffeur bezahlen, bevor wir ins Spital fahren.«

»Schon gut, Miss«, sagte der Polizist, »das ist auf unserem Weg.«

Zum zweitenmal an einem Tag fiel es ihr auf, wie gütig die einfachen Menschen waren. Selbst der Taxichauffeur, anfangs scheinbar so mürrisch und verdrossen, hatte Mitleid mit ihr, als sie ihm den Fahrpreis bezahlte.

»Tut mir leid, daß Sie schlechte Nachrichten haben«, sagte er. »Soll ich mitkommen und vor dem Spital warten?«

»Nein«, sagte Celia. »Es ist schon gut. Vielen Dank. Gute Nacht.«

Als sie zum Spital fuhr, war es, als ob der Nachmittag sich auf seltsame Art wiederholen würde. Abermals mußte sie in ein Zimmer treten, an dessen Tür »Anmeldung» stand, und abermals trug die Frau hinter dem Schreibtisch einen Kneifer. Diesmal aber war sie als Krankenschwester gekleidet. Und sie lächelte auch nicht.

»Ja, ja«, sagte sie. »Sie werden erwartet.« Dann läutete sie, und Celia folgte einer anderen Krankenschwester zum Lift.

Es gab zahlreiche Stockwerke, zahlreiche Korridore, zahlreiche Krankenschwestern, und irgendwo in diesem großen Gebäude, dachte Celia, liegt Pappi und wartet auf mich, und er wird allein sein und nichts begreifen. Er wird glauben, daß ich just das getan habe, wovon ich ihm versprochen hatte, es nie zu tun. Daß ich fortgegangen bin und ihn verlassen habe und daß er jetzt nirgends mehr hingehört.

Endlich kamen sie nicht in eine allgemeine Abteilung, wie sie befürchtet hatte, sondern in ein Einzelzimmer. Pappi lag auf dem Bett, die Augen geschlossen.

»Natürlich ist er tot«, dachte sie. »Er ist schon ziemlich lange tot. Er muß im Augenblick gestorben sein, da er den Wagen verließ und nach der Bühnentür von Covent Garden geschaut hat.«

Ein Arzt und zwei Schwestern waren im Zimmer. Der Doktor trug einen weißen Kittel. Um den Hals hing ihm ein Stethoskop.

»Sind Sie Miss Delaney?« fragte er. Und er sah überrascht und ein wenig verdutzt drein. Celia merkte daran, daß man Maria erwartet hatte. Von ihr wußte man nichts. Kein Mensch hatte daran gedacht, daß es noch eine zweite Tochter geben könnte.

»Ja«, sagte sie. »Ich bin die Jüngste. Ich wohne mit meinem Vater zusammen.«

»Sie müssen sich leider auf eine sehr traurige Mitteilung gefaßt machen«, sagte der Arzt.

»Ja, ja«, sagte Celia, »er ist tot, nicht wahr?«

»Nein«, sagte der Doktor, »aber er hat einen schweren Schlaganfall erlitten. Er ist in sehr schlechter Verfassung.«

Sie traten nebeneinander an das Bett. Pappi war in eines der Spitalnachthemden gesteckt worden, und es war irgendwie verletzend und recht peinlich, Pappi auf diese Art gekleidet zu sehen und nicht in seinem eigenen Pyjama und in seinem eigenen Bett. Sein Atem ging schwer und unregelmäßig.

»Wenn er sterben muß«, sagte Celia, »so möchte ich, daß er in seinem Heim stirbt. Er hatte immer Angst vor Spitälern. Es wäre gegen seinen Willen, hier zu sterben.«

Arzt und Schwestern warfen ihr eigentümliche Blicke zu, und sie fragte sich, ob die beiden diese Worte nicht als sehr roh und plump empfanden. Denn schließlich hatten sie sich doch alle Mühe gegeben, Pappi zu helfen, sie hatten ihn in dieses Bett gebracht und für ihn gesorgt.

»Ich begreife das«, sagte der Doktor. »Wir alle haben ein wenig Angst vor Spitälern. Aber Ihr Vater muß nicht unbedingt sterben, Miss Delaney. Sein Herz ist gut und sein Puls auch. Er hat eine ausgezeichnete Konstitution. Nur ist es bei einem derartigen Fall tatsächlich unmöglich, vorauszusagen, was geschehen mag. Er kann auf diese Art, mit sehr geringen Veränderungen, noch Wochen und Monate leben.«

»Wird er leiden?« fragte Celia. »Das ist das einzige, worauf es ankommt. Wird er leiden?«

»Nein«, sagte der Doktor, »nein«, er wird kaum zu leiden haben. Aber er wird völlig hiflos sein. Sie verstehen, was ich meine. Er wird bei Tag und Nacht eine berufsmäßige Pflege brauchen. Können Sie das bei sich zu Hause einrichten?«

»Ja«, sagte Celia. »Ja, natürlich.«

Das sagte sie, um den Doktor zu beruhigen, und ganz klar, distanziert, weitsichtig überlegte sie bereits, wie sie Marias früheres Zimmer zu einem Zimmer für die Pflegerin umwandeln konnte, und die Pflegerin und sie selber würden sich in den Dienst an Pappis Krankenlager teilen. Die Dienstleute würden unglücklich sein, weil es mehr Arbeit geben würde, vielleicht mochten sie auch mit der Kündigung drohen, aber dann müßte eben auch dafür Rat geschaffen werden. Vielleicht konnte Truda für einige Wochen kommen, vielleicht ließ auch André sich überreden, einige Zeit bei Pappi zu sein, und schließlich erwies das junge Zimmermädchen sich als sehr willig.

Ihr Geist eilte in die Zukunft voraus, und sie dachte daran, daß es möglich sein würde, bei Eintritt der wärmeren Witterung Pappis Bett im alten Wohnzimmer im ersten Stock aufzuschlagen, das nie benutzt wurde. Neue Vorhänge wären nötig, aber das war nicht schwer zu finden, und das Zimmer wäre jedenfalls freundlicher und auch ruhiger.

Der Doktor reichte ihr ein Glas mit einer Flüssigkeit.

»Was soll ich tun?« fragte sie. »Was ist das?«

»Trinken Sie«, sagte er ruhig. »Es war doch ein harter Schlag für Sie.«

Sie schluckte den Inhalt des Glases, ohne daß sie sich darum besser gefühlt hätte. Es war ein bitteres, eigentümliches Zeug, und ihre Beine wurden mit einemmal schwach und unsicher, als wären sie aus Watte, und sie war sehr müde.

»Ich möchte meine Schwester anrufen«, sagte sie.

»Natürlich«, sagte der Arzt und führte sie durch den Gang. Sie spürte den schrecklichen, sauberen, unpersönlichen Spitalgeruch, einen Geruch, der keinem Einzelwesen anhaftete, sondern zum Bau gehörte, zu den nicht abgeschirmten Lichtern, den kahlen, geschrubbten Wänden und Fußböden, und nichts mit der Schwester zu tun hatte, die neben ihr ging, noch mit dem Doktor, dessen Stethoskop hin und her baumelte, noch mit Pappi, der bewußtlos in dem Zimmer lag, das sie eben verlassen hatte, noch mit den anderen Kranken, die stumm in ihren Betten lagen.

Der Doktor führte sie in einen kleinen Raum und drehte das Licht an.

»Von hier aus können Sie telefonieren«, sagte er. »Sie kennen die Nummer?«

»Ja«, sagte sie. »Danke.«

Er ging hinaus und wartete auf dem Korridor. Und sie rief die Nummer von Marias Haus in Richmond an. Aber es war nicht Maria, die antwortete. Es war Gladys, das Zimmermädchen.

»Mrs. Wyndham ist noch nicht zurück«, sagte sie. »Sie ist nachmittags mit der Kleinen ausgegangen, und wir haben sie seither noch nicht wiedergesehen. Kurz nach zwei ist sie weggegangen.«

Die Stimme klang erstaunt, ein wenig verdrossen. Die Stimme ließ merken, daß Mrs. Wyndham die Dienstleute doch zum mindesten hätte verständigen können, wenn sie beabsichtigte, so lange auszubleiben. Celia preßte die Hände vor die Augen.

»Gut«, sagte, »das macht nichts. Ich werde Mrs. Wyndham später noch einmal anrufen.«

Sie legte den Hörer auf und hob ihn abermals ab. Sie bat um die Nummer von Nialls Zimmer im Theater. Sie läutete lange. Jäh überkam sie Hoffnungslosigkeit und tödliche Verzweiflung. Sie können doch nicht beide ausgegangen und fort sein! Just in dieser Minute meines Lebens, da ich sie so dringend brauchte! Bestimmt wird einer von ihnen kommen, bestimmt wird einer von ihnen mir helfen! Ich kann doch nicht allein nach Hause gehen! Ich kann doch nicht ohne Pappi allein im Haus sein!

Das Telefon läutete noch immer. »Bedaure«, sagte der Telefonist, »es meldet sich niemand.«

Seine Stimme klang kühl und distanziert, er war eine Nummer an einem Schaltbrett, er gehörte nicht zu den einfachen Leuten, die gütig waren.

Celia drehte das Licht in der kleinen Telefonzelle ab und tastete nach der Türklinke. Sie konnte sie nicht finden. Ihre Hände strichen über die glatte, harte Oberfläche der Tür. Von panischer Angst gepackt, hämmerte sie gegen das Holz.

19. KAPITEL

»Wer will vor dem Abendessen ein Bad?« fragte Maria.

»Das heißt, daß du baden willst«, sagte Niall, »und wenn ein anderer ›ja‹ sagt, dann ist nicht genug heißes Wasser vorhanden.«

»Das war es«, sagte Maria, »was ich andeuten wollte.«

Wir gingen in die Halle. Celia drehte im Wohnzimmer das Licht ab. Nur eine Lampe vor dem Kamin ließ sie brennen.

»Celia hat Altjungferngewohnheiten«, sagte Niall. »Das Licht abdrehen, das Feuer auslöschen, wissen, was man mit Resten anfangen kann.«

»Das hat nichts mit Altjüngferlichkeit zu tun«, sagte Celia. »Ich bin nur eben daran gewöhnt. Es sind auch keine Überbleibsel aus dem Krieg. Du vergißt, daß ich drei Jahre lang einen Gelähmten zu pflegen hatte.«

»Ich hatte es nicht vergessen«, erwiderte Niall. »Ich denke nur lieber nicht daran, das ist alles.«

»Du hattest doch eine Hilfe an den Schwestern«, sagte Maria. »Sie waren anscheinend immer sehr nett. So schlimm kann das ja nicht gewesen sein.« Sie ging die Treppe hinauf.

»Wer hat gesagt, daß es schlimm war?« fragte Celia. »Ich gewiß niemals.«

Die verschiedenen Zimmer mündeten in einen einzigen Gang. Am Ende des Ganges führte eine Tür in die Kinderzimmer.

»Pappi hätte sich hier bei uns nie wohl gefühlt«, sagte Maria. »Es ist zu lärmend. Ich mußte immer vom Theater weggehen, um Kinder zu kriegen. Für mich war der Lärm schlimm genug.«

»Das hängt davon ab, was für Lärm du meinst«, sagte Niall. »Bomben oder Babies. Mir persönlich sind Bomben jederzeit lieber.«

»Ganz deiner Meinung«, sagte Maria. »Ich dachte an die Babies.« Sie öffnete die Tür ihres Zimmers und drehte das Licht an. »Jedenfalls«, meinte sie, »war es für Pappi das richtigste, in London zu sterben. Er gehörte mehr zu London als zu irgendeiner anderen Stadt. Und es war auch richtig, daß er just in dieser Zeit starb. Bevor die Welt dunkel wurde.«

»Wer sagt, daß sie dunkel ist?« fragte Niall.

»Ich sage es«, entgegnete Maria. »Keine Helle mehr, kein Leben, keine Heiterkeit.« Sie öffnete die Schranktür und schaute nachdenklich in den Schrank.

»Es ist unsere Generation«, sagte Celia, »die es betrifft. Mir ist es gleichgültig, wenn ich Mitte der Dreißig bin, weil es mich nicht sehr berührt, aber für dich und Niall mag es vielleicht...«

»Für mich nicht«, sagte Niall. »Ein Mensch kann mit fünfundachtzig dasitzen und völlig gedankenlos auf ein Fleckchen Wasser starren. Oder auf einer Bank sitzen und schlafen. Ich habe mir nie etwas anderes zu tun gewünscht.«

Durch die Tür des Kinderzimmers drang Geschrei und Gelächter.

»Sie sind ungezogen«, sagte Maria.

»Das bedeutet, daß Polly unten ist«, sagte Niall.

»Ich sollte vielleicht einmal nachschauen«, sagte Celia.

Maria zuckte die Achseln. »Ich werde jetzt mein Bad nehmen«, erklärte sie. »Wenn ich mich verspäte, so entschuldigt mich bei Charles!«

Niall lächelte Celia zu. »Tja«, sagte er, »das ist ein komischer Tag gewesen.«

»Wir haben nichts fertiggebracht«, sagte Celia. »Wir sind zu keinerlei

Schlüssen gekommen. Vielleicht hat es auch gar keinen rechten Zweck, sich in die Vergangenheit zu vertiefen. Bei mir kann ich jedenfalls keinen Unterschied zwischen heute und damals erkennen. Auch wenn wir älter geworden sind. Auch wenn die Welt sich verdunkelt hat.«

»Du siehst auch unverändert aus«, sagte Niall, »aber vielleicht kommt es mir nur so vor. Diese schmale graue Strähne hast du schon seit einigen Jahren im Haar.«

»Komm nicht zu spät zum Abendessen«, sagte Celia. »Mir graut davor, daß ich Charles allein gegenübersitzen soll.«

»Ich werde nicht zu spät kommen«, sagte Niall.

Er ging in das Gastzimmer und summte:

>»*Wir waren junge Leute,*
Und heiter war unser Sinn,
Wir fuhren den ganzen Abend
Auf dem Fährboot her und hin.«

Niall wußte nie, warum er sich an bestimmte Dinge erinnerte. Warum Fetzen von Verszeilen oder seltsame Reime und halbbeendete Sätze, welche vergessene Freunde vor langer Zeit gesprochen hatten, ihm zu irgendeiner Stunde von Tag und Nacht in den Sinn kamen. Wie jetzt zum Beispiel, da er sich in dem Gastzimmer von Farthings zum Abendessen umzog. Er zog die Tweedjacke aus und hängte sie an den Bettpfosten. Die schweren Stiefel stieß er in eine Ecke und griff nach den amerikanischen Schuhen, dann zog er ein sauberes Hemd und einen Schal mit Punkten aus dem Handkoffer. Er war zu faul gewesen, eine Krawatte einzupacken. Wenn er zum Wochenende nach Farthings kam, nahm er sich nie die Mühe, auszupacken. Es war ja um so viel einfacher, die Kleidungsstücke, deren er nie viele mitbrachte, zusammengelegt im Koffer zu lassen, statt sie in Kommoden und Schränken zu verstauen. Das war eines der vielen Dinge, die er von Freada gelernt hatte. »Trag deine Habe auf dem Rücken«, sagte sie gern. »Das erspart dir Zeit und Ärger. Hab keine richtigen Besitztümer. Stell keine Ansprüche. Dies ist nur für drei, für zwei Nächte unser Heim. Dieses Studio, dieses möblierte Zimmer, dieser unbequeme Raum in einem Hotel.«

Es hatte ihrer zahlreiche gegeben. Schmutzige, ohne »*eau courante*«, ohne »*salle de bain*«, ohne »*petit déjeuner*«, und dort waren sie für eine kurze Frist daheim gewesen. Dann auch bessere, wo das Zimmermädchen fragte, ob sie »*préparer le bain*« dürfe, und das kostete immer um zehn Francs mehr; aber das Wasser war kochend heiß und das Handtuch sehr klein, und dann gab es ein Bett mit etwas Riesigem, Aufgeplustertem, Spitzengerändertem obendrauf. Einmal faßten sie einen großen Entschluß und mieteten ein Appartement in einem Palasthotel in der Auvergne, weil Freada sagte, sie müsse sich einer Kur unterziehen. Wozu, um Himmels willen, mußte Freada eine Kur machen?

Sie stand um acht Uhr früh auf und ging Wasser trinken oder ließ das Wasser über sich gießen. Niall wußte niemals genau, was für ein Wasser es war; aber er blieb gewöhnlich im Bett, bis sie um Mittag heimkam, und er las sämtliche Werke von Maupassant, das Buch in der einen Hand, eine Tafel Schokolade in der anderen.

Nachmittags zwang er sie, auf Berge zu klettern. Die arme Freada, ihr Knöchel schmerzte sie immer, und sie war eine geschworene Feindin alles Spazierengehens. Und er hatte an den anderen Gästen des Hotels immer schrecklich viel auszusetzen und tat das während der Mahlzeiten. Sie stieß ihn dann unter dem Tisch an und flüsterte: »Willst du, bitte, still sein? Man wird uns hinauswerfen!« Sie bemühte sich, würdig auszusehen, aber sie verdarb ihre Würde dadurch, daß sie unter dem Tisch die Schuhe abstreifte und sie nachher nicht ohne großes Scharren wiederfand. Dann gab es jenes melancholische Hotel in Fontainebleau, wo vornehme alte Jungfern auf Streckstühlen lagen und Niall den ganzen Tag Klavier gespielt hatte, bis die Gäste sich beim *Patron* beschwerten. Am lautesten beklagte sich jene Dame, deren Streckstuhl am entferntesten von dem Zimmer war, darin das Klavier stand. Der *Patron* gab sich alle Mühe. »Sie begreifen wohl, *Monsieur*«, sagte er mit bezauberndem Lächeln, »aber diese Dame, die sich beschwert, hat so seltsame Vorstellungen von Moral. Für sie ist alle Tanzmusik unmoralisch.«

»Darin bin ich mit ihr einer Ansicht«, sagte Niall. »Sie ist wirklich unmoralisch.«

»Ja, aber die Sache steht so«, erklärte der *Patron*, »die Dame beschwert sich nicht der Unmoral an sich wegen, sondern weil Sie, wie sie mir sagt, die Unmoral so verlockend zu machen wissen.«

>*»Wir waren junge Leute,*
Und heiter war unser Sinn,
Wir fuhren den ganzen Abend
Auf dem Fährboot her und hin.«

Ja, um Himmels willen, was war das denn? War das ein Vers aus dem »Punch«? Und warum fiel er ihm gerade jetzt, im Gastzimmer von Farthings, ein? Vielleicht war es ein Bruchstück aus dem seltsamen Durcheinander von Erinnerungen, die den ganzen Tag auf ihn eingeströmt waren. Der feuchte Wintertag, den er in Marias Wohnzimmer verbracht hatte. Charles' Wohnzimmer. Es war nicht Marias Haus noch Marias Zimmer. Farthings gehörte Charles. Es trug seine Prägung. Das Eßzimmer mit den Bildern aus dem Militärleben. Das Treppenhaus mit den überzähligen Familienbildern aus Coldhammer. Selbst das Wohnzimmer, das aus Höflichkeit ein Damensalon sein durfte, und dessen bester Lehnstuhl, den nur Charles allein benutzte, einen eingesunkenen Sitz hatte.

Woran dachte Charles, wenn er Abend für Abend allein dasaß? Las er die Bücher auf den Regalen? Betrachtete er das Bild über dem Kamin, die Erinnerung in Aquarellfarben an die fernen Flitterwochen in Schottland, wo er geglaubt hatte, seine flüchtige Mary Rose zu fangen und festzuhalten? Neben Charles' Stuhl war auf einem kleinen Sessel eine Pfeife, ein Tabakbehälter und ein Stoß von Magazinen – Country Life, Sporting and Dramatic, Field und uralte Nummern von Farmer's Weekly. Was machte er mit seinem Leben? Woraus bestand sein Tag? Am Morgen beschäftigte er sich mit der Gutsverwaltung, dann kam der gewohnte Besuch in Coldhammer, das noch immer leer, öde und verschlossen dastand, denn das Ackerbauministerium, von dem es während des Krieges beschlagnahmt worden war, hatte es noch immer nicht zurückgegeben. Eine Fahrt nach dem Marktflecken, eine oder mehrere Besprechungen. Entwässerungspläne, Konservative, alte Kameraden, Kirchturmpolitik. Tee mit den Kindern, wenn er früh genug heimkam. Polly, die hinter der Teekanne den Vorsitz führte, und dann der allwöchentliche Brief an Caroline, die im Pensionat war.

Und was dann? Einsames Abendessen. Das leere Sofa. Keine Maria, die auf dem Sofa lag. Doch wenn sie sich erinnerte, wenn sie nichts anderes zu tun hatte, dann schrillte der interurbane Anruf aus London, sobald sie aus dem Theater in ihre Wohnung kam. »Nun? Wie war der Tag?« – »Soso, ziemlich viel zu tun.« Seine Antworten beschränkten sich zumeist auf »ja« und »nein«, während Maria weiterschwatzte, die Minuten ausspann, um ihr Gewissen zu beschwichtigen. Niall wußte es. Niall war oft genug im Zimmer gewesen. Nicht in Charles' Zimmer. In Marias Zimmer ...

Nun, das ging ihn nichts an. Auf diese Art hatte es Jahre gedauert, und dazwischen war der Krieg gewesen. Würde es in alle Ewigkeit so andauern? Oder gab es ein »Bis hierher und nicht weiter«?

Niall zog den anderen Rock an und band seinen Schal.

Dieses »Bis hierher« ... Ein Mann oder eine Frau konnten während einer gewissen Probezeit so und so viel aushalten und dann ... Wie lautete die Antwort? Vielleicht gab es keine Antwort. Nein, er konnte da gar nichts tun. Oder doch?

Es war ein eigentümliches Erlebnis, wenn der Schmerz anderer Leute einen berührte. Und heute war Charles jenem entscheidenden Punkt sehr nahe gewesen. Noch immer gab es das Ritual des sonntäglichen Abendessens. Der Tag war noch nicht vorüber. Was hatte Freada nur einmal mit ihrem ausgeprägten gesunden Menschenverstand, mit ihrer Wahrheitsliebe, ihrer Aufrichtigkeit gesagt? »Ich habe diesen Charles sehr gern. Er ist ein guter Mann. Und sie wird ihn entsetzlich leiden machen.«

Damals hatte Niall, den diese Anklage erboste und reizte, heftig widersprochen.

»Warum sollte sie? Sie liebt Charles ja sehr.«

Freada hatte ihn angesehen und gelächelt. Und dann hatte sie geseufzt und ihm auf die Schulter geklopft.

»Deine Maria und lieben?« hatte sie gesagt. »Mein armer Junge, sie hat noch nicht angefangen, den Sinn des Wortes zu begreifen. Und du auch nicht.«

Wenn Freada das wirklich glaubte, bedeutete es, daß Niall und Maria seicht waren, ohne jede Tiefe? Bedeutete es, daß ihre Gefühle trivial, nichtig waren? Kein Ziel in sich bargen, ohne Anlaß verschleudert wurden? In gewissem Sinne spürte er, daß das – soweit es Maria betraf – die Wahrheit war; für ihn aber galt es nicht. Für ihn doch gewiß nicht? Es war seltsam verletzend, sich sagen lassen zu müssen, daß man nichts von der Liebe wußte. Schlimmer als der Humorlosigkeit bezichtigt zu werden. Wenn man nichts von der Liebe wußte, warum war man dann ohne Ursache unglücklich? Warum lag man dann in den frühen Morgenstunden mit ruhelosen, gequälten Sinnen wach? Warum diese zehrende Verzweiflung eines grauen Tages wegen, fallender Blätter wegen, des Winters wegen? Und woher die plötzliche lärmende Ausgelassenheit, der heftige Drang, Torheiten zu begehen, der so schnell kam und so bald wieder verschwand? All das hatte er der realistisch denkenden Freada wütend, vorwurfsvoll zugeschrien, während er auf dem Bett saß, Kognak aus einem Mundwasserglas trank; während sie sich das gelbe, gefärbte Haar vor dem Spiegel kämmte und die Asche auf den Boden fallen ließ. »Ach, diese Gefühle«, sagte sie. »Davon nimmt man gar keine Notiz. Sie sind auf die Drüsen zurückzuführen.«

Gut denn. Alles war auf die Drüsen zurückzuführen. Gelächter um Mitternacht, die Stimme einer Menschenmenge, die Sonne hinter einem

Hügel, der Geruch von Wasser. Shakespeare war auf Drüsen zurückzuführen und Charlie Chaplin auch.

Er hatte sich erregt vorgebeugt und den Kognak umgegossen. Und ein Brief Marias war ihm aus der Tasche gefallen.

»Das Schlimme für euch war«, sagte Freada, »daß der Allmächtige sich geirrt hat, als er euch erschuf. Ihr hättet die gleichen Eltern haben und Zwillinge sein sollen.«

In der Frage der Parasiten hätte Freada mit Charles übereingestimmt...

Es lohnte, ein Telegramm an Freada nach Italien zu senden, wo sie sich seit einigen Jahren in jener öden Villa an einem See niedergelassen hatte und ihm farbige Postkarten von blauen Himmeln und Blüten sandte, was nie der Wahrheit entsprach, wenn er bei ihr war, denn es regnete immer; es lohnte, ein Telegramm an Freada zu schicken und sie zu fragen: »Bin ich ein Parasit?« Sie würde ihr tiefes, nachsichtiges Lachen anstimmen und erwidern: »Ja.«

Einst ein Parasit an Freada; bis er gelernt hatte, allein zu gehen und ohne sie auszukommen. Freada, eine tragikomische Gestalt, wie eine unbeschnittene Weide von der Brise umweht, tat, als läge ihr nichts daran und winkte in einer letzten Abschiedsgeste vom Ende des Bahnsteigs an der Gare du Nord mit ihrem Taschentuch. Im Verlauf der Jahre war er immer seltener zu ihr zurückgekehrt; es gab tatsächlich keinen Grund mehr, zu ihr zu gehen.

»Die Tragödie des Lebens«, dachte Niall und bürstete sein Haar mit der Ebenholzbürste, die Pappi ihm zu seinem einundzwanzigsten Geburtstag geschenkt hatte und die zuwenig Borsten besaß, »lag nicht darin, daß die Leute starben, sondern daß sie für einen tot waren.« Alle Leute waren für Niall tot, bis auf Maria. Darum hatte Charles recht. »Ich lebe und nähre mich von Maria«, dachte Niall, »in ihr habe ich mein Dasein, ich liege tief in ihrem Innern eingebettet, und ich kann nicht entfliehen, weil ich nicht entfliehen will, niemals..., niemals...«

Tief im Innern. Aber die Austräger, denen seine Schlager gefielen, würden das nicht begreifen, wenn sie pfiffen. Noch würde es die alte Dame in Fontainebleau verstehen, die ihn beschuldigte, daß er die Unmoral verlockend mache. Nun, das war immerhin etwas! Einer alten, schwerhörigen französischen Dame, der seit jeher alle Tanzmusik zuwider war, die Unmoral verlockend zu machen, das bedeutete, nehmt alles nur in allem, keine kleine Leistung.

Und das, du guter Gott, war sein Beitrag zum Weltall! Man konnte ihn nehmen oder nicht. Vielleicht erwarteten Niall nicht die Freuden des

Paradieses; aber doch wenigstens nicht die Qualen des Fegefeuers. Möglicherweise ein kleines Plätzchen außerhalb der goldenen Tore.

Ein Zeitungsmann hatte ihn unlängst angerufen. »Mr. Delaney, wir bringen in unserem Blatt eine Rundfrage ›Was der Erfolg für mich getan hat‹. Können wir mit einem Beitrag von Ihnen rechnen?« Nein, das könnten sie nicht. Alles, was der Erfolg für ihn getan hatte, war, daß er den Steuerzuschlag nicht zu zahlen vermochte. »Aber worin besteht Ihr Rezept, Mr. Delaney, um den Weg zum Erfolg zu verkürzen?« Mr. Delaney hatte keinerlei Rezept.

Erfolg! Ja, was bedeutete der Erfolg für ihn? Und wenn er der Zeitung geantwortet und die Wahrheit gesagt hätte? Ein Lied, das zwei Tage lang in seinem Kopf brannte, bis er es niedergeschrieben hatte, wenn er sich seiner entledigen konnte, wenn er wieder frei war. Bis der Schmerz wiederkam. Und der Prozeß sich wiederholte. Die Ernüchterung trat ein, wenn die Lieder durch die Luft gehetzt, von Sängern geheult, von Klageweibern geflüstert, von Kapellen gedröhnt, von Dienstmädchen gesummt wurden; bis das, was einst sein kleiner privater Schmerz gewesen war, um es drastisch zu sagen, zur allgemeinen Diarrhöe wurde. Und das war erniedrigend und unerträglich. Neger boten Tausende für das Recht, seine Lieder zu singen. Mein Gott, was für Schecks gingen von farbigen Sängern ein! Viel zu viele Schecks, und alle in einem Jahr! Niall mußte in der City bei Konferenzen am runden Tisch Leuten mit harten Gesichtern gegenübersitzen, und das alles, weil ihm eines Nachmittags, als er auf dem Rücken in der Sonne lag, ein kleines Lied eingefallen war. Wie wollte man dem entrinnen? Reisen! Ja, er konnte immer auf Reisen gehen.

Doch wohin? Und mit wem? Überdies, wenn er einmal die Fahrkarte gekauft hatte und auf einem Schiff oder einem Flugzeug war, da gab es immer noch Dinge wie Pässe und Zölle und die Sorge, wem man ein Trinkgeld zu geben hatte und warum? Ein Haus in Rio mieten? Aber wen sollte er zu sich einladen? Wenn er ein Haus in Rio mietete, würden die Ansässigen ihn besuchen. Die Ansässigen würden ihn zum Abendessen einladen, und er wäre genötigt, seine Sachen zu packen und abermals zu fliehen. Mr. Delaney speist nie zu Abend, Mr. Delaney spielt nie Bridge, Mr. Delaney macht sich nichts aus Rennpferden, aus Jachten, aus Kinostars. Ja aber, in des Teufels Namen, woraus macht Mr. Delaney sich etwas? Zur Hölle mit allem! Da habt ihr's! Welch eine Zeitvergeudung war es doch, ein Mensch mit simplem Geschmack zu sein! Eine Matratze in London, eine Hütte am Meer. Ein leckes Boot, das angestrichen werden mußte, und das er, um ganz ehrlich zu sein, nicht zu segeln verstand. Der Welt den Rücken drehen und sein Geld den Armen geben? Sein Rücken war ohnehin stets der Welt zugewandt, und den größten Teil seines Geldes erhielten ohnehin die Armen. Es war immer möglich, Mönch zu werden. In einem Kloster gäbe es Frieden. Aber wie stünde es mit all den anderen Mönchen und all den Gebeten? Vesper und Segen? Er hätte nichts dagegen, Kutte, Sandalen und einen breiten Strohhut zu tragen, eine Harke zu nehmen und im Garten zu arbeiten; aber um fünf Uhr morgens knien zu müssen, das würde ihm den Rest geben. Und über Christi Wunden zu meditieren! Obgleich er schließlich auch über irgend etwas anderes meditieren könnte. Das würde der Abt, oder wer sonst das Kloster leitete, ja nie erfahren. Er konnte in seiner kleinen Zelle liegen und über Maria meditieren. Doch wenn das alles war, was er dadurch fertigbrachte, daß er in ein Kloster ging, so konnte er ja ebensogut bleiben, wo er war. Na ja, es gab ja noch immer ein Morgen. Niall steckte sein Kleingeld in die Tasche. Das glückbringende Dreipennystück, einen Bleistiftstummel, den Wagenschlüssel, den kleinen Christophorus. »Und eines Tages«, dachte er, »wird alles gelohnt haben, denn ich werde ein Klavierkonzert schreiben, das durchfallen wird.«

Es wird ein Riesendurchfall werden, aber das wird mir gleichgültig sein. Es wird Monate und Monate harter Mühe sein, und es wird eine schwere Geburt werden, aber damit ist alles getan. Eines Tages, das Konzert ...

Der Gong zum Abendessen dröhnte. Niall löschte das Licht im Schlafzimmer aus. Vom Kinderzimmer her waren Kinderstimmen vernehmbar, Marias Kinder, die schrien und lachten.

»Wir waren junge Leute,
Und heiter war unser Sinn,
Wir fuhren den ganzen Abend
Auf dem Fährboot her und hin.«

Die Frage war: was jetzt?

20. KAPITEL

»Ich habe dieses alte Hauskleid schrecklich satt«, dachte Maria. »Aber das sage ich bei jedem Wochenende, und dennoch kann ich mich zu nichts entschließen. Es wäre doch so einfach, in ein Geschäft zu gehen und ein anderes zu kaufen.« Doch es war dahin gekommen, daß sie sich gewohnheitsmäßig keine Sorgen darum machte, was sie in Farthings trug. Für Farthings war alles gut genug. Die Vorhänge im Schlafzimmer hingen nun, seit sie nach Farthings gekommen war. Tatsächlich seit sie verheiratet war. Während des Krieges war es natürlich unmöglich gewesen, Vorhänge zu finden. Aber das war nicht das Wesentliche. Nein, entscheidend war, daß sie für ihre Londoner Wohnung beständig etwas kaufte, neue Bezüge für die Stühle, neue Teppiche, Porzellan, erst unlängst einen reizenden Spiegel, den sie oberhalb des Kamins aufhängte, aber niemals brachte sie etwas nach Farthings mit. Niall würde das psychologisch erklären. Niall würde sagen, die Wohnung sei ihr wichtiger, weil die Wohnung ihr allein gehöre. Sie hatte sie gemietet, sie bezahlte sie, sie erhielt die Wohnung mit dem Geld, das sie mit ihrer Arbeit verdiente; Farthings aber gehörte Charles. In Farthings war sie ein Gast. In der Wohnung war sie daheim. Und doch war anfangs auch Farthings ihr Heim gewesen. Sie und Charles hatten gemeinsam die Einrichtung der Zimmer geplant. Die kleineren Kinder waren hier, in diesem Schlafzimmer, auf die Welt gekommen. Einmal hatte sie Tulpen im Garten gepflanzt. An Sonntagnachmittagen war Tennis gespielt worden. Man hatte eisgekühlten Kaffee, große Karaffen mit Limonade serviert, Brötchen und Kuchen. Sie trug ein weißes Leinenkleid, das an der Seite zu knöpfen war, und die letzten vier Knöpfe blieben immer offen, weil sie die Beine bis übers Knie von der Sonne bräunen lassen wollte.

Dann schien ihr Interesse nach und nach dahinzuschwinden. Es war leicht, alles auf den Krieg zu schieben. Charles war fort. Sie war fort. Farthings, ihrer beider Heim, nur zeitweilig vorhanden. Doch nun war der Krieg vorüber. Charles hatte das alte Alltagsleben wiederaufgenommen. Maria aber nicht ... Das Schlimme war – sie goß ein wenig Omyessenz in die Wanne und ließ das Wasser einlaufen, denn ein Bad vor dem Abendessen war wichtig, auch wenn das sonntägliche Abendessen bereit war, man mußte eben auf sie warten, was lag daran –, das Schlimme war, daß, mit dem Älterwerden – nein, im Verlauf der Zeit das eigene, persönliche Leben an Wichtigkeit gewann. Und das war nur ein anderer Ausdruck dafür, um zu sagen, daß man selbstsüchtiger wurde.

Dinge, die früher nicht aufreizend gewesen waren, wurden es jetzt. Wie knarrende Türen. Wie harte Kissen. Wie laue Speisen. Wie Menschen, die langweilig waren. Langweilig ..., es gab viel zu viele Menschen, die langweilig waren. Charles natürlich nicht. Sie liebte Charles, sie liebte ihn wirklich, aber ... Seine Erscheinung, um nur von dem einen zu reden, war nicht mehr, was sie früher gewesen war. Er hatte zugenommen. Warum tat er nichts dagegen? Es war noch nicht gerade ein Schmerbauch, aber er hatte überall Fett angesetzt. Was noch schlimmer war, obgleich sie es sich kaum selber zugestand – er war leicht schwerhörig. Nur auf einem Ohr, dem linken. Wahrscheinlich vom Krieg her; es hatte irgend etwas mit dem Geschützdonner zu tun, aber immerhin ... Männer durften sich eben nicht gehen lassen. Warum konnten sie nicht vor dem Frühstück turnen? Auf Kartoffeln verzichten? Kein Bier mehr trinken? Wenn sie selbst sich gehen lassen würde, wohin käme sie da? Sie wäre erledigt. Ja, meine Liebe. Wir brauchen Sie nicht mehr. Es gibt zahlreiche aufstrebende junge Kräfte, die in Ihre Schuhe treten können. Sie stieg in die Wanne, das Wasser war warm und angenehm, und irgendwer, vermutlich Polly, hatte ein Stück Mornyseife in den Halter gelegt.

Nein, wirklich aufreizend war ihr Schwiegervater, der alte Lord Wyndham, der einfach nicht sterben wollte. Was hatte er mit einundachtzig noch auf der Erde zu suchen? Armer alter Mann, er hatte doch ohnehin keine Freude vom Leben mehr. Es wäre doch um so viel einfacher für ihn und für alle Welt, wenn er ganz still verschwinden würde. Er war jetzt so taub, daß er nicht einmal die Uhren ticken hören konnte, und da er den größten Teil seiner Zeit im Rollstuhl verbrachte, durfte es ihm ja gleichgültig sein, ob es halb drei oder halb eins war. Coldhammer war während des Krieges vom Ackerbauministerium übernommen und noch nicht freigegeben worden, und die beiden armen Alten wohnten seither mit ein paar Dienstleuten in dem schäbigen Häuschen, das sie sich als Altenteil vorbehielten. Wenn er einmal starb, würde die Erbschaftssteuer natürlich furchtbar hoch sein. Und mit den Steuern und den Schwierigkeiten, die man mit den Dienstleuten hatte, und allem anderen würden sie und Charles nie in Coldhammer wohnen können, und das war in mancher Hinsicht eine große Erleichterung, denn das Haus war wie eine Leichenkammer. Aber Charles hatte so viel Zeit, Mühe und Sorgen an das Gut, an die Dienstleute und an den ganzen Distrikt gewandt, daß er es wirklich verdiente, Lord Wyndham zu werden ... Maria seifte den ganzen Körper mit der Mornyseife ein, dann lehnte sie sich im Bad zurück, schloß die Augen und genoß die Entspannung.

Früher einmal hatte der Geruch parfümierter Seife sie, als sie in anderen Umständen war, ganz krank gemacht. Bei welchem Kind das war, hatte sie vergessen. Caroline war es nicht. Bei Caroline waren es die Zigaretten gewesen. Charles rauchte im Schlafzimmer und drückte mit tiefer Reue die Zigarette vor ihrer Nase wieder aus. Es war eine schreckliche Gewohnheit, in einem Schlafzimmer zu rauchen. Das hatte sie ihm, Gott sei Dank, schon im ersten Jahr abgewöhnt.

Aber etwas anderes trat ein, wenn man älter wurde – nein, mit dem Ablauf der Zeit. Es war solch eine Erleichterung, ein eigenes Schlafzimmer zu haben. In ihrer Wohnung konnte sie völlig nackt umherlaufen, wenn sie gerade Lust hatte, das Gesicht mit Fett beschmiert, die Haare in einem Turban, pfeifend, summend, mit sich selber redend, während das Radio angedreht war; sie konnte um drei Uhr früh zu Bett gehen, wenn sie Lust hatte, konnte lesen oder nicht, ganz wie es ihr gefiel, und das Licht abdrehen, wann sie wollte.

In Farthings hielten sie noch immer an der Gewohnheit des Doppelbetts fest. Und Charles ging gern früh schlafen, er machte sich nichts aus dem Radio und legte auch keinen Wert darauf, daß das Licht brannte. Dann lag sie, völlig wach, in der Dunkelheit. Und sie spürte, wie Charles mit rundem Rücken schlief. Das war aufreizend. Es hätte ebensogut ein anderer Mann daliegen können, ein Fremder. Ja, ein Fremder, das wäre immerhin erregender gewesen. Was für einen Sinn hatte es, einen Mann in seinem Schlafzimmer zu haben, wenn er nichts anderes tat, als den Rücken drehen und schlafen? Nicht, daß sie etwas anderes von ihm verlangt hätte, aber es war doch in gewissem Sinne beleidigend. Der Rücken, der ihr zugedreht wurde, erinnerte sie an die verschiedenen anderen Rücken, die sich ihr nicht zugedreht hatten. Doch das war ein bedrückender Gedanke, denn er bedeutete, daß man begann, in der Vergangenheit zu leben.

Rücken, die sich einem nie zudrehten. Maria Delaneys Erinnerungen... Nein, das war nicht bedrückend, das war lustig. Das mußte sie Niall nach dem Essen erzählen, wenn Charles sich zurückgezogen hatte. Und Celia auch. Nicht, daß es auf Celia ankam, aber sie neigte zur Gouvernantenhaftigkeit. Die Unterhaltung würde zu einem Zank führen, den keiner verstünde als sie zwei, Maria und Niall.

»Ich werde dir sagen, wer dir wahrscheinlich den Rücken gedreht hat...«
»Wer denn?«
»Dingsda...«

»Ganz falsch. Nie hat er es getan. Meistens habe ich gewünscht, er würde es tun...«

Im Krieg lag man immer gegen irgend jemandes Rücken gepreßt. Man drängte sich im Schlafrock in den Gängen. Bei den ersten Fliegerangriffen ging man aus der Wohnung auf einen Treppenabsatz, und einer nach dem anderen übernahm es, Kakao oder Tee zu kochen. Mitternächtliche Feste in den Schlafräumen. Dann, bei den letzten Angriffen, den Heulbomben und den Raketenbomben, blieb man einfach ganz ruhig in seiner Wohnung und machte keinen Tee. Statt dessen brauchte man ein stärkeres Getränk. Bis der Mann, der die Feuerwache gehalten hatte, auf der Feuerleiter herunterkam und an der Hintertür klopfte. Dieser Mann war gewöhnlich Niall. Warum konnte er sich nie einen Helm beschaffen, der richtig saß? Dieses schreckliche Kinnband! Wenn eine Bombe das Haus getroffen hätte, so wären sie selbander in die Herrlichkeit des Himmels eingegangen. Einmal hatte sie im Wohnzimmer ein kleines Feuer angezündet und Niall aufgefordert, es, der Übung halber, zu löschen. Er hatte sich, ohne ein Lächeln, tiefernst an die Arbeit gemacht. Die Pumpe wollte nicht funktionieren, sie verursachte auf dem Boden des Eimers die greulichsten Geräusche. Und da zu jener Zeit jedermann nervös war und in ständiger Spannung lebte, hatte sie das gar nicht komisch gefunden, sondern war in Wut geraten.

»Begreifst du denn nicht, daß die Bevölkerung Londons von dir abhängt? Das ist diese unsägliche Untüchtigkeit, durch die wir den Krieg verlieren werden!«

»Die Pumpe ist schuld«, sagte Niall. »Man hat mir eine unbrauchbare Pumpe gegeben.«

»Unsinn. Nur ein schlechter Arbeiter schiebt die Schuld auf das Handwerkszeug.«

Und dann waren sie eine Stunde lang schweigend dagesessen, während er versuchte, die Pumpe in Gang zu setzen. Kein Scherz, kein Lächeln. Sie haßten einander.

Ach, dieser sinnlose Verlust an Vertraulichkeit in diesen Tagen und Nächten des Krieges... »War es unrecht und wessen schuld war es«, fragte sich Maria, »daß diese Jahre, die so vielen Menschen so viel Unglück, Härten und Schicksalsschläge brachten, für sie und Niall nichts als unverminderten Erfolg bedeutet hatten. Vielleicht war das eines der Dinge, die Charles ihnen beiden übelnahm. Vielleicht hatte er sie darum Parasiten genannt. Für Maria hatte der Krieg eine Reihenfolge von Theaterstücken gebracht, die achtzehn Monate lang liefen. Für Niall war es eine

Reihe von Liedern, die jeder Mensch sang. Die Leute daheim, die Leute in den Fabriken, die Piloten in den Bombern, die gegen Berlin flogen und wieder zurück. Sie pfiffen und sangen sie vierzehn Tage lang, und dann vergaßen sie sie; und dann schrieb er einen neuen Schlager, und nun pfiffen sie diesen neuen Schlager. Da war keine Spur von Blut und Tränen, es war nicht einmal Schweiß dabei. Es war ein Mindestmaß an schöpferischer Leistung, aber es wirkte.

»Wäre es besser gewesen«, fragte sich Maria, als das Wasser an ihr herabrieselte, »wenn ich einen Durchfall nach dem anderen erlebt hätte? Wenn ich die Bühne verlassen und einen Traktor über die Felder gesteuert hätte?« Daß sie Erfolg gehabt hatte, während andere Leute starben; daß sie eine beliebte Schauspielerin gewesen war, die Geld und Beifall erntete, während andere Frauen an der Werkbank standen – verachtete Charles sie darum manchmal in seinem tiefsten Herzen?

Noch mehr heißes Wasser! Eine Drehung am Hahn! Lassen wir es nur laufen! Wenn man länger als fünf Minuten still in der Wanne lag, dann kühlte das Wasser sich seltsam ab. Und noch mehr Omyessenz, damit ihr Duft die dampfende Luft erfüllte! Wo war sie? Ja, richtig, der Krieg ...

Man hatte sich daran gewöhnt, von der Stunde unabhängig zu sein. Wußte morgens nie, wie es abends enden würde. Wer auftauchen würde. Welcher vergessene Freund an die Tür klopfen würde. Pläne blieben unvollendet, unausgeführt. Zettel »Bin in einer halben Stunde zurück« hafteten an der Tür. Man hatte Hosen an und ging, den Korb am Arm, auf dem Sheperd Market einkaufen. Warum in Hosen? Weil auch das in gewissem Sinne eine Komödie war. Es war ein Indianerspiel, ein Ritterspiel, es war die Freiheit ... Die Freiheit von Bindungen, von festen Verabredungen. Die Freiheit, daß man kein schlechtes Gewissen hatte, weil etwa jemand daheim einen erwartete. Die Kinder waren auf dem Lande untergebracht und in Sicherheit. Bis auf die periodischen Besuche beim Zahnarzt; wenn sie, auf dem Hin- und Rückweg, von Polly geleitet, für einen gehetzten Morgen in die Wohnung einbrachen und um drei Uhr fünfzehn wieder fort waren. Sie kamen immer, wenn Maria sich ankleidete oder wenn sie in der Wanne lag wie jetzt. Das bedeutete, daß sie aus dem Bad springen, nach einem Trockentuch greifen mußte und die Tür öffnete.

»Kinder! Wie geht's euch?«

Kleine, spitze Gesichter schauten sie an; und kleine, runde Augen sahen sich in Mummis Wohnung um, wo nie ein anderer wohnte als Mummi allein. Die Augen störten Maria nicht, dagegen ärgerte sie sich über Polly.

»Mutter sieht doch sehr beruhigend aus, nicht wahr, Kinder? Wir möchten gern hier bleiben und Mummi Gesellschaft leisten.«

Ja, vielleicht würden sie gern bleiben. Aber Mummi konnte sie nicht brauchen.

»Kinder, euch würde es in London gar nicht gefallen. Diese schrecklichen Sirenen! Es ist viel netter auf dem Lande!«

Die Kinder strichen durch die Wohnung und spähten in jede Lade, während Maria sich anzog und Polly schwatzte.

»Sie brauchen neue Schuhe, und Carolines Mantel langt keinen Sommer mehr; es ist schrecklich, wie sie wachsen. Ich glaubte, wir hätten vielleicht Zeit, zu Daniel Neal zu gehen oder vielleicht zu Debenham. Neulich kam ein sehr hübscher Katalog von Debenham, er war an Sie adressiert, aber ich habe den Umschlag aufgemacht, ich wußte, Sie würden nichts dabei finden; und wenn wir nachher zum Zahnarzt gehen würden... Läutet nicht das Telefon? Soll ich für Sie antworten?«

»Nein, danke, ich antworte schon selber.«

Sogar diese Andeutung veranlaßte Polly nicht, das Zimmer zu verlassen. Sie blieb wartend stehen. Wer mochte Mummi wohl anrufen? Allzuoft war es Niall. Niall von einer Reise nach New York zurück. Im Interesse der Öffentlichkeit. So sagte er. Obgleich kein Mensch jemals entdeckte, was Niall und das Interesse der Öffentlichkeit gemein hatten. Er selber entdeckte es auch nie.

Wenn Polly im Zimmer war, sprach Maria in Codeworten. »Ist dort Mr. Chichester? Hier spricht Miss Delaney.«

Niall, als Mr. Chichester, kannte den Code. Er lachte am anderen Ende des Drahtes und senkte die Stimme, die zu laut gewesen war.

»Wer ist bei dir? Charles oder Polly?«

»Meine Kinder sind vom Lande gekommen, Mr. Chichester, und ich habe heute einen sehr besetzten Tag.«

»Das ist vermutlich ein Besuch beim Zahnarzt. Bleiben sie über Nacht?«

»Bestimmt nicht, Mr. Chichester. Nicht einmal, wenn Nebel wäre. Sie können mich vielleicht im Theater aufsuchen, und wir können uns über Ihre Artikel über ›Häusliche Küche‹ unterhalten.«

»Ich wäre begeistert, Miss Delaney. Die Ernährung ist ein so wichtiges Problem. Ich finde, daß mir indischer Curry mehr fehlt als alles andere... Liebling, kann ich bei dir übernachten?«

»Wo würden Sie denn sonst hingehen, Mr. Chichester? Und erinnern Sie sich an eine Speise, die ›Getrocknete Fische‹ heißt? Ich sehne mich geradezu danach.«

»Getrocknete Fische habe ich vergessen. Heißt das vielleicht, daß ich auf dem Boden schlafen muß? Als ich das letztemal auf dem Boden schlafen mußte, habe ich einen Hexenschuß gekriegt.«

»Nein, auf diese Art wird der Curry in Madras zubereitet..., aber jetzt muß ich gehen, Mr. Chichester. Auf Wiedersehen.«

Man war wieder ein Kind, versteckte Süßigkeiten in Laden, tat Dinge, die Truda einem verboten hatte. Mußte immer jemand im Zimmer sein?

»Will Mummi kochen lernen?« fragte Polly strahlend.

»Vielleicht..., vielleicht...«

Und noch nicht angekleidet, immer noch in Gürtel und Mieder, das Haar im Turban, das Gesicht eingefettet, öffnete sie die Morgenpost.

Liebe Miss Delaney,
ich habe eine dreiaktige Komödie über die freie Liebe in einer Nudistenkolonie geschrieben, und aus Gründen, die ich nicht begreife, wird sie mir von jedem Direktor in London zurückgeschickt. Ich habe die untrügliche Empfindung, daß Sie, und nur Sie allein, der Rolle der Lola die richtige Farbe geben würden...

Liebe Miss Delaney,
ich habe Sie vor einigen Jahren in einem Stück gesehen, dessen Titel mir entfallen ist, aber ich gedenke noch immer des Lächelns, das Sie mir schenkten, als Sie Ihr Autogramm in mein Album schrieben. Seither hat das Unglück mich verfolgt. Meine Gesundheit ist erschüttert, und ich bin eben aus dem Spital entlassen worden, um zu entdecken, daß meine Frau mit meinen gesamten Ersparnissen durchgebrannt ist. Wenn Sie es ermöglichen könnten, mir für kürzere Zeit ein Darlehen von dreihundert Pfund zu gewähren...

Liebe Miss Delaney,
als Vorsitzender des Crookshavener Komitees für gefallene Mädchen erlaube ich mir die Frage, ob Sie so gütig sein wollten, einen Aufruf...

Der ganze Stoß verschwand im Papierkorb.

»Und so meinte ich, ich könnte noch einen Saum ansetzen«, sagte Polly, »und das Kleid wäre noch für einen Winter brauchbar. Aber mit den Socken wird's schwierig. Sie zerreißen ihre Socken so schnell, und was hatte ich für eine Mühe, im Dorf jemanden zu finden, der die Schuhe besohlt hat! Mr. Gatley ist so ungefällig, wir müssen jetzt warten, bis wir an der Reihe sind, ganz wie die anderen Leute.«

Dann ein Schrei. Eines der Kinder war gestürzt und hatte sich an der Badewanne das Kinn aufgeschlagen. Ein Höllenlärm; Heftpflaster muß zur Stelle geschafft werden. Wo ist Heftpflaster? »Mummi müßte eine Schachtel für ›Erste Hilfe‹ haben. Mummi gibt nicht genug acht auf sich.« Doch, Mummi gab schon acht auf sich. Mummi fehlte nicht das geringste, wenn man sie nur in Ruhe ließ.

Der Zahnarzt, Einkäufe, Mittagessen, abermals Einkäufe und endlich die Wohltat, alle um drei Uhr fünfzehn vom Bahnhof abfahren zu sehen. Einen kurzen Augenblick gab es ihr einen Stich, als sie die kleinen Gesichter am Fenster und die winkenden Hände sah, spürte sie einen seltsamen, unerklärlichen Griff ans Herz. Warum war Maria nicht bei den Kindern? Warum kümmerte sie sich nicht um sie? Warum benahm sie sich nicht wie andere Mütter? Es waren nicht ihre Kinder, sie gehörten nicht ihr, es waren Charles' Kinder. Irgendwas wollte von Anfang an nicht gehen, und das war einzig und allein ihr Fehler, weil sie nicht genug an die Kinder gedacht hatte, weil sie sie nicht genügend geliebt hatte; es gab immer etwas anderes. Ein Stück, einen Menschen, immer etwas anderes ...

Ein eigentümliches, verlorenes Gefühl der Verzweiflung, wenn sie sich vom Bahnsteig abwandte, sich mit den Soldaten, die ihren Sack trugen, durch die Sperre drängte. Wozu geschah das alles? Wohin gingen sie alle? Was tat Charles im Nahen Osten? Warum war sie hier? All diese Menschen, die sich durch die Sperre drängten, all diese besorgten, forschenden Gesichter.

Im Theater war man in Sicherheit. Ein tiefsitzendes Gefühl von Heimat und Sicherheit. Die Garderobe, die dringend der Renovierung bedurfte, wo der Gips von den Wänden fiel und der Ventilator völlig verstaubt war. Der Sprung im Waschbecken. Die zerschlissene Bodenbespannung, deren Löcher der Teppich nicht zu decken vermochte. Der Tisch und die Schminktöpfe. Irgendwer klopfte an die Tür. »Herein!« Charles war vergessen, die Kinder waren vergessen, der Krieg und all diese seltsamen, losen Fäden des Lebens, die auseinanderliefen und zergingen; auch sie konnten vergessen werden. Die einzige Sicherheit lag in der Verstellung. Darin, zu tun, was sie von allem Anbeginn an getan hatte. Zu tun, als wäre sie ein anderer Mensch ... Doch nicht das allein! Eine Rotte zu sein, eine kleine Gruppe, eine Schiffsmannschaft.

Während der Vorstellung war es, als ratterte ein Expreßzug über ihren

Köpfen und keuchte seiner Bestimmung entgegen. Dann die plötzliche Stille. Sie hatten wieder angefangen.

Warum kam Niall nicht und brachte sie nachher heim? Das war doch das Mindeste, was er tun konnte, sie beim Theater abzuholen! Versuchen wir einen Anruf! Keine Antwort. Ja, wo war denn Niall? Wenn die letzte Bombe platzte, hatte sie am Ende Niall getroffen?

»Weiß jemand, wo heute abend der Angriff gewesen ist?«

»In Croydon, glaube ich.«

Niemand wußte es. Niemand war dessen sicher. Dann klopfte es abermals an die Tür. »Herein!« Und es war Niall. Eine Welle von Erleichterung, die in Gereiztheit mündete.

»Wo bist du gewesen? Warum bist du nicht früher gekommen?«

»Ich hatte etwas anderes zu tun.«

Es war immer zwecklos, Niall auszufragen. Er stand unter seinem eigenen Gesetz.

»Ich meinte, du könntest eigentlich im Parkett sein«, sagte sie verdrossen, während sie sich abschminkte.

»Ich habe das Stück viermal gesehen, und das ist etwa dreimal zuviel«, erwiderte Niall.

»Heute abend war ich recht gut. Ganz anders als das letztemal.«

»Du bist immer anders. Ich habe dich nie zweimal dasselbe tun gesehen. Hier, nimm dieses Päckchen!«

»Was ist das?«

»Ein Geschenk. Ich habe es dir in New York gekauft. Fifth Avenue. Schrecklich teuer. Man nennt es ein Négligé.«

»Oh, Niall...«

Und sie wurde wieder zum Kind, zerriß die Verpackung, warf Seidenpapier auf den Boden, hob es allerdings schnell wieder auf, denn Seidenpapier war kaum mehr aufzutreiben. Dann zog sie aus der Schachtel eine luftige, wehende, durchschimmernde, unpraktische Nichtigkeit.

»Das muß ja ein Vermögen gekostet haben!«

»Hat es auch!«

»Interesse der Öffentlichkeit?«

»Nein, im persönlichen. Frag mich nicht. Zieh's an!«

Wie reizend war es, Geschenke zu bekommen! Daß sie sich mit Geschenken noch so kindlich freuen konnte!

»Wie sieht es aus?«

»Sehr gut.«

»Es ist auch angenehm zu tragen. Ich werde es ›Gier unter Ulmen‹ nennen.«

Taxis waren nie zu finden. Sie mußten den Weg in die Wohnung durch den Nebel suchen; über ihnen, am Himmel, dröhnte der Ansturm der Flugzeuge. Und es war erbitternd und seltsam verwirrend und eigentümlich, daß der Mensch, den sie auch jetzt noch am meisten auf der Welt liebte, just jener Mensch war, den sie als Kind geschlagen und unterdrückt hatte. Wie konnte sie diese Höhe im Leben erreichen und dennoch an demselben verdrossenen kleinen Jungen festhalten? An den gleichen vertrauten Augen, dem Mund, den Händen? In Stunden der Gesteigertheit, in Stunden der Niedergeschlagenheit immer wieder zu Niall zurückkehren. Immer Niall zum Prügelknaben, zum Sündenbock einer Laune machen.

»Allerdings ...«

»Allerdings?«

»Allerdings hättest du mir statt ›Gier unter Ulmen‹ lieber ganze Ladungen von Konservenbüchsen mitbringen sollen. Aber das ist dir natürlich nie in den Sinn gekommen! Du hast ja reichlich Beefsteak gegessen.«

»Was für Konservenbüchsen?«

»Nun, Schinken, Zunge, Hühnerbrust in Aspik.«

»Das habe ich auch getan. Ich habe ein großes Paket mit solchem Zeug bei dem Portier in der Halle gelassen. Du wirst schon sehen. Aber keine Hühnerbrust. Frankfurter.«

»Ah, ah, schön!«

Sie eilte zwischen Schlafzimmer und Küche hin und her, sprach jetzt zu Niall und im nächsten Augenblick zu dem summenden Kessel.

»Untersteh dich nicht, überzulaufen! Ich lasse dich nicht aus den Augen ... Niall, was machst du mit meinem Wäscheschrank? Laß ihn schön in Ruhe!«

»Ich muß noch ein Leintuch finden. Was ist das Ding da, das karierte Zeug unter dem Plättbrett?«

»Das darfst du nicht nehmen ... oder ja, du kannst, aber gieß keinen Brandy darauf.«

»Ich habe gar keinen Brandy. Ich wollte, ich hätte welchen. Die Wohnung ist eiskalt. Meine Zähne klappern.«

»Das ist nur gesund für dich. Du hast dich drüben von der Zentralheizung braten lassen ... Jetzt habe ich den Büchsenöffner verloren. Ja, Niall, was hast du da angezogen? Du siehst ja aus wie ein Negersänger!«

»Das ist mein amerikanischer Pyjama. ›Gier unter Ulmen.‹ Gefällt er dir etwa nicht?«

»Nein. Diese schrecklichen leberfarbenen Streifen ... Zieh ihn aus. Nimm statt dessen die schottische Decke!«

Abermals dröhnte es über ihren Köpfen. Wohin? Woher? Besser wäre es, die Wärmflasche schnell zu füllen.

»Hast du Hunger, Niall?«

»Nein.«

»Wirst du später Hunger haben?«

»Ja. Mach dir keine Sorgen. Wenn ich hungrig bin, werde ich eine der Büchsen mit dem Stiefelknecht aufbrechen. Was hat übrigens ›getrocknete Fische‹ zu bedeuten gehabt?«

»Ein Schlafkupee miteinander teilen. Hast du das vergessen?«

»Ach ja, natürlich! Aber inwiefern paßt das heute abend auf uns?«

»Es paßt gar nicht. Aber ich mußte Polly vor die Tür setzen.«

Die freundliche Wärme einer Schale dampfenden Tees und dann eine Wärmflasche unter die Decke an die Füße. Die wohltuende Stille, wenn nichts über ihnen dröhnte und Türen und Fenster zitterten; nur das Ticken der Uhr neben dem Bett, die Zeiger, die in der Dunkelheit leuchteten und auf zehn vor eins standen.

»Niall!«

»Ja?«

»Hast du im Abendblatt die Geschichte von der Frau irgendeines Obersten Noseworthy gelesen, die auf dem Sterbebett gewünscht hat, man solle bei ihrem Begräbnis ›Ich hatte dich in der Haut‹ spielen?«

»Nein.«

»Eine ausgezeichnete Idee. Wen hat sie nur in der Haut gehabt?«

»Den guten Noseworthy wahrscheinlich. Maria, was sollen wir eigentlich tun?«

»Ich weiß es nicht. Aber was es auch sein mag, es ist himmlisch.«

»Schön, dann hör auf zu reden!«

*

In der Halle in Farthings schlug jemand den Gong. Maria öffnete die Augen und setzte sich erschauernd auf. Sie zog den Verschluß aus der Wanne, und das laue Wasser lief gurgelnd und rauschend aus. Sie würde sehr spät beim Abendessen erscheinen.

21. KAPITEL

Celia schloß die Tür des Schlafzimmers der Kinder hinter sich. »Es ist wahr«, meinte sie bei sich, »was wir heute Nachmittag gesagt haben; sie sind anders, als wir gewesen sind. Unsere Welt war eine Welt der Phantasie. Sie leben in einer Welt der Wirklichkeit. Sie machen sich nichts vor. Für ein modernes Kind ist ein Lehnstuhl immer ein Lehnstuhl und nie ein Schiff, nie eine verlassene Insel. Die Tapetenmuster an der Wand sind Tapetenmuster, keine Gestalten, deren Gesichter sich in der Dämmerung verändern. Spiele wie Schach oder Ludo sind eine Sache der Geschicklichkeit und des Glücks; ebenso wie Bridge oder Poker für die Erwachsenen. Für uns waren die Schachfiguren rücksichtslose, boshafte Soldaten, und der gekrönte König in der letzten Reihe war ein aufgeblasener Potentat, der, mit furchtbarer Macht begabt, von Feld zu Feld rückwärts und vorwärts sprang. Das Traurige ist, daß die Kinder keine Phantasie haben. Sie sind lieb und haben sorglose, ehrliche Augen; aber ihrem Alltag fehlt jeder Zauber. Der Zauber ist völlig verschwunden...«

»Die Kinder sind zu Bett, Miss Celia?«

»Ja, Polly. Es tut mir so leid, daß ich Ihnen nicht beim Bad geholfen habe.«

»Oh, das macht nichts. Ich habe Sie im Wohnzimmer reden gehört und dachte, Sie müßten viel zu besprechen haben. Mrs. Wyndham sieht übrigens müde aus, finden Sie nicht auch?«

»Das ist nur London, Polly. Und das nasse Wetter. Und daß sie in einem Stück auftritt, das nicht sehr gut geht.«

»Wahrscheinlich. Schade, daß sie sich nicht länger Ruhe gönnt und hier draußen bei Mr. Wyndham und den Kindern bleibt.«

»Für eine Schauspielerin ist das nicht einfach, Polly. Überdies würde es ihr gar nicht behagen.«

»Die Kinder sehen sie so wenig. Caroline schreibt zweimal in der Woche aus der Schule an Daddy, aber nie an Mummi. Manchmal muß ich wirklich glauben...«

»Ja, gewiß, aber jetzt muß ich mich beeilen, Polly. Wir sehen uns dann bei Tisch wieder.«

Nur keine vertraulichen Mitteilungen Pollys über Maria! Keine vertraulichen Mitteilungen über Charles oder über die Kinder. Sie hatte schon zu viele Liebesgeschichten einzurenken, zu viele private Schmerzen und Leiden. Die irische Nachtschwester, die in den letzten Monaten vor Pappis Tod im Haus gewesen war, hatte sich als eine der schlimmsten

Belastungen erwiesen. Ihre endlosen Briefe von einem verheirateten Mann! Immer die Flut von anderer Leute Tränen!

Anderer Leute Leben mitzuerleben, meinte Celia, heißt nicht, für andere Leute zu leben; es heißt, das Leben nur durch ihre Augen zu sehen und nie durch die eigenen. Doch auf diese Art hatte sie sich natürlich viel Leid erspart. So glaubte sie wenigstens. Celia wusch sich die Hände im Waschbecken in Carolines Schlafzimmer, das ihr für das Wochenende zugewiesen worden war, und fuhr sich mit dem Schwamm über das Gesicht. Das Wasser war kühl. Irgendwer, ohne Zweifel Maria, hatte das gesamte heiße Wasser für das Bad benutzt, ja, das Wasser lief immer noch... Wenn man, zum Beispiel, an Liebesgeschichten dachte. Wenn sie selber, Celia, eine Liebesgeschichte erlebt hätte, so wäre das Erlebnis zu Galle und Wermuth geworden, oder es wäre von Anfang an verkümmert. Sie wäre eine jener Frauen gewesen, die von den Männern verlassen werden. »Haben Sie von der armen Celia gehört? Dieser abscheuliche Mensch!« Er wäre auf und davon gegangen und hätte sie der Frau eines anderen wegen sitzengelassen. Oder er wäre selber verheiratet gewesen, so wie der junge Mann, mit dem die irische Krankenschwester korrespondierte, dazu ein Katholik und somit nicht in der Lage, sich scheiden zu lassen. Er und Celia hätten sich Woche um Woche, Jahr um Jahr kläglich auf einer Bank im Regent's Park getroffen.

»Aber was sollen wir tun?«

»Wir können gar nichts tun. Maud will nichts von einer Scheidung hören.« Und Maud würde ewig leben. Maud würde niemals sterben. Celia und der Mann würden im Regent's Park sitzen und von Mauds Kindern sprechen. Von all dem war sie verschont geblieben. Das war eine gewaltige Erleichterung. Und wenn sie zurückblickte, mußte sie sich sagen, daß sie auch keine Zeit dafür gehabt hätte. Während dieser Jahre von Pappis Hilflosigkeit war so viel für ihn zu tun gewesen. Sie hatte keine Zeit mehr für ihre Zeichnungen und ihre Märchen gehabt. Zur größten Erbitterung von Mr. Harrison und seinem Hause.

»Wenn Sie sie jetzt nicht machen, dann werden Sie es nie tun, verstehen Sie?« sagte er.

»Ich verspreche Ihnen, daß ich sie machen werde. Nächste Woche, nächsten Monat, nächstes Jahr.«

Nach einiger Zeit war man ihrer überdrüssig geworden. Sie hielt ihre Zusagen nicht. Sie war doch am Ende nur eine halbflügge Künstlerin. Jenes gewisse Etwas, das Mr. Harrison und die anderen begeistert hatte, jenes Etwas, das von Mama herstammte, mußte dahinschwinden und absterben. Gewiß war es wichtiger, einen Menschen glücklich zu machen. Es war wichtiger, daß Pappi, der hiflos in seinem Bett lag, ihr mit seinen Blicken folgen und sagen konnte: »Mein Liebling, mein Liebling!« und daß sie ihm, soweit es in ihren Kräften stand, Trost bringen konnte, als allein dazusitzen, zu schreiben, zu zeichnen, Wesen zu erschaffen, die überhaupt nie gelebt hatten. Beides zu tun, war unmöglich. Das war das Entscheidende. Sie hatte es gewußt, als sie Pappi aus dem Spital nach Hause brachte. Entweder mußte sie für den Rest seines Lebens ihre Zeit ihm widmen, oder sie mußte ihn fallenlassen, sich auf sich selbst besinnen und ihre Begabung nähren.

So stand die Wahl. Ein einfaches Entweder – Oder. Und sie hatte Pappi gewählt.

Was aber Menschen wie Mr. Harrison niemals begriffen hatten, das war, daß sie gar kein Opfer brachte. Es war nicht Selbstaufgabe. Sie hatte ihre Wahl aus freien Stücken getroffen, weil sie es eben so wollte. Wie anspruchsvoll Pappi auch sein mochte, wie ermüdend, wie übellaunig, so stellte er doch im wahren, tiefsten Sinn ihre Zufluchtsstätte dar. Er behütete sie vor jedem Tätigsein; er war der Mantel, der sie schützte. Sie brauchte nicht in die Welt hinauszugehen, sie brauchte nicht zu kämpfen, nicht Dingen gegenüberzutreten, denen andere Leute gegenübertreten mußten – weil sie Pappi pflegte.

Mochten Mr. Harrison und seine Kollegen sie für einen Geist halten, der das Tageslicht scheute! Da sie sich verbarg, konnte man das Gegenteil nicht beweisen. Sie hätte das eine tun können, sie hätte das andere tun können, aber sie konnte nicht beides tun; Pappis wegen. Mochte Maria auf der Bühne stehen, von Scheinwerfern bestrahlt. Der Beifall dröhnte, aber sie setzte sich auch tödlichem Schweigen aus, sie setzte sich dem Mißerfolg aus. Mochte Niall seine Melodien schreiben und auf die Kritik warten; die Melodien konnten gelobt, aber sie konnten auch verrissen werden.

Hat ein Mensch einmal der Welt sein Talent gegeben, so drückte die Welt ihm ihren Stempel auf. Das Talent war kein persönlicher Besitz mehr. Es war etwas, das gehandelt, gekauft, verkauft wurde. Es konnte einen hohen Preis erzielen oder einen niedrigen. Es wurde auf den Markt hinausgestoßen. Immer und für alle Zeit mußte der Besitzer des Talents ein wachsames Auge auf den Käufer haben. War man empfindlich, war man stolz, so wandte man darum dem Markt den Rücken. Man gebrauchte Ausflüchte. Wie Celia.

»Und dies ist der wahre Grund dafür, daß ich Pappis Pflege übernommen habe«, dachte sie, während sie Schuhe und Strümpfe wechselte, »weil ich Angst vor der Kritik, Angst vor einem Mißerfolg hatte. Charles hatte vollkommen unrecht, als er die anderen angriff. Ich bin der Parasit, nicht sie. Ich habe mich von Pappi genährt, während sie in die Welt hinausgingen.« Pappi war tot, aber noch immer gebrauchte sie Ausflüchte. Der Krieg... Man konnte doch nicht erwarten, daß sie während des Krieges zeichnen würde. Es gab viel zu viele wichtigere Dinge zu tun. Böden in Spitälern schrubben. In Kantinen bedienen. Bei den Schulungskursen für Blinde mithelfen. Es hatte so viele Dinge gegeben, die eine alleinstehende Frau ohne Bindungen tun konnte. Eine alleinstehende Frau ohne Bindungen wie Celia. »Und ich habe sie alle getan«, dachte sie, »ich habe nie aufgehört, ich war ständig beschäftigt, wenige Frauen haben so hart gearbeitet wie ich. Warum aber spreche ich so zu mir selber? Was will ich mir beweisen? Der Krieg ist aus, der Krieg ist tot wie Pappi. Und wofür lebe ich jetzt?«

Sie saß auf ihrem Bett, einen Strumpf in der Hand. Die Wand ihr gegenüber war kahl. Caroline hatte keine Bilder zurückgelassen; sie hatte sie in das Pensionat mitgenommen. Warum schickte man ein kleines Mädchen ins Pensionat? »Sie wollte selber gehen«, sagte Maria, »sie langweilte sich daheim.« Celia konnte nicht die Frage stellen, die ihr auf der Zunge lag. Sie konnte sich nicht zu Maria wenden und sagen: »Wenn Caroline sich langweilt, warum könnte sie nicht mit mir zusammenwohnen?« Ein Mensch, den man lieben, den man verhätscheln konnte! Ein Daseinsgrund! Der Augenblick war gekommen und vergangen, und jetzt war es natürlich zu spät. Caroline fühlte sich im Pensionat glücklich, und hier saß Celia auf Carolines Bett und starrte die kahle Wand an. Eine kahle Wand.

Es war ein verrückter Tag gewesen. Daher kam alles. Zu viel Regen. Man ging nicht, hatte keine Bewegung. Charles mißgestimmt und bedrückt. Sie zog den Strumpf an. Dann wandte sie sich zu ihrem Bett und schlug die Decke zurück. Damit ersparte sie jemandem die Mühe. Sie legte ihr Nachthemd auf das Kissen, dazu die wollene Nachtjacke, die Bettsocken und das Kaninchenfell mit dem abgerissenen Ohr. Das Kaninchenfell war eines der vielen Dinge, die sie gerettet hatte, als die Möbel nach Pappis Tod in das Lagerhaus kamen.

»Es ist so viel Ramsch«, sagte Maria. »Du kannst doch unmöglich auch nur ein Viertel davon brauchen. Ich hätte gern diesen Schreibtisch für meine Wohnung und den runden Tisch aus dem Wohnzimmer, und dann den kleinen alten Schaukelstuhl; ich habe ihn immer geliebt. Aber belaste dich nicht mit all dem Kram. Das ist ja nur Futter für die Bomben!«

Niall wollte gar nichts haben bis auf ein paar Bücher und Sargents Zeichnung von Mama. Celia wollte alles. Aber wie sollte sie alles behalten, wo konnte sie es unterbringen? So wie sie jetzt lebte, von einem Tag zum anderen, solange der Krieg eben dauerte! Es war so schmerzlich, die vertrauten Dinge wegzuwerfen. Selbst alte Kalender und Weihnachtskarten. Ein Kalender war im Jahre, da Maria heiratete, im Waschraum des Erdgeschosses gehangen. Und Celia hatte ihn nachher nie ersetzt, weil das Bild der Apfelblüte im Frühling so einprägsam war. Sie hatte im neuen Jahre frische Kalenderblätter gekauft und sie unter dem Bild befestigt. Selbst wenn sie bedrückt war, hatte das Bild nie verfehlt, ihre Stimmung zu heben. Und als das Haus verkauft wurde, mußten Dinge wie dieser Kalender weggeworfen werden. Die Apfelblüte landete im Papierkorb. Doch es gab noch Koffer voll mit Dingen, die nicht weggeworfen worden waren. Koffer voll unnützer Gegenstände. Tassen und Untertassen, Teller und Kaffeekannen. Pappi hatte seinen Kaffee am liebsten in dieser Kanne. Die grüne Vase mußte behalten werden. Truda hatte einmal den Rand abgeschlagen, als sie sie füllte, weil Niall in sie hineingerannt war, der sich ein Glas Orangensaft aus der Speisekammer holen wollte. Die grüne Vase war ein Symbol für den sechzehnjährigen Niall. Behalten wollte sie das Papiermesser, die Tablette, den alten Kohleneimer mit den Kupferreifen. Sie waren einst täglich in Gebrauch gewesen. Sie erfüllten ihren Zweck. Sie riefen einen Augenblick und eine ganze Zeit in die Erinnerung zurück.

Und jetzt war das Häuschen in Hampstead, darin sie im abgelaufenen Jahr gewohnt hatte, bis an den Rand mit den Dingen angefüllt, deren sie nicht bedurfte. Und doch war sie froh, sie alle bei sich zu haben. Wie das Kaninchenfell, das jetzt auf ihrem Kissen lag.

Noch einen anderen Grund gab es natürlich, weshalb sie ihr Zeichnen und ihre Märchen vernachlässigt hatte. Sie war mit der Übersiedlung in das Häuschen beschäftigt gewesen. »Nenn es nicht Häuschen, das klingt so gewöhnlich«, hatte Maria gesagt. Aber wie anders sollte man es nennen? Es war doch nur ein Häuschen.

Sie war nur während der Woche dort, denn zum Wochenende fuhr sie immer nach Farthings. So war es zum mindesten bis heute gewesen. Sie hielt ein, während sie den Mandarinenmantel zuknöpfte, den Maria ihr geschenkt hatte, weil er ihr selber zu groß war. Warum scheint heute alles so unsicher zu sein wie an einem Sommerabend, wenn ein Sturm sich zusammenzieht oder wenn eines der Kinder Fieber hat und die Phantasie sogleich an Kinderlähmung denkt.

Als sie gestern angekommen war, hatte das Haus unverändert gewirkt.

Sie hatte Samstag den gewohnten Zug genommen. Maria war natürlich erst abends nach der Vorstellung mit Niall gekommen. Celia, Charles und Polly aßen mit den Kindern zu Mittag, wie sie das am Samstag immer taten. Nachmittags war Charles verschwunden, und Celia war mit Polly und den Kindern spazierengegangen. Das Abendessen mit Charles verlief nicht anders als gewöhnlich. Sie hatten das Radio angedreht, hatten ein Music-Hall-Programm angehört und dann die Nachrichten. Celia hatte einen Kissenüberzug geflickt, den Maria in der Vorwoche zerrissen hatte. Dann hatte sie sich um das Abendessen für Maria und Niall gekümmert, die hungrig ankommen würden. Das war eine Rücksicht auf Polly und auch auf Mrs. Banks, es bedeutete, daß sie nicht aufbleiben mußten, sondern schlafengehen konnten. Und Celia tat es gern. Es war zur Gewohnheit geworden. Sie kochte besser als Mrs. Banks. Die Speisen schmeckten besser. So sagten wenigstens die anderen. Vielleicht hatte sie zuviel übernommen; vielleicht sah Charles das als Einmischung an und war verletzt.

Und mit einem Male waren die Dinge, die sie seit Jahren als selbstverständlich angesehen hatte, wie der Besuch in Farthings, wie das Flicken von Kissenbezügen für Maria, wie das Stopfen der Socken für die Kinder, wankend geworden. Sie waren nicht länger ein Teil ihres Lebens und hatten ihre Dauer. Sie würden aufhören, vorhanden zu sein wie der Krieg, wie Pappi. Sie knöpfte den Mandarinenrock bis zum Kinn und puderte sich die Nase. Als sie in den Spiegel schaute, sah sie die alte, vielsagende Falte zwischen den Brauen, und sie legte auch dort Puder auf, aber die Falte wollte nicht verschwinden.

»Wirst du gleich aufhören, Runzeln zu machen?« sagte Truda immer. »Kinder in deinem Alter runzeln nicht die Stirne.«

»Lächle, Liebling, lächle«, sagte Pappi. »Du siehst aus, als würden die Sorgen der ganzen Welt auf deinen Schultern lasten.«

Doch die Falte prägte sich ein. Sie würde nie mehr verschwinden. Nicht jetzt... Wie der Schmerz im Plexus solaris. So häufig während des Krieges, obgleich es erst in der Zeit, da sie Pappi pflegte, wirklich anfing, hatte sie diesen leichten, nagenden Schmerz. Nichts Schlimmes. Nichts Heftiges. Aber nagend. Es bedeutete eine Magenverstimmung, wenn sie bestimmte Dinge aß. Nun, die Durchleuchtung würde feststellen, ob da irgendwas nicht in Ordnung war. Nächste Woche wollte sie hingehen. Aber der Schmerz würde wahrscheinlich ebensowenig weichen wie die Falte. War eine Frau einmal über dreißig und unverheiratet, so stimmte gewiß irgend etwas nicht, und es gab irgendwelche Schmerzen.

Wenn sie jetzt in das Wohnzimmer hinunterging und das Feuer anzündete, bevor der Gong schlug – würde Charles da sein? Würde er sie ansehen und bei sich denken: »Warum muß sie sich in diesem Haus aufführen, als ob es ihr gehören würde?« Doch das Feuer mußte angezündet werden, und Polly mußte Mrs. Blanks in der Küche helfen, das Essen zu richten. »Was ich jetzt auch tun mag«, dachte Celia, »alles wird wie eine Einmischung wirken. Den Salat anmachen – ich habe immer den Salat angemacht, kein anderer versteht es, sie vergessen immer den Zucker –, aber Maria sollte es selber tun, Maria oder Charles. Was ich auch tun mag – es wird in meinen eigenen Augen anmaßend wirken, wenn schon nicht in den Augen anderer; die Unbefangenheit ist verlorengegangen, und Farthings ist kein Heim mehr, es ist ein Haus, darin ich mich als Gast über das Wochenende aufhalte.«

Sie verließ ihr Zimmer und ging über die Hintertreppe hinunter, um Charles nicht zu begegnen. Auf diese Art konnte sie durch die andere Tür ins Eßzimmer gehen und dort, sozusagen anonym, mit Polly warten, bis der Gong tönte. Doch dieser Plan schlug fehl, denn Charles stand bei geöffneter Tür in der Office und sprach ins Telefon. Der Anschluß in sein Arbeitszimmer versagte, er hatte sich tags zuvor darüber beschwert.

Celia zog sich in den Schatten der Treppe zurück und wartete, bis er fertig war. Oft war sie selber in der Office ans Telefon gegangen, um den Bahnhof wegen einer Zugverbindung anzurufen oder die Garage im Dorf wegen eines Wagens, und wenn sie den Hörer abhob, konnte sie eine Stimme hören, die vom Schlafzimmer aus sprach, Marias Stimme, die interurban mit jemand in London redete, und Celia erkannte am Klang der Stimme, ob es ein geschäftliches Gespräch war – oder etwas anderes. Recht häufig war es etwas anderes. Dann legte Celia den Hörer wieder nieder, blieb an den Ausguß gelehnt stehen, bis das Klicken im Telefon ihr verriet, daß das Gespräch beendet war. Daran wurde sie heute abend gemahnt.

»Es ist völlig endgültig«, sagte Charles. »Ich habe mich heute nachmittag entschlossen. Es ist hoffnungslos, die Dinge so weiterzutreiben zu lassen. Und noch heute abend werde ich es sagen.« Es gab eine Pause, und dann sagte er: »Ja, die ganze Gesellschaft. Alle drei.« Abermals eine Pause und dann: »Den ganzen Tag schlimm genug. Aber jetzt ist es besser. Es ist immer besser, wenn man den Mut hat, zu einer Entscheidung zu gelangen.«

Als er sich umwandte, sah er, daß die Tür offenstand, gab ihr einen Tritt mit dem Fuß, daß sie krachend zufiel. Seine Stimme wurde zu einem undeutlichen Murmeln.

Und Celia, gegen die Wand der Hinterstiege geduckt, hatte plötzlich ein Kältegefühl. Etwas wird geschehen. Etwas, wovon keiner von uns eine Ahnung hatte, wird geschehen. Die Sorge, daß sie selber ein Eindringling war, fiel nicht mehr ins Gewicht. Sie ging jetzt in einer umfassenderen, weiträumigeren Angst auf. Celia schlüpfte an der Office vorbei in das Eßzimmer und machte den Salat an, während alle Farbe aus ihren Wangen wich.

Wie eine Ladung vor Gericht tönte jetzt der Gong durch das Haus.

22. KAPITEL

Das Eßzimmer in Farthings war ein langer, schmaler Raum. Der Tisch war aus Mahagoni und konnte an beiden Enden aufgeklappt werden, die Stühle waren gleichfalls aus Mahagoni, hatten gerade, steife Lehnen und dünne, gewundene Beine. Der Teppich war grau, dunkler als das weiche Grau der Wände. Im Eßzimmer brannte niemals ein Kaminfeuer, sondern nur ein elektrischer Ofen, der vor und nach den Mahlzeiten an- und abgedreht wurde, aber immer nur mit halber Kraft brannte. Einmal hatte Maria unbekümmert einen Hering über dem elektrischen Ofen geröstet. Das ölige Fett spritzte und zischte auf den reinen, fleckenlosen Stahl des Ofens, und obwohl Polly rieb, was sie konnte, waren die Flecken doch nie völlig verschwunden.

Sie waren noch immer da, die einzigen Flecken in dem sauberen, tadellosen Raum. Es war kein Zimmer, darin man Lust hatte, zu träumen, ein Zimmer, darin man gemütlich aß und schwatzte. Das Ritual des sonntäglichen Abendessens war auf dem Serviertisch hinter Charles' Stuhl ausgebreitet. Suppe, in grünen Fayenceschalen mit kleinen Henkeln auf gewärmten Suppentellern; auch diese Teller waren nur ein Tribut an die Höflichkeit, denn es war Sitte, die Suppe unmittelbar aus den Schalen zu trinken, wodurch das Waschen der Teller erspart wurde. Ein kaltes Huhn, zierlich mit Petersilie garniert, ein paar Würstchen, die Überreste des Mittagbratens, seither einigermaßen zusammengeschrumpft; das und eine Gemüseschüssel, gefüllt mit im Rohr gebratenen Kartoffeln, die mit einer Serviette umwickelt waren, gehörten zu den sättigenden Bestandteilen des Festmahls. Dann gab es natürlich auch den Salat. Eine Obsttorte – das Ergebnis von Pollys eingemachten Früchten –, einen Auflauf und eine große Schnitte bläulichen dänischen Käses.

Niall bemerkte erleichtert, daß die Rotweinflasche geöffnet, aber bisher noch untemperiert auf dem Büfett stand; er bemerkte auch, daß die Flasche mit dem Gin aus London, der er und Maria zugesprochen hatten, bevor sie sich umzogen, und die sie zu zwei Dritteln voll zurückgelassen hatten, jetzt leer war. Charles, der immer auf seinen Wein wartete und niemals einen Cocktail mischte – es sei denn für Gäste –, hatte sie also ausgetrunken. Niall warf Charles einen Blick aus den Augenwinkeln zu, aber Charles hatte den Rücken gedreht und war damit beschäftigt, das Tranchiermesser zu schleifen, um seine Künste an dem Huhn zu üben. Polly stand neben ihm, bereit, ihm die Teller zu reichen. Celia saß bereits am Tisch und zog ihre Serviette aus dem silbernen Ring. Es war der Ring, den sie immer benutzte, aber als sie ihn auf den Tisch zurücklegte, bemerkte Niall, daß sie nachdenklich darauf blickte, als wollte sie dem Ring eine Frage stellen.

Der letzte Rest des Badewassers floß durch die Rinne außerhalb des Fensters. Man konnte hören, wie Maria in ihrem Schlafzimmer auf und ab ging. Keiner sprach ein Wort. Charles tranchierte nach wie vor das Huhn. Der Hund kratzte an der Tür, und Celia erhob sich instinktiv, um ihn einzulassen, aber sie zauderte, war unsicher und warf über die Schulter einen Blick nach dem Mann, der das Huhn zerlegte.

»Wie ist's mit dem Hund?« fragte sie. »Soll ich ihn einlassen?«

Charles konnte sie nicht gehört haben, denn er gab keine Antwort; und mit einem besorgten, unentschlossenen Blick auf Niall öffnete Celia die Tür. Der Hund schlich herein, schlängelte sich durch den Raum und kroch unter den Tisch.

»Wer will die Brust?« fragte Charles überraschend.

»Wenn wir drei jetzt allein wären«, dachte Niall, »oder wenn Maria an Stelle von Charles stünde, wäre dies der Augenblick für einen lustigen Spaß, und es gäbe die rechte Stimmung für das Abendessen. Ich will immer die Brust haben und kriege sie viel zu selten. Aber nicht heute abend. Heute abend einen Scherz zu machen, hieß das Unheil heraufbeschwören.« Nun, jedenfalls war es nicht Nialls Sache, einen Wunsch auszusprechen. Er wartete auf Celia.

»Ich hätte sehr gern einen Flügel, wenn einer übrig ist, Charles«, sagte sie, ihre Wangen röteten sich, und sie sprach ein wenig zu schnell, »und vielleicht ein Würstchen. Ein kleines.«

Es war nicht üblich, daß Charles schon den zweiten Gang austeilte, bevor er sich zu seiner Suppe gesetzt hatte. Aber heute abend war nichts, wie es sein sollte. Das Ritual war in Unordnung geraten. Nur Polly blieb unbefangen und ahnungslos. Sie kam mit einem kleinen Tablett und reichte die Suppe. Doch selbst sie merkte, daß etwas nicht stimmte. Sie blieb einen Augenblick stehen, den Kopf auf die Seite gelegt wie ein verdutzter Spatz. Dann lächelte sie.

»Ich habe vergessen, das ›Grand-Hotel‹ anzudrehen«, sagte sie. Sie reichte die letzte Suppenschale, eilte dann zu dem tragbaren Radioapparat in der Ecke des Eßzimmers und drehte an dem Knopf. Es war viel zu laut. Eine gaumige Tenorstimme zerriß schmerzhaft die Luft. Niall stöhnte und warf Charles einen Blick zu. Polly war verständig genug, den Knopf nach links zu drehen, und von dem Tenor blieb kaum mehr als ein Flüstern übrig. Für ihn, nicht für die Zuhörer, »läuteten die Glocken im Temple«. Und doch betäubte der Laut die Empfindungen und half, die Stille zu brechen. Der Tenor war gewissermaßen ein Gast mehr bei Tisch, aber durch ihn wurde die Spannung wenigstens nicht verschärft.

»Und die Suppe«, dachte Niall, »verrät den Charakter.« Celia aß sie mit dem Löffel, wie Truda es uns drei gelehrt hatte, aber sie goß sie nicht in den Teller, sie löffelte sie aus der Schale, eine Gewohnheit aus der Kriegszeit. Polly schlürfte ihre Suppe mit kleinen Schlucken, einen Finger gekrümmt. Jedesmal, wenn sie geschlürft hatte, setzte sie die Schale nieder und hob sie wieder. In früheren Zeiten hätten wir drei das für geziert gehalten. Charles, als der Mann, der er nun einmal war, machte es wie wahrscheinlich alle Wyndhams seit Urbeginn der Zeiten es gemacht hatten; er, aufgewachsen bei mächtigen Suppenterrinen, die von Dienern gereicht wurden, leerte seine Schale in den Teller, ohne Rücksicht darauf, daß dieser Teller gewaschen werden mußte, und löffelte die Suppe von der Seite her. »Während ich«, dachte Niall, »ich allein gierig bin«; und er legte die Lippen an die Schale und trank die Suppe in großen Zügen.

Der Tenor sang »Bleiche Hände, die ich liebe«, als endlich Maria erschien. Sie hatte sich hastig angezogen, sie trug – das wußte Niall – nichts unter dem Schlafrock, der aus altgoldfarbenem Samt war. Sie trug ihn jeden Sonntag und dazu einen edelsteinbesetzten Gürtel, den er ihr einmal aus Paris mitgebracht hatte. Wie kam es nur, daß sie, auf diese Art gekleidet, rasch gekämmt und flüchtig gepudert, viel reizvoller aussah, als wenn sie sich Mühe nahm und für große Gelegenheiten sorgfältig anzog? Niall fragte sich, ob eine besondere, an Perversität grenzende Anlage oder die Vertraulichkeit von Jahren der Liebe und genauen Kenntnis die Ursache dafür sei, daß er sie am liebsten hatte, wenn sie ein wenig unordentlich war wie jetzt oder schlafumfangen erwachend oder das Gesicht eingefettet, die Haare in Klammern gesteckt und die Schminke weggewischt.

»Ach, ich habe mich verspätet«, sagte sie mit aufgerissenen Augen. »Das tut mir leid.« Und sie setzte sich auf den Stuhl am Ende des Tisches, Charles gegenüber, und ihre Stimme war die Stimme der Unschuld, des Menschen, der den Gong nicht schlagen gehört hat, der nicht weiß, zu welcher Stunde gegessen wird. »Und das wird denn das Motiv für den Abend sein«, dachte Niall; »dies ist die Rolle, die sie erwählt hat, wir sind alle wieder bei Mary Rose, dem ätherischen Wesen, dem verlorenen Kind auf der Insel. Ob es auf Charles wirken wird oder nicht, bleibt abzuwarten. Denn die Zeit drängt, die Zeit wird knapp.«

»Es wurde immer um acht Uhr zu Abend gegessen«, sagte Charles, »in all diesen Jahren; auf deinen Wunsch. Es war heute abend acht Uhr.«

»Wir alle stehen hier in einer Reihe«, dachte Niall. »Wir warten auf das Zeichen des Starters. Wie wird nun Maria ihre Suppe essen? Schlürft sie sie oder löffelt sie sie? Ich habe das nie beobachtet. Wahrscheinlich hängt es von ihrer Stimmung ab.« Maria nahm die grüne Schale in beide Hände. Sie hielt sie andächtig fest, die Wärme der Suppe drang in sie ein, und sie schnupperte, um zu wissen, was es für eine Suppe sei. Dann trank sie aus der Schale, die sie noch immer in beiden Händen hielt, aber sie trank langsam, nachdenklich, nicht in großen Schlucken wie Niall. Sie blickte über den Tisch zu ihm hinüber und sah, daß er sie lächelnd und aufmerksam beobachtete. Sie erwiderte das Lächeln, weil es Niall war, aber sie war doch auch verwirrt und wußte nicht recht, warum er lächelte. Hatte sie irgend etwas falsch gemacht? Oder war es die Melodie aus dem Radio? Hatte diese Melodie eine geheime Bedeutung, deren sie sich nicht entsann? »Blasse Hände sind es, die ich liebe, dort am Shalimar.« Wo war der Shalimar? Welch liebliche, sinnliche Vision beschwor es herauf trotz dem schmachtenden Tenor und den süßlichen Worten. Einen warmen, durchsichtigen, chartreusefarbenen Fluß. Warum war sie eigentlich nie nach Indien gefahren? Es gab noch immer Indien, Radschahs und Mondsteine, ein Bad in Eselsmilch, Frauen im Purdah. Oder Witwenverbrennungen. Oder sonst was... Sie sah sich am Tisch um. Das Schweigen war bedrückend. Irgendwer mußte es zu überwinden versuchen, nicht Maria.

»Die Kinder waren so komisch im Bad, Mummi«, sagte Polly, die aufstand und die Suppenschalen abräumte. »Sie sagten: ›Ich möchte gern wissen, ob Mummi und Onkel Niall noch miteinander baden, wie sie es doch getan haben müssen, als sie klein waren, und ob Mummi wütend wird, wenn sie Seife in die Augen kriegt.‹« Sie lachte unbefangen über den Scherz der Kinder und wartete auf die Wirkung. »Wie unsäglich albern, gerade jetzt eine solche Bemerkung zu machen«, dachte Celia unglücklich, »und wie sehr mahnt sie mich an Bemerkungen dieser Art, die ich selber, aus Vergeßlichkeit oder Gedankenlosigkeit, machen konnte, wenn wir drei allein waren.«

»Ich kann mich nicht entsinnen«, sagte Niall lebhaft, »wann wir drei zum letztenmal zusammen in eine Badewanne gesetzt wurden. Wißt ihr es noch? Maria war immer egoistisch; sie wollte alles Wasser für sich allein haben. Aber ich erinnere mich, daß ich Celias Hinterteil eingeseift habe. Es war sehr herzig und voller Grübchen. Wollen Sie meinen Suppenteller nehmen, Polly?«

»Weniger als der Staub.« So sang jetzt der Tenor. Und, nach Charles' Gesichtsausdruck zu urteilen, durchaus im richtigen Augenblick. Weniger als der Staub unter den Rädern des Karrens. Niall war weniger als der Staub. Alle waren weniger als der Staub. Und Charles im Karren ließ die Peitsche knallen und fuhr darüber hin.

Der zweite Gang wurde ohne weitere Zitate aus den Kindermündern aufgetragen. Niall erhielt einen langen, mageren Hühnerschenkel. Na, schön, auch ein Schenkel konnte seinen Dienst tun; würde Charles aber endlich den Rotwein temperieren? Würde er, was wichtiger war, den Rotwein überhaupt je einschenken?

Charles war eben damit beschäftigt, den Salat weiterzureichen. Den Salat konnte jeder weiterreichen. Der Rotwein war Charles' Sache. Wenn es etwas gab, das Niall nicht tun konnte, so war es, in Charles' Haus den Rotwein einzugießen. Nun, wenden wir uns dem Schenkel zu. Lassen wir dem Schenkel Gerechtigkeit widerfahren.

Polly hatte den Wunschknochen erwischt. Später würde es mit diesem Wunschknochen ein höllisches Spiel geben. Polly würde ihn sauber abnagen und dann Maria reichen. »Will Mummi sich etwas wünschen? Wenn Mummi sich wünschen dürfte, was ihr Herz begehrt, was würde sie wünschen?« Im Wunschknochen war Gefahr. Warum hatte Charles ihn nicht für sich behalten?

Maria hatte die ganze Hühnerbrust. Gleichgültig aß sie sie. Es war eine reine Vergeudung. Charles aß den anderen Flügel. Nun, schließlich war es, nehmt alles nur in allem, sein Vogel, und er hatte sich ihn verdient. Maria nahm Salat und schaute auf.

»Kriegen wir etwas zu trinken?« fragte sie.

Sie war Mary Rose. Aber eine recht mürrische, schmollende Mary Rose. Sie war von Simon allzu lange ohne Nahrung auf dem Kirschbaum gelassen worden.

Im gleichen, grimmigen Schweigen trat Charles an das Büfett. Er schenkte den Rotwein ein. Jetzt war vom Temperieren keine Rede mehr. Celia und Polly lehnten dankend ab – zu Nialls größter Erleichterung; Polly mit ihrem gewohnten atemlosen Lachen, wenn man ihr Alkohol anbot. »O nein, Mr. Wyndham. Ich nicht. Ich muß an morgen denken.«

»Das müssen wir alle«, sagte Charles.

Das saß. Das war ein Schlag unter den Gürtel. Selbst Mary Rose, die Augen in nebelhaftem Blau und von Träumen erfüllt, sah fragend auf. Niall bemerkte, wie ein Blick rasch über den Tisch hinweg zu ihrem Gatten glitt, ein vorsichtiger, zweifelvoller Blick; dann fiel sie abermals in ihre Rolle zurück.

Angriff ist die beste Form der Verteidigung. Immer hat das irgendwer gesagt. Montgomery oder Slim. Während des Krieges hatte Niall es mehrmals am Radio gehört. Würde diese Methode auch heute abend anwendbar sein? Und wenn er sich jetzt vorbeugen würde und zu seinem Gastfreund sagen: »Hör mal, was bedeutet das alles? Wo stehen wir eigentlich?« Würde Charles ihn verblüfft, in die Enge getrieben, anstarren? Die alten Zeiten waren doch die besten. Die alten, dahingeschwundenen Zeiten des Zweikampfes. Ein Weinglas zersplittert in Scherben. Der Wein befleckt ein Spitzenjabot. Eine Hand am Degengriff. Morgen? Ja, bei Tagesanbruch... Doch statt dessen tat man gar nichts. Der Angriff beschränkte sich auf einen Hühnerschenkel. Man trank seinen Rotwein und fand ihn viel zu kalt, zu sauer. Ein richtiger Kommunionswein. Charles hatte nach seinem zweiten Gin in den Flaschenschrank gegriffen und eine Flasche hervorgeholt, doch nicht von seinem Vorkriegsvorrat von Berry Brothers, sondern etwas anderes. Einen jener säuerlichen Weine, die mit zwölf Schilling sechs verkauft wurden. Macht nichts. Schwamm drüber... Celia entdeckte in ihrem Salat eine Raupe und schob sie schnell unter ein Blatt. Mrs. Banks war schließlich doch nicht gar so gründlich. Es war doch so leicht, einen Kopfsalat zu reinigen, wenn man ihn nur tüchtig abspülte. Jedes Blatt mustern, abspülen, das Ganze in einem sauberen, feuchten Tuch schütteln. Gut nur, daß die Raupe auf ihrem Teller war und nicht auf Marias Teller. Maria hätte gesagt: »Mein Gott – seht einmal her«, und heute abend wäre diese Bemerkung irgendwie nicht am Platz gewesen.

Wenn nur jemand reden und das Schweigen brechen würde! Aber auf unbefangene Art. Die Kinder hätten darüber hinweggeholfen. Die Kinder hätten ganz unbeeindruckt weitergeschwatzt. Wenn Kinder zugegen waren, konnte kein Mensch eine solche Atmosphäre schaffen. Diesen Augenblick wählte der Ansager im Grand-Hotel, um seinen Hörern zu verkünden, daß das Orchester eine Auswahl der Tänze von Niall Delaney spielen werde. Polly schaute von ihrem Wunschknochen auf und lächelte breit und strahlend. »Ach, wie nett«, sagte sie. »Da werden wir alle unseren Spaß daran haben.« Alle vielleicht, nicht aber Niall Delaney. Herrgott, wie unzeitgemäß!

»Es ist recht peinlich«, sagte Niall, »wenn man seine Fehler in aller Öffentlichkeit zu hören kriegt. Ein Schriftsteller kann sie am Ende vergessen, sobald er einmal die Korrekturbogen zurückgeschickt hat. Der Komponist von albernen Schlagern nicht.«

»Das dürfen Sie doch nicht sagen, Mr. Niall«, meinte Polly. »Sie wollen sich immer herabsetzen. In Wirklichkeit wissen Sie doch bestimmt, wie beliebt diese Lieder sind. Sie sollten einmal Mrs. Banks draußen in der Küche beim Geschirrwaschen hören. Sogar mit ihrer Stimme kann sie sie nicht verderben. Ach, das hier ist mein Lieblingsschlager!«

Vor fünf Jahren war das der Lieblingsschlager aller Leute gewesen. Wozu holte man ihn wieder hervor? Warum ließ man ihn nicht im Fegefeuer verlorener Stimmungen sterben? Jedenfalls spielten die Kerle ihn zu schnell. Dieser gräßliche stramme Rhythmus ... Neun Uhr morgens war es gewesen, die Sonne strömte durch das Fenster seines Zimmers, und da war, ihm selber zu dieser Stunde unerwartet, die Energie einer ganzen Welt in ihm erwacht; mit dem Lied in seinem Kopf. Er war ans Klavier gegangen, hatte es gespielt und dann Maria angerufen.

»Was ist los? Was willst du?« Ihre Stimme war schlaftrunken. Vor halb elf war ihr das Telefon ein Greuel.

»Hör zu. Ich möchte, daß du dir etwas anhörst.«

»Nein.«

»Mach mich nicht verrückt. Hör nur!«

Er hatte die Melodie einhalbdutzendmal gespielt, und er hatte gewußt, wie sie jetzt aussah, den Turban um den Kopf und Wattebäusche auf den Augen.

»Ja, aber am Ende sollte es anders ausgehen«, hatte sie gesagt. »Es sollte so schließen.« Und sie hatte den Schluß so gesungen, daß es in die Höhe ging und nicht hinunter, und das war es natürlich, was er die ganze Zeit gewollt hatte.

»So meinst du es? Warte, ich stelle das Telefon auf das Klavier.«
Er hatte die Melodie noch einmal gespielt, und zwar so, wie sie gewollt hatte; und er saß auf dem Klavierhocker und lachte, und der Hörer haftete zwischen Kopf und Schulter, eine peinliche, verkrampfte Stellung, wie die Puppe eines Bauchredners, während sie ihm die Melodie ins Ohr summte.

»So! Und darf ich jetzt wieder schlafen gehen?«

»Ja, wenn du kannst.«

Das war die Lust einer Stimmung gewesen, hatte fünf Minuten, zehn Minuten, höchstens eine Stunde gedauert. Dann fand die Melodie ihren Weg. Dann gehörte sie den Jazzsängern. Mrs. Banks, Polly... Am liebsten wäre er aufgestanden und hätte den Apparat abgedreht, die Sache war fehl am Ort, geschmacklos. Es war, als hätte er, Niall, absichtlich dem Programmleiter im Grand-Hotel den Auftrag gegeben, ausgerechnet jetzt diese Schlager zu spielen, um Charles zu kränken. Eine moderne Form, dem Gegner den Handschuh hinzuwerfen. So etwas bringe ich fertig. Und was kannst du?

»Ja«, sagte Charles langsam, »das ist auch mein Lieblingsschlager.«

»Das sind die Dinge«, dachte Niall, »die mir Lust machen, vom Tisch aufzustehen, das Zimmer zu verlassen, ans Meer hinunterzugehen, mein leckes Boot zu suchen und auf den Meeresgrund zu segeln. Denn der Blick in Charles' Augen, als er das sagte, ist etwas, das ich nie vergessen kann.«

»Vielen Dank, Charles«, sagte Niall und schlug eine Kartoffel entzwei.

»Jetzt bot sich die Möglichkeit«, dachte Celia. »Jetzt bot sich die Möglichkeit, alles wieder einzurenken. Ein Band zwischen uns allen. Bindet Charles an uns. Es war unser aller Fehler, daß wir Charles aus unserem Kreis ausgeschlossen hatten. Das hatte Maria nie wahrgenommen. Sie hatte es nicht verstanden. Ihr Hirn war immer ein Kinderhirn gewesen, fragend, neugierig, voll von Spiegeln, die andere Menschen widerspiegelten. Sie hatte nicht an dich gedacht, Charles, einfach darum, weil Kinder niemals denken. Wenn dieser Augenblick sich festhalten ließe, nur durch die Fessel von Nialls Musik, könnte alles wieder hell und klar werden.« Aber Polly platzte blindlings hinein.

»Der Kleine war heute nachmittag auf dem Spaziergang so komisch«, begann sie. »Er fragte mich: ›Polly, wenn wir erwachsen sind, werden wir dann auch so klug und so berühmt sein wie Mummi und Onkel Niall?‹ ›Das hängt von dir ab‹, sagte ich. ›Kleine Jungen, die ihre Nägel beißen, werden nicht berühmt.‹«

»Ich habe erst mit neunzehn Jahren aufgehört, meine Nägel zu beißen«, bemerkte Niall.

»Mit achtzehn«, warf Maria dazwischen.

Sie wußte auch, wer es ihm abgewöhnt hatte. Sie sah ihn mit hartem Blick über den Tisch hinüber an. »Und jetzt ist es vorbei«, dachte Celia, »der Augenblick ist vorbei. Wir haben die Möglichkeit versäumt.« Charles schenkte sich Rotwein ein und sagte nichts.

»Überdies«, fuhr Polly fort, »wird man nicht berühmt, wenn man sich nur in seinem Stuhl anlehnt und nichts tut. Das habe ich dem Kleinen gesagt. Mummi würde gern mehr Zeit in ihrem Heim bei euch und bei Daddy verbringen, aber Mummi muß in London im Theater arbeiten. Und wissen Sie, was er mir darauf geantwortet hat? Er sagte: ›Sie sollte nicht arbeiten. Sie könnte doch einfach unsere Mummi sein.‹ Es war wirklich süß.«

Sie schlürfte das Wasser aus ihrem Glas, bog die Finger und lächelte Maria zu. »Ich kann zu keinem rechten Urteil gelangen«, dachte Niall. »Ist Polly eine verschlagene, gefährliche Verbrecherin und reif für Old Bailey, oder ist sie nur so abgrundtief stupid, daß es eine Wohltat wäre, ihr den Hals umzudrehen?«

»Ich meine«, begann Celia tapfer, »man sollte den Kindern sagen, daß berühmt zu sein schrecklich unwichtig ist. Worauf es ankommt, ist, daß man gern tun soll, was man tut. Ob es nun Theaterspielen oder Komponieren oder die Arbeit des Gärtners oder des Klempners ist – man muß lieben, was man tut.«

»Gilt das auch für die Ehe?« fragte Charles.

Celia hatte einen noch schlimmeren Mißgriff begangen als Polly. Niall sah, wie sie sich auf die Lippe biß.

»Ich glaube nicht, daß Polly von der Ehe gesprochen hat«, sagte sie.

»Nein«, erwiderte Charles. »Aber mein Sohn und Erbe hat es offensichtlich getan.«

»Es ist ein Jammer, daß ich keinerlei glänzende Konversationstalente besitze«, dachte Niall; »nicht wie jene überschäumenden Geister, die ein Wort in die Luft werfen können wie einen Pfannkuchen und es dann immer wieder über den Tisch hin und her schlagen. Jetzt wäre mein Augenblick gekommen. Die Konversation in breite, geräumige Kanäle lenken und von dort in das Reich des abstrakten Gedankens. Jedes Wort ein Edelstein. Die Ehe, mein lieber Charles, ist wie ein Federbett. Für den einen der Flaum, für den anderen der Schaft. Öffne die Matratze, und die ganze Sache stinkt...«

»Ist noch ein Stückchen Brust da?« fragte Maria.
»Bedaure«, erwiderte Charles, »aber du hast die ganze Brust gehabt.«
Nun, auch das war ein Ausweg. Und ersparte dem Hirn manche Mühe.
»Ich habe immer vor«, sagte Polly, »ein Heft zu kaufen und alle komischen Aussprüche der Kinder aufzuschreiben.«
»Wozu ein Heft, wenn Sie sich doch so gut an alles erinnern?« fragte Niall.

Maria stand auf und ging an den Serviertisch. Sie stach mit einer Gabel in den Auflauf und verdarb so seine prächtige Außenseite. Sie kostete, verzog das Gesicht und legte die Gabel, die zu der Apfeltorte gehörte, wieder weg. Nachdem sie auf diese Art dem dritten Gang sein Ansehen geraubt hatte, nahm sie eine Orange und ging wieder an ihren Platz. Die einzige Orange. Sie grub die Zähne hinein, spuckte die Schale aus.

»Wenn wir jetzt bei einer anders zusammengesetzten Gesellschaft wären«, dachte Niall, »so wäre der Augenblick gekommen, mit dem Fragespiel zu beginnen, das wir gespielt hatten, wenn wir allein waren. Wohin soll man einen Menschen küssen, den man liebt? Das hängt von dem Menschen ab. Muß man ihn näher kennen? Nicht allzu nahe. Nun, dann wahrscheinlich der Hals. Hinter dem linken Ohr. Und so ging es weiter. Oder, wenn man intimer wurde, der Knöchel. Der Knöchel? Warum der Knöchel?« Maria schoß einen Orangenkern über den Tisch und traf Niall ins Auge. »Ich wollte«, dachte er, »ich könnte ihr sagen, was ich jetzt denke. Das würde Mary Rose aus der Fassung bringen, und wir hätten etwas zum Lachen.«

»Ich fürchte«, sagte Polly, den Blick auf Marias Orange gerichtet, »daß ich vergessen habe, Sherry in den Auflauf zu tun.«

Charles stand auf und räumte die Teller weg. Niall nahm ein Stück Käse. Celia nahm von dem Auflauf, um der gekränkten Polly eine Genugtuung zu geben. Überdies würde die Apfeltorte morgen gute Dienste leisten.

»Es ist gar nicht leicht, an alles zu denken«, sagte Polly, »und Mrs. Banks ist wirklich keine große Hilfe. Sie schreibt nur das Nötigste auf den Zettel für den Krämer. Ich weiß nicht, wo wir wären, wenn ich nicht jeden Montag meinen Nachdenktag hätte.«

»Montag«, dachte Niall, »war ein Tag, den man meiden mußte. Gott schütze die Welt an Montagen!«

Charles nahm weder Auflauf noch Käse. Er brach ein Stück Biskuit ab und starrte beharrlich auf die silbernen Kerzenhalter. Dann schenkte er sich den Rest des Rotweins ein. Die Neige. Er trank einen großen Schluck.

Sein Gesicht war wohl schon ein wenig massiv, für gewöhnlich gebräunt vom Aufenthalt im Freien, jetzt aber rötete es sich, und die Adern traten hervor. Seine Hand spielte mit dem Glas.

»Nun«, begann er langsam, »und zu welchem Schluß seid ihr heute nachmittag gekommen?« Keiner antwortete. Polly sah überrascht auf.

»Ihr hattet einen halben Tag«, fuhr er fort, »um in aller Ruhe zu überlegen, ob ich recht hatte oder nicht.« Die Tapferste von den Dreien nahm die Herausforderung an.

»Recht womit?« fragte Maria.

»Damit«, sagte Charles, »daß ihr Parasiten seid.«

Er zündete eine Zigarre an und lehnte sich in seinem Stuhl zurück. »Gott sei Dank«, dachte Niall, »daß der schlechte Rotwein seine Gefühle betäubt hat. Solange der Rotwein wirkt, wird Charles nicht zu leiden haben.« Der Ansager verabschiedete sich vom Grand-Hotel. Das Orchester spielte weiter und verflüchtigte sich.

»Wünscht jemand die Romanfortsetzung zu hören?« fragte Polly. Charles winkte. Wie ein gutdressierter Hund begriff sie sein Zeichen. Sie stand auf und drehte den Apparat ab.

»Ich wüßte nicht, daß wir darüber gesprochen hätten«, sagte Maria und biß in ihre Orange. »Wir haben von so vielen anderen Dingen geredet. Das tun wir immer.«

»Wir hatten einen eigentümlichen Nachmittag«, sagte Niall. »Wir sind alle drei in die Vergangenheit zurückgetaucht. Wir haben uns an eine Menge Dinge erinnert, die wir vergessen glaubten. Oder wenn schon nicht vergessen, so doch vergraben.«

»Einmal«, sagte Charles, »war ich in meiner offiziellen Stellung als Distriktsbeamter genötigt, einer Exhumierung beizuwohnen. Die Öffnung des Grabes war kein erfreuliches Schauspiel. Und die Leiche roch.«

»Der Geruch unbekannter Menschen, ob tot oder lebendig, ist immer unerfreulich«, sagte Niall. »Aber der eigene Geruch und der Geruch jener, die man liebt, kann einen seltsamen Reiz haben. Und auch einen gewissen Wert. Ich glaube, daß wir das heute nachmittag entdeckt haben.«

Charles sog an seiner Zigarre. Niall zündete eine Zigarette an. Celia lauschte dem Schlag ihres beklommenen Herzens. Maria aß ihre Orange.

»Ja, gewiß«, sagte Charles. »Und welchen Wert habt ihr aus eurer toten Vergangenheit geschöpft?«

»Nur was ich immer vermutet habe«, erwiderte Niall. »Daß man sich im Kreis bewegt, wie die Erde um ihre Achse, und auf den gleichen Platz zurückkehrt, von dem man ausgegangen ist. Das ist sehr einfach.«

»Ja«, sagte Celia, »das empfinde ich auch. Aber es ist doch noch mehr daran als bloß dies. Es gibt einen Grund, weshalb wir es tun müssen. Selbst wenn wir an den Ausgangspunkt zurückkehren, haben wir uns doch auf dem Weg manches angeeignet. Eine gewisse Erkenntnis. Ein Gefühl des Verstehens.«

»Ich glaube, daß ihr beide völlig unrecht habt«, sagte Maria. »Ich empfinde es durchaus nicht so. Ich bin nicht dorthin zurückgekehrt, woher ich ausgegangen bin, ich habe einen anderen Standort erreicht. Und ich bin durch meine eigene Mühe, durch meinen eigenen Willen dahin gelangt. Einen Rückweg gibt es nicht. Es gibt nur ein Vorwärtsgehen.«

»Wirklich?« fragte Charles. »Und darf man fragen, wohin?«

Polly, die mit ihrem strahlenden und doch ein wenig verdutzten Blick von einem zum anderen geschaut hatte, erschnappte die Gelegenheit, um in die Unterhaltung einzugreifen.

»Wir alle hoffen, daß Mummi zu einem neuen großen Erfolg vorwärtsgeht, wenn das jetzige Stück abgesetzt wird«, sagte sie. »Und das hofft Mummi wohl auch.«

Von ihrer Diskretion entzückt, begann sie die Teller auf einem Tablett aufzustapeln, um sie wegzuräumen. Der Augenblick ihres Verschwindens nahte. Das sonntägliche Abendessen, gewiß; aber taktvoll zog sie sich zurück, sobald Mrs. Banks die Tür öffnete und das Tablett mit dem Kaffee ins Zimmer reichte. Daddy und Mummi tranken ihren Kaffee gern in Ruhe. Und Mrs. Banks ließ sich beim Geschirrwaschen gern helfen.

»Erfolg«, sagte Niall, »hat in unserer Unterhaltung keine Rolle gespielt. Er ist, ebenso wie der Ruhm, so völlig unwichtig. Celia hat das ja eben erst gesagt. Allzu oft kann er ein Mühlstein um den Hals sein. Geschichten von Erfolgen sind auch, in unseren besonderen Lebensformen, immer höchst langweilig. Ist man einmal eingeführt, so gibt's keine Geschichte mehr. Die Geschichte von Marias Erfolg wäre einfach eine Liste ihrer Rollen. Meine eigene ist eine Reihe von Melodien. Nichts könnte unwesentlicher sein.«

»Und was ist dann, deiner Ansicht nach, wesentlich?« fragte Charles.

»Ich weiß es nicht«, erwiderte Niall, »und ich habe es nie gewußt. Ich wünschte zu Gott, ich wüßte es.«

Mrs. Banks öffnete die Tür und blieb reglos mit dem Kaffeetablett stehen. Polly nahm es ihr ab. Die Tür schloß sich wieder.

»Ich will dir sagen, was wesentlich ist«, sagte Charles. »Wesentlich ist, Grundsätze zu haben, Maßstäbe zu haben, Ideale zu haben. Wesentlich ist es, eine Überzeugung und einen Glauben zu haben. Sehr wesentlich ist es, wenn ein Mann eine Frau liebt, und die Frau liebt einen Mann, und sie heiraten und bringen Kinder zur Welt, jedes hat Anteil am Leben des anderen, man wird miteinander älter und liegt im gleichen Grab begraben. Noch wesentlicher ist es, wenn der Mann die unrechte Frau liebt und die Frau den unrechten Mann, und die beiden kommen aus verschiedenen Welten, die sich nicht mischen, die sich nicht zu einer einzigen Welt vereinigen können, darin die beiden gemeinsam wohnen. Denn wenn das geschieht, dann gerät der Mensch ins Treiben und ist verloren, und seine Ideale und Illusionen und Traditionen sind ebenfalls verloren. Es bleibt nichts übrig, wofür man leben kann. So wirft er die Karten weg und sagt zu sich: ›Wozu die Mühe? Die Frau, die ich liebe, glaubt nicht an die Dinge, an die ich glaube. Darum kann ich ebenso gut auch aufhören, an diese Dinge zu glauben. Ich kann meine Maßstäbe auch senken.‹«

Er nahm die Kaffeetasse, die Polly neben ihn gestellt hatte, und rührte mit dem Löffel darin. Es war überflüssig, zu rühren, da kein Zucker im Kaffee war.

»Bitte, Charles, sprich nicht so«, sagte Celia. »Ich kann es nicht ertragen, dich so sprechen zu hören.«

»Ich konnte es auch nicht ertragen«, sagte Charles, »als ich so zu denken begann. Und das ist schon einige Zeit her. Jetzt bin ich daran gewöhnt.«

»Charles«, begann Niall, »es liegt mir schlecht, Dinge klarzustellen, aber ich glaube, daß du die ganze Sache schief ansiehst. Du sprichst von verschiedenen Welten. Unsere Welt, Marias und meine, ist von deiner Welt verschieden und war es immer; aber nur an der Oberfläche. Auch wir haben unsere Traditionen. Wir haben unsere Maßstäbe. Aber wir sehen sie von einem anderen Gesichtswinkel aus. Ebenso wie etwa ein Franzose die Dinge anders sieht als ein Holländer oder ein Italiener. Aber das bedeutet nicht, daß sie nicht miteinander auskommen können.«

»Darin bin ich ganz deiner Ansicht«, sagte Charles, »doch da ich niemals eine Französin, eine Holländerin oder eine Italienerin gebeten habe, mein Leben zu teilen, übersiehst du das, worauf es ankommt.«

»Und worauf kommt es an?« fragte Maria.

»Ich glaube«, sagte Polly, die an der Tür stand, »daß ich jetzt gute Nacht sagen werde, wenn Sie nichts dagegen haben, und Mrs. Banks beim Geschirrwaschen helfen will.« Sie gönnte uns noch ein strahlendes Lächeln und verschwand.

»Worauf es ankommt«, erwiderte Charles, »ist, ob man im Leben der

Gebende oder der Nehmende ist. Wenn man nur nimmt, so kommt eine Zeit, da man den Gebenden trockengesaugt hat, so wie du, Maria, jetzt den letzten Tropfen aus dieser Orange gesaugt hast. Und die Aussichten für den Nehmenden werden düster. Auch für den Gebenden werden sie düster, denn in ihm ist im Grunde kein Gefühl mehr übriggeblieben. Aber er hat genügend Entschlußkraft, um zu einer Entscheidung zu gelangen. Und die lautet, daß er das wenige Gefühl nicht vergeuden will, das noch übrig sein mag.«

Die Asche seiner Zigarre fiel in die Untertasse. Sie lag auf einem feuchten Fleck und wurde schwammig und bräunlich.

»Ganz offen«, sagte Maria. »Ich weiß nicht, was du meinst«

»Ich meine«, sagte Charles, »daß wir alle an einen Scheideweg gekommen sind.«

»Hast du zuviel Rotwein getrunken?« fragte Maria.

»Ach nein«, dachte Niall, »nicht genug. Charles hatte nicht genug getrunken. Eine halbe Flasche mehr, und Charles hätte nicht leiden müssen. Niemand hätte gelitten. Nur hätten wir morgen früh alle schwere Köpfe gehabt, während jetzt...«

»Nein«, sagte Charles, »ich habe nur genügend getrunken, um mir die Zunge zu lösen, die allzu viele Jahre lang gebunden gewesen ist. Heute nachmittag, während ihr drei die Vergangenheit aufgescharrt habt, bin ich zu einem Entschluß gelangt. Zu einem ganz einfachen Entschluß. Alltäglich werden solche Entschlüsse gefaßt. Doch da er euch drei angeht, mögt ihr ihn denn erfahren.«

»Auch ich bin zu einem Entschluß gelangt«, sagte Niall schnell. »Wir alle sind es möglicherweise, jeder auf seine Art. Du hast mich eben erst gefragt, was im Leben wesentlich sei. Ich habe gelogen, als ich sagte, ich wüßte es nicht. Wesentlich ist, gute Musik zu schreiben. Bisher habe ich das noch nie getan, und wahrscheinlich werde ich es auch nie tun. Aber ich will es versuchen. Ich will auf und davon gehen und es versuchen. Was du auch auf deinem Spaziergang durch den Regen beschlossen haben magst – mich kannst du aus deinen Erwägungen ausschalten. Ich werde nicht hier sein, Charles. Das bedeutet einen Parasiten weniger.«

Charles antwortete nicht. Er zog langsam an seiner Zigarre.

»Ich habe wirklich das Bedürfnis, mich zu entschuldigen«, sagte Celia, »dafür zu entschuldigen, daß ich so oft zum Wochenende komme. Nach Pappis Tod habe ich begonnen, dieses Haus irgendwie als mein Heim anzusehen. Zumal im Krieg. Und mit den Kindern beisammen zu sein. Es ist alles so völlig anders, wenn man Kinder kennt. Aber jetzt bin ich in meiner Wohnung in Hampstead seßhaft geworden, und das macht einen großen Unterschied aus. Ich werde endlich tun, wozu ich bisher nie die Zeit hatte. Ich werde schreiben. Ich werde zeichnen.«

Noch immer blickte Charles nach den silbernen Kerzenhaltern.

»In der letzten Woche sind die Einnahmen zurückgegangen«, sagte Maria. »Ich bezweifle sehr, daß sich das Stück noch bis zum Frühjahr hält. Wir haben uns seit Jahren keine gemeinsamen Ferien mehr gegönnt, nicht wahr? Es ist ganz unsinnig, aber es gibt doch eine Menge Orte, die ich nie kennengelernt habe. Wir könnten reisen, Charles, sobald das Stück abgesetzt wird. Würde dir das recht sein? Wärst du zufrieden?«

Charles legte seine Zigarre auf den Teller und faltete seine Serviette.

»Ein sehr verlockender Vorschlag«, sagte er. »Nur eines ist daran verfehlt – daß er zu spät kommt.«

Zu spät für das Klavierkonzert, zu spät, um gute Musik zu schreiben statt schlechter? Zu spät, um zu zeichnen, zu spät, um diese Märchen drucken zu lassen? Zu spät, um ein Heim zu bereiten, um die Kinder zu lieben?

»Morgen«, fuhr Charles fort, »will ich die Dinge in die richtigen Wege leiten. Mit einem Anwalt verhandeln, der dir den entsprechenden Brief schreiben wird.«

»Einen Brief?« fragte Maria. »Einen Brief worüber?«

»Einen Brief, darin du aufgefordert wirst, in die Scheidung zu willigen«, sagte Charles.

Keines von uns sagte ein Wort. Verblüfft starrten wir Charles an. »Das war die Stimme, die ich nicht gehört habe«, dachte Celia. »Die Stimme am anderen Ende des Drahtes. Das war es, was in mir ein solches Unbehagen erzeugt, das war es, was mich beängstigt hat. Das und die Art, wie er die Tür der Office mit dem Fuß zustieß.«

»Zu spät«, dachte Niall, »auch für Charles zu spät. Und er weiß es. Die Schmarotzer haben ihr Werk getan.«

»In die Scheidung?« sagte Maria. »Was meinst du damit? Ich will mich nicht von dir scheiden lassen. Ich habe dich doch sehr lieb.«

»Das ist wirklich zu schade«, sagte Charles. »Du hättest es mir häufiger sagen sollen. Zwecklos, es mir jetzt zu sagen, da es mich nicht mehr interessiert. Du mußt nämlich wissen – ich liebe eine andere.«

Niall schaute über den Tisch hinüber auf Maria. Sie war nicht mehr Mary Rose, sie war auch keine andere Theaterfigur mehr. Sie war das kleine Mädchen, das vor fast dreißig Jahren hinter den Parkettreihen gestanden war und Mama auf der Szene beobachtet hatte. Sie hatte Mama beobachtet und sich dann zu den Spiegeln an der Wand umgedreht, und die Gesten, die sie kopierte, waren erborgt, waren nicht ihre eigenen; die Hände waren die Hände einer anderen, und das galt auch für das Lächeln, das galt für die tanzenden Füße. Die Augen waren die Augen eines Kindes, das in einer Welt der Phantasie, der Masken und Gesichter und scharlachroter Vorhänge lebt; ein Kind, das bestürzt, beängstigt ist, wenn man ihm das wirkliche Leben zeigt.

»Nein«, sagte Maria, »nein...«

Sie stand auf und sah Charles an, die Hände verschränkt. Die Rolle der betrogenen Gattin hatte sie bisher noch nie gespielt.

23. KAPITEL

Celia hatte ihre Handschuhe und das Buch aus der Leihbibliothek im Wartezimmer des Arztes liegen lassen. Nach der Konsultation ging sie sie holen. Die Frau mit dem kleinen Jungen war nicht mehr da. Sie mußte wohl zu einem der anderen Ärzte gegangen sein, deren Namen auf den Kupferschildern an der Haustür standen. Stattdessen saß ein Mann am Tisch und blätterte in einer Nummer von »Sphere«. Sein Gesicht war grau und eingefallen. »Vielleicht ist er schwer krank«, dachte Celia, »vielleicht wird man ihm einen viel schlimmeren Bescheid geben als mir. Und darum liest er auch nicht wirklich in ›Sphere‹, sondern überfliegt nur die Seiten, immer zwei auf einmal, mit einer seltsam ungeduldigen Geste. Und keiner der Menschen, die in diesen Raum kommen, weiß, woran die anderen leiden. Oder was sie denken. Oder warum sie kommen.« Sie nahm Handschuhe und Buch vom Tisch und verließ das Zimmer. Das Empfangsfräulein stand im weißen Kittel an der Tür.

»Es ist kälter geworden«, sagte sie.

»Ja«, sagte Celia.

»Eine tückische Jahreszeit«, sagte das Empfangsfräulein. »Auf Wiedersehen.«

Die Tür schlug zu. Celia stieg die Stufen hinunter und ging durch die Harley Street. Ja, es war kälter geworden. Der Wind wehte in kurzen Böen. Es war ein Tag, an dem man besser in einer heimlichen Stube saß, sich verhätscheln und lieben ließ; an einem warmen Kamin, beim freundlichen Klappern von Schalen und Tellern, mit einer verschlafenen Katze, die sich die Pfoten leckte, einem Zyklamentopf, der an einem Fensterbrett neue Knospen sprießen ließ.

»Nun, wie war's denn? Leg deine Füße auf den Sessel, erzähl mir alles.« Doch solch einen Freund besaß man eben nicht. Sie bog in die Wigmore Street ein und ging nach dem Times Book Club.

Fibroid! Eine Menge Frauen hatten Fibroide. Das war etwas ganz Alltägliches. Die Operation war heutzutage, wie der Doktor sagte, gar nichts Besonderes. Nachher würde sie sich viel wohler fühlen, sie würde überhaupt nicht darunter leiden. Zunächst nur keine Besorgnis, einige Wochen Ruhe, und dann wäre sie bereit. Nein, sie hatte gar keine Angst vor der Operation. Nur zu wissen, daß sie nachher nie mehr Kinder haben könnte! Es war so töricht, so albern, sich darüber Gedanken zu machen. Von einer Heirat war ja keine Rede, sie liebte niemanden, hatte bisher niemanden geliebt und würde jetzt kaum jemandem begegnen, den sie lieben würde. Sie hatte gar kein Verlangen danach, sich zu verlieben, noch hegte sie den Wunsch, zu heiraten.

»Hatten Sie an Heirat gedacht?« fragte der Doktor.

»Nein, o nein.«

»Nun, und haben Sie auf jemanden andern Rücksicht zu nehmen als auf sich selber?«

»Nein, auf keinen Menschen.«

»Ihr allgemeiner Gesundheitszustand ist sehr gut. Und ich kann Ihnen versichern, daß gar kein Grund zur Beunruhigung vorhanden ist. Ich würde offen sprechen und Ihnen kein Hehl daraus machen, wenn es anders wäre.«

»Ich bin durchaus nicht beunruhigt. Wirklich nicht.«

»Sehr schön. Das ist ausgezeichnet. Dann bleibt nur noch die Frage von Zeit und Ort. Und der Chirurg.«

Und doch – keine Kinder. Nie. Keine Möglichkeit, wenn einmal die Operation vorüber war. Heute war man eine Frau und imstande, Kinder auszutragen. Doch binnen weniger Wochen war man gewissermaßen nur noch eine Schale. Nichts mehr als eine Schale. Die Frau da, die vor Celia durch die Wigmore Street ging, mochte die gleiche Operation hinter sich haben. Sie wirkte schwerfällig. Anderseits konnte sie auch verheiratet sein und mehrere Kinder haben. Es kam also nicht mehr darauf an. Sie sah aus wie eine verheiratete Frau. Die ungebildete Frau eines Landpfarrers irgendwo in der Provinz. Jetzt zauderte sie; sie überquerte die Straße, ging auf Debenham zu, betrachtete eine Auslage, faßte einen Entschluß und trat ein. Nie würde man wissen, ob diese Frau die Operation hinter sich hatte, die einem bevorstand.

Celia ging durch die Schwingtür des Times Book Club und stieg die Treppe zur Leihbibliothek hinauf. Sie trat an den Tisch, der mit dem Anfangsbuchstaben ihres Namens bezeichnet war. Das Mädchen, das gewöhnlich da war, begrüßte sie auch heute. Das Mädchen mit dem platinfarbenen Haar.

»Guten Tag, Miss Delaney.«
»Guten Tag.«

Und plötzlich hatte Celia Lust, dem Mädchen von der Operation zu erzählen. Zu sagen: »Man nimmt mir alles heraus, was ich in mir habe, und das bedeutet, daß ich nie mehr Kinder kriegen kann.« Was würde das Mädchen mit dem platinfarbenen Haar erwidern? Würde sie sagen: »Ach, mein Gott, das tut mir aber leid«, und ihr Mitgefühl würde einem das Herz wärmen und man könnte den Times Book Club glücklicher, beruhigter verlassen? Oder würde sie Celia verlegen anstarren, einen Blick auf Celias Hand werfen und sehen, daß Celia nicht verheiratet war? Was konnte es ihr ausmachen? Was lag ihr daran?

»Hier ist die Biographie, die Sie haben wollten, Miss Delaney.«
»Besten Dank.« Aber Celia hatte keine Lust auf Biographien. »Haben Sie keine Kurzgeschichten? Gute, die man leicht lesen und wieder weglegen kann?«

Ein alberner Satz. Was meinte sie damit. Sie meinte, was der Mann im Wartezimmer in der Harley Street mit »Sphere« getan hatte.

»Es gibt derzeit nichts Besonderes an Kurzgeschichten. Aber da wäre ein guter Roman, ein erstes Buch. Die Kritiken sind sehr günstig.«
»Kann ich einmal sehen?«

Das platinfarbene Mädchen reichte ihr das Buch.

»Ist es leicht zu lesen?«
»O ja, sehr leicht!«
»Schön, dann nehme ich es mit.«

Der Roman war bei dem Verlag erschienen, dessen Direktor Mr. Harrison war. Der Roman war von einer Frau geschrieben, die sichtlich Zeit zum Schreiben hatte. Sie hatte einen Kontrakt unterzeichnet, hatte ihn eingehalten, richtete sich danach. Anders als Celia. Wenn Celia sich nur Mühe gegeben, wenn sie nicht Pappi zu pflegen gehabt hätte, wenn der Krieg nicht gekommen wäre, dann würden die Leute an diesen Tisch treten und das platinfarbene Mädchen fragen: »Gibt es etwas Neues von

Celia Delaney?« Es handelte sich nur darum, in die Zimmer nach Hampstead zurückzukehren, sich niederzusetzen, sich Zeit zu nehmen. Daran vermochte keine Operation sie zu verhindern. Auch ein leidender Mensch konnte denken. Ein leidender Mensch konnte im Bett schreiben. Ein Zeichenbrett im Bett haben.

»Wollen Sie auch die Biographie haben. Ich habe sie eigens für Sie zurückbehalten.«

»Schön, danke, ja, ja, ich nehme sie auch mit.«

Die Biographie und der neue leichte Roman wurden ihr gereicht.

»Unlängst habe ich Ihre Schwester spielen gesehen.«

»Ja? Und hat sie Ihnen gefallen?«

»Aus dem Stück habe ich mir nicht viel gemacht, aber sie ist doch wunderbar, nicht? Übrigens sieht sie Ihnen gar nicht ähnlich.«

»Nein, nein, gar nicht. Wir sind ja auch nur Halbschwestern.«

»Das mag der Grund sein. Ja, ich könnte sie jeden Abend ansehen. Und mein Freund auch. Er war wie vernarrt in sie. Ich bin schon ganz eifersüchtig gewesen.«

Das platinfarbene Mädchen trug einen Ring am Finger. Jetzt erst bemerkte es Celia.

»Ich wußte nicht, daß Sie verlobt sind.«

»Ja. Seit fast einem Jahr. Zu Ostern heiraten wir. Und nachher kriegt mich die Leihbibliothek nicht mehr zu sehen.«

»Haben Sie eine Wohnung gefunden?«

»Ja, natürlich.«

Aber Celia konnte die Unterhaltung mit dem platinfarbenen Mädchen nicht fortsetzen, denn ein Mann mit rundem Hut und Brille war ungeduldig geworden und drängte sich vor, und hinter ihm wartete noch jemand.

»Auf Wiedersehen.«

Die Treppe hinunter und quer über die Straße. Der Wind wehte in Böen, kälter als zuvor, und blies ihr in den Nacken. Es war also richtig, daß rein persönliche, selbstsüchtige Angst jedes andere Gefühl fortschwemmte. Der Besuch in der Harley Street hatte dem Tag seine Färbung gegeben. Seit Celia das Sprechzimmer des Arztes verlassen hatte, war ihr keinen Augenblick lang der Gedanke an Maria gekommen.

»Übrigens sieht sie Ihnen gar nicht ähnlich.«

»Nein, nein, gar nicht. Wir sind ja auch nur Halbschwestern.«

Aber wir müssen einander ähnlich sein, denn wir haben ja beide Pappis Blut in den Adern. Wir haben seine Kraft, seine Lebensfreude, seine Zähigkeit. Maria wenigstens hat sie. Darum war sie auch nur einen

Augenblick lang stehen geblieben und hatte Charles über den Tisch hinüber mit verschüchterten Augen angeschaut. Einen Augenblick nur. Dann hatte sie sich zusammengerafft und gesagt: »Wie töricht von mir! Es tut mir sehr leid. Ich hätte es wissen müssen. Wer ist es übrigens?«
Und als Charles den Namen genannt hatte, erwiderte Maria: »Ach sie! Ja, ich verstehe. Es konnte im Grunde keine andere sein, nicht wahr? Ich meine, wenn man so ruhig hier draußen lebt wie du.«
Und dann hatte sie die Kaffeetassen abgeräumt, wie es Polly getan hätte. Keiner wußte, woran sie dachte oder was in ihrem Innern vorging. Dann stand Niall auf und verließ das Zimmer; er sagte niemandem gute Nacht. Celia half Maria beim Wegräumen der restlichen Teller. Charles rauchte seine Zigarre. Und Celia dachte, wenn die Worte zurückgenommen und geschluckt werden könnten, die Zeiger der Uhr zurückgedreht werden könnten und die Morgenstunden anzeigen wollten, wenn der Tag noch einmal beginnen könnte und ihnen allen noch eine Möglichkeit geboten würde, dann hätte nichts von alldem geschehen müssen. Charles wäre nicht ausgegangen und hätte nicht diesen Entschluß gefaßt. Er hätte nicht telefoniert. Der Tag hätte anders geendet. »Könnte ich irgendetwas tun?« hatte sie Maria gefragt, während sie Schalen und Teller auf das Büfett stellte. Ihre Stimme hatte einen Unterton, als ob jemand Fieber hätte; das gleiche dringende Bedürfnis, einem Menschen in der Not zu helfen, heiße Milch zu holen, Wärmflaschen, Tücher.

»Du? Nein, Liebling, nichts.«

Maria, die nie abräumte, sondern es andern überließ, trug das Tablett durch die Tür in die Office. Maria, die zu Celia niemals »Liebling« gesagt hatte – nur zu Niall – lächelte über die Schulter und verschwand. Dann hatte Celia das Unverzeihliche getan. Sie hatte sich eingemischt. Sie war in das Eßzimmer zurückgekehrt, um mit Charles zu sprechen.

»Bitte, laß es nicht so enden«, hatte sie gesagt. »Ich weiß, daß es nie leicht für dich gewesen ist. Aber das hast du doch gewußt, als du Maria geheiratet hast, nicht? Du wußtest, daß ihr Leben nie ganz so verlaufen konnte wie deines. Und dann – der Krieg. Der Krieg hat über so viele Menschen so Schreckliches gebracht. Bitte, Charles, zerbrich nicht alles! Denk an die Kinder!«

Es war nutzlos. Es hieß zu einem Menschen sprechen, den man niemals wirklich gekannt hatte. Zu einem Mann, dessen Leben, dessen Gedanken, dessen Handlungen zu begreifen, man sich nicht vermessen konnte.

»Ich muß dich bitten, Celia«, sagt er, »dich nicht einzumischen. Es geht dich doch wirklich nichts an, nicht wahr?«

Nein, es ging sie nichts an. Marias Heirat, die Kinder, das Haus, darin sie gewohnt, das Heim, das sie so oft geteilt hatte. Es ging sie gar nichts an. Man brauchte ihre Hilfe nicht. Maria würde ihre Zukunft selber gestalten. Es gab nichts, was Celia hätte tun können. Nichts, nichts. Und am nächsten Tag mit dem gewohnten Zug nach London zurückzufahren, war irgendwie so wie die Rückkehr in das Haus in St. John's Wood, nachdem Pappi gestorben war. Es war das gleiche Gefühl eines Endes. Ein Augenblick in der Zeit war vorüber. Irgendwo in der tiefen Erde lag ein Leichnam begraben. Ein Leben.

Die Kinder hatten ihr Lebewohl nachgewinkt. »Beim nächsten Wochenende sehen wir dich wieder.« Aber Celia würde nie wiederkehren. Jetzt nicht mehr.

Da war sie denn angelangt, dachte sie, als sie jetzt die Vere Street überquerte und durch den Hintereingang bei Marshall eintrat; aus ihrem Sicherheitsgefühl aufgerüttelt wegen eines Fibroids und der drohenden Operation, während Maria der Vernichtung ihrer Ehe gegenüberstand. Celia betrauerte den Verlust ungeborener Kinder, während Maria Kinder verlor, die wirklich lebten. Das war es, was die Scheidung bedeutete. Charles, obgleich juristisch der schuldige Teil, würde die Kinder behalten wollen. Die Kinder gehörten nach Farthings, nach Coldhammer. Besuche in der Wohnung, gewiß. Eine Fahrt ins Theater. Um Mummi spielen zu sehen. Aber nicht häufig. Auch die Besuche immer seltener. Und es war doch so viel netter, auf dem Lande zu leben, mit Daddy, mit Polly, und wie würden sie die neue Mutter nennen? Bei ihrem Vornamen wahrscheinlich. Das war jetzt Mode. Alle würden weitertrotten.

»Hallo, hat einer Tante Celia etwas zu Weihnachten geschickt?«

»Nein, ach – ist das nötig? Ich denke, das müssen wir nicht mehr. Jetzt...«

»Wir sehen sie ja nicht mehr. Wozu also?«

Irgendwer stieß Celia in den Rücken, und sie entschuldigte sich und ging weiter. Es war gedrängt voll bei Marshall. Sie hatte den Durchgang zu den Schnittwaren versperrt. Sie konnte sich nicht daran erinnern, weswegen sie eigentlich gekommen war. Wegen Schuhen? Ja, ja, sie hatte Schuhe kaufen wollen. Aber die Schuhabteilung war bereits überfüllt. Und Frauen saßen, mit bekümmerten Gesichtern, in Strümpfen da und warteten, bis die Reihe an sie kam.

»Bedaure, Madam. Heute nachmittag haben wir schrecklich viel zu tun. Kommen Sie vielleicht später.«

Und wieder hinauf, mitten im Gedränge, zum Lift. Aufwärts. Hatte eine dieser Frauen die Operation durchgemacht? Diese Frau da mit dem häßlichen Hut, deren violette Lippen gar nicht dazu paßten – hatte sie ein Fibroid? Und wenn sie es auch hatte, was lag daran? Der breite Ring an der Hand ohne Handschuh bewies, daß sie verheiratet war. Wahrscheinlich hatte sie einen kleinen Jungen in der Schule in Sunningdale.

»Ich fahre Samstag David besuchen.«

»Wie nett! Ein Picknick?«

»Ja, wenn das Wetter gut ist. Und nachher Fußball. David spielt.« Die Frau trat aus dem Lift und ging auf die Wäscheabteilung zu.

»Aufwärts? Aufwärts? Noch jemand aufwärts?«

Man konnte ebensogut irgendwohin gehen. Man konnte ebensogut durch das Warenhaus wandern, denn es war etwas Bedrückendes an dem Gedanken, jetzt in der Bond Street die Untergrundbahn zu nehmen, bei Tottenham Court Road in die Edgwarelinie nach Hampstead umzusteigen und dann nach Hause zu wandern, in leere Zimmer.

Babywäsche, Bettchen, Wagendecken. Kleine Gartenkleidchen mit Stikkerei verziert. Klappern. Sie erinnerte sich daran, daß sie vor Carolines Geburt mit Maria hierhergekommen war. Maria hatte eine vollständige Babyausstattung bestellt und auf Lady Wyndhams Rechnung setzen lassen.

»Sie soll nur alles bezahlen«, sagte Maria. »Bis auf den Wagen. Den Wagen soll Pappi mir schenken.«

Celia hatte einen großen blauen Schal ausgesucht. Sie hatte ihn nachher in einen rosafarbenen umgetauscht, da Caroline nun einmal ein Mädchen war. Auch jetzt lag ein Schal auf dem Ladentisch, wenn auch von minderer Qualität als damals. Sie betastete den Schal, ihre Gedanken waren bei Caroline, in der Schule. Was sollte mit Caroline geschehen?

»Suchen Sie einen Schal, Madam? Der hier ist etwa ganz Neues. Sie werden so schnell verkauft. Es herrscht die größte Nachfrage danach.«

»Ja?«

»Das können Sie mir glauben, Madam. Seit der Vorkriegszeit haben wir diese Qualität nicht mehr bekommen. Für ein erstes Kind, Madam?«

»Nein, nein ... ich wollte nur einmal sehen ...«

Das Interesse der Verkäuferin schwand. Celia ging weiter. Nicht für ein erstes Kind. Überhaupt für kein Kind. Keine Wagendecken, Hemdchen, Klappern. Was würde die Verkäuferin sagen, wenn Celia ihr in die gelangweilten grauen Augen schauen und erklären würde: »Ich habe ein Fibroid. Ich kann keine Kinder kriegen.« Würde sie ein Restchen Höflichkeit aufbringen und erwidern: »O das tut mir aber leid, Madam, das können Sie mir glauben.« Oder würde sie beunruhigt dreinschauen und der Aufsichtsdame etwas zuflüstern, die wiederum den Rayonchef rufen würde. »Hier ist eine Dame, die sich anscheinend nicht ganz wohlfühlt.« Nein, für alle Beteiligten war es besser, wenn sie weiterging.

»Aufwärts, bitte.«

Warum war Niall noch am Sonntagabend weggefahren, ohne einem Menschen Lebewohl zu sagen? Warum war er einfach in seinen Wagen gestiegen und davongefahren?

»Übrigens sieht er Ihnen gar nicht ähnlich.«

»Nein, nein, er ist ja auch nur mein Halbbruder.«

Und doch müssen wir einander ähnlich sein, denn wir beide haben Mamas Blut in den Adern. Mamas Zielbewußtsein, ihre Konzentrationsfähigkeit, ihren Hang zur Einsamkeit. Niall wenigstens hat diesen Hang. Darum hatte Niall auch Sonntagabend Farthing verlassen und war ans Meer gefahren, wahrscheinlich zu seinem Boot. Damit die Dinge, die wehtaten, die Menschen, die er liebte, nicht zwischen ihn und seine Musik treten sollten. Damit er allein sein konnte mit den Klängen in seinem Kopf, unberührt, ununterbrochen. Ebenso wie Mama allein getanzt hatte. War er darum gegangen? Oder weil er etwa gedacht hatte: »Dies ist mein Fehler. Dies ist unser aller Fehler. Wir drei haben Charles ermordet.«

Ruheraum für Damen zur Linken ... das war sehr aufmerksam von der Direktion von Marshall. Es mußte doch viele Frauen geben, die Fibroide hatten. Oder leichte Kopfschmerzen. Oder müde Füße. Oder einen leisen, nagenden Schmerz. Und da saßen sie nun auf Stühlen an der Wand, ganz, als wären sie wieder im Ordinationszimmer des Doktors. Frauen mit Päckchen. Frauen ohne Päckchen.

Zwei steckten die Köpfe zusammen und schwatzten. Glückliche Frauen. Sie machten sich nichts draus. Fibroide waren ganz unerheblich. Eine Frau saß an einem Tisch und schrieb schnell auf einem Notizblatt nach dem anderen. »Mein Liebling, ich will dir nur mitteilen, daß unsere Befürchtungen richtig waren. Ich werde mich operieren lassen müssen. Ich weiß, was das für unser beider Dasein bedeutet ...«

Nun, das wenigstens war ihr erspart. Sie brauchte nicht heimzugehen und einen Brief zu schreiben. Sie brauchte keinem Liebhaber zu telefonieren. Kein Gatte erwartete sie am Kaminfeuer.

»Nun, wie war's? Was hat der Doktor gesagt?«

Celia blieb im Ruheraum bei Marshall sitzen; die Wahrheit ist, sagte sie zu sich selber, daß ich vielzuviel Aufhebens von der ganzen Sache mache. Ich nehme das alles viel zu ernst, ich benehme mich, als ob ich sterben müßte, und schließlich hat der Doktor doch nur gesagt, daß ich nie mehr ein Kind haben könnte, und ich hätte ja ohnehin kein Kind gekriegt. Ich hätte nie ein Kind gehabt. Und wenn ich eins gehabt hätte, wäre das eine Tragödie gewesen. Es wäre gestorben. Oder sein ganzes Leben lang eine Last für mich gewesen. Sicher ein haltloser Mensch, der Schulden gemacht hätte. Die unrechte Frau geheiratet hätte. Meine Schwiegertochter hätte mich nicht leiden können. Sie hätte es nie mit mir ausgehalten.

»Wir täten doch besser, bei der Alten zu bleiben.«
»Ach nein ... nicht wieder. Das geht einem so auf die Nerven.«
Eine Angestellte trat auf Celia zu.
»Verzeihung, Madam, aber wir schließen jetzt. Es ist halb sechs.«
»Richtig. Ich gehe schon.«
Im Lift hinunter mit allen anderen Leuten. Alle anderen Leute drängten zu den Schwingtüren.
»Ein Taxi, Madam?«
Und warum nicht. Diesen Luxus durfte sie sich heute doch leisten. Aber es war peinlich, daß sie kein Kleingeld für den Türsteher hatte. Das Taxi wartete, und sie hatte nur zehn Schilling. Nicht einmal sechs Pence für den Türsteher.

Sie stieg ein und schämte sich zu sehr, als daß sie es ihm erklären konnte. Er schlug die Tür zu. Er gab dem Taxi einen Wink. Der Aschenbecher am Fenster war voll von Zigarettenstummeln. Ein Stummel rauchte noch. Er war von einem Lippenstift rotgefärbt. Wer mochte sie gewesen sein, die Celia ihren Platz eingeräumt hatte? War sie glücklich, war sie heiter, fuhr sie zu einer Gesellschaft? Eine Frau, die zu ihrem Liebhaber fuhr? Eine Mutter, die eine Verabredung mit ihrem Sohn hatte? Die seltsame Romantik der Taxis. Minuten des Rauches, Minuten des Abschieds. Vielleicht aber war die Frau genauso eine alte Jungfer wie sie selber und hatte ein Fibroid. Ein zäherer Frauentypus, dem Zigaretten halfen.

Sie war froh, daß das Taxi durch den Regent's Park fuhr und nicht den vertrauten Weg durch die Finchley Road einschlug. Die kläglichen, zerbombten Häuser von St. John's Wood waren schwer zu ertragen. Es gab keine Fenster in dem Haus, darin sie mit Pappi gewohnt hatte, und der Verputz war von den Mauern gefallen. Das Gartentor hing verkrümmt in den Angeln, das Gitter war weggerissen. Jetzt daran vorüberzufahren, war ihr unmöglich.

Einmal, vor wenigen Jahren, hatte sie sich mit Niall hingewagt. Die

Räume gähnten leer und abschreckend. Wenn es ein Leben nach dem Tode gab, wenn Pappi mit Mama aus einem privaten Paradies auf die Welt herabblicken sollte, so hoffte Celia, daß Gott ihm nicht erlauben würde, sein Haus zu sehen.

Er würde bestimmt Celia die Schuld an der Verwüstung geben und nicht dem Krieg.

»Aber, mein Liebling, was ist denn geschehen? Was hast du da angestellt?«

Die Höhe hinauf nach Hampstead. Links durch die Church Row. Und dann wieder rechts. Noch ein Stückchen weiter, bitte. Dort, das Haus an der Ecke. Mochte es auch nur ein Häuschen sein, so war es doch ihr Eigentum. Ihre Freistatt. Die Kästen vor den Fenstern würden im Frühjahr, mit Hyazinthen gefüllt, heiter wirken. Die kleinen Pfade gehörten ihr. Es war ihre Haustür. Apfelgrün und freundlich. Und es hieß »The Studio«.

Nie konnte sie das Gefühl des Staunens völlig überwinden, wenn der Schlüssel sich im Schloß drehte und sie in ihre eigene Behausung einließ. So leicht schien das zu sein. So einfach. Es war gut, daheim zu sein. Es war gut, die eigenen, vertrauten Dinge wiederzusehen. Die Stühle, den Schreibtisch, die Bilder, sogar ein oder zwei von ihren eigenen Zeichnungen, die gerahmt an der Wand hingen.

Celia kniete nieder und zündete das Feuer an, und während sie wartete, bis die Flammen aufzüngelten, las sie ihre Briefe. Es waren zwei.

Den mit Maschine geschriebenen öffnete sie zuerst. Seltsam war es, daß sie nach all dieser Zeit und just heute, an diesem entscheidenden Tag, einen Brief von dem Verlag erhielt. Von dem neuen Direktor, der jetzt, nach Mr. Harrisons Rücktritt, den Verlag leitete.

Liebe Miss Delaney,

entsinnen Sie sich, daß wir einander vor vielen Jahren an einem bestimmten, denkwürdigen Tag kennengelernt haben, als Sie in unserem Büro waren? Wie Sie vielleicht wissen, bin ich jetzt an die Stelle James Harrisons getreten, und ich schreibe Ihnen, um mich zu erkundigen, ob eine Aussicht vorhanden ist, daß Sie Ihren alten Kontrakt erfüllen oder vielmehr, da der Krieg vorüber ist, einen neuen unterzeichnen würden. Sie wissen, welch hohe Meinung mein Vorgänger von Ihrer Arbeit, insbesondere von Ihren Zeichnungen, hatte, die ich völlig teile. Er und ich hatten jederzeit den Eindruck, daß Sie dem Namen Delaney noch größeren Glanz verleihen könnten, als er derzeit ohnehin besitzt, wenn Sie sich entschließen wollten, Ihre Gaben uns und somit der Welt zur Verfügung zu stellen. Ich bitte Sie, die Sache ernsthaft zu erwägen. Lassen Sie mich, bitte, in naher Zukunft von sich hören.

Mit den besten Grüßen

Ihr ergebener ...

Ganz wie Mr. Harrison vor vielen Jahren, war auch sein Nachfolger sehr gütig. Und diesmal wollte sie nicht versagen. Diesmal wollte sie den Verlag nicht enttäuschen. Noch heute abend, morgen früh und morgen nachmittag wollte sie die Märchen und die Zeichnungen durchsehen. Und sie wollte beginnen, von jetzt an mit diesem Ziel im Auge einen Plan für ihr Leben zu fassen. Was lag an dem Fibroid und an der Operation? Das zählte nicht. Sie öffnete den anderen Brief. Er war von Caroline aus dem Pensionat.

Liebste Tante Celia,

Mummi war eben zu Besuch bei mir gewesen und hatte mir von sich und Daddy erzählt. Sie sagte, ich solle mit niemand in der Schule davon sprechen. Ich kenne zwei Mädchen, deren Eltern geschieden sind. Das scheint keinen großen Unterschied auszumachen. Nur ist es in Farthings in den Ferien nicht sehr lustig, man kann dort gar nichts anfangen, und aus Reiten mache ich mir nicht so viel wie die anderen. Darum habe ich gemeint, ob ich nicht zu Dir kommen könnte. Natürlich nur, wenn Du mich haben willst. Ich käme mit Begeisterung. Jetzt muß ich aber schließen, die Glocke zur Vorbereitungsstunde hat schon geläutet.

Alles Liebe   Caroline

Celia lehnte sich vor dem Feuer zurück und las den Brief noch einmal, noch zweimal, dreimal. Ihr Herz schlug schneller, und ein seltsames Gefühl stieg in ihrer Kehle auf. Ganz unsinnig. Als ob sie weinen müßte. Caroline wollte kommen und bei ihr leben. Ohne erst eine Aufforderung abzuwarten! Ohne von jemand dazu veranlaßt zu sein. Von Charles, von Maria. Caroline wollte kommen und bei ihr leben!

Aber natürlich sollte sie kommen! Sie sollte immer zu ihr kommen. In den Ferien. In allen Ferien. Das kleine Zimmer neben ihrem eigenen oben im ersten Stock. Daraus sollte ein Zimmer für Caroline werden. Eingerichtet, wie Caroline wollte. Sie würden miteinander nach Hampstead Heath hinaufgehen, sie würde Caroline einen Hund kaufen. Celia würde sich um den Hund kümmern, wenn Caroline im Pensionat war. So viele Dinge gab es, die sie und Caroline miteinander unternehmen konnten. Museen besuchen, Theater – und Caroline zeichnete ganz begabt, Celia könnte sie unterrichten. Auch hatte sie eine hübsche Stimme, die sich vielleicht mit den Jahren entwickelte. Sie könnte Caroline Gesangsstunden geben lassen. Jetzt kam ihr in den Sinn, daß an Caroline immer etwas gewesen war, das sie an Pappi erinnert hatte. Ein Ausdruck in den Augen und die Art, wie sie den Kopf trug. Sie war auch schon sehr groß für ihr Alter.

Nein, kein Zweifel – Caroline war völlig wie Pappi. Ebenso zärtlich, bedurfte ebenso der Sympathie, der Aufmerksamkeit, der Liebe. Das alles sollte sie bei Celia finden. Nichts war jetzt von Belang, wenn nur das Kind glücklich wurde. Nichts auf der Welt.

Celia häufte Scheite im Kamin und warf den Brief des Verlegers in die Flammen. Ja, sie würde ihm einmal antworten. Sie würde sich einmal mit der Sache beschäftigen. Aber es eilte nicht. Es gab so viele andere Dinge zu tun. Es gab so viele Pläne für Caroline zu machen. Für Caroline.

24. KAPITEL

Was auch geschehen mag, dachte Maria, niemand darf wissen, daß es mir etwas bedeutet, daß es mir nahegeht. Nicht einmal Celia, nicht einmal Niall. Sie alle müssen glauben, daß diese Scheidung eine ganz einfache, freundschaftliche Angelegenheit ist, die wir beide zu erledigen wünschen, weil die Teilung des Lebens zwischen London und dem Land mit der Zeit schwierig und untragbar geworden ist. Ich habe gemerkt, daß ich Charles, dem Haus und den Kindern nicht so viel Zeit widmen kann, wie ich gern möchte, und da sei es besser, sich zu trennen.

Und wenn es Charles auch das Herz brechen mag, so sieht doch auch er ein, daß die Verhältnisse uns dazu zwingen, daß es für uns beide besser ist. Wenn er die andere Frau heiratet, so tut er es nicht, weil sie besonders anziehend ist oder er sie lieben würde, sondern weil ihre Lebensformen besser auf das Land passen, sie weiß mit Pferden und Hunden umzugehen, und von ihr hatten wir auch das Pony für die Kinder gekauft. Ich hatte schon damals den Eindruck, daß sie verschlagene Augen hat. Und rötliches Haar, das bedeutet, daß sie später Fett ansetzen wird. Und die Haut von Leuten mit rötlichem Haar riecht. Das kann Charles noch nicht bemerkt haben. Aber das kommt noch. Hauptsache ist, daß jeder finden muß, es sei doch schade. Eine Scheidung ist immer bedauerlich, zumal, wenn es Kinder gibt, und wenn zwei Menschen schon längere Zeit miteinander verheiratet gewesen sind.

Aber sie hatten im Grunde nie zueinander gepaßt. Er war zu ruhig, zu stumpf, sein ganzes Interesse galt dem Landgut. Wie hatte er je hoffen können, daß er imstande sein würde, sie an sich zu binden? Einen Menschen, der Bindungen sowenig ertrug wie sie! Niemand würde sie je festzuhalten vermögen.

So mußte man es darlegen. Und was noch mehr ist, dachte Maria, ich werde es bald selber glauben. Schon jetzt beginne ich es zu glauben, denn was ich mir auch selber vorspiegle, wird schließlich immer wahr. Darum bin ich glücklich. Darum ist Gott stets auf meiner Seite. So, daß das Einsamkeitsgefühl, das ich jetzt habe, wenn ich hier im Dunkel liege, das Radio angedreht, nicht andauern wird. Das tut es nie. Es wird vergehen wie Zahnschmerzen; und ebenso, wie ich vergesse, was Zahnschmerzen überhaupt waren, so werde ich auch diesen Schmerz, die plötzliche Leere, vergessen. Es war beinahe Mitternacht, und um Mitternacht war das Radioprogramm des Tages beendet, und es gab nichts mehr zu hören. Selbst die ausländischen Stationen verstummten, erstarben.

Dann, dachte Maria, dann wird es nicht mehr so bequem sein. Es wird nicht lustig sein. Denn in meinem Kopf werden die Bilder von Charles aus all den Jahren kreisen. Damals habe ich den ersten Fehler begangen. Und dann den zweiten. Das war auch töricht gewesen. Ich hätte mich mit mehr Anstand fügen sollen. Und an jenem Tage bin ich ganz verrückt gewesen, es hätte nie dazu kommen dürfen.

Wenn ich nur ein wenig mehr überlegt hätte. Wenn ich mir nur um zwei Unzen mehr Mühe gegeben hätte. Nein, nicht zwei Unzen – eine. Das ist es, was Pappi gemeint hat. Das ist die Strafe. Er kommt nicht erst nach dem Tode, der Tag der Abrechnung. Er kommt um Mitternacht, jetzt, wenn man im Dunkeln allein ist und das Radio schweigt. Ich brauche nicht dabeizusitzen und mir mein Leben als Theaterstück vorspielen zu lassen. Ich kenne es nur allzu gut. Gott ist klug. Gott kennt alle Antworten. Und so hat er mir etwas angetan, daß ich nie für möglich gehalten hätte. Er tut mir an, was ich anderen angetan habe. Er macht mich lächerlich. Arme

Maria, ihr Mann hat sie einer anderen Frau wegen verlassen. Einer jüngeren wegen. Arme Maria!

Wenn man an alle Frauen in der Welt denkt, die von ihren Männern verlassen worden sind. Eine traurige, armselige Schar. Einsam, häßlich und langweilig. Jetzt bin ich auch eine von ihnen. Ich gehöre zu der Schar. Gottes Klugheit... Wenn ich selbstgerecht sein könnte, aber das kann ich nicht. Wenn ich mit den anderen Verlassenen, Unglücklichen sagen könnte »Ich habe Charles alles auf der Welt gegeben, und das ist sein Dank«, aber das kann ich nicht. Denn ich habe ihm nichts gegeben. Mir geschieht nur, was mir gebührt. Mir bleibt nichts übrig, worauf ich stehen könnte. Jetzt passen sämtliche Klischees auf meine Lage. Mit eigener Münze heimgezahlt. Was du nicht willst, daß man dir tu, das füg auch keinem andern zu. Jetzt weiß ich, was jene Frau vor Jahren empfunden hat. Und ich fand, sie sei so langweilig. So eine alberne, öde Gans. Ich wagte nie, ihn anzurufen, weil sie ans Telefon kommen konnte, was sie häufig tat. Ich habe noch darüber Witze gemacht.

Es tut mir leid. Gott im Himmel, es tut mir leid. Vergib mir jetzt, da ich hier im Dunkeln liege. Würde es etwas nützen, wenn ich morgen zu ihr hinginge und ihr sagen würde: »Ich habe nicht begriffen, wie unglücklich ich Sie damals gemacht haben muß. Jetzt weiß ich es. Jetzt verstehe ich.« Aber ich weiß gar nicht, wo sie lebt. Und jetzt fällt es mir ein. Ich habe das peinliche Gefühl, daß sie gestorben sein muß. Daß ich voriges Jahr in der »Times« ihre Todesanzeige gelesen habe. Wenn sie tot ist, kann sie mich vielleicht jetzt sehen. Vielleicht weidet sie sich im Himmel an meinem Kummer. Und vergib uns unsere Schuld, wie wir unseren Schuldigern vergeben.

Aber der Rothaarigen dort bei Coldhammer vergebe ich nicht. Ich hasse sie. Und so wird auch die Frau im Himmel mir nicht vergeben. Es ist ein höllischer Kreis... Warum ist Niall nicht da, um mich zu trösten? Das werde ich ihm nie verzeihen, niemals. Dieser verzweifeltste Augenblick in meinem ganzen Leben, da ich Niall brauche, und er ist nicht da. Aber ich muß schlafen. Wenn ich nicht schlafen kann, dann sehe ich morgen abscheulich aus. Ein Trost, es gibt keine Nachmittagsvorstellung. Aber »Home Life« schickt einen Fotografen, der Aufnahmen von der Wohnung machen soll, eben erinnere ich mich daran. Er soll nur kommen. Ich kann ausgehen. Wohin kann ich gehen? Ich will keinen Menschen sehen, mit keinem Menschen reden. Ich muß das allein überstehen. Es sind nur Zahnschmerzen, und die Schmerzen werden vergehen. Sie müssen vergehen.

*

»Den Kopf ein wenig nach links, Miss Delaney, wenn ich bitten darf. So ist es besser. Ganz ruhig halten. Ganz ruhig. So.«

Der Mann drückte auf den Knopf, das Licht blitzte auf, und er lächelte. »Und wie wäre es jetzt, wenn Sie sich in diesen Stuhl setzen wollten? Mit den Fotografien von Ihrem Mann und Ihren Kindern im Hintergrund auf dem Tisch? Wollen Sie das einmal versuchen? Und darf ich Sie diesmal im Profil aufnehmen? Ja ... sehr gut. Das gefällt mir ausgezeichnet.«

Er wandte sich zur Seite, gab seinem Gehilfen eine Weisung, der Gehilfe rückte den Wandschirm zurecht. Der Fotograf selber schleppte das Sofa aus dem Weg. Dann machte er sich an den Blumen zu schaffen. Vorwärts, dachte Maria, schlag nur den ganzen Kram zusammen. Mir ist's gleich. In Stücke mit den Möbeln! In Scherben mit dem Geschirr! Was heute geschieht, wird ohnehin weggefegt werden! Mein Gott, wie müde ich bin!

»Und jetzt lächeln Sie, bitte, Miss Delaney. Wunderbar! Behalten Sie dieses Lächeln bei! Bleiben Sie so!«

Und diese Kerle würden den ganzen Tag da sein. Was soll ich zu Mittag machen. Ich wollte mir in der Küche ein Ei kochen. Ich muß behaupten, daß ich eine Verabredung habe. Ich muß so tun, als ob ich im Ritz zu Mittag essen würde. Ich hätte gar nichts dagegen, im Ritz zu Mittag zu essen, aber ich kann doch nicht allein hingehen.

»Miss Delaney, könnten Sie sich jetzt bequem auf das Sofa legen und ein Stück lesen? Sie lesen doch vermutlich häufig Stücke, die vielleicht in Betracht kommen könnten.«

»Ja, allerdings.«

»Gerade das brauchten wir. Was wollen Sie jetzt anziehen? Ein Negligé?«

»Mir ist es gleichgültig. Kann ich nicht dieses Kleid anbehalten? Es ist so langweilig, sich umziehen zu müssen.«

»Den Lesern von ›Home Life‹ würde es Freude machen, Sie in einem Negligé zu sehen. Irgend etwas recht Zwangloses natürlich.«

Du Idiot, was soll ich denn deiner Meinung nach anziehen? Schwarzen Satin und Pailletten? Und Reiherfedern im Haar? Ich weiß, was ich tun werde. Ich werde überhaupt nicht zu Mittag essen, darauf kommt es nicht an, das kann meiner Figur nur gut tun. Ich werde nicht zu Mittag essen, und dann werde ich zu Caroline ins Pensionat fahren. Sie ist mein. Sie gehört mir. Ich werde Caroline erzählen, was geschehen ist. Sie ist alt genug, um es zu verstehen. Ich werde es Caroline erzählen, bevor Charles noch die Möglichkeit dazu hat.

»Mr. Wyndham und die Kinder sind wohl, Miss Delaney?«
»Ja, es geht ihnen ausgezeichnet.«
»Die Kinder werden schnell groß, nicht wahr?«
»Ja, sie wachsen rasch.«
»Ein prächtiger Besitz, Coldhammer. Ich würde gern dort ein paar Aufnahmen von Ihnen machen.«
»Es ist noch nicht freigegeben worden. Wir wohnen gar nicht dort.«
»Ach so, ja, ich verstehe. So, und jetzt legen Sie sich nur der Länge nach hin, Miss Delaney, die eine Hand lassen Sie zwanglos hinunterhängen. So, sehr charakteristisch.«
Charakteristisch wofür, um Himmels willen? Jeder könnte glauben, daß ich mein Leben auf einem Sofa vertrödle. Nur vorwärts, macht ein Ende!
»Geht das Stück, Miss Delaney?«
»Leidlich. Es ist die schlechte Saison.«
Das war nicht wahr. Es war die beste Saison. Aber das wußte er vielleicht nicht, der Esel.
»Am meisten liebt das Publikum Sie in Rollen, wo Sie verträumt sind, Miss Delaney. Nicht ganz von dieser Welt, wenn Sie verstehen, was ich meine. Vergeistigt nennt man das wohl. Das ist der Eindruck, den Sie immer vermitteln. Etwas Fernes, Vergeistigtes. Und jetzt heben Sie ein wenig das Kinn, bitte... bleiben Sie so... danke.«
Und jetzt ist es wirklich fertig. Mehr halte ich nicht aus.
»Ich habe um ein Uhr im Ritz eine Verabredung zum Mittagessen.«
»Ach, du guter Gott! Und wir hätten gern noch eine oder zwei Aufnahmen von Ihnen im Schlafzimmer. Könnten Sie nach dem Essen wiederkommen?«
»Ganz unmöglich. Mein Nachmittag ist voll besetzt.«
»Wie schade... dann müssen wir eben noch ein oder zwei Intérieurs ohne Sie machen, Miss Delaney. Haben Sie irgendwelche Lieblingstiere? Ich sehe nichts dergleichen.«
»Ich habe auch keine.«
»Die Leser sehen immer gern, wenn die beliebten Künstler mit einem Tier spielen. Es wirkt so gemütlich. Aber das macht nichts. Wir können sagen, daß Ihre Lieblinge auf dem Lande sind.«
Meine Lieblinge sind auf dem Lande, gehegt und gepflegt von einem Frauenzimmer mit roten Haaren, wenn du es denn wissen mußt. Wenn du es wissen willst. Ein Frauenzimmer mit roten Haaren, das riecht.
»Vielen Dank, Miss Delaney. Sie sind erstaunlich geduldig gewesen.

Wegen der Wohnung machen Sie sich nur keine Sorgen. Wir werden schon alles in Ordnung bringen.«

»Vergessen Sie nicht, mir vorher die Kopien zu schicken.«

»Selbstverständlich, Miss Delaney, selbstverständlich.«

Mit Lächeln und Gesten komplimentierten sie Miss Delaney aus ihrer eigenen Wohnung hinaus; vom Fenster aus sahen sie sie in ein Taxi steigen, drei Minuten zu spät zu ihrer Verabredung im Ritz. Das Taxi brachte Miss Delaney zu ihrer eigenen Garage. Hinter dem Haus, darin sie wohnte. Und ohne Mittagessen fuhr Miss Delaney auf das Land, um Caroline im Pensionat zu besuchen. Eine Stunde Fahrzeit in südlicher Richtung aus London hinaus.

Zuviel Verkehr, zu viele Tramlinien, und ich bin nicht ganz sicher, was ich sagen soll, wenn ich hinkomme, denn plötzlich merke ich, daß ich Caroline gar nicht richtig kenne. Ich sage »Liebling« zu ihr und bringe ihr Geschenke mit, aber ich kenne sie im Grunde überhaupt nicht. Was habe ich angefangen, als ich in ihrem Alter war? Ich habe getan, als ob ich jemand anderer wäre. Ich habe vor dem Spiegel Gesichter geschnitten. Ich habe Niall geneckt... Warum muß diese magere Frau mich so erstaunt anschauen?

»Ach, Mrs. Wyndham. Wir hatten Sie gar nicht erwartet.«

»Nein, ich bin nur zufällig vorübergekommen. Kann ich Caroline sprechen?«

»Sie spielt gerade Korbball... aber... Jean, mein Kind, möchtest du nicht rasch nach dem zweiten Spielplatz gehen und Caroline Wyndham sagen, daß ihre Mutter gekommen ist?«

»Ja, Miss Oliver.«

Ein Kind mit runden Augen sprang davon.

»Gewöhnlich kommen die Eltern Samstag oder Sonntag, wenn sie sich nicht vorher ansagen. Das sind die neuen Fotografien. Wollen Sie sie sehen? Am Gründungstag aufgenommen. Schade, daß Sie nicht kommen konnten. Caroline war so enttäuscht. Ja, sie sagte es mir. Eine Nachmittagsvorstellung. Diese Dinge greifen so sehr ins Privatleben ein, nicht wahr? Sie müssen sehr gehetzt sein; diesen Eindruck habe ich immer. Ja, die ganze Schule samt Lehrkörper und Angestellten. Erlauben Sie... das hier ist Caroline... die mit überschlagenen Beinen in der ersten Reihe sitzt. Die jüngeren Mädchen setzen wir immer nach vorn.«

Reihen und Reihen von Mädchen, eins genau wie das andere, und Maria hätte Caroline nie erkannt, wenn Miss Oliver sie ihr nicht gezeigt hätte. Das ist mein Kind?

»Ja, sie scheint sich sehr wohl zu fühlen. Sie ist in der Dritten A. Es ist eine lustige Gesellschaft beisammen in der Dritten A. Wollen Sie vielleicht nach dem Spielplatz gehen? Sie werden Caroline begegnen.«

Tatsächlich würde ich lieber in den Wagen steigen und zurück nach London fahren. Ich habe in der vorigen Nacht nicht geschlafen und noch nicht zu Mittag gegessen. Gott allein weiß, warum ich überhaupt hier bin.

»Besten Dank, Miss Oliver, gern. Was für ein schöner Tag. Ein wahres Vergnügen, aufs Land zu fahren, wenn es auch nur für eine halbe Stunde ist.«

Ich muß meine Rolle spielen und lächeln. Ich muß die erwartete Aura von Charme hinterlassen. Es ist auch gar kein schöner Tag. Es ist kalt. Und ich habe die falschen Schuhe angezogen. Sie werden überall an diesem greulichen Boden hängen bleiben. Da kommt ein keuchendes, erhitztes kleines Mädchen in kurzem, blauem Kittel. Und es ist Caroline.

»Hello, Mummi.«
»Hello, Liebling.«
»Ist Daddy auch da?«
»Nein. Ich bin allein gekommen.«
»Oh.«

Und was soll ich jetzt tun? Und wohin soll ich jetzt gehen? Irgendwohin geradeaus.

»Ich komme wohl an einem ungünstigen Tag?«

»Ja, eigentlich ist jetzt jeder Wochentag ungünstig. Weißt du, wir trainieren jetzt für ein Wettspiel zwischen den Klassen am Ende des Semesters. Wir spielen auf Punkte. Und unsere Klasse, die Dritte A, hat ebensoviel Aussichten zu gewinnen, wie die Sechste. Denn wenn sie uns auch im Wettspiel schlagen, so können sie doch im Finale ihre Punkte wieder verlieren.«

»Ja, ja, ich verstehe.«

Ich verstehe natürlich gar nichts. Es hat überhaupt keinen Sinn.

»Und du, Liebling, bist du eine gute Spielerin?«
»Keine Spur. Ich spiele schrecklich. Willst du zuschauen?«
»Nicht dringend. Ich möchte nämlich...«
»Vielleicht würdest du dir lieber die Kunstausstellung im Botticelli ansehen?«
»Was für ein Ding?«
»Die Kunstausstellung. Botticelli nennen wir den Arbeitsraum der Sechsten. Er ist gleich hinter der Kapelle. Ein paar von den Mädchen haben sehr hübsche Zeichnungen ausgestellt.«

»In Wirklichkeit möchte ich irgendwo verschwinden.«
»Ach, ja natürlich. Ich werde dich hinaufführen.«
Anschläge an den Wänden. Und fremde Mädchen, die vorüberlaufen. Geschrubbte Stiegen und verschlissenes Linoleum. Warum näht man ihnen nicht Nummern auf den Rücken? Und fertig! Und was für ein gräßliches Rauschen! Und das Rohr rinnt. Man müßte das doch irgendwem melden. Der Aufseherin.
»Ist das dein Bett? Es sieht sehr hart aus.«
»Es ist ganz gut.«
Sieben Betten in Reihen, eines wie das andere. Mit harten, rauhen Kissen.
»Wie geht's Daddy?«
»Sehr gut.« Jetzt war der Augenblick gekommen. Ich setze mich auf das Bett, ich pudere meine Nase, ich bin ganz unbefangen, ganz ohne jede Bitterkeit.
»Es steht nämlich so – und darum bin ich gekommen, du wirst es wahrscheinlich auch von Daddy selber hören –, er möchte sich scheiden lassen.«
»Oh!«
Ich weiß nicht, was ich von ihr erwartet habe. Vielleicht glaube ich, sie würde erschrecken oder weinen, oder sie würde die Arme um mich schlingen, was mir nie sehr sympathisch war, und damit könnte etwas beginnen, was ich noch nie erlebt habe.
»Ja. Wir haben keinen Streit miteinander oder dergleichen. Aber er muß nun einmal auf dem Lande leben, und ich muß in der Stadt bleiben, und das ist für uns beide auf die Dauer nicht durchführbar.«
»Es wird also keinen Unterschied ausmachen?«
»Nein, nein, im Grunde genommen nicht. Nur, daß ich nicht mehr nach Farthings kommen werde.«
»Du bist ja ohnehin nicht viel draußen.«
»Nein.«
»Werden wir bei dir in London wohnen?«
»Natürlich. Wann ihr wollt.«
»In der Wohnung ist aber nicht viel Platz. Ich würde lieber zu Tante Celia gehen.«
»Ja?« Warum dieser Schmerz? Warum dieses plötzliche Gefühl der Leere?
»Das Mädchen, das in diesem Bett hier schläft, hat auch Eltern, die geschieden sind. Und ihre Mutter hat wieder geheiratet. Jetzt hat sie einen Stiefvater.«

»Nun, es könnte dazu kommen, daß du eine Stiefmutter kriegst. Ich glaube, daß Daddy auch wieder heiraten wird.«
»Die Karotte vielleicht?«
»Was?«
»Wir nennen sie immer die Karotte. Sie hat uns reiten gelehrt, weißt du. Im vergangenen Sommer. Sie und Daddy sind dicke Freunde. Ach, das paßt ganz gut. Ich habe nichts gegen die Karotte. Sie ist sehr lustig. Wirst du auch jemanden heiraten?«
»Nein ... nein, ich will niemanden heiraten.«
»Und wie wäre es mit dem Mann in deinem Stück? Er ist doch sehr nett.«
»Er ist schon verheiratet ... und außerdem ... ich will gar nicht heiraten.«
»Wann wird Daddy die Karotte heiraten?«
»Ich weiß nicht. Darüber ist noch nicht gesprochen worden. Wir sind ja noch nicht geschieden.«
»Nein, natürlich nicht. Darf ich es meinen Freundinnen erzählen?«
»Nein. Gewiß nicht. Das ist ... das ist doch eine private Anlegenheit.«
Ich hätte außerordentlich erleichtert sein müssen, weil Caroline es so aufnimmt, aber ich bin es nicht. Ich bin entrüstet. Ich bin verblüfft. Ich begreife gar nicht ... Wenn Pappi und Mama sich hätten scheiden lassen, so hätte es das Ende der Welt bedeutet. Und Mama war nicht meine Mutter. Pappi und Mama ...
»Bleibst du zum Tee, Mummi?«
»Nein, ich glaube nicht. Ich muß ja um sechs Uhr ohnehin im Theater sein.«
»Ich werde an Tante Celia schreiben und sie fragen, ob ich die nächsten Ferien bei ihr verbringen darf.«
»Ja, Liebling, tu das.«
Hinunter über die geschrubbten Stufen und durch die Halle mit den Anschlägen und zur Tür hinaus zum wartenden Wagen.
»Leb wohl, Liebling. Mir tut's leid, daß du das Spiel versäumt hast.«
»Macht nichts, Mummi. Ich hol's schon nach. Wir haben noch eine halbe Stunde Pause.«
Caroline winkte, und bevor Maria den Wagen gewendet hatte, war das Mädchen schon auf und davon und hinter dem mächtigen Backsteingebäude verschwunden.
Das ist einer der schrecklichen Augenblicke, da ich Lust habe, zu weinen. Ich weine nicht häufig. Das ist nicht meine Art. Celia hat als Kind

immer geweint. Aber jetzt wäre es eine Erleichterung. Jetzt gibt es eigentlich nichts, was ich lieber täte. Ein anderer sollte sich an den Volant setzen und den Wagen lenken, und ich könnte auf dem Rücksitz liegen und weinen. Aber ich darf mich nicht gehen lassen. Man würde es mir an den Augen und am Gesicht ansehen. Und um sechs Uhr muß ich im Theater sein. Ich werde also nicht weinen, ich werde singen. Sehr laut und ganz falsch. Dazu hat Niall seine Schlager geschrieben. Damit ich singen kann, wenn ich mein Waterloo erlebe.

Doch vielleicht wäre es besser, wenn ich in eine Kirche gehen und beten würde. Ich könnte mich bekehren. Ich könnte die Bühne völlig verlassen und in die Welt hinausgehen, um Gutes zu tun. Kraft durch Gebet. Kraft durch Freude. Nein, das war Hitler. Nun, Kraft durch irgendwas. Dort an der Ecke ist eine Kirche. Vielleicht ist das ein Symbol. So wie ich vor der Premiere in die Bibel schaue. Soll ich den Wagen hier halten, in die Kirche gehen und beten? Gut.

Die Kirche lag in dämmrigem Dunkel. Sie konnte noch nicht sehr alt sein. Keine Spur von Atmosphäre. Maria setzte sich und wartete. Wenn sie lange genug wartete, mochte sich vielleicht etwas ereignen. Eine Taube herabschweben. Ein Gefühl des Friedens sich über sie senken. Und sie wäre imstande, die Kirche getröstet, gestärkt zu verlassen, bereit, der Zukunft entgegenzuschauen. Vielleicht würde ein Geistlicher auftauchen, ein reizender alter Priester mit weißem Haar und ruhigen grauen Augen. Es wäre bestimmt eine Hilfe, wenn man zu einem netten alten Priester reden könnte. Diese Geistlichen haben so viel Erfahrung, sie kennen die Welt und ihr Leid, sie haben so viel mit verlorenen, unglücklichen Menschen zu tun. Maria wartete, doch keine Taube senkte sich herab. In einiger Entfernung konnte sie Schuljungen hören, die Fußball spielten und sich dabei anscheinend sehr gut amüsierten. Jetzt öffnete sich die Tür hinter ihr. Sie wandte den Kopf, und richtig, das mußte der Geistliche sein. Aber er war nicht alt. Er war jung, er hatte eine Brille. Er ging rasch durch die Kirche auf die Sakristei zu, schaute weder nach links noch nach rechts. Und seine Schuhe knarrten.

Das hätte keinen Zweck. Er würde niemals einen Menschen bekehren. Noch würde es diese Kirche. Das alles war nichts als Zeitvergeudung. Zurück in den Wagen...

Nun, ich kann mir immer die Haare machen lassen. Lucien wird mir eine Tasse Tee und ein paar Biskuits geben. Eine Tasse Tee ist es, was ich brauche. Ich kann in der Zelle sitzen, tun, als ob ich eine alte Nummer des »Tatler« lesen würde, und Lucien würde schwatzen. Ich muß gar nicht zuhören. Ich kann die Augen schließen und an gar nichts denken. Oder wenigstens versuchen, an gar nichts zu denken. Lucien ist die Lösung. Luciens Geschwätz ist erfrischender als das Geschwätz eines Geistlichen. Im Herzen sind sie wahrscheinlich gleich. Niall würde sagen, daß es da keinen Unterschied gibt.

»Guten Tag, Madame. Was für eine angenehme Überraschung!«
»Ich bin halb tot, Lucien. Ich habe einen schrecklichen Tag hinter mir.«
Coiffeure sind wie Ärzte, sie haben die gleichen sänftigenden Manieren. Und sie stellen keine Fragen. Sie lächeln. Sie begreifen.

Lucien führte Maria in den gewohnten Stuhl, in der gewohnten Zelle, und da stand sogar eine frische Flasche Badeessenz vor dem Spiegel, in Cellophan gepackt, die Flasche ein schimmerndes, glitzerndes Grün. Der Name darauf, Venezianischer Balsam, allein schon eine Versuchung. Wie die Süßigkeiten, als ich noch ein Kind war, dachte Maria, in Silberpapier gewickelte Süßigkeiten, sie halfen mir immer, wenn ich wütend war, wenn ich müde war.

»Lucien, wenn ich Ihnen erzählen würde, daß ich dem Selbstmord nahe war, daß ich daran gedacht habe, mich unter eine Tram zu werfen, daß die ganze Welt sich gegen mich gewandt hat, daß die Menschen, die ich liebe, mich nicht mehr lieben – was würden Sie mir als Heilmittel dagegen empfehlen?«

Lucien betrachtete sie mit verengten Augen, den Kopf ein wenig zur Seite gelegt.

»Wie wäre es mit einer Gesichtsmassage, Madame?« fragte er.

*

Es war eine Minute vor sechs, als Maria die Bühnentür öffnete.
»Guten Abend, Bob.«
»Guten Abend, Miss Delaney.«
Der Türhüter hob sich halb von seinem Stuhl.
»Gerade vor einigen Minuten hat man sie angerufen, Miss. Es war Mr. Wyndham.«
»Hat er eine Botschaft hinterlassen?«
»Sie möchten ihn doch gleich anrufen, wenn Sie kommen.«
»Bitte, geben Sie mir die Verbindung in meine Garderobe.«
»Ja, Miss Delaney.«
Maria lief die Stufen zu ihrer Garderobe hinauf. Charles hatte telefoniert. Das bedeutete, daß alles in Ordnung war, daß er sich die Sache über-

legt hatte, daß er selber erkannte, die ganze Scheidungsgeschichte käme gar nicht in Frage. Charles rief an, um sich zu entschuldigen. Vielleicht hatte er heute ebenso gelitten wie sie. Dann durfte es keine Vorwürfe, keine nachträglichen Auseinandersetzungen geben. Von neuem beginnen! Noch einmal anfangen!

Sie trat in ihre Garderobe und warf den Mantel auf das Sofa.

»Ich werde dich rufen, sobald ich fertig bin«, sagte sie zu ihrer Garderobiere. Sie ging an das Telefon, das auf dem Tisch in der Ecke stand, und verlangte die Verbindung. Es dauerte eine Weile, dann sagte der Telefonist: »Derzeit sind alle Linien besetzt. Wir rufen später an.« Maria nahm ihren Schlafrock, band das Haar mit einem Taschentuch fest. Sie fing an, sich das Gesicht einzufetten.

Ob Charles wohl morgen zur Versöhnung nach London kommen wird? Es war ein ungünstiger Tag, es gab eine Nachmittagsvorstellung, aber wenn er früh in ihre Wohnung kam, so konnten sie miteinander zu Mittag essen. Möglicherweise fand er für den Rest des Tages eine Beschäftigung und konnte über Nacht bleiben. Es wäre eine sehr gute Idee, wenn er über Nacht bliebe. Ich mag nicht zum Wochenende nach Farthings fahren, wenn das rothaarige Frauenzimmer in der Nähe ist. Er wird sehen müssen, wie er sie wieder los wird. Ich kann sie nicht schmecken. Das wäre wirklich zuviel verlangt.

Ihr Gesicht war jetzt von Fett und Puder befreit, glatt und frisch wie das Gesicht eines kleinen Mädchens vor dem Bade. Nochmals kniete Maria neben dem Telefon nieder.

»Kann ich jetzt eine Verbindung kriegen? Es ist sehr dringend.«

Endlich kam die Antwort. »Die Nummer, bitte«, und dann tönte das hohe Schrillen des Telefons in Farthings.«

Aber es war nicht Charles, der antwortete, es war Polly.

»Ich möchte Mr. Wyndham sprechen.«

»Er ist vor fünf Minuten weggegangen. Er konnte nicht länger warten. Ach, mein Gott, was für ein Tag, Mummi!«

»Warum? Was ist denn geschehen?«

»Gleich nach dem Mittagessen eine Botschaft von drüben. Daddy möchte doch sogleich hinüberkommen. Lord Wyndham hat einen schweren Herzanfall erlitten. Ich hätte die Kinder nachmittags zum Tee führen sollen, aber davon war jetzt natürlich keine Rede mehr. Um fünf Uhr kam Daddy zurück, er hat einen Spezialisten aus London kommen lassen, der schon unterwegs ist, und darum hat Daddy wieder hingehen müssen und konnte Ihren Anruf nicht abwarten, aber er sagte mir, natürlich nicht vor den

Kindern, er glaube nicht, daß noch viel Hoffnung vorhanden sei und daß Lord Wyndham wahrscheinlich im Lauf der Nacht sterben würde. Ist das nicht entsetzlich? Ach, die arme Großmama!«

»Hat Mr. Wyndham keine Botschaft für mich hinterlassen?«

»Nein. Nur daß ich Ihnen sagen sollte, was geschehen ist, und daß es wahrscheinlich das Ende sei.«

»Ja, so sieht es wohl aus.«

»Wollen Sie mit den Kindern sprechen?«

»Nein, Polly. Jetzt nicht. Auf Wiedersehen.«

Ja, das war das Ende. Wenn ein armer alter Mann über achtzig war, dann konnte er einen schweren Herzanfall nicht überleben. Die Uhr, die in den letzten zehn Jahren am Ablaufen war, blieb schließlich stehen.

Am Morgen würde Charles Lord Wyndham sein. Und das rothaarige Frauenzimmer, das Caroline »die Karotte« nannte, wäre binnen weniger Monate Lady Wyndham. »Und Gott«, dachte Maria, »muß heute viel Spaß an meinen Angelegenheiten haben. Er wird sich die Seiten vor Lachen halten. ›Und jetzt wollen wir noch etwas anderes ausdenken, um Maria durchzurütteln. Los, St. Peter, vorwärts, die ganze Gesellschaft! Was können wir jetzt anfangen? Wie wär's mit einem faulen Ei, das einer aus den hinteren Parkettreihen auf sie wirft. Schwapp, zwischen die Augen! Und das wird sie lehren!‹«

»Schon gut, schon gut«, dachte Maria. »Zu diesem Spiel gehören zwei, meine Lieben. Und was hat Pappi damals zu mir gesagt, vor meiner ersten großen Rolle in London? ›Es taugt nichts, wenn man nicht zurückschlägt.‹ Er pflegte auch noch andere Dinge zu sagen, auf die ich damals nicht gehört habe, aber wenn ich nachdenke, werden sie mir schon wieder einfallen.«

»Sich nie unterkriegen lassen, Liebling. Niemals den Mund hängen lassen! Hohlköpfe lassen sich unterkriegen. Hohlköpfe lassen den Mund hängen. Streck das Kinn heraus. Und wenn alles andere versagt, so hast du doch immer deine Arbeit. Nicht das Maul voll nehmen mit dem Wort ›Kunst‹. Das überlaß den Snobs, es ist ihr einziger Trost, das kannst du mir glauben. Nein, die Arbeit, zu der du den Drang in den Knochen spürst, weil sie das einzige ist, was du tun kannst, was du verstehst. Manchmal wirst du glücklich sein. Manchmal wirst du auch die Verzweiflung kennenlernen. Aber niemals jammern! Die Delaneys klagen nicht. Geh nur deines Weges und zeig deine Künste!«

Ja, Pappi. Dir ist Celia immer näher gestanden als ich, weil ich im allgemeinen immer an anderes gedacht habe, jetzt aber, in dieser Stunde, ist es mir, als ob du in diesem Raum wärest. Ich kann deine lachenden blauen Augen sehen, die ich von dir habe, und die von der Fotografie an der Wand auf mich herunterschauen, und auch deine Nase ist ein wenig hochmütig, ganz wie meine, und dein Haar steht genauso vom Kopf ab, aber das, was Niall meinen beweglichen Mund nennt, muß von jener Mutter in Wien herkommen, die ich nie gesehen hatte, die dich betört hat, Pappi, und du hättest es doch besser wissen sollen. Jetzt kann ich nur hoffen, daß sie nicht anfängt, mich im Stich zu lassen. Nicht gerade in diesem Augenblick meines Daseins. Bis jetzt ist sie mir zur Seite gestanden.

»Herein.«

»Ein Herr möchte Sie sprechen, Miss Delaney«, sagte die Garderobiere. »Ein französischer Herr, ein gewisser Mr. Laforge.«

»Wie heißt er? Schick ihn weg. Du weißt doch, daß ich vor der Vorstellung keinen Menschen empfange.«

»Er läßt nicht locker. Er hat ein Stück, das Sie lesen sollen. Er sagt, daß Sie seinen Vater gekannt haben.«

»Das ist ein alter Trick. Sag ihm, daß ich das schon einmal gehört habe.«

»Er ist heute nachmittag im Flugzeug von Paris gekommen. Er sagt, sein Stück würde in Paris in nächster Zeit drankommen, er hat es selber übersetzt, und er möchte, daß es in London ungefähr gleichzeitig herauskommt.«

»Natürlich möchte er das. Und wie ist er gerade auf mich verfallen?«

»Weil Sie seinen Vater gekannt haben.«

Um Himmels willen! Ich muß mich jetzt schminken!

»Wie sieht er denn aus?«

»Sehr nett. Als ob er eben aus dem Sonnenbad käme.«

»Zieh den Vorhang zu, ich werde hinter dem Vorhang bleiben. Sag ihm, daß er mich nur zwei Minuten aufhalten darf.«

Wenn ich jetzt anfangen soll, den Rest meines Lebens Stücke von unbekannten Franzosen zu lesen, so ist das eine recht unerfreuliche Perspektive.

»Guten Abend. Wer ist Ihr Vater?«

Vielleicht habe ich das schon in einem Stück gesagt. Es klingt nach einem Vaudeville.

»Guten Abend, Miss Delaney. Mein Vater läßt sie herzlichst grüßen. Er heißt Michel Laforge, und er hatte sie vor vielen Jahren in der Bretagne kennengelernt.«

Michel... Bretagne... welch ein außerordentliches Zusammentreffen! Habe ich nicht Sonntag nachmittags in Farthings an die Bretagne gedacht?

»Ja, natürlich! Ich erinnere mich sehr gut an Ihren Vater. Wie geht es ihm denn?«

»Immer gleich, Miss Delaney. Er ist überhaupt nicht gealtert.«

Er muß seine guten fünfundfünfzig auf dem Rücken haben. Ob er noch immer auf den Felsen liegt, nach den Seesternen Ausschau hält und kleine Mädchen verführt?

»Was ist das für ein Stück, das ich lesen soll?«

»Es spielt im neunzehnten Jahrhundert, Miss Delaney. Reizende Musik, reizendes Milieu, und nur Sie allein könnten die Herzogin spielen.«

»Eine Herzogin? Ich soll eine Herzogin spielen?«

»Ja, Miss Delaney. Eine sehr charmante, sehr verderbte Herzogin.«

Nun, ich meine, daß ich alle Tage eine Herzogin spielen kann. Bisher bin ich noch nie eine Herzogin gewesen. Und eine verderbte Herzogin ist bestimmt amüsanter als eine brave.

»Was macht diese Herzogin?«

»Sie hat fünf Männer zu ihren Füßen.«

»Warum nur fünf?«

»Ich könnte immerhin noch einen sechsten hinzufügen, wenn Sie Wert darauf legen.«

Wo ist mein anderer Schlafrock? Der blaue? Wieder klopft jemand an meine Tür. Die Leute glauben wohl, daß meine Garderobe ein Wirtshaus ist?

»Wer ist da?«

Es war die Stimme des Bühnenportiers. »Ein Telegramm, Miss Delaney.«

»Schön. Legen Sie es auf den Tisch.«

Lucien hat mir die Frisur verdorben. Wozu diese Locke über dem rechten Ohr? Es wird immer besser, wenn ich es mir selber mache. Ziehen wir den Vorhang weg.

»Noch einmal guten Abend, Mr. Laforge.«

Sieht gar nicht schlecht aus. Besser als Michel, wie ich ihn in Erinnerung habe. Aber sehr jung. Kaum aus dem Ei geschlüpft.

»Sie wollen also, daß ich eine Herzogin spiele?«

»Würde Sie das nicht locken?«

Doch das würde mich locken. Ich hätte gar nichts dagegen. Ich wäre bereit, die Königin von Saba zu spielen oder auch eine Hure in einem Bordell, wenn nur das Stück gut ist und mich amüsiert.

»Haben Sie heute abend etwas vor, Mr. Laforge?«

»Nein.«

»Dann holen Sie mich doch nach der Vorstellung ab. Wir wollen zusammen speisen, und da können wir uns über Ihr Stück unterhalten. Aber jetzt schauen Sie, daß Sie weiterkommen!«

Er ging. Er verschwand. Und die Form seines Hinterkopfs war wirklich gut. Die Stimme des Inspizienten tönte durch den Lautsprecher.

»In einer Viertelstunde, bitte.«

Die Garderobiere wies auf das Telegramm, das auf dem Tisch lag.

»Sie haben ja das Telegramm noch nicht gelesen, Miss Delaney.«

»Ich lese nie vor einer Vorstellung ein Telegramm. Weißt du das noch immer nicht? Mein Pappi hat das nie getan. Und ich auch nicht. Das bringt Pech.«

Maria stand vor dem Spiegel, sie legte den Gürtel um ihr Kleid.

»Erinnerst du dich an das Lied vom ›Müller von Dee‹?« fragte sie.

»Was war das für ein Lied?« fragte die Garderobiere.

Maria lachte und rückte eine Locke zurecht.

>»Ich schere mich um keinen, nein,
Und keiner schert sich um mich.«*

Die Garderobiere lächelte. »Sie sind heute aber besonders gut in Form, nicht wahr?« sagte sie.

»Das bin ich immer«, erwiderte Maria. »Jeden Abend.«

Das gedämpfte Murmeln der Zuschauer, die ihre Plätze einnahmen, rieselte durch den Lautsprecher von den Wänden.

25. KAPITEL

Als Niall das Eßzimmer in Farthings verlassen hatte, ging er unverzüglich in sein Zimmer hinauf, warf seine Sachen in den Handkoffer, ging wieder hinunter, aus dem Haus und zur Garage. Er hatte genug Benzin für die Fahrt an die Küste. Es war immer bequem gewesen, daß Farthings ein strategischer Punkt in der Mitte zwischen London und der Stelle war, wo er sein verwahrlostes Boot liegen hatte.

Und nun war dieser Umstand bequemer denn je. Es bedeutete die Rettung für den Geist. Niall war immer ein gleichgültiger Autofahrer gewesen, und das hatte sich im Verlauf der Jahre noch verschlimmert, weil seine Konzentrationsfähigkeit nachließ. Er beachtete keine Zeichen, fuhr rechts, wo links zu fahren war, benützte Einbahnstraßen in der verkehrten Richtung, überfuhr Verkehrssignale, nicht aus böser Absicht, sondern weil er just grün und rot verwechselt hatte, oder aber er ließ den Wagen ruhig stehen, wenn auch das Licht längst auf Freie Fahrt stand, und nur das wütende Hupen der Fahrer hinter ihm rief ihn aus einem Traum und zwang ihn zu sofortigem und häufig genug verhängnisvollem Handeln. Für Maria, für Celia, für alle, die ihn kannten, war es ein Wunder, daß er noch nie verwarnt oder bestraft worden war.

Aus diesem Grund und weil er wußte, daß seine Fahrkünste im Gedränge des Tagesverkehrs nicht zureichten, fuhr Niall lieber bei Nacht. Bei Nacht fühlte er sich sicher. Da konnte sich ihm keiner entgegenstellen. Bei Nacht zu fahren, hatte den größten Reiz. Alles, was man bei Nacht tat, geriet besser als das, was man bei Tage tat. Ein Lied, um drei Uhr morgens komponiert, war häufig besser als ein Lied, das er um drei Uhr nachmittags komponierte. Ein Spaziergang im Mondschein ließ einen Spaziergang am Tage in mattes Grau verblassen. Wie gut schmeckte ein Bückling vor dem ersten Morgengrauen, wie gut ein tüchtiges Stück Käse. Welch eine Energie strömte von dem Körper in den Geist, welche Kraft, welch quecksilbrige Beweglichkeit! Der späte Morgen dagegen und die Nachmittage waren ganz bestimmt nur für die Siesta geschaffen. In der Sonne zu liegen. Hinter geschlossenen Vorhängen zu schlafen, den Geist brach liegen zu lassen.

Während Niall über die stillen Landstraßen an die Küste fuhr, entwarf er, mit charakteristischer Ruhe, den Plan für die nächsten Tage.

Derzeit gab es nichts, was er für Maria tun konnte. In der unmittelbaren Zukunft würde sie sich nach Nord und Süd, nach Ost und West drehen wie der Wetterhahn, je nach den Stürmen des Denkens, die sie umwehten.

Auf die Wut würde der Verzicht folgen, dann kam die Stimmung heiteren Trotzes und schließlich die Stimmung des gekränkten Kindes. Wenn sie sich durch die ganze Skala der Empfindungen hindurchgearbeitet hätte, würde sie von neuem beginnen, diesmal vielleicht in einer anderen Tonart. Dann würde ein neues Interesse sie in eine andere Windrichtung lenken. Aber – die Götter seien gepriesen! – nichts würde lange weh tun.

Marias Geist war wie ihr Körper, der keine Narben kannte. Ein plötzlich aufflackernder Schmerz in der Seite war vor etwa fünf Jahren als Blinddarmreizung erkannt und der Wurmfortsatz war entfernt worden.

Die Wunde heilte binnen drei Wochen. Nach drei Monaten war auf ihrem Körper nichts zu sehen als eine dünne, weiße Linie. Während bei anderen Frauen ... violette Striemen und Pusteln. Wie oft auch wurden Frauen durch das Tragen und die Geburt von Kindern verunstaltet. Maria nicht.

Es war beinahe, als sei Maria von den Göttern begünstigt, und ihr sei erlaubt, alles ungestraft zu tun. Hätte sie einen Mord begangen, so wäre sie nie erwischt worden. Noch hätte ihr Gewissen sie gedrückt. Selbst wenn der Tag des Jüngsten Gerichts kam, und es war möglich, daß er jetzt heranbrach, würde ihr Schutzengel alles Nötige tun, um jenen Tag nicht allzu lange dauern zu lassen. Und schließlich würde er in Wohlgefallen enden. Ja, es war schon so, stellte Niall fest, der Allmächtige hatte eine Vorliebe für den Sünder. Er liebte keinen anderen. Der Gute, der Sanfte, jener, der sich nie beschwerte, der sich selbst aufopferte, hatte jederzeit das schlechtere Teil erwählt. Der Allmächtige wusch seine Hände in Unschuld. Und irgendwo hatte Niall gelesen, die einzigen glücklichen Geschöpfe auf Erden seien die Idioten. Statistiken bewiesen es. Psychologen schwuren darauf. Kinder, mit leerem Hirn geboren, Kinder mit kleinen Augen und lallenden Lippen übersprudelten, wie die Ärzte sagten, von Freude, von Glück. Sie vergötterten alles, was sie sahen, von Eiern bis zu Regenwürmern, von den Eltern bis zu Parasiten. Zu Parasiten ... da wären wir denn wieder bei den Parasiten angelangt, dachte Niall, als er gegen eine Ecke stieß. Und was beweist das alles? Daß der Geist, der das Universum regiert, das Hirn des idiotischen Kindes hat und dazu eine Schwäche für Parasiten. Gesegnet seien die Parasiten, denn sie werden die Erde erben. Die Parasiten werden Schätze ernten und sich vervielfachen. Ihrer ist das Himmelreich ... Es war eine Stunde vor Mitternacht, als er das Marschland erreichte. Die Uhr des Dorfes, das hinter den Ulmen versteckt lag, schlug elf. Er war gut gefahren. Er bog nach links ab und folgte dem schmalen, ausgefahrenen Weg, der am Rand des Wassers ein jähes Ende fand.

Es war Ebbe, der Schlick des Meeresbodens lag bloß vor ihm, und die hohen, grünen Binsen, die in den Sommermonaten raschelten, standen jetzt gebleicht und lautlos unter dem Winterhimmel. Die Nacht war dunkel, die Luft recht kalt.

Niall ließ den Wagen an der Seite des Weges unbeleuchtet stehen, nahm die Handtasche, die seine wenige Habe enthielt, und ging über einen schlammigen Pfad, der parallel zu der Küste verlief. Er gelangte zu einem groben Holzkahn, der ins Wasser vorgeschoben lag.

Noch immer zog sich das Wasser vom Lande zurück. Er hörte, wie es mit saugendem Geräusch vom Schlickboden wich, und um den Pfosten des

Kahns wirbelte es schnell. An dem Geländer, neben dem Pfosten, war ein kleines Beiboot angebunden. Niall ließ seine Handtasche in das Beiboot fallen und stieg hinunter.

Er ruderte mit der Strömung. Auf dem Wasser war es weniger kalt als auf dem Land. Als er die Hand hineinsteckte, fühlte es sich warm an und nicht kühl, wie er erwartet hatte. Die Ruder knarrten in den Dollen, und das Geräusch widerhallte nachdrücklich in der stillen, ruhigen Luft. Am rechten Ufer des Flusses lagen noch andere Boote im tiefen Wasser unterhalb der Häuser. Niall ruderte an ihnen vorbei, dunkle Umrisse in der Finsternis, an rostigen Ketten angebunden, von ihren Eigentümern über die Wintermonate verlassen; bis zum Frühling.

Sein Boot war das letzte in der Reihe. Er ruderte heran, zog die Ruder des Beiboots ein, kletterte in das enge Kockpit und machte das Beiboot fest. Er holte den Schlüssel aus seinem Versteck und öffnete die Luke in die Kabine. Der Geruch der Kabine war warm und heimlich, nichts von dem muffigen Dunkel der Unbenütztheit war zu spüren. Mit einem Streichholz zündete er die Lampe an, die am Mast befestigt war; dann kniete er neben dem kleinen Ofen nieder und machte Feuer. Nun stand er auf, aber er durfte sich nicht zu voller Höhe recken, denn dazu war die Kabine zu niedrig, und nun sah er nach dem Rechten.

Wie gewöhnlich war er hungrig. Eine Zunge, das Geschenk eines unbekannten Verehrers seiner Lieder in Illinois, für das er noch nicht einmal gedankt hatte, bildete eine bequeme Mahlzeit. Ebenso eine Büchse von noch fragwürdigerer Herkunft, mit dem Vermerk: »Heilbutt, ausgezeichnet auf Toast.« Toast gab es wohl nicht, aber Biskuits aus Illinois, in Cellophan gepackt, dienten dem gleichen Zweck. Es gab Feigen mit Weihnachtsgrüßen von einem »Buddy in Balitmore« – keine Ahnung, wer das war – und – die schönste Entdeckung – ein Gefäß mit Ingwer. Er goß den Ingwersirup in ein Glas, mischte ihn tüchtig mit Brandy, dann wärmte er das Gebräu in einer Pfanne auf dem Ofen. Die Mischung erinnerte an den Duft von Ginster an einem heißen Tag und hatte eine seltsame, beschwingende Wirkung, einen sorgenbrechenden, einlullenden Einfluß, so daß Niall, der seine Schuhe unter die Koje stieß, zumute war wie einer Hummel, die mit schlaffen Flügeln und ganz taumelig aus dem Bauch eines roten Fingerhuts auftaucht.

Er stopfte zwei Kissen hinter seinen Kopf, griff nach seinem Notizbuch, streckte sich längelang in der Koje aus und begann, den Plan zu dem Klavierkonzert zu entwerfen. Es war aufreizend, nach zwei Arbeitsstunden zu entdecken, daß das beherrschende Thema, das klassisch, kräftig und einfach sein und die drei Sätze miteinander verbinden sollte, der Zucht ermangelte. Der Kobold, der Nialls Geist nährte und der sich schlau in eine Zelle verkroch, wollte sich keiner Feierlichkeit fügen. Würde und Haltung schwangen in der Melodie mit, aber die Melodie selber erhob sich hemmungslos unbeherrscht zu einer albernen, sinnlichen Ekstase. Zuerst gab Niall dem Ingwersirup und dem Brandy die Schuld daran, die Fahrt war schuld, die Winterluft war schuld, das Rudern stromabwärts auf dem klaren Wasser. Dann setzte er sich auf und warf die Notizen beiseite.

Es hatte keinen Zweck. Wozu den Geist zu Taten aufpeitschen, die er nicht leisten konnte? Finde dich mit deinem Rang in der Unterwelt der Töne ab; überlaß den Zauber den echten Musikern. Stammle in Rhythmen, wenn die Rhythmen kommen! Zum Teufel mit dem Konzert!

Er schlug die Decken um sich, legte die Hände auf die Schultern, zog die Knie bis zum Kinn und schlief, wie er immer geschlafen hatte, wie ein ungeborenes Kind.

Der nächste Tag verging mit Arbeit und Müßiggang. Mit Blitzen der Eingebung. Mit Stunden der völligen Gleichgültigkeit.

Er aß. Er trank. Er rauchte. Er ging an den Häusern entlang, er ruderte auf dem Fluß. Er bestrich ein Viertel seines Bootes mit einem staubigen Grau. Dies ist die einzige Antwort – allein zu sein. Dies ist die letzte Lösung. Von keiner Seele abzuhängen, nur von sich selber, von den Klängen abzuhängen, die den Geist durchfluten. Schöpfer deiner Welt, deines Universums.

In jener Nacht, mit der eifervollen Mühe eines Schuljungen bei der Prüfung, schrieb er klar, mit schöner, runder Schrift die Noten der flüchtigen Melodie nieder, die ihn den ganzen Tag verfolgt hatte.

Keine gewaltige Komposition diesmal, kein großes Konzert; nur ein Melodiefetzen für eine Lebenszeit von vierzehn Tagen, um von Ausläufern gepfiffen zu werden und durch die Ätherwellen zu dröhnen. Aber er hatte die Melodie ohne Hilfe eines Klaviers niedergeschrieben, und das bedeutete für Niall schon eine große Leistung. Als alles vorüber und die Arbeit getan war, setzte der Katzenjammer ein. Er fühlte sich freudlos und merkwürdig einsam. Und er sehnte sich nach Maria ... Maria aber war viele Meilen weit entfernt und arbeitete, hatte ihre eigenen Unterlassungen, ihre eigenen Sünden, und der Gedanke an Maria, die hier in der Koje seines Schiffleins liegen würde, ließ ihn jetzt laut auflachen.

Einmal, für einen Tag, hatte sie sich bereitgefunden, mit ihm segeln zu gehen. Es war ihre erste und letzte Segelpartie. Sie verstand noch weniger vom Segeln als er und warf ihm heftig vor, er ziehe an den falschen Schoten. Dann beruhigten sie sich, und nicht Maria, sondern er wurde seekrank. Als der Wind aufkam, wehte er aus der falschen Richtung, sie wurden ins Meer abgetrieben und vermochten nicht zu landen, bis endlich ein großes, freundliches Motorboot sie in der Dünung ins Schlepptau nahm. Maria verlor einen Lieblingssweater. Sie verlor auch ihre Schuhe. Niall, erfroren und durchnäßt, holte sich eine tüchtige Erkältung. Schweigend fuhren sie nach Farthings zurück, und als Charles von dem Fehlschlag erfuhr, zuckte er die Achseln und sagte zu seiner Frau:

»Was hattest du denn anderes erwartet?«

Celia war eine bequemere Gefährtin. Geschickt bei allen Handgriffen. Verwendbar, um das Deck zu schwabbern, aber immer mit einem Blick ins Tragische. »Dort, diese dunkle Wolke gefällt mir nicht.« »Wie wär's, wenn wir umkehren würden, solange es noch schön ist?«

Sie setzte jedem Abenteuer einen Dämpfer auf. Nein, es war weit besser, allein zu segeln.

Der Tag, nachdem er das Lied niedergeschrieben hatte, dämmerte schön und klar, mit gutem Segelwind vom Land her. Niall ruderte flußaufwärts zu dem Kahn und ging über den Pfad, wo er vor zwei Nächten den Wagen stehen gelassen hatte. Der Wagen stand noch immer dort, und Niall stieg ein und fuhr ins Dorf. Er kaufte Brot und ein wenig Proviant, und dann ging er auf das Postamt und schrieb ein Telegramm. Als er damit fertig war, sprach er das Mädchen hinter dem Schalter an. Sie war jung und hübsch, und er lächelte.

»Könnten Sie mir einen Gefallen erweisen?« sagte Niall.

»Was wäre das?« fragte das Mädchen.

»Ich unternehme jetzt eine Segelfahrt«, sagte er, »und ich weiß nicht, wann ich zurück sein werde. Das hängt vom Wind, vom Zustand meines Boots und schließlich von meiner Laune ab. Ich möchte, daß Sie dieses Telegramm bis, sagen wir einmal, fünf Uhr nachmittag zurückbehalten. Wenn ich bis dahin wieder hier bin, werde ich herkommen und das Telegramm zurückverlangen und vielleicht statt dessen ein anderes abschicken; das hängt, wie gesagt, von meiner Laune ab. Bin ich nicht wieder hier, dann können Sie das Telegramm an seine Adresse befördern.«

Das Mädchen sah zweifelnd drein und verzog den Mund.

»Das ist gegen die Vorschriften«, sagte sie. »Ich glaube nicht, daß ich das darf.«

»Viele Dinge im Leben sind gegen die Vorschriften«, erwiderte Niall. »Haben Sie das noch nicht entdeckt?«

Das Mädchen wurde rot.

»Es wäre auch gegen die Vorschriften«, sagte Niall, »wenn ich Sie nach meiner Rückkehr einladen würde, mit mir auf meinem Boot zu Abend zu speisen. Wenn aber das Essen gut wäre, würden Sie doch annehmen.«

»Ich bin kein Mädchen dieser Art«, sagte sie.

»Schade«, meinte er, »die Mädchen dieser Art haben viel Spaß vom Leben.«

Sie las das Telegramm noch einmal. »Um welche Zeit soll ich es abschicken?« fragte sie.

»Wenn ich nicht zurück bin«, sagte Niall, »dann um fünf Uhr.«

»Gut«, sagte sie und drehte ihm den Rücken.

Auch Niall überflog das Telegramm noch einmal und zahlte.

Es war an Maria Delaney gerichtet, und als Adresse war der Name des Theaters in London angegeben, wo sie auftrat.

»Liebling, ich liebe dich, ich unternehme eine Segelfahrt. Ich habe ein Lied für dich geschrieben. Wenn du dieses Telegramm erhältst, so bedeutet das, daß ich entweder die französische Küste erreicht habe oder daß das Boot gesunken ist. Nochmals, ich liebe dich. Niall.«

Dann, seine Melodie pfeifend, stieg er mit einem Laib Brot, ein paar Karotten und Kartoffeln in den Wagen.

Er brauchte zwei Stunden, um sein Boot klarzumachen, denn als er sein Großsegel setzen wollte, verwickelte sich das Tau in eine Rolle und hing herab wie ein Mann in Ketten. Kläglich und beschämt schlug das Segel im Wind, und Niall mußte auf den Mast klettern, um es herunterzuholen, und dann begann er von neuem. Nun mußte das Beiboot an der Boje befestigt werden, was nie ein einfaches Manöver ist. Allein, mit der Ebbe treibend – zum Glück war gerade Ebbe – ergriff Niall die Steuerpinne und wollte das Vorsegel öffnen, das aber widerspenstig war und sich um das Vorstag verwickelte.

Niall war genötigt, die Pinne loszulassen und über das Deck nach vorn zu steigen, um das Segel wieder klarzumachen. Unterdessen aber schlug das Boot schon die Richtung in den Schlick ein. Im Nu hatte er es wieder stromabwärts gewendet.

Welch ein klägliches Bild mußte er von dem nahen Strand aus bieten, dachte er, und wie wütend würde Maria sein.

Die Fahrt flußabwärts zum Meer verlief ohne Zwischenfall. Das Schiff fuhr mit Wind und Strömung, und nichts hielt es auf. Niall hätte es auch nicht aufzuhalten gewußt, wenn er gewollt hätte.

Draußen war der Wind frisch, aber die Sonne schien, und das Meer war ruhig. Einer jener kalten, schönen Wintertage, wenn das Land unbemerkt entgleitet und die scharfe Linie des Horizonts klar und fest wie von einem Bleistift gezogen wirkt. Niall steuerte sein Boot, wie er es für günstig hielt, nach dem Rauch eines fernen Dampfschiffs. Er dachte nicht daran, daß das Dampfschiff in die gleiche Richtung fuhr wie sein eigenes Boot, zurrte die Pinne mit einem Knoten fest, der sich wieder löste, und stieg in die Kabine, um sich ein Mittagessen zu kochen.

Ein Stück der Zunge aus Illinois, in der Pfanne gebraten mit gerösteten Kartoffeln und würflig geschnittenen Karotten, bildete ein recht annehmbares Mahl. Nachdem alles bereit war, kletterte Niall mit der Pfanne in den Kockpit und aß, die eine Hand an der Ruderpinne. Das Land hinter dem Schiff verschwamm in weichem Grau, doch das störte Niall nicht weiter, denn die See war glatt. Eine Möwe folgte ihm bedenklich, hing schwebend über ihm, und Niall warf ihr ein paar Stückchen Zunge hin, um ihre Gier zu stillen. Die Möwe schluckte und würgte, dann flog sie davon, kreischend wie ein Geier, und ihre Flügel streiften das Wasser.

Niall ging in die Kabine, holte ein Kissen, legte es sich unter den Kopf, streckte sich, ein Bein über der Pinne, im Kockpit aus und schloß die Augen. Dies war die Höhe des Gefühls.

In London, in Paris, in New York waren jetzt Menschen in Büros, saßen an Schreibtischen, läuteten, sprachen durchs Telefon, Menschen strömten aus der Untergrundbahn, hingen an den Stufen von Autobussen, standen hinter Ladentischen, schlugen in Bergwerken auf Felsen. Menschen kämpften, zankten, tranken, liebten; Menschen stritten sich um Geld, Politik, Religion.

Überall auf der ganzen Welt waren die Menschen um irgendeiner Sache willen in Gärung. Sie hatten Angst, sie hatten Sorgen. Selbst die Menschen, die ihm nahe standen, waren aus dem geistigen Gleichgewicht geraten. Maria und Charles mußten Entschlüsse fassen, die ihre Zukunft betrafen. Celia mußte über sich selbst ins reine kommen. Das Problem »Was jetzt?« starrte sie alle an.

Für Niall war es unerheblich. Nichts war erheblich. Er war allein auf dem Meer. Und er hatte ein Lied geschrieben. Er hatte den Frieden gefunden.

Wenn er keine Lust hatte, brauchte er überhaupt nicht heimzukehren. Das Boot konnte immer weiter fahren. Der Wind war günstig, die See war ruhig, und irgendwo jenseits der großen Weite lag die Küste Frankreichs; die Düfte, die Laute Frankreichs. Das, was Pappi im Ärger »Nialls minderwertiges französisches Blut« zu nennen pflegte, rann noch immer durch seine Adern, wenn auch träge, wenn auch ein wenig langsam. England war nur durch die Macht der Verhältnisse sein Heim geworden, durch die Ereignisse, weil es eben so gekommen war, um Marias willen.

Es war doch so einfach, nach Frankreich zu segeln. Maria von Frankreich aus ein Telegramm zu schicken: »Ich bin hier. Komm mir nach.«

Die Schwierigkeit mit Maria war nur, daß sie den Komfort liebte. Sie brauchte Betten und Badeessenz. Crêpe de Chine an der Haut. Und gut zubereitetes Essen. Sie würde keinen Wert darauf legen, so neben ihm zu liegen, den Kopf an den Rand der Luke, die Beine über der Ruderpinne. Überdies war sie ehrgeizig.

Maria würde sehr alt werden, dachte er. Sie würde zu einer legendären Figur werden. Weißhaarig und rücksichtslos, würde sie mit neunundneunzig Jahren die Krücke schütteln, ein Schrecken für ihre Bekannten. Und wenn sie starb, würde sie erstaunt, entrüstet sterben. »Der Tod? Nicht mit meiner Zustimmung! Es gibt doch noch so eine Menge zu tun!«

Celia würde das Ende geduldig hinnehmen. Die Briefe wären eingeordnet, die Rechnungen bezahlt, die Wäsche eingeräumt. Was für Unannehmlichkeiten gäbe es sonst für die Leute, die ihre Leiche fanden! Aber die kleine Sorgenfalte wäre zwischen den Brauen eingeprägt. »Was soll man zu Gott sagen, wenn es ihn gibt?«

Niall lachte, streckte sich und gähnte. Es wäre vielleicht gar keine schlechte Idee, mit Ingwer und Brandy endgültig aufzuräumen. Müßig schweiften seine Blicke in die Kabine hinunter. Bei dieser Gelegenheit bemerkte er zum erstenmal ein Rinnsal auf dem Boden der Kabine. Verdutzt starrte er es an. Es gab keinen Grund zur Aufregung. Keine Welle hatte durch die Bullaugen gespritzt, überdies waren sie ja geschlossen. Kein Regenwasser konnte sich in den Bilgen gesammelt haben, denn seit zwei Tagen hatte es nicht geregnet. Woher also kam dieses Wasser auf dem Boden der Kabine? Niall ging hinunter und betrachtete das Rinnsal.

Er steckte den Finger in die Flüssigkeit. Sie war salzig. Er sah sich nach einem Schraubenzieher um, er wollte die Bodenbretter heben. Schließlich fand er einen auf dem Grund eines Schranks. Das Suchen hatte einige Zeit beansprucht, und als er niederkniete, um die Bretter zu heben, da war aus dem Rinnsal ein kleines Bächlein geworden.

Er hob den Kabinenboden mit seinem Schraubenzieher, und er sah, daß in den Bilgen das Wasser stand, salzig wie das Rinnsal auf dem Kabinenboden. Irgendwo im Boot, ob vorn oder hinten, das wußte er nicht, mußte ein Leck sein. Vermutlich war es ein recht böses Leck, denn das Wasser drang ziemlich schnell in das Boot ein.

Was sollte er da beginnen? Er hob noch weitere Bretter des Kabinenbodens auf, vielleicht könnte er das Leck finden und mit irgend etwas verstopfen, doch unterdessen stieg das Wasser schneller und umspülte schon seine Füße.

Hastig legte er die Bretter an ihre Stelle zurück, und das Wasser war nun wieder zu einem Bächlein geworden. Doch dieses Bächlein verbreitete sich zusehends.

Er erinnerte sich dunkel aus seiner Knabenzeit, daß er in einem Buch den Satz gelesen hatte: »Alle Mann an die Pumpen!«, und er wußte auch, daß hinter dem Kockpit in einem Schrank eine Pumpe vorhanden war. Er fand die Pumpe. Sie war rostig, er hatte sie seit längerer Zeit nicht mehr benützt. Ungeschickt fügte er sie zusammen und schraubte das Mundstück in die entsprechende Öffnung ein. Es gab einen seltsamen, zischenden Laut, wie die Pumpe an einem Kinderrad, die nicht funktionieren will. Sie zog viel zu leicht. Er nahm sie aus dem Mundstück und prüfte sie. Die Gummidichtung war ausgetrocknet, und dann gab es ein Loch, darin eine Schraube sein mußte, aber diese Schraube fehlte. Die Pumpe war tatsächlich unbrauchbar. Er hatte auch keinen Schöpfeimer zur Verfügung, der Schöpfeimer war im Beiboot geblieben. Unten gab es einen alten Krug, der statt dessen dienen mußte. Er ging in die Kabine, den Krug zu holen, doch unterdessen hatte das Wasser bereits die Bretter des Bodens bedeckt. Nachdem er fünf Minuten lang kniend, mit verkrampftem Rücken Wasser geschöpft und durch das Bullauge hinausgegossen hatte, mußte er feststellen, daß seine Arbeit auf das eindringende Wasser wenig oder gar keinen Eindruck machte. Wasser zu schöpfen, war eine Kräftevergeudung. Und er stieg wieder aufs Deck hinauf.

Der Wind hatte abgeflaut, die See war spiegelglatt. Kein Rauch war jetzt am Horizont zu bemerken, weit und breit kein Schiff zu sehen. Das Land lag hinter ihm, etwa sieben Meilen entfernt. Selbst die Möwe war verschwunden. Niall setzte sich wieder in den Kockpit und beobachtete das Steigen des Wassers auf dem Boden der Kabine.

Seine erste Reaktion war ein Gefühl der Erleichterung, weil er allein war. Er hatte nicht die Verantwortung für einen zweiten Menschen zu tragen. Doch diesem Gedanken folgte schnell ein Gefühl der Wehmut, der Trauer. In solch einem Augenblick wäre es doch angenehm gewesen, laut zu sprechen. Ein Mann wie Charles wäre jetzt von unschätzbarem Wert gewesen. Männer, die im Kriege gekämpft hatten, die Güter bewirtschafteten, die tüchtig waren, sie würden bestimmt wissen, wie man mit einem lecken Boot fertig wird. Charles hätte das Leck gefunden. Und wenn er das Leck nicht gefunden hätte, so hätte er doch gewußt, wie man ein Floß zimmert. Er hätte Bretter aneinandergefügt. Niall hatte keine Ahnung, wie man dergleichen machte. Er konnte nichts als Schlager schreiben. Als ihm sein Lied einfiel, schaute er wieder in die Kajüte hinunter und sah, daß das Notizbuch, darin er die Melodie aufgezeichnet hatte, von dem Rand der Koje hinuntergefallen war und jetzt in dem steigenden Wasser schwamm, die beschriebenen Seiten abwärts. Schon war es braun und durchtränkt. Er zog es heraus und legte es neben sich auf den Sitz im Kockpit. Es war etwas Unheimliches, Unausweichliches an dem schaukelnden Wasser in der Kajüte, und er schloß die Luke, um nicht sehen zu müssen, wie es stieg. Er wandte das Boot landwärts, doch jetzt, da der Wind sich gelegt hatte, machte es nur wenig Fahrt und rührte sich kaum. Die Segel schlugen schwach und lustlos. Niall hatte nie einen Motor in seinem Boot installieren lassen, denn er wußte, daß er doch nicht damit umzugehen verstanden hätte. Er war froh, daß der Wind nicht in Böen wehte und ihn durchrüttelte. Anderenfalls hätte der Wind höchstwahrscheinlich irgend etwas fortgerissen, ein Tau, eine Wante, irgendein wichtiges Stück vom Takelwerk.

Auch war er froh darüber, daß das Meer so ruhig war. Stundenlang auf bewegter See zu schwimmen, hätte ihn geschreckt, er wäre rasch außer Atem gewesen, hätte gekeucht und den Kopf verloren. In dem Wasser aber, das ihn jetzt umgab, brauchte er nicht einmal zu schwimmen, er konnte sich auf den Rücken legen und sich treiben lassen.

Eines jedenfalls war gewiß. Maria würde sein Telegramm erhalten.

Als Niall jetzt im Kockpit saß und die Sonne untergehen sah, dachte er nicht an Maria, nicht an die Lieder, die er geschrieben hatte, nicht einmal an das verlorene, verblaßte Bild von Mama. Er dachte an Truda. Er dachte an die gute, trostreiche alte Truda und an ihren breiten, sicheren Schoß. Er dachte an das graue Stoffkleid, das sie gewöhnlich getragen hatte, und wie er, als kleiner Junge, sein Gesicht daran gerieben hatte.

Und als er jetzt im Kockpit saß, einsam, auf dem Meer, da war es ihm, als sei das Meer selber so ruhig und tröstlich, wie Truda es einst gewesen war. Das Meer war eine zweite Truda, der er sich ohne Angst, ohne Sorge anvertrauen durfte, wenn die Stunde gekommen war.

Der neue De Mille – für die Leser von »An den Wassern von Babylon« und »Mayday«

Nelson De Mille
Autor der Weltbestseller
»An den Wassern von Babylon« und »Mayday«

Die Kathedrale

Roman Scherz

416 Seiten / Leinen

Scherz

De Mille beweist mit diesem Roman erneut seine Meisterschaft, menschliche Konflikte von historischen Dimensionen so zu verdichten, daß sie ein Maximum an Spannung erreichen.